mtb

Zum Buch:

»Vor beinahe fünf Jahren habe ich meine beiden besten Freunde das letzte Mal gesehen. Ich habe mir geschworen, ihrem Glück nicht im Weg zu stehen. Auch wenn das bedeutete, dass ich nicht mehr Teil ihres Lebens sein konnte. Cameron mit ihren wunderschönen grünen Augen war eine zu große Versuchung. Sie verdiente jemand Besseren als mich. Sie verdiente Aiden. Doch nun ist Aiden gestorben. Und ich darf nicht zulassen, dass ich die Frau, die ich immer geliebt habe, verliere. Ich muss es schaffen, ihr meinen größten Wunsch zu verraten: Wir beide – für immer.«

»*Zwischen uns die Sterne* lässt einen wieder an die wahre Liebe glauben!«

Leserstimme auf Goodreads

Zur Autorin:

Die USA-Today-Bestsellerautorin Tara Sivec arbeitete vierzehn Jahre als Maklerin, bevor sie beschloss, etwas wirklich Aufregendes zu tun. Sie schrieb ihren ersten Roman. Auf Anhieb fand ihr zunächst selbstverlegtes Buch eine begeisterte Leserschaft. Zusammen mit ihrem Mann und ihren beiden Kindern lebt sie im amerikanischen Bundesstaat Ohio. Wenn sie mal eine freie Minute hat, liebt sie es, ein kleines Nickerchen zu machen.

Tara Sivec

Zwischen uns die Sterne

Roman

Aus dem Englischen von
Christian Trautmann

mtb

MIRA® TASCHENBUCH

FSC
MIX
Papier
FSC® C014496

1. Auflage: Januar 2019
Deutsche Erstausgabe

Originaltitel: »Wish You Were Mine«
erschienen bei: Forever, New York

Published by arrangement with
Brower Literary & Management

Umschlaggestaltung: bürosüd, München
Umschlagabbildung: Ekaterina Abramova / EyeEm / Getty Images
Lektorat: Sonia Savic
Satz: GGP Media GmbH, Pößneck
Printed in Germany
Dieses Buch wurde auf FSC®-zertifiziertem Papier gedruckt.
ISBN 978-3-95649-845-9

www.mira-taschenbuch.de

Werden Sie Fan von MIRA Taschenbuch auf Facebook!

Für meinen Mann,
den ich seit meinem zwölften Lebensjahr liebe.
Du zeigst mir jeden Tag,
dass es ein wahr gewordener Wunsch sein kann,
sich in seinen besten Freund zu verlieben.
Dafür danke ich dir.

Prolog

Lieber Everett,

wenn Du das hier liest, bin ich tot.

Sorry, das ist wahrscheinlich nicht die beste Art, einen Brief an meinen besten Freund zu beginnen, nach meinem plötzlichen und furchtbar tragischen Tod. Du wirst es sicher nie überwinden, weil ich ein so toller Mensch war, doch so ist es nun einmal. Du weißt, ich habe nie ein Blatt vor den Mund genommen. Und wo wir schon beim Thema sind: Du bist ein Arschloch.

Es ist vier Jahre her, seit wir Dich zuletzt gesehen haben. VIER. Ich hab's verstanden, glaub mir. Bei unserer ersten Begegnung, als Du zehn Jahre alt warst, sagtest Du mir, Du wolltest Arzt werden. Sechzehn Jahre lang habe ich Dich davon reden hören, dass Du etwas aus Deinem Leben machen wolltest, etwas, auf das Du stolz sein könntest. Wir sind alle stolz auf Dich, Everett. Stolz darauf, dass Du erreicht hast, was Du Dir in den Kopf gesetzt hast. Stolz darauf, dass Du Dein Leben in die Hand genommen und Dir einen Namen gemacht hast. Aber Du kannst nicht ewig fortbleiben.

Ich habe keine Ahnung, was zwischen Dir und Cameron am Abend Deines Abschieds vorgefallen ist, doch ich weiß, dass sie seitdem nicht mehr dieselbe ist. Das gilt für uns alle. Den drei Musketieren fehlt seit vier Jahren eines ihrer Mitglieder, und solltest Du noch nicht hier sein, wird es Zeit für Dich, nach Hause zu kommen.

Ja, ich rede Dir Schuldgefühle ein, damit Du nach Hause kommst, denn ich bin tot.

Gestorben.

Dahingeschieden.

Für immer im Jenseits.

Fühlst Du Dich jetzt schuldig? Das solltest Du auch. Denn Cameron vermisst dich, auch wenn sie es abstreiten würde. Ich habe mein Bestes gegeben, damit sie ohne Dich hier glücklich ist. Sie tut so, als kümmere es sie nicht weiter, dass Du so lange fort bist, aber ich weiß, dass sie lügt. Sie braucht Dich jetzt, mehr denn je. Du solltest endlich über Deinen Schatten springen, die Gründe vergessen, die Dich von uns ferngehalten haben, und zurückkehren.

Ich werde nicht da sein, um sie zum Lachen zu bringen, ihr die Tränen wegzuwischen oder sie anzufeuern, wenn sie etwas Tolles plant. Hiermit reiche ich den Stab offiziell an Dich weiter. Jetzt bist Du an der Reihe. Du bist um die Welt gereist, hast Leben gerettet und bist für Fremde ein verdammter Held geworden. Nun ist es an der Zeit, hier zu Hause, wo Du hingehörst, ein Held zu sein. Ohne Dich war es nicht dasselbe. Wir waren nicht dieselben ohne Dich, und jetzt, wo ich nicht mehr bin, kannst Du es wiedergutmachen, indem DU DEINEN HINTERN DORTHIN BEWEGST, WO DU HINGEHÖRST.

Und nur damit Du es weißt, ich habe Deine Wunschbox geöffnet und die Papiersterne angeschaut. Ja, jene Wünsche, die wir uns geschworen hatten, erst zu lesen, wenn wir alt und grau sind. Mann, ich bin tot, also kannst Du deswegen nicht mehr sauer auf mich sein. Doch ich bin so was von sauer auf Dich, auch aus dem Grab, weil Du mir nie von diesem Mist erzählt hast. Ich meine, ich hab's gewusst, natürlich habe ich es gewusst. Ich bin ja nicht blind oder blöd. Aber in all den Jahren, in denen ich geglaubt habe, Du wärst einfach ein Idiot und würdest nicht zu Deinen Gefühlen stehen, oder sicher war, Du wärst inzwischen darüber hinweg, hast Du alles den verdammten Sternen gestanden! Ich bin Dein bester Freund, und nicht einmal mir hast Du es verraten. Bist Du deswegen vier Jahre weggeblieben? Falls ja, bist Du ein noch größeres Arschloch, als ich gedacht habe. Du musst endlich aufhören, Jahr für Jahr nur den verdammten Sternen von Deinen Wünschen zu erzählen, und stattdessen etwas dafür tun, Deine Träume auch zu verwirklichen.

Zieh Dich schon mal warm an, denn ich werde gleich ein paar Dinge sagen, die mich wie ein Weichei klingen lassen. Vergiss nicht, ich mache das für Dich, und ich bin immer noch so was von männlich.

Ich weiß, wie es ist, eine Frau anzusehen, und plötzlich ergibt alles einen Sinn.

Ich weiß, wie es ist, jemanden so vollständig zu lieben, dass man keine Ahnung mehr hat, wie man es vorher ohne sie geschafft hat.

Meine Liebe wurde zehnfach erwidert, und obwohl mir klar ist, dass ich es nicht verdient habe, habe ich alles getan, um es nicht zu vermasseln. Na ja, mal abgesehen von dieser Sterbesache, aber was soll man machen?

Versau es nicht, Mann. Cameron hat genug ertragen müssen. Sie wird nach meinem Tod noch mehr durchmachen, und Du musst ihr beistehen und ihr helfen, darüber hinwegzukommen. Ich will, dass Du ihr all das gibst, was ich ihr nicht mehr geben kann.

Ich finde es jammerschade, dass ich nicht mehr da sein werde, um zu erleben, wie Cameron Dir dafür, dass Du so lange weg warst, ordentlich in den Hintern tritt. Nimm Dich in Acht, sie hat sich im Lauf der Jahre einen üblen rechten Haken antrainiert. Aber sei nachsichtig mit ihr, Mann. Sie wird so tun, als sei alles in bester Ordnung und als käme sie schon zurecht ... Du kennst sie ja. Stets mehr um andere besorgt als um sich selbst. Doch sie braucht Dich jetzt, mehr denn je.

Es tut mir leid, dass ich Dir bei unserem letzten Telefonat nichts von meiner Krankheit gesagt habe, aber wozu wäre das gut gewesen? Du hättest ohnehin nichts machen können, abgesehen davon, mir beim Sterben zuzuschauen. Ich wollte nicht, dass Du Dich so an mich erinnerst. Schlimm genug, dass Cameron für den Rest ihres Lebens dieses Bild von mir im Kopf haben wird – das wollte ich Dir nicht auch antun. Ich will, dass Du Dich an jenes unfassbar gut aussehende, perfekte Prachtexemplar eines Mannes erinnerst, das ich war. Ich will, dass Du Dich an die guten Zeiten erinnerst, an das Lachen, an unsere gemeinsame Zeit im Camp und an mich, wie ich voller Leben war, statt an dieses beschissene Bett gefesselt zu sein und kaum genug Kraft zu haben, diesen verdammten Brief zu schreiben. Wage es ja nicht, Dich schuldig zu fühlen, weil Du mich nicht retten konntest. Ich weiß, dass Du ein guter Arzt bist, aber manchmal gewinnt eben der Krebs.

Komm nach Hause, Everett. Komm nach Hause, und nimm endlich diese Wünsche in Angriff.

Mich kannst Du nicht retten, doch Du kannst heimkommen und unser Mädchen retten.

Aiden

1

Everett

Woher weiß man, dass der Punkt erreicht ist, an dem man nicht mehr kann?

Wenn man Kinder direkt vor den Augen ihrer Eltern sterben sieht?

Wenn man jemandem sagen muss, er sei krank, aber man habe keine Mittel, um ihm zu helfen?

Wenn man zuschauen muss, wie zahllose Leute sich an verunreinigtem Wasser infizieren, unter schrecklichen Bedingungen leben, und man nichts weiter tun kann, als ihnen Pillen zu geben und darauf zu warten, dass sie erneut krank werden?

Wenn man in jedes Land der Dritten Welt zu reisen versucht, bloß um nicht mehr nach Hause zu müssen, nur um dann zu erfahren, dass der eigene beste Freund, den man hatte, seit man zehn war, an Bauchspeicheldrüsenkrebs gestorben ist?

Und weil man nicht wusste, dass er krank war, konnte man auch nicht dort sein, um ihm zu helfen. Hat nie die Chance bekommen, sich dafür zu entschuldigen, dass man so ein lausiger Freund war. Nie die Möglichkeit gehabt, Abschied zu nehmen.

Wie viel ist zu viel?

Ich trinke noch einen Schluck Wodka und lehne meinen Kopf an die Wand, während ich mich frage, wie viel mehr ich noch ertragen kann. Seit ich in die Staaten zurückgekehrt bin, versuche ich, den Schmerz mit Alkohol zu betäuben. Eine Weile hat es funktioniert. Der Wodka macht mich benommen und lässt mich alles für ein paar Minuten vergessen.

Ein paar Minuten Frieden.

Ein paar Minuten, in denen ich die Schreie der Babys nicht höre oder das Flehen der Mütter, ihre Kinder zu retten.

Ein paar Minuten, in denen ich nicht Aidens Gesicht vor mir sehe, wie er mich grinsend ein Arschloch nennt.

Ein paar Minuten, in denen ich nicht an sie denke.

Einhundertachtzig Sekunden, in denen ich meine Augen schließen kann und nichts fühle.

Auf dem Fußboden sitzend, die Beine gespreizt von mir gestreckt, mache ich die Augen zu und überlasse mich dem stillen Vergessen. Leider endet es wieder zu schnell. Es hält nie lange genug an. Nicht mehr. Nicht nach dem Brief, den er geschrieben hat.

Dem verdammten Brief.

Ich hebe die Lider, und mir bricht der kalte Schweiß aus beim Anblick des zusammengeknüllten Briefes, der ein paar Schritte von mir entfernt liegt. Ich habe ihn in den vergangenen drei Monaten wieder und wieder gelesen, seit er in meinem Briefkasten in Kambodscha gelegen hat, genau zwei Wochen nach Aidens Tod.

Mein Blick bleibt auf den Papierball geheftet. Aidens zittrige und ungleichmäßige Handschrift scheint mich aus der zerknüllten Seite förmlich anzuspringen. Ich nehme den Wodka wieder hoch und trinke an gegen den Schmerz und das Elend in mir. Der Alkohol brennt nicht einmal mehr in der Kehle, und beinah kann ich mir einreden, die Wasserflasche, in die ich ihn gefüllt habe, enthielte wirklich nur Wasser. Ich habe keine Ahnung, warum ich es jetzt noch zu verbergen versuche. Mein Bruder Jason hat all die leeren Wodkaflaschen entdeckt, die ich unter meinem Bett und draußen in der Garage hinter Regalen und Kartons zu verstecken probiert habe. Gestern fand er im Kofferraum meines Wagens einen ganzen Karton leerer Literflaschen, die ich eigentlich zur Mülldeponie hatte bringen wollen. Nur bin ich nicht dazu gekommen. Wahrscheinlich, weil ich zu betrunken war, um hinzufahren.

Ich lache, als ich daran denke, wie er mich gestern Morgen zur Rede gestellt hat. Er ging an meinen Kofferraum, weil er sich meinen Wagenheber borgen und vor der Arbeit einen Reifen wechseln wollte. Dabei stieß er auf den Karton mit den leeren Flaschen und ließ mich versprechen, mit dem Trinken aufzuhören. Er nahm mir das Versprechen ab, mir Hilfe zu suchen. Natürlich erklärte ich mich einverstanden. Er ist mein kleiner Bruder. Ich wohne hier bei ihm in dem alten Haus unserer Großeltern, bis ich wieder auf die Beine komme. Meine Großmutter überließ mir das Haus, als sie wegzog, und Jason war gezwungen, darin zu wohnen und sich darum zu kümmern, während ich ständig auf Reisen war. Er ist immer noch da und kümmert sich um mich und um das Haus, statt auszuziehen und sein eigenes Leben zu führen. Tag für Tag gibt er sich mit mir erbärmlichem Kerl ab, dabei verdient er etwas Besseres als einen ständig betrunkenen Bruder, der nichts mehr auf die Reihe kriegt.

Und ich hielt mein Versprechen. Fast vierundzwanzig Stunden lang rührte ich die letzte Flasche Tito's nicht an, die ich im obersten Fach meines Kleiderschranks aufbewahrte. Die Zähne zusammengebissen, stand ich den Entzug durch und übergab mich nach jedem Schluck Wasser, den ich zu mir nahm. Aber ich schaffte es. Jason zuliebe hielt ich durch. Für meinen kleinen Bruder, der die gleiche erbärmliche Kindheit gehabt hatte wie ich, ihr jedoch nie hatte entfliehen können, so wie ich. Ich hielt das Zittern aus und die Kopfschmerzen und das Erbrechen und das Fieber, um diesen müden, enttäuschten Ausdruck in seinen Augen nicht mehr sehen zu müssen, wenn er wieder einmal von der Arbeit nach Hause kam und ich nutzlos auf seiner Couch herumhing.

»Du hättest nicht sterben dürfen!«, schreie ich den Brief an, der nach wie vor da liegt und mich lockt, hinzukriechen und die Worte darin erneut zu lesen. »Warum zur Hölle hast du es mir nicht früher erzählt?«

Die mit Wodka gefüllte Wasserflasche in meiner Hand dellt sich, als ich sie mit meinen Fingern fest umschließe, sie wütend an den Mund hebe und trinke, bis sie fast leer ist.

Aidens Stimme summt in meinem Kopf wie eine lästige Fliege, die man nicht verscheuchen kann. Sie ertönt immer wieder, bis ich nicht mehr kann und mir die Ohren zuhalten will, damit es aufhört. Der Alkohol hat nicht die gewünschte Wirkung. Aidens Stimme verschwindet nicht.

Du bist ein Arschloch.

Ich hoffe, du fühlst dich schuldig.

Komm nach Hause.

Komm nach Hause.

Komm nach Hause.

Ja, ich *bin* ein Arschloch. Und ich fühle mich wirklich schuldig. Und ich bin zu Hause. Ich nahm den nächsten Flug aus Kambodscha, gleich nachdem mich der verdammte Brief erreicht hatte. Ich rief nicht einmal daheim an, sondern wollte nur so schnell wie möglich dort sein, bevor es zu spät war. Ich handelte, ohne nachzudenken, und natürlich war ich zu spät. Zwei Wochen zu spät, um mich zu verabschieden, zu spät für die Beerdigung, zu spät, um irgendetwas wiedergutzumachen, zu spät, um irgendetwas anderes zu tun, als mir die Flasche zu schnappen und zu versuchen, all die Fehler, die ich begangen hatte, zu vergessen. Es ist jetzt auf den Tag genau drei Monate und zwei Wochen her, seit mein Freund im Schlaf gestorben ist, da sein Körper einfach nicht mehr kämpfen konnte. Drei Monate und zwei Wochen, seit er aufgehört hat zu existieren.

Nach meiner Rückkehr bemühe ich mich, in jedem wachen Moment den Schmerz zu vergessen, den Aidens Tod in mir ausgelöst hat. Vor einigen Stunden fiel eine Schachtel mit Fotos aus dem obersten Schrankfach, während ich dort nach etwas suchte. Die Schachtel krachte auf den Boden, und lauter Erinnerungen an Aiden lagen verstreut um meine Füße herum. Aiden, wie er mich bei einem Basketballspiel anlachte, als wir zehn waren. Aiden, der in die Kamera lächelte, den Arm um eines seiner zahlreichen Dates gelegt, als wir zusammen die Highschool besuchten. Aiden, der grinsend sein College-Diplom hochhielt. Jedes Foto sickerte in mein Gehirn ein und presste mir das Leben aus dem Herzen, bis der verdammte Brief, den ich ganz hinten in meine Kommodenschublade geschoben hatte, mich höhnisch aufforderte, ihn ein weiteres Mal zu lesen. Fast konnte ich spüren, wie Aiden neben mir stand und mir sagte, ich hätte es verdient, mich elend zu fühlen, nach dem Mist, den ich gebaut habe. Ich habe versucht, es besser zu machen, doch er tauchte in meinem Kopf auf und provozierte und drängte mich, es wieder zu vermasseln und das Versprechen zu brechen, das ich meinem Bruder gegeben hatte, bis nichts anderes mehr zählte, als zu trinken. Damit ich all das wieder verdrängen konnte. Ich bin nach Hause gekommen, genau wie Aiden es gewollt hatte, und jetzt will ich nur noch weg.

»Willst du wirklich, dass ich mich um unser Mädchen kümmere, Aiden!?«, schreie ich zur Decke. »Ich wette, sie wird sich mächtig freuen, wenn ich in diesem Zustand im Camp auftauche.«

Ich lache über meine Worte und frage mich, ob der Alkohol schuld ist oder mein verkorkster Verstand, dass ich wie ein Irrer mit mir selbst rede.

»Du hättest nicht sterben dürfen. Du hättest immer da sein sollen«, murmele ich, und meine Kehle ist wie zugeschnürt, während ich erneut auf den Brief schaue.

Ich hielt alles für selbstverständlich und kann nur mich selbst dafür verantwortlich machen. Ich wandte mich von meinen beiden besten Freunden ab, weil ich ein Feigling war. Insgeheim habe ich immer gehofft, dass ich eines Tages in der Lage wäre, über meinen Mist, über meine Gefühle für Cameron hinwegzukommen. Dann würde ich nach Hause zurückkehren, und beide würden auf mich warten und mir verzeihen, dass ich ein Idiot war. Doch das wird jetzt nicht mehr passieren.

Aiden wird nie mehr da sein, mit diesem Grinsen im Gesicht und einer spöttischen Bemerkung auf den Lippen. Cameron wird mir nie verzeihen – dass ich nicht da war, als Aiden krank war, und nicht alles getan habe, um ihn zu retten. Und dass ich nicht gleich zu ihr gegangen bin, sobald ich wieder da war.

Ich hätte zu ihr gemusst. Wir hätten gemeinsam um Aiden trauern sollen, aber ich kam kaum mit meinem eigenen Schmerz zurecht. Wie hätte ich mit ihrem fertigwerden sollen? Meinen eigenen Schmerz habe ich *immer noch nicht* überwunden.

Niemand versteht, wie es ist, nach Hause zurückzukehren, nachdem man am anderen Ende der Welt gewesen ist und das Grauen erlebt hat, das hier niemand sieht oder sich auch nur vorstellen kann. Die Leute hier leben in ihrer glücklichen kleinen Welt, führen ihre glücklichen kleinen Leben und vergessen, dass es Männer, Frauen und Kinder gibt, denen es am Nötigsten fehlt, etwa an sauberem Wasser, um ebenfalls ein glückliches Leben zu führen.

Jason begreift das nicht, obwohl er sich bemüht.

Niemand versteht, wie es ist, wieder hier zu sein. Wie es ist, nichts mit seiner freien Zeit anfangen zu können und sich stattdessen ständig schuldig zu fühlen wegen der Menschen, die man in einem anderen Land nicht retten konnte. Oder wegen der Person, die man hier zu Hause nicht hatte retten können. Wie es ist, permanent wie in einem Albtraum gefangen zu sein, in dem jeder Gedanke und jede Erinnerung eine Filmrolle ist, auf der alles versammelt ist, was du je verbockt hast.

Ich bin es so leid, diesen Schmerz zu spüren. Ich will, dass es aufhört. Ich will überhaupt nichts mehr fühlen. Meine Lider werden schwer, und alles verschwimmt vor meinen Augen, bis süße Betäubung und Dunkelheit mich einhüllen wie eine warme Decke.

»Verdammt, Everett! Du Mistkerl …«

Ich höre die Stimme meines Bruders, und auch wenn sie gedämpft klingt und weit weg in meinem betrunkenen Hirn, bemerke ich doch die Wut darin. Ich habe nicht einmal mitbekommen, dass ich auf die Seite gesunken bin, bis ich spüre, wie Jason seine Arme unter mich schiebt, mich wieder aufrichtet und an die Wand lehnt.

»Mach die Augen auf! Mach deine verdammten Augen auf!«, schreit Jason dicht vor meinem Gesicht.

Die Dunkelheit um mich herum verschwindet, als ich blinzle, weil er mich gerade ohrfeigt.

Traurigkeit, Sorge, Kummer und Angst.

Das sehe ich in der Miene meines Bruders, der mich kopfschüttelnd betrachtet. Ich möchte mich bei ihm dafür entschuldigen, dass er mich in diesem Zustand vorgefunden hat, aber wozu? Seitdem ich wieder daheim bin, hat er mich oft in vergleichbaren Situationen angetroffen. Meine Entschuldigungen sind inzwischen nichts mehr wert.

Ich möchte ihm erklären, dass ich diese Krücke Alkohol nicht mehr will. Ich will sie nicht brauchen und das Gefühl haben, nur damit den Schmerz aushalten zu können. Den Schmerz in meinem Inneren, in meinem Kopf und den Schmerz in meinem Herzen. Wenn ich nicht trinke, holt mich alles ein, bis ich mir die Fingernägel in die Haut graben und mich heiser schreien will. Ich mache den Mund auf, aber die Worte wollen nicht heraus.

Er setzt sich neben mich und streckt genau wie ich die Beine aus.

»Was war's denn diesmal? Flashback? Schlimmer Traum?«, erkundigt Jason sich leise, indem er all die Gründe auflistet, die ich ihm in den vergangenen Monaten genannt habe, sobald er Alkohol in meinem Atem gerochen oder mich bis zur Besinnungslosigkeit betrunken auf dem Sofa vorgefunden hat.

Ich beuge mich nach vorn, um nach dem Brief von Aiden zu greifen, doch der Raum dreht sich, sodass ich mich rasch wieder gegen die Wand sinken lasse, um mich nicht zu übergeben. Also hebe ich bloß den Arm und zeige darauf.

Jason schaut auf den zusammengeknüllten Papierball und stößt einen langen Seufzer aus, ehe er ihn holt. Schweigend beobachte ich, wie er ihn entfaltet und auf seinem Oberschenkel glatt streicht. Ich betrachte sein Gesicht, blinzle ein paarmal, um ihn im Blick behalten zu können, während er den Brief liest.

»Du lieber Himmel«, flüstert er schließlich. »Wo kommt der denn her?«

Ich räuspere mich und starre die gegenüberliegende Wand im Wohnzimmer unserer Großeltern an, bevor ich ihm antworte.

»Der kam, als ich in Kambodscha war. Zwei Wochen nach seinem Tod.«

Jason schweigt einige Minuten lang, und ich nutze die Zeit, um mich im Zimmer umzublicken. Ich habe dieses Haus in meiner Kindheit immer geliebt. Das alte Farmhaus am Stadtrand von Charleston war voller glücklicher Erinnerungen an gute Zeiten, das absolute Gegenteil des Zuhauses also, das wir mit unserer Mutter in New Jersey hatten. Ich habe mich stets darauf gefreut, den Sommer hier bei meiner Großmutter zu verbringen. Sie backte Kekse für uns, kochte und war für uns da. Sie liebte uns, kümmerte sich um uns und tat alles, damit wir glücklich waren.

Dieses Haus, das einst voller Träume war, empfinde ich jetzt als Hölle. Ich ertrage die Wände um mich herum nicht, fühle mich eingesperrt, gefangen im Schmerz und in den Erinnerungen.

»Es tut mir leid, Everett. Dieser Brief ist … Scheiße. Ich weiß nicht, was ich dazu sagen soll. Warum hast du mir nichts davon erzählt? Trinkst du deshalb ständig bis zur Besinnungslosigkeit, seit du wieder zu Hause bist?«, fragt Jason.

»Es ist, wie es ist.« Ich zucke mit den Schultern und ignoriere die Bemerkung über das Trinken. »Er hat recht. Ich bin ein Arschloch, aber daran kann ich jetzt auch nichts mehr ändern.«

Mein Bruder gibt einen spöttischen Laut von sich und steht auf, sodass er über mir aufragt. Mein Kopf schmerzt, als ich zu ihm hochschaue. Das Deckenlicht scheint mir in die Augen und erzeugt ein Stechen in meinem Kopf. Fluchend schütze ich meine Augen mit der Hand, um sein Gesicht erkennen zu können.

»Ich weiß, dass ich nie kapieren werde, was in deinem Kopf vorgeht. Ich weiß, ich werde nie nachvollziehen können, was du da drüben erlebt hast. Und mir ist auch klar, dass die Traurigkeit, die ich wegen Aidens Tod verspüre, nichts im Vergleich zu dem ist, was du fühlst«, erklärt Jason mir. »Doch genug ist genug. Du hast dort drüben das getan, was du geliebt hast, und du hattest keine Ahnung von seiner Krankheit. Selbst wenn du es gewusst hättest, du hättest nichts daran ändern können. Er hatte das beste Mediziner-Team, das man für Geld kriegen kann, eingeflogen von überallher. Was er hatte, hättest selbst du mit deinen außergewöhnlichen medizinischen Fähigkeiten nicht heilen können. Du aber lebst noch, also fang an, dich entsprechend zu verhalten. Es tut mir leid, dass der Brief dich verletzt hat, es tut mir allerdings nicht leid, dass Aiden ihn geschrieben hat. Er hat recht. Du musst langsam mal wieder klarkommen.«

Ich fühle, wie Zorn der Benommenheit weicht, und balle die Fäuste in meinem Schoß. Ich will diesen Blödsinn, der aus seinem Mund ertönt, nicht hören. Ich weiß, ich habe es verdient, will es aber nicht hören.

»Was ist aus dem Versprechen geworden, das du mir gestern gegeben hast?«, fragt er, reißt mir die Wasserflasche aus der Hand und schleudert sie quer durchs Zimmer.

Sie fliegt gegen die Vitrine aus Eiche, in der unsere Großmutter ihr gutes Porzellan aufbewahrt hat, und landet zu Boden. Die letzten Schlucke Wodka laufen auf den Holzfußboden aus.

»Es tut weh«, flüstere ich und schaue auf meine geballten Fäuste, weil ich ihm nicht mehr in die Augen schauen kann.

»Natürlich tut es weh, du Idiot! Es heißt nicht umsonst Alkoholentzug. Das soll sich nicht gut anfühlen. Aber ich nehme an, du willst es noch nicht einmal versuchen«, entgegnet er.

Jason geht neben mir in die Hocke und umfasst mein Kinn, damit ich ihn ansehe.

»Es tut mir leid, dass Aiden gestorben ist. Es tut mir leid, dass du traurig bist und dich schuldig fühlst, weil du ihn nicht retten konntest. Doch du Arsch bemühst dich nicht einmal, dir selbst zu helfen. Ich war zu jung, um mich an Dads Tod zu erinnern, aber mitzuerleben, wie Mom sich zu Tode trank, war schlimm genug. Du hast dich geschnitten, wenn du glaubst, du könntest mich jetzt auch noch verlassen. Wenn du dich schon meinetwegen nicht am Riemen reißen willst, mach es Cameron zuliebe. Schließlich hat sie Aiden ebenfalls verloren. Was meinst du, was passiert, wenn sie dich auch noch verliert?«

Damit richtet er sich auf und geht weg. Unter dem wütenden Trampeln seiner Arbeitsschuhe vibriert der Holzfußboden, sodass ich den Kopf in meine Hände sinken lasse, weil ich fürchte, er könne gleich explodieren.

Ich will zurück zu den Menschen, die mich brauchen, doch mein Arbeitgeber lässt mich nicht.

Ich will Aidens Stimme nicht mehr in meinem Kopf hören, aber sie verstummt nicht.

Ich will mich im Alkohol ertränken, aber mein Bruder lässt es nicht zu.

Niemand will mich einfach nur in Ruhe lassen.

Mein Bruder hat keine Ahnung, wovon er spricht. Cameron kommt gut ohne mich zurecht, genau wie in den letzten vier Jahren. Sie braucht mich nicht. Hat mich nie gebraucht.

Die sollen mich alle verdammt noch mal in Ruhe lassen.

2

Everett

Wünschen in der Vergangenheit …

Zehn Jahre alt

»Mein Name ist Aiden Curtis, ich bin zehn, und mein Dad ist reich«, verkündet der Junge, der gerade auf mich zugekommen ist.

Er ist so groß wie ich, wir haben die gleichen dunkelbraunen Haare und blauen Augen, aber seine saubere schwarze Anzughose und das schicke weiße Hemd beweisen, dass sein Dad wirklich reich ist. In meiner dreckigen, zerrissenen Jeans, die zwei Nummern zu klein ist, und dem mit Fett und Dreck beschmutzten T-Shirt fühle ich mich in seiner Gegenwart wie ein Penner.

Am liebsten würde ich ihm gleich eine reinhauen, aber Grandma sagt immer, ich darf nie als Erster zuschlagen, ich sollte mich jedoch verteidigen und immer der Letzte sein, der schlägt.

»Ist dein Daddy auch reich?«, fragt Aiden, schnappt sich den Basketball von mir und klemmt ihn sich unter den Arm.

Ich wünschte wirklich, dieser Junge würde mich endlich schlagen. Ist mir egal, dass seine Familie erst kürzlich in unsere Straße gezogen ist und seine Eltern mit Camerons Eltern befreundet sind. Das bedeutet, er wird die ganze Zeit hier im Camp sein. Ich will ihm immer noch eine reinhauen.

»Aiden! Sei nicht fies. Everett hat keinen Daddy mehr.«

Mein finsterer Blick, der Aiden gilt, verwandelt sich rasch in ein Lächeln, als Cameron zwischen uns tritt. Eigentlich mag ich keine Mädchen. Sie sind laut und nervig und kichern ständig. Aber Cameron ist in Ordnung, obwohl sie noch ein Baby und erst sieben ist. Sie ist immer schmutzig, hat immer Heu in den Haaren aus dem Pferdestall und kriegt immer Ärger, weil sie zu hoch auf die Bäume klettert. Außerdem schlägt sie mich bei fast allen Aktivitäten hier im Camp, selbst beim Bogenschießen. Eigentlich sollte es peinlich sein, dass ein kleines Mädchen besser mit Pfeil und Bogen umgehen, Basketball spielen und schwimmen kann als ich, doch aus irgendeinem Grund ist es das nicht.

»Du hast mal wieder Heu in den Haaren, Cam«, sage ich ihr und zeige lachend auf die Halme, die aus ihrem unordentlichen Pferdeschwanz herauslugen.

Sie zuckt bloß mit den Schultern, stemmt die Hände in die Hüften und dreht sich zu Aiden um.

»Du solltest dich bei Everett entschuldigen«, erklärt sie ihm.

Es kommt mir nicht einmal komisch vor, dass ich mich von einem Mädchen verteidigen lasse. Ich kenne Cameron schon, seit sie ein Baby war. Sie war noch kein Jahr alt, als meine Grandma mich zum ersten Mal in das Camp brachte, das Camerons Eltern gehört. In den letzten sieben Jahren habe ich jeden Sommer zusammen mit ihr verbracht. Aus irgendeinem Grund klebte Cameron immer an mir, obwohl Hunderte von Kindern hier im Camp sind. Und da sie gut in Sport ist und so, stört mich das nicht. Es ist eher so, als hätte ich ein kleines Mädchen als Bruder.

Aidens Grinsen verschwindet sofort, während Cameron ihn weiter finster anstarrt, dann schaut er mich traurig an.

»Das mit deinem Dad tut mir leid. Mein Dad kann dir alles kaufen, was du willst, wenn wir Freunde sind. Er hat ganz viel Geld.«

Ich denke an die Playstation, die alle meine Schulkameraden haben und von der meine Grandma meint, wir können sie uns nicht leisten. Mom weiß nicht einmal, dass ich mir eine wünsche. Sofort bin ich einverstanden, Aidens Freund zu sein. Es braucht nicht viel für einen Zehnjährigen, um jedes Interesse an einer Prügelei zu verlieren.

»Was willst du werden, wenn du groß bist?«, frage ich ihn.

»Reich!«, antwortet er lachend. »Was willst du denn werden?«

Ich schaue zu Boden und kicke mit der Schuhspitze einen Stein weg.

»Arzt, wie mein Dad. Aber das geht nicht. Meine Mom mag es nicht, wenn ich sage, ich will wie mein Dad werden«, füge ich leise hinzu.

Cameron kommt näher und legt ihren Kopf gegen meinen Arm.

Mein Dad war Arzt bei der Army. Seit er getötet wurde, als ich drei war, ist Mom nicht mehr dieselbe. Deshalb verbringe ich so viel Zeit bei Grandma, und die bringt mich zum Camp von Camerons Eltern. Meine Mom wird richtig sauer, wenn ich davon rede, dass ich Arzt werden will, genau wie er, selbst wenn ich ihr versichere, dass ich nicht in die Army will und nie sterben werde wie er. Ich will kein Soldat werden, doch ich will Menschen retten, genau wie er. Sie weint viel und schließt sich tagelang in ihrem Zimmer ein, daher rede ich nicht mehr darüber. Aber es tut gut, es jetzt laut auszusprechen und sich nicht gleich schlecht zu fühlen deswegen.

»Du kannst machen, was du willst, wenn du erwachsen bist. Ich kann's jedenfalls nicht erwarten, bis ich groß bin und mir niemand mehr vorschreiben kann, was ich tun darf. Wenn du

Arzt werden willst, solltest du Arzt werden. Du kannst Leuten Spritzen geben und sie aufschneiden. Du wirst supercool sein und reich. Ärzte verdienen viel Geld.« Aiden lächelt.

»Du findest, als Doktor werde ich cool sein?«

Aiden nickt. »Definitiv.«

Ich lächle ihn an. »Okay, wir können Freunde sein.«

»Yay!«, jubelt Cameron, klatscht in die Hände und hüpft dabei. »Aiden und ich spielen nämlich zusammen, wenn du nicht hier bist, und ich freue mich echt, dass ihr euch auch mögt. Jetzt können wir alle zusammen spielen! Ich werde heute Nacht einen Wunsch zu den Sternen schicken, dass wir für immer beste Freunde bleiben, und ich weiß, dass dieser Wunsch in Erfüllung geht!«

Aiden und ich lachen beide darüber, wie glücklich Cameron ist. Er gibt mir den Basketball zurück und fragt mich, ob wir spielen wollen, worüber Cameron sich gleich noch mehr freut. Aiden strahlt, während er Cameron dabei beobachtet, wie sie um uns herumtanzt und nonstop von all den Beste-Freunde-Sachen plappert, die wir zusammen anstellen werden, und wie sie es uns beim Basketball zeigen will.

Ich mag Sachen, die Cameron glücklich machen, und es sieht aus, als würde Aiden mir dabei ganz gut helfen können. Als er ihr den Arm um die Schultern legt, nennt er sie »Kid« und bittet sie, uns beim Basketball nicht allzu hoch zu schlagen. Und Cameron schaut zu ihm auf und lächelt glücklicher, als ich es je bei ihr erlebt habe.

Ich bin froh, dass wir einen neuen Freund haben, der auch noch findet, ich werde als Arzt cool sein. Aber irgendwie ist es auch komisch, die beiden da zusammen zu sehen, als Freunde und ohne mich. Also stelle ich mich schnell an Camerons andere Seite und lege ihr ebenfalls den Arm um die Schultern, sodass wir alle drei Seite an Seite dastehen.

»Versprecht mir, dass wir für immer beste Freunde sein wer-

den, egal, was passiert«, verlangt Cameron und sieht zu Aiden hoch. Dann schaut sie mich an.

Aiden und ich tauschen über ihren Kopf hinweg einen Blick aus und zucken mit den Schultern.

»Klar, Cam. Wir werden beste Freunde bleiben, egal, was passiert«, verspreche ich ihr.

»Jap, egal, was passiert. Auch wenn du ein Mädchen bist«, fügt Aiden hinzu.

Cameron runzelt die Stirn, löst sich von uns und boxt ihn in den Magen. Ich muss laut lachen, da Aiden sich krümmt, den Bauch hält und vor Schmerz aufheult. Jetzt lächelt Cameron mich genauso an, wie sie vor ein paar Minuten Aiden angelächelt hat, und das komische Gefühl verschwindet, kaum dass sie die Hände ausstreckt und ich ihr den Basketball zuwerfe.

»Regel Nummer eins, Aiden. Ärgere Cameron nicht, sonst boxt sie dich«, erkläre ich ihm, klopfe ihm auf den Rücken und helfe ihm auf.

»Danke für die Warnung«, sagt er stöhnend und reibt sich den Bauch, während wir unsere Positionen vor dem Basketballkorb einnehmen.

Cameron, Aiden und ich verbringen den Rest des Tages mit Basketballspielen, und wie immer gewinnt Cameron jedes Spiel. Aiden beklagt sich nicht oder jammert, sondern fordert sie immer wieder zu einem neuen Spiel heraus, und es macht mir überhaupt nichts aus, Camerons Wunsch zu erfüllen, dass wir drei für immer beste Freunde sein sollen.

3

Cameron

Du hast mein Leben ruiniert.

Ich lese es laut und verdrehe die Augen über diese getippte Nachricht, die ich soeben aus dem nicht adressierten Umschlag gezogen habe. Er lag in dem Stapel Rechnungen, der gerade hereingekommen ist. Am liebsten würde ich das Blatt Papier zerreißen und in den Müll werfen, stattdessen lege ich es in eine Aktenmappe in der untersten Schublade meines Schreibtisches zu all den anderen Zetteln, bis ich Zeit habe, Kopien zu machen und sie der Polizei zu übergeben.

»Na ja, wenigstens ist dieser direkt und bringt es auf den Punkt«, sagt meine Freundin und Kollegin Amelia, die auf einem Stuhl vor meinem Schreibtisch sitzt. »Warum kann die Person nicht genauer sein? Und uns verraten, *wie* du ihr Leben ruiniert hast. Hast du ihr vielleicht die Vorfahrt genommen? Stand sie hinter dir in der Schlange im Supermarkt, wo du dich mit elf Teilen an die Höchstens-zehn-Teile-Kasse gestellt hast?«

Ich muss über ihren ernsten Gesichtsausdruck lachen. Das tut gut. In letzter Zeit hatte ich nicht viel zu lachen, aber ich kann mich immer darauf verlassen, dass Amelia mich aufheitert.

»Damit du's weißt, ich habe mich nur ein einziges Mal mit mehr als zehn Teilen an der Kasse angestellt, und das war ein Notfall.«

»War das ein Wein-Notfall?«, fragt sie mit hochgezogener Augenbraue.

»Schon möglich …«, erwidere ich und lache erneut.

»Du hast momentan zu viel Stress in deinem Leben. Ich glaube, was du brauchst, ist ein Besuch von deinem *speziellen Freund.*«

Sie zwinkert mir wissend zu und formt mit den Fingern sogar Gänsefüßchen um die Worte »spezieller Freund«.

»Nennen wir es ruhig beim Namen. Grady ist eine Bettgeschichte. Ich brauche einen Besuch von meiner Bettgeschichte, und ich bin dir sogar einen Schritt voraus. Ich wollte ihm nämlich gerade eine Nachricht schreiben.«

Amelia hebt den Arm zum Abklatschen, und ich versuche, mich nicht schuldig zu fühlen, während ich den Text abschicke. Er kennt die Bedingungen und war einverstanden, also brauche ich mich auch nicht schuldig zu fühlen.

Nach einigen Minuten des Schweigens lächelt Amelia sanft.

»Lass dich nicht davon fertigmachen. Manche Leute begreifen einfach nicht, was du hier tust.«

Amelia Sparks kam mit ihrem fünfjährigen Sohn vor drei Jahren zu uns ins Camp, weil sie Hilfe brauchte, nachdem ihr Mann von seiner Stationierung im Ausland heimgekommen war. Wir freundeten uns rasch an. Als Amelia dann letztes Jahr ihren Job in einem Restaurant verlor, bot ich ihr sofort den Posten des Freizeitmanagers an, der gerade frei geworden war. Sie erwies sich in vielerlei Hinsicht als ein Geschenk des Himmels, sowohl hier im Camp als auch in meinem Privatleben, besonders in letzter Zeit. Wenn ich sie jetzt nur ansehe, und das ist ein ganz anderer Anblick als bei unserer ersten Begegnung, weiß ich, dass es ihr genauso geht.

Als sie zum ersten Mal dieses Büro betrat, waren die langen braunen Haare zu einem unordentlichen Pferdeschwanz zusammengebunden, sie hatte Tränensäcke unter den Augen, die vom Weinen blutunterlaufen waren, und war so dünn, dass ich sie gleich mit ins Haus nahm und ihr etwas zu essen gab. Sie sprach im Flüsterton und war zu verstört, um mir in die Augen zu sehen, als ich ein Gespräch mit ihr beginnen wollte. Es dauerte einen Monat, bis sie mir endlich erzählte, dass ihr Mann nach seiner Rückkehr nicht mehr zurechtkomme. Er sei ständig wütend und betrunken und lasse seine Schmerzen und seine Ängste an ihr und ihrem gemeinsamen Sohn Dylan aus. Mithilfe unserer Therapeuten fanden sie und Dylan Kraft und Zufriedenheit, trotz der Geschehnisse zu Hause. Amelia lernte, ihr Leben in die Hand zu nehmen, und verließ ihren Mann, der sich weigerte, Hilfe zu suchen.

Ihr braunes Haar mit den frischen hellen Strähnen fällt ihr in sanften Wellen auf die Schultern, ihr Make-up ist wunderschön und makellos, und das nach der Depression wiedergewonnene Gewicht verleiht ihr Rundungen, um die ich sie beneide. Sie lächelt unbeschwert und oft und gibt sich viel Mühe, mich aus meinem Unglück herauszuholen. Sie kostet ihr Leben aus und sorgt dafür, dass ich das Gleiche tue.

Das klappt nicht, was aber nicht daran liegt, dass Amelia sich keine Mühe gibt.

»Mir geht's gut«, versichere ich ihr lächelnd und schiebe die untere Schreibtischschublade zu. »Es ist nicht die erste wütende Nachricht, die wir erhalten, und es wird sicher nicht die letzte sein.«

Jetzt, da meine Eltern nur noch in Altersteilzeit arbeiten und ich die Leitung des Camps übernommen habe, gebe ich diese Botschaften vorsichtshalber an die Polizei weiter, genau wie meine Eltern es immer getan haben. Bisher ist nie etwas Schlimmes geschehen, und ich bezweifle sehr, dass es je der Fall sein wird. Aber wenn man ein Camp voller Kinder führt, kann man nicht vorsichtig genug sein. Es ärgert mich nach wie vor, dass es irgendjemanden wütend machen kann, was wir hier tun. Ob es nun Leute sind, die prinzipiell etwas gegen dieses Camp haben, oder jene mit politischen Motiven, die alles hassen, was mit Krieg und Soldaten zu tun hat, oder wieder andere, die jemanden kannten, der hier bei uns war – wir haben schon alles erlebt.

Meine Eltern verwandelten die Plantage, auf der meine Mutter aufgewachsen ist, in das »Rylan Edwards Camp für Kinder von Veteranen und aus dem Auslandseinsatz zurückgekehrten Soldaten«. Als mein Vater aus dem Krieg heimkehrte, schien er die Qualen und die Gewalt hinter sich gelassen zu haben. Doch es ging ihm alles andere als gut. Monatelang blieb er in seiner eigenen Hölle in seinem Kopf gefangen, sah Dinge, die nicht da waren, und tat, als sei alles in Ordnung, um die Liebe meiner Mutter zurückzugewinnen. Sein einziges Ziel war, wieder zu der Frau durchzudringen, die er zurückzulassen gezwungen war, als er in den Krieg zog. Nichts anderes zählte für ihn, nicht einmal die eigene Gesundheit. Mit der Hilfe meiner Mutter lernte er, den Schmerz und die Vergangenheit loszulassen, wieder ins Licht zu gehen und ohne Reue zu leben. Sobald es meinem Vater wieder gut ging, wussten sie, dass sie ihr weiteres Leben damit verbringen wollten, einen sicheren Ort für Veteranen und deren Familien zu schaffen, dazu beizutragen, dass es diesen Menschen besser ging, und ihnen beizubringen, wieder zu leben, ohne Schmerz und Schuldgefühle.

Die Liebe und Unterstützung, die sie erhielten, war enorm. Leider kann man nicht jeden glücklich machen, daher gab es im Lauf der Jahre auch die eine oder andere verbitterte oder zornige Person. Es wird immer durchgedrehte Rechte oder unverbesserliche Hippies geben, die das, was wir hier tun, für ein politisches Statement halten. Und sie werden uns weiterhin deutlich zu verstehen geben, wie wenig sie das gutheißen.

Es wird auch immer Familienmitglieder geben, die nicht zu schätzen wissen, was wir ihren Angehörigen in Camp Rylan bereitstellen, egal, wie sehr jeder davon profitiert. Wir bieten Kindern von Armeeangehörigen, ob im Auslandseinsatz, verwundet oder aus dem Dienst ausgeschieden, nicht nur einen sicheren und glücklichen Ort, sondern auch Therapiemöglichkeiten. Mit der Zeit hatten wir ein paar Leute, die sich nach der therapeutischen Hilfe zur Trennung von ihren Partnern entschlossen haben, wie es bei Amelia und ihrem Mann der Fall gewesen war.

Manchmal werden solche Entscheidungen nicht von allen Beteiligten gut aufgenommen. Menschen werden wütend. Regen sich auf. Sie wollen irgendjemandem die Schuld geben. Ich versuche, die zornigen Briefe, E-Mails und Anrufe, die wir erhalten, nicht an mich heranzulassen. Denn ich weiß, wie sehr diese Leute im Grunde leiden. Ich weiß, wie schwer es ist, in den Krieg zu ziehen, dann heimzukehren und festzustellen, dass nichts mehr sein wird, wie es einmal war. Ich wuchs in einem sehr liebevollen Zuhause auf, aber meine Eltern gingen offen mit dem posttraumatischen Belastungssyndrom um, an dem mein Vater litt und mit dem er bis heute zu kämpfen hat. Obwohl es ihm deutlich besser geht, macht er gelegentlich noch schwere Zeiten durch. Es gibt immer noch schlaflose Nächte oder Nächte, in denen er schreiend aus einem Albtraum aufwacht. Ich kann mich aus eigener Erfahrung in die Situation aller Camper hineinfühlen, weshalb es mir umso schwerer fällt, damit umzugehen, wenn jemand unsere Hilfe nicht annimmt oder nicht an das glaubt, was wir tun.

Ich weiß aber, dass das Gute am Ende überwiegt, und die Dankbarkeitsbekundungen, die wir erhalten, sind viel zahlreicher als die üblen Nachrichten.

Aiden meinte immer, es sei ein undankbarer, entmutigender Job, und er verstand nie, wie ich das tagein, tagaus machen konnte. Er scherzte stets, er habe reichlich Geld und würde es liebend gern mit mir teilen, dann könnte ich ein Luxusweib sein und mehr Spaß haben, statt einer in seinen Augen deprimierenden Tätigkeit nachzugehen.

Mein Blick wandert zu einem gerahmten Foto von ihm auf der Ecke meines Schreibtisches, und plötzlich kämpfe ich mit den Tränen. Die Hände im Schoß, spiele ich mit dem Ring, den ich von Aiden habe. Vielleicht hätte ich ihn nach seinem Tod in einem Schmuckkästchen verstauen sollen. Er ist zu protzig und eigentlich nicht mein Stil, doch ich trug ihn ihm zuliebe, weil er ihn mir geschenkt hat. Jetzt will ich ihn nicht mehr abnehmen, denn wenn ich ihn betrachte und berühre, fühle ich mich Aiden näher.

Amelia erkennt, worauf mein Blick gerichtet ist, nimmt den Bilderrahmen und betrachtet lächelnd das Foto.

»Auf dem Bild seid ihr noch Kinder. Wie alt warst du damals? Zehn oder elf?«, fragt sie.

»Zwölf«, antworte ich sofort, und meine Stimme bricht vor Emotionen. »Die Jungs waren fünfzehn.«

Ich schaffe es nicht einmal, ihre Namen laut auszusprechen. Aidens Tod liegt neun Monate zurück. Der Schmerz ist nicht mehr so akut, wie er es anfangs war, aber er ist nach wie vor da und lauert unter der Oberfläche, sobald ich an Aiden denke. Es tut immer noch weh, dass er tot ist und mich hier allein zurückgelassen hat.

Er war der Mensch, der stets für mich da war; jetzt ist er fort, und ich werde das nie mehr haben.

»Sieh dir dieses Grinsen von Aiden an. Rotzfrech und großspurig, schon als Teenager«, meint Amelia lachend.

Ich stimme in ihr Lachen ein. Oft galt dieses Grinsen mir, und daher weiß ich genau, was Amelia meint. Aiden war immer so selbstsicher, er war sich seines Lebens und der Welt um ihn herum so gewiss, es kümmerte ihn überhaupt nicht, was andere von ihm dachten. Er hatte eine hohe Meinung von sich, das allein zählte. Auf die meisten Leute wirkte das snobistisch und arrogant, aber für jene, die ihn gut kannten, war es einfach nur Aiden. Hinter all diesem Selbstbewusstsein steckte ein Mann mit großem Herzen, der seine Freunde liebte und alles für sie getan hätte.

Meine Augen füllen sich mit Tränen bei dem Gedanken, dass ich dieses Grinsen nie wieder sehen werde. Nie mehr werde ich ihn über sein gutes Aussehen scherzen oder damit prahlen hören, wie viel Geld er in einem Monat an Provisionen verdient hat. Er wird mich nie mehr damit aufheitern, sich so sehr wie ein aufgeblasener Idiot aufzuführen, dass ich einfach lachen muss. Nie mehr wird er sich selbst übertreffen bei dem Versuch, mir der allerbeste Freund zu sein, und dabei immer zu wissen, dass mir tief im Herzen etwas fehlt, dass da eine Lücke ist, die nie gefüllt werden kann, ganz gleich, wie sehr er sich auch bemühte. Er tat, was er konnte, um mich vergessen zu lassen, dass einer der drei Musketiere fehlte und sich für mich deshalb alles falsch anfühlte. Seit Aiden gestorben ist, hat die Tatsache, dass Everett nicht hier ist und ich nicht mit ihm darüber sprechen kann, jeden traurigen Moment noch verstärkt. Und jeder glückliche Moment war getrübt durch das Bedauern darüber, dass Everett nicht hier war, um ihn mit mir gemeinsam zu erleben.

»Jedes Mal, wenn ich dich und Aiden zusammen gesehen habe, stellte ich mir vor, was für wunderschöne Babys ihr bekommen würdet. Mit seinem verwegenen Lächeln und seinem Sinn für Humor war er echt ein Hübscher«, sagt Amelia kopfschüttelnd, während sie weiter das Foto betrachtet.

»Na ja, du hast Everett nie persönlich kennengelernt«, murmele ich und hätte die Worte am liebsten gleich wieder zurückgenommen, kaum dass ich sie ausgesprochen habe.

Es kommt mir vor, als würde ich die Erinnerung an Aiden beflecken, wenn ich daran denke, wie viel attraktiver ich Everett fand. Bei Aiden fühlte ich mich stets geborgen und sicher. Everett hatte genau die gegenteilige Wirkung auf mich – als müsste ich mir Luft zufächern und meine Beine fest übereinanderschlagen.

»Du liebe Zeit, Everett sah schon mit fünfzehn toll aus. Ich fühle mich richtig verdorben. Aber nach allem, was du und Aiden mir über ihn erzählt habt, war er viel zu sehr der Bad Boy, zu grüblerisch und zu sehr ein Idiot. Muss er wohl sein, denn er hat sich in den letzten fast fünf Jahren nicht mehr groß um dich gekümmert oder einen weiteren Gedanken an dich verschwendet. Ich weiß, du hast mir mal erzählt, dass du früher in Everett verknallt warst, aber Aiden war eindeutig die bessere Wahl«, meint Amelia, stellt das Foto wieder auf meinen Schreibtisch und dreht sich zu mir um.

Ich will nicht hinsehen, aber ich kann nicht anders. Automatisch geht mein Blick zu dem Jungen auf dem Foto, der auf der anderen Seite neben mir steht. Aiden und Everett hatten beide kurzes braunes Haar und waren in etwa gleich groß, mindestens einen Kopf größer als ich damals, da ich drei Jahre jünger war als sie.

Damals sahen sie sich ähnlich, doch während Aiden viel lachte und fröhlich war, erreichte Everetts Lachen in all den Jahren, die ich ihn kannte, nie seine Augen. Es war ohnehin schwierig genug, ihm ein Lächeln zu entlocken, ganz zu schweigen von einem echten Lachen. Amelia hat recht. Er war grüblerisch, und er war ein Bad Boy. Aber ein Idiot war er nicht, als wir Kinder waren, jedenfalls nicht in meiner Gegenwart. Vielleicht fühlte ich mich deswegen so sehr zu ihm hingezogen, als wir klein waren. Ich wollte ihm helfen, ihn zum Lächeln und zum Lachen bringen. Ich wollte diejenige sein, die ihm den Schmerz über den Verlust seines Vaters in so jungen Jahren nahm, ihn über die Verzweiflung hinwegtröstete, dass er mit einer Mutter zusammenlebte, die sich nach dem Tod ihres Mannes nicht mehr um ihn und seinen Bruder kümmerte. Ich habe zu viele Jahre damit zugebracht, einem Traum hinterherzujagen und mir etwas zu wünschen, das sich am Ende als große Zeitverschwendung erwiesen hat. Everett wollte meine Hilfe nie. Er wollte nicht in Ordnung gebracht werden, und er wollte auch *mich* nie.

Seit fast fünf Jahren ist er nun fort. In der ganzen Zeit kam weder eine E-Mail noch ein Anruf. Nichts. All die Jahre gab ich mir die Schuld dafür, denn vielleicht hätte ich ihn in jener Nacht, bevor er ins Ausland ging, bitten sollen zu bleiben. Vielleicht habe ich den Eindruck erweckt, dass wir ihn nicht bräuchten und ganz gut ohne ihn zurechtkämen, dass wir ihn vergessen würden, sodass er beschloss, uns zuerst zu verlassen. Ich gab mir die Schuld, denn wegen etwas, das ich getan hatte, war ich nicht die Einzige, die ihn verlor. Auch Aiden verlor ihn.

Doch dann fand ich heraus, dass er gar nicht uns beide ignoriert hatte. Einige Wochen vor Aidens Tod erfuhr ich, dass er Aiden E-Mails schrieb, wenn er konnte, und ihn auch anrief, wenn er Zeit hatte. Er hatte nur mich verlassen. Ich war es, die ihm nach über zwanzig Jahren Freundschaft plötzlich egal war. Nur ich bedeutete ihm nichts mehr.

Das machte mich wütend, und es tat weh. Aiden ist seit neun Monaten tot. Ich bin traurig und vermisse ihn jeden Tag. Everett ist seit fast fünf Jahren aus meinem Leben verschwunden, und ich hasse es, dass es noch schmerzlicher ist. Ich hasse es, dass ich ihn mehr vermisse. Ich hasse es, dass es sich so anfühlt, als würde ich Aidens Andenken trüben, weil ich wegen der Abwesenheit eines Mannes, dem ich absolut nichts bedeute, noch trauriger bin. Wegen eines Mannes, den ich für meinen besten Freund gehalten und von dem ich mir viel zu oft gewünscht habe, er könnte eines Tages mehr für mich sein. Bis ich schließlich aufgeben und darüber hinwegkommen musste.

»Ich möchte die Stimmung hier ungern noch weiter runterziehen, aber hast du schon mit deinen Eltern gesprochen?«, fragt Amelia. Damit holt sie mich aus meinen deprimierenden Gedanken und lenkt meinen Blick von diesen verdammten Fotos ab.

»Nein, nicht außer den üblichen Wie-geht's-wie-steht's-Anrufen alle paar Tage. Ich kann ihnen nichts vom Ausmaß der Probleme erzählen, Amelia. Noch nicht. Dieses Camp ist ihr Lebenswerk. Ihr Traum. Ich bringe es nicht übers Herz, ihnen zu sagen, dass wir nach diesem Sommer womöglich schließen müssen. Ich kann ihnen jetzt, wo ich sie erst vor zwei Tagen dazu gebracht habe, in den ersten Urlaub seit einer Ewigkeit zu fahren, nicht das Herz brechen«, erkläre ich seufzend und fange an, den Stapel Rechnungen vor mir zu öffnen, vor dem ich mich eine Woche lang gedrückt habe.

Camp Rylan war seit der Eröffnung für Teilnehmer kostenlos. Meine Eltern wollten nichts davon wissen, Leute dafür bezahlen zu lassen, dass ihre Kinder eine Auszeit bekommen und mit anderen Kindern zusammen sein können, die ähnliche Sorgen haben wie sie. Mit großzügigen Spenden und Zuwendungen von Einzelpersonen und Unternehmen, zusammen mit der großen Wohltätigkeitsveranstaltung, die ich hier vor jeder Sommersaison organisiere, hatten wir bisher nie Probleme mit der Finanzierung des Camps. Unglücklicherweise ist unser größter Gönner, der mit seiner jährlichen Spende seit siebenundzwanzig Jahren das Camp fast allein am Laufen gehalten hat, vor Kurzem gestorben. Und seine Hinterbliebenen sind kaltherzige Arschlöcher, die alle seine wohltätigen Spenden eingestellt haben. Jack Alexander, der Gründer und Vorstandschef einer der größten Autofabriken in den Vereinigten Staaten, war für uns wie ein Familienmitglied. Nie ließ er seine jährliche Spende von einer Sekretärin per Post verschicken. Stattdessen setzte er sich ins Auto und fuhr selbst her, jeden

Sommer den ganzen Weg von New York hierher, um an der Wohltätigkeitsveranstaltung teilzunehmen und den Scheck zu überreichen. Er würde sich im Grab umdrehen, wenn er wüsste, was seine Familie getan hat.

»Ich hoffe, mir fällt etwas ein, bevor sie für die Spendengala im nächsten Monat heimkommen. Ich habe ein paar Unternehmen angerufen und drücke uns die Daumen, dass ich bald etwas höre. Ein Mann hat gleich auf meine E-Mail reagiert. Ich habe mich über ihn erkundigt, er ist ein bisschen schräg. Er vergibt sein Geld nach strikten Regeln. Meine Eltern müssten hier sein, da er sein Geld nur glücklich verheirateten Paaren gibt, die Non-Profit-Organisationen leiten. Vielleicht ist er meine letzte Rettung, sodass ich sie gar nicht erst einweihen muss. Für alle Fälle habe ich ihm aber gesagt, wir könnten uns frühestens am Wochenende vor der Wohltätigkeitsveranstaltung treffen. Ich kann die Verabredung jederzeit absagen, wenn wir bis dahin jemand anderen gefunden haben«, erkläre ich Amelia.

Wenn ich ehrlich sein soll, wird es selbst mit staatlichen Zuschüssen und sonstigen Zuwendungen, die wir im Lauf des Jahres erhalten, nicht reichen, ein Camp wie dieses auf einer Plantage dieser Größe zu unterhalten. Alle eingehenden Summen würden kaum für Strom und Gehälter der hier arbeitenden Leute ausreichen. Jahrelang haben wir uns auf Jacks Spende verlassen, und jetzt muss ich jemanden finden, der genauso toll und großherzig ist, wie er es war. Aber zu diesem Zeitpunkt gleicht das der Suche nach der berühmten Nadel im Heuhaufen. Selbst das Geld, das Aiden nach seinem Tod dem Camp hinterlassen hat, jeder Penny, den er je gespart hat, fing unsere wachsende Schuldenlast nicht auf. Ich habe darüber nachgedacht, ob ich Aidens Eltern um Hilfe bitten soll. Aber ich möchte nicht, dass sie sich verpflichtet fühlen, etwas zu tun. Nach Aidens Tod sind sie weggezogen, weil sie die vielen

Erinnerungen an ihn hier in Charleston nicht ertragen konnten, und ich möchte ihren Kummer nicht noch vergrößern, indem ich ihnen mitteile, dass Aidens Geld aus seiner Hinterlassenschaft nicht ausreicht. Ich bin über den Punkt, mir Sorgen zu machen, längst hinaus. Jetzt schiebe ich blanke Panik.

Nach Aidens Tod habe ich meine Eltern praktisch angefleht, alles auf mich zu überschreiben. Sie hatten ohnehin vor, es irgendwann zu tun, aber ich brauchte etwas, auf das ich mich konzentrieren konnte, nachdem er von uns gegangen war. Ich wollte mich mit etwas beschäftigen, um nicht ständig daran denken zu müssen, wie sehr ich ihn vermisse. Als sie schließlich nachgaben und mir alles überschrieben, wollte ich auch nichts Geringeres als die totale Kontrolle. Über das Camp, über alle Entscheidungen und über das Geld. Ihnen war klar, dass wir durch Jacks Tod Probleme bekommen würden, aber es gelang mir, sie lange über das Ausmaß der Schwierigkeiten im Dunkeln zu lassen. Ich will meine Eltern nicht enttäuschen. Ich will die Kinder und die Familien, die hierherkommen, nicht enttäuschen. Ich bin hier aufgewachsen, habe Aiden und Everett hier kennengelernt, meine glücklichsten Kindheitserinnerungen hängen mit diesem Ort zusammen. Ich will mich nicht von Gedanken an Everett Southerland ablenken lassen, wenn ich mir um etwas so viel Wichtigeres Sorgen machen muss. Er ist ein Teil meiner Vergangenheit, die ich loslassen muss, so sehr es auch schmerzt.

Und sosehr es mir das Herz bricht, dass ich nicht nur einen meiner besten Freunde, sondern gleich beide verloren habe – keinen von ihnen werde ich je zurückbekommen.

4

Cameron

Wünschen in der Vergangenheit …

Zwölf Jahre alt

Ich wische mir meine schweißnassen Handflächen an meinem Kleid ab, hole tief Luft und trete hinaus auf die Waldlichtung, die zu unserem Treffpunkt führt. Ich gehe erhobenen Hauptes und tue so, als sei es nicht total schräg, dass ich ein Kleid trage. Meine Beine fühlen sich nackt an ohne die dreckige Jeans mit den Löchern an den Knien, die ich sonst immer anhabe, wenn wir zusammen sind. Ich zwinge mich, nicht an die vielen blauen Flecken von unserem Basketballspiel neulich zu denken. Oder an die Schrammen und Narben, die ich habe, weil ich seit Jahren auf Bäume klettere und zu den Jungs gehöre.

Heute will ich hübsch aussehen. Er soll mich als Mädchen wahrnehmen, nicht als Wildfang. Als ich meine Mutter gestern bat, mit mir zur Mall zu fahren und dieses Kleid zu kaufen, konnte sie ihre Überraschung nicht verbergen. Sie zwinkerte mir dann zu und machte eine Bemerkung darüber, dass ich plötzlich hübsch aussehen wollte. Sie redet ständig davon, wie nett Aiden ist und wie süß. Es fällt schon auf. Alle lieben Aiden, aber nur, weil er in der Nähe wohnt und aus einer guten, glücklichen Familie stammt, die unserer ähnelt. Bei Everett zu

Hause ist gar nichts gut und glücklich; meine Eltern verstehen ihn einfach nicht. Sie glauben, dass er wegen der Probleme, die er zu Hause hat, einen schlechten Einfluss auf mich hat. Doch da liegen sie völlig falsch. Er ist genauso nett wie Aiden, wenn er den Sommer über hier bei uns ist. Meine Eltern bekommen es nur nie mit.

Ich hielt den Mund und nickte nur lächelnd, während meine Mutter immer weiter davon sprach, wie wundervoll Aiden sei. Immerhin lachte sie nicht über mich oder zog mich damit auf, dass ich mich schick machen wollte. Ich habe solche Angst davor, dass Everett mich auslacht. Fast möchte ich mich umdrehen und zum Haus zurückrennen, um mir Jeans und T-Shirt anzuziehen.

Bitte, lieber Gott, lass ihn nicht über mich lachen.

Als ich unten beim Baumhaus ankomme, wo Everett auf einem großen Felsbrocken sitzt und auf mich wartet, schaut er auf und starrt mich geschockt an. Ich setze ein Lächeln auf und versuche, trotz der Schmetterlinge im Bauch das Frühstück bei mir zu behalten, während ich auf ihn zugehe.

Ich weiß nicht einmal mehr, seit wann ich finde, dass mein bester Freund der süßeste Junge ist, den ich je gesehen habe. Von einem Tag auf den anderen hatte ich dieses komische Gefühl, sobald wir zusammen waren. Ich fing an zu stammeln, wenn ich mit ihm redete, und kicherte wie diese idiotischen Mädchen in der Schule, wenn sie für einen Jungen schwärmen. Das Schlimmste ist, dass ich selbst nicht mehr damit aufhören kann. Jahrelang war er mein Freund gewesen, wir spielten zusammen und verbrachten jeden Sommer hier, ohne dass es mir wichtig gewesen wäre, wie ich aussah oder wie ich mich in seiner Gegenwart benahm. Auf einmal aber machte Everett mich nervös, wenn wir zusammen waren. Ich weiß nicht, warum ich in Aidens Gegenwart nicht nervös bin. Er ist fast so süß wie Everett. Dennoch ist es mir egal, was Ai-

den von mir denkt und ob ich mich vor ihm blamiere. Er ist einfach nur Aiden.

Everett starrt mich weiter an, ohne ein Wort zu sagen, und fast wünschte ich, alles könnte wieder normal sein zwischen uns. Fast wünschte ich, Everett könnte einfach nur wieder Everett sein.

Nachdem ich eine Weile verlegen vor ihm herumgestanden habe, stemme ich die Hände in die Hüften – statt an meinem Kleid herumzuzupfen oder an den Locken in meinen rotblonden Haaren, bei denen meine Mom mir heute Morgen geholfen hat – und funkle den Jungen vor mir wütend an.

»Was starrst du so?«, frage ich verärgert.

Endlich blinzelt Everett und räuspert sich.

»Du trägst ein Kleid«, stellt er fest.

Ich wünschte, er hätte etwas Schmeichelhafteres gesagt, aber ich schätze, es ist besser, als wenn er mit dem Finger auf mich zeigen und lachen würde.

»Na und?«

»Und du hast gar kein Heu im Haar«, fügt er hinzu und lächelt nun doch, worauf eines dieser total niedlichen Grübchen in seiner Wange erscheint. »Du siehst echt hübsch aus.«

Das verdammte Kichern kommt heraus, ehe ich es verhindern kann, aber sofort mache ich den Mund wieder zu und streiche mir nervös mit der Zunge über die Lippe.

»Tja, äh, danke. Du weißt schon, es ist ein besonderer Anlass und so, deshalb dachte ich, ich zieh mal was anderes an.«

Everett steht endlich auf, und ich muss ein bisschen hochschauen zu ihm. Als er vor einigen Monaten fünfzehn geworden ist, schoss er in die Höhe und ist jetzt fast einen ganzen Kopf größer als ich.

»Man wird nicht jeden Tag zwölf«, sagt er und zieht hinter seinem Rücken einen Sechserpack Grape Crush *in Glasflaschen hervor und hält ihn hoch. »Ich habe unsere Geburtstagsge-*

tränke mitgebracht. Hoffentlich kommt Aiden bald mit dem Essen. Ich habe Hunger.«

Seit wir drei Freunde geworden sind, haben wir jeden Sommer eine besondere Geburtstagstradition. Die habe ich eingeführt, als ich feststellte, dass Aiden und ich im Sommer Geburtstag haben. Zu der Zeit sahen Aiden und ich Everett nur, wenn er den Sommer bei seiner Grandma war und sie ihn ins Camp brachte. Es machte mich immer traurig, dass wir ihn den Rest des Jahres über nicht sahen oder seinen Geburtstag mit ihm feiern konnten. Deshalb feierten wir seinen Geburtstag einfach am Nationalfeiertag, dem vierten Juli, und nannten ihn Everetts »Sommergeburtstag«. An jedem unserer Geburtstage, jedes Jahr an drei verschiedenen Tagen, trafen wir uns am Baumhaus und hielten unsere eigene Feier ab, zusätzlich zu der mit unseren Familien.

Meine Eltern merkten einige Jahre nach der Eröffnung von Camp Rylan, dass das große Plantagenhaus mit all den vielen zusätzlichen Gästen ihnen kaum noch Privatsphäre ließ. Deshalb bauten sie ein Haus nur für unsere Familie. Es liegt zehn Minuten mit dem Golfcart vom Plantagenhaus entfernt. Das ist nah genug, um bei Bedarf rasch im Camp zu sein, aber auch weit entfernt genug, um ein wenig Ruhe zu haben vor den Camp-Aktivitäten, die überall auf den knapp zwanzig Hektar Land, die wir haben, stattfanden. In dem Sommer, in dem Everett, Aiden und ich Freunde geworden sind, baute mein Dad dieses Baumhaus für uns, damit wir einen Ort für uns allein hatten, wenn wir einmal Ruhe von den anderen Camp-Bewohnern haben wollten.

»Und ich habe unsere Geburtstagstradition bereit«, sage ich lächelnd, ziehe ein sternförmiges Notizbuch aus der Tasche an meinem Kleid und halte es hoch.

Everett schüttelt den Kopf und gibt ein leises Lachen von sich, das ein Kribbeln in meinem Bauch auslöst.

»Wir machen das mit den Wünschen immer noch?«, fragt er.

»Natürlich machen wir das mit den Wünschen noch. Es ist Tradition.«

Denn wir kommen an unseren Geburtstagen nicht nur zum Baumhaus, sondern trinken immer das Grape Crush, das Everett mitbringt, essen die ganze Tüte Fritos-Chips leer, die Aiden besorgt, zusammen mit einem Little-Debbie-Muffin. Aiden bringt außerdem die Kerze mit und stibitzt ein Feuerzeug aus dem Handschuhfach im Auto seines Vaters. Dort hält sein Dad es vor seiner Mom versteckt, damit sie nicht weiß, dass er Zigaretten raucht, wenn er nicht mit ihr zusammen ist. Letzten Sommer klaute Aiden zusätzlich drei Zigaretten aus der Packung seines Vaters. Als ich mich aber in die Mülltonne in der Garage übergeben habe, beschlossen wir, diese Tradition nicht weiter fortzuführen.

Mein Beitrag zur Party ist dieses sternförmige Notizbuch. Die Jungs machen sich jedes Jahr über mich lustig, aber das ist mir egal. Nur weil wir uns etwas wünschen, wenn wir die Kerze auf dem Little-Debbie-Muffin auspusten, heißt das nicht, dass wir uns nicht noch etwas wünschen können. Ich will lieber auf Nummer sicher gehen, damit unsere Wünsche auch in Erfüllung gehen. Ich habe für uns drei spezielle Schachteln gemacht, aus Schuhkartons, die ich aus dem Kleiderschrank meiner Mom stibitzt habe, und sie mit unseren Namen in Glitzerfarbe und mit Aufklebern verziert. An unserem Geburtstag schreiben wir einen supergeheimen Wunsch auf einen dieser sternförmigen Notizzettel, etwas, das wir uns mehr als alles andere auf dieser Welt wünschen, und den legen wir in unsere Schachtel. Everett löst dann ein Brett im Baumhaus, unter dem wir die Schachteln verstecken. In diesem Geheimversteck liegen die Schachteln und warten auf denjenigen, der als nächster Geburtstag hat und einen Wunsch auf einen Stern schreibt.

»Was hast du letztes Jahr auf deinen Wunschstern geschrieben?«, frage ich ihn.

»Ich dachte, diese Wünsche seien geheim und wir sollen nicht darüber reden«, erwidert Everett.

Streng genommen stimmt das natürlich. Ich habe sogar eine Bibel mit ins Baumhaus gebracht und Aiden die Hand darauflegen und beim Leben seiner Mutter schwören lassen, dass er nie in unsere Schachtel schauen wird. Ich weiß, dass Everett das nie tun würde, aber Aiden kann man nicht trauen. Der ist hinterhältig und macht gern Sachen, mit denen er uns ärgern kann. Allerdings weiß ich, wie Everetts Wunsch lautet. Nachdem Aiden die Geburtstagsparty, die wir letztes Jahr für Everett veranstaltet haben, verlassen hatte, weil er zum Abendessen nach Hause musste, blieben wir beide im Baumhaus, bis die Sonne unterging, und redeten. Everett war an jenem Tag still und traurig, und das machte mich traurig. Niemand sollte an seinem Geburtstag unglücklich sein, auch wenn es nicht wirklich der Geburtstag ist, sondern bloß einer, den wir uns ausgedacht haben, damit wir alle zusammen feiern konnten. Everett verriet mir seinen Wunsch und nahm mir das Versprechen ab, es niemals Aiden zu erzählen. Ein Versprechen, das ich gehalten habe und vorhabe, ewig zu halten. Er wünschte sich, dass er und sein Bruder nicht mehr bei der Mutter leben müssen.

Ich wusste, dass sie keine gute Mutter war, nicht nur von Everett selbst, sondern auch von einigen Unterhaltungen, die ich mitbekommen habe, als meine Eltern nicht wussten, dass ich im Nebenzimmer war. Sie sprachen darüber, wie traurig es sei, dass Everetts Großmutter der einzige Mensch in seinem Leben sei, der sich um ihn kümmere, und dass jemand »diesen Jungen unter Kontrolle bekommen« müsste. Everett schilderte mir die Streitereien zu Hause, und wie er andauernd die Schule schwänzte und Ärger wegen Diebstahl bekommen hatte. Es machte mich wütend, dass alle glaubten, er müsste unter Kontrolle gebracht werden. Was er brauchte, war Liebe und jemanden, der sich um ihn kümmerte.

»Natürlich sind sie ein Geheimnis, und wir sollten nie mit irgendwem darüber reden. Aber ich weiß, was du dir im vergangenen Jahr gewünscht hast, Everett Southerland, und ich weiß, dass dein Wunsch in Erfüllung gegangen ist«, erinnere ich ihn.

Unmittelbar nach Weihnachten letztes Jahr setzten sich meine Eltern mit mir hin und erzählten mir, dass ich Everett in Zukunft öfter sehen würde. Er und sein Bruder wohnten nun offiziell bei ihrer Grandma, wenige Meilen von uns entfernt. Das machte mich glücklich; gleichzeitig war mir nach Weinen zumute. Wenn Everett bei seiner Grandma lebte, konnte ich ihn immer sehen, nicht nur im Sommer. Andererseits wollte ich nicht, dass Everett seine Mutter nie mehr sah. Auch wenn sie nicht immer nett zu ihm war, blieb sie doch seine Mom. Ich liebte meine jedenfalls mehr als alles andere auf der Welt, und ich konnte mir nicht vorstellen, sie nicht die ganze Zeit zu sehen oder nicht bei ihr zu wohnen.

Die Freude überwog die Traurigkeit. Ich war so aufgeregt, dass ich gleich bei seiner Grandma anrief, um zu hören, ob Everett wirklich dort war und meine Eltern mich nicht irgendwie hereingelegt hatten. Seitdem habe ich Everett fast jeden Tag gesehen. Wenn er nicht mit mir und Aiden zusammen ist, hilft er meinem Dad auf der Plantage, in den Pferdeställen und bei anderen Arbeiten im Camp. Insgeheim hoffe ich, dass er meinen Eltern damit beweist, dass er kein schlechter Kerl ist. Nie war ich dankbarer für meine Sternwunsch-Idee, und auf keinen Fall werde ich jetzt mit dieser Tradition brechen. Schon gar nicht angesichts des Wunsches, den ich mir für dieses Jahr vorgenommen habe.

»Ja, Cam, mein Wunsch ging in Erfüllung«, bestätigt Everett und klingt dabei traurig, obwohl er mich anlächelt.

Ich weiß, dass seine Mom ihm fehlt, und ich wünschte, ich könnte ihm die Traurigkeit nehmen. Vielleicht sollte ich mir das wünschen, statt dem, was ich eigentlich will.

»Ich schätze, die Wünsche-Sache war eine gute Idee, und wir sollten damit weitermachen, oder? Es ist doch ganz nett, dass ich dich jetzt die ganze Zeit sehe und nicht nur im Sommer.«

Die blöden Schmetterlinge sind wieder zurück, genau wie das alberne nervöse Kichern, und ich beschließe, bei meinem ursprünglichen Wunsch zu bleiben. Wenn er in Erfüllung geht, werde ich jede Menge Zeit haben, mir zu überlegen, wie ich Everetts Traurigkeit vertreiben kann. Ich werde den Rest unseres gemeinsamen Lebens Zeit dafür haben.

»Wer ist bereit für die Party?!«, ruft Aiden hinter uns, als er in die Lichtung tritt und dabei eine Tüte Fritos-Chips und eine wiederverschließbare Packung mit einem Little-Debbie-Muffin darin hochhält.

Als er bei mir und Everett ankommt, bleibt er plötzlich stehen und betrachtet mich mit genau dem gleichen erstaunten Blick wie Everett vorhin von oben bis unten.

»Was hast du denn da an, Kid?«, fragt er lachend und stößt mich mit dem Ellbogen an. »Und was hast du mit deinen Haaren gemacht?«

Ich sehe ihn strafend an, und meine Wangen glühen vor Verlegenheit, während ich darauf warte, dass Everett in Aidens Lachen einstimmt.

»Halt den Mund, Aiden«, meint Everett tadelnd, schnappt sich die Fritos und dreht sich zur Leiter um, die hinauf ins Baumhaus führt. »Es ist ihr Geburtstag, und sie sieht hübsch aus.«

Ich strecke Aiden die Zunge heraus, und er zerwühlt mir die Haare. Ich schlage seine Hand weg und ducke mich, aber das bringt ihn nur noch mehr zum Lachen.

»Na gut, tut mir leid. Du siehst gut aus, Kid. Lass uns mit der Feier beginnen«, erklärt er lächelnd, nimmt meine Hand und zieht mich zur Leiter. »Weißt du schon, was du dir wünschen wirst?«

»Das darf nur ich wissen, und du darfst es niemals herausfinden«, entgegne ich sarkastisch, während er vor mir und hinter Everett die Leiter hinaufklettert.

»Oh, keine Sorge, eines Tages werde ich es herausfinden. Wünsch dir bloß nicht, dass ich mich unsterblich in dich verliebe und dir einen Heiratsantrag mache«, scherzt er.

Jetzt starre ich ihm verblüfft hinterher.

Wenn er wüsste, dass ich heute vorhabe, mir genau das zu wünschen.

Nur nicht von ihm.

5

Everett

Ich klopfe auf die Gesäßtasche meiner Jeans und fühle das gefaltete Blatt Papier darin, das ich heute Morgen beim Anziehen hineingesteckt habe. Ich atme tief ein. Was dieses Blatt Papier angeht, bin ich geradezu zwanghaft geworden, weil ich ständig danach taste, ob es noch da ist.

Vor sechs Monaten wollte ich diesen Brief verbrennen. Vor sechs Monaten konnte ich den Schmerz, den diese Worte in mir auslösten, nicht ertragen, weshalb ich versuchte, mich zu Tode zu trinken. Jetzt halte ich es kaum aus, den Brief nicht ständig bei mir zu tragen. Jetzt muss ich ständig überprüfen, ob er noch da ist und ich ihn nicht verlegt oder einzustecken vergessen habe, um ihn immer bei mir zu haben. Ich habe ihn so oft zusammen- und wieder auseinandergefaltet, dass die Falze auseinanderzureißen drohen, wenn ich es noch einmal wiederhole. Es ist aber auch nicht so, als müsste ich den Brief ein weiteres Mal lesen. Jedes einzelne Wort hat sich in mein Gedächtnis gebrannt, und ich muss keinen Blick mehr darauf werfen, um mich daran zu erinnern, was Aiden mir geschrieben hat. Doch inzwischen tröstet es mich, seine Handschrift zu sehen. Es gibt mir die Kraft, die Finger vom Alkohol zu lassen und jeden Tag mit dem Willen aufzuwachen, zu leben, weiterzumachen und ein besserer Mensch zu werden.

Ich weiß nicht, ob es der Ausdruck im Gesicht meines Bruders war und das, was er vor sechs Monaten zu mir gesagt hat, als er nach Hause kam und mich auf dem Fußboden im Wohnzimmer fand. Oder ob es der Klang von Camerons Namen war, der mich schließlich aufwachen ließ. Was auch immer es war, es gab den Anstoß. Ich wachte endlich auf. Ich musste die Tatsache akzeptieren, dass es nichts gab, was ich für meinen besten Freund hätte tun können. Und ich musste lernen, mit dem Schmerz und den Schuldgefühlen darüber, dass ich nicht hier war, als er starb, zu leben – und zwar ohne den Alkohol als Krücke. Ich war immer noch da, lebendig und atmend, und ich musste anfangen, mich entsprechend zu verhalten.

»Du bist um die Welt gereist, hast Leben gerettet und bist für Fremde ein verdammter Held geworden. Nun ist es an der Zeit, hier zu Hause, wo Du hingehörst, ein Held zu sein.«

In meinem Kopf höre ich Aidens Stimme klar und deutlich, diesen spöttischen, arroganten Unterton, als stünde er direkt neben mir. Und statt mich elend zu fühlen und mir zu wünschen, mich einfach irgendwo zusammenzurollen und zu sterben, muss ich lächeln. Die Schuldgefühle nagen noch immer an mir, und ihn zu vermissen, tut so weh, dass es mir den Atem raubt. Doch der Schmerz über seine Worte verhindert, dass ich mich so verdammt betäubt fühle.

Ich beuge mich über die Arbeitsfläche und greife nach der Flasche Wodka, die seit sechs Monaten neben der Spüle steht und Staub fängt. Ich öffne den Verschluss und schraube ihn wieder zu, Mal um Mal, und starre die leere Flasche an. Es ist die letzte, die ich getrunken habe und jetzt hier in meiner Küche aufbewahre, um mich daran zu erinnern, wie sehr ich am Boden war und dass ich nie wieder an diesen dunklen Ort zurückkehren will.

Jetzt, wo ich nüchtern bin, kann ich meine Gedanken und mein Handeln ein bisschen besser verstehen. Zu erfahren, dass

Aiden Krebs hatte und ich nicht das Geringste für ihn tun konnte, ist für mich nicht gerade ein Kinderspiel gewesen. Als ich jünger war, wollte ich immer wie mein Vater Arzt werden. Er war ein Held, der im Einsatz sein Leben verlor. Als sein Konvoi an den Straßenrand gewinkt wurde, um einem angeschossenen Einheimischen zu versorgen, löschte eine Bombe seinen gesamten Zug aus. Ich wollte ihn ehren, indem ich auf meine Weise Menschen half. Ich dachte, in Dritte-Welt-Länder zu gehen, würde mir genau das ermöglichen. Dabei übersah ich jedoch, dass ich, während ich fort war und den edlen Ritter gab, für den einen Menschen, der mich wirklich gebraucht hätte und dem ich hätte helfen sollen, nicht da war.

Ich wollte den Schmerz betäuben. Ich wollte nichts mehr fühlen. Ich wollte mich nicht mehr an all die Menschen im Ausland oder hier zu Hause erinnern, denen ich nicht hatte helfen können. Einige Monate lang funktionierte das. Ich trank von morgens nach dem Aufstehen bis abends, wenn ich das Bewusstsein verlor. Ich hörte die Schmerzensschreie kranker Kinder nicht mehr, sah die Verzweiflung in den Gesichtern der Angehörigen nicht mehr, wenn ich einem der ihren nicht mehr helfen konnte. Und ich hörte auf, überall und ständig Aidens Gesicht zu sehen. Der Alkohol wirkte … bis er es nicht mehr tat. Bis nichts mehr die Erinnerungen aufhalten konnte, die mich zermürbten. Bis mir klar wurde, dass auf Dauer nichts den Schmerz fernhalten oder betäuben konnte, sondern dass dieser Schmerz, so schlimm er auch war, mich erkennen ließ, dass ich noch am Leben war.

Also habe ich die vergangenen sechs Monate damit verbracht, clean und nüchtern zu werden. Ich musste den Schmerz fühlen, musste mich lebendig fühlen und stark genug sein, um hier zu Hause der Held zu werden, genau wie Aiden es gewollt hat. Ich bin vielleicht nicht für ihn da gewesen, aber ich bin es ihm und ihr schuldig, für Cameron da zu sein.

Ich bin immer noch wütend, dass er fort ist. Kein Tag vergeht, an dem ich ihn nicht dafür verfluche, dass er mir seine Krankheit verheimlicht hat. Inzwischen habe ich zwar begriffen, dass ich nichts hätte tun können, um ihn zu retten. Aber er war verdammt noch mal mein bester Freund. Ich hätte am Ende bei ihm sein sollen, und ich bin sauer auf ihn, weil er mir nicht die Chance gegeben hat, mich von ihm zu verabschieden. Allerdings ist Wut besser als die Depression. Er war ein Draufgänger, und er machte immer Scherze darüber, dass er jung sterben würde.

Großartig, Aiden. Das hat du ja gut hinbekommen.

Auf ihn wütend zu sein, ist besser, als mit ihm sterben zu wollen. Denn wenn ich tot bin, kann ich zwischen mir und Cameron nichts mehr geradebiegen. Und mit meiner letzten verbliebenen besten Freundin alles wieder geradezubiegen, hat für mich jetzt höchste Priorität. Es ist das Einzige, was mich davon abgehalten hat, mir neue Wodkavorräte zuzulegen, erneut nur herumzusitzen und mich selbst zu bemitleiden. Es wird Cameron ziemlich schwerfallen, mir zu vergeben, und ich muss stark genug sein, um zu kämpfen, wenn sie mich abweist und nichts mehr von mir wissen will. Denn genau das wird sie tun. Ich muss stark genug sein, um meine Eifersucht zu überwinden und mich damit zufriedenzugeben, einfach wieder ihr Freund zu sein. Denn unabhängig von meinen Gefühlen damals vermisse ich unsere Freundschaft. Ich vermisse *sie*, und ich hoffe bei Gott, sie kann ihren Zorn überwinden und mich wieder in ihr Leben hineinlassen.

»Brauchen wir eine weitere Intervention? Denn ich muss schon sagen, die ersten beiden waren anstrengend genug.«

Ich löse den Blick von der Flasche in meinen Händen, blicke auf und sehe Jason in die Küche kommen. Er geht auf direktem Weg zum Kühlschrank, öffnet ihn und nimmt sich einen Apfel aus dem Schubfach. Dann wirft er die Kühlschranktür wieder zu, beißt einmal ordentlich in den Apfel und verschränkt die Arme.

Nachdem ich nüchtern geworden bin und angefangen habe, die Meetings der Anonymen Alkoholiker im örtlichen Krankenhaus zu besuchen, und als Jason gemerkt hat, dass es mir ernst damit war, dieses Mal trocken zu bleiben, zog er aus dem Haus unserer Großmutter aus und suchte sich eine Wohnung in der Stadt. Ich habe versucht, ihm klarzumachen, dass er nicht gehen müsse und dieses Haus ebenso seines sei wie meines. Grandma hat es uns beiden überlassen, als sie nach Florida zog, um ihre verbleibenden Jahre am sonnigen Strand zu verbringen. Doch er versicherte mir, dass er eigentlich nie hier hatte wohnen wollen. Er sei in den Jahren, in denen ich fort gewesen war, einfach dageblieben, damit es bereitstand, wenn ich mich eines Tages entschließen würde, nach Hause zurückzukehren. Und als ich es schließlich tat, habe er auf keinen Fall ausziehen können, aus Angst, ich könnte mir etwas antun und er sei dann nicht da, um mich zu retten.

Als ich ihn nach einer weiteren Intervention fragen hörte und an all die Male dachte, die er sich um mich gekümmert hat, wenn es doch eigentlich umgekehrt hätte sein sollen, war ich fast wieder so weit, zur Flasche zu greifen. Es ist mir unangenehm, dass mein jüngerer Bruder mit meinem Kram belastet wurde. Und dass ich ihm das Gefühl gab, eine Verpflichtung für ihn zu sein, dass er keine andere Wahl hatte. Dieser Hass auf mich selbst und darauf, was ich ihm angetan habe, ist ein weiterer Grund dafür, dass ich fest entschlossen bin, es nicht wieder zu vermasseln, sondern mich wieder auf den rechten Pfad zu begeben.

»Klar, komm rein, Jason. Nimm dir, was immer du möchtest«, erwidere ich sarkastisch. »Und nein, eine weitere Intervention ist nicht nötig. Ich habe deine vorherigen Botschaften klar und deutlich verstanden.«

Ich stelle die Flasche wieder neben die Spüle, dann sehen mein Bruder und ich uns an. Das letzte Mal, als er mich mit einer Flasche in der Hand sah, war ich nur noch einen Schluck davon entfernt, mit einer Alkoholvergiftung ins Krankenhaus eingeliefert zu werden. Auch wenn der Drang zu trinken mich auf Schritt und Tritt begleitet, würde ich ihm das nie wieder antun. Obwohl ich völlig hinüber war und in meinem eigenen Erbrochenen lag, werde ich den Ausdruck auf seinem Gesicht nie vergessen, als er mir die Flasche aus der Hand riss und mir erklärte, der Verlust unserer Eltern sei schlimm genug gewesen und ich hätte mich geschnitten, wenn ich glaubte, ich könne ihn ebenfalls verlassen.

Ich schüttele diese Erinnerung ab, greife in meine Gesäßtasche und ziehe den Brief heraus. Jason kommt zu mir, lehnt sich an die Arbeitsfläche und schaut zusammen mit mir auf das Blatt Papier.

»Warum behältst du das Ding? Es ist verdammt deprimierend«, murmelt er und beißt noch einmal geräuschvoll von seinem Apfel ab.

»Er ist nicht deprimierend. Jedenfalls jetzt nicht mehr. Er sorgt dafür, dass ich mich auf etwas anderes als das Trinken konzentriere«, erwidere ich schulterzuckend.

»Du bist nicht Mom.«

Seine leise gesprochenen Worte bringen mich dazu, meinen Blick von dem Brief in meinen Händen zu lösen und meinen Bruder anzusehen.

»Ich weiß«, antworte ich leise.

»Wirklich? Denn manchmal denke ich, du bestrafst dich nach wie vor selbst und fühlst dich schuldig für etwas, auf das du nie einen Einfluss hattest. Ich bin kein Idiot. Ich weiß, dass du sie meinetwegen belogen hast, was das College anging. Weil du Angst hattest, sie könnte wieder mit dem Trinken anfangen und alles kaputtmachen.«

Ich habe Jason damals ständig gesagt, wir müssten Sachen von ihr fernhalten, weil sie nie über den Tod unseres Vaters hinweggekommen war. Und wenn sie gewusst hätte, dass ich mich in die gleichen gefährlichen Situationen begeben würde, hätte es sie umgebracht. Ich wollte allerdings nicht, dass er irgendwie an dieser Entscheidung beteiligt war, er sollte sich nicht auch schuldig fühlen. Ich hätte wissen müssen, dass er es sofort durchschaut. Schließlich war er mein Bruder. Manchmal sah er Dinge klarer als ich.

»Du warst glücklich, das wollte ich dir nicht nehmen. Ich wollte nicht, dass du die gleiche Kindheit hast wie ich …« Ich verstumme.

»Eilmeldung: Ich *hatte* die gleiche Kindheit. Ich habe es bloß nicht so sehr an mich herangelassen wie du. Ich wusste, dass sie eine beschissene Mutter ist, und ich habe vor langer Zeit die Tatsache akzeptiert, dass ich nichts daran ändern kann. Eine Mutter zu sein, ließ sie nicht nüchtern bleiben. Dass du sie angelogen hast, auch nicht. Nichts hat funktioniert, Everett. Ich habe das akzeptiert und kam darüber hinweg. Es ist an der Zeit, dass du das auch tust.«

Ich schaue wieder auf Aidens Brief in meinen Händen und frage mich, warum zur Hölle ich mich eigentlich immer für das Glück meiner Familie verantwortlich gefühlt habe. Hätte ich vor Jahren mit Jason darüber gesprochen, dann hätte ich vermutlich nicht so lange so viele Schuldgefühle mit mir herumgeschleppt.

»Wirst du tun, was er von dir verlangt? Dich endlich am Riemen reißen und Cameron besuchen?«, fragt er.

Wie jedes Mal erweckt der Klang ihres Namens alles Tote in mir. Als ich zurück in den Staaten war, brachte ich nicht den Mut auf, zu ihr zu gehen. Ich fühlte mich zu schuldig, weil ich Aidens Beerdigung um zwei Wochen verpasst hatte. Und danach war ich monatelang zu betrunken, um auch nur daran zu denken, mich in ihre Nähe zu begeben. Ich habe es nie verdient, sie in meinem Leben zu haben, auch bevor ich alles zwischen uns zerstört habe. Und an meinem persönlichen Tiefpunkt hätte ich schon gar nicht zu ihr gehen können. Die letzten sechs Monate habe ich damit verbracht, mein Leben zu ändern und zu einem Mann zu werden, der ihre Freundschaft verdient. Einer, der stark genug wäre, für sie da zu sein, wann immer sie mich braucht. In unseren jüngeren Jahren bin ich ihr nie ein besonders guter Freund gewesen, denn ich war viel zu beschäftigt mit meinen eigenen Problemen. Sie kümmerte sich mehr um mich als umgekehrt, und schließlich zerstörten meine verdammten einseitigen Gefühle für sie alles noch mehr. Selbst wenn sie nur jemanden zum Reden braucht, während sie um unseren besten Freund trauert – den Mann, in den sie sich verliebt hat, nachdem ich gegangen war –, werde ich für sie da sein. Endlich fühle ich mich stark genug, den Schmerz darüber auszuhalten, dass ich schon vor langer Zeit meine Chance bei ihr verspielt habe und für jemanden wie sie nie gut genug sein konnte. Ich bin drüber hinweggekommen, bin erwachsen geworden, und jetzt will ich nur noch ihr Freund sein und für sie da sein, wie sie es immer für mich gewesen ist.

»Ja, ich werde sie besuchen«, erkläre ich, schiebe den Brief wieder in meine Tasche, klopfe ein paarmal darauf, um sicher zu sein, dass er gut verwahrt ist, und stoße mich von der Arbeitsfläche ab.

»Kann ich mitkommen? Ich würde wirklich gern dabei sein, wenn sie dir eine scheuert.« Jason lacht, und ich zeige ihm den Mittelfinger, als ich an ihm vorbeigehe, auf dem Weg unter die Dusche.

Es ist jetzt über viereinhalb Jahre her, seit ich Cameron James gesehen habe, aber seitdem ist nicht ein Tag vergangen, an dem ich nicht an sie gedacht habe. An dem ich mir nicht gewünscht hätte, an jenem Abend, als ich sie zum letzten Mal gesehen habe, alles anders gemacht zu haben. Aiden hat recht in seinem Brief. Ich muss aufhören, mir Dinge zu wünschen, und anfangen, sie zu verwirklichen, indem ich die Freundschaft zwischen mir und ihr wieder in Ordnung bringe. Sie hat mich nie gebraucht und war stets die Starke in unserer Freundschaft. Sie war immer für *mich* da. Ich habe keine Ahnung, ob sie mich jetzt braucht oder ob sie mich nach so langer Zeit überhaupt sehen will. Vor allem, nachdem ich sie in so vielerlei Hinsicht enttäuscht habe. Aber ich weiß, dass ich es keinen Tag länger ertrage, sie nicht mehr in meinem Leben zu haben.

Die drei Musketiere werden nie wieder vollzählig sein, aber vielleicht können wir zwei einen Weg finden, den Schaden zu reparieren. Sie muss es mich nur versuchen lassen.

6

Everett

Wünschen in der Vergangenheit …

Siebzehn Jahre alt

Ich halte gerade einen Hufauskratzer in der erhobenen Hand, als ich die Stimme eines Mädchens im Stall höre, sogar über die Stimmen der Männer hinweg, die sich bei der Arbeit unterhalten, fluchen und lachen. Der Huf der Stute, den ich in der anderen Hand gehalten habe, rutscht mir weg, während ich mich aus der gebückten Haltung aufrichte. Ich lasse Cameron, die gerade in den Stall hereinkommt und den Arbeitern zuwinkt, nicht aus den Augen. Sie trägt einen kurzen, zerschlissenen Jeansrock, dazu Cowboystiefel und ein enges Trägertop, das absolut nichts der Fantasie überlässt. Am liebsten hätte ich mir die nächstbeste Pferdedecke geschnappt und sie ihr um die Schultern gelegt, um jeden Zentimeter nackter Haut zu bedecken, der aus ihrem tief ausgeschnittenen Top quillt. Ich bin mir ziemlich sicher, dass später mehr als nur ein paar der Männer im Stall dieses Bild im Kopf haben werden, wenn sie Hand an sich legen. Ich eingeschlossen.

Ich bin ein widerwärtiges menschliches Wesen, und man sollte mich ins Gefängnis stecken. Mehr kann man dazu nicht sagen. Sie ist vierzehn Jahre alt, ich bin siebzehn. Viel zu alt, um wegen meiner besten Freundin einen Ständer zu kriegen und jeden anderen Mann hier vermöbeln zu wollen, der das gleiche Problem in der Hose hatte.

Ich habe nicht den leisesten Schimmer, wann Cameron plötzlich vom schlaksigen Teenager, mit blauen Flecken und Schrammen an den Knien und immer dreckverschmiert, zu dem umwerfenden Mädchen wurde, das »älter aussieht, als es ist« und jetzt anstolziert kommt. Oder wann ich aufgehört habe, sie als Kumpel zu betrachten, und angefangen habe, viel zu viele unpassende Fantasien über sie zu entwickeln. Es kommt mir vor, als wäre das über Nacht geschehen. Erst ist sie noch der Wildfang, und am nächsten Tag der feuchte Traum eines jeden Jungen im Teenageralter. Seit sie mit mir und Aiden auf der Highschool ist, kommt es mir vor, als wäre ich nur noch damit beschäftigt, jedem Jungen finstere Blicke zuzuwerfen, der auch nur in ihre Richtung schaut. Und meinen Freunden drohe ich damit, ihnen den Schwanz abzuschneiden, wenn sie mich fragen, ob sie mit jemandem zusammen ist.

Ich zermartere mir das Hirn darüber, in welchem Augenblick genau ich anfing, meine beste Freundin heiß zu finden. Plötzlich fällt mir ihr zwölfter Geburtstag ein. Da habe ich sie zum ersten Mal im Kleid und geschminkt gesehen. Ich konnte gar nicht aufhören, sie anzustarren. Ich konnte nicht aufhören, daran zu denken, wie hübsch sie aussah. Jetzt wird mir klar, dass ich diesen Augenblick verdrängt habe, weil mir nicht gefiel, wie ich mich damals fühlte. Ich wollte keine solchen Gedanken über meine beste Freundin haben. Außerdem war sie erst zwölf! Die vergangenen zwei Jahre habe ich damit verbracht, so zu tun, als hätte es diesen Moment nie gegeben, doch jetzt kann ich es nicht mehr ignorieren.

Ich reiße mich vom Anblick ihrer tollen langen Beine und des Schwungs ihrer Hüften los, und unsere Blicke treffen sich, als sie nur wenige Schritte von mir entfernt ist. Sie lächelt und bleibt so nah vor mir stehen, dass ich ihren dezenten Blumenduft riechen kann, der sie stets umgibt. Sie duftet nach Magnolienblüten, und in den letzten Monaten lief mir ständig das Wasser im Mund zusammen, sobald sie in meiner Nähe war.

»Solltest du nicht deiner Mom bei ihrem Tanzkurs helfen?«

Meine Worte klingen angespannt und gereizt. Am liebsten hätte ich sie gleich wieder zurückgenommen, denn sofort verschwindet Camerons Lächeln. Sie kann ja nichts dafür, dass ich wegen meiner unangebrachten Gedanken genervt von mir selber bin. Zum Beispiel denke ich, dass ich ihr gern die Arme um die Taille legen und sie an mich ziehen würde, und dass ich gern ihre Unterlippe küssen würde, auf die sie sich gerade beißt.

»Meine Mom und ich haben beschlossen, dass es von nun an besser ist, wenn ich bei ihrem Tanzkurs nicht mehr mitmache und stattdessen bei irgendeiner anderen Aktivität im Camp helfe. Ich glaube, ihr ist klar geworden, dass ich nie in ihre Fußstapfen treten werde.« Cameron zuckt leichthin mit den Schultern.

Ihre Mom ist in jungen Jahren eine erstaunliche Tänzerin gewesen und hätte vielleicht eine der besten Tänzerinnen der Welt werden können, bis ein Autounfall ihre Karriere beendet hat. Zum Glück hörte ihre Liebe zum Tanzen nicht auf, daher gibt sie Hip-Hop- und andere coole Kurse im Camp, die zu den beliebtesten Aktivitäten hier gehören. Leider hat Cameron das anmutige Talent ihrer Mutter nicht geerbt, aber sie gibt nicht auf.

»Wen hast du dieses Mal zur Krankenschwester geschickt?«, frage ich und grinse, als sie die Arme verschränkt und schnaubend die Augen verdreht.

»Braiden Barber. Aber es ist nicht meine Schuld. Dieser kleine Rotzkerl kam mir absichtlich in die Quere«, beklagt sie sich.

»Braiden ist sechs. Ich bin mir sicher, dass der gar nichts absichtlich getan hat.«

»Wie auch immer.« Sie wedelt mit der Hand. »Er machte sich über mich lustig, weil er einen Tanzschritt draufhatte, den ich nicht hinbekam, deshalb hat er sich den Tritt vors Schienbein auch verdient.«

Sie starrt mich düster an, weil ich nicht aufhören kann zu grinsen; meine Wangen tun schon weh. Ich verkneife mir das Lachen, damit sie nicht noch wütender wird. Egal, wie ich mich fühle, ich kann mich stets darauf verlassen, dass es mir mit Cameron besser geht. In den letzten zwei Tagen war ich in übler Stimmung, und sie nur reden zu hören, lässt mich meine Probleme für ein paar Minuten vergessen.

»Ich werde dir verzeihen, dass dir mein Kummer am Morgen gute Laune bereitet, weil ich weiß, dass du ein paar harte Tage hinter dir hast. Aber glaub nicht, dass diese Großzügigkeit ewig andauert«, warnt sie mich, legt ihre Hand auf meinen Oberarm und drückt sanft zu.

»Mir geht's gut.«

Sie legt den Kopf schief und sieht mich mit ihren wunderschönen grünen Augen an. In ihrem Blick liegt ein wissender Ausdruck. Am liebsten würde ich sofort alle meine Probleme bei ihr abladen.

»Du lügst«, stellt sie fest. Sie kennt mich besser als jeder andere, einschließlich Aiden.

Ich weiß nicht, warum ich mit meinen Problemen immer zu Cameron laufe. Warum ich viel besser mit ihr reden kann und warum ich mich wohler dabei fühle, ihr meinen ganzen Mist zu erzählen. Manchmal habe ich ein schlechtes Gewissen, weil wir beide Geheimnisse haben, die wir nie mit unserem anderen besten Freund geteilt haben. Doch die meiste Zeit, so wie jetzt, wenn sie nah bei mir steht und zu mir aufschaut, um mir bei was auch immer beizustehen, ist es mir egal, dass Aiden nicht dabei ist, und ich habe keine Schuldgefühle, dass ich ihn über bestimmte Bereiche meines Lebens im Dunkeln gelassen habe.

»Ich lüge nicht. Nicht direkt. Gestern war schlimm, aber heute ist es schon besser«, versichere ich ihr und verschweige, dass es vor allem ihretwegen besser ist. Sie nur bei mir zu haben, hebt meine Laune, auch wenn meine Gefühle für sie ziemlicher Murks sind.

»Meine Mom meinte, deine Mutter sei schon weg. Das tut mir leid, Ev.«

Ich zucke mit den Schultern, denn ich will nicht mehr verletzt und wütend sein, weil meine Mutter mich und Jason wieder einmal im Stich gelassen hat.

»Ist schon in Ordnung, ich komme klar«, sage ich noch einmal. »Ich weiß nicht, warum ich gedacht habe, dieses Mal könnte es anders sein als sonst, wenn sie uns besuchte.«

»Was kann ich tun? Soll ich nach New Jersey fliegen und ihr in den Hintern treten?«, fragt Cameron ganz ernst, was mich zum Lächeln bringt, obwohl wirklich nichts komisch ist an dieser Situation. »Du weißt, ich würde es tun. Niemand tut meinem besten Freund weh und kommt ungestraft davon.«

Ich schüttle den Kopf und weiche einen Schritt zurück, bevor ich noch etwas Dummes tun kann, wie zum Beispiel sie zu küssen. Vermutlich würde sie dann mir *einen Tritt in den Hintern verpassen.*

Ich rücke noch ein bisschen weiter ab, um nicht in Versuchung zu geraten, und bücke mich wieder, um das Bein der Stute zu heben, das ich losgelassen habe, als Cameron in den Stall kam. Dann widme ich mich wieder der Reinigung des Hufs.

»Es geht mir gut, Cam. Ich habe meinen Frust schon an Alan Haynes ausgelassen. Was glaubst du, warum dein Dad mir den schlimmsten Job im Stall gegeben hat, neben dem Ausmisten?«

Ich versuche, es auf die leichte Schulter zu nehmen, indem ich sie grinsend anschaue. Im Stillen fluche ich allerdings, denn sie sieht wütend aus. Ich muss verhindern, dass sie losrennt und sich bei ihrem Vater beschwert. Es ist nicht die Schuld ihres Vaters, dass ich es ständig vermassle und ihm einen Grund mehr gebe, mich nicht leiden zu können.

»Na schön, jetzt trete ich eben meinem Dad in den Hintern«, stößt sie zornig hervor.

»Im Ernst, Cam. Es ist in Ordnung. Alan hat mich genervt, da habe ich ihm eine blutige Nase verpasst. Dein Dad hat jedes Recht, mich für eine Prügelei mit einem Arbeiter zu bestrafen.«

Ich sage ihr nicht, dass Alan einen Spruch über ihren Po gemacht hat, nachdem er sie heute Morgen am See gesehen hat. Das habe ich auch ihrem Vater nicht erzählt, als der um die Ecke der Scheune kam und sah, wie ich auf diesem kleinen Mistkerl hockte und ihm in sein blasiertes Gesicht boxte. Ich habe auch nichts gesagt, als Eli mich von Alan herunterzog oder als Alan anfing zu jammern, ich hätte ihn grundlos verprügelt. Warum sollte ich mich verteidigen, wenn mir ohnehin niemand glauben würde?

»Tritte in den Hintern werden nicht nötig sein. Trotzdem danke für das Angebot«, füge ich hinzu.

Ich höre sie seufzen und kratze den Huf fester aus, konzentriere mich ganz auf das, was ich tue, statt auf den gehauchten Laut, den Cameron gerade von sich gegeben hat.

»Na gut, dann streiche ich In-den-Hintern-treten von meiner Liste. Aber heute Abend unternehmen wir trotzdem etwas, wenn das Camp vorbei ist. Was auch immer du machen willst, machen wir. Aiden hat ein Date mit irgendeiner College-Schlampe, von der er ständig redet. Also sind es nur wir beide.«

Ich sehe sie über die Schulter hinweg an und frage mich, ob jemals die Zeit kommt, in der es andersherum läuft und ich derjenige bin, der versucht, Cameron glücklich zu machen. Eine Zeit, in der ich der bessere Freund in dieser Beziehung bin.

7

Cameron

»Du klingst gestresst. Vielleicht sollten wir lieber nach Hause kommen. *Eli, ich glaube, wir müssen nach Hause*«, sagt meine Mom und dämpft ihre Stimme, als sie anfängt, mit meinem Dad zu reden statt mit mir.

Ich fahre mir durch die Haare und zupfe einen Halm Heu aus der zerzausten, langen rotblonden Mähne. Ich hätte sie mir heute Morgen zu einem Pferdeschwanz zusammenbinden sollen, bevor ich knietief in Schwierigkeiten steckte.

»Mom, alles ist bestens«, versichere ich ihr, schließe die Augen und zucke innerlich zusammen bei dem Gedanken, wie leicht mir die Lüge über die Lippen kommt. »Ihr kehrt nicht von den Outer Banks zurück, nachdem ihr gerade erst dort angekommen seid. Ihr erscheint in einem Monat zum Wohltätigkeitsdinner, das haben wir so abgemacht. Es sind nur ein paar schiefe Bretter rund um das Fundament des Tanzstudios. Nichts, womit ich nicht fertig werden würde.«

Als ich meine Eltern davon überzeugte, ein wenig Zeit in ihrem selten genutzten Ferienhaus am Strand der Outer Banks zu verbringen, habe ich die Geldprobleme des Camps heruntergespielt und ihnen versichert, dass bei ihrer Rückkehr alles geregelt wäre. Ich habe ihnen sogar das Versprechen abgenommen, vor dem Wohltätigkeitsdinner keinen Fuß auf dieses Land zu setzen. Meine Mutter sträubte sich bei der Aussicht, einen ganzen Monat weg von hier zu sein, doch mein Dad erinnerte sie daran, dass sie mich zu diesem Zeitpunkt bereits ein volles Jahr das Camp hatten leiten lassen. Falls sie sich jemals ganz zur Ruhe setzten wollten, müssten sie mir vertrauen. Das machte all die Lügen, die ich ihnen in jüngster Zeit aufgetischt habe, noch schlimmer, denn ich weiß ja, dass sie mir beide vertrauen, dieses Camp am Laufen zu halten. Sie müssen nicht wissen, dass ich die Stunden an Schlaf, die ich seit ihrer Abreise hatte, an einer Hand abzählen kann. Jede Nacht bleibe ich bis zum Morgengrauen wach und suche nach einer Lösung. Sie müssen auch nicht wissen, dass Amelia mehr als einmal mit mir geschimpft hat, weil ich den ganzen Tag über nichts gegessen habe. Zum Glück können sie nicht sehen, wie dunkel die Ringe unter meinen Augen sind oder wie viel Gewicht ich inzwischen verloren habe. Sie haben keine Ahnung, dass ich sie nach Strich und Faden belüge, wenn ich ihnen erzähle, alles sei in bester Ordnung.

Hoffentlich habe ich bis zu ihrer Rückkehr einen neuen Spender aufgetan, und hoffentlich vergeben sie mir, dass ich ihnen gegenüber nicht ganz aufrichtig war.

»Du meinst, nichts, womit *Jason* nicht fertig werden würde«, meint meine Mom lachend am anderen Ende der Leitung, und ich muss lächeln.

»Ja, genau. Jason ist jeden Moment hier, und dann ist auch schon alles wieder klar im Camp.«

Ich habe meine Freundschaft zu Everetts jüngerem Bruder ausgenutzt und ihn angerufen, sobald es ein handwerkliches Projekt gab, bei dem ich Unterstützung brauchte. Er ist stets bereit, mir und dem Camp zu helfen, allerdings war ich ein wenig überrascht, wie schnell er auf meine Anfrage heute Morgen ansprang. Schließlich weiß ich, dass er selbst den ganzen Tag arbeitet und für gewöhnlich erst gegen Feierabend oder am Wochenende vorbeischaut. Aber er versprach, alles stehen und liegen zu lassen, sich freizunehmen und gleich vorbeizukommen. Ich wollte ihm noch sagen, es könne warten, doch da hatte er schon aufgelegt. Anfangs fiel es mir sehr schwer, Jason zu sehen, nachdem Everett verschwunden war. Er erinnerte mich zu sehr an seinen älteren Bruder, der mich abgeschrieben und mir den Rücken zugekehrt hatte, und es machte sein Verschwinden aus meinem Leben umso schmerzhafter. Nach einer Weile merkte Jason, dass es mich auf die Palme brachte und traurig machte, wenn er den Namen seines Bruders nur erwähnte, und so haben wir uns wortlos darauf verständigt, nicht über ihn zu reden. So gern ich Jason im Lauf der Jahre mit Fragen über Everett auch gelöchert hätte, so wenig wollte ich, dass er zwischen die Fronten gerät, wo er doch so ein anständiger Kerl ist. Er verdient es nicht, von mir verhört zu werden.

»Jason ist hier.«

Ich blicke auf, als Seth, ein Freiwilliger von der Highschool, auf mich zukommt und auf die Zufahrt zeigt. Sie führt vom Plantagenhaus hierher zum Tanzstudio, das an den Stall angebaut wurde. Wir beobachten beide, wie die Reifen des Pick-ups Staub aufwirbeln, während er langsam in unsere Richtung rollt.

Seth geht an mir vorbei die Zufahrt hinunter zu Jasons Pick-up, und ich wende mich von dem sich nähernden Wagen ab, um die verbogenen Bretter zu betrachten, die Jason ersetzen soll.

»Mom, ich muss Schluss machen. Jason kommt gerade, und ich muss mich vor Mittag noch um hundert andere Dinge kümmern«, erkläre ich. »Hab euch lieb. Sag Dad, ich hab ihn auch lieb. Aber wenn einer von euch hier vor dem Wohltätigkeitsdinner auftaucht, werfe ich euch raus. Ich habe alles im Griff.«

Mom seufzt am anderen Ende der Leitung, erwidert meine Liebesbekundung und beendet das Gespräch, nachdem sie mir versprochen hat, sich morgen wieder zu melden.

Ich höre das Knirschen von Stiefeln auf der Kiesauffahrt und schiebe das Handy in die Gesäßtasche meiner Jeans. Lächelnd drehe ich mich um und will Jason begrüßen.

»Du hättest nicht so rasen müssen, um hierherzukommen. Ich sagte doch, es hat ...«

Ich verstumme, und mein Lächeln verschwindet. Gleichzeitig verspüre ich ein flaues Gefühl im Magen. Tränen steigen mir in die Augen, noch bevor ich sie aufhalten kann, und ich stoße den Atem aus, der mir zischend über die Lippen kommt. Ich muss mich zwingen, wieder Luft zu holen. Um ein Haar hätten meine Knie nachgegeben und ich wäre zu Boden gesunken.

»Hey, Cam.«

Die Stimme, die ich seit fast fünf Jahren nicht mehr gehört habe, klingt, als käme sie aus einem langen dunklen Tunnel. Und mir wird klar, woran es liegt: Mein Herz pocht so stark, dass es mir in den Ohren dröhnt. Es ist die gleiche tiefe, raue Stimme, die ich nachts in meinem Kopf höre, so wenig ich sie dort auch haben will. Es ist derselbe beruhigende Klang, dem ich seit zwanzig Jahren für immer zuhören möchte, von dem Mann, von dem ich mir wünschte, er *wäre* für immer mein. Der Klang ist wie Musik in meinen Ohren, und ich möchte ihn anflehen, etwas anderes zu sagen, um ihn noch einmal zu hören und zu wissen, dass er wirklich hier ist, tatsächlich in greifbarer Nähe. Obwohl Jason und ich die stillschweigende Übereinkunft hatten, nie über Everett zu sprechen, war es ihm doch gelungen, von Zeit zu Zeit etwas einzustreuen. Zum Beispiel, dass sein Bruder noch unter den Lebenden weilt, denn Everett meldete sich gern als Erster für die gefährlichsten Orte. Doch es fiel mir schwer, das zu glauben, bis zu diesem Moment, in dem er nun vor mir steht, echt und vollkommen und ganz lebendig. Seine Brust hebt und senkt sich mit jedem Atemzug, und mit seinen blauen Augen blickt er direkt in meine.

Ich kann nicht aufhören, Everett anzusehen, der nur wenige Schritte von mir entfernt steht, in enger Jeans, schwarzen Arbeitsschuhen und einem langärmeligen grauen Henley-Shirt, dessen Ärmel bis zu den Ellbogen hochgekrempelt sind. Die Hände stecken in den Hosentaschen. Sein dunkelbraunes volles Haar trägt er immer noch kurz geschnitten an den Seiten und oben etwas länger. Es sieht zerzaust aus, und ich würde gerne mit den Fingern hindurchfahren, um es wieder ein bisschen in Ordnung zu bringen und zu glätten. Sein Haar ist die einzige Ähnlichkeit mit jenem Everett, den ich einst gekannt habe. Er sah schon immer umwerfend aus, doch die Jahre in den Dritte-Welt-Ländern, in denen er ehrenamtlich gearbeitet hat, haben seine Muskeln gestählt. Das erkenne ich an seinen Unterarmen und daran, wie eng das Shirt seinen muskulösen Oberkörper umschmeichelt.

Er war immer glatt rasiert gewesen, und nach Jahren mit Aiden, der sich täglich rasierte, dachte ich schon, ich stünde auf Männer mit glatten Gesichtern. Bis eben. Everetts Bart ist kurz und gepflegt, von den Koteletten über die Wangen und um den Mund herum, und verdammt, damit sieht er noch besser aus.

Dieser Gedanke lässt die Tränen in meinen Augen wieder trocknen, und alle Emotionen, die ich bei dem ersten Wiedersehen seit Jahren gespürt habe, verschwinden augenblicklich. Wie kann er es wagen, hier einfach aufzutauchen, nachdem er fast fünf Jahre nichts mehr von sich hat hören lassen? Wie kann er es wagen, als einer der einst wichtigsten Menschen in meinem Leben, zu jemandem zu werden, der mich einfach abgelegt und nie mehr zurückgeblickt hat? Der sich nicht einmal die Mühe gemacht hat, sich bei mir zu melden, als unser gemeinsamer bester Freund gestorben ist?

Ich widerstehe dem Impuls, mich einfach in seine Arme zu werfen, obwohl ich mich nach seiner Wärme sehne und danach, mich zu vergewissern, dass er auch wirklich echt ist.

»Was, um alles in der Welt, machst du hier?«

Seine Lippen zucken, als wollte er grinsen, und meine Wut darüber, dass er das alles offenbar für komisch hält, ärgert mich noch mehr. Er hat kein Recht, einfach aus dem Nichts aufzukreuzen, in *meinem* Camp, und zu glauben, wir könnten dort weitermachen, wo wir aufgehört haben.

»Ich freue mich auch, dich zu sehen, Cam«, antwortet er mit sanfter Stimme und der Andeutung eines Lächelns; es sind die gleichen Worte, die er früher, als wir noch jünger waren, ständig zu mir gesagt hat. Prompt bekomme ich weiche Knie, was dazu führt, dass ich am liebsten mit der Faust etwas zertrümmert hätte.

Zum Beispiel sein blödes attraktives Gesicht.

Ich hasse es, schon bei der Erwähnung meines Kosenamens zu Pudding zu werden. Allerdings lasse ich mir nicht anmerken, welche Wirkung er auf mich hat. Ich presse die Knie noch fester zusammen, als er ein paar Schritte auf mich zugeht, bis er so nah vor mir steht, dass ich sein dezentes, holzig duftendes Eau de Toilette riechen kann. Natürlich trägt er das gleiche verdammte Eau de Toilette, das er seit Teenagertagen benutzt. Ich habe es ihm damals zu Weihnachten geschenkt, und ich mochte es so sehr an ihm, dass er danach jedes Jahr eines von mir bekam. Jetzt bin ich aufgrund meiner Gefühle so durcheinander und nervös, dass ich meiner Wut das Steuer überlasse, statt weinend zusammenzubrechen.

»Wow, du siehst gut aus. Du hast mir so schrecklich gefehlt.«

Und das war's. Jede Hoffnung darauf, mich zu beruhigen und wie eine Erwachsene zu benehmen, ist mit diesen Worten dahin.

Im nächsten Moment hebe ich die Hand, und ehe ich mich zurückhalten kann, verpasse ich ihm eine Ohrfeige. Und zwar eine so harte, dass ich den brennenden Schmerz in meiner

Hand wohl eine Woche lang spüren werde. Sein Kopf fliegt zur Seite aufgrund der Wucht meines Schlages, und er hält das Gesicht abgewandt, während ich die Hand langsam wieder senke und schwer atme vor Zorn.

»Wage es ja nicht, so etwas zu mir zu sagen«, warne ich ihn mit zusammengebissenen Zähnen und geballten Fäusten, die ich an meine Seiten gepresst halte, um ihn nicht wieder zu schlagen, dieses Mal auf die Nase. »*Du* bist derjenige, der sich entschlossen hat, mich fast fünf Jahre lang zu ignorieren. Du hast kein Recht, hierherzukommen und mir so etwas zu sagen.«

Er schließt die Augen und seufzt, dreht mir das Gesicht zu und öffnet die Augen wieder. Es raubt mir fast den Atem, denn ich sehe den Schmerz, den Kummer und das Elend in ihnen. All das, was ich auch empfinde. Dennoch werde ich es ihm nicht leicht machen. Er hat mich tiefer verletzt als jeder andere Mensch in meinem Leben zuvor. Er hat mir das Herz gebrochen und mich zurückgelassen. Das verzeihe ich ihm nie.

»Ich weiß. Ich weiß, und es tut mir sehr leid. Du hast keine Ahnung, wie sehr.«

In seinem Blick liegt ein Flehen, er bittet mich um Verständnis, doch ich habe keines. Ich kann es nicht verstehen. Ich habe mich in all diesen Jahren gefragt, was ich falsch gemacht habe, und mir gewünscht, es wieder in Ordnung bringen zu können. All diese vergeudeten Jahre, in denen ich nicht über ihn hinweggekommen bin, ihn nicht vergessen konnte. Und die letzten neun Monate habe ich damit verbracht, um unseren gemeinsamen besten Freund zu trauern, allein, ohne ihn.

»Es ist mir herzlich egal, wie leid es dir tut. Du hättest hier sein sollen. Du mit deinem tollen Medizinstudium rettest irgendwo auf der Welt Menschen, die du nicht einmal kennst. Aiden brauchte dich. Ich brauchte dich, aber du warst nicht da. Ich habe allein um ihn getrauert. Ihn allein beerdigt. Ich habe unseren verdammten besten Freund allein beerdigt!«, schreie ich, und meine Stimme bricht, weil mir bei der Erinnerung an Aidens Beisetzung die Tränen kommen.

Obwohl ich von Freunden und Familienangehörigen umgeben war, die mit mir weinten und mich trösteten, habe ich mich noch nie so allein gefühlt wie an Aidens Grab, als ich zusah, wie der Sarg hinuntergelassen wurde. Damals war ich nicht wütend auf Everett, denn ich wusste, dass er sich an irgendeinem fernen Ende der Welt aufhielt und nicht alles stehen und liegen lassen konnte. Ich verzieh ihm, dass er nicht bei der Beerdigung war, und jetzt fühle ich mich schrecklich, ihm das vorgehalten zu haben, wo er doch gar keinen Einfluss darauf gehabt hatte. Dennoch kann ich es nicht lassen.

Ich weiß von Jason, dass Everett erst Wochen später von Aidens Tod erfuhr. Dennoch ist er nicht nach Hause gekommen. Hat mich nie angerufen. Mir nie eine E-Mail geschrieben. NICHTS. All die Jahre bin ich ihm eine Freundin gewesen, und dieses eine Mal, als ich ihn brauchte, war er nicht da. Nach Aidens Tod war ständig jemand bei mir, Tag und Nacht, über Wochen, aber ich habe mich noch nie so verloren gefühlt wie in dieser Zeit, weil Everett nicht da war. Meine Eltern und Amelia taten in den vergangenen neun Monaten alles, was in ihrer Macht stand, um mich aufzumuntern. Doch nichts funktionierte, weil Everett nicht da war. Er war der einzige Mensch auf der Welt, der verstanden hätte, wie ich mich fühle. Nur war er nicht hier. Und jetzt, wo er wieder zurück ist, bin ich stocksauer, weil er glaubt, mit einer simplen Entschuldigung alles wieder gutmachen zu können. Worte können die Wunden nicht heilen, die sein Verhalten mir zugefügt hat.

»Cameron, Cameron, bist du da?«

Das Knarzen des Funkgeräts an der Taille meiner Jeans hält mich davon ab, Everett erneut anzuschreien. Mit wütendem

Blick löse ich das Funkgerät aus der Halterung, hebe es an den Mund und drücke die Sprechtaste.

»Amelia, ich bin hier gerade beschäftigt. Ich komme gleich zurück zum Haupthaus.«

Everett tritt näher, als ich das Funkgerät wieder an meiner Hose befestige. Ich bin so gefangen in meiner Trauer, meinem Zorn und dem Wunsch, er möge den ganzen Schmerz fühlen, den ich in mir hatte, als ich ohne ihn war, außerdem hatte mich Amelias Anruf abgelenkt, dass ich zu spät merke, wie er mich berührt. Er legt mir die Arme um die Taille, und kurz bevor er mich an sich zieht, wacht mein Verstand auf.

Ich weiche so unvermittelt einen Schritt zurück, dass ich beinah stolpere und mein Gleichgewicht erst im letzten Moment wiederfinde. Dass ich mich nicht von ihm anfassen lassen will, scheint Everett mehr zu schockieren als die Ohrfeige. Was zur Hölle erwartet er denn? Seit meinem dreizehnten Lebensjahr habe ich davon geträumt, dass er mich in die Arme nimmt und fest an sich drückt, sodass ich das Pochen seines Herzens an meinem Gesicht spüre. Ich habe davon geträumt, habe es mir vorgestellt und gewünscht … aber alles, was ich bekam, waren beiläufige Umarmungen, oder er hat mir, wenn ich Glück hatte, mal unverfänglich den Arm um die Schultern gelegt. Ich habe schon vor langer Zeit gelernt, dass meine Liebe zu Everett mir nur Schmerzen bereitet, und ich will verdammt sein, wenn ich mir das noch einmal antue.

»Es tut mir leid«, sagt Everett und seufzt frustriert, fährt sich durch die kurzen Haare und tritt nervös von einem Fuß auf den anderen.

Ich bin mir nicht sicher, ob er sich immer noch dafür entschuldigt, ein mieser Freund gewesen zu sein, oder für den Versuch, mich anzufassen. Und es interessiert mich auch nicht.

Jetzt reibt er sich die Wange, wo ich ihn getroffen habe. Ich will mich schon entschuldigen, überlege es mir aber anders, als ich daran denke, dass er es verdient hat. Was zur Hölle ist los mit mir? Eigentlich bin ich nicht so. Ich schlage Leute nicht ins Gesicht, und ich verabscheue Everett noch ein bisschen mehr dafür, dass er aus mir diese Furie gemacht hat, die in aller Öffentlichkeit ausrastet.

»Aiden hatte recht. Du hast im Lauf der Jahre tatsächlich einen üblen rechten Haken entwickelt.«

Sein Versuch, mir ein Lächeln zu entlocken, scheitert. Als er Aidens Namen erwähnt und mich somit daran erinnert, dass die beiden in den Jahren, in denen Everett fort war, in Kontakt geblieben waren, während ich zurückgelassen wurde, bricht mir das Herz in tausend Stücke.

»Arschloch«, flüstere ich, muss aber ein paarmal schlucken, um nicht in Tränen auszubrechen.

Vor diesem Mann werde ich ganz sicher nicht weinen. Ich werde ihm nicht zeigen, wie schwach ich mich in seiner Gegenwart fühle.

»Cam …«

Er geht schon wieder einen Schritt auf mich zu, hält jedoch inne, als mein Funkgerät rauscht und Amelias Stimme erneut zu hören ist. Diesmal kreischt sie.

»Cameron! SOS! Du musst …«

Gereizt drehe ich den Lautstärkeregler herunter, bis es klickt. Ich atme tief ein, um mich zu beruhigen, ehe ich Everett zum letzten Mal anspreche.

»Ich brauche dich hier nicht. Ich will dich hier nicht. Fahr nach Hause, und lass mich in Ruhe. Das hast du ja die letzten fünf Jahre auch gemacht. Also sollte es ein Leichtes für dich sein, da weiterzumachen.«

Ich sehe ihn lieber nicht mehr an, um nicht etwas Dummes zu tun, wie zum Beispiel mich in seine Arme zu werfen und mich dafür zu entschuldigen, ein solches Miststück zu sein.

Stattdessen gehe ich erhobenen Hauptes an ihm vorbei und lasse ihn stehen.

Ich hatte schon immer eine Schwäche für Everett Southerland, und ich will verdammt sein, bevor ich in dieselben Verhaltensmuster zurückfalle, nur weil er plötzlich wieder beschlossen hat, in mein Leben zu treten.

8

Cameron

Wünschen in der Vergangenheit …

Fünfzehn Jahre alt

»Herzlichen Glückwunsch, Kid! Es bleibt doch bei sieben Uhr, oder?«, fragt Aiden und wuschelt mir im Vorbeilaufen durch die Haare. Dann dreht er sich um und läuft auf dem Weg zum Unterricht ein paar Schritte rückwärts.

»Lass meine Haare in Ruhe! Und ja, sieben. Vergiss die Snacks nicht!«, rufe ich ihm hinterher. Es klingelt, die Kinder laufen schneller, Spinde werden zugeknallt.

Er salutiert, dreht sich dann wieder um und rennt durch die Schülermenge.

»Geht er immer noch mit Michelle Lanford? Ich habe gehört, sie haben Schluss gemacht. Meinst du, er sagt Ja, wenn ich ihn frage, ob er mit mir ausgeht?«

Ich drehe den Kopf zur Seite, während ich meine Spindtür schließe, und entdecke ein Mädchen, das mit verträumtem Blick Aiden hinterherschaut.

»Ja, die zwei haben sich letzte Woche getrennt. Kann nicht schaden, ihn zu fragen«, antworte ich schulterzuckend. Ich hieve die Bücher auf meinen Armen etwas höher. Sie dankt mir und läuft Aiden hinterher.

Kopfschüttelnd gehe ich den Gang hinunter zu meinem Algebra-Kurs, als mir plötzlich jemand die Bücher entreißt. Ich schaue auf und sehe, wie Everett lächelnd zu mir herunterblickt. Mir wird ganz flau, als er sich meine Bücher unter den Arm klemmt und mich zu meinem Klassenraum begleitet.

»Herzlichen Glückwunsch zum Geburtstag, Cam. Wie fühlt es sich an, fünfzehn zu sein?« Er stupst mich mit der Schulter an.

Nervös spiele ich mit einer Haarsträhne und zwinge mich, nicht loszukichern.

»Als wäre ich zu jung zum Autofahren und zu alt, um mit Barbies zu spielen.«

Großer Gott, Cameron. Barbies? Im Ernst? Damit klappt es auf jeden Fall, dass er dich als Frau sieht und nicht als kleines Mädchen. Sehr geschickt.

Everett lächelt mich nur an, bleibt vor der Tür zum Klassenraum stehen und gibt mir die Bücher zurück. Er legt mir einen Arm um die Schultern und drückt mich genau drei Sekunden lang, ehe er mich wieder loslässt und weggeht.

»Hab noch einen schönen Tag. Bis heute Abend am Baumhaus«, ruft er mir zu und winkt.

Ich stehe im Türrahmen, schaue ihm hinterher und seufze.

»Er sieht so toll aus. Ich kann gar nicht glauben, dass du mit ihm befreundet bist«, sagt Allison Brantley, die ebenfalls stehen geblieben ist und Everett hinterhersieht.

Allison Brantley ist seit Beginn des Schuljahres verknallt in ihn und flirtet schamlos mit ihm. Vor einem Monat hat sie ihre Jungfräulichkeit an Alex Conrad verloren, einem Jungen aus dem Abschlussjahrgang und Footballspieler, der mit Everett befreundet ist. Seitdem hält sie sich für eine heiße Braut und flirtet so heftig mit Everett, dass ich kotzen könnte. Sie würde in seinem Beisein nie von Barbies reden.

»In der Mittagspause frage ich ihn, ob er mit mir ausgehen will.«

Ich starre sie an und kann mir den finsteren Gesichtsausdruck nicht verkneifen. Ich hasse Allison Brantley.

»Er geht nicht mit Schlampen aus«, lasse ich sie wissen und ignoriere ihre beleidigte Miene, während ich mich an ihr vorbeischiebe und zu meinem Platz gehe.

So unverschämt meine Bemerkung auch war, Allison würde mir nie widersprechen oder mir eine Szene machen, denn sie weiß, dass ich am längeren Hebel sitze. So wie jedes andere Mädchen an dieser Schule das auch weiß, jedenfalls wenn es um meine beiden besten Freunde geht. Vielleicht macht mich das zu einer totalen Zicke, aber das ist mir egal. Jede hier weiß, dass sie nie eine Chance bei Aiden oder Everett haben wird, wenn sie mich gegen sich aufbringt. Na ja, vielleicht gilt das nicht für Aiden. Der würde mit allem, was eine Vagina hat, ausgehen. Everett nicht. Everett hat mir zugehört, als ich ihm gesagt habe, was ich von den Mädchen hielt, mit denen er ausgegangen ist. Obwohl es mich echt krank macht, dass er was mit anderen Mädchen hat. Die Vorstellung lässt mich innehalten, nachdem ich die Bücher auf meinem Tisch abgeladen habe, und ich kriege kein Wort mit von dem, was der Lehrer beim Hereinkommen von sich gibt. Warum tut Everett tatsächlich immer, was ich ihm sage, während Aiden stets genau das Gegenteil macht? Schätzt Everett meine Meinung wirklich? Weiß er, dass ich verknallt bin in ihn, und tut er es, um mich nicht in Verlegenheit zu bringen? Oh Gott, bitte lass es das nicht sein. Ich hoffe, er hört nur deshalb auf mich, weil wir befreundet sind und weil ich ein Mädchen bin, also weiß, wie andere Mädchen ticken.

Außerdem bin ich kein Volltrottel, auch wenn ich gern einer gewesen wäre. Also habe ich nicht über alle schlecht geredet. Nur über jene Mädchen, von denen ich dachte, sie könnten wirklich sein Herz erobern. Ich habe gelernt, mich damit zu arrangieren, dass Everett mit anderen Mädchen ausgeht, solange nichts Ernsthaftes daraus wird. Zwar glaube ich kaum, dass er sich unsterblich in Allison verlieben, mit ihr durchbrennen und sie gleich heiraten würde, aber schließlich ist heute mein Geburtstag, verdammt noch mal. Nichts und niemand wird diesen Tag ruinieren, schon gar nicht Allison Brantley mit ihren Riesendingern, ihrer superschmalen Taille, den langen Beinen und ihrer fehlenden Jungfräulichkeit.

»Hör auf, mich auszulachen. Ich bin voll eure Kupplerin!«

Aiden ignoriert meine Ansage und lacht so sehr, dass er sich die Tränen wegwischen muss.

»Das ist echt anstrengend. ›Glaubst du, Aiden mag mich?‹ ›Glaubst du, Everett fragt mich, ob ich mit ihm ausgehen möchte?‹«, sage ich mit nervig schriller Stimme. »Ich spiele hier eure Kupplerin und informiere den weiblichen Teil der Bevölkerung darüber, dass ihr wieder zu haben seid. Das ist widerlich. Ich sollte anfangen, von euch beiden Geld dafür zu nehmen.«

Ich hebe die Bierflasche an den Mund und trinke noch einen Schluck. Die Hälfte tropft mir vom Kinn, und mir wird klar, wie betrunken ich schon bin.

Everett nimmt mir die Flasche aus der Hand und wischt mir das Bier mit dem Ärmel vom Gesicht. Ich merke gar nicht, dass ich den Atem anhalte, bis er seinen Arm wieder herunternimmt und mich lächelnd ansieht.

Aiden fand, Grape Crush sei in diesem Jahr nicht das Richtige für uns, und hat stattdessen eine Kiste Bier mitgebracht. Da sie achtzehn sind, haben Aiden und Everett reichlich Gelegenheit, Alkohol zu trinken, wenn sie mit Freunden ihres Alters zusammen sind. Ich habe die nie. Ich fand, es sei der perfekte Weg, um Everett zu zeigen, dass ich kein kleines

Mädchen mehr bin. Aber irgendwann nach der dritten Flasche wurde ich benebelt und fing an zu lallen. Ich sprach wie eine Vollidiotin über Kupplerinnen. Deshalb geht er ständig mit Schlampen aus. Weil ich nur ein kleines Mädchen bin, das keinen Alkohol verträgt, offenbar im Gegensatz zu diesen Frauen.

Immerhin rede ich nicht mehr über Barbies, das spricht schon mal für mich.

»Ich glaube, du hattest genug«, meint Everett und stellt die Flasche neben seinen Beinen ab.

Everett und ich sitzen mit ausgestreckten Beinen Seite an Seite, während Aiden uns gegenüber im Schneidersitz Platz genommen hat. Ich betrachte Everetts Profil, als er sich nach vorn beugt und die leeren Flaschen einsammelt. Glas klirrt, als er sie auf dem Boden des Baumhauses zu einem Haufen zusammenschiebt. Am liebsten würde ich sein markantes Gesicht berühren und irgendetwas sagen, damit er lächelt und ich seine Wangengrübchen sehe, die ich so gern küssen würde.

»Du bist vielleicht ein Stimmungskiller, Ev«, meckert Aiden, leert sein Bier und stellt die Flasche zu den Flaschen, die Everett gerade eingesammelt hat. »Es ist ihr Geburtstag, da kann sie sich doch betrinken, wenn sie will.«

Als Everett sich zurücklehnt und die Hände auf dem Boden hinter sich abstützt, spreizt er die Beine, sodass sein Oberschenkel meinen streift. Mein Herz fängt an zu hämmern, und zum ersten Mal, seit ich sieben Jahre alt war, wünschte ich, Aiden wäre nicht hier mit uns zusammen.

Ich hasse es, dass mir dieser Gedanke durch den Kopf geht. Ich habe Aiden sehr gerne, aber jetzt möchte ich lieber mit Everett allein sein. Ich möchte näher an ihn heranrücken, bis unsere Schultern sich berühren. Ich will, dass er mich ansieht und lächelt. Ich will, dass er mir die Haare über die Schulter zurückstreift, wie ich es ihn habe tun sehen bei den Mädchen, mit denen er ausgegangen ist. Ich will, dass er mich anschaut und wirklich sieht. Als Frau, nicht als beste Freundin.

»Gut, dass du deinen Wunsch schon aufgeschrieben und in deine Schachtel gelegt hast … Sonst müsste ich dir vermutlich dabei helfen und würde lesen, was du dir wünschst«, meint Everett augenzwinkernd.

Ich war auch irgendwie froh darüber, bis jetzt. Wenn er mir dabei geholfen hätte, meinen Wunsch aufzuschreiben, wüsste er jetzt, was ich empfinde. Es wäre raus, und ich müsste ihm nichts mehr vormachen. Ich bin es so leid, so zu tun, als ob. Ich bin es so leid, etwas zu begehren, was ich vermutlich niemals bekommen werde, so sehr ich es mir auch wünsche, und so sehr ich Everett auch zu beweisen versuche, dass ich kein kleines Mädchen mehr bin und ihn glücklicher machen kann, als irgendeines dieser nuttigen Mädchen in der Schule.

»Aiden! Bist du bald fertig? Mir ist langweilig«, ruft eine Stimme von unten am Fuß des Baumhauses.

»Oh, mein Gott! Hast du wirklich ein Date mit zu meiner Geburtstagsparty gebracht?«, maule ich und starre Aiden wütend an, während Everett grinst und den Kopf schüttelt.

»Hey, es ist nicht meine Schuld, dass ich unwiderstehlich bin und mein Terminkalender voll ist. Außerdem ist es ja nicht so, als hätte ich sie mit heraufgebracht. Ich habe sie unten warten lassen, wie ein Gentleman. Du kannst nicht sauer auf mich sein, Kid«, erklärt Aiden grinsend.

Ich verdrehe die Augen, aber davon dreht sich alles, deshalb winke ich ab und konzentriere mich voll darauf, mich nicht zu übergeben.

»Geh. Geh zu deiner Tussi.«

»Bist du dir sicher?«, fragt Aiden, steht aber schon auf.

»Ja. Du kannst es wiedergutmachen, indem du ein Memo verschickst, in dem steht, dass ich nicht mehr deine Kupplerin bin. Erzähl ihr, sie soll all ihren Freundinnen sagen, dass ich

nicht länger Fragen über den Status deines Liebeslebens beantworte.«

Aiden lacht, beugt sich herunter und küsst mich auf die Wange.

»Mal sehen, was ich tun kann.« Er grinst, richtet sich auf und zeigt auf Everett. »Du bist verantwortlich dafür, ihr die Haare zurückzuhalten, wenn sie sich übergibt.«

Everett hebt den Daumen, und ich rufe Aiden hinterher: »Ich werde mich nicht übergeben!!«

Er lacht den ganzen Weg die Leiter hinunter, und als es still ist im Baumhaus, wende ich mich an Everett.

»Ich werde mich nicht übergeben«, versichere ich ihm und hoffe inständig, dass es stimmt.

Er stößt mich mit dem Arm an und lächelt.

»Falls doch, halte ich dir die Haare zurück.«

Es ist echt traurig, dass dies das Romantischste ist, was ich bisher in meinem Leben gehört habe. Ich bin definitiv betrunken.

Er schaut mich unverwandt an, und ich will den Mund halten, um den Augenblick nicht mit einem bierduseligen Wortschwall zu zerstören. Aber ich kann nicht still sein.

»Wie kommt's, dass du nie ein Mädchen hierhergebracht hast?«, frage ich leise.

Aiden bringt jede Woche ein anderes Mädchen mit und prahlt, dass er mit den Camp-Betreibern befreundet ist. So will er sie beeindrucken. Everett hat noch kein einziges Mal eine Freundin mitgebracht, nicht einmal zur Spendenparty, die meine Eltern jedes Jahr geben.

Er lehnt sich zu mir herüber, und ich sehe ihn an. Unsere Gesichter sind einander jetzt so nah, dass ich bloß noch das Kinn heben müsste, und unsere Lippen würden sich berühren. Ich will, dass er die Hände hebt, sie um meine Taille legt und mich an sich zieht, bis meine Brust seine berührt und ich *seinen Herzschlag fühlen kann. Ich will mehr, als nur spüren, wie seine Schulter meine streift, mehr als eine beiläufige Umarmung. Ich will, dass er den ersten Schritt macht. Ich will ihn jedenfalls nicht machen, um nicht erleben zu müssen, wie er zurückschreckt und mich auslacht.*

»Dieser Ort ist etwas Besonderes für mich«, antwortet er schließlich mit leiser Stimme. »Er hat mir durch eine der schwierigsten Zeiten meines Lebens geholfen. Ich würde nie ein Mädchen mit hier herbringen, das mir nicht wirklich viel bedeutet. Das mir weniger bedeutet als dieser Ort.«

Ich wollte, dass er mir sagt, er würde überhaupt nie ein Mädchen hier herbringen, weil er das gar nicht müsse. Es sei ja schon da. Zumindest muss ich mir keine Sorgen machen, dass er jede Woche irgendeine Neue mitbringt, die ihm nicht das Geringste bedeutet, wie Aiden. Und das genügt mir vorerst.

Er rückt von mir ab und lächelt mich wieder an. Mir wird augenblicklich kalt, als ich seinen Arm nicht mehr an meinem spüre.

Ich denke an den Wunsch, den ich aufgeschrieben habe. Es ist der gleiche, den ich seit meinem dreizehnten Geburtstag aufschreibe. Vielleicht hätte ich ihn ändern und mir stattdessen wünschen sollen, dass er mich küsst oder, Himmel, mich einmal nicht rein brüderlich umarmt. Doch jetzt ist es zu spät, ihn neu zu formulieren. Der Zettel liegt längst in meiner Schachtel und bleibt verstaut unter dem Bodenbrett, bis zum nächsten Jahr.

Hoffentlich geht mein Wunsch eines Tages in Erfüllung, denn das wird dann zu sehr viel mehr als Umarmungen führen.

9

Everett

Gott, wie schön sie ist.

Dieser Gedanke ist das Einzige, was mir gerade durch den Kopf geht, als Cameron erhobenen Hauptes an mir vorbeimarschiert. Die vier, fünf Jahre, die ich von ihr getrennt war, kommen mir plötzlich vor wie fünfzig. Am liebsten würde ich sie packen und nie mehr loslassen, um all diese Zeit wettzumachen. Aber wahrscheinlich würde sie mich gleich noch einmal ohrfeigen, wenn ich das täte. Wobei ich wohl eher eine Faust ins Gesicht bekommen würde statt einer flachen Hand, so, wie sie mich angesehen hat, und so schnell, wie sie sich von mir abgewandt hat, als ich sie zu umarmen versucht habe.

Als Jason einen Anruf von Cameron erhielt, während ich unter der Dusche stand, entschied er, das sei die perfekte Gelegenheit für mich, zum Camp zu fahren und mit ihr zu reden. Zuerst war ich aufgeregt. Ich wollte nur ihr Gesicht sehen und endlich wieder ihre Stimme hören. Doch mit jeder Meile, die ich dem Camp näher kam, wuchs meine Beklommenheit, da ich wusste, sie würde es nicht besonders gut aufnehmen, wenn ich einfach so wieder in ihrem Leben auftauchen würde.

Mir wird klar, dass ich das Ganze ein bisschen besser hätte durchdenken sollen, weil ich wusste, wie sauer sie auf mich sein würde.

Während sie davonmarschiert, schaue ich unwillkürlich auf

ihren Po und frage mich, wie es möglich ist, dass diese Frau in den vergangenen vier, fünf Jahren noch aufregender geworden ist. Ihre hautenge Jeans umschmeichelt ihre Kurven, und die kniehohen Stiefel lassen ihre sexy Beine noch länger erscheinen. Das Camp-Rylan-Logo auf der Brust des grünen Trägertops wirkt wie eine Leuchtschrift, die darum bettelt, dass ich mir genau ansehe, wie gut dieses knappe Oberteil ausgefüllt ist. Auch wenn sie ein paar Heuhalme in den langen, vollen blonden Haaren hat, verspüre ich den Wunsch, mit den Fingern durch diese weichen Locken hindurchzufahren, die ihr bis auf die Hälfte des Rückens hinunterreichen.

Mit sechsundzwanzig war Cameron James eine Frau, die sich der Macht ihrer Schönheit nicht bewusst war. Die dreißigjährige Cameron James ist voller Zorn, Gekränktheit und Bitterkeit, aber ihr Hüftschwung zeugt von einer inneren Stärke und ist das Aufregendste, was ich je gesehen habe.

Ich brauchte dich, aber du warst nicht da. Ich habe allein um ihn getrauert. Ihn allein beerdigt. Ich habe unseren verdammten besten Freund allein beerdigt!

Bei ihren Worten wünschte ich, nicht mit dem Trinken aufgehört zu haben, doch die Tränen in ihren Augen haben mich beinah dazu gebracht, in die Knie zu gehen und wie ein Baby loszuheulen. Ich wusste, dass mein Fortbleiben sie gekränkt hat, aber mir wurde erst klar, wie sehr, als ich mit ihrem Schmerz konfrontiert wurde. Als ich sah, wie sie gegen diese Tränen ankämpfte und mir stattdessen ihre Wut zeigte. Und sie hat jedes Recht, wütend auf mich zu sein. Jedes Recht, mir entgegenzuschleudern, wie mies ich sie behandelt habe. Ich wollte ihr erklären, warum ich fortgeblieben bin. Wollte ihr vom Trinken erzählen, von den Depressionen und der Schuld, und dass ich ihr so nicht unter die Augen treten konnte. Sie sollte mich nur als den nüchternen Mann sehen, der heute vor ihr steht.

Die meiste Zeit in unserer Freundschaft hat sie damit verbracht, mir zu helfen und Dinge für mich wieder in Ordnung zu bringen. Das kann ich nicht mehr zulassen. Jetzt bin ich an der Reihe. Das Camp sieht fantastisch aus, wie immer, und von Jason weiß ich, dass Cameron es inzwischen leitet. Ich habe nicht die leiseste Ahnung, wofür sie mich überhaupt brauchen könnte, aber ich werde auf keinen Fall einfach wieder verschwinden, wie sie es mir befohlen hat. Auch nach neun Monaten trauert sie noch um Aiden. Das kann ich ihr auch nicht vorwerfen. Er war mein bester Freund, und ich glaube nicht, dass ich je aufhören werde, um ihn zu trauern. Er war die Liebe ihres Lebens. Über so etwas kommt man nicht in neun Monaten hinweg. Vielleicht auch nie. Ich war nicht hier, um ihn gemeinsam mit ihr zu beerdigen, aber ich werde hier sein und tun, was in meiner Macht steht, um ihren Schmerz wenigstens ein bisschen zu lindern.

»Wer könnte das denn sein?«

Cameron ist ein Stück vor mir stehen geblieben und beobachtet eine schwarze Stretchlimousine, die langsam die Zufahrt hinauffährt.

»Cameron! Notfall!«

Wir drehen uns beide zum Haupthaus um und sehen eine Frau, etwa in Camerons Alter, die in unsere Richtung gerannt kommt und dabei wild mit den Armen rudert.

»Braxton Stratford kommt! Braxton Stratford kommt!«, schreit die Frau und rudert weiterhin mit den Armen.

Cameron schaut langsam wieder zu der sich nähernden Limousine, und ich frage mich, was hier los ist und wer zum Geier Braxton Stratford ist.

»Oh Shit. Nein, nein, nein. Das darf nicht wahr sein! Mist, verdammter!«, flüstert Cameron und zupft hektisch an ihren Haaren herum, um das Heu herauszuholen und es glatt zu streichen.

Nervös glättet sie ihr Top, zieht den Saum herunter und klopft Dreck ab. Ich trete neben sie, und die Limousine hält in einigen Hundert Metern Entfernung.

»Wer ist das?«

Erschrocken sieht sie mich an, als hätte sie vergessen, dass ich da bin. Dann wird sie wütend.

»Ich dachte, ich hätte dir gesagt, du sollst verschwinden. Warum bist du immer noch hier?«, fährt sie mich an.

»Wer ist Braxton Stratford, und warum flippst du seinetwegen aus?«, frage ich erneut.

»Das ist der Typ, der Camp Rylan retten wird.«

Der Junge, den ich bei Cameron gesehen habe, als ich vor einer Weile hier ankam, stellt sich neben mich.

»Halt den Mund, Seth«, murmelt Cameron.

»Was meinst du damit, er wird das Camp retten?«, frage ich Seth, da Cameron mir offenbar nicht antwortet und es Seth anscheinend egal ist, dass seine Chefin ihm angeordnet hat, den Mund zu halten.

»Wir haben kein Geld mehr. Unser Hauptsponsor hat das Zeitliche gesegnet, und jetzt fehlen uns seine Spenden. Dieser Typ da ist unsere einzige Hoffnung, wenn wir das Camp nach der Sommersaison nicht schließen wollen«, erklärt Seth.

»Du bist gefeuert«, sagt Cameron mit zusammengebissenen Zähnen.

Seth zuckt bloß mit den Schultern und lächelt sie an. »Du zahlst mir nichts. Ich bin als Freiwilliger hier, du kannst mich gar nicht feuern.«

Cameron stößt leise ein paar Flüche aus, und ich muss mir ein Lachen verkneifen, denn ich stehe nah bei ihr und weiß, dass sie nicht zögern würde, mir glatt wieder einen rechten Haken zu verpassen.

Die schreiende und über den Rasen rennende Frau hat uns endlich erreicht. Sie steht auf der anderen Seite neben Cameron und beugt sich nach vorne, um wieder zu Atem zu kommen.

»Du … hast … das … Funkgerät … ausgeschaltet«, gibt sie keuchend von sich. »Stratford … ist … früher … hier.«

Wir alle schauen zur Limousine, als die Fahrertür aufgeht, ein Mann in einem schwarzen Anzug aussteigt, zur hinteren Tür geht und diese öffnet.

»Das sehe ich«, erwidert Cameron trocken.

»Ich verstehe immer noch nicht, warum wir ausflippen. Dies ist ein tolles Camp. Du hast überhaupt keinen Grund, nervös zu sein«, versichere ich Cameron, während wir darauf warten, dass dieser Braxton aus der Limo steigt.

»*Wir* flippen nicht aus. *Ich* flippe aus, weil das *mein* Camp ist. Und du kannst mich mal, Everett«, lässt Cameron mich wissen.

Seth lacht, aber ich bin viel zu beschäftigt damit, zu denken, wie gut mein Name aus ihrem Mund klingt, selbst mit der giftigen Note, um groß darauf zu achten.

»Du meine Güte, du bist Everett«, sagt die Frau, die wieder zu Atem gekommen ist und sich aufgerichtet hat. Sie umfasst Camerons Arm und schüttelt ihn. »Das ist Everett.«

»Halt den Mund, Amelia.«

»Warum drehen wir durch, wenn Everett hier ist? Das passt doch perfekt!«, ruft sie aus, ignoriert wie Seth Camerons Ansage und klatscht stattdessen begeistert in die Hände.

Ich bin so lange fort gewesen, dass Cameron in der Zwischenzeit neue Mitarbeiter eingestellt hat, die mir unbekannt sind. Doch ich komme gar nicht dazu, das zu bedauern, so sehr mag ich die beiden, auch wenn ich sie gerade erst kennengelernt habe.

»Was passt perfekt?«, hake ich nach und wende mich dabei an Seth, weil ich weiß, dass er mir antworten wird.

»Braxton Stratford ist, ähm, na ja, ein exzentrischer, schräger Typ. Total altmodisch. Er gibt sein Geld nur Familienunternehmen, und die müssen noch dazu von glücklich verheirateten Paaren geführt werden«, erklärt Seth.

»Und wo liegt das Problem? Eli und Shelby sind eindeutig glücklich verheiratet.«

Camerons Eltern sind das klassische Bilderbuchpaar. Jede Frau in Charleston will eine Liebe, wie Shelby James sie hat, und jeder Mann verflucht Eli James dafür, dass er die Messlatte so hoch legt.

»Das Problem ist, dass Cameron die beiden davon überzeugt hat, endlich mal Urlaub zu machen. Daher sind sie nicht hier, um ihm zu zeigen, wie abartig sie sich lieben. Vor ein paar Wochen sind sie zu den Outer Banks gereist, und Cameron wollte die beiden auf keinen Fall damit belasten, wie ernst die Geldsorgen tatsächlich sind, und dass wir nur noch ungefähr einen oder zwei Monate durchhalten, bevor uns die Mittel ausgehen. Stratford ist buchstäblich unsere letzte Hoffnung. Er ist der Einzige, der bisher auf eine unserer Anfragen reagiert hat, nur sollte er eigentlich erst zum Spendendinner in einigen Wochen herkommen, wenn Shelby und Eli wieder zu Hause sind«, erklärt Seth.

»Dann sagen wir ihm das einfach. Das ist doch bestimmt keine große Sache. Jeder im Camp und in der Stadt kann für Shelby und Eli bürgen und dafür, wie wunderbar sie das Camp seit dreißig Jahren leiten. Du brauchst dir deswegen keine Sorgen zu machen«, sage ich zu Cameron, lege ihr den Arm um die Schultern und drücke sie sanft.

»Du verstehst das nicht, Mann.« Seth seufzt. »Dieser Typ hat wirklich einen straffen Zeitplan. Höchstwahrscheinlich ist er hier, weil ihm jemand anderes in letzter Sekunde abgesagt hat oder irgendwas. Er bleibt nicht länger als fünf Minuten, wenn er nicht das glückliche Ehepaar antrifft, das den Laden schmeißt. Ich sag doch, der Typ ist schräg.«

Cameron macht sich los und wirft mir *und* Seth einen tödlichen Blick zu, während Braxton aus dem Wagen steigt und auf uns zukommt.

Seth hatte recht. Der Kerl ist definitiv exzentrisch, was schon an seinem Outfit erkennbar ist. Er trägt einen violetten Anzug, dazu ein hellgelbes Hemd. Auf dem Weg zu uns benutzt er einen Gehstock, der mit funkelndem Strass besetzt ist.

»Wow«, murmele ich. »Der sieht aus wie Liberace auf Crack.«

Seth prustet los, und Amelia lacht, was ihr einen Knuff gegen den Arm von Cameron einbringt, die anschließend ihre Schultern strafft und ein strahlendes Lächeln aufsetzt, als Braxton vor ihr stehen bleibt.

»Shelby James?«, fragt er.

Cameron tritt vor und streckt die Hand aus. »Nein, ich bin ihre Tochter Cameron James. Freut mich, Sie kennenzulernen, Mr. Stratford. Wir haben Sie erst zum Spendendinner erwartet.«

Er würdigt ihre hingehaltene Hand keines Blickes, sondern zieht ein gelbes Taschentuch aus der Brusttasche seines Anzugs und tupft sich damit Wangen und Stirn ab.

»Ich schüttele keine Hände«, verkündet er. »Zu viele Bakterien.«

Cameron lässt die Hand langsam wieder sinken. Ich muss mich zusammenreißen, um nicht an ihr vorbeizugehen und diesem Armleuchter eins auf die Nase zu geben, Geld hin oder her.

»Ich hatte geglaubt, die verheirateten Besitzer des Camps anzutreffen. Sind sie nicht hier?«, erkundigt er sich seufzend und lässt dabei den Blick über die Plantage schweifen, statt Cameron anzusehen.

Ich kann Camerons Panik spüren, als sie sich räuspert und versucht, sich eine passende Antwort einfallen zu lassen. Amelias begeisterter Ausruf, meine Anwesenheit hier passe doch perfekt, ergibt plötzlich einen Sinn. Die Idee packt mich, noch ehe ich die Gelegenheit habe, die Konsequenzen zu durchdenken. Ich denke bloß: *Ja, das ist es! Das ist der Moment, in dem Cameron mich braucht.* Schnell lege ich ihr den Arm um die Taille und drücke sie an mich, und zwar so, dass sie mich ansehen muss. Ich kann in diesem Augenblick nur daran denken, was Seth gesagt hat – dass dieser Typ sein Geld ausschließlich glücklich verheirateten Paaren gibt. Wie gut es sich anfühlt, Cameron im Arm zu halten, registriere ich nur nebenbei.

Camerons Körper schmiegt sich von der Brust bis zum Oberschenkel an mich, und ich umfasse sie fester, als sie sich loszumachen versucht. Ich lege ihr sogar die Hand auf den Po, um ihren Unterkörper näher an meinen zu bringen. Für einen Moment vergisst mein Verstand alles, was ich in dreiunddreißig Jahren dort abgespeichert habe, selbst meinen verdammten Namen, als sie mich mit diesen wunderbaren grünen Augen ansieht und sich auf die sinnlich volle Unterlippe beißt. Ich kann nur noch daran denken, wie lange ich mich danach gesehnt habe, sie so nah zu spüren. Wie lange ich mich danach verzehrt habe, ihre Brüste an meine Brust gepresst zu spüren, meine Hand auf ihren Po zu legen, noch dazu, ohne Ärger befürchten zu müssen. Aber rasch versuche ich, diese Gedanken wieder zu verdrängen, denn die haben in meinem Kopf nichts zu suchen. Derlei Begierden habe ich vor langer Zeit abgeschworen. Jetzt will ich nur noch Camerons Freund sein.

»Tja, da haben Sie aber Glück, Mr. Stratford!«, verkündet Amelia.

Ich werfe Cameron einen Blick zu, der ihr hoffentlich zu verstehen gibt, dass es keine gute Idee wäre, mir jetzt ins Gesicht zu schlagen.

»Dies ist Everett Southerland, Camerons Ehemann, und die beiden haben kürzlich die Leitung des Camps übernommen, damit Mr. und Mrs. James sich zur Ruhe setzen können«, erklärt Amelia und beweist damit, dass sie tatsächlich eine sehr kluge Frau ist.

Cameron gibt einen kurzen schrillen Laut von sich, und ich spüre, dass sie knapp davor ist, vollkommen durchzudrehen. Klar, ich hätte mir etliche andere Lösungen für dieses Problem einfallen lassen können, wenn ich mehr Zeit gehabt hätte. Es war eine spontane Entscheidung, weil ich Cameron um jeden Preis helfen wollte. Ihr panischer Gesichtsausdruck, als sie begriff, dass Stratford hier war, ließ mich ohne nachzudenken handeln. Ich bin mir sicher, dass sich diese idiotische Entscheidung rächen und zu noch mehr Problemen führen wird, sobald Camerons Eltern wieder zurück sind. Oder Stratford forscht ein bisschen nach und findet heraus, dass wir gar nicht verheiratet sind. Aber darum kümmere ich mich, wenn es so weit ist. Oder, was wahrscheinlicher ist, Cameron übernimmt das.

Ich lächle Stratford zu, ehe ich sie wieder ansehe. Die eine Hand weiterhin fest auf ihren Po gedrückt, streiche ich ihr mit der anderen Hand die Haare zurück und umfasse ihren Nacken. Dann lege ich meine Stirn an ihre, lächle und zwinkere ihr mit dem linken Lid zu, sodass Stratford es nicht sehen kann.

»Alles wird gut, Cam«, flüstere ich, hebe den Kopf und küsse sie auf die Stirn.

Sie braucht mich nicht nur, um über den Verlust des Mannes hinwegzukommen, den sie geliebt hat. Es sieht ganz danach aus, als müsste ich ihr auch dabei helfen, einen reichen Arsch davon zu überzeugen, dass Camp Rylan sein Geld mehr als verdient hat. Ich will dieses Camp, das mich gerettet hat, nicht im Stich lassen. Und Cameron, die stets für mich da war, genauso wenig.

Es wird höchste Zeit, dass ich mich revanchieren kann. Ich werde unternehmen, was notwendig ist, damit Cameron mir verzeiht, was ich ihr angetan habe. Selbst wenn es bedeutet, mich für ihren Ehemann auszugeben.

In den vergangenen sechs Monaten habe ich darum gekämpft, nüchtern zu bleiben und wieder leben zu wollen. Meine Aufenthalte in den ärmsten Ländern ohne sauberes Trinkwasser haben mich nicht umgebracht. Die gefährlichsten Orte der Welt aufzusuchen, hat mich nicht umgebracht. Die Drinks haben mich nicht umgebracht und meine Schuldgefühle auch nicht.

Doch in Anbetracht der Erektion, die ich gerade habe, nur weil ich Cameron eng an mich gedrückt halte, könnte es durchaus sein, dass mich *das* umbringen wird. Mir ist klar, dass ich nur deshalb so empfinde, weil ich mich an die Zeit erinnere, in der ich mehr von Cameron gewollt habe. Diese Nähe zu ihr in diesem Augenblick bringt alles wieder durcheinander.

Ich muss nur einen klaren Kopf bekommen und darf nicht vergessen, weshalb ich zurückgekehrt bin – um unsere Freundschaft wiederzubeleben, sonst nichts. Das bin ich ihr und Aiden schuldig.

10

Everett

Wünschen in der Vergangenheit …

Einundzwanzig Jahre alt

»Verdammt, hier sind aber eine Menge heißer Frauen heute Abend«, bemerkt Aiden und stößt seine Bierflasche gegen meine.

»Mh-hm«, murmele ich geistesabwesend und suche das Zelt nach Cameron ab, wobei ich mir Mühe gebe, es nicht allzu offensichtlich zu tun.

»Ich hatte gerade Sex mit einer auf der Tanzfläche. Vor aller Welt. Hab Standing Ovations bekommen.«

»Klar«, erwidere ich und recke den Hals, als ich einen blonden Kopf in der biertrinkenden und plappernden Menge entdecke.

Aiden boxt mich gegen den Arm, genau in dem Moment, als ich die Blondine, die ich für Cameron gehalten habe, aus den Augen verliere. Wütend starre ich ihn an.

»Was soll das?«

Aiden lacht und schüttelt den Kopf.

»Ich habe dir gerade erzählt, ich hätte Sex mit einem Mädchen auf der Tanzfläche gehabt, und du hast nicht einmal mit der Wimper gezuckt. Erde an Everett! Denkst du immer noch

an die Abschlussprüfungen? Ich bin sicher, du hast sie mit Bravour bestanden«, sagt er und trinkt einen Schluck von seinem Bier.

Auf keinen Fall sage ich ihm, was mich heute Abend beschäftigt, deshalb halte ich den Mund und lasse ihn in dem Glauben, es seien die Abschlussprüfungen. Während Aiden an der Clemson University studiert, war ich in den vergangenen drei Jahren im College of Charleston eingeschrieben. Meiner Mutter habe ich erzählt, ich würde Wirtschaft studieren, aber in Wahrheit habe ich mein medizinisches Grundstudium absolviert. Obwohl ich hier aufs College gehe, statt einige Fahrstunden entfernt wie Aiden, hatte ich in den letzten Monaten so viel mit dem Studium zu tun, dass ich Cameron gar nicht mehr gesehen habe. Das ist die längste Zeit, in der wir nicht miteinander geredet haben, und ich finde es unerträglich. Heute hatte ich meine letzte Abschlussprüfung, am Tag des jährlichen Spendendinners, das ihre Eltern im Camp veranstalten. In diesem Jahr haben sie es mit Camerons Highschool-Abschlussparty verbunden. Darauf habe ich mich schon die ganze Woche gefreut, weil ich wusste, dass ich dann endlich ein bisschen Freizeit hätte und sie wiedersehen würde. Und endlich mit ihr über etwas sehr Wichtiges sprechen könnte, was mir eine Heidenangst einjagt.

»Verdammt. Unser kleines Mädchen ist plötzlich richtig erwachsen.«

Aidens leise gemurmelte Bemerkung sorgt dafür, dass ich seinem Blick folge, und bei dem, was ich sehe, fällt mir fast meine Bierflasche aus der Hand.

Cameron. Sie unterhält sich mit einer kleinen Gruppe von Leuten und ist schöner denn je. Sie trägt ein kurzes trägerloses weißes Kleid, das ihre Kurven umschmeichelt und ihre langen wohlgeformten Beine betont. Um die schmale Taille hat sie eine schwarze Seidenschärpe gebunden, und mit den schwar-

zen Pumps wirken ihre Beine noch aufregender. Ihre gewellten blonden Haare sind hochgesteckt, nur einige Strähnen fallen ihr über die nackten Schultern, und ihr Pony reicht bis über das eine Auge. Ich beobachte, wie sie sich die Haare aus dem Gesicht streicht und jemanden anlächelt, der etwas zu ihr sagt. Ich muss mich zusammenreißen, um nicht zu ihr zu gehen und sie von dort wegzuziehen. Ich will, dass dieses Lächeln mir gilt. Genau dieses Lächeln hat mir monatelang gefehlt. Ich habe sie in diesen vergangenen Monaten vermisst.

»Mal ernsthaft. Wann ist das Mädchen so sexy geworden? Ich glaube, ich werde sie mal fragen, ob sie mit mir ausgeht. Ich meine, sie hat gerade die Highschool abgeschlossen. In einem Monat ist sie volljährig. Dann wär's doch nicht irgendwie komisch, oder?«, fragt Aiden, der Cameron nach wie vor nicht aus den Augen lässt.

Am liebsten hätte ich meinem besten Freund eine reingehauen und ihn aufgefordert, sie nicht länger anzustarren. Vor allem, weil ich selbst nicht mehr aufhören kann, sie anzustarren, und seit Monaten genau das denke, was er gerade ausgesprochen hat.

»Verzieh dich! Du wirst Cameron nicht fragen, ob sie mit dir ausgeht«, erkläre ich und zucke innerlich zusammen, weil es herauskommt wie ein Knurren. Ich kann nicht verbergen, wie sehr es mich ärgert, dass er so etwas gesagt hat.

»Du hast recht. Es wäre schräg. Schließlich gehört sie zu meinen besten Freunden. Und sie schlägt mich immer noch beim Basketball. Wenn sich herumsprechen würde, dass meine Freundin mich in fast allem schlägt, würde mich das immer wieder einholen«, meint Aiden lachend. »Außerdem glaube ich, dass sie verliebt ist, da sollte ich besser nicht dazwischenfunken.«

Aiden deutet mit dem Kopf in Camerons Richtung, und ich folge erneut seinem Blick zur Tanzfläche. Ein Typ, den ich nicht kenne, stellt sich neben sie und legt ihr den Arm um die Taille. Sie schaut ihn lächelnd an und sagt etwas zu der Gruppe von Leuten, mit denen sie sich unterhalten hat. Der Typ nimmt ihre Hand und führt Cameron zur Mitte der Tanzfläche.

Die zwei Bier, die ich heute Abend getrunken habe, rumoren in meinem Bauch, als ich mitansehen muss, wie der Kerl sie an sich zieht und seine Hände knapp über ihrem Hintern auf ihren Rücken legt. Am liebsten würde ich auf die Tanzfläche gehen, dem Kerl beide Arme ausreißen und ihn damit verprügeln.

»Wer zur Hölle ist das?«, murmele ich, unfähig, den Blick von dieser Katastrophe, die sich vor mir abspielt, abzuwenden.

Wie sie ihre Hände auf seine Brust legt, wie er sein Gesicht an ihren Hals schmiegt und sie bis zum Ohr hinauf küsst, ihr etwas hineinflüstert, worauf sie den Kopf in den Nacken wirft und lacht, entfacht in mir die Lust, jeden in meiner unmittelbaren Nähe zu vermöbeln.

Ich hasse den Kerl, und ich will ihn umbringen. Wer zur Hölle ist dieser Typ, von dem sie sich anfassen lässt? Küssen lässt? Der sie zum Lachen bringt?

»Das ist Grady Stevens. Er hat zusammen mit ihr den Abschluss gemacht, und die zwei gehen seit, hm, ungefähr drei Monaten miteinander. Wieso wusstest du das nicht? Du sprichst mit Cameron doch viel öfter als ich«, sagt Aiden.

Das stimmt, ich spreche tatsächlich öfter mit ihr als er, abgesehen von diesen verdammten letzten drei Monaten, in denen ich unentwegt gelernt habe, um nicht an diesen Abend denken zu müssen. Denn ich wusste, dass ich mich früher oder später überwinden und Cameron sagen muss, was ich empfinde.

»Wie dem auch sei«, fährt Aiden fort und merkt gar nicht, dass ich vollkommen die Fassung verliere, während wir beide Cameron und diesen Mistkerl beobachten, dessen Hände sich Stück für Stück immer weiter ihrem Hintern nähern. »Er soll

ganz in Ordnung sein, habe ich gehört. Abschiedsredner in ihrer Klasse, hat ein volles Footballstipendium für Clemson erhalten. Seinem Dad gehört eine der größten Pferdezuchten des Landes auf der anderen Seite der Stadt. Er hat vor, den ganzen Betrieb Grady zu überschreiben, sobald der sein Studium beendet hat. Netter Kerl und kluger Kopf. Und Cameron scheint ihn zu mögen.«

Der Song endet, aber Cameron und Grady lösen sich nicht voneinander. Stattdessen stehen sie da, schauen sich in die Augen und bemerken gar nicht, dass die Musik aufgehört hat.

»Oh ja. Unser kleines Mädchen ist definitiv erwachsen geworden.« Aiden lacht. »Sie wird ziemlich sicher heute Nacht ihre Jungfräulichkeit an den Typen verlieren. Dieser verdammte Glückspilz.«

Ich drücke die Bierflasche in meiner Hand so fest und bin überrascht, dass sie nicht in tausend Teile zerspringt. Dafür spüre ich einen umso heftigeren Schmerz in meiner Brust und bin mir ziemlich sicher, dass stattdessen mein Herz zerbarst. Aiden redet weiter, und ich würde ihn gern anschnauzen, er solle den Mund halten. Aber das kann ich nicht. Ich kann nur auf das starren, was mein sein sollte.

»Ich habe ihr meine Dienste angeboten, um ihre Tugendhaftigkeit zu beenden, doch sie hat mir nur in den Bauch geboxt. Wenigstens ist Grady ein netter Kerl und hat eine gute Zukunft vor sich. Und Shelby und Eli lieben den Typen. Sie hätte es schlechter treffen können.«

Das hätte sie ganz sicher. Mit mir zum Beispiel. Natürlich wären viele Eltern überaus einverstanden damit, wenn ihre Tochter mit einem Arzt zusammen ist. Außer Camerons Eltern, die in mir nach wie vor den Loser aus kaputtem Elternhaus sehen, der keinem Ärger aus dem Weg gehen kann, egal, wie sehr ich mir in den letzten Jahren den Hintern aufgerissen habe, um ihnen zu zeigen, dass ich mich geändert habe. Aiden hat recht. Grady hat eine tolle Zukunft vor sich, wenn er nach dem College die Farm seines Vaters übernimmt.

Ich habe meine Chance vertan, indem ich bis zu ihrem achtzehnten Geburtstag gewartet habe. Und es kam mir auch überhaupt nicht seltsam vor, meine drei Jahre jüngere beste Freundin zu begehren. Ich hätte schwören können, dass ich letztes Jahr etwas in ihren Augen gesehen habe. Etwas, das so aussah, als würde sie dasselbe wollen wie ich, hätte jedoch zu viel Angst, es auszusprechen, genau wie ich. Offenbar habe ich mich geirrt. Sie sieht Grady an, wie ich dachte, dass sie mich angesehen hat. Und den Mordgedanken in meinem Kopf nach zu urteilen, die mir allein beim Anblick der beiden kommen, haben Camerons Eltern wohl recht damit, dass sie mir nicht über den Weg trauen. Ich bin immer noch ein kaputter Typ, nur verberge ich es jetzt besser.

Der Kerl ist eindeutig die bessere Wahl. Er weiß, was er will im Leben. Das gilt zwar auch für mich, nur habe ich momentan mit den Vorbereitungen furs Medizinstudium genug zu tun und damit, meiner Mutter etwas vorzumachen, damit sie nicht zusammenbricht. Eigentlich war ich so weit, ihr zu erzählen, was ich studieren wollte, sobald das College of Charleston mich angenommen hatte, weil ich dachte, sie sei ohnehin am Tiefpunkt ihres Lebens angelangt, da würden meine Neuigkeiten für sie auch nichts mehr verschlimmern können. Ich habe immer gesagt, ich würde nie etwas so Riskantes tun wie das, was mein Vater getan hat. Doch als einer meiner Professoren nach einem Jahr im Ausland zurückkehrte, uns Fotos zeigte und erklärte, wie dringend diese Menschen Hilfe bräuchten, wusste ich, was ich zu tun hatte. Und ich könnte meiner Mutter niemals erklären, wie wichtig das für mich war. Denn sie würde nur heraushören, dass ich genau dasselbe machen würde, was meinen Vater das Leben gekostet hat.

Das könnte ich meinem Bruder nicht antun, denn er war überglücklich, dass sie wieder bei uns war, mit klarem Kopf und liebendem Herzen. Ich konnte unmöglich derjenige sein, der ihm das kaputtmachte, deshalb belog ich sie weiter. Es war mir zuwider, aber ich blieb dabei, und ich werde weiterhin dabeibleiben, bis ich mir sicher bin, dass unsere Mutter stark genug ist und lange genug nüchtern war, um mit dieser Neuigkeit klarzukommen.

Ich habe keine Ahnung, was mir die Zukunft bringt. Keine Ahnung, wohin man mich schickt, falls ich für dieses internationale Hilfsprojekt angenommen werde. Und dieser Junge da, der die Hände nicht von Cameron lassen kann und den sie die ganze Zeit anlächelt – sein ganzes Leben wird sich hier in Charleston abspielen. Seine Träume werden ihn nicht durch die ganze Welt reisen lassen und in gefährliche Situationen bringen, weit weg von ihr. Seine Pläne werden sie nicht vor die Wahl stellen, hier in diesem Camp zu bleiben, das sie so sehr liebt, oder zusammen mit ihm fortzugehen, wenn er ins Ausland geschickt wird. Und mit Grady zusammen zu sein, wird definitiv nicht ihre Eltern aufregen.

Das alles war nur ein dummer Traum. Eine alberne Fantasie. Idiotische Wünsche, die ich in den vergangenen Jahren an jedem Geburtstag aufgeschrieben, die aber auszusprechen ich nie den Mut gehabt habe. Bis heute Abend. Und jetzt ist es zu spät.

»Ev, du bist hier!« Camerons Stimme holt mich aus meinen deprimierenden Gedanken, und erst da merke ich, dass sie zu uns herübergekommen ist. Grady hält nach wie vor ihre Hand und steht neben ihr. Verliebt lächelt er sie an. Dann legt er den Arm um ihre Taille und drückt sie an sich, ehe er mir die Hand hinhält.

»Ich habe schon viel von dir gehört, Mann. Ich bin Grady. Freut mich, dich kennenzulernen.«

Ich schüttele ihm die Hand und drücke dabei ein bisschen fester zu als nötig. Mit zusammengekniffenen Augen sehe ich ihn an und hoffe, er entnimmt dieser nonverbalen Kommunikation, dass ich ihn umbringe, falls er Cameron irgendwie wehtut.

Cameron schaut lächelnd von einem zum anderen, ohne von den Blicken zwischen ihm und mir etwas mitzubekommen. Ich lasse seine Hand los und trinke einen Schluck Bier.

Wir vier stehen ein paar Minuten zusammen. Aiden, Grady und Cameron plaudern unbeschwert, während ich mein Bier trinke und mir wie das fünfte Rad am Wagen vorkomme. Ich wünschte, ich hätte den Mut, Cameron von Grady wegzuziehen. Einfach zu sagen, was soll's, und meine Karten auf den Tisch zu legen.

Sie ist glücklich. So verdammt glücklich. Es steht ihr ins Gesicht geschrieben, sobald Grady etwas sagt. Sie kann den Blick nicht von ihm abwenden. Dieser Typ kann ich nicht sein. Jener, der ihr Glück zerstört und unsere Freundschaft ruiniert. Jener, der mit ihr letztlich bekommt, was er immer schon gewollt hat, sie dann aber allein zurücklässt und dafür sorgt, dass sie ihr Leben damit verbringt, darauf zu warten, dass er nach Hause kommt. Aiden wäre das gleichgültig. Er hätte keine Skrupel, Cameron in eine unangenehme Situation zu bringen. Er würde ihr einfach seine Gefühle offenbaren, ohne sich darum zu scheren, ob sie das Gleiche für ihn empfindet. Er würde sich überhaupt keine Gedanken über ihre Gefühle machen oder darüber, dass es sie innerlich zerreißen könnte. Aber ich bin nicht Aiden. Ich könnte ihr das nicht antun, so sehr es mich auch danach drängt. Wir sind in erster Linie Freunde, das will ich auf keinen Fall gefährden und sie womöglich ganz verlieren. Ich will nicht, dass es plötzlich verkrampft ist zwischen uns, oder dass sie überhaupt nicht mehr Teil meines Lebens ist, auch wenn ich dafür mit dem Wissen leben muss, dass ich meine Chance vertan habe.

Ich will nur, dass sie glücklich ist. Wenn Grady sie glücklich macht, muss ich eben lernen, damit umzugehen. So viel zu all den Wünschen, die ich auf all diese verdammten Sterne geschrieben habe. Ich war ein Idiot zu glauben, sie könnten jemals in Erfüllung gehen.

11

Cameron

»Wie Sie sehen können, bieten wir im Camp Rylan das ganze Jahr über das Sommercamp-Erlebnis an, vom Reiten bis zu Tanzkursen, von Wanderungen in der Natur bis zum Schwimmen, selbst in den Monaten vor und nach dem Sommer, wenn wir nur an den Wochenenden geöffnet haben. Uns ist stets bewusst, dass dies ein Camp für Kinder ist, deren Eltern entweder aus dem Militäreinsatz zurückgekehrt sind und nun versuchen, im Zivilleben wieder Fuß zu fassen. Oder deren Eltern gestorben sind, weshalb wir auch Einzel- und Gruppentherapien anbieten. Nach dem Abendessen können wir …«

Ich werde fast ohnmächtig, und ich habe Mühe, Everetts Ausführungen zu folgen, während er sich hinter mich stellt, mir die Hände auf die Schultern legt und anfängt, mir mit den Daumen sanft den Nacken zu massieren.

Ich lasse ihn Mr. Stratford über die Plantage führen, hauptsächlich weil er das Camp genauso gut kennt wie ich, denn er ist praktisch hier aufgewachsen und hat als Teenager hier gearbeitet. Außerdem war ich dermaßen sauer auf ihn, dass ich befürchtete, nur noch fluchen zu können, wenn ich anfange zu reden.

Ich bin wütend, weil er nicht gegangen ist, als ich ihn dazu aufgefordert habe. Ich bin wütend, weil er geglaubt hat, ich bräuchte seine Hilfe. Ich bin wütend, weil er meint, er könne einfach hier aufkreuzen und alles wieder in Ordnung bringen. Und ich bin wütend, weil er sofort auf Amelias Lüge eingestiegen ist, als sie Mr. Stratford erklärte, wir seien verheiratet. Ich war noch zu perplex, ihn wiederzusehen, und zu geschockt, als er den Arm um mich gelegt und mich an sich gedrückt hat. Jetzt muss ich bei seiner dummen Idee mitspielen, wenn ich die Chance wahren will, das Camp zu retten und vor Mr. Stratford nicht blöd dazustehen.

Everett wusste, dass ich mich nicht wehren würde. Er wusste, dass ich vor dem Mann, in dessen Händen die Zukunft von Camp Rylan liegt, keine Szene machen würde. Und wenn ich noch so dringend Abstand gebraucht hätte, um wieder atmen zu können. Was er nicht bedacht hat, ist, dass seine törichte Blitzidee einen ganzen Haufen neuer Probleme mit sich bringt. Denn sollte Mr. Stratford tatsächlich beschließen, uns das Geld zu geben, was wird dann nächstes Jahr sein? Oder im Jahr darauf? Everett und ich können schließlich nicht für den Rest unseres Lebens so tun, als wären wir verheiratet, wenn Mr. Stratford meint, uns besuchen zu wollen. Ich rechne auch nicht damit, dass meine Eltern mit dieser List einverstanden sein werden, sobald sie wieder hier sind und herausfinden, was passiert ist. Bevor Amelia und Everett ihre großen Klappen aufgemacht haben, wollte ich Mr. Stratford erklären, wo meine Eltern sind. Ich wollte meinen Stolz überwinden und sie anrufen, damit sie schnellstmöglich nach Hause kommen, in der Hoffnung, dass Mr. Stratford die Geduld aufbringen würde, sie kennenzulernen.

»Wie viele Gäste haben Sie in den Sommermonaten für gewöhnlich?«, fragt Mr. Stratford.

Ich möchte antworten, da ich irgendwann einmal etwas sagen sollte, schließlich ist das hier *mein* Camp, auch wenn Everett hier eine gute Show abliefert. Doch die Worte bleiben mir im Halse stecken.

Everett lässt seine Hände von meiner Schulter gleiten, an meinem Rücken entlang und um meine Taille herum. Damit zieht er mich wieder an sich heran, dann verschränkt er seine Finger über meinem Bauch. Er legt sein Kinn auf meinem Kopf ab, als wäre es das Natürlichste der Welt. Als würde er mich ständig auf diese Weise berühren und halten. Ich kann seinen Herzschlag an meinem Rücken spüren. Am liebsten würde ich mich umdrehen, mein Gesicht an seine Brust pressen und seine Muskeln an meiner Wange fühlen. Ich bin nach wie vor hin- und hergerissen zwischen dem Wunsch, ihn zu würgen, weil er nach fünf Jahren wie aus heiterem Himmel einfach hier aufgetaucht ist, und dem Verlangen, ihn festzuhalten und nie wieder loszulassen. Ich will ihn anschreien dafür, dass er plötzlich wieder in mein Leben getreten ist. Und gleichzeitig will ich in seinen Armen bleiben und mich vergewissern, dass er wirklich da ist, unversehrt und gesund.

»Im Sommer sind wir immer ausgebucht. Es gibt sogar eine Warteliste«, erklärt Everett und erläutert Mr. Stratford unser Auswahlverfahren für diejenigen, die in Camp Rylan aufgenommen werden. Unterdessen stehe ich stumm da und werde mit jeder Sekunde zorniger. Ich spüre das Vibrieren in meinem Körper, das seine Stimme erzeugt, weil er mich so fest an sich gedrückt hält.

Ich klammere mich an meinen Zorn und halte ihn am Leben, denn wütend zu sein, ist immer noch besser als die Alternative. Am liebsten würde ich ins Gästehaus rennen, in dem ich wohne, mich in meinem Schlafzimmer einschließen, mich aufs Bett werfen und weinen. Ich will alles rauslassen, den Zorn, die Angst, die Verwirrung. Ich will in Ruhe gelassen werden, um wieder einen klaren Kopf zu bekommen, denn das schaffe ich nicht, wenn Everett mir so nahe ist, dass ich nicht denken kann. Ich kann mich auf nichts anderes konzentrieren als darauf, wie gut es sich anfühlt, ihm wieder so nah zu sein. Und wie *richtig* es sich anfühlt, so zu tun, als sei da mehr zwischen uns. Dabei sind wir zum jetzigen Zeitpunkt nicht einmal mehr Freunde. Und nun geben wir uns als Mann und Frau aus!

Ich wollte, dass er geht und mir Zeit gibt, meine Emotionen unter Kontrolle zu bekommen. Zeit, um traurig und verletzt sein zu können, um weinen und alles herausschreien zu können. Ich schaffe es nicht, hier in seinen Armen zu sein und zu tun, als ob. Es schmerzt zu sehr, etwas vorspielen zu müssen, wovon ich fast mein ganzes Leben geträumt habe. Es macht mich wütend, dass es so sehr schmerzt, und ich kann nur noch daran denken, wie viel Zeit wir verloren haben, die wir nie wieder zurückbekommen werden. Wie kann er nur mir nichts, dir nichts wieder in meinem Leben auftauchen und dann auch noch diesen Schwindel aufführen?

»Danke, dass Sie sich die Zeit genommen haben, mich herumzuführen«, sagt Mr. Stratford, und seine Stimme holt mich aus meinen Gedanken zurück. »Ich weiß, dass Sie meinen Besuch erst in einem Monat erwartet haben, aber in meinem Terminplan hat sich einiges verschoben wegen anderer Wohltätigkeitsorganisationen, in die ich möglicherweise investieren werde. Daher musste ich unser Treffen ein wenig vorziehen. Mein Steuerberater braucht meine Entscheidung früher, als ich erwartet habe, daher kann ich mir nicht allzu viel Zeit lassen. Ich weiß Ihre Kooperation zu schätzen. Für gewöhnlich äußere ich mich erst, wenn die Entscheidung gefallen ist. Aber Camp Rylan steht ganz oben auf meiner Liste, sofern alle von mir gestellten Anforderungen erfüllt werden. Falls es Ihnen nichts ausmacht, würde ich nun gern zum Haupthaus zurückgehen, mich allein etwas umschauen und mit einigen Ihrer Mitarbeiter sprechen.«

Ich setze ein Lächeln auf, obwohl mir nicht danach ist, und Everett erklärt ihm, er solle die Angestellten bitten, mich über

Funk herbeizurufen, sollte er irgendetwas benötigen. Ansonsten würden wir uns zum Dinner wiedersehen.

Wir schauen beide Mr. Stratford hinterher. Keiner von uns sagt ein Wort oder rührt sich, während er um den Teich herumgeht, der etwa hundert Meter vom Haupthaus entfernt liegt und den die Camp-Bewohner nutzen, um dort zu angeln oder darauf mit dem Kanu zu fahren. Ich warte, bis Mr. Stratford weit genug weg und bei Seth und Amelia angekommen ist, die gerade aus dem Stall kommen.

Ich reiße mich von Everett los und wirbele zu ihm herum. Meine Traurigkeit verdränge ich, soweit es geht, und mobilisiere aufs Neue meine Wut, die mir Kraft gibt.

»Du bleibst nicht zum Abendessen.«

Everett seufzt und fährt sich frustriert durch die Haare.

»Cam, er denkt, wir sind verheiratet. Meinst du nicht, es sieht ein wenig komisch aus, wenn ich nicht zum Abendessen auftauche? Wie viel Zeit bleibt dir noch? Ein Monat? Zwei, bevor du den Laden ganz dichtmachen kannst? Du hast ihn doch gerade gehört. Camp Rylan steht ganz oben auf seiner Liste, solange wir seine Anforderungen erfüllen. Die wichtigste davon ist, dass das Camp von einem glücklich verheirateten Paar geführt wird. Du brauchst mich jetzt. Ist doch keine so große Sache«, sagt er mit sanfter Stimme.

Ich öffne den Mund und muss mich beherrschen, ihn nicht einfach wegzustoßen. Ich will ihn nirgendwo berühren. Es war schlimm genug, seine Hände auf mir zu spüren. Wenn ich meine Hände auf seine Brust lege und die Muskeln unter seinem Baumwollhemd fühle, wird mein Hirn zu Brei werden.

»Keine große Sache? Willst du mich auf den Arm nehmen?«, schreie ich. »Ich habe dich *jahrelang* nicht gesehen. Du weißt absolut gar nichts über mich, und ich brauche dich nur deshalb jetzt, weil du mir keine andere Wahl gelassen hast! Ich hätte ohne Weiteres meine Eltern anrufen und Mr. Stratford alles erklären können. Aber nein, du hast mir die Entscheidung abgenommen, und nun muss ich mitspielen, sonst stehe ich da wie eine Idiotin, die gelogen hat und den Laden nicht zu leiten versteht!«

Er geht einen Schritt auf mich zu, worauf ich sofort zurückweiche. Es ist eine Sache, wenn er vor Mr. Stratford gefühlsduselig wird, aber wenn wir allein sind, kommt er nicht in meine Nähe.

»Es tut mir leid. Du hast recht, ich habe übereilt gehandelt. Aber ich bereue es nicht. Stratford kommt mir nicht wie jemand vor, der auf deine Eltern gewartet hätte, wenn wir ihm gleich die Wahrheit gesagt hätten. Der wäre direkt wieder in seine Limousine gestiegen und zur nächsten Einrichtung auf seiner Liste gefahren. Wir können uns später Gedanken über meine dumme Entscheidung machen, *nachdem* dir Stratford sein Geld gegeben hat. Ich weiß, dass du dieses Camp retten musst. Es ist der Traum deiner Eltern und dein Erbe. Also hör auf, so verdammt stur zu sein, Cam. Lass mich dir helfen.«

Natürlich weiß er ganz genau, was er sagen muss, damit ich als undankbares Miststück dastehe, weil ich sauer über diese Situation bin, die er richtig eingeschätzt hat. Ich sollte ihm danken, wie ein normaler Mensch es täte – auch wenn es alles andere als normal ist, so zu tun, als wäre man mit jemandem verheiratet. Nur bin ich, was Everett betrifft, nie normal gewesen. Ich war eine liebeskranke Närrin, die ihr Vertrauen in den falschen Mann steckte. Das rächte sich, weshalb ich viel zu viele Jahre lang verloren, einsam und verwirrt war.

Seit frühester Jugend wusste ich, dass ich auf dieser Plantage leben und in dem Camp arbeiten will, für das meine Eltern alles geopfert haben. Ich habe jede freie Minute hier verbracht, habe meinen Eltern über die Schulter geschaut und alles gelernt, was man für die Leitung eines solchen Unternehmens braucht. Nach der Highschool bin ich aus dem Gebäude, in dem ich mit meinen Eltern wohnte, ausgezogen und in das alte Gästehaus, das in der Nähe des Haupthauses liegt, eingezogen. Anders als alle meine Schulfreunde habe ich nie irgendwo außerhalb ein College besucht, denn ich konnte mir nicht vorstellen, auch nur einen einzigen Tag lang weg zu sein, geschweige denn vier Jahre, getrennt von all den Kindern, die ich kennen- und lieben gelernt hatte, und die sich immer freuten, wenn sie dieses sechzehn Hektar große Stück Land betreten konnten, auf der Suche nach Verständnis und Ablenkung von ihren Sorgen.

Die meisten Leute verstehen nicht, warum meine Eltern mich nie gezwungen haben, ein College zu besuchen, aber sie kennen Mom und Dad auch nicht wirklich. Den beiden lag stets nur mein Glück am Herzen. Meine Mutter hatte den Großteil ihres Lebens damit verbracht, zu tun, was ihre Mutter von ihr verlangt hatte, und ihre eigenen Träume nie verwirklicht. Sie weigerte sich, mir dasselbe anzutun. Meine Eltern wollten immer nur, dass ich glücklich bin. Ich sollte tun können, wonach mir der Sinn steht, und dafür liebe ich sie über alles.

Das ist der Grund, weshalb ich den Mund hielt, als Everett den Arm um mich legte und so tat, als seien wir verheiratet. Und deshalb werde ich auch weiterhin mitspielen, obwohl sich alles in mir dagegen sträubt. Je mehr Zeit ich mit Everett verbringe, ihn in meinen Kopf und in mein Herz hineinlasse, desto schmerzlicher wird es werden, wenn er mich wieder von sich stößt. Damit wurde ich schon beim ersten Mal nicht fertig. Ein zweites Mal überstehe ich nicht. Zumindest hat er in einem Punkt recht. Wir können uns später über die Konsequenzen seiner dummen Entscheidung Gedanken machen, wenn ich nicht mehr aus Sorge um das Camp unter Schlafmangel leide und nicht mehr geschockt bin von seiner Rückkehr.

»Tu bloß nicht so, als würde das hier irgendetwas wieder in Ordnung bringen, nur weil du ausgerechnet heute wieder in meinem Leben aufgekreuzt bist«, warne ich ihn. »Wir sind keine Freunde mehr, dafür hast du ja gesorgt. Nur weil du dieses Camp kennst und weißt, wie viel es mir bedeutet, kannst du dich noch lange nicht wie ein Armleuchter aufführen.«

Everett erwidert nichts, als ich an ihm vorbeirausche. Ich gehe einfach immer weiter und bleibe auch nicht stehen, um mich mit irgendeinem der Mitarbeiter zu unterhalten. Ich halte den Kopf gesenkt und die Tränen zurück, bis ich das Gästehaus erreicht habe. Eilig durchquere ich das Wohnzimmer und den Flur. Im Schlafzimmer schaffe ich es nicht einmal bis zum Bett. Ich schließe die Tür hinter mir, lehne mich mit dem Rücken dagegen und rutsche zu Boden, wo ich meine Knie umklammert halte, während die Tränen fließen.

Ich hasse es, Everett so sehr vermisst zu haben, dass ein Teil von mir ihm alles vergeben möchte. Ich hasse es, seinetwegen Schmetterlinge im Bauch gehabt zu haben, und dass alle Gefühle, die ich einmal für ihn empfunden habe, wieder hochkommen. Es ist schrecklich, dass er nie verstehen wird, wie sehr mir sein Verschwinden das Herz gebrochen hat, denn das kann ich ihm nie erzählen. Ich kann ihm nicht erzählen, dass mein Herz immer ihm gehört hat, denn dann stünde ich da wie eine Närrin. Eine Närrin, die jahrelang gewartet und darauf gehofft hat, dass ihr bester Freund sich eines Tages in sie verliebt. Die auf eine E-Mail oder einen Anruf gehofft hat. Auf *irgendetwas*. Ich will nicht, dass er erfährt, wie traurig und armselig ich gewesen bin. Dass ich mir Männer vom Leib gehalten habe, seit er weg war, und über die Jahre regelrecht eine Mauer um mich errichtet habe, weil ich nie wieder so sehr verletzt werden oder jemals wieder jemanden so nah an mich herankommen lassen wollte. In unserer Freundschaft bin ich immer die Starke, Unabhängige gewesen, und es wäre mir unangenehm, wenn er mich nicht mehr so sehen würde. So eine Frau will ich nicht sein.

Alles verschwimmt hinter den Tränen. Ich lege den Kopf auf meine Knie und versuche nicht einmal, sie aufzuhalten. In diesem Moment vermisse ich Aiden mehr als in den neun Monaten zuvor. Wäre er jetzt hier und müssten wir uns als verheiratet ausgeben, würden wir uns schlapp lachen über diese alberne Sache. Er würde Witze darüber reißen, dass er mit einer dermaßen »heißen« Braut den Jackpot geknackt hätte, und darauf bestehen, dass wir die Ehe auch vollziehen, damit es glaubwürdig ist.

Ich werde von Schluchzern geschüttelt, weil ich mich so schuldig fühle, und schaue auf den Ring, den ich von Aiden habe. Ich halte mir die Hand vors Gesicht und drehe sie, bis der Edelstein im Licht funkelt. Ich denke an Aidens glückliches Gesicht an dem Tag, an dem er mir den Ring geschenkt hat, und ich vermisse ihn plötzlich so sehr, dass ich kaum atmen kann. Ich ziehe den Ring ab und stecke ihn auf den Ringfinger der anderen Hand. Mir ist ganz elend dabei zumute, dass ich diesen kostbaren Schmuck jetzt als Requisite in dieser dummen Farce mit Stratford benutzen werde.

Obwohl ich alles darum gäbe, Aiden zurückzubekommen, kann ich die aufflackernde Freude darüber nicht leugnen, dass Everett derjenige ist, der zu mir zurückgekommen ist. Egal, wie sehr er unserer Freundschaft geschadet hat. Allerdings fühlt es sich an, als wäre ich Aiden gegenüber untreu. Er hat mir nie das Herz gebrochen. Er hat mich nie im Stich gelassen. Er hat mich nie auf Abstand gehalten. Und doch weiß ich, dass, wenn mich jemand gefragt hätte, wen ich lieber aus Jasons Pick-up vorhin hätte aussteigen sehen – und falls Wünsche wirklich wahr würden und selbst Unmögliches geschehen könnte, wie jemand, der von den Toten aufersteht –, dass ich geantwortet hätte: Everett. Ich hätte mir immer Everett zurückgewünscht.

Ich fühlte mich immer schon zu ihm hingezogen, weil er mir verloren vorkam und ich ihm dabei helfen wollte, seinen Weg zu finden. Jetzt, wo unsere Rollen vertauscht sind, habe ich entsetzliche Angst davor, mir von ihm helfen zu lassen. Wenn Aiden nicht da ist, wer wird *mir* helfen, meinen Weg zu finden, wenn mich Everett wieder im Stich lässt?

12

Cameron

Wünschen in der Vergangenheit …

Dreiundzwanzig Jahre alt

Ich beobachte Allison Brantley, die wie ein Kleinkind mit dem Fuß aufstampft und von Everett wegstürmt. Wenn er ihr nicht so geknickt hinterherschauen würde, dann würde ich jetzt grinsen.

»Anscheinend hat er diesem Klammeräffchen endlich den Laufpass gegeben«, bemerkt Aiden und lässt sich neben mich auf die Couch fallen. »Siehst du? Es war eine großartige Idee, bei mir zu Hause eine Party zu geben. Jetzt kann Everett sich volllaufen lassen und im Gästezimmer schlafen.«

Ich nicke nur, unfähig, den Blick von Everett abzuwenden, der auf der anderen Seite des Raumes im Türrahmen zur Küche steht und nach wie vor zur Haustür starrt, durch die Allison verschwunden ist. Er ist direkt von der Schicht im Krankenhaus zu Aiden gekommen und trägt noch seine blaue OP-Kleidung. Everett sieht toll aus, egal, was er anhat. Aber ihn in diesen Klamotten zu sehen, lässt meine Körpertemperatur ansteigen. Am liebsten würde ich mir Luft zufächern.

Everett war gegen Aidens Idee mit der Party gewesen, aber ich wusste, er brauchte das. Erst vor zwei Wochen hatte er seine Mut-

ter beerdigt, er braucht eine Ablenkung. Wir haben ihm beide gesagt, er solle lieber noch warten, bis er größere Entscheidungen trifft, doch er hatte das Angebot einer internationalen medizinischen Organisation gleich angenommen und eine Stunde nach der Beerdigung den Vertrag unterschrieben. Er würde noch ein bis zwei Jahre in den Staaten bleiben, um möglichst viel über innere Medizin zu lernen, und anschließend seine Facharztausbildung im Ausland beenden, was ihm ermöglichen würde, überall auf der Welt praktische Erfahrungen zu sammeln.

»Was hältst du davon, wenn ich dir einen frischen Drink besorge? Du kannst nachher gerne in meinem *Schlafzimmer nächtigen.«*

Ich reiße mich von Everetts Anblick los und sehe, wie Aiden mit den Augenbrauen wackelt und den Arm hinter mir auf die Sofalehne legt. Ich kann nicht anders, ich muss lachen über seinen Versuch, mit mir zu flirten. Das macht er immer häufiger, seit ich einundzwanzig geworden bin.

»Das wird nie passieren, Aiden«, informiere ich ihn und tätschele ihm den Oberschenkel, während ich mich von der Couch erhebe.

»Sag niemals nie, Kid. Eines Tages wirst du meinen Charme unwiderstehlich finden.«

Ich verdrehe die Augen, was ihn zum Lachen bringt.

»Du hast heute Abend drei Dates hier. Ich glaube nicht, dass du ein viertes brauchst.«

Aiden winkt ab und trinkt einen Schluck von seinem Bier.

»Das würde die nicht stören. Außerdem habe ich nicht von einem Date geredet, sondern von ein paar Stunden schweißtreibendem, lustvollem, bedeutungslosem Sex«, informiert er mich grinsend.

»Ich denke, du wolltest ›ein paar Minuten‹ sagen.«

Aiden legt die Hand auf sein Herz und sieht mich mit großen Augen an.

»Das trifft mich, Kid. Das trifft mich echt.«

»Ach, ich bin mir sicher, dein Ego wird das verkraften«, erwidere ich trocken. »Geh und beschäftige dich mit einer deiner Tussis. Ich gehe mal nach Everett schauen.«

»Ja, klar. ›Nach Everett schauen‹«, wiederholt er inklusive der Anführungszeichen in der Luft, sodass ich beim Aufstehen innehalte.

»Was zur Hölle soll das denn heißen?«

Aiden lacht nur. »Ihr zwei seid so süß und dumm.«

Kopfschüttelnd lasse ich ihn dort zurück und ignoriere, was auch immer er andeuten wollte. Ich gehe zu Everett hinüber und stelle mich ihm gegenüber in den Durchgang, wobei ich die Hände hinter meinen Rücken lege und mich an den Türrahmen der Küchentür lehne.

Einige Minuten lang sehen wir uns nur schweigend an, und ich ärgere mich, weil ich Herzklopfen kriege. Seit Jahren versuche ich, über meine Gefühle für ihn hinwegzukommen, aber nichts funktioniert. Immer wenn ich glaube, die perfekte Gelegenheit sei da, um ihm alles zu gestehen, kommt irgendetwas dazwischen. Sobald ich mit jemandem etwas anfange, ist er Single. Dann bin ich wieder solo, und er macht sich auf, die Welt zu retten. Es ist diese ewig alte Geschichte von zwei Menschen, die sich ständig verpassen … Nichts könnte Everett und mich besser beschreiben. Einer verpasst immer den anderen.

»Ich nehme an, Allison hat es nicht allzu gut aufgenommen. Alles in Ordnung mit dir?«, frage ich ihn sanft.

Everett seufzt und schiebt die Hände in die Vordertaschen seiner Jeans.

»Ich hab's irgendwie kommen sehen. Sie hat nicht geglaubt, dass es mir ernst damit ist, meine Facharztausbildung im Ausland zu beenden. Als sie es dann begriffen hat, glaubte sie, ich würde meine Meinung ändern, wenn sie mir damit droht, Schluss zu machen. Also wünschte ich ihr noch ein schönes Leben.«

Ich sollte nicht lachen, aber ich kann nicht anders. Everett stimmt mit seinem tiefen Lachen ein, und es ist das beste Geräusch der Welt. Ich lebe für sein Lächeln und sein Lachen, da beides so selten vorkommt. Besonders in letzter Zeit.

»Sie war schon auf der Highschool ein Miststück und ist es geblieben«, sage ich. »Und tschüss!«

Er lächelt noch eine Weile, dann wird sein Gesicht allmählich wieder ernst.

»Ist es falsch, wenn ich glücklich bin? Dass ich mich frei fühle?«, flüstert er.

Ich weiß sofort, dass er von seiner Mutter spricht, ohne dass er es bestätigen muss. Es bricht mir das Herz, dass er geht und ich wieder keine Chance erhalte, das zu bekommen, was ich so gerne hätte. Aber nichts ist mir wichtiger als Everetts Glück. Außerdem wird er nicht für immer fort sein.

»Nein, daran ist nichts falsch. Ich weiß, du bist nicht glücklich darüber, dass sie tot ist. Aber du hast dein ganzes Leben lang eine große Last auf deinen Schultern getragen. Alles nur ihretwegen. Du solltest *dich frei fühlen. Du musst dich nicht länger verstellen, nur um sie zu schonen. Jetzt kannst du tun, was du wirklich tun willst. Du kannst immer noch ihren Tod betrauern und gleichzeitig glücklich sein, dass du deine Träume verwirklichen kannst. Du hast das verdient, Everett. Du hast es verdient, endlich das tun zu können, was dich glücklich macht«, versichere ich ihm und lächele ihn aufmunternd an.*

Die vergangenen Jahre waren nicht leicht für Everett. Er musste ein Geflecht aus Lügen und Schwindeleien konstruieren, weil seine Mutter plötzlich beschlossen hatte, nüchtern zu werden und eine richtige Mutter zu sein. Das hat ihm schwer zugesetzt. Er wollte auf keinen Fall ihre Nüchternheit gefährden. Es machte mich ganz fertig, dass er sich dermaßen unter Druck setzte, die Familie zusammenzuhalten, wo es ihr doch stets egal gewesen war. Wie sich herausstellte, war sie nicht allzu gut darin, nüchtern zu bleiben. Obwohl sie es einigermaßen im Griff hatte, wenn sie hierher zu Besuch kam, holte sie daheim in New Jersey alles nach. Sie starb im Schlaf an akuter Bauchspeicheldrüsenentzündung und Leberversagen.

Everett stößt sich vom Türrahmen ab und tritt näher, bis uns nur noch wenige Zentimeter trennen. Meine Handflächen werden feucht, während ich mich am Türrahmen hinter mir festklammere und Everett in die Augen sehe. Das Blau in ihnen wirkt wegen der blauen OP-Kleidung noch tiefer und intensiver.

»Bist du glücklich, Cameron?«, fragt er leise.

Er scheint etwas in meinem Gesicht zu suchen, und ich wünschte, ich wüsste, was das ist. Ich wünschte, er könnte sehen, wie schwer es mir fällt, nicht damit herauszuplatzen, wie schrecklich ich es finde, dass er weggeht. Und dass ich eine höllische Angst davor habe, es könnte alles zwischen uns ändern.

Ich schlucke und nicke nur, denn ich habe Angst, den Mund zu öffnen und ihm die Wahrheit zu sagen. Er ist endlich frei. Da kann ich nicht diejenige sein, die ihm im Weg steht, wenn er seine Träume verwirklicht.

»Kannst du mir irgendeinen Grund nennen, weshalb ich nicht fortgehen sollte? Warum ich diesen verrückten Plan nicht in die Tat umsetzen sollte?«, fragt er und beugt sich herüber, sodass ich seinen Atem an meinem Gesicht und die Wärme seines Körpers spüre.

Ich habe keine Ahnung, warum er mich das fragt. Ich weiß nicht, welche Antwort er von mir erwartet. Hat er plötzlich Zweifel, was seine Pläne betrifft? Er wollte immer Arzt werden und Menschen helfen. Er verdient diese Chance. Oder hat er Zweifel, weil er mich hier zurücklässt? Ach, das bilde ich mir nur ein, was sonst. Ich will es so sehr, dass ich anfange, Dinge zu sehen, die gar nicht da sind. Er steht bloß deshalb nah bei mir, weil er nicht will, dass die anderen Leute auf der Party hören, worüber wir sprechen. Und er schaut mich auch nur deshalb so an, weil er nervös ist wegen der nächsten Schritte, die er gehen muss, um seine Träume zu verwirklichen. Mehr ist da nicht, und ich bin eine Närrin, mir etwas anderes einzureden. Ich weiß, dass er das tun muss. Es ist das, wovon er stets geträumt hat. Wenn ich ihn bitten würde zu bleiben, würde er es tun. Aber ich will nicht, dass er es mir eines Tages übel nimmt, ihn von seinen Träumen abgehalten zu haben.

»Du musst gehen, Everett. Das ist alles, was du dir gewünscht hast, und es ist eine einmalige Chance. Außerdem geht es ja nur um deine Facharzt-Ausbildung. In drei Jahren kannst du wieder nach Hause kommen.«

Er sieht mir noch eine Weile in die Augen, dann atmet er schwer aus und tritt zurück. Dabei murmelt er etwas, das wie »nicht alles« klingt.

Er wendet sich ab von mir, und bevor ich dazu komme, ihn zu fragen, was er gerade gesagt hat und was das bedeutet, taucht Aiden vor ihm auf und reicht ihm ein Bier. Ich lehne den Hinterkopf an die Wand und schließe die Augen, während die beiden miteinander anstoßen.

Everetts Träume werden wahr, und ich muss mich einfach nur für ihn freuen, ihm eine gute Freundin sein und ihm versichern, dass er keinen Fehler macht.

Wieder verpassen wir uns, und ich kann nichts dagegen tun. Ich will ihn festhalten, aber das wäre egoistisch.

Warum muss es so sehr schmerzen, das Richtige zu tun?

13

Everett

Als ich die Stufen zum Haupthaus hinaufgehe und die Gaslaternen zu beiden Seiten der Eingangstür flackern sehe, kann ich mir fast einreden, ich sei gar nicht so lange weg gewesen. Tausendmal bin ich durch diese Tür gegangen und habe im Vorbeigehen die Hitze der Laternen gespürt, das geschäftige Treiben der Angestellten auf der anderen Seite der Tür gehört, fast jeden Abend hier mit Cameron, ihren Eltern sowie der erweiterten Familie aus Freiwilligen und Camp-Bewohnern gegessen. Und anschließend habe ich mit Cameron und Aiden im Korbstuhl auf der großen Veranda gesessen und mir den Sonnenuntergang angesehen.

Nachdem Cameron mich heute stehen gelassen hatte, fühlte ich mich hier im Camp wie ein Fremder, obwohl ich doch jeden Winkel und sogar noch die meisten Angestellten und Freiwilligen kenne. Doch zum ersten Mal seit meinem dritten Lebensjahr hatte ich das Gefühl, nicht hierherzugehören, weil Cameron mich nicht hier haben wollte. Camerons Eltern gegenüber kam ich mir ohnehin wie ein Außenseiter vor. Ich wusste immer, dass sie mich nicht leiden können. Als ich noch ein junger, dummer Nichtsnutz war, der ständig in Prügeleien geriet und Ärger machte, kümmerte mich das nicht. Denn mir war nur wichtig, was Cameron von mir hielt. Es spielte keine Rolle, dass ihre Eltern mich nicht mochten, denn für mich waren sie ohnehin nur ein Hintergrundrauschen. Für mich drehte sich alles um Cameron.

Kaum habe ich die Tür geöffnet, überfluten mich die Erinnerungen, und ich bereue jeden Tag, an dem ich nicht hier gewesen bin. Als Camerons Eltern das alte Plantagenhaus umgebaut haben, in dem Camerons Mutter aufgewachsen war, schmückten sie die Wände mit unzähligen Fotos von Camp-Besuchern und Mitarbeitern. Langsam gehe ich durch die Eingangshalle, und es schnürt mir die Brust zusammen, als ich entdecke, dass Cameron jüngere Fotos aufgehängt hat. Auf manchen ist sie selbst zu sehen, mit Kindern, die ich nicht kenne. Auf einigen sind ein paar der neuen Mitarbeiter zu sehen, die ich auf meinem Rundgang kennengelernt habe. Ich habe mich ihnen allen vorgestellt und dafür gesorgt, dass jeder über die Sache mit Stratford und der kleinen Lüge, die wir ihm aufgetischt haben, im Bilde ist. Niemand zuckte auch nur mit der Wimper, als ich ihnen erklärte, was wir Stratford vorspielen müssen, wenn er da ist. Sie alle lieben Cameron und ihre Eltern so sehr und sind stolz darauf, ein Teil des Camps zu sein, dass sie fast alles für sie tun würden.

Ich bleibe vor einem ungestellten Foto stehen, auf dem Cameron in die Hocke gegangen ist und mit einem etwa fünfjährigen Mädchen spricht. Ihre Hände liegen auf den Hüften des Mädchens, und sie hält den Kopf ein wenig gesenkt, um dem Kind in die Augen zu sehen. Auf Camerons Gesicht liegt ein sanftes Lächeln, und ich bin mir sicher, sie erklärte dem kleinen Mädchen gerade, dass es keine Angst haben müsse und jede Menge Spaß im Camp haben würde. Cameron verstand es immer gut, den Leuten ihre Ängste zu nehmen. Sie gab ihnen das Gefühl, etwas Besonderes zu sein. Es konnten hundert andere Kinder um ihre Aufmerksamkeit buhlen; sobald sie sich auf jemanden konzentrierte, verblasste die ganze Welt um einen herum. Sie wusste genau, was sie sagen musste, damit man sich wieder gut fühlte.

»Wir sind keine Freunde mehr, dafür hast du ja gesorgt. Nur weil du dieses Camp kennst und weißt, wie viel es mir bedeutet, kannst du dich noch lange nicht wie ein Armleuchter aufführen.«

Ich muss an ihre Worte von heute Nachmittag denken, die sie sagte, bevor sie wegging, und mir wird klar, dass sie auch genau weiß, was sie sagen muss, um einen bis ins Mark zu treffen. Es war dumm von mir, zu glauben, ich könnte hier einfach aus heiterem Himmel aufkreuzen. Aber jetzt bin ich hier, und ich gehe nirgendwohin. Sie braucht meine Hilfe, ob sie es zugeben will oder nicht. Ich weiß, es wird unsere Probleme nicht lösen, aber ich bekomme die Chance, Zeit mit ihr zu verbringen und ihr zu zeigen, dass ich ihr nach wie vor ein guter Freund sein kann.

»Everett, du bist wieder daheim!«

Ich drehe mich um, als ich meinen Namen höre, und lächle die ältere Dame an, die mit einem riesigen zugedeckten Topf aus der Küche kommt. Die weißen Haare sind wie üblich zu einem Dutt zusammengebunden, und sie trägt dieselbe blauweiß karierte Schürze wie schon in unserer Kindheit.

Ich gehe rasch zu ihr, um ihr den Topf abzunehmen, doch sie weicht mir aus.

»Du warst viel zu lange weg und scheinst vergessen zu haben, dass ich mir von niemandem helfen lasse, wenn ich das Abendessen serviere.«

Ich lache und nicke der Frau zu, die seit der Eröffnung in Camp Rylan kocht.

»Oh, ich erinnere mich, Mrs. Michaels. Ich dachte nur, Sie sind in den letzten paar Jahren vielleicht weniger streng geworden«, scherze ich.

Sie wirft mir einen finsteren Blick zu, der Cameron, Aiden und mir früher eine Heidenangst eingejagt hat.

»An dem Tag, an dem ich nicht mehr streng bin, tanzen mir

die Kinder hier auf der Nase herum«, erklärt sie, obwohl jeder weiß, dass sie ein Herz für alle Kinder hat, die in dieses Camp kommen; ihre Strenge ist bloß Fassade. »Und jetzt mach dich nützlich. Dieser komische Kauz Stratford ist schon im Speisesaal, und ich habe gleich die Speisen aufgetragen. Sag Cameron, das Essen ist fertig. Ich meine, ich habe sie vor einer Weile ins Büro gehen sehen.«

Mrs. Michaels eilt davon, den Hauptflur entlang und in den Speisesaal, während ich ihr folge und Cameron suche. Ich finde sie genau dort, wo Mrs. Michaels sie vermutet hat, im Büro auf der anderen Flurseite, gegenüber dem Speisesaal. Ich bleibe im Türrahmen stehen. Sie hat mir den Rücken zugekehrt und starrt die Wand an.

Sie hat Jeans, Stiefel und Trägertop gegen ein blaugrünes kurzes Wickelkleid getauscht, das ihre Beine zur Geltung bringt, die in den hautfarbenen Pumps noch länger wirken. Die Haare sind zu einem Pferdeschwanz zusammengebunden, der ihr bis auf die Schultern reicht. Er schwingt zur Seite, als sie den Kopf bewegt, und ich sehe, wie sie sich über die Wange wischt. Ihr leises Schniefen ist bis zu mir zu hören.

Ich habe heute schon einige Male gesehen, wie sich ihre Augen mit Tränen füllten, wenn sie mich anfuhr. Aber jedes Mal war ihre Wut stärker. Mit ihrem Zorn kann ich umgehen, auch damit, dass sie mich anschreit und verflucht. Aber ich ertrage es nicht, sie traurig zu sehen. Ich ertrage es nicht, zu wissen, dass ich für diese Tränen verantwortlich bin.

Ich räuspere mich, damit sie weiß, dass ich da bin, und betrete den Raum. Ich sehe, wie sie sich noch ein paarmal die Wangen trocknet, bevor sie sich zu mir umdreht. Unvermittelt bleibe ich stehen, als ich sie in dem Kleid richtig sehe. Der tiefe V-Ausschnitt vorne, wo der Stoff ihren Körper einwickelt, offenbart ein atemberaubendes Dekolleté. Das Kleid wird an der Seite zusammengebunden, wo das Material ihre Kurven umschmeichelt.

Ich schaue auf zu ihrem Gesicht und fühle mich sofort wie das Arschloch, für das sie mich hält, als ich ihre vom Weinen geröteten Augen bemerke.

»Cam …«, flüstere ich und gehe einen weiteren Schritt auf sie zu. Ich will etwas sagen, irgendetwas, das sie dazu bringen könnte, mir zu verzeihen.

Sie hebt die Hand, und ich bleibe stehen. Jetzt erkenne ich den Ring an dem Finger ihrer linken Hand. Sie fängt an, damit zu spielen, nachdem sie die Hand wieder heruntergenommen hat. Der große Smaragd hat die gleiche intensive, brillante Farbe wie ihre Augen und funkelt zusammen mit den ihn einfassenden Diamanten, sobald das Licht beim Drehen darauf trifft.

Er sieht aus wie ein Geschenk von Aiden. Glänzend, protzig und sauteuer. Ich frage mich, ob es ihr Verlobungsring ist und warum sie ihn nach seinem Tod noch trägt, und bei diesem Gedanken fühle ich mich wie der weltgrößte Vollidiot.

»Ich kann das jetzt nicht mit dir besprechen. Wir müssen da reingehen und Stratford etwas vorspielen. Das ist alles, was für mich im Augenblick zählt und wofür ich Energie aufbringen kann.«

»Hast du den Ring von Aiden?«, frage ich plötzlich, den Blick weiterhin auf ihre Finger gerichtet, die mit dem Ring spielen, ihn drehen und drehen und drehen.

Ich weiß, dass es tausend wichtigere Dinge gibt, über die wir jetzt reden sollten, doch meine Neugier bringt mich um.

Ich will die Worte hören, will den Schmerz spüren, den sie bei mir auslösen werden, auch wenn ich die Antwort längst kenne.

»Äh … ja«, sagt sie verwirrt. Vermutlich fragt sie sich, weshalb ich mich nach einem Ring erkundige, wo sie doch dachte, ich wolle mit ihr streiten.

Zwei Worte. Mehr braucht es nicht, um meine Vermutung zu bestätigen und den Schmerz in meiner Brust zu verzehnfachen. Es ist eine Sache, wenn Aiden mir E-Mails rund um den Globus schickt, in denen er mit dem Ring prahlt, den er gekauft hat. Aber es ist eine ganz andere Form der Qual, im selben Raum wie Cameron zu sein und zu beobachten, wie sie den Edelstein immer wieder berührt, den er ihr geschenkt hat, als er ihr Herz eroberte.

»Es ist der einzige gute Schmuck, den ich besitze. Und da wir beide angeblich verheiratet sind, dachte ich …«

Sie hält es für eine gute Idee, den Ring, den sie von Aiden als Symbol ihrer Liebe bekommen hat, als Symbol für unsere *gespielte* Liebe zu benutzen. Das wurmt mich mehr als die Tatsache, dass Aiden ihr überhaupt den Ring geschenkt hat.

Dennoch nicke ich, als sie an mir vorbeigeht, und schließe die Augen, denn ich atme dabei ihren dezenten Magnolienduft ein. Dieser Duft ist mir so vertraut und erinnert mich an all die Dinge, die mir während meiner Abwesenheit gefehlt haben. Ich wünschte, ich könnte Cameron einfach packen, sie an mich drücken, mein Gesicht an ihrem Hals vergraben und sie einatmen.

Das Klappern ihrer Absätze entfernt sich, und ich öffne die Augen. Jetzt, wo sie nicht mehr vor mir steht, kann ich sehen, worauf ihr Blick gerichtet war, als ich hereinkam – den Grund für ihre Tränen. Und es fühlt sich an, als hätte mir jemand gerade ein Messer ins Herz gerammt.

An der Wand hängt ein gerahmtes Foto von Aiden und Cameron, aufgenommen irgendwann in den letzten paar Jahren. Die beiden stehen auf einer improvisierten Bühne mitten auf dem Hauptplatz des Camps, wo Kinder spielen und Freiwillige zum Mitsingen einladen und andere Aktivitäten anbieten. Aiden und Cameron stehen nebeneinander und halten eine der Requisiten für die Theaterstücke hoch – einen leeren Bilderrahmen. Cameron schaut direkt in die Kamera, während Aiden sie anschaut; beide haben ein strahlendes Lächeln auf dem Gesicht.

In diesem Moment empfinde ich Aidens Abwesenheit stärker denn je, und ich hasse es, eifersüchtig auf ihn zu sein. Weil er hier war für Cameron, und ich nicht. Weil er sie lieben und glücklich machen konnte. Weil er der Grund für ihre Tränen ist. Weil er ihr einen Ring geschenkt hat, den sie nicht abnimmt, und den sie berührt, wenn sie aufgewühlt ist.

Nach einem letzten Blick auf das Bild wende ich mich ab und verlasse den Raum, bevor ich in Versuchung geraten kann, es von der Wand zu reißen und quer durchs Zimmer zu schleudern, mich also genau wie jener dumme junge Nichtsnutz zu benehmen, für den Camerons Eltern mich stets gehalten haben.

»Erzählen Sie mir doch, wie Sie beide sich kennengelernt und ineinander verliebt haben.«

Cameron verschluckt sich prompt an ihrem Essen, und ich klopfe ihr sanft auf den Rücken, während sie nach ihrem Glas Wasser greift und es zur Hälfte austrinkt.

Während Cameron den Tag damit verbracht hat, mir aus dem Weg zu gehen, habe ich dafür gesorgt, dass das Camp reibungslos läuft. Ich habe mich über alles genauestens informiert, damit ich Stratfords Fragen beim Abendessen ohne Zögern oder peinliches Stutzen beantworten kann und Cameron nicht für mich antworten muss. Leider war das reine Zeitverschwendung. Sobald der erste Gang serviert war, fing Stratford an, nichts als persönliche Fragen über mich und Cameron zu stellen. Zum Glück waren die Fragen recht simpel – Stratford wollte etwas über unsere Familien erfahren und wie wir aufgewachsen sind.

So versessen, wie er von der Idee war, sein Geld nur glücklich verheirateten Paaren zu geben, hätte ich mir denken können, dass er dieses Thema zur Sprache bringt. Als Seth meinte, dieser Typ sei exzentrisch, hat er keinen Scherz gemacht. Welcher Geschäftsmann interessiert sich schon mehr für das Privatleben der Leute, in die er zu investieren gedenkt, als für ihr tatsächliches Unternehmen?

Cameron hat mich im Verlauf des Abendessens kein einziges Mal angesehen, aber wenigstens ist sie nicht von mir abgerückt, als ich mich ihr näherte und meine Hand zwischen den verschiedenen Gängen auf ihre Stuhllehne legte. Jetzt sieht sie mich mit einem panischen Ausdruck an. Ich schenke ihr ein beruhigendes Lächeln und streichle ihr über den Rücken, damit sie weiß, dass ich mit dieser Frage zurechtkomme.

»Wie Sie wissen, sind Cameron und ich fast schon unser ganzes Leben lang befreundet«, beginne ich, ohne sie aus dem Blick zu lassen. »So ungefähr als ich zehn und sie sieben war, wurden wir beste Freunde. Sie war mein Fels in der Brandung, der eine Mensch, dem ich alles erzählt habe, und die wichtigste Person in meinem Leben.«

Cameron schluckt nervös, doch ihre wunderschönen grünen Augen schauen unverwandt in meine. Stratford nehme ich gar nicht mehr wahr. Ich lasse mein Herz sprechen und sage ihr all die Dinge, die ich ihr schon vor Jahren sagen wollte, mich aber nie getraut habe. Ich weiß, sie glaubt, ich ziehe hier eine Show ab, und vermutlich tue ich das in gewisser Weise auch. Denn das Höchste, worauf ich jemals hoffen durfte, war ihre aufrichtige Freundschaft. Aber egal. Schon seit ich siebzehn war, drängt es mich, diese Dinge laut auszusprechen, und jetzt ist die Chance endlich da, sie zu artikulieren, sie wenigstens für ein paar Minuten leben zu lassen, bevor ich sie endgültig begrabe, damit ich mich voll und ganz darauf konzentrieren kann, ihr ein Freund zu sein, ohne dass die Vergangenheit alles in meinem Kopf überschattet.

»Ich erinnere mich noch genau an den Tag, an dem ich mich in sie verliebt habe. Da war sie vierzehn, und ich arbeitete im Pferdestall. Sie kam herein, und ich vergaß glatt zu atmen. Zum ersten Mal, seit ich sie kannte, sah ich sie wirklich. Ich sah, wie schön sie war, innerlich und äußerlich, und mir stockte der Atem. Aber ich war ein paar Jahre älter als sie und dennoch zu feige, etwas zu sagen. Jedenfalls ziemlich lange. Ich befürchtete, sie könnte nicht dasselbe für mich empfinden, und dass ich sie dann als gute Freundin verliere.« Ich spreche leise und habe nach wie vor Angst, dass sie die Wahrheit in meinen Worten erkennt und ich sie wieder verliere, bevor ich sie zurückgewinnen konnte. »Erst in der Woche, bevor ich im Rahmen meiner Facharztausbildung gehen sollte, wurde mir klar, dass ich es leid war, meine Gefühle vor ihr zu verbergen. Ich fragte sie, ob sie mir einen Grund nennen könne, weshalb ich nicht gehen sollte. Insgeheim hoffte ich darauf, dass sie mich bitten würde, sie nicht zu verlassen, weil sie mich liebe. Doch sie sagte nichts.«

Camerons Augen füllen sich mit Tränen, aber diesmal kämpft sie nicht dagegen an. Während ich rede, sehe ich es, aber ich kann nicht aufhören, von meiner vergeblichen Hoffnung zu erzählen, die sich leider nie erfüllt hat.

»Sie wusste, dass ich gehen musste. Sie wusste, dass es mein Traum war, Arzt zu sein und Menschen überall auf der Welt zu helfen. Niemals hätte sie etwas getan, das mich daran gehindert hätte, meine Träume zu verwirklichen, dafür war sie nicht der Typ. Sie erklärte mir, ich müsse gehen, weil es das sei, was ich immer gewollt hätte.«

Cameron lehnt sich zu mir herüber, bis wir einander so nah sind, dass ich die winzigen goldenen Flecken in ihren grünen Augen erkennen kann. Ich muss mich ziemlich beherrschen, um sie nicht einfach zu küssen, damit sie mir glaubt, was ich sage und wie sehr ich mir gewünscht hätte, dass sich die

Dinge zwischen uns so entwickelt hätten, wie ich sie erzähle.

Ihre Nähe setzt meinem Verstand mehr zu, als ich vermutet hätte. Und über die Vergangenheit zu sprechen, mich an die Gefühle zu erinnern, die ich damals für sie hatte, sorgt für mehr Verwirrung als Klarheit. Aber ich schwelge schon zu tief in den Erinnerungen, um jetzt aufzuhören.

»Doch bevor mein Herz brechen konnte, versprach sie mir, auf mich zu warten, egal, wie lange es dauern würde, bis ich wieder heimkommen würde. Tatsächlich wartete sie die drei Jahre, in denen ich für Ärzte ohne Grenzen arbeitete. Sie verzieh mir, dass ich sie verlassen hatte und nicht da war, als sie mich am dringendsten gebraucht hätte. Sie verzieh mir, dass ich sie verletzt und Fehler begangen hatte. Sie wusste, ich hätte alles getan, um diese Fehler rückgängig zu machen«, sage ich leise und streiche Cameron die Haare aus dem Gesicht. *»Alles.«*

Ich lege meine Hand an ihre Wange und streichle mit meinem Daumen sanft die Partie unter ihren Augen. Dann lehne ich meine Stirn an ihre und sage mit betont leiser Stimme, als würde ich es nur zu ihr sprechen: »Ich habe es nie verdient, sie in meinem Leben zu haben, noch immer nicht. Aber es gibt nichts, was ich nicht für sie tun würde. Nichts, was ich nicht tun würde, um ihr zu zeigen, dass ich sie immer geliebt habe und immer lieben werde.«

Du liebe Zeit, woher kam das denn? Ich hätte auch sagen können, dass ich immer ihr Freund sein würde; das hätte ihr gereicht und ihm auch – dem Mann, der uns gegenübersitzt und an jedem Wort hängt, das mir über die Lippen kommt.

Ich schließe die Augen. Mein Herz hämmert so heftig, dass ich glaube, sie kann es hören. Sie gibt ein leises Seufzen von sich, und ich löse mich von ihr, um sie anzusehen. Stratfords Stimme lässt die Blase platzen, in der Cameron und ich uns gerade befunden haben.

»Wie lange sind Sie schon wieder zurück?«

»Seit neun Monaten.«

Ich bin so sehr damit beschäftigt, Cameron in die Augen zu schauen, dass ich geantwortet habe, ohne nachzudenken. Erst als es heraus ist, wird mir klar, was ich gesagt habe. Cameron lässt klappernd ihre Gabel auf den Teller fallen, die sie während meiner Schilderung in der Hand gehalten hat. Sie zuckt vor meiner Hand zurück, wendet sich ab und lächelt angespannt in Stratfords Richtung, während sie die Gabel wieder aufnimmt und neben ihren Teller legt.

»Verzeihung. Es macht mich immer ganz nervös, darüber zu sprechen, dass er an diesen gefährlichen Orten auf der Welt war«, erklärt sie Stratford, und ihre Stimme klingt gezwungen.

Mist, verdammter.

Damit wollte ich nicht herausplatzen, denn ich wusste, sie würde erst recht wütend sein, wenn sie erfahren würden, wie lange ich schon hier bin, ohne sie aufgesucht zu haben. Ich wollte noch ein wenig Zeit mit ihr haben. Genug Zeit, damit sie mir verzeiht, wie lange ich fort war – bevor ich ihr langsam auseinandersetzen würde, in welchem Zustand ich bei meiner Rückkehr war, und dass ich mich zu sehr geschämt habe, zu ihr zu gehen. Ich bereue es, dass es jetzt auf diese Weise herausgekommen ist, aber ich bin froh, es nicht mehr vor ihr geheim halten zu müssen.

Ich bin so sehr damit beschäftigt, Camerons Profil zu betrachten und mir zu wünschen, sie möge mich wieder ansehen, dass ich Stratford kaum beachte, als er zu sprechen beginnt.

»Was für eine wundervolle Geschichte. Es ist schön, ein junges Paar wie Sie beide zu erleben, das füreinander bestimmt ist und nicht zulässt, dass sich ihm etwas in den Weg stellt«, meint er und wischt sich den Mund mit der Serviette ab, während er sich vom Tisch erhebt. »Vielen Dank für das wunderbare Essen und die Unterhaltung. Es war ein langer Tag, deshalb werde ich mich oben auf mein Zimmer zurückziehen. Ich treffe Sie beide morgen gegen neun vor dem Stall. Dann können Sie mir mehr davon zeigen, wie Sie Ihre Ehe und die gemeinsame Arbeit unter einen Hut bekommen.«

Stratford lächelt uns zu, verlässt pfeifend den Speisesaal und geht nach oben in sein Zimmer. Kaum ist er weg, steht Cameron so schnell auf, dass das Kratzen der Stuhlbeine auf dem Boden durch den ganzen Saal hallt.

»Cameron, warte!«, rufe ich ihr hinterher, werfe meine Serviette auf den Tisch und laufe Cameron hinterher.

Ich erwische sie erst draußen, nachdem sie bereits die Verandastufen hinuntergelaufen ist. Ich halte sie am Arm fest, damit sie stehen bleibt.

Prompt reißt sie sich los und starrt mich an. Die Tränen, die eben noch in ihren Augen schimmerten, laufen ihr jetzt die Wangen hinunter.

»Cam, bitte. Es tut mir leid …«, flehe ich, ohne genau zu wissen, was ich eigentlich meine. Ich will einfach nur, dass sie stehen bleibt und mir zuhört, mich erklären lässt.

»Versuch nicht einmal, dich zu entschuldigen«, fährt sie mich an. »Deine Entschuldigungen bedeuten mir rein gar nichts mehr. Himmel, ich bin so dermaßen blöd. Gute Arbeit da drinnen übrigens, diese ganze blödsinnige Liebesgeschichte. Es klang ziemlich glaubwürdig, dass ich dir etwas bedeutet habe.«

Diesmal halte ich sie an beiden Armen fest, doch sie windet sich, bis sie sich von mir losreißt und ich nichts mehr mit meinen Händen anzufangen weiß, als sie sinken zu lassen.

»Verdammt noch mal, du bedeutest mir etwas! Lass es mich doch erklären …«

»Es ist mir egal!«, stößt sie bebend vor Wut hervor. »Neun Monate? Neun verdammte Monate bist du schon praktisch nur um die Ecke?«

Ihre Stimme bricht, als die Emotionen in ihr aufwallen. Am liebsten würde ich vor ihr auf die Knie sinken, so sehr trifft mich das. Es bringt mich um, ihr so wehgetan zu haben.

»Ich weiß. Gott, ich weiß! Bitte, Cameron! Lass es mich erklären!«

Sie verschränkt die Arme vor der Brust und schüttelt den Kopf.

»Ich bin es so leid, Everett. Ich bin es leid, traurig und durcheinander zu sein. Fahr nach Hause. Bitte, wenn ich dir wirklich etwas bedeute, wie du behauptest, dann verschwinde. Ich kann das nicht. Ich dachte, ich könnte. Ich dachte, ich bekomme das hin, um das Camp zu retten. Aber es geht nicht. Es tut zu weh. Es tut so verdammt weh«, schleudert sie mir entgegen, dreht sich um und geht davon.

Ich stehe dort im Garten und schaue ihr hinterher. Im Augenblick gibt es nichts, was ich sagen könnte, damit sie es versteht. Nichts, was ich tun kann, um ihren Schmerz zu lindern. Ich könnte noch so viele Wünsche äußern, es würde nichts an der Vergangenheit ändern und niemals das, was ich da drinnen erzählt habe, wahr werden lassen. Es bleibt ein Traum.

14

Everett

Wünschen in der Vergangenheit …

Fünfundzwanzig Jahre alt

Ich fange Camerons Blick am anderen Ende des Raumes auf, und sie lächelt zaghaft. Obwohl ich mit meinen Nerven am Ende bin und das Abendessen, das sie für mich gekocht hat, wieder hochzukommen droht, erwidere ich ihr Lächeln. Eigentlich sollte ich aufgeregt sein, weil ich morgen im Flugzeug sitzen und um die halbe Welt fliegen werde, aber das beschäftigt mich momentan am wenigsten. Ich habe die letzten zwei Jahre ein ziemlich heftiges Programm gehabt und praktisch drei Jahre Ausbildung in zwei gestopft. Jetzt trete ich das letzte Jahr meiner Facharztausbildung an, allerdings in Äthiopien. Eigentlich soll es nur ein Jahr dauern, aber ich weiß, dass es das ist, wozu ich bestimmt bin. Deshalb habe ich auch schon angefangen zu recherchieren, was ich nach Ende des Programms machen kann, und bin dabei auf Ärzte ohne Grenzen gestoßen. Ich habe Aiden oder Cameron noch nichts davon erzählt, weil ich mir nicht sicher bin, ob ich länger als ein Jahr von Cameron getrennt sein kann.

Ich bin bereit, meinen Plan in die Tat umzusetzen. Ich vertraue auf meine Fähigkeiten und meine Ausbildung. Zweifel habe ich allerdings, was Camerons Reaktion auf meine Worte betrifft.

Ich habe jede Gelegenheit verstreichen lassen, ihr meine Gefühle zu gestehen, auch jedes Mal in den vergangenen zwei Jahren, wenn ich zu Besuch nach Hause gekommen war. Und es ist echt mies, dass ich es noch einmal versuche, ausgerechnet am Tag vor meiner Abreise. Werde ich sie wirklich bitten, auf mich zu warten? Ihr sagen, dass ich sie liebe, seit ich denken kann, und unbedingt wissen muss, ob sie das Gleiche empfindet?

Ja, verdammt, das werde ich.

Sie lacht über etwas, das Aiden gesagt hat, und ihr Lachen geht mir durch und durch. In letzter Zeit geht mir Aidens Flirten mit Cameron auf den Geist, und ich frage mich, ob er weiß, was ich für sie empfinde, und es nur macht, um mich zu ärgern. Tja, es funktioniert jedenfalls. Nachdem ich mir jahrelang mit angesehen habe, wie sie Jungs datet, die ich nicht kenne und die mir auch völlig egal sind, weil ich wusste, dass es eh nicht lange hält, bringt mich die Vorstellung, sie könnte mit Aiden zusammen sein, richtig auf die Palme.

Cameron hat alle meine Freunde eingeladen, außerdem Leute, die ich im Lauf der Jahre in meinem Halbtagsjob auf der Farm kennengelernt habe, um gebührend Abschied zu feiern. Den ganzen Abend über habe ich mich unter die Gäste gemischt und geredet, während ich auf den richtigen Zeitpunkt wartete, mit Cameron allein zu sprechen. Da mir klar ist, dass das noch eine Weile dauern kann, verlasse ich den Speisesaal im Haupthaus des Camps und gehe in die Küche, um zu sehen, ob ihre Eltern Hilfe beim Abwaschen brauchen. Denn sie waren nicht gerade begeistert davon, dass Cameron heute Abend diese Party für mich schmeißen wollte. Ihre Mutter hat dafür gesorgt, dass genügend andere Typen da sind, die sich für Cameron interessieren, und solche, mit denen sie kürzlich Dates hatte. Als wüsste sie genau, was ich vorhabe, und als versuche sie, mich daran zu erinnern, auf Abstand zu bleiben. Aber ich werde mich davon nicht beirren lassen. Ich muss mich ein wenig ablenken, um nicht ständig daran zu denken, was ich zu Cameron sagen werde und wie sie wohl darauf reagiert.

Während ich an den vielen Fotos an den Wänden vorbeigehe, auf denen glückliche Szenen der Vergangenheit zu sehen sind, muss ich lächeln, obwohl es mich traurig macht, weil ich das Camp und die Leute hier vermissen werde. Doch das Jahr wird rasch vergehen, und dann wird Cameron hoffentlich hier auf mich warten.

Als ich die Küche erreiche, höre ich Camerons Eltern reden und bleibe vor der Tür stehen.

»Wenn Aiden nicht aufhört, mit ihr zu flirten, haue ich ihm eine rein.«

Ich lache leise in mich hinein, als ich ihren Dad genau die Gedanken äußern höre, die ich auch schon hatte.

»Schatz, Cameron ist zweiundzwanzig und erwachsen. Du kannst doch nicht jedem Mann Prügel androhen, der sie begehrt. Außerdem ist Aiden ein wunderbarer junger Mann, den wir wie einen eigenen Sohn lieben«, argumentiert ihre Mutter.

»Verdammt, das weiß ich. Wenn ich jemanden für unsere Tochter auswählen könnte, würde ich mich für Aiden entscheiden. Aber das heißt noch lange nicht, dass es mir gefallen muss. Sie ist mein kleines Mädchen …« Eli lässt den Satz offen.

»Nun, ich glaube ohnehin nicht, dass Aiden derjenige ist, um den du dir Sorgen machen musst«, meint Shelby.

Ich sollte durch diese Tür gehen und mich bemerkbar machen, doch irgendetwas hält mich davon ab.

»Wovon redest du?«

»Ich rede von Everett. Man müsste schon blind sein, um nicht zu bemerken, wie er sie ständig ansieht.«

»Unsinn.«

»Ich liebe dich, Eli, aber manchmal hast du einfach keine Ahnung. Der Junge ist schon sehr lange in sie verliebt.«

»Er ist nicht gut genug für sie. Würde es ihn umbringen, ab und zu mal zu lächeln? Cameron sollte mit jemandem zusammen sein, der sie glücklich macht, und nicht mit jemandem, der sie erschöpft, weil sie ihn immer wieder aufbauen muss.«

»Ich weiß. Aber Eli …«

»Fang nicht wieder davon an, Shelby. Ich will es nicht hören. Er ist nicht gut genug für sie und wird es niemals sein. Und damit Schluss jetzt.«

Ich bewege mich rückwärts, weg von der Küche, denn ich will nicht noch mehr hören. Alle meine Ängste und Zweifel wurden gerade bestätigt, ebenso der wesentliche Grund dafür, dass ich so lange damit gewartet habe, Cameron meine Gefühle zu offenbaren. Noch dazu von einem Mann, zu dem ich aufgesehen und den ich respektiert habe. Zwar habe ich stets vermutet, dass er so denkt, doch meistens konnte ich das abschütteln. Das jetzt aber aus seinem Mund zu hören … Ich komme mir vor wie ein Idiot. Er hat ja recht. Wer bin ich schon, zu glauben, ich sei gut genug für jemanden wie Cameron? Ein Mann aus einem zerrütteten Elternhaus, der auf dem Weg in ein Dritte-Welt-Land ist und ihr nicht mehr bieten kann als ein sorgenvolles Leben, in dem sie ständig warten und sich fragen würde, wann ich endlich wieder zu ihr nach Hause komme. Das ist nicht gut genug für eine wie Cameron. Eli hat recht, ich bin wirklich nicht gut genug für seine wunderschöne und vollkommene Tochter. Ich würde diese Schönheit und Vollkommenheit nur beflecken.

Ich gehe immer noch rückwärts, in Gedanken versunken, als ich mit jemandem zusammenstoße. Ich höre Camerons leises Lachen und drehe mich zu ihr um. Lächelnd sieht sie mich an.

Sie steht so dicht vor mir, dass ich die Wärme ihrer Haut spüren kann, und das wärmt die Kälte in meinem Inneren. Am liebsten würde ich für immer hier stehen bleiben, meine Arme um sie schlingen, sie an mich drücken und mir von ihr sämtliche Zweifel vertreiben lassen. Aber das geht nicht.

»Hey. Alles in Ordnung?«, erkundigt sie sich und legt den Kopf schief.

Ich entferne mich ein Stück von ihr, bevor ich meine Selbstbeherrschung verliere und die Hände nicht länger von ihr lassen kann.

»Alles gut. Mir geht's gut. Ich denke nur gerade an morgen.«

Die Lüge kommt mir leicht über die Lippen, und prompt fühle ich mich schlecht, als ihr Lächeln verschwindet und ihre Miene ernst wird.

»Komm, gehen wir ein bisschen spazieren.«

Cameron nimmt meine Hand, und ich zwinge mich, nicht zurückzuweichen. Sie verschränkt ihre Finger mit meinen und zieht mich zur Tür. Für die paar Minuten, die wir brauchen, um durch den Flur und hinaus auf die Veranda zu gehen, genieße ich es, ihre kleine, weiche Hand in meiner zu fühlen.

Als wir ans Geländer treten, von wo aus wir das Camp überblicken können, lässt sie meine Hand los, legt die Hände auf das Holz und schaut in den Garten. Ich betrachte ihr Profil, präge mir jedes Detail ein und wünschte, ich könnte jemand anderes sein. Ein Mann mit einer besseren Vergangenheit und einer besseren Familie. Ein Mann, der Cameron glücklich machen könnte. Jemand, der es wert ist, diese erstaunliche Frau zu bekommen, die vor mir steht.

»Alles wird gut. Du kommst schon zurecht. Du gehst dorthin, lernst so viel, wie du kannst, hilfst so vielen Menschen wie möglich und kommst heil und gesund wieder nach Hause.«

Ich lausche ihrer ruhigen Stimme und weiß, dass sie diese Dinge nur sagt, um sich selbst von ihrem Wahrheitsgehalt zu überzeugen. Das bestätigt mich in meinem Beschluss, alles zu vergessen, was ich ihr heute Abend sagen wollte. Sie hat das nicht verdient. Selbst wenn sie wundersamerweise für mich dasselbe empfinden würde, wie ich für sie, kann ich ihr das nicht antun. Ich kann nicht zulassen, dass sie meinetwegen ihr Leben nicht lebt.

Plötzlich dreht sie sich zu mir um und ertappt mich dabei, wie ich sie betrachte. Unsere Blicke treffen sich, und so sehr ich auch wegschauen möchte, ich schaffe es nicht.

»Aiden hat mich gefragt, ob ich mit ihm ausgehen will.«

Ihre Worte treffen mich wie ein Messer ins Herz, auch wenn ich nicht gerade überrascht bin.

Sie lacht und verdreht die Augen.

»Na ja, er macht seit vier Jahren Witze darüber, aber diesmal war es ihm ernst. So richtig ernst. Ist das zu glauben?«

Ich habe Angst, den Mund zu öffnen, daher nicke ich nur. Ich hasse alles an diesem Augenblick und würde am liebsten so tun, als fände er gar nicht statt. So sehr mir auch danach zumute ist, mich einfach irgendwo zusammenzurollen und zu sterben, ist Aiden immer noch mein bester Freund. Ich würde ihn nie davon abhalten, das zu bekommen, was er haben will, selbst wenn es dasselbe ist, was ich schon begehre, seit ich denken kann. Ich weiß nicht, warum ich Aiden nie gesagt habe, was ich für Cameron empfinde. Vielleicht habe ich insgeheim befürchtet, es könnte wirklicher werden, wenn ich es jemandem offenbarte. Und wenn etwas wirklich ist, kann es einem genommen werden. Das war natürlich dumm, vor allem, weil ich weiß, dass Aiden sie nie um ein Date gebeten hätte, wenn er von meinen Gefühlen für sie gewusst hätte. Und jetzt wird es mir ohnehin genommen, noch ehe ich es je haben konnte.

Aiden ist eindeutig die bessere Wahl. Er ist hier, hat einen sicheren, gut bezahlten Job, er wird nicht monatelang verschwinden, Camerons Eltern lieben ihn … Und er ist gut genug für Cameron. Besser als gut genug. Er wird sie glücklich machen, und sie wird ihn nie aufbauen müssen, so wie mich.

Ich schiebe die Hände in die vorderen Hosentaschen meiner Jeans, um Cameron nicht zu packen und sie an mich zu ziehen, sie anzuflehen, auf mich zu warten, und sie davon zu überzeugen, dass ich es wert bin, wenn ich doch weiß, dass ich es nicht bin.

Sie stößt sich vom Geländer ab und stellt sich so dicht vor mich, dass sich unsere Zehenspitzen berühren. Ich betrachte ihren Hals und sehe, wie sie schluckt, und ich bin fasziniert davon, wie sie sich nervös mit der Zunge über die Unterlippe streicht.

»Kannst du mir einen Grund nennen, warum ich nicht Ja zu ihm sagen sollte?«, flüstert sie.

Es sind fast die gleichen Worte, die ich vor zwei Jahren zu ihr gesagt habe, als meine Facharztausbildung begann. Damals wollte ich herausfinden, woran ich bei ihr bin, ob da etwas zwischen uns ist oder ich mir das alles nur einbilde. Und wie ein Idiot stelle ich alles, was ich denke, infrage. Ich überlege, ob sie mich das fragt, weil sie mehr als freundschaftliche Gefühle für mich empfindet. Aber ich weiß, dass das nicht stimmt. Sie ist bloß nervös und hat Angst, weil sich die Dinge verändern werden. Ich werde nicht mehr immer da sein, ihr wie ein Welpe hinterherlaufen und mir wünschen, dass sie eines Tages genauso empfindet wie ich.

Ich will sie in den Armen halten und küssen. Ich will ihr zeigen, warum ich finde, sie sollte nicht mit Aiden ausgehen. Doch ich kann nicht. Der einzige Grund, den ich ihr nennen könnte, ist der, dass ich so wahnsinnig verliebt in sie bin, dass ich nicht mehr klar denken kann. Nur reicht das eben nicht, das wird es nie.

»Nein. Mir fällt kein Grund ein, weshalb du nicht einwilligen solltest. Aiden ist perfekt für dich. Ich bin sicher, ihr zwei werdet sehr glücklich zusammen sein. Falls nicht, gibt es sicher noch eine lange Liste von Männern, die deine Mutter gutheißt.«

Ich zwinge mich zu einem Lächeln, obwohl die Worte, die aus meinem Mund kommen, blanker Unfug sind und ich sie am liebsten wieder zurücknehmen würde, als ich den traurigen, gekränkten Ausdruck in Camerons Augen sehe. Ich hätte nicht so kalt sein sollen. Ich hätte nicht ein solcher Arsch sein sollen. Mit meinem Verhalten beweise ich nur, dass ihr Dad recht hat, obwohl ich so sehr versucht habe, mich zu ändern.

Wenn du jemanden liebst, lass ihn los. Heißt es nicht so?

Cameron wird nie mehr zu mir zurückkommen, da sie nie für mich bestimmt war. Sie war bloß ein dummer Wunsch auf einer Handvoll dummer Sterne. Und als sie sich ohne ein weiteres Wort umdreht und ins Haus geht, halte ich sie nicht auf, sondern schaue tatenlos zu, wie mein Traum von ihr sich vor meinen Augen auflöst.

15

Cameron

Ich wische mir die Tränen vom Gesicht, die einfach nicht aufhören wollen zu fließen, und stütze mich mit den Ellbogen auf dem Holzzaun vor mir ab. Nachdem ich Everett vor einigen Stunden stehen gelassen hatte, lief ich immer weiter und weinte dabei. Ich war so verletzt und fühlte mich so verloren, dass ich gar nicht merkte, wie weit ich gegangen war, bis ich das andere Ende der eingezäunten Pferdeweide erreichte. Zum ersten Mal in meinem Leben habe ich das, was für das Camp wichtig ist, nicht an die erste Stelle gesetzt, und bei dieser Erkenntnis musste ich noch stärker weinen. Indem ich Everett wegschickte, habe ich vielleicht alles zerstört, was meine Eltern aufgebaut haben. Aber ich hielt es in seiner Gegenwart keine Minute länger aus und konnte diese dämliche Farce einfach nicht aufrechterhalten, ohne mich dabei selbst vollkommen zu verlieren.

Wem will ich etwas vormachen? Schon vor langer Zeit habe ich mich verloren, und dass Everett wieder hier ist, unterstreicht diese Tatsache nur. Mit den Camp-Bewohnern zusammen zu sein, machte mich nicht glücklich. Das Spendendinner zu organisieren, machte mich nicht glücklich. Für etwas verantwortlich zu sein, auf das ich unglaublich stolz bin, machte mich nicht glücklich. All die Dinge, die meinem Leben einen Sinn gegeben haben, kommen mir nun mau und glanzlos vor. Ich habe es auf Aidens Tod geschoben. Doch während ich hier stehe, auf die Plantage schaue, auf der ich aufgewachsen bin, und an alle Erfahrungen denke, die ich hier gemacht habe, wird mir klar, dass ich mich schon viel länger so fühle. Fast fünf Jahre lang, um genau zu sein. Seit Everett fortgegangen ist, habe ich mich nicht mehr wie ich selbst gefühlt und wusste auch nicht mehr, wie ich glücklich sein könnte.

Ich hasse ihn dafür, dass er mir alles kaputtgemacht hat.

Ich hasse ihn dafür, dass er es mir unmöglich macht, ihm zu verzeihen.

Ich hasse ihn dafür, dass er jede gute Erinnerung, die ich an diesen Ort habe, trübt und ich stattdessen traurig darüber bin, dass er in den letzten Jahren nicht hier bei mir war.

Ich hasse es, dass ich meinen Schmerz und meine Wut nicht überwinden kann, damit er mir helfen kann, dieses Camp zu retten.

Ich hasse es, dass ich nicht so einfach etwas vortäuschen kann wie er.

»Ich komme gerade von zu Hause, wo Everett Schranktüren zuknallt und lustige Flüche ausstößt. Wie sauer bist du jetzt auf mich?«

Die Stimme hinter mir lässt mich herumfahren.

»Also, so sauer, dass du mir eine reinhauen willst, oder so sauer, dass du mich nur anschreien und übel beschimpfen willst?«

Ich lache trotz der Tränen, obwohl nichts an der jetzigen Situation wirklich lustig ist, und sehe den Mann an, der mir immer ein Lächeln abringt.

»Ich werde dich schon nicht schlagen, Jason.«

Er stößt einen tiefen Seufzer der Erleichterung aus und fährt sich durch die Haare, genau wie sein Bruder es tut, wenn er nervös oder frustriert ist.

Warum konnte ich mich nicht in seinen Bruder verlieben? Dann wäre alles so viel einfacher geworden.

Ganz gleich, wie viel oder wie wenig Zeit wir miteinander verbracht haben, wir konnten immer unbeschwert miteinander lachen. Es kommt mir nie wie eine Aufgabe vor, Jason zum Lächeln zu bringen. Er hat mich nie enttäuscht oder im Stich gelassen, im Gegensatz zu seinem Bruder.

»Ich würde dir wirklich sehr gerne eine reinhauen, nur hab ich dich viel zu gern, um dein hübsches Gesicht zu ruinieren«, versichere ich ihm, während wir uns beide die Pferde ansehen, die ein letztes Mal auf die Weide durften, bevor sie für die Nacht in den Stall müssen.

Jason lacht, nimmt eine Hand aus der Hosentasche und drückt meine Schulter.

»Ja, ich habe ein wirklich hübsches Gesicht. Vor allem, weil ich im Gegensatz zu meinem Bruder einen Rasierapparat habe.«

Als er Everett erwähnt, schließe ich die Augen und sehe dessen Gesicht vor mir, den niedergeschlagenen Ausdruck in seinen Augen, als ich ihm sagte, er solle nach Hause fahren. Aber ich erinnere mich auch daran, wie er mich angesehen hat, als er Stratford diesen ganzen Unsinn erzählt hat. Unsinn, den ich begierig aufgesaugt hatte und einige Minuten lang für echt halten wollte. Ich ließ mich von seinen Worten zurück in jene Zeit entführen, als ich so heftig in ihn verliebt war, dass ich angesichts solcher Worte Stratford rausgeworfen und auf Everetts Schoß gestiegen wäre. Und dann muss er alles zerstören mit seiner Bemerkung darüber, wie lange er schon wieder daheim ist. So wie immer werde ich daran erinnert, dass meine Liebe zu diesem Mann mir nichts als Kummer eingebracht hat. Und mit ihm befreundet zu sein, führt offenbar zum gleichen Ergebnis.

»Du hättest mir sagen sollen, dass er wieder hier ist«, flüstere ich, und wieder steigen mir Tränen in die Augen. »Neun

Monate, Jason. Er ist seit neun Monaten wieder zurück, und du hast nichts gesagt. Warum?«

Ich löse meinen Blick von den Pferden und betrachte sein Profil. Ein Wangenmuskel zuckt in seinem Gesicht, als er die Zähne zusammenbeißt. Wahrscheinlich versucht er, sich eine plausible Antwort dafür einfallen zu lassen, weshalb er mir eine derart wichtige Information vorenthalten hat. Er hat ein markantes Gesicht, volle Lippen, widerspenstige Haare und die gleichen dunklen Augen wie Everett. Da enden die Ähnlichkeiten aber schon. Jason hat immer gute Laune, lächelt immer und ist zufrieden, egal, was er macht. Seine Kindheit hat keine vergleichbaren Spuren hinterlassen wie bei Everett. Er brauchte nie jemanden, der ihn wieder aufbaut, denn er war nie am Boden.

»Wie lange arbeitest du schon hier?«, fragt er plötzlich und dreht sich zu mir um.

»Seit ich ein Teenager war, wie du sehr wohl weißt.«

Es ist eine blöde Frage, und das verwirrt mich. Obwohl Jason und ich uns nie supernahe gestanden haben – so wie Everett, Aiden und ich –, waren wir doch Freunde. Im Gegensatz zu Everett brauchte er in seiner Jugend nie den Trost des Camps, doch gelegentlich ließ er sich blicken. Und er kommt immer vorbei, wenn ich Hilfe bei irgendwelchen Reparaturen brauche. Oder einfach, um mich oder andere Leute im Camp, mit denen er sich im Lauf der Jahre angefreundet hat, zu besuchen. Er weiß alles über mein Leben und darüber, was ich hier tue. Er weiß genau, wie lange ich hier schon arbeite.

»Also praktisch dein ganzes Leben, weil du ja hier wohnst«, fügt er hinzu.

»Ja«, bestätige ich und versuche, nicht allzu verärgert zu klingen.

Er verschränkt die Arme vor der Brust und legt den Kopf schief.

»Und in dieser ganzen Zeit hast du endlose Stunden damit verbracht, mit Familien zu arbeiten und Kindern dabei zu helfen, ihre Probleme in den Griff zu bekommen, weil ihre Eltern aus dem Kriegseinsatz heimgekehrt waren und es nicht so richtig gewechselt bekamen, nicht mehr im Krieg zu sein.« Seine Stimme klingt jetzt sanfter.

Ich fühle, wie meine Schultern herabfallen. Die Anspannung in meinem Körper, die sich aufgebaut hat, als ich mich so sehr über ihn geärgert habe, löst sich dermaßen schnell, dass mir fast schwindelig wird.

»Du hast selbst erlebt, was eine posttraumatische Belastungsstörung mit einem anstellen kann. Du weißt, dass es einen Menschen brechen, dass sie die gesamte Persönlichkeit verändern kann. Diesen Menschen fällt es verdammt schwer, sich daran zu erinnern, wie sie morgens aufstehen und wie sie weiteratmen sollen. Everett hat vielleicht nicht im Krieg gekämpft, aber er leidet an seiner ganz eigenen posttraumatischen Belastungsstörung. Er hat Dinge gesehen, die niemand sehen sollte. Er hat Leute, die er kannte, direkt vor seinen Augen sterben sehen, mit ihrem Blut an seinen Händen. Er tröstete Eltern, die weinend in seinen Armen lagen, weil er ihr Kind nicht retten konnte. Und dann fühlte er sich auch noch schuldig, weil er nicht wusste, dass sein bester Freund im Sterben lag, und er ebenfalls nicht in der Lage war, ihn zu retten.«

Ich schüttele den Kopf. Ich will es nicht wahrhaben, weiß aber, dass es stimmt. Ich kann es an Jasons Gesicht ablesen. Er würde so etwas nicht sagen, wenn es nicht wirklich der Wahrheit entspräche, und ich fühle mich wie eine Idiotin. Ich war so sehr gefangen in meinem Zorn über Everetts plötzliches Aufkreuzen nach fast fünf Jahren und dann so verletzt davon, dass er schon neun Monate hier war, bevor er zu mir gekommen ist, dass ich mich nicht einmal gefragt habe, was seine Gründe dafür waren. Ich habe einfach gemutmaßt. Mir kam gar nicht in den Sinn, mich zu fragen, was die Zeit im Ausland mit ihm gemacht haben könnte, was er vielleicht gesehen und erlebt hat. Ich sah bloß den gleichen Everett wie früher. Den Mann, der als Erwachsener immer stark und selbstbewusst gewesen ist. Den Mann, der sich durch nichts von seinen Träumen abbringen ließ. Ich nahm ihn nicht wahr als jemanden, der verletzt und verletzlich war. Ich wollte ihn nicht als jemanden sehen, der nicht mit allem fertigwird. Doch ich hätte es besser wissen sollen. Jason hat recht. Ich habe oft erlebt, was eine posttraumatische Belastungsstörung mit jemandem anstellen kann, und manchmal ist das alles andere als schön.

»Dass einer seiner besten Freunde an Bauchspeicheldrüsenkrebs starb, machte die Sache nicht gerade besser. Auch nicht, dass dieser beste Freund jedem verboten hatte, Everett über seine Krankheit zu informieren, weil er unbedingt wollte, dass Everett aus den ›richtigen‹ Gründen zurückkommt und nicht nur, um ihn sterben zu sehen. Deshalb konnte Everett nicht einmal bei der Beerdigung sein und Abschied nehmen. Das war einfach zu viel für ihn, es hat ihn gebrochen«, erklärt Jason mir mit sanfter Stimme und schaut wieder zu den Pferden.

»Es tut mir leid, dass ich dir nicht von seiner Rückkehr erzählt habe«, fährt er fort. »Aber ich konnte nicht. Ich wollte, dass er sich bei dir meldet, glaub mir. Ich habe ihn angefleht, sich zu fangen und zu dir zu fahren. Ich wusste ja, dass von allen Leuten du diejenige sein würdest, die zu ihm durchdringen kann. Doch er war verloren. Eine Weile dachte ich, ich kriege ihn nie wieder zurück, Cameron, und das jagte mir eine Heidenangst ein.«

Immer wenn ich denke, ich hätte keine Tränen mehr, strömen wieder welche nach, so schnell, dass Jasons Gesicht vor meinen Augen verschwimmt. Ich hätte mich nie auf Aidens Forderung einlassen sollen, Everett nicht aufzuspüren, nachdem er die Diagnose erhalten hatte. Aiden wusste, dass ihm nicht mehr viel Zeit blieb, und er beharrte darauf, dass Everett ihn nicht so sehen sollte, schwach und zerbrechlich und ans Bett gefesselt. So wütend ich damals auf Everett auch war, es machte mich fertig, dass er nicht hier war, um Abschied zu nehmen. Und ich kann nur erahnen, welche Schuldgefühle er gehabt haben musste, dass er nicht mit mir zusammen an Aidens Krankenbett gewesen war.

»Ich bin so ein Miststück«, murmele ich und schlinge die Arme um mich. »Ich habe ihn ins Gesicht geschlagen. Ihn angeschrien. Ich habe ihm gesagt, es sei mir egal und er solle nach Hause gehen.«

Jason lacht in sich hinein und schaut zu mir herüber.

»Na ja, ein bisschen was hat er auch verdient. Ich habe ihn sogar gewarnt, dass du ihm wahrscheinlich eine reinhaust, wenn er hier auftaucht.«

Er legt mir den Arm um die Schulter und streichelt mir tröstend den Arm.

»Ich habe dir das nicht erzählt, um dir Schuldgefühle einzureden, Cam. Ich wollte nur, dass du es verstehst. Er ist in diesen vergangenen neun Monaten nicht weggeblieben, weil er ein Idiot ist und du ihm egal bist. Im Gegenteil. Sein Problem ist vielmehr, dass du ihm zu viel bedeutest und er nicht wollte, dass du ihn in diesem Zustand siehst.«

Eine Weile stehen wir schweigend beisammen, bis ich endlich meine Worte wiederfinde.

»Wie schlimm war es?«, flüstere ich und lehne die Wange an seine Brust.

»Richtig schlimm. Erinnerst du dich daran, wie ich vor ein paar Monaten hier war, um das Verandageländer zu reparieren, und Amelias Ex-Mann auftauchte?«

Ich nicke. Diesen Tag werde ich niemals vergessen. Amelia hatte sich so gut erholt und war seit Längerem wieder glücklich gewesen. Ich hatte fast vergessen, dass sie einen Mann hatte, der sich wegen seiner posttraumatischen Belastungsstörung nicht helfen lassen wollte und sie und ihren Sohn beinah zerstört hätte. Er war dermaßen betrunken, dass er kaum stehen konnte, und wankte mit einer Flasche Whisky in der Hand durchs Camp, wobei er lauthals nach Amelia brüllte und fluchte. Kurz zuvor hatte sie die Scheidung eingereicht; die Papiere waren ihm an jenem Tag zugestellt worden. Drei Männer, Jason eingeschlossen, waren nötig, um ihn unter Kontrolle zu bringen und von Amelia wegzubringen. Sie ging besser damit um, als ich vermutet hätte, und ich war sehr stolz auf sie, dass sie standhaft blieb und ihm erklärte, er brauche Hilfe. Sie würde nicht mit ihm reden, geschweige denn ihn wiedersehen wollen, bis er sich welche geholt hätte.

»Multipliziere das ungefähr mit tausend, dann hast du eine Vorstellung von Everetts Zustand in den ersten Monaten nach seiner Heimkehr«, sagt Jason.

Ich kneife die Augen zu und will mir Everett so lieber nicht vorstellen. Ich will nicht wissen, wie sehr er nach seiner Rückkehr zu kämpfen hatte, wie schwer es für ihn war, wieder auf die Beine zu kommen, und wie sehr es ihn verletzt haben muss, als ich ihm heute Vorwürfe und ein schlechtes Gewissen gemacht habe.

Ich hätte es besser wissen müssen. So viele Jahre habe ich mit Soldaten gearbeitet, und doch habe ich es nicht geschafft, meinen eigenen Schmerz so weit beiseitezuschieben, um zu erkennen, dass es Everett ähnlich ergangen sein musste wie ihnen, auch wenn er kein Soldat war. Er muss so viele schreckliche Dinge gesehen haben, wo er doch nur Leben retten wollte. Er sah Menschen direkt vor seinen Augen sterben, und dann kam er nach Hause und musste den Verlust eines der wichtigsten Menschen in seinem Leben verkraften. In der Gewissheit, dass er ihm nicht hätte helfen können.

»Ich bin eine schreckliche Person.«

Jason lacht wieder, löst sich von mir und umfasst meine Oberarme, sodass ich mich umdrehen und ihn ansehen muss. Er geht ein bisschen in die Knie und schaut mir in die Augen. »Du bist keine schreckliche Person. Du hast gerade viel um die Ohren. Und es ist meine Schuld, dass ich Everett davon überzeugt habe, es sei eine Superidee, hier ohne Vorwarnung oder Erklärung aufzukreuzen. Ich nehme ihn nicht in Schutz dafür, dass er bei Ärzte ohne Grenzen unterschrieben hat, obwohl er zurückkommen sollte, und dann nicht einmal für ein Wochenende herkommen wollte. Werde jetzt bloß nicht sentimental und zu nachsichtig mit ihm wegen dieser Sache. Aber verschone ihn ein bisschen wegen der vergangenen neun Monate. Mehr verlange ich nicht.«

Jason gibt mir einen Kuss auf den Kopf und geht weg, während ich mit meinen Gedanken alleine zurückbleibe … was ich gerade wirklich nicht will.

16

Everett

Schreiend richte ich mich im Bett auf, schwer atmend und orientierungslos.

Es war nur ein Traum. Nur ein Traum …

Ich reibe mir mit beiden Händen über das Gesicht, um die Bilder zu vertreiben, die nicht aus meinem Kopf verschwinden wollen. Ich weiß, sie waren nicht nur ein Traum, sondern Erinnerungen. Albträume aus meiner ganz persönlichen Hölle, die nie verschwinden wird.

Der vierjährige Junge mit den schokoladenbraunen Augen, der mir das Fußballspielen beibrachte und seinen letzten Atemzug tat, während ich ihn verzweifelt wiederzubeleben versuchte, nachdem die Infektion in seinem Körper sich bis in sein Gehirn ausgebreitet hatte.

Die Schwangere, die mir jedes Mal ein kleines Schmuckstück mitbrachte, wenn ich sie untersuchte, und die sich von ihrem Dolmetscher hatte beibringen lassen, »attraktiver Doktor« zu sagen – sie verblutete vor meinen Augen, weil mir die nötigen medizinischen Instrumente fehlten, um ihre Gebärmutter zu nähen.

Die selbst ernannte Großmutter eines Dorfes, das ich besuchte, die nie eigene Kinder haben konnte, deshalb die Kinder aller anderen »adoptierte« und jeden Cent, den sie hatte, in kleine Aufmerksamkeiten für sie steckte. Das Geräusch ihrer

Lungen, als diese sich mit Blut füllten, nachdem sie von einem Rebellen angeschossen worden war, das Pochen ihres Herzens unter meiner Hand, das zum letzten Mal schlug, während meine Hände auf ihrer Brust lagen und ich die Blutung zu stoppen versuchte.

Ich wünschte, ich könnte ihre Gesichter vergessen, die sich mit Hunderten anderer vermischten, die ich nicht retten konnte. Ich wünschte, ich könnte vergessen, wie sie mich ansahen, überzeugt davon, dass ich ihnen helfen kann, so voller Vertrauen, das ich gar nicht verdiente.

Ich schlage die schweißnasse Decke zur Seite, steige aus dem Bett und gehe barfuß durch mein dunkles Zimmer, denn ich weiß, dass ich ohnehin nicht mehr werde schlafen können.

Im Badezimmer lasse ich das Licht aus. Durch das Fenster neben dem Waschbecken sehe ich den Himmel, der sich in der beginnenden Morgendämmerung pink färbt. Das spendet mir genug Licht, um in die Dusche zu steigen und den Kaltwasserhebel aufzudrehen. Ich muss das helle Deckenlicht nicht einschalten, um zu wissen, wie ich im Spiegel aussehe. Das habe ich oft genug gesehen, seit ich wieder zu Hause bin und nachts von Albträumen geplagt aufwache. Die blutunterlaufenen Augen, die aschfahle Haut, das Elend, die Schuld …

Ich streife die Boxershorts ab, stelle mich unter die Dusche und sauge scharf die Luft ein, als das eiskalte Wasser auf meine Haut trifft. Mit den Händen stütze ich mich an der Wand unter dem Duschkopf ab und lasse den Kopf zwischen den Schultern hängen. Das kalte Wasser läuft mir über den Kopf und in die Augen, es soll die Erinnerungen fortspülen, aber es funktioniert nicht. Es funktioniert nie.

Der Traum ist noch ganz frisch in meinem Kopf, als ich es eine Stunde später endlich aufgebe. Ich stelle das Wasser aus, schnappe mir ein Handtuch aus dem Regal über der Toilette und wickle es mir zähneklappernd um die Hüften, ehe ich ins Schlafzimmer zurückgehe.

Es ist schon eine Weile her, dass ich einen dieser Träume hatte. Sie treten nach wie vor unregelmäßig auf, für gewöhnlich, wenn ich aus irgendeinem Grund übermäßig gestresst oder aufgewühlt bin. Meine Begegnung mit Cameron gestern war definitiv stressig und aufwühlend.

»Du hast keine Milch mehr.«

»Verdammt!«, schreie ich und wirbele vor meinem Kleiderschrank herum. Jason lehnt am Türrahmen zum Schlafzimmer.

Genervt schnaubend zurre ich das Handtuch um meine Hüften fester.

»Was zum Geier machst du hier so früh?«, beschwere ich mich und wende mich ab, um mir eine Boxershorts und eine Jeans aus der Kommodenschublade zu nehmen.

»Ich hatte Hunger.« Im Spiegel über der Kommode sehe ich, wie er die Schultern zuckt. »Außerdem hatte ich das Gefühl, dass ich bei meiner kleinen aufmunternden Ansprache gestern nicht gerade in Bestform war. Ich würde es gern noch einmal versuchen.«

Jasons »aufmunternde Ansprache«, wenn man sie so nennen kann, bestand darin, gestern vorbeizuschauen und mich eine Stunde lang zu beschimpfen. Ich hatte eine unruhige Nacht hinter mir mit insgesamt vielleicht zwei Stunden Schlaf, die dann auch noch durch einen Albtraum unterbrochen worden waren. Schon da war ich nicht in der Stimmung für »aufmunternde« Worte, und jetzt bin ich es noch weniger. Gestern Abend habe ich ihm bei einem Kaffee dummerweise alles berichtet, was zwischen mir und Cameron vorgefallen war, in der Hoffnung, dass er auf meiner Seite sein und mir versichern würde, ich hätte jedes Recht, mich so zu fühlen wie jetzt. Aber das passierte nicht.

»Ich weiß schon, dass ich ein Arsch war, das müssen wir

nicht noch mal wiederholen«, brumme ich und ziehe meine Boxershorts unter dem Handtuch an. Mit der Jeans verfahre ich genauso, erst dann nehme ich das Handtuch ab.

Mir war elend zumute, als Cameron mich gestern Abend einfach stehen ließ. Wie ein Idiot folgte ich ihrem Wunsch und fuhr nach Hause, wo ich die letzten zwölf Stunden wütend vor mich hin schmollte, statt traurig darüber zu sein, wie sich die Dinge entwickelt haben. Es war mir nicht gerade leichtgefallen, den Mut aufzubringen, ihr zu erzählen, wie es mir nach meiner Rückkehr aus dem Ausland ergangen war. Ich kann nicht behaupten, dass ich versessen darauf war, dass sie mich bemitleidet oder das Gefühl hat, sie müsste mich vorsichtig wie ein rohes Ei behandeln. Aber ich war bereit, das auf mich zu nehmen, weil ich wusste, dass sie eine Erklärung brauchte. Sie hatte eine Erklärung verdient, weshalb ich mich nicht eher bei ihr gemeldet hatte.

Nur gab sie mir überhaupt keine Chance. Und das machte mich wütender, je mehr ich darüber nachdachte. Mir ist klar, dass ich ihr in letzter Zeit nicht der allerbeste Freund gewesen bin und sie mehr oder weniger aus meinem Leben ausgeschlossen habe. Aber jetzt bin ich wieder da und gebe mir Mühe. Ich versuche wirklich, meinen Schmerz und meine Eifersucht zu verdrängen, weil ich einiges wiedergutzumachen habe bei ihr. Im Augenblick hat es Vorrang, ihr ein Freund zu sein. Ich muss ihr über den Verlust Aidens hinweghelfen und alles in meiner Macht Stehende tun, um sie dabei zu unterstützen, ihr Camp zu retten. Solche Dinge sind jetzt wichtiger als meine Durchhänger und Unsicherheiten, und auch wichtiger als ihre Sturheit und ihr Zorn. Damit wird sie sich jetzt abfinden müssen.

Genervt zerre ich ein T-Shirt aus der Schublade und stoße sie fester zu als nötig.

»Du hast schlechte Laune. Ich glaube, zum Camp zurückzufahren und Cameron zu sagen, dass du nirgendwo hingehen wirst, ist im Augenblick vermutlich nicht gerade die beste Idee«, verkündet Jason.

»Es ist mir herzlich egal, was du glaubst«, erwidere ich, werfe mein T-Shirt auf die Kommode und drehe mich zu ihm um.

Jason zuckt mit den Schultern und geht rückwärts aus dem Türrahmen.

»Sag später nicht, ich hätte dich nicht gewarnt. Die Frau dreht dich durch die Mangel, sobald sie nicht mehr traurig ist.«

Ich höre ihn in seinen Stiefeln davonstampfen, als er um die Ecke verschwindet und die Treppe hinuntergeht. Ich warte, bis ich die Haustür zufallen höre, dann erst atme ich aus. Ich versuche, das Bild auszublenden, das er während seiner »aufmunternden Ansprache« heraufbeschworen hat, wie er gestern Abend zum Camp fuhr, um Cameron mit irgendwelchen Reparaturen zu helfen, und sie dann weinend auf der Weide fand. Es war schlimm genug für mich, sie weinen zu sehen, da brauchte ich nicht auch noch die Vorstellung davon, wie sie mit ihrer Traurigkeit allein war, und jemand anderes da war, um sie zu trösten, nachdem ich fortgegangen war. Wieder einmal.

Dieser Mist hört jetzt auf. Ich werde nicht mehr weggehen, ob es ihr nun passt oder nicht.

Als ich mein hingeworfenes T-Shirt nehme, höre ich ein Klopfen an der Tür.

Leise fluchend verlasse ich das Schlafzimmer und gehe nach unten, wobei ich Jason mit jedem Schimpfwort belege, das mir einfällt. Andauernd marschiert er in mein Haus, wann es ihm passt, aber ausgerechnet jetzt beschließt er, den Gentleman zu spielen und mich die Tür für ihn öffnen zu lassen.

»Was zum Geier willst du denn nun schon wieder?«, maule ich, als ich wütend die Tür aufreiße – und erschrocken innehalte, denn vor mir steht Cameron.

Sofort bekomme ich kein Wort mehr heraus und kann keinen klaren Gedanken mehr fassen. Sie trägt eine knappe Jeansshorts, die jeden Zentimeter ihrer fantastischen Beine betont, dazu ein enges Camp-Rylan-T-Shirt mit weitem Rundhalsausschnitt, der eine Schulter bloßlegt. Die Hände hat sie in die Gesäßtaschen geschoben. Dadurch hat sie eine Körperhaltung eingenommen, in der sie ihre Brüste vorstreckt. Ich würde sie am liebsten den ganzen Tag anstarren, und es juckt mir in den Fingern, sie mit meiner Hand zu umschließen. Sie steht direkt im Licht der aufgehenden Sonne, das sie wie einen Heiligenschein umgibt.

Verdammt. Hat sie jemals einen schlechten Tag? Oder sieht sie schon gleich nach dem Aufstehen aus wie eine Disney-Prinzessin? Eine sexy Disney-Prinzessin, die ich am liebsten ins Haus zerren und an die Wand drücken möchte.

»Darf ich reinkommen?«

Ihre Stimme dringt durch meine heißen Gedanken, und ich merke, dass ich nach wie vor im Türrahmen stehe, praktisch hechelnd. Genervt seufzend öffne ich die Tür etwas weiter und lasse sie eintreten. Ich schließe die Tür hinter ihr, drehe mich um und lehne mich an die Holzvertäfelung im Flur. Mit verschränkten Armen versuche ich mich daran zu erinnern, weshalb ich noch vor wenigen Minuten wütend auf sie war, statt mir auszumalen, wie ich ihr diese Shorts vom Leib reiße.

Sie nimmt die Hände aus den Gesäßtaschen und fängt an, nervös ihre Finger zu kneten, wobei sie wieder mit diesem Ring herumspielt und auf ihre Füße schaut, statt mir ins Gesicht. Ich sollte etwas sagen, um die Anspannung zu lockern, aber schließlich ist *sie* zu *mir* gekommen, also muss ich ihr zunächst das Reden überlassen. Endlich sieht sie auf, schnaubt verärgert und wedelt mit der Hand in meine Richtung.

»Kannst du dir nicht ein T-Shirt oder so was anziehen?«,

beschwert sie sich und schaut mich nach wie vor nicht direkt an, sondern auf einen Punkt über meiner Schulter.

Ich kann mir das Grinsen nicht verkneifen, weil das Erste, was sie sagt, etwas ist, womit ich überhaupt nicht gerechnet hätte. Um ehrlich zu sein, die Tatsache, dass ich Cameron mit unbekleidetem Oberkörper nervös mache, ist mehr als nur ein bisschen überraschend. Aber großartig für mein Ego. Sicher, ich weiß, dass ich nicht schlecht aussehe, und die Jahre im Ausland, in denen ich schwere Kisten mit Versorgungsgütern hin und her trug oder meine komplette Ausrüstung dabeihatte, wenn ich zu meinen Patienten unterwegs war, haben mich fit gemacht und für einen muskulösen Körper gesorgt. Doch nach den Jahren der einseitigen Gefühle für Cameron, die es immer noch nicht schafft, mir ins Gesicht zu sehen, macht mich ihre Bemerkung fast übermütig.

Ich lasse die Hände sinken, stoße mich von der Wand ab und baue mich vor Cameron auf.

»Was ist denn los? Du bist ein bisschen rot geworden«, bemerke ich amüsiert.

Sie weicht zurück, verschränkt die Arme und gibt einen gereizten Laut von sich. »Du bist ein Armleuchter.«

»Bist du den ganzen Weg hierhergekommen, um mir das zu sagen?«

Ihr eisiger Blick könnte das Zimmer mit einer Eisschicht überziehen – jetzt will ich mir wirklich etwas anziehen.

»Ja, ich bin den ganzen Weg hierhergefahren, um dich daran zu erinnern. Für alle Fälle.«

So viel zu meiner Vorstellung, sie könnte mich bemitleiden.

Gestern Abend hätte ich meinen Bruder beinah durch die Wand geschleudert, als er mir erzählte, er habe Cameron gegenüber etwas geäußert, damit sie nicht mehr so sauer auf mich war, weil ich mich neun Monate lang nicht gemeldet habe. Er schwor, er sei nicht ins Detail gegangen, habe aber das Gefühl gehabt, irgendetwas sagen zu müssen, damit sie verstehe, dass ich nach meiner Rückkehr nicht gerade ein funktionierendes Mitglied der Gesellschaft gewesen sei, dem sie vollkommen egal gewesen war. Er wusste, ich wollte derjenige sein, der ihr alles erklärt. Aber ich konnte mich nicht lange über sein loses Mundwerk ärgern, wenn sie so wütend auf mich war und nicht wenigstens einen Teil der Wahrheit kannte.

Während ich jetzt hier stehe und mit wachsendem Übermut ihre Gereiztheit beobachte, bin ich mehr als froh, dass Jason zuerst mit ihr gesprochen hat. Anscheinend hat er es mir erspart, dass sie mich bemitleidet, und dafür gesorgt, dass ich sie stattdessen auf die Palme bringe.

»Dir muss schon etwas Besseres einfallen als dein schwacher rechter Haken«, informiere ich sie augenzwinkernd, was eine glatte Lüge ist.

Denn ihr Schlag hat verdammt wehgetan. Und ich wurde schon von Männern ins Gesicht geboxt, die doppelt so groß waren wie sie.

Aber zu sehen, wie sie praktisch vor Wut bebt, ist mehr Spaß, als ich seit Jahren gehabt habe. Und immer noch besser, als wenn sie wieder Tränen in den Augen hätte oder ich daran denke, wie ich sie im Stich gelassen habe.

»Ach, leck mich doch«, murmelt sie. »Ich kann nicht glauben, dass ich hierhergekommen bin, um mich zu entschuldigen und dich zu bitten, zum Camp zurückzukommen.«

»Du brauchst dich nicht zu entschuldigen oder mich zu bitten, ins Camp zurückzukommen. Ich hatte ohnehin vor wiederzukommen, ob du es willst oder nicht. Außerdem habe ich eine Tasche gepackt. Da wir Mann und Frau sind, werden wir von jetzt an zusammenwohnen.«

»Ach, wirklich? Und du meinst nicht, dass ich dabei auch noch ein Wörtchen mitzureden hätte?«

»Da gibt es für dich nichts mitzureden. Du brauchst mich, Punkt.«

»*Ich* brauche dich nicht, das Camp braucht dich. Das ist ein Unterschied. Und ganz bestimmt brauche ich es nicht, mit dir zusammenzuwohnen«, kontert sie.

»Nein, da gibt es keinen Unterschied. Du und das Camp gehören zusammen. Ich komme zurück, und ich werde mit dir im Gästehaus wohnen, damit Stratford uns morgens schon als glückliches Paar erlebt. Ich werde ganz bestimmt nicht jeden Tag in aller Herrgottsfrühe hier aufbrechen und den ganzen Weg zu dir herüberfahren, bevor der Kerl aufwacht.«

»Ich habe meine Meinung geändert. Du bist zu anstrengend und kannst nicht einmal die einfachsten Anweisungen befolgen, wie zum Beispiel dir ein verdammtes Hemd anzuziehen!«, ruft sie, wirft dabei die Hände in die Luft und geht an mir vorbei zur Tür.

Wow, diese Frau ist wirklich ärgerlich. Und sie verpasst mir eine Erektion. Was ebenfalls ärgerlich ist.

»Sorry, Süße. Du kannst deine Meinung jetzt nicht mehr ändern.«

Ich lache in mich hinein, als sie die Tür so heftig aufreißt, dass sie gegen die Wand knallt, von dieser wieder abprallt und fast ihren Hintern trifft.

»Zu dumm!«, ruft sie über die Schulter und marschiert die Stufen hinunter.

Ich gehe zur Tür und schaue ihr hinterher, wie sie über die Auffahrt stapft, wo sie ihren Wagen geparkt hat.

»Dann treffen wir uns in ungefähr fünfzehn Minuten? Mal sehen, ob ich bis dahin ein Hemd finden kann«, rufe ich ihr zu.

Ich kann erkennen, dass sie mit sich selbst redet, als sie in ihren Wagen steigt und die Tür zuwirft. Noch immer muss ich grinsen, während sie den Motor startet und aus der Einfahrt fährt. Ich kann mir denken, mit welchen Ausdrücken sie mich verflucht, während sie zur Plantage zurückfährt.

Ja, Cameron auf die Nerven zu gehen, ist besser als die Alternative. Lieber mache ich sie wütend, als dass sie mich hasst. Ich weiß, sie hat noch einen weiten Weg vor sich, mir zu verzeihen und wieder mit mir befreundet sein zu wollen. Aber es ist schon mal ein Schritt in die richtige Richtung. Zumindest hat sie mich nicht anders behandelt, nachdem Jason ihr ein paar Einblicke in meine Wahrheit gegeben hat.

Ich kann damit umgehen, dass Cameron sich über mich ärgert. Ich bin nicht länger der jugendliche Rebell, um den sie sich stets Sorgen gemacht hat und den sie immer wieder aufbauen musste. Jetzt bin ich an der Reihe, die Dinge wieder in Ordnung zu bringen, und sie wird eben lernen müssen, damit klarzukommen.

17

Cameron

»Dir muss schon etwas Besseres einfallen als dein schwacher rechter Haken«, äffe ich Everetts blöde tiefe, raue Stimme nach, während ich die Schreibtischschubladen auf- und zumache, weil ich nicht finde, wonach ich suche.

»Ich werde dir einen schwachen rechten Haken zeigen, wenn ich dir einen auf deinen dämlichen, eingebildeten Hals gebe, der auf deinem dämlichen, hemdlosen Körper sitzt«, maule ich vor mich hin und ramme die nächste Schublade frustriert zu.

Verdammt, dieser hemdlose Oberkörper …

Ich fuhr heute Morgen zu Everett mit der festen Absicht, mich dafür zu entschuldigen, ihm gegenüber nicht verständnisvoller und mitfühlender gewesen zu sein. Doch kaum hatte er die Tür geöffnet, vergaß ich alles, was ich sagen wollte. Sein Haar war noch feucht vom Duschen, und Wassertropfen, die er beim Abtrocknen übersehen haben musste, lagen auf seiner Brust. Lieber Himmel, diese Brust … In den mehr als zwanzig Jahren unserer Freundschaft habe ich Everetts nackte Brust oft gesehen, da wir im Sommer immer im See des Camps schwimmen waren. Er hat schon immer gut ausgesehen, auch als Teenager, und hielt sich mit Sport fit.

Gepriesen seien die Ärzte ohne Grenzen, was immer sie mit ihm angestellt haben. Wer hätte gedacht, dass ein Doktor so gut aussehen konnte? Der Mann ist jedenfalls muskulöser, als ich es mir je hätte erträumen können. Seinen Bauch könnte ich glatt als Waschbrett benutzen, und in der V-Leiste seiner schmalen Taille könnte ich meine Teetasse abstellen.

Meine schlaflose Nacht, in der ich hin und her überlegt habe, wie verletzt er durch das, was ich gesagt habe, gewesen sein musste, war schnell vergessen, als er mich frech angrinste und mein Unbehagen angesichts seines nackten Oberkörpers auskostete. Ich war nicht einmal in der Lage, ihn anzusehen. Alles, was ich tun konnte, war, ihn mir *vollkommen* nackt vorzustellen. Statt mich bei ihm zu entschuldigen und ihn zu bitten, mir zu erzählen, was nach seiner Rückkehr mit ihm geschehen ist, brachte er mich auf die Palme.

»Was glaubt er eigentlich, wer er ist? Dieser selbstgefällige, blöde Arsch …«

»Ich hoffe, du redest nicht von mir.«

Erschrocken fahre ich herum, als ich eine Stimme an der Bürotür höre, und entdecke Grady, der am Türrahmen lehnt, die Hände in den Vordertaschen seiner Jeans versenkt, und mich anlächelt.

Grady Stevens, der Typ, an den ich meine Jungfräulichkeit verloren habe, in jenem Sommer, als ich die Highschool beendete. Mit dem ich einige Monate später Schluss machte, weil er anfing, über die Ehe zu reden und ob wir nach dem College nicht zusammenziehen wollten. Da wurde mir klar, dass es ziemlich mies war von mir, ihm Hoffnung auf eine gemeinsame Zukunft zu machen. Ich ging damals nur mit ihm aus, um Everett eifersüchtig zu machen. Und ich schlief nur deshalb mit ihm, weil ich verletzt und wütend darüber war, dass mein Plan nicht aufging. Er war ein guter Kerl. Nett und lieb. Aber nicht der Mann meiner Träume.

Nach Aidens Tod bin ich Grady wieder begegnet. Ich war traurig und verletzlich und wollte mich anders fühlen als immer nur wütend und benommen. Und so kam es, dass ich mich da wiederfand, wo es mit uns angefangen hatte. Ich benutzte ihn, nur um nicht mehr so traurig zu sein.

In den vergangenen paar Monaten war ich also hin und wieder mit Grady zusammen. Ich kann nicht einmal genau sagen, was er für mich ist. Amelia nennt ihn meinen »speziellen Freund«. Ist er nur mein gelegentlicher Begleiter, wenn ich zu einer Veranstaltung muss? Mein wahlloser Trost, wenn ich mich mal wieder besonders einsam fühle? Als Freund würde ich ihn definitiv nicht bezeichnen, obwohl er einer der nettesten Männer ist, die ich je kennengelernt habe. Mit Leichtigkeit könnte ich mehr daraus machen, wenn es mir gelänge, die unsichtbaren Schutzmauern, die ich um mich herum errichtet habe, für ihn einzureißen. Aber das wird nie passieren. Diesmal habe ich ihm gleich von vornherein die Bedingungen genannt, bevor ich mit ihm ausging oder ihn in mein Bett ließ. Er sollte verstehen, dass Liebe für mich kein Thema ist, und dass das, was er hin und wieder von mir bekommen würde, auch schon alles wäre, was er je von mir zu erwarten hätte. Er war ein netter, verständnisvoller Mann, der mich nie unter Druck setzte, weil er mehr wollte. Er hatte absolut kein Problem damit, dass ich die Regeln aufstellte und mich meldete, wann immer mir danach war, statt umgekehrt. Er führte sein eigenes Leben auf der Pferdefarm seiner Familie, wo sie Rennpferde züchteten. Er traf sich auch mit anderen Frauen, da das zwischen uns nichts Exklusives war und er sich nicht nach mir sehnte. Was wir hatten, funktionierte.

Bis jetzt, wo ich komplett vergessen habe, dass ich ihm eine Nachricht geschrieben hatte, um ihn ins Camp einzuladen. Nach den schlaflosen Nächten und den Sorgen hatte ich ein wenig Spannung abbauen wollen. Ich hatte ihm geschrieben, bevor Everett wieder aufgetaucht war, und nach den gestrigen Ereignissen habe ich einfach vergessen, ihm abzusagen.

»Es tut mir leid, Grady. Jetzt ist kein guter Zeitpunkt«, erkläre ich und erhebe mich hinter meinem Schreibtisch.

Er stößt sich vom Türrahmen ab und tritt ein. Während er näher kommt, frage ich mich, warum ich bei ihm nie Schmetterlinge im Bauch hatte. Er sah schon als Teenager gut aus und ist zu einem sehr attraktiven Mann geworden. Die blonden Haare trägt er oben kurz und stachelig, während die Seiten und die hintere Partie gestutzt sind. Er ist ein paar Zentimeter größer als ich mit meinen ein Meter siebzig und ziemlich durchtrainiert, weil er einen Haufen Geld ausgibt für eines dieser Fleischbeschau-Fitnessstudios, das er jeden Morgen aufsucht.

Wieder muss ich an Everetts nackten Oberkörper denken, an seine definierten Muskeln und wie ich meinen Hals recken muss, um zu ihm aufzuschauen. Schon flattern wieder die Schmetterlinge in meinem Bauch, was mich ärgert.

Grady lehnt sich mit der Hüfte gegen meinen Schreibtisch, umfasst meine Oberarme und zieht mich an sich. Er riecht nach Seife, ein Geruch, den ich früher mochte, weil er sauber und frisch war. Jetzt aber kommt mir dieser Duft fremd vor, denn ich sehne mich nach Everetts würzigem, männlichem Geruch.

»Ich sah Amelia draußen, als ich vorfuhr. Sie erzählte mir etwas von deinem besten Freund, der heimgekehrt sei, und dass ihr zwei so tun würdet, als wärt ihr verheiratet. Was geht hier eigentlich vor sich?«

Sein Lächeln signalisiert mir, dass er nicht sauer ist, sondern eher verwirrt und belustigt, was einmal mehr beweist, was für ein netter Kerl er ist. Jeder andere wäre vermutlich ausgeflippt, ganz gleich, ob unsere Beziehung ernst wäre oder nicht.

»Das ist eine lange und sehr ärgerliche Geschichte, mit der ich dich nicht langweilen will. Es hat damit zu tun, dass wir so schnell wie möglich Spenden für das Camp auftreiben müssen und momentan keine anderen Optionen haben. Tut mir wirklich leid, dass ich wegen heute absagen muss, aber ich habe einfach … zu viel um die Ohren«, erkläre ich, während er meine Arme streichelt.

Wir sind nie allzu zärtlich miteinander umgegangen, haben nie Händchen gehalten oder herumgeschmust, haben uns nie in der Öffentlichkeit geküsst; unser physischer Kontakt blieb auf das Schlafzimmer beschränkt. Sein Versuch, mich zu trösten, ist mir daher ein wenig unangenehm.

Ich weiche einen Schritt zurück, bis er die Hände sinken lässt.

»Ich verstehe nicht, warum du mich nicht einfach angerufen hast. Ich muss schon sagen, mir gefällt die Vorstellung nicht, dass du so etwas mit einem anderen machst, auch wenn es nur gespielt ist. Du weißt, ich wäre gern eingesprungen. Es hätte Spaß gemacht, so zu tun, als würden wir zusammenleben«, sagt er mit sanfter Stimme und streicht mir die Haare aus dem Gesicht.

Okay, jetzt wird es schräg. Versucht er hier, sein Revier zu markieren oder so etwas? Fühlt er sich durch einen Mann bedroht, den er nicht einmal kennt, den ich nie erwähnt habe und den er ein einziges Mal vor zwölf Jahren ganz kurz getroffen hat? So ein Paar sind wir nicht. Wir gehören nicht zu den Leuten, die eifersüchtig werden.

»Hör mal, Grady …«

»Ist schon gut«, unterbricht er mich. »Allerdings fand ich damals auf der Abschlussfeier, dass er ein ziemlicher Idiot ist. Da du ihn nie mehr erwähnt hast, dachte ich, er wäre aus deinem Leben verschwunden. Aber jetzt erfahre ich, er ist hier und spielt deinen Ehemann. Ich war nur, na ja, ein wenig geschockt. Das wird schon wieder.«

Seine Worte verwirren mich noch mehr. Jetzt bin ich diejenige, die geschockt ist. Ich weiß gar nicht, was ich machen oder sagen soll, als er mir auch noch einen Kuss auf die Wange gibt. Natürlich habe ich Everett Grady gegenüber nie erwähnt. Im Grunde spreche ich mit niemandem über Everett, schon gar nicht mit Grady. Wir unterhalten uns nicht über unsere Leben, wenn wir zusammen sind. Wir unterhalten uns überhaupt nicht.

»Ich rufe dich im Lauf der Woche an, sobald sich alles ein bisschen beruhigt hat«, sagt er.

Ich stehe bloß hinter meinem Schreibtisch und schaue ihm hinterher, als er geht und mir zum Abschied noch einmal über die Schulter zuwinkt.

Ich habe Grady immer gemocht. Er war ein umgänglicher, unkomplizierter Typ, und es kümmerte ihn nicht, was ich trieb, wenn wir nicht zusammen waren. Dass er jetzt hier aufgekreuzt ist und sich vollkommen anders verhalten hat als sonst, bringt mich aus dem Konzept. Wenn Everett nicht zurückgekommen wäre und meine Welt auf den Kopf gestellt hätte, wäre mit Grady alles so weitergelaufen wie bisher. Er hätte nicht das Gefühl gehabt, sein Revier markieren zu müssen, und er hätte nicht so etwas absolut Lächerliches angedeutet, dass auch wir zwei Eheleute hätten spielen können. Das befremdete mich, und es ist höchst unwahrscheinlich, dass ich ihn je wieder anrufe. Wäre Everett nicht zurückgekommen, hätten Grady und ich uns in meinem Büro eingeschlossen, um eine halbe Stunde lang Stressabbau zu betreiben.

Jetzt aber bin ich total verspannt und verärgert, und es ist noch nicht einmal neun Uhr morgens.

Ich drehe mich weg von der Tür und widme mich wieder dem, was ich tat, bevor Grady mich unterbrochen hat: dem Öffnen und Schließen der Schubladen meines metallenen Aktenschranks hinter meinem Schreibtisch. Dabei fluche ich leise.

»Störe ich? Hat der Schreibtisch dich geärgert?«

Ich knalle eine weitere Schublade zu und schaue über die Schulter zu Amelia.

»Mir geht's gut. Alles in Ordnung. Alles in bester Ordnung. Ganz toll«, murmele ich, reiße eine weitere Schublade auf und schreie laut auf, weil ich immer noch nicht gefunden habe, wonach ich suche.

»Ich wittere eine gewisse Feindseligkeit und bin mir ziemlich sicher, dass es dir alles andere als gut geht.«

Als sie um den Schreibtisch herumkommt und sich hinter mich stellt, reiche ich ihr wortlos die beiden Briefe, die ich in der Hand halte, seit ich die Umschläge geöffnet habe. Sie sind der Grund für meinen Schreibtischschubladenärger. Mehr oder weniger.

»Ich hasse dich. Du wirst bezahlen«, liest Amelia die knappe gedruckte Botschaft beider Briefe. »Unheimlich, aber nicht ungewöhnlich und ganz sicher nicht der Grund, weshalb du deinen Schreibtisch verhaust.«

Sie schiebt mich aus dem Weg, beugt sich herunter und zieht ruhig die unterste Schublade auf. Daraus entnimmt sie die Mappe, in der ich alle vorangegangenen Briefe aufbewahre, richtet sich auf und reicht sie mir lächelnd.

»Ich habe dreimal in dieser Schublade nachgeschaut. Ich hasse dich auch«, erkläre ich, schnappe mir die Mappe sowie die beiden Briefe, die ich darin verstaue, und lege beides wieder zurück in die Schublade, die ich mit einem Tritt schließe, einfach damit ich mich besser fühle.

»Hat deine herrlich gute Laune heute Morgen mit deiner Bettgeschichte zu tun, die gerade weggefahren ist? Sex sollte dich nicht wütend machen. Hat er etwas falsch gemacht? Gut war es offenbar nicht, dafür war er nicht lange genug hier. Oder hat dein Zustand eher etwas mit dem heißen Typen zu tun, der just in diesem Moment vorgefahren ist?«, fragt Amelia, während ich mich in meinen Bürosessel fallen lasse. Sie lehnt sich mit der Hüfte gegen die Schreibtischkante.

Mein verräterisches Herz schlägt schneller, und Schmetterlinge flattern in meinem Bauch, als ich aus dem Fenster schaue und Jasons Pick-up in der Auffahrt entdecke. Everett ist zurückgekommen, obwohl ich gemein zu ihm war und davonmarschiert bin, als wäre ich eine Zweijährige, die einen Wutanfall hat.

Warum konnte ich diese Aufregung nicht verspüren, als Grady hier war?

Ich verbanne Grady aus meinen Gedanken, denn im Augenblick habe ich nur Energie für jeweils ein Problem.

»Trägt er diesmal ein T-Shirt?«, frage ich.

Amelias Augen weiten sich, und sie stößt einen anerkennenden Pfiff aus, während sie mir den Oberschenkel tätschelt.

»Ja, der Mann ist vollständig bekleidet. Du kannst deine Krallen wieder einfahren. Aber jetzt brauche ich natürlich mehr Einzelheiten. Ich vermute, Everett ohne T-Shirt zu sehen, hätte deine Laune verbessert. Ist mir egal, ob er ein Arsch ist und wir ihn nicht mögen. Der Mann ist heiß. Warte. Wir mögen ihn doch nicht, oder? Daran hat sich nichts geändert?«

Ich lehne mich nach vorne, lege meine Arme auf dem Schreibtisch ab und lasse stöhnend meinen Kopf auf sie herabsinken.

»Was soll ich nur machen, Amelia? Ich kann nicht einfach rausgehen und so tun, als wären wir verheiratet. Das ist die dümmste Idee überhaupt. Ich halte es ja nicht einmal aus, in seinem Flur zu stehen und ihn mit nacktem Oberkörper zu sehen. Ich gehe in Flammen auf, wenn er mich heute anfasst. Und zu allem Überfluss weiß ich nicht, ob ich weinen oder schreien soll, wenn ich mit ihm zusammen bin. Er bringt mich völlig durcheinander.«

Amelia legt mir die Hand unters Kinn und hebt mein Gesicht an.

»Was war dein erster Gedanke, als du ihn gestern gesehen hast? Denk nicht an das, was danach geschehen ist. Denk nicht daran, wie du dich jetzt fühlst. Erinnere dich daran, was du gefühlt hast, als du dich umgedreht und ihn da stehen gesehen hast?«, fragt sie mich mit sanfter Stimme.

»Ich war einfach nur glücklich, dass er hier war. Dass er mir nah genug war, um ihn zu berühren und mich zu vergewissern, dass er echt ist und gesund«, flüstere ich.

Lächelnd streicht sie mir die Haare aus dem Gesicht.

»Dann hör auf, dir über alles andere Gedanken zu machen, und halte dich fürs Erste daran. Ich weiß, dass ihr zwei viel miteinander zu bereden habt, und er wird um Verzeihung bitten und einiges erklären müssen. Aber klammere dich an dieses Gefühl. Dass er hier ist, dass er lebendig ist und gesund. Außerdem ist er entschlossen, dich nicht wieder im Stich zu lassen.«

Ich seufze schwer und sehe meine Freundin an.

»Wann bist du so weise geworden?«, frage ich.

»So beeindruckend war ich nicht immer, aber ich hatte eine erstaunliche Freundin, die mir im Lauf der Jahre den einen oder anderen guten Rat gegeben hat.«

Wir lächeln beide, und ich danke dem Herrn nicht zum ersten Mal dafür, dass diese Frau damals in mein Leben getreten ist.

»Genug von meinem Kram. Wie geht es dir? Und Brandon?«, frage ich und meine ihren Sohn, den ich schon seit einigen Wochen nicht mehr im Camp gesehen habe.

Als Jason gestern Abend Amelias Mann zur Sprache brachte, um mir eine Art Vergleich zu Everetts Zustand nach seiner Rückkehr zu liefern, wurde mir klar, dass ich mich in letzter Zeit gar nicht mehr nach ihr erkundigt hatte. Zu sehr war ich damit beschäftigt gewesen, Gelder für das Camp aufzutreiben, und dann hat mich Everetts Ankunft abgelenkt.

»Brandon geht es gut. In letzter Zeit möchte er gern mehr Zeit mit Robs Eltern verbringen. Da er seinen Vater nie sieht, ist es wohl ein ganz guter Ersatz.«

Jetzt bin ich es, die ihr den Oberschenkel tätschelt.

»Und bevor du fragst, mir geht es auch gut. Wirklich gut, im Gegensatz zu dir.« Sie lacht. »Diesmal hat Rob den Entzug überraschenderweise durchgehalten, es scheint aufwärts zu gehen für ihn. Zwar ist er nicht gerade froh darüber, dass ich ihn nicht mit Brandon besuchen komme, aber er versteht es. Acht ist einfach zu jung, um einem Kind zu erklären, was eine Entzugsklinik ist und weshalb Daddy dortbleiben muss. Im Augenblick ist es leichter, ihm zu erzählen, dass sein Dad außerhalb der Stadt arbeitet. Außerdem ruft Rob den Jungen beinah täglich an, was auch schon ein bisschen hilft.«

»Wow, ich kann nicht glauben, dass er tatsächlich länger als ein paar Tage in der Entzugsklinik geblieben ist«, sage ich.

»Ich weiß, niemand ist überraschter als ich. Es war beängstigend, diese Scheidungspapiere zu beantragen, und dann zu sehen, welche Wirkung das auf ihn hatte, aber ich weiß, es war die richtige Entscheidung. Ich glaube, es hat Rob mächtig erschreckt, oder wenigstens so sehr, dass er eingesehen hat, so nicht mehr weitermachen zu können.«

Amelia berichtet mir von ihren jüngsten Telefonaten mit Rob und wie klar er jetzt klinge. Er habe ihr schon oft gesagt, wie froh er sei, dass sie und Brandon Unterstützung in unserem Camp fänden. Darüber vergesse ich die neuesten Briefe und erinnere mich daran, dass das Gute immer überwiegt.

Dann verlässt sie das Büro und geht zum Meeting mit den Angestellten und freiwilligen Helfern. In einer Stunde kommen die Kinder für dieses Wochenende. Ich schaue auf den Kalenderausdruck, den Amelia mir dagelassen hat, und notiere mir im Geiste alle Aktivitäten, an denen Mr. Stratford teilnehmen könnte, um sich einen Eindruck zu verschaffen. Denn ich werde dabei sein und alles erklären müssen, zusammen mit meinem »Ehemann«.

Amelia hat recht. Everett und ich haben eine Menge zu besprechen. Ich muss meine Emotionen im Zaum halten, besonders vor Stratford. Ich sehe, dass Bogenschießen als erste Aktivität auf dem Programm steht, und zwinge mich, zu tun, was Amelia vorgeschlagen hat – nur daran zu denken, wie ich mich gefühlt habe, als ich Everett zum ersten Mal nach langer Zeit wiedergesehen habe, statt daran, wie leicht er mich aus der Fassung bringen kann.

18

Everett

Ich stütze mich mit den Ellbogen auf dem Zaun ab und beobachte, wie Cameron einem der Camp-Bewohner vom Pferd hilft, das er gerade geritten hat. Sie lief die ganze Zeit nebenher und ließ ihre Hand auf dem Bein des Jungen liegen, damit er keine Angst hat. Ich muss lächeln, als sie und er vor Freude auf und ab springen und sich abklatschen.

»Sie kann sehr gut mit Kindern umgehen«, bemerkt Stratford, der sich neben mich stellt und auf die Weide blickt, wo Cameron dem Jungen zeigt, wie er die Zügel halten muss, um das Pferd zurück in den Stall zu führen.

»Ja, das kann sie. Sie ist großartig«, pflichte ich ihm bei.

So gern ich Cameron auch den ganzen Tag ärgern möchte, um ihr eine Reaktion zu entlocken, wurde mir an der Bogenschießanlage doch klar, dass das keine gute Idee wäre. Und das nicht nur, weil sie so tat, als wüsste sie nicht, wie man Pfeil und Bogen benutzt. Denn als ich dann hinter ihr stand und die Hände auf ihre Hüften legte, trat sie einen Schritt vor, drehte sich plötzlich um und zielte mit dem verdammten Ding genau auf mein Gesicht. Was wiederum sämtliche Kinder dazu veranlasste, die Camp-Regel aufzusagen, dass man niemals einen Pfeil oder eine andere Waffe auf jemanden richten darf. Cameron behauptete, sie habe das lediglich getan, damit die Kinder auch wirklich aufpassen. Ihr Grinsen verriet sie jedoch. Auch wenn sie in Stratfords Beisein stark und selbstbewusst auftritt, durchschaue ich sie. Ich wusste, sie war nervös und machte sich Sorgen um die Zukunft des Camps. Jedes Mal, wenn ich mit ihr sprach und ihr Blick zu Stratford ging, jedes Mal, wenn ich sie berührte und sie sich erst verspannte und dann dazu zwang, sich zu entspannen, wusste ich, dass ich behutsam sein musste.

Es macht mich ganz fertig, dass sie wegen der Zukunft des Camps so besorgt ist. Ich schäme mich, nicht eher hier gewesen zu sein, um ihr zu helfen. Ich hätte hier sein sollen. Jetzt ist es mir unangenehm, so schwach und jämmerlich gewesen zu sein, dass ich über meinen Kummer nicht hinwegsehen konnte, um ihr beizustehen.

»Ein Camp von dieser Größe zu leiten, ist ein anspruchsvolles Unterfangen.«

Ich reiße mich von Camerons Anblick los und sehe Stratford an.

»Das stimmt, aber wie Sie sehen, meistert Cameron das ausgezeichnet. Es läuft wie eine gut geölte Maschine dank der Mitarbeiter und freiwilligen Helfer. Für Cameron gibt es nichts Wichtigeres als dieses Camp und die Kinder.«

Ich muss mich zusammenreißen, sonst übermannt meine Wut mich. Es wurmt mich, dass Cameron diesen Mann beeindrucken muss, dass sie jemanden wie ihn von sich und dem Camp überzeugen muss. Einen Mann, der mehr Geld hat, als man sich vorstellen kann, und der beim kleinsten Fehler dafür sorgen kann, dass dieses Camp für immer schließen muss. Ich verstehe auch nicht, weshalb er nach zwei Tagen immer noch nicht sieht, was alle gesehen haben. Dass dieses Camp Menschen hilft. Dieser Ort gibt ihnen etwas, worüber sie sich freuen können, wenn es ihnen vorkommt, als habe das Leben sie ihm Stich gelassen.

»Ich kann mir gar nicht vorstellen, wie mein eigenes Leben verlaufen wäre, wenn ich nicht nach Camp Rylan hätte kommen können«, fahre ich fort und lasse meinen Blick über das Land schweifen.

Von außen betrachtet gehören zu dem sechzehn Hektar großen Landstück, das vor dem Bürgerkrieg eine Baumwollplantage gewesen war, Pekannussbäume, Salzmarschen, zwei Seen, Obstgärten sowie ein über dreitausend Quadratmeter großer Stall mit angebautem Tanzstudio. Es ist das schönste Stück Land, auf dem ich je gewesen bin. Aber das ist nicht alles. Es ist auch ein Zuhause, ein sicherer Hafen. Es verkörpert die Hoffnung, dass sich nicht alles um Krieg, Tod und Trauer dreht.

»Zu Hause werden diese Kinder ständig damit konfrontiert, wie hart das Leben sein kann. Entweder haben sie einen Elternteil im Krieg verloren und leben jetzt mit dem anderen Elternteil, das nicht weiß, wie es weitergehen soll. Oder sie waren Monate von einem Elternteil getrennt und haben in der Ungewissheit gelebt, ob derjenige zurückkommt, und nun können sie den Sorgen, den Ängsten und der Trauer nicht mehr entkommen. Camp Rylan bietet ihnen eine Fluchtmöglichkeit. Hier sind sie mit Menschen zusammen, die genau wissen, was sie gerade durchmachen. Und hier wird nicht nur den Kindern geholfen. Im Lauf der Jahre ist Cameron eine ausgezeichnete Therapeutin geworden. Ihre Sitzungen mit den Veteranen sind erstaunlich, und niemand verlässt dieses Camp ohne das Gefühl, sich wirklich alles zurückerobern zu können. Dieses Camp muss einfach weiterexistieren. Sie können den Leuten die Hoffnung nicht rauben, nur weil Ihre persönlichen Regeln vorsehen, dass ein glücklich verheiratetes Paar das Camp leiten muss. Dieser Ort wäre auch einzigartig und würde Menschen helfen, wenn ich nicht hier wäre.«

Stratford sieht mich schweigend an, und ich frage mich, ob ich eine Grenze überschritten habe, so zu ihm gesprochen zu haben. Aber es ist mir egal. Was ich gesagt habe, ist wahr, auch wenn er es nicht weiß. Dieses Camp lief sehr gut während meiner Abwesenheit. Vielleicht hat es damit zu tun, dass Shelby und Eli tatsächlich ein glücklich verheiratetes Paar sind, aber das glaube ich nicht. Vielmehr liegt es daran, dass sie und Cameron und alle anderen, die hier arbeiten, mit Herzblut dabei sind. Stratford ist uns den ganzen Tag gefolgt und hat Cameron und mich mit den Kindern beobachtet; er hat das Lächeln auf ihren Gesichtern gesehen und ihr fröhliches Lachen gehört. Er hat Cameron zugehört, als sie ihm die persönliche Geschichte eines jeden Kindes erzählte, das ihm über den Weg lief, da sie alle kennt. Alle. Sie kennt ihre Namen, ihr Alter, ihre Geburtstage, ihre Lieblingseissorten und ihre Lieblingsbeschäftigung im Camp. Sie weiß außerdem genau um die Probleme, mit denen jedes Kind zu kämpfen hat, und sie tut alles, um ihnen zu helfen und ihre Heldin zu sein. Wenn Stratford nicht innerhalb einer Stunde, ganz zu schweigen innerhalb von zwei Tagen, erkennen kann, dass dieses Camp es wert ist, erhalten zu bleiben, dann weiß ich nicht, was er überhaupt noch hier will. Oder wieso er jedem in den nächsten Wochen Zeit rauben will.

»Ich weiß, Sie halten mich für eigenartig und meine Bedingungen noch viel mehr«, erwidert Stratford und richtet den Blick wieder auf Cameron auf der Pferdeweide. »Ich habe meine Frau über alles geliebt. Wir waren schon zusammen, als ich noch jeden Cent umdrehen musste. Sie liebte mich, als wir uns nicht einmal Hot Dogs zum Abendessen leisten konnten, und sie war an meiner Seite, als ich nach und nach mein Vermögen machte. Sie ertrug die langen Tage und späten Abende und die unfassbar vielen Reisen. Sie liebte mich, als ich ganz unten war, und sie verpasste mir einen Dämpfer, als ich durch den zunehmenden Erfolg abzuheben drohte.«

Stratford lächelt in sich hinein, fährt dann aber mit trauriger Miene fort. »Ich verlor sie vor zehn Jahren, ganz plötzlich.

Eines Morgens wachte ich auf, und sie war weg. Als hätte ich einmal geblinzelt, und sie existierte nicht mehr. Sie war nicht länger da, um mir morgens vor der Arbeit die Krawatte auszusuchen, sie schaute nicht mehr im Büro mit Essen vorbei, wenn sie wusste, dass ich zu viel um die Ohren hatte, um mir selbst etwas zu holen, blieb nicht mehr auf, um sich zu erkundigen, wie mein Tag gewesen sei, egal um welche Uhrzeit ich nach Hause kam. Ich kaufte mir Anzüge in jeder Farbe des Regenbogens, weil sie Farben liebte. Meine Welt wurde düster wie die Nacht, als sie starb. Ich fühle mich ihr nahe, wenn ich eine ihrer Lieblingsfarben trage.«

Ich denke daran, wie Cameron in meiner Jugend Farbe in mein Leben brachte, einfach, indem sie mir ein Lächeln schenkte und mir das Gefühl gab, geliebt und wichtig zu sein. Ich denke daran, wie ich sie plötzlich verloren habe und wie mich das veränderte, obwohl ich selbst dafür verantwortlich war. Es machte mich mürrischer, und ich war weniger gespannt auf meine Zukunft. Mein Leben wurde … langweiliger. Auf einmal finde ich Stratfords Bedingungen überhaupt nicht mehr seltsam. Ich kann verstehen, wie der Verlust eines Menschen das eigene Verhalten und die Lebenseinstellung verändert.

Er streicht über das Revers seines violetten Jacketts, richtet seinen gelb-lilafarbenen Schlips und sieht mich an.

»Ich habe verrückte Regeln dafür, wem ich mein Geld gebe, weil ich aufgrund des Verlusts meiner Frau vielleicht ein bisschen verrückt geworden bin.« Er lächelt freundlich. »Es fehlt mir, zu lieben. Es fehlt mir, mit dem einen Menschen zusammen zu sein, der alles über mich weiß und mich trotzdem liebt. Ich vermisse es, wie sich das anfühlt, einen schlechten Tag gehabt zu haben, und wie dann allein ihr Kuss alles besser macht. Es fehlt mir, jemanden zu haben, mit dem ich über die Arbeit reden kann und der mich liebt, ob ich nun eine gute

Entscheidung getroffen habe oder eine furchtbare. Es macht mich glücklich, zu sehen, dass andere Menschen so etwas haben. Ein Paar zu erleben, das andere Menschen an seiner Liebe teilhaben lässt, macht mich froh. Das Leben ist zu kurz, um etwas zu tun, das einen nicht glücklich macht, und um seine Zeit mit jemandem zu verbringen, der für einen nicht der Mittelpunkt der Welt ist.«

Stratford schiebt die Hände in die Taschen seiner violetten Anzughose und nickt mir zu.

»Ich werde alles, was Sie gesagt haben, in meine Überlegungen einfließen lassen. Wenn Sie mich jetzt bitte entschuldigen, ich denke, ich werde mich vor dem Abendessen noch ein wenig hinlegen.« Er wendet sich ab und geht.

Während ich ihm kopfschüttelnd hinterherschaue, tritt Cameron neben mich und schaut zwischen mir und dem sich entfernenden Stratford hin und her.

»Hm, das lief ganz gut. Wenigstens weiß ich jetzt, warum er so schräg ist.«

Ich hasse den besorgten Ausdruck auf ihrem Gesicht; wahrscheinlich fragt sie sich, ob ich es gerade mit Stratford vermasselt habe. Also versuche ich, die Situation zu entspannen, indem ich das Erstbeste sage, was mir einfällt, um ihr vielleicht ein Lächeln zu entlocken.

»Ich kann gar nicht glauben, dass ich mir dafür ein Shirt angezogen habe«, murmele ich.

»Ich will mich nicht mit dir streiten, Everett«, erwidert sie seufzend und sieht immer noch Stratford hinterher, den jetzt ein Mitarbeiter zurück ins Haupthaus begleitet.

»Ich versuche gar nicht zu streiten, ehrlich«, versichere ich ihr und komme mir wie ein Idiot vor, weil ich sie heute Morgen geärgert habe – auch wenn es zu dem Zeitpunkt Spaß gemacht hat. »Ich war blöd zu dir heute Morgen. Aber, na ja, so wie du mich angestarrt hast …«

Sie boxt mich gegen den Arm. Ein Lächeln erhellt ihr Gesicht und vertreibt alle Sorgen.

Da ist es. Darauf habe ich gewartet.

»Ich habe nur deshalb gestarrt, weil du so hässlich bist.«

Ich grinse zurück, und dann legen wir beide unsere Arme auf den Zaun, sodass unsere Schultern sich berühren.

»Im Ernst. Ich bin überrascht, dass dir das noch niemand gesagt hat. Du solltest dich gar nicht in die Öffentlichkeit trauen, sonst erschreckst du womöglich noch kleine Kinder«, fügt sie hinzu und stupst mich mit ihrer Schulter an.

Cameron sieht mich an, und ihr Lächeln erstirbt langsam, als ich mich nicht abwende.

»Es tut mir leid, wie ich mich gestern Abend verhalten habe. Und heute Morgen. Du hast recht, ich brauche wirklich deine Hilfe und hätte nicht zickig sein sollen«, räumt sie ein.

Ich betrachte ihre Lippen, als sie nervös mit der Zunge darüberstreicht. Ich war fast fünf Jahre von dieser Frau getrennt und begehre sie immer noch, obwohl ich es nicht sollte.

»Ich will nur wissen warum«, sagt sie plötzlich leise.

Ich runzle verwirrt die Stirn, während sie mich unverwandt ansieht.

»Warum Aiden und nicht ich?«

Sie stellt mir die gleiche Frage, die ich mir selbst schon tausendmal gestellt habe in den vergangenen Jahren. Allerdings weiß ich, dass sie für Cameron eine andere Bedeutung hat als für mich. Mein Herz schlägt schneller, denn ich weiß, ich müsste mich jetzt vollkommen öffnen, wenn ich ihr die ganze Wahrheit gestehen will.

»Warum bist du mit ihm in Kontakt geblieben, aber nicht mit mir? Warum hast du mich auf Abstand gehalten?«

Ich würde nichts lieber tun, als mich in ihren Augen zu verlieren und weiterhin so zu tun, als wäre alles anders gekommen, als hätte ich andere Entscheidungen getroffen und jedes Recht, jetzt hier mit ihr zu sein, statt mich in ihr Leben zurückzudrängen und ihre momentan schwierige Situation schamlos auszunutzen. Ich wünschte, ich könnte ihr alles sagen, doch es ist zu spät. Ich will sie jetzt nicht auch noch mit dem Wissen um meine unerwiderte Liebe in der Vergangenheit belasten.

»Weil Aiden in mir nie den Wunsch geweckt hat, meine Träume zu vergessen. Er hat in mir nicht das Verlangen ausgelöst, zu bleiben«, antworte ich und gebe ihr damit gerade so viel Wahrheit, wie es mir im Augenblick möglich ist.

Ihre Augen füllen sich mit Tränen, weshalb ich meine Worte am liebsten wieder zurückgenommen hätte. Was aber nicht geht. Außerdem verdient sie einige Antworten und Erklärungen, ganz gleich, wie schmerzlich es für uns beide sein wird.

»Ich hätte dich nie darum gebeten, zu bleiben. Ich hätte nie von dir verlangt, deine Träume aufzugeben.«

»Ich weiß«, versichere ich ihr. »Und ich weiß auch, dass es selbstsüchtig von mir war, das zu denken und dich auf Abstand zu halten. Aber für mich war es die einzige Möglichkeit, dort drüben zu überleben. Hätte ich deine Stimme gehört, dein Gesicht gesehen und um dein Glück hier gewusst, hätte ich alles stehen und liegen lassen und wäre nach Hause gekommen, um nichts davon zu verpassen.«

Wenn ich gesehen hätte, wie glücklich Aiden dich macht, wo ich doch derjenige sein sollte, würde ich jetzt nicht hier stehen. Denn dann wäre ich abgelenkt gewesen und hätte nicht aufgepasst. Ich wäre in einem der vielen gefährlichen Länder, in denen ich gelebt habe, ums Leben gekommen.

Es war schlimm genug, alle paar Monate von Aiden auf den neuesten Stand gebracht zu werden und von ihm in jeder E-Mail und bei jedem Telefongespräch zu hören, wie glücklich *er* war.

»Ich bin verliebt, kannst du das glauben?!«

Und: *»Ich bin immer noch verliebt, für den Fall, dass du dich fragst. Und es ist toll! Warum hat mir niemand erzählt, wie toll es ist, mit einer Frau zusammenzubleiben?«*

»Ich habe einen Ring gekauft.«

»Ich werde es tun, Mann. Ich werde ihr einen Heiratsantrag machen. Sag mir, wie tierisch du dich für mich freust. Frauen in ganz Charleston werden sich heute Nacht in den Schlaf weinen, weil ich nicht mehr zu haben bin.«

Ohne den Kontakt zu Cameron konnte ich mir fast einreden, dass das alles gar nicht wirklich passiert. Dass Aiden eine andere glücklich macht, nicht sie.

»Everett …«

Sie haucht meinen Namen, statt ihn deutlich auszusprechen, und eine Träne läuft ihr die Wange herab.

Ich wische sie ihr mit dem Daumen fort.

»Sag mir, dass es das wert war, Cam. Sag mir, dass ich das Richtige getan habe. Warst du glücklich?«

19

Cameron

»Warst du glücklich?«

Bei Everetts Frage fangen meine Handflächen an zu schwitzen, und ich bekomme ein flaues Gefühl im Bauch. Ich will ihm alles gestehen. Ihm sagen, dass ich ohne ihn hier unmöglich glücklich sein konnte. Dass mir nichts mehr Spaß gemacht hat, weil ich es nicht mit ihm teilen konnte. Dass es mir das Herz brach, als er mir antwortete, er könne mir keine Gründe nennen, weshalb ich nicht mit Aiden ausgehen sollte. Und dann machte er auch noch diese dämliche Bemerkung über die Typen, die meine Mutter für mich ausgesucht hätte. Er ließ jeden Traum und jeden Wunsch mit nur wenigen Worten platzen, und ich brach Jahr um Jahr Stück für Stück auseinander ohne ihn, bis fast nichts mehr von mir übrig blieb. Bis ich in den Spiegel blickte und die Frau, die daraus zurückschaute, nicht mehr erkannte. Bis ich meine Beziehung zu Aiden fast zerstört hätte wegen meiner Durchhänger, und mir weiterhin Fehltritte mit Grady leistete, weil ich überhaupt mal wieder etwas fühlen wollte.

Ich wusste nicht, wie ich ohne Everett leben sollte, und ich kränkte Aiden jedes Mal, wenn mir das Elend ins Gesicht geschrieben stand, weil ich mit ihm allein nicht glücklich sein konnte. Ein Teil von mir fehlte, und ohne diesen konnte ich nicht atmen.

Everett ist zurück, er ist zu Hause, und er ist am Leben. Er ist nah genug, dass ich ihn berühren kann, aber jedes Mal, wenn das geschieht, spüre ich, wie ich in die alten Verhaltensmuster zurückfalle. Wie ich erneut anfange zu träumen und zu wünschen – Wünsche, die niemals in Erfüllung gehen werden.

Er hat mir die Erklärung gegeben, die ich brauchte. Aber das hatte seinen Preis. Nach allem, was er durchgemacht hat, kann ich schlecht zu ihm sagen, dass er nicht das Richtige getan hat. Ich kann ihm nicht antworten, das sei es nicht wert gewesen. Nicht einmal annähernd.

Ich schließe die Augen, schmiege mein Gesicht an seine Handfläche und wünschte, wir könnten für immer so bleiben. Und dass ich ihn jetzt nicht anlügen müsste, wo er mir doch die Wahrheit gesagt hat, um die ich ihn gebeten habe. Ich will nicht wie eine Idiotin vor ihm dastehen und von ihm ausgelacht werden, wenn ich ihm gestehe, dass ich ihn schon immer geliebt habe. Und dass ich merke, wie die unsichtbaren Mauern, die ich um mich herum errichtet habe, zu bröckeln beginnen. Ich kann ihm nicht gestehen, dass ich unmöglich hätte glücklich sein können, angesichts dieser unerwiderten Liebe.

Ich öffne die Augen wieder, schlucke meine Traurigkeit herunter und blinzle die Tränen weg.

»Ja, ich war glücklich«, flüstere ich lächelnd. »Ich hatte meine Familie, das Camp und Aiden. Natürlich war ich glücklich.«

Er lässt die Hand sinken und erwidert mein Lächeln.

»Gut. Das ist gut. Das ist alles, was ich mir je gewünscht habe. Das weißt du, oder?«

Ich nicke, räuspere mich und weiche einen Schritt zurück, bevor ich in Versuchung gerate, die Arme um seine Taille zu schlingen und mein Gesicht an seinen Hals zu schmiegen, um all das wieder zurückzubekommen.

»Tust du mir einen Gefallen?«, fragt er plötzlich mit hoffnungsvoller Miene.

»Klar doch.«

Er holt sein Telefon aus seiner hinteren Hosentasche und wirft einen Blick darauf, dann schaut er wieder zu mir hoch.

»Uns bleiben ungefähr noch zwei Stunden, bis wir ein weiteres Abendessen mit Stratford absolvieren müssen. Triffst du dich mit mir in dreißig Minuten an einem bestimmten Ort?«

Exakt dreißig Minuten später steige ich die Leiter zum Baumhaus hinauf. Everett hat sich vor dem Stall verabschiedet und gesagt, er habe noch schnell etwas zu erledigen, bevor wir uns treffen. Obwohl dieser Ort viele Erinnerungen an Aiden wachruft, muss ich grinsen bei dem Gedanken daran, wie oft wir hier hinaufgestiegen sind und wie viel Spaß wir in diesem Baumhaus hatten. Als ich durch die Tür trete, wird mein Grinsen noch breiter, denn Everett sitzt bereits auf einem der Sitzsäcke in der Mitte des kleinen Raumes, im Schein der Weihnachtsbeleuchtung, die wir als Teenager an die Decke gehängt haben.

»Ich kann nicht glauben, dass die Dinger immer noch funktionieren«, bemerke ich und schaue zu den Lichtern hoch, wobei ich mich einmal um die eigene Achse drehe. Dann schaue ich wieder auf Everett. »Und ich kann nicht glauben, dass du auf dem grellpinken Sitzsack sitzt. Ich sollte ein Foto davon machen und es an all deine Kumpels schicken. Das würde ganz schön an deinem Image kratzen.«

Everett lacht, ergreift meine Hand und zieht mich zu sich herunter, in den anderen, violetten Sitzsack. Eine Staubwolke steigt um mich herum auf, und ich muss husten, als ich darauf lande.

»Wenn du auch nur daran denkst, werde ich all deinen Freunden erzählen, wie du damals dein Gewicht in Bier getrunken und dich fast auf mich übergeben hast.«

»Hey, nur *fast*, darauf kommt es an.«

»Na ja, du sahst ziemlich grün aus im Gesicht, und es stand ganz schön auf der Kippe.«

Wenn du nur wüsstest, dass mir nicht vom Bier übel war, sondern weil ich mich an jenem Abend so sehr danach gesehnt habe, dich zu küssen, dass ich dachte, ich sterbe.

»Hast du mich hier herbestellt, um über meine Jugendsünden zu sprechen?«, frage ich.

Er schüttelt den Kopf und erhebt sich aus dem Sitzsack, um das lose Bodenbrett zwischen seinen Beinen anzuheben. Mein Herz fängt so heftig an zu pochen, dass ich fürchte, es springt mir aus der Brust.

»Was tust du da?«, frage ich nervös und hoffe, dass er nicht findet, es sei an der Zeit, unsere Kartons zu öffnen und unsere Wünsche zu lesen, die wir über die Jahre auf die Zettel geschrieben und hineingelegt haben. »Wir haben uns gegenseitig versprochen, dass wir uns das erst ansehen, wenn wir alt und grau sind. Ich bin weder alt noch grau, vielen Dank, und ich halte das für keine gute Idee.«

Ich plappere wie eine Idiotin, aber ich kann nichts dagegen tun. Er *darf* diese Wunschboxen jetzt einfach nicht öffnen. Das wäre zutiefst demütigend für mich. Noch schlimmer als der Abend, an dem ich ihn fast vollgespuckt hätte.

»Keine Sorge, ich erinnere mich an den Pakt, den wir als Kinder geschlossen haben. Wir drei saßen im Kreis, hakten unsere kleinen Finger zusammen und schworen, nie die Schachtel eines anderen zu öffnen und dessen Wünsche zu lesen, bis wir alt wären. Erst dann wollten wir herausfinden, ob irgendwelche der Wünsche in Erfüllung gegangen sind«, sagt Everett, der mir weiterhin den Rücken zugedreht hat.

Ich halte den Atem an, bis er seine Schachtel herausholt, sich wieder setzt und sie dabei auf seinen Schenkeln balanciert.

»Bist du je in Versuchung geraten, hier allein heraufzukommen und unsere Wünsche zu lesen?«, fragt Everett, seine Schachtel schüttelnd, sodass die Zettel darin rascheln.

»Nein, nie. Kleine-Finger-Schwüre sind bindend, bei Verstoß droht die Todesstrafe«, erkläre ich und hoffe inständig, dass er jetzt nicht anfängt, seine Wünsche vorzulesen und von mir das Gleiche erwartet.

»Es klingt jetzt wahrscheinlich blöd, aber das gehört zu den Dingen, die ich vermisst habe, als ich fort war«, verrät er mir und zuckt dabei die Schultern, während er über die Glitzerfarbe und die Aufkleber streicht, mit denen ich die Schachteln verziert habe, als wir Kinder waren. »Die anderen Ärzte feierten ihre Geburtstage immer groß, egal, wo wir stationiert waren. Für mich war das bloß ein ganz gewöhnlicher Tag. Ohne unser jährliches Sommerritual fühlte es sich nicht wie mein Geburtstag an.«

Er sieht mich an und lächelt schief, und ich würde am liebsten gleich wieder losheulen. Es berührt mich, dass ihm das gefehlt hat. Aiden und er haben mich ständig damit aufgezogen, und ich dachte immer, sie hätten das Ritual nur meinetwegen mitgemacht. Es bricht mir das Herz, dass Everett in den Jahren, in denen er fort war, keine Wünsche auf die Sternenzettel schreiben konnte.

»Du und Aiden habt das bestimmt weiterhin jedes Jahr gemacht, und wahrscheinlich gibt es irgendein Wünsche-Gesetz, das regelt, wie man Wünsche nachholt und vier Wünsche auf einmal aufschreiben kann. Aber das ist mir egal. Es ist eine Tradition, und ich möchte meine Wünsche jetzt aufschreiben«, erklärt er und dreht sich ein Stück zur Seite.

Ich höre das Geräusch von knisterndem Plastik und Glasklirren, und als er sich wieder zu mir umdreht, hält er einen Sechserpack Grape Crush in Flaschen sowie eine Tüte Fritos-Chips hoch.

Rasch stehe ich auf und gehe zur anderen Seite des Baumhauses, in deren Ecke ein kleiner Tisch mit einer Lampe darauf steht. Ich ziehe die vordere Schublade auf, nehme den sternenförmigen Notizblock samt Kugelschreiber heraus und gehe zurück zu Everett. Ich knie vor ihm und gebe ihm beides.

Er stellt die Snacks wieder ab und nimmt die beiden Sachen. Seine Finger ruhen kurz auf meinen, und ich ziehe sie nicht gleich weg.

»Haben wir nicht«, sage ich leise, während wir weiterhin gemeinsam Notizblock und Stift halten. »Das jedes Jahr gemacht, meine ich.«

Er sieht mir in die Augen und streicht mit seinem Daumen sanft über meine Fingerknöchel, während ich rede.

»Wir haben es in dem ersten Sommer versucht, nachdem du fort warst, aber es kam mir falsch vor, unsere Wünsche ohne dich aufzuschreiben. Also haben wir es danach gelassen.«

Und es hat mich fertiggemacht. Gott, es hat mich fertiggemacht, dich nicht dabeizuhaben und so zu tun, als sei alles in Ordnung.

Endlich lasse ich meine Hand sinken und überlasse Everett den Block und den Stift, denn Everetts Berührung fängt an, mich alles vergessen zu lassen, sodass ich meine Gedanken beinahe laut ausspreche.

Ich wende den Blick ab, lasse ihn stattdessen durch den Raum wandern und erinnere mich an den Abend meines ersten Geburtstags nach Everetts Abreise. Aiden und ich glaubten, es wäre leicht, hier heraufzukommen und zu tun, was wir immer getan haben. Aber kaum saßen wir hier oben, brachte es keiner von uns über sich, die Bodendiele anzuheben und meine Schachtel aus dem Versteck zu nehmen. Nie war ich dankbarer dafür, dass Aiden mich so gut kannte und deshalb einen Vorwand fand, weshalb wir schnell wieder verschwinden wollten, bevor ich peinlicherweise in Tränen ausbrechen konnte. Es war ein fadenscheiniger Vorwand, aber er funktionierte.

»*Mist, ich habe die Snacks vergessen. Ohne unsere leckeren Knabbereien können wir das nicht machen, sonst geht dein Wunsch nicht in Erfüllung. Und dieser eine Wunsch würde dann auf alle anderen Wünsche abfärben, wenn du den Zettel in die Schachtel legst, und das hätte ein komplettes Wunschdurcheinander zur Folge. Das darf auf keinen Fall passieren. Komm, lass uns verschwinden und irgendeine Bar finden, in der wir uns sinnlos betrinken.*«

Ich muss leise lachen bei der Erinnerung daran, wie Aiden mich nicht in eine, sondern in vier verschiedene Bars in Charleston schleppte und wir uns wie angekündigt betranken.

Fragend sieht Everett mich an. »Was ist so lustig?«

»Nichts. Ich habe nur gerade an Aiden gedacht. Du wirst sicher gerne hören, dass er in jener Nacht der Empfänger meines Erbrochenen war. Ich habe mich in seinen Schoß übergeben«, erzähle ich, und mein Lächeln stockt, als ich Everetts schmerzlichen Gesichtsausdruck bemerke. Er senkt den Blick und klopft mit dem Kugelschreiber auf dem Notizblock herum.

»Tut mir leid. Mir hätte klar sein müssen, dass es hart für dich ist, wieder hier oben zu sein. Wir müssen das nicht machen.«

Ich rutsche auf den Knien näher zu ihm, zwischen seine Beine, und lege ihm die Hände auf die Oberschenkel.

»Nein, ich will das machen. Aiden würde es wollen. Wahrscheinlich wäre er sogar ein bisschen sauer, wenn wir es nicht täten.«

Everett sieht mich nicht an, und da merke ich, dass er auf meine Hände starrt, die auf seinen Beinen liegen. Ich spüre, wie sich seine Muskeln anspannen und rutsche zurück auf meinen Sitzsack. Ich weiß, wir geben uns als Ehepaar aus und müssen uns wegen Stratford andauernd berühren, aber der ist ja jetzt nicht hier. Everett auf irgendeine Weise anzufassen, wenn wir allein sind, ist einfach zu viel für mein Herz und meinen Verstand. Meine Gefühle sind die gleichen wie damals, als ich alles darum gegeben hätte, ihn berühren zu können, wann immer ich will. Mein Verstand hingegen ermahnt mich ständig, dass alles nur vorgetäuscht ist, und dass die Vorstellung, es könnte mehr sein, mich brechen würde. Ich bin nicht mehr jenes törichte junge Mädchen, sondern eine erwachsene Frau mit Verantwortung. Und ich kann es mir nicht leisten, mir zu wünschen, die Dinge zwischen uns stünden anders.

»Ich vermisse ihn. Ich vermisse ihn jeden Tag, aber er würde wollen, dass wir es tun«, versichere ich Everett noch einmal.

Er schließt die Augen, und ich sehe einen Wangenmuskel in seinem Gesicht zucken, während er einige Minuten lang schweigend dasitzt. Ich wünschte, ich könnte etwas tun, damit er weniger traurig ist und sich weniger schuldig fühlt, weil er nicht hier war, als Aiden starb. Ich konnte am Ende der Krankheit und bei der Beerdigung von ihm Abschied nehmen. Everett war das nicht vergönnt, und ich kann nur ahnen, wie sehr ihm das zu schaffen macht.

Endlich öffnet er die Augen wieder und schreibt schnell vier Wünsche auf, jeden auf ein eigenes sternenförmiges Blatt des Notizblocks. Dann reißt er die Papiersterne heraus, wirft sie in seine Schachtel und schließt den Deckel. Er beugt sich vor und legt die Schachtel zurück in das Versteck unter dem Brett, neben meine und Aidens Schachtel. Zum Schluss legt er das Bodenbrett wieder darüber.

Er nimmt die Tüte Fritos, reißt sie auf und stellt sie auf den Boden zwischen uns. Dann nimmt er zwei Flaschen Crush aus dem Karton, dreht beide Schraubverschlüsse ab und reicht mir eine Flasche.

Er sieht mich an, neigt seine Flasche herüber zu mir, und ich stoße mit ihm an.

»Auf die vier Jahre verspäteten Wünsche, Everett. Ich hoffe, sie gehen in Erfüllung«, sage ich.

»Das bezweifle ich, aber danke trotzdem.«

Ich trinke einen Schluck der kalten Traubenlimonade und würde Everett am liebsten fragen, warum er das sagt. Warum er hier heraufkommen wollte, um die alte Tradition fortzusetzen, wenn er ohnehin nicht daran glaubt. Aber ich bin zu sehr damit beschäftigt, mich im Stillen bei Aiden zu entschuldigen. Wo auch immer er sein mag, ich hoffe, er hört mich und verzeiht mir all die Gedanken, die Everett in mir auslöst.

Es tut mir leid, dass du vier Jahre lang das Wünschen verpasst hast, auch wenn du nur meinetwegen mitgemacht hättest.

Es tut mir leid, wenn ich dir je das Gefühl gegeben habe, du seist mir nie genug.

Und es tut mir schrecklich … so schrecklich leid, dass es nur halb so schlimm ist, jetzt ohne dich hier zu sein, wie es ohne Everett war.

20

Everett

Der Schein des knisternden Feuers fällt auf Camerons Gesicht, die in die brennenden und glühenden Scheite blickt. Sie ist so verdammt schön, ganz egal, was sie tut. Aber ich weiß, dass mir dieses Bild von ihr, zufrieden und entspannt nach einem langen, anstrengenden Wochenende, für sehr lange Zeit im Gedächtnis bleiben wird.

Bevor Stratford vor einer Stunde ins Haupthaus zurückgekehrt ist, als alle Camper abreisten, saß er direkt vor dem Feuer, das am Ende eines jeden Wochenendes brennt, und beobachtete uns durch die Flammen hindurch. Die Mitarbeiter erzählten Geschichten, sangen Lieder mit den Kindern und aßen mit ihnen um die Wette Schokoküsse. Da mir bewusst war, dass Stratford mich und Cameron beobachtete, und ich mich daran erinnerte, wie er gesagt hatte, es mache ihn glücklich, ein liebendes Paar zu sehen, legte ich mir Camerons Füße auf den Schoß. Außerdem wusste ich, wie erschöpft sie nach diesem Wochenende war. Also warf ich ihre Flipflops auf den Boden und verabreichte ihr eine verdiente Fußmassage.

Obwohl wir jetzt nichts mehr vorspielen müssen, da Stratford längst gegangen ist und inzwischen vermutlich im Bett liegt, möchte ich mich nicht vom Platz rühren. Cameron sitzt seitlich in ihrem Sessel und schaut ins Feuer. Ihre Beine liegen nach wie vor auf meinem Schoß, und meine Hände ruhen inzwischen auf ihren Schienbeinen. Ich weiß, ich sollte mich darauf konzentrieren, wieder ihr bester Freund zu sein und sonst nichts, aber es ändert nichts an meinem heftigen Wunsch, sie zu berühren.

Mit ihr neulich ins Baumhaus zu klettern, kam mir zu dem Zeitpunkt wie eine gute Idee vor. Ich wollte etwas tun, was wir als Freunde immer getan haben, doch schnell wurde mir klar, wie blöd diese Idee war. Denn es erinnerte sie nur an Aiden, und dann funkelte auch noch der Ring an ihrem Finger, als sie mir die Hand auf den Oberschenkel legte, was mich daran erinnerte, was Aiden ihr bedeutet hatte.

Ich habe so viel Zeit damit verbracht, an ihn zu denken und um ihn zu trauern, seit ich nüchtern bin. Monatelang habe ich mich an die guten Zeiten erinnert und daran, was für ein großartiger Freund er mir war. Ich habe meine Schuldgefühle überwunden, weil ich wusste, er würde wollen, dass ich nicht mehr andauernd so traurig bin. Aber dann bemerkte ich Camerons kummervolle Miene und das Funkeln des verdammten Ringes, und die Erinnerung an Aiden fühlte sich wieder so an wie während der Zeit, als ich ständig betrunken war – voller Bosheit, Wut und Ärger. Und dann kam ich mir wie ein Idiot vor, weil ich eifersüchtig darauf war, wie sehr er ihr fehlte und wie glücklich sie aussah, sobald sie von ihm sprach. Ich gab mir große Mühe, es mir nicht anmerken zu lassen, aber als ich kein Wort mehr herausbrachte und sie auch nicht ansehen konnte, wusste sie natürlich, das irgendetwas los ist. Ich habe ihre traurige Miene nicht ertragen, während sie an den Mann dachte, den sie liebte. Und es schmerzte doppelt, dass er mein bester Freund war. Es kam mir vor, als würde ich sein Andenken besudeln, indem ich ständig wütend auf ihn war. Ich fühlte mich wie der schlechteste Freund der Welt – denn wenn ich die Wahl gehabt hätte, Aiden zurückzubekommen oder Cameron hier neben mir zu haben, auch wenn sie mich auf Distanz hielt, hätte ich jederzeit sie gewählt. Ich hätte mich für diese wenigen ruhigen Momente entschieden, diese paar Tage, in denen ich mit ihr ein glückliches Ehepaar spielte, statt für eine lebenslange Freundschaft mit Aiden.

Ich muss diesen Mist in den Griff bekommen, bevor ich es erneut mit ihr vermassle. Aber manchmal, wie sie mich ansieht … Himmel, das bringt mich völlig aus dem Konzept. Besonders wenn ich mich frage, ob sie auf diese Weise auch mit Aiden am Feuer gesessen hat. Ob er ihr nach einem langen Wochenende auch die Füße massiert und die Hände anschließend nicht von ihr genommen hätte, weil er es nicht aushielt, sie *nicht* zu berühren. Ich bin es so leid, dass alles immer wieder auf meine Unsicherheit und meine Eifersucht zurückkommt, dass ich mich inzwischen über mich selbst ärgere.

»Ich bin hundemüde«, sagt Cameron seufzend und sieht mich lächelnd an. »Du siehst nicht so erschöpft aus, wie ich mich fühle. Wie geht das?«

Weil ich deinetwegen dermaßen angespannt bin, dass ich das Gefühl habe, nie wieder schlafen zu können.

»Man gewöhnt sich an die ständige Müdigkeit, wenn man nur auf Pritschen im Dschungel schläft und versucht, die viele Arbeit zu erledigen. Denn es interessiert niemanden, wie erschöpft du bist, solange es Menschen gibt, die krank sind und sterben und auf dich angewiesen sind.«

Ich fange an, sanft Camerons Waden zu massieren, und ihre leisen wohligen Seufzer haben eine unmittelbare Wirkung auf meinen Schwanz. Am liebsten würde ich ihre Beine von meinem Schoß schieben, aufspringen und wegrennen, um einen klaren Kopf zu bekommen.

»Ich weiß, du hast unsere jährliche Geburtstagstradition vermisst, während du fort warst. Aber was sonst noch?«, will sie wissen, während ich sie weiter massiere, wahrscheinlich weil ich süchtig nach Bestrafung bin.

»Farbe«, antworte ich sofort.

Sie lacht, hebt den Kopf von ihrem Platz und wirft mir einen fragenden Blick zu.

»Ich muss schon sagen, langsam gewöhne ich mich an Stratfords schräges Outfit«, erkläre ich und schildere ihr, was er mir gesagt hat, warum er so viele seltsame Regeln hat bezüglich seiner finanziellen Zuwendungen.

»Du weißt nicht, wie es ist, sich ständig in diesen beigen Sanitätszelten aufzuhalten, noch dazu in der Wüste. Der Sand ist beige, die Zelte, unsere Kleidung war es … Selbst die Hälfte des Essens ist beige. Mir fehlte etwas Rotes, Violettes und vor allem etwas Hellgrünes«, erkläre ich.

Vor allem Hellgrün, weil es die Farbe deiner Augen ist. Verdammt, wie sehr habe ich es vermisst, in diese Augen zu sehen.

»Na schön. Was noch?«

Ich denke einen Moment über all die Dinge nach, die mir im Ausland gefehlt haben. Ganz oben auf der Liste stand Cameron, aber das werde ich ihr natürlich nicht verraten. Sie weiß, dass ich es bedaure, den Kontakt abgebrochen zu haben, auch wenn ich ihr die ganze Wahrheit nicht erzählt habe. Wenn ich jetzt nicht darauf achte, dass alles locker und unverfänglich bleibt zwischen uns, gerate ich noch in Versuchung, ihr lauter Dinge zu sagen, die ich lieber nicht aussprechen sollte.

Wie zum Beispiel, dass ich mich schon vor langer Zeit gezwungen habe, sie nicht mehr zu lieben, ich aber leider unmöglich aufhören kann, sie zu begehren.

»Die Rinderbrust von Lewis Barbecue. Von solchen Sachen habe ich geträumt.«

»Guter Punkt. Da gibt's wirklich gute Grillsachen. Was noch?«, fragt sie.

Ich fahre mit den Händen sacht über ihre Beine, während wir uns unterhalten. Damit quäle ich mich nur selbst, dennoch kann ich es nicht lassen. Es tut gut, hier mit ihr zu sitzen und wie Freunde zu reden. Solche Dinge tun Freunde doch, oder? Ich kann ihr Bein berühren, ohne dass es komisch wird, und sie zieht es auch nicht weg oder wird sauer, weil ich sie anfasse. Ich baue unsere Freundschaft wieder auf, das ist alles. Ich zeige ihr, dass sie noch immer mit mir reden und mir vertrauen kann wie früher.

»Magnolienblüten. Lach nicht, weil es total mädchenhaft klingt, aber ich habe den Duft dieser Blüten vermisst. Mir hat es sogar gefehlt, wie jeder in dieser Stadt seinen verdammten Tisch mit diesen dämlichen Marmeladengläsern dekoriert, in denen die Blütenblätter stecken«, gestehe ich.

»Ich werde nicht über dich lachen. Der Duft von Magnolienblüten ist mir der liebste auf der ganzen Welt.«

Das weiß ich bereits, da sie ein solches Parfüm benutzt. Ich habe nicht nur von der Rinderbrust bei Lewis Barbecue geträumt, sondern auch von Camerons Duft. Der könnte mich aus dem Koma erwecken, und selbst im Kriegsgebiet hätte ich schwören können, Cameron sei neben mir.

Ich sollte mich von diesem gefährlichen Thema wegbewegen und lasse mir etwas einfallen, wovon ich weiß, dass es sie zum Lachen bringt.

Ich lehne mich zurück und blicke seufzend hinauf zu den Sternen.

»Aber wovon ich am meisten geträumt habe, waren … ›Guns and Posers‹.«

Camerons Lachen hallt zwischen den Bäumen, und prompt werfe ich ihr einen tadelnden Blick zu.

»Mach dich nicht lustig über mich, Cameron. Es war die reinste Qual, vier Jahre auf sie zu verzichten. Du hast ja keine Ahnung.«

»Hätte ich mir denken können, dass du diese blöde Achtzigerjahre-Coverband am meisten vermissen würdest. Wie viele

Male hast du uns in sämtliche Bars in Charleston geschleppt, um sie spielen zu sehen?«, meint sie.

»Anscheinend nicht oft genug, wenn du ihre Genialität noch immer nicht zu schätzen weißt.«

»Du bist ja verrückt. Ich schaue mal, wann sie das nächste Mal auftreten, und gehe dann mit dir hin. Jetzt, wo du älter und weiser bist, merkst du vielleicht, wie ätzend die sind. Möglicherweise muss ich an mein Erspartes ran, damit wir uns anständig betrinken können. Nüchtern hält man diese Band nämlich nicht aus.«

Jetzt muss ich lachen, aber sie macht ein erschrockenes Gesicht und hält sich die Hand vor den Mund. Mir ist durchaus bewusst, was sie gerade gesagt hat, und nachdem, was Jason ihr über mich erzählt hat, glaubt sie, in ein Fettnäpfchen getreten zu sein. Es ist an der Zeit, ihr weitere Wahrheiten über mich zu erzählen.

»Cam, ist schon in Ordnung«, versichere ich ihr.

»Tut mir leid. Es war dumm von mir, das zu sagen«, flüstert sie und lässt die Hand vom Mund sinken.

»Im Ernst, es ist in Ordnung. Mir geht's gut. Eine Zeitlang war das anders, aber jetzt ist alles wieder gut.«

Ich sehe sie direkt an, damit sie die Wahrheit in meinen Augen erkennen kann. Allmählich verschwindet ihre besorgte Miene.

»Bist du sauer auf Jason, weil er es mir erzählt hat?«, fragt sie mit leiser Stimme.

»Anfangs war ich es, aber inzwischen bin ich es nicht mehr. Es musste gesagt werden. Mir tut es nur leid, dass ich nicht derjenige war, von dem du es erfahren hast. Ich hatte vor, dir alles zu erklären, aber als ich hierherkam, passierte das mit Stratford so schnell, dass ich keine Gelegenheit mehr dazu bekam.«

Das knisternde Feuer, das Quaken der Frösche im nahen Teich und das Zirpen der Grillen überall um uns herum erfüllen die Stille, während ich Cameron dabei zuschaue, wie sie ihre Gedanken ordnet.

»Ist schon in Ordnung. Du kannst mich alles fragen. Was immer du wissen willst«, ermutige ich sie.

Sie überlegt eine Weile, dann lehnt sie den Kopf an die Stuhllehne und sieht mich an.

»Es ist selbstsüchtig von mir, aber ich will es fast nicht erfahren. Ich will mir dich in diesem Zustand nicht vorstellen. Es ist schrecklich zu wissen, wie sehr du nach deiner Heimkehr zu kämpfen hattest. Und es ist mir unangenehm, dass ich gleich wütend auf dich war, statt darüber nachzudenken, warum du nicht sofort nach deiner Rückkehr hergekommen bist. Dabei verdiene ich mein Geld damit, mich in andere Menschen hineinzuversetzen. Und ausgerechnet bei einem der wichtigsten Menschen in meinem Leben versage ich«, sagt sie.

»Du hast nicht versagt, Cameron, schon gar nicht bei mir. *Ich* habe versagt. Es liegt alles in meiner Verantwortung, nicht in deiner. Ich kam nicht klar nach meiner Heimkehr. Ich wollte nur, dass der Schmerz verschwindet, und Alkohol war das Einzige, was funktionierte. Bis es eben nicht mehr ging. Bis der Schmerz trotzdem nicht aufhörte und nicht einmal dann verschwand, wenn ich rund um die Uhr betrunken war.«

»Was hat dich dazu gebracht, damit aufzuhören?«

Du. Zu wissen, dass ich dich aufsuchen muss und du mich niemals in diesem Zustand sehen durftest.

Ich kann Aidens Brief in meiner Gesäßtasche fühlen, wo er sicher verstaut ist, da ich ihn nach wie vor überallhin mitnehme. Ich wünschte, ich könnte ihr den Brief zeigen, aber es stehen zu viele Dinge darin, die ich ihr im Augenblick nicht erklären kann.

»Es kam einiges zusammen. Vor allem aber Jasons Gesichtsausdruck zu sehen, wenn er nach Hause kam und mich schon wieder betrunken vorfand, gab irgendwann den Ausschlag. Er meinte, er würde mich verlieren, wie wir unsere Mom verloren haben, und da wachte ich endlich auf. Ich wollte nie sein wie sie. Ich wollte mich nicht in jemanden verwandeln, den nichts im Leben mehr interessierte.«

»Ich bin stolz auf dich. Ich kann mir gar nicht vorstellen, wie schwer das gewesen sein muss. Und noch immer ist.«

»Ich bekam viel Unterstützung«, erkläre ich. »Ich ging für neunzig Tage in eine Entzugsklinik. Und nach wie vor gehe ich einmal die Woche zu einem Meeting. Ich habe dort gute Freunde gefunden. Leute, mit denen ich reden kann, wenn es hart wird oder ich schwach zu werden drohe.«

Cameron beugt sich vor und legt ihre Hände auf meine, die immer noch auf ihren Beinen ruhen.

»Du kannst immer mit mir reden. Ich weiß, im Moment ist alles ein bisschen seltsam, das mit dem Camp und mit uns. Aber ich bin für dich da, wenn du jemanden brauchst. Versprich mir, dass du dich nicht wieder von mir abwendest. Weitere fünf Jahre ohne dich stehe ich nicht durch …«

Sie verstummt und wendet rasch den Blick ab, während sie an einem losen Faden an ihrer Jeans herumspielt. Ihre Worte bleiben mir im Kopf.

Ich hätte gern, dass sie mehr bedeuten, was absolut lächerlich ist. Ich will nicht mehr so verwirrt sein und neben der Spur, sobald ich mit dieser Frau zusammen bin. Aber ich weiß nicht, ob das jemals möglich sein wird.

21

Cameron

Schreie lassen mich aus dem Schlaf hochschrecken, ruckartig richte ich mich im Bett auf. Mein Herz pocht wie wild, als ich zum Wecker schaue. Drei Uhr morgens. Ich atme mehrmals tief durch, um mich zu beruhigen, und lausche. Habe ich mir das nur eingebildet oder womöglich geträumt?

Nach einigen Minuten der Stille und der Erkenntnis, dass die Laute in meinem Kopf stattgefunden haben müssen, lege ich mich wieder hin, als ein weiterer Schrei aus dem Wohnzimmer zu mir dringt. Ich schlage die Decke zurück und springe aus dem Bett, ohne mir etwas über das Trägerhemd und den Slip zu ziehen.

Everett schläft im Wohnzimmer, seit Stratford hier ist. Zu sagen, das stelle eine Herausforderung dar, wäre grob untertrieben. Zwar verbringen wir hier nicht viel Zeit zusammen, denn unsere Tage sind lang, und wenn wir hierher zurückkommen, fallen wir nur noch erschöpft ins Bett. Aber ich bin es nicht gewohnt, meine vier Wände mit jemand anderem zu teilen, und dass es ausgerechnet Everett ist, macht es nicht besser. Jeden Morgen läuft er in Jogginghose herum, die ihm tief auf den Hüften sitzt, und mit nacktem Oberkörper. Seit ich ihn einmal aufgefordert habe, sich endlich ein verdammtes T-Shirt anzuziehen, macht es ihm Spaß, mich damit zu ärgern. Ich muss meinen Mund halten und so tun, als störe mich das nicht im Geringsten. Außerdem muss ich so tun, als störe es mich nicht, dass ich ihn in jedem Zimmer meines Hauses riechen kann. Und wohin ich auch blicke, überall sehe ich etwas von ihm – eine zerknüllt auf dem Badezimmerfußboden liegende Jeans, seine Brieftasche und Schlüssel auf der Küchenarbeitsfläche, ein über die Couchlehne geworfenes T-Shirt, an dem ich geschnuppert habe, während Everett unter der Dusche war (was ich nie jemandem erzählen würde …). Er macht sich hier bei mir breit und treibt mich allmählich in den Wahnsinn.

Als ich in den Flur trete, der zum Wohnzimmer führt, scheint das Licht des Vollmonds durch das riesige Panoramafenster über der Couch, auf der sich Everetts Silhouette abzeichnet. Er wirft sich hin und her unter der dünnen Decke.

»Es tut mir leid! Es tut mir leid! Ich habe versucht, sie zu retten!«, schreit er, während ich über den Holzfußboden schlittere und mich neben die Couch knie.

Selbst in dem schwachen Mondlicht erkenne ich seinen gequälten Gesichtsausdruck, während er den Kopf auf dem Kissen hin und her wirft. Der leise, schmerzerfüllte Klagelaut, den er von sich gibt, bricht mir das Herz.

»Everett, wach auf«, sage ich sanft, um ihm keine Angst zu machen, wenn er aus diesem Albtraum aufwacht.

Er wirft den Kopf weiter hin und her, die Augen sind fest geschlossen, während er mit seinen Dämonen kämpft.

»Ich habe alles getan, was ich konnte … Ich habe alles getan …«

Ich setze mich auf die Sofakante und beuge mich über seine Brust, während ich ihm sanft durch die Haare und über die Wange streiche. Seine frischen Bartstoppeln kitzeln meine Handfläche.

»Schhh, alles ist gut, Everett. Wach auf. Alles ist gut, ich bin hier«, flüstere ich und versuche weiterhin, ihn sachte wachzurütteln.

Plötzlich schlägt er die Augen auf. Meine Hand liegt noch auf seiner Wange, und unsere Gesichter sind nur wenige Zentimeter voneinander entfernt, da ich mich über ihn beuge.

Seine Brust hebt und senkt sich mit jedem hektischen Atemzug, und er blinzelt, während er mich unverwandt ansieht.

Ich bewege mich nicht, mache kein Geräusch, sondern streichle nur sanft erneut seine Wange und flüstere leise, um ihn zu beruhigen und ihn daran zu erinnern, wo er sich befindet und wer ich bin. Ich habe genug Therapiegespräche mit Veteranen geführt und ihren Partnern zugehört, die davon berichteten, wie sie die Traumatisierten nachts aus ihren Albträumen wecken mussten. Und ich habe gesehen, wie meine Mutter das im Lauf der Jahre immer wieder machen musste. In der Theorie weiß ich also genau, was zu tun ist. Allerdings habe ich es nie selbst erlebt, und es jetzt bei Everett mitanzusehen, macht mir schwer zu schaffen.

»Tut mir leid, dass ich dich aufgeweckt habe«, sagt er schließlich mit vom Schlaf und vom Schreien heiserer Stimme. In seinem Gesicht sind noch Spuren der Traurigkeit zu sehen über das, was er geträumt hat.

»Ist schon in Ordnung. Geht's dir besser? Möchtest du darüber reden?«

Er schließt die Augen für einige Sekunden und atmet mehrmals tief durch. Dann öffnet er die Augen wieder und schüttelt ablehnend den Kopf.

»Es geht schon wieder.«

Ich möchte ihn noch mehr fragen. Ich möchte ihn fragen, wovon er geträumt hat und wie häufig er diese Träume hat, aber ich will ihn nicht drängen.

Ich lasse die Hand sinken und will mich zurückziehen, doch er hält mich am Handgelenk fest.

»Bleibst du noch bei mir? Nur ein bisschen.«

Jetzt weiß ich, warum er mich nicht gleich nach seiner Rückkehr sehen wollte, als er noch mit dem Alkohol zu kämpfen hatte. Es trifft mich tief, ihn so aufgewühlt und elend zu sehen. Am liebsten würde ich losheulen, Gott verfluchen und alles tun, damit es ihm besser geht.

Als er die Decke aufschlägt, drehe ich mich um, lege mich zu ihm auf die Couch und schmiege meinen Körper von hinten an seinen. Ich wünschte, ich hätte mir wenigstens eine Leggings und ein Sweatshirt übergezogen. Am besten eine Ritterrüstung. Everetts muskulösen Körper zu spüren, während ich in Trägerhemdchen und Slip bin und er lediglich eine Jogginghose trägt, sodass ich jede Kontur seiner nackten Brust an meinem Rücken wahrnehmen kann, lässt mich vergessen, dass wir nur Freunde sind.

Everett deckt uns beide leise zu, legt den Arm um meine Taille und drückt mich an sich.

Er schmiegt sein Gesicht an meinen Nacken, und Minuten später höre ich ihn gleichmäßig atmen und merke, wie sich seine Brust langsam hebt und senkt. Ich bekomme eine Gänsehaut, die ich durch die Kraft meiner Gedanken zu vertreiben versuche.

Everett ist nicht nur in mein Zuhause eingedrungen, sondern er dringt auch unaufhaltsam wieder in mein Herz ein. Das macht mir eine Heidenangst. Kaum habe ich das Gefühl, zehn Schritte nach vorn gegangen zu sein, macht er etwas, das mich wieder meilenweit zurückwirft, zurück in eine Zeit, als ich es zugelassen habe, dass er mir wehtut und mich bricht, Stück für Stück. Wenn ich nicht höllisch aufpasse, wird das wieder geschehen.

»Vielen Dank, dass Sie das kurzfristig für mich machen. Sie haben keine Ahnung, wie viel mir das bedeutet. Okay. Noch mal danke. Bis nächste Woche.«

Ich lege den Hörer in meinem Büro auf, seufze erleichtert und lehne mich zurück. Wie gern würde ich jetzt ein Nickerchen machen.

Ausnahmsweise habe ich vergangene Nacht nicht schlaflos im Bett verbracht und mich vor lauter Sorge um das Camp hin und her gewälzt. Stattdessen lag ich hellwach auf der Couch und starrte in die Dunkelheit meines Wohnzimmers, während ich versuchte, mich in Everetts Armen möglichst nicht zu rühren. Ich redete mir ein, ich täte es, um ihn nach dem schrecklichen Albtraum nicht wieder aufzuwecken. Doch das ist eine Lüge. Ich wollte mich nicht bewegen, weil ich die wärmende Umarmung und die Nähe seines Körpers nicht verlassen wollte. Ich hatte Angst, die Augen zu schließen, weil ich nicht aufwachen und feststellen wollte, dass es nur ein Traum war. Oder dass er sich zurückzieht und so tut, als wäre das gar nicht geschehen. Als hätte er mich nicht gebraucht und die ganze Nacht fest in den Armen gehalten, so als könnte er es nicht ertragen, mich loszulassen.

Das waren dumme Gedanken, und ich kam mir vor wie das junge törichte Ding, das sich nichts sehnlicher wünscht, als dass der von ihr geliebte Junge ihre Liebe erwidert. Wir werden wieder Freunde, das ist alles, was ich will. Das ist alles, was ich mir leisten kann, und ich muss meine Gedanken im Zaum halten.

Gerade als ich die Augen schließe und ein wenig die Ruhe genießen will, kommt Amelia in mein Büro geeilt und knallt mir einen Stapel Papier auf den Schreibtisch.

»Aktualisierte Speisekarte der Cateringfirma, die du unterschreiben musst. Aktualisierte Dekorationsanweisung, die du abzeichnen musst. Vertrag mit der Band, den du abzeichnen *und* unterschreiben musst. Außerdem eine Kopie der Tischdeckenbestellung, bei der du nichts weiter tun musst, als zu überprüfen, ob sie korrekt ist.«

Ich nehme einen Kugelschreiber und blättere die Unterlagen durch.

»Du bist verrückt. Habe ich dir das in letzter Zeit schon mal gesagt? Ich kann nicht glauben, dass du eine Woche vor dem verdammten Spendendinner fast alles geändert hast«, verkündet Amelia und setzt sich in den Sessel mir gegenüber.

Solange ich denken kann, wurde das Spendendinner stets gleich gestaltet: weiß und klassisch. Weiße Tischdecken, weiße Dekorationen, weißes Tafelservice, sanfte Jazzmusik.

»Ich weiß. Aber ich hatte das Gefühl, dass es in diesem Jahr anders sein muss. Es könnte unser letztes Spendendinner sein, und falls es so ist, soll es mit einem Knüller enden«, erwidere ich, unterschreibe das letzte Stück Papier und schiebe es zusammen mit den anderen über den Tisch, damit Amelia sie den entsprechenden Firmen faxen kann.

»Und es hat absolut nichts zu tun mit der Unterhaltung, die du letzte Woche mit Everett geführt hast. Ja, sicher.« Sie lacht.

Ich habe Amelia nicht nur von dem Gespräch erzählt, das Everett und ich am Feuer geführt haben, sondern habe ihr auch gleich noch ein paar andere Sachen anvertraut. Zum Beispiel, dass ich in jüngeren Jahren nicht bloß in Everett verknallt gewesen war. Ich habe ihr erzählt, wie verzweifelt verliebt ich in ihn gewesen war, von meinen Wünschen, die ich in all den Jahren aufgeschrieben hatte. Und ich habe ihr erzählt, wie verwirrt ich bin, jetzt, wo er wieder zu Hause ist. Sie war geschockt, um es milde auszudrücken. Sie war vom ersten Moment an, seit sie ihn kennengelernt hatte, im Team Aiden gewesen. Sehr zu meinem Ärger wechselt sie mit einem Mal die Seiten.

Ja, kann sein, dass ich nach unserem Kamingespräch einiges am Spendendinner geändert habe. Was soll's. Es ist doch nicht verrückt, wenn man etwas Besonderes veranstalten will für einen Freund, den man fast fünf Jahre lang nicht gesehen hat.

»Mist, es ist total verrückt«, stoße ich stöhnend hervor, stütze die Ellbogen auf den Schreibtisch und lege den Kopf in die Hände. »Als hätte ich nicht schon genug um die Ohren, ändere ich jetzt auch noch alles, was das Dinner bisher ausgemacht hat. Das ist verrückt. *Ich* bin verrückt. Ich habe eindeutig den Verstand verloren.«

Everett ist seit einer Woche wieder in meinem Leben. Mehr als sieben Tage waren nicht nötig, um mich komplett in ihn zu verlieben. Wieder einmal.

»Du bist nicht verrückt«, versichert Amelia mir.

»Die Definition von verrückt ist: ständig das Gleiche zu tun und dabei unterschiedliche Ergebnisse zu erwarten. Ist das nicht genau das, was ich tue? Er taucht nach fast fünf Jahren wieder in meinem Leben auf, und plötzlich bin ich wieder der Teenager, der seine Wünsche auf sternförmige Notizzettel schreibt und hofft, dass Everett meine Liebe erwidert. Warum ist alles mit ihm so leicht und gleichzeitig so verwirrend?«, klage ich.

»Inwiefern ist es denn verwirrend? Du lernst, ihm wieder zu vertrauen. Er öffnet sich dir. Du erneuerst eure Freundschaft, und nach allem, was ich letzte Woche gesehen habe, läuft es erstaunlich gut.«

»Genau das ist das Problem. Er war so lange fort und hat so viel verpasst. Wir sind nicht mehr dieselben Menschen, die wir vor Jahren waren. Dennoch fühlt es sich an, als sei keine Zeit vergangen. Er *passt* einfach. Er passt in mein Leben, er passt in dieses Camp ...«

»Ich sehe noch immer nicht das Problem.«

»Er sollte nicht passen! Das ist das Problem!«, argumentiere ich. »Und es macht mich wütend, dass es trotzdem so ist. Es macht mich sauer, dass ich diese ganze lange Zeit versucht habe, über ihn hinwegzukommen, und innerhalb einer Woche stellt er alles wieder auf den Kopf. Nach einer Woche und ein paar Entschuldigungen bin ich genau wieder dort, wo ich angefangen habe. Ich will etwas, das ich niemals haben werde.«

Und innerhalb einer Woche habe ich so viel Zeit damit verbracht, jede einzelne seiner Berührungen, jeden Blick und jede seiner Bewegungen in meiner Gegenwart zu analysieren, bis nichts anderes mehr meine Gedanken beschäftigt hat.

»Ich glaube, das Problem liegt darin, dass du nur *versucht* hast, über ihn hinwegzukommen, Cam. Du hast es mit Aiden versucht, und du hast es mit Grady versucht, aber du hattest keinen Erfolg. Wie kommst du überhaupt darauf, dass du niemals haben wirst, was du dir wünschst? Wieso glaubst du, dass er dir nicht das Gegenteil beweisen würde, wenn du jetzt zum Stall rübergehen und ihm all das erzählen würdest, was du mir gerade erzählt hast?«

Das kommt jetzt auch noch auf die Liste der Ablenkungen. So viele Was-wäre-wenns, dass mir ganz schwindelig wird.

Was, wenn ich ihm sage, was ich seit meinem dreizehnten Lebensjahr für ihn empfinde?

Was, wenn ich ihm gestehe, dass ich diese Gefühle nicht abstellen kann, obwohl ich es wirklich versucht habe, und trotz der Entfernung zwischen uns?

Was, wenn all diese Berührungen und Blicke, die ich überanalysiert habe, tatsächlich nicht nur gespielt sind, sondern etwas bedeuten?

Ich habe solche Angst, das fragile Fundament zu zerstören, das wir gelegt haben, um unsere Freundschaft wiederzubeleben.

Was, wenn ich ihm die Wahrheit sage, und er hält es für einen Scherz?

Was, wenn ich es ihm sage, und er verschwindet wieder?

Was, wenn ich es ihm sage, und es zerstört alles, was wir wiederaufzubauen begonnen haben?

»Du brauchst ein wenig Ablenkung«, verkündet Amelia und holt mich damit aus meinen Gedanken heraus.

»Hast du eigentlich zugehört? Ich bin schon abgelenkt genug.«

Sie schnaubt verächtlich und verdreht die Augen.

»Ich rede von einer *angenehmen* Ablenkung. Nutz diese vorgegaukelte Ehe mit Everett doch zu deinem Vorteil. Du willst ihm nicht dein Herz ausschütten? Na schön. Dann mach die Sache ein wenig heißer und schau, wie er darauf reagiert.«

»Ich mache nicht alles zwischen uns wieder kaputt, indem ich ihm Unbehagen bereite«, erwidere ich, obwohl mir die Vorstellung, dass es zwischen mir und Everett heiß werden könnte, prompt den Verstand verknotet.

Ich muss ständig an jenen Abend am Feuer denken, an seine Hände auf meinen Beinen, und ich frage mich, was ich getan hätte, wenn er diese Hände noch weiter hinaufgeschoben hätte. Außerdem muss ich immerzu an heute Morgen denken, als ich endlich für eine Stunde einschlafen konnte und dann zusammen mit Everett aufwachte, der sich hinter mir streckte. Ich stand von der Couch auf und befürchtete, es könnte eine peinliche Situation entstehen, aber so war es ganz und gar nicht. Er lächelte mich an, entschuldigte sich noch einmal wegen letzter Nacht und stand unbekümmert auf, um Kaffee zu kochen. Ich fragte mich, was wohl geschehen wäre, wenn ich nicht gleich aufgestanden wäre, sondern mich zu ihm umgedreht, mein Bein über seine Hüfte gelegt und mich an ihn geschmiegt hätte.

»Ich kann dir fast garantieren, dass du diesem Mann kein Unbehagen bereiten wirst. Mir ist nicht entgangen, wie er dich ansieht und dich berührt«, informiert sie mich.

»Du hast die gespielten Blicke und Berührungen gesehen, sobald Stratford in unserer Nähe ist«, erinnere ich sie, verschweige jedoch die vielen Male, die er mich angesehen hat, obwohl Stratford nicht in der Nähe war. Und ich verschweige ihr, wie natürlich es sich anfühlte, in seinen Armen zu liegen.

»Was immer dir beim Einschlafen hilft«, scherzt Amelia und steht auf. »Ich werde diese Unterlagen faxen, und wir treffen uns nachher im Tanzstudio.«

Sie bleibt an der Tür stehen, als sie meine verwirrte Miene bemerkt.

»Wir sind dort mit Stratford verabredet, um neue Aktivitäten für eine bessere Nutzung des Tanzstudios zu besprechen. Schon vergessen? Everett führt ihn momentan durch den Stall, anschließend treffen wir uns im Studio.«

Ich stöhne und schüttele den Kopf.

»Siehst du? Es sind jetzt schon zu viele Ablenkungen. Ich werde mich auf keine weitere einlassen, indem ich irgendetwas heißer gestalte«, versichere ich ihr, stehe ebenfalls auf, gehe um den Schreibtisch herum und will ihr hinaus folgen.

Aber sie bleibt im Türrahmen stehen und mustert mich von Kopf bis Fuß.

»Was?«, frage ich und schaue auf meine Jeans und das T-Shirt, um sicherzugehen, dass da nicht irgendwo ein Fleck ist.

»Das willst du nicht anbehalten, oder? Stratford will bestimmt, dass wir ihm ein paar Dinge demonstrieren. Vor allem du und Everett, denn er will das glückliche Paar ja in Aktion erleben. Zieh dir also diese kurze graue Shorts an, in der dein Hintern toll aussieht, dazu den graublauen Sport-BH, der deine Bauchmuskeln hervorhebt und deine Dinger größer wirken lässt. Du kannst Everett mit deinen Yoga-Übungen zeigen, wie biegsam du bist. Go Team Everett!«

Ich starre sie an, und sie zwinkert mir grinsend zu, dreht sich um und marschiert hinaus.

»Ich heize überhaupt nichts an, Amelia! Was ich anhabe, ist vollkommen in Ordnung!«, rufe ich ihr hinterher und höre ihr Lachen durch den Flur hallen.

»Was ich anhabe, ist völlig in Ordnung«, wiederhole ich vor mich hinmurmelnd und betrachte mein Camp-Rylan-T-Shirt, das zwei Nummern zu groß ist und auf dem Bauch tatsächlich einen mysteriösen Fleck hat.

Ich schaue rüber zu der Ecke in meinem Büro, in der ich einen Stapel sauberer Arbeitskleidung aufbewahre, für den Fall, dass ich mich hier im Haupthaus aufhalte und mich rasch für irgendeine Aktivität umziehen muss. Dort entdecke ich die graue Shorts und den Sport-BH, von dem Amelia gesprochen hat. Ich stelle mir vor, wie ich mich vor Everett herunterbeuge und den herabschauenden Hund mache. Auf keinen Fall werde ich mich wieder in diesen Kerl verlieben. Aber wer sagt denn, dass wir nicht ein bisschen Spaß haben können? Wir sind beide attraktive, alleinstehende Menschen, und es scheint ihm irgendeinen Kick zu geben, mich mit seinem nackten Oberkörper in Verlegenheit zu bringen, und mit seinen Bemerkungen, ich könnte ja gar nicht aufhören, ihn anzusehen.

Außerdem ist es seine Schuld, dass ich keinen Spannungsabbauer in Gestalt von Grady mehr habe.

»Mistkerl«, flüstere ich, gehe zu dem Kleiderstapel und schnappe mir, was ich brauche.

22

Everett

»Hi, Jason!«

Ich beobachte, wie mein Bruder sich umdreht, wobei er mit dem Ellbogen die Schachtel mit Nägeln vom Fensterbrett stößt. Sie fällt zu Boden, und die Nägel verteilen sich überall. Das hat zur Folge, dass er plötzlich mit dem Schraubenschlüssel und dem Hammer jonglieren muss und am Ende beides fallen lässt.

»Oh, hallo Amelia!«, ruft er einen Tick zu laut.

Er lässt sie nicht aus den Augen, während er sich bückt und einsammelt, was er fallen gelassen hat. Die Schwerkraft bewirkt, dass ihm ein weiterer Hammer und zwei Schraubenzieher aus dem Werkzeuggürtel herausrutschen. Alles fällt klappernd auf den Holzfußboden und hallt durch das große Tanzstudio.

Ich beiße mir auf die Unterlippe, um mir ein Lachen zu verkneifen, und nicke Amelia grüßend zu, ehe sie mit einigen Mitarbeitern zur anderen Seite des Raumes geht. Als sie außer Hörweite ist, bücke ich mich, um Jason zu helfen, und breche in Gelächter aus.

»Du bist vielleicht erbärmlich«, bemerke ich und hebe einen Hammer auf, während Jason leise fluchend die Nägel einsammelt und zurück in die Schachtel legt.

»Leck mich«, brummt er.

Jason ist immer zum Camp gefahren, wenn Cameron etwas zu reparieren hatte. Doch in letzter Zeit kommt er, wie ich herausgefunden habe, noch häufiger her, und zwar seit Amelia hier angefangen hat zu arbeiten. Als Cameron ihm gestern erklärte, das neue Fenster im Tanzstudio sei undicht und würde bei Regen lecken, und ihn informierte, er könne die Reparatur an einem anderen Tag durchführen, weil Amelia sich im Studio aufhalten und er sich dadurch womöglich gestört fühlen würde, versicherte er ihr eilig, das sei überhaupt kein Problem, er würde gleich morgen früh vorbeikommen.

»Ich finde es ja süß, dass du in Gegenwart einer Frau so schüchtern und nervös bist. Du könntest deinem Elend vermutlich ein Ende bereiten, indem du einfach mal mit ihr sprichst und sie fragst, ob sie mit dir ausgehen will«, rate ich ihm und muss schon wieder lachen.

»Ich brauche keine Dating-Ratschläge, schon gar nicht von dir«, fährt er mich an und schnappt mir den Hammer aus der Hand, während ich einen Schraubenzieher aufhebe.

»Was soll das denn heißen?«

Jason will etwas sagen, aber da hören wir Cameron, die uns beim Hereinkommen einen Gruß zuruft. Ich blicke über die Schulter nach hinten und winke ihr zu, doch als ich sie sehe, klappt mir die Kinnlade herunter, und der Schraubenzieher fällt mir aus der Hand.

Gütiger Himmel, was hat sie denn da an?

Ich weiß nicht, ob ich nach einer Decke suchen soll, um sie darin einzuhüllen, oder ob ich sie einfach in einen anderen Raum schleppen soll, wo ich sie ganz allein und in aller Ruhe ansehen kann, ohne dass es irgendwer mitbekommt.

Ich folge ihr mit Blicken durch den Raum, bis sie bei Amelia und den anderen ankommt, die sich für eine kleine Vorführung versammelt haben. Die äußerst knappe graue Shorts, die Cameron trägt, schmiegt sich an ihren perfekten Po, und der wie ein halbes Trägerhemd aussehende Fummel hebt jeden Zentimeter ihres durchtrainierten Bauches hervor. Es ist Jahre her, seit ich Cameron in derart freizügiger Kleidung gesehen habe, das letzte Mal mit Anfang zwanzig, als wir in einem der Seen schwimmen waren. Damals sah sie gut aus im Bikini, so gut, dass ich noch Monate später von ihr fantasiert habe. Aber dieses Outfit jetzt ... Großer Gott, sie ist so verdammt sexy, dass es mir glatt den Atem raubt und mir noch schmutzigere Fantasien kommen als damals.

»Wer von uns beiden ist jetzt der Erbärmliche, du Arsch?« Jason lacht in sich hinein, sodass ich schuldbewusst den Kopf wieder in seine Richtung drehe und ihn finster anstarre.

»Ich weiß nicht, wovon du redest«, murmele ich und drücke ihm den Schraubenzieher in die Hand, während wir uns beide aufrichten.

»Es ist so was von offensichtlich. Wie geht's mit dem Ständer, den du in deiner Hose zu verstecken versuchst? Außerdem sabberst du.« Er lacht erneut.

»Sie sieht also gut aus, na und? Sie ist meine beste Freundin. Ich bekomme keinen Ständer wegen meiner besten Freundin«, lüge ich, schiebe die Hände in die Hosentaschen und halte sie vom Körper weg, um meine verfluchte Erektion zu verbergen, die ich tatsächlich wegen meiner besten Freundin habe.

»Ich finde es ja süß, dass du in Gegenwart deiner besten Freundin so schüchtern und nervös bist. Du könntest deinem Elend vermutlich ein Ende bereiten, indem du einfach mal mit ihr sprichst und sie fragst, ob sie mit dir ausgehen will«, wiederholt Jason meine Worte von vorhin breit grinsend. »Es muss anstrengend sein, sich all die Jahre hindurch nach ihr zu verzehren.«

Wow, ist es mir wirklich so deutlich anzusehen? Ich habe nie jemandem erzählt, was ich für Cameron empfinde, erst recht nicht meinem Bruder. Der hätte es mir ständig unter die Nase gerieben und ganz sicher ordentlich in den Hintern getreten, weil ich jahrelang ein solcher Feigling war.

»Ach, halt den Mund und repariere das Fenster«, erwidere ich und gehe in den hinteren Teil des Studios, wo ich für Stratford einen Sessel hingestellt habe, möglichst weit weg von Cameron.

23

Cameron

»Und das sind nur einige der Übungen für Fortgeschrittene, die wir den Anfängern beibringen, sobald sie den Bogen raus haben«, erläutere ich Stratford, während ich Amelia und einigen anderen von ihren Matten am Boden aufhelfe, auf denen wir unsere Yoga-Übungen praktiziert haben.

Jahrelang wurde dieses Tanzstudio nur zum Spaß benutzt, für Hip-Hop-Tanzkurse der Camp-Bewohner. Vor einigen Monaten hatte Amelia die Idee, dass wir Kurse extra für die Eltern der Kinder, die das Camp besuchen, anbieten sollten. An den Wochenenden, damit sie etwas zu tun haben und ihre Kinder Zeit mit anderen Kindern verbringen können, außerdem in den Sommermonaten, wenn die Kinder mehrere Wochen hier sind und die Eltern zu Besuch kommen. Nachdem wir alle unsere Eltern per E-Mail gefragt haben, was sie am meisten interessieren würde, entschieden wir uns für Yoga, Kickboxen und Meditation. Wir haben eine ausgebildete Trainerin für jedes dieser Angebote, aber sie ist im Urlaub, und da ich diese Kurse seit Jahren in einem Fitnessstudio in der Stadt belegt habe, fühlte ich mich kompetent genug, diese kleine Demonstration anzuleiten.

Ich räuspere mich, wische meine verschwitzten Handflächen an meiner Shorts ab und lächle Stratford nervös zu. Er hat noch kein einziges Wort gesagt, seit Everett ihn hergebracht und ihm einen Sessel im hinteren Teil des Studios hingestellt hat. Mir wäre es viel lieber, er würde uns klipp und klar sagen, dass die Idee blöd ist, statt einfach nur dazusitzen und gar nichts zu sagen. Zumindest könnte er andeuten, ob die Idee vielleicht doch gut genug ist und er endlich davon überzeugt ist, dieses Camp finanziell zu unterstützen.

Es ist auch wenig hilfreich, dass Everett nur ein paar Schritte entfernt von Stratford dagestanden hat, an die Wand gelehnt und mit verschränkten Armen. Jedes Mal, wenn ich zu ihm hinsah, in der Hoffnung auf ein wenig stumme Ermutigung, wich er meinem Blick aus. Wenn er mir wenigstens irgendwie gezeigt hätte, dass ihm mein Outfit gefällt. So viel zu Amelias brillantem Vorschlag, ich solle diese Sachen anziehen, um eine Reaktion von ihm zu erhalten. Ich komme mir dumm vor und praktisch nackt, weil ich so viel Haut zeige. Und er lehnt da an der Wand und sieht fast gelangweilt aus. In seiner schwarzen Trainingshose und dem engen weißen T-Shirt, das über seinen Brust- und Armmuskeln spannt, und mit der umgedrehten Baseballkappe auf dem Kopf sieht er gelangweilt und sehr sexy aus.

»Ich nehme an, Sie haben den Eltern mehr anzubieten als Sportkurse«, sagt Stratford schließlich, ohne von seinem Mobiltelefon aufzublicken, auf das er wie wild eintippt.

»Ich, äh, eigentlich haben wir …«

»Sie haben gute Arbeit geleistet, Cameron. Aber ich würde diesmal gern die Antwort von Ihrem Mann hören. Er ist heute ungewöhnlich still«, unterbricht Stratford mein Gestammel und schaut dabei von seinem Telefon auf und zu Everett.

Mist. Mist, Mist, Mist.

Everett und ich haben in der vergangenen Woche viel geredet, aber ausgerechnet über Zukunftspläne für das Camp nicht. Es schien nicht nötig zu sein. Wie ich Amelia bereits gesagt habe, hat er sich perfekt hier eingefügt. Er weiß noch alles aus der Zeit, als er hier gearbeitet hat, er kennt die Geschichte des Camps und versteht die Verwaltung. Es gab also keinen Grund.

Everett sieht mich an, ich schaue panisch zurück, doch er stößt sich lässig von der Wand ab.

»Um ehrlich zu sein, Sir, überlege ich, einen weiteren Selbstverteidigungskurs anzubieten. Ich finde nicht nur, dass Erwachsene das lernen sollten, sondern auch ältere Kinder, die das Camp besuchen. Es würde ihr Selbstbewusstsein stärken. Sie würden sich wie Kämpfer fühlen, statt schwach und verängstigt«, erläutert Everett und kommt an meine Seite.

»Hmmm, das klingt gut. Zeigen Sie mir ein paar Sachen«, fordert Stratford ihn auf und wedelt dabei mit der Hand zwischen uns hin und her.

Wortlos tritt Everett hinter mich und presst sich an meinen Rücken. Ich spüre seine Wärme, atme den Duft seiner Haut ein, und mein Herz scheint einen Moment auszusetzen, als er meine Arme hebt und gegen meine Brust drückt.

Er senkt den Kopf so weit, bis sein Mund genau bei meinem Ohr ist.

»Mach einfach mit, und tu, was ich dir sage«, flüstert er mir ins Ohr. »Lass deine Arme, wo sie sind.« Sein warmer Atem streift mein Ohr, und ich bekomme Gänsehaut, obwohl ich vom Yoga noch erhitzt bin und schwitze.

Ich bringe kein Wort heraus. Ich kann nicht einmal nicken, als Zeichen, dass ich verstanden habe. Noch ehe ich den nächsten Atemzug tätigen kann, umschlingt Everett mich mit seinen starken Armen und drückt zu.

»Das nennt man die Bärenumarmung. Eine übliche Strategie, wenn ein Angreifer sich von hinten anschleicht«, erklärt Everett. »Man kann sich nur schwer daraus befreien, wenn der Angreifer größer ist als man selbst. Unmöglich ist es jedoch nicht.«

Bla, bla, bla. Das ist alles, was ich gerade höre. Ich kann mich nicht konzentrieren, wenn ich jeden Zentimeter von Everetts Körper an meinem spüre. Ich spüre seine Brustmuskeln an meinem Rücken und seinen Herzschlag. Mein Po schmiegt sich an seinen Unterleib, und ich muss mich schwer zusammenreißen, um mich nicht powackelnd an ihn zu drücken.

»Und jetzt heb die Hände, halte die Ellbogen in einem Neunzig-Grad-Winkel, die Handflächen nach oben.«

Ich schließe schon die Augen, als ich meinen Namen höre.

»Cam. Heb die Hände«, flüstert Everett mir ins Ohr.

Ich versuche, einen klaren Kopf zu bekommen und mich an die Anweisungen zu erinnern, die er mir gegeben hat. Leider habe ich keine Ahnung, was gerade vor sich geht, weil er mich mit seinen Berührungen und seinem Atem an meinem Ohr komplett ablenkt.

»Damit befreit man sich nicht, aber man erlangt Bewegungsfreiheit«, verkündet Everett, während ich meine Hände hebe und die Ellbogen beuge, wie er es mir erklärt hat.

»Als Nächstes stellst du deinen rechten Fuß zwischen meine Beine und hakst ihn hinter *meinen* rechten Fuß.«

Ich tue, was er sagt, presse dabei meinen Po noch fester an seinen Unterleib, und bringe auf diese Weise mein Bein in Position. In dem Moment spüre ich es und muss ein Stöhnen unterdrücken. Er ist hart. Und in der Trainingshose kann er das unmöglich verbergen. Am liebsten würde ich grinsen und einen Jubelruf ausstoßen, aber er macht strikt weiter mit seinen Anweisungen. Ohne zu stammeln, keine angespannte Atmung, keine zitternden Hände oder Arme, kein Verwirrtsein – alles Symptome, mit denen ich zu kämpfen habe. Absolut nichts, was darauf hindeutet, dass ich irgendeine Wirkung auf ihn habe. Ich bin total nervös und erregt, sodass ich mich kaum noch an meinen eigenen Namen erinnern kann, und er ist vollkommen ruhig. Er ist ein Mann. Ich bin eine Frau. Vermutlich würde er bei jeder anderen Frau genauso reagieren.

»Dann hebst du das Bein, das sich hinter meinem befindet, und rammst es mir in die Kniekehle, sodass ich das Gleichgewicht verliere. Dadurch lockert der Angreifer seinen Griff, und man kann sich befreien.«

Seine Ruhe ärgert mich dermaßen, dass er sich schon wegbewegt hat, ehe ich tun kann, was er gerade beschrieben hat – nämlich mein Knie gegen seine Kniekehle rammen und mich vielleicht umdrehen und ihm das Knie zwischen die Beine rammen, sicher ist sicher. Er verschränkt die Arme, und sein Gesicht zeigt nicht die leiseste Regung, als er anfängt, Stratford weitere Selbstverteidigungstricks zu verraten. Offenbar glaubt er, ich sei nicht in meinem Element, weil ich ihm die Führung überlassen habe.

Everett weiß ja nicht, dass ich zusammen mit Amelia seit zwei Jahren einen Selbstverteidigungskurs besuche.

Auf geht's.

24

Everett

Sie hat das alles nur gemacht, um mich zu quälen. Ich schwöre, jedes Mal, wenn sie sich vorbeugte, konnte ich sie fast lachen hören. Sie wusste ja, dass ich hier hinten im Raum stehe und mich nur mühsam beherrschen konnte. Ich habe die Zähne so fest zusammengebissen, während sie sich in allen erdenklichen Yoga-Positionen dehnte und streckte, dass sich ein pochender Kopfschmerz in meinen Schläfen bemerkbar machte. Von meiner Erektion ganz zu schweigen, für die ich bald einen Eisbeutel bräuchte.

Seit einer Woche helfe ich hier im Camp und mache all die Sachen, die ich vor meiner Zeit bei Ärzte ohne Grenzen gemacht habe. Ich füge mich nahtlos dort ein, wo ich aufgehört habe, und helfe, wo immer ich gebraucht werde. Es tat gut, dass Cameron von Zeit zu Zeit im Haupthaus verschwand, um das Spendendinner vorzubereiten, und mir genug vertraute, dass ich hier schon nichts vermasseln würde. Sie ließ mich allein mit Stratford und verließ sich darauf, dass ich alles richtig mache.

Mehrmals hat sie mich gefragt, ob ich mich um eine Stelle im städtischen Krankenhaus bewerben will, aber ich wich ihrer Frage scherzhaft aus mit der Bemerkung, ich hätte hier zu viel zu tun. Ich habe Anfragen der renommiertesten Krankenhäuser in der Gegend bekommen, die verzweifelt nach einem Arzt für die Leitung ihrer Unfallchirurgie suchen. Sie wissen, dass ich wegen meiner Auslandserfahrungen zu den Besten gehöre. Aber ich habe alle ignoriert, habe die Briefe in den Müll geworfen und die E-Mails gelöscht, sobald ich sie überflogen habe. Ich kann Cameron jetzt nicht die Wahrheit sagen: dass ich unendliche Angst davor habe, wieder Arzt zu sein. Dass ich mich davor fürchte, mit einem Patienten allein zu sein und innerhalb von Sekundenbruchteilen Entscheidungen treffen zu müssen, die sein Leben beenden oder retten können.

Es war leicht, diese anhaltenden Gefühle für sie zu verdrängen, solange wir beide viel um die Ohren hatten. Da konnte ich mich darauf beschränken, einfach ihr Freund zu sein, der ihr hilft, wo immer sie mich braucht. Geholfen hat auch, dass sie nie angedeutet hat, es könnte mehr zwischen uns sein. Stets bin ich derjenige, der mit dem Händchenhalten anfängt, den Berührungen und den kitschigen Tierkosenamen, wenn Stratford in der Nähe ist. Cameron macht nur mit, aber ich spüre ihre Anspannung, sobald ich sie anfasse. Die vergangene Nacht zählt nicht. Dass sie in meinen Armen aufgewacht ist und es sich absolut richtig anfühlte, soll nicht bedeuten, dass es hier um mehr geht. Vielmehr hat es damit zu tun, dass ich nach dem Albtraum nicht allein sein wollte. Wenn sie mir irgendwie zu verstehen gegeben hätte, dass es ihr gefällt, was ich tue, hätte ich nie und nimmer bei meinem Vorsatz bleiben können, ihr nur ein guter Freund zu sein.

Bis jetzt.

Bis sie in diesem Outfit hier hereinmarschierte, sich vorbeugte, ihren Hintern in die Luft reckte oder mit gespreizten Beinen am Boden saß und sich nach vorne lehnte, bis ihre Brüste den Boden berührten.

Plötzlich wurde es sehr warm in diesem Raum, und ich spürte, wie sich unter der Baseballkappe, die ich heute Morgen aufgesetzt habe, Schweißtropfen bildeten.

Als Stratford mich anschaute und fragte, welche Kurse wir

außer Sportkursen anbieten würden, bemerkte ich Camerons panische Miene. Also drückte ich mich von der Wand weg und eilte zu ihrer Rettung – mit der erstbesten Idee, die mir einfiel.

Als ich hinter ihr stand, die Arme um ihren Körper geschlungen, wurde mir klar, dass es nicht unbedingt die klügste Idee war, ausgerechnet Selbstverteidigungstechniken zu demonstrieren. Sobald ich sie an mich gedrückt hatte und ihren Po an meinem Unterleib spürte, erwachte mein Schwanz in meiner Hose zu neuem Leben. Ich musste mich schwer zusammenreißen, um ruhig und normal weiterzusprechen. Meine gesamte Willenskraft war nötig, um so tun zu können, als würde der Umstand, sie in meinen Armen zu halten, den Duft ihrer Haut einzuatmen und die Hitze ihres Körpers zu spüren, in mir nicht das Verlangen wecken, sie auf den Boden zu werfen und sie zu nehmen. Als sie dann noch ihr Bein zwischen meine schob und den Fuß hinter meinen hakte, rieb sich ihr Hintern an meinem harten Schwanz, und mir kullerten fast die Augäpfel in den Hinterkopf.

Sobald ich die Bärenumarmung gezeigt habe, lasse ich sie los und weiche schnell zurück, ehe ich noch wie ein verdammter Teenager in meine Hose komme. Ich erkläre Stratford weitere Griffe.

»Wir könnten einige Kurse für Eltern und Teenager gemeinsam anbieten, damit sie Zeit zusammen verbringen können«, beende ich meine Erläuterungen und atme leise aus, während ich im Stillen bis zehn zähle und nicht mehr an die halbnackte Frau in meinen Armen zu denken versuche.

Mein Hirn ist gerade wieder auf Spur, als mich etwas gegen die Knöchel trifft. Ich bin so überrascht, dass es mir glatt die Beine weghaut, und ich falle, wild mit den Armen rudernd, bis ich auf dem Rücken lande. Die Luft entweicht meinen Lungen, und die Baseballkappe fliegt mir vom Kopf. Ehe ich zu Atem komme oder begreife, was zum Teufel eigentlich passiert ist, registriere ich schockiert, dass Cameron rittlings auf meinen Oberschenkeln sitzt.

Sie fasst meine Handgelenke und reißt mir die Arme hoch, um sie über meinem Kopf auf den Boden zu knallen. In dieser vorgebeugten Position starre ich in ihren tiefen Ausschnitt, der sich direkt vor meinem Gesicht befindet. Die Versuchung, den Kopf zu heben und mit der Zunge hineinzufahren, ist so groß, dass ich mir auf die Zunge beiße, bis ich Blut schmecke.

Cameron schaut grinsend zu ihrem Publikum, meine Handgelenke weiterhin fest im Griff.

»Und das nennen wir einen Beinwurf. Ein bisschen fortgeschrittener als die Bärenumarmung, aber es macht Spaß, ihn zu üben«, verkündet sie.

Die Anwesenden applaudieren begeistert, und aus dem Augenwinkel erkenne ich, dass Amelia und einige Mitarbeiter sich um Stratford versammelt haben. Sie erzählen ihm mehr über Selbstverteidigung und betonen, wie gut diese Kurse für das Camp wären.

Cameron dreht ihr Gesicht langsam wieder mir zu, und ihre Brust hebt und senkt sich von der Anstrengung, die es sie gekostet hat, mich auf den Rücken zu werfen.

Ich würde sie gern fragen, wo zur Hölle sie solche Griffe gelernt hat. Ich bin über einsfünfundachtzig und wiege neunzig Kilo. Dennoch hat sie mich von den Beinen geholt, als wäre ich leicht wie eine Feder. Ich sollte verärgert sein, dass sie mir überlegen ist, aber ich finde, es ist das Aufregendste, was ich je gesehen habe.

Vor allem aber will ich meine Handgelenke aus ihrem Griff befreien, um meine Hände an ihren Schenkeln hinaufgleiten zu lassen, ihre Hüften zu packen und sie fester an mich zu drücken, wie sie da rittlings auf mir sitzt. Ich will ihr zeigen, wie sehr sie mich erregt. Sie soll wissen, dass es immer nur sie gewesen ist und immer sein wird.

Langsam löst sie ihre Hände, lässt sie über meine Unterarme streichen und über meine Brust, während sie sich aufrichtet, nach wie vor auf mir sitzend. In meinem Kopf entstehen lauter neue Fantasien, zum Beispiel, wie sie dabei nackt aussehen würde.

Zum ersten Mal hält sie Blickkontakt, statt nervös wegzuschauen. Ihre Zunge gleitet über ihre volle, sinnliche Unterlippe, dann beißt sie darauf. In ihren wunderschönen grünen Augen liegt ein herausfordernder Ausdruck, den ich nie zuvor darin gesehen habe. Den zu sehen ich mir auch nie erträumt hätte. Mein Herz schlägt schneller.

Wortlos drückt sie sich an meiner Brust ab und schwingt ihr Bein über meine und steht rasch auf.

»Ich habe noch Arbeit zu erledigen. Wir sehen uns beim Abendessen, Schatz«, sagt sie über mir stehend, laut genug, dass Stratford es hört. Dann geht sie davon.

Ich starre ihr hinterher, beobachte den Schwung ihres Pos und ihres Pferdeschwanzes, bis mir etwas die Sicht versperrt.

Verärgert schaue ich auf und entdecke Jason, der über mir steht und mir amüsiert die Hand hinstreckt. Genervt schlage ich sie weg, drehe mich auf den Bauch und stemme mich hoch. Ich klopfe mir imaginären Staub von der Hose, damit ich etwas anderes zu tun habe, als mir das zufriedene Grinsen meines Bruders anzuschauen.

»Oh, wie der Mächtige gefallen ist«, meint Jason lachend.

»Hau ab«, murmele ich und ramme ihn mit der Schulter im Vorbeigehen. Ich muss mich irgendwo verkriechen bis zum Abendessen, um meine Gedanken zu ordnen.

So viel dazu, dass Cameron mir nie einen Hinweis darauf gegeben hat, sie könnte mehr von mir wollen. Wenn sie mich herausfordern will, und es sah ganz danach aus, als sie sich mit der Zunge über die Unterlippe fuhr und sich massig Zeit beim Aufstehen ließ, dann soll es mir recht sein.

Los geht's, verdammt.

25

Cameron

Amelia hatte recht.

Everett ist die beste Ablenkung, die es gibt. Der Stress, mit dem ich seit Monaten lebe, weil das Camp möglicherweise geschlossen werden muss, fällt von mir ab. In den letzten Tagen habe ich nicht einmal daran gedacht. Ich hatte keine akuten Weinkrämpfe mehr und habe besser geschlafen denn je. Und das, obwohl Everett im Wohnzimmer schläft und mir immer noch zu nah ist. Auch bin ich nicht mehr mitten in der Nacht aufgewacht, weil ich Aiden so schmerzlich vermisse. Alles, woran ich denken kann, alles, worauf ich mich konzentrieren kann, ist, meinen besten Freund irgendwie zu durchschauen.

Seit der Selbstverteidigungslektion, bei der ich Amelias Rat beherzigte und beschloss, die Sache ein bisschen anzuheizen und mal zu sehen, wie Everett reagiert, tat er genau das Gegenteil von dem, was ich erwartet hatte. Er lachte nicht und fragte mich auch nicht, was zur Hölle ich da eigentlich machte. Er sah mich auch nicht an, als hätte ich den Verstand verloren. Stattdessen spielte er mit und hielt dagegen, bis mir der Kopf schwirrte vor lauter Möglichkeiten und dem Bedürfnis nach mehr.

Vor zwei Tagen fuhren wir mit Quads in ein Wandergebiet, um die Wege zu überprüfen. Blöderweise achtete ich nicht darauf, wie viel Sprit meines noch hatte, sodass es auf der Hälfte des Rückweges zum Schuppen, in dem wir diese Fahrzeuge und Golfcarts aufbewahren, liegen blieb. Ich hatte keine andere Wahl, als bei Everett aufzusteigen, meine Schenkel an seine zu drücken, mich mit der Brust an ihn zu lehnen und meine Arme fest um seine Taille zu schlingen. Ich schloss die Augen und legte die Wange an seinen Rücken. Eine Hand legte ich flach auf seine festen Brustmuskeln, die andere gefährlich tief auf seinen Bauch. Ich konnte fühlen, wie seine Muskeln sich anspannten und er tief einatmete, als ich meine Hand nach unten wandern ließ.

Er rächte sich, indem er mir gestern zeigte, wie man mit Gangschaltung fährt. Das wollte ich schon lernen, seit wir hier im Camp einen Pick-up mit manuellem Schaltgetriebe haben, für Notfälle, nur bin ich bisher noch nicht dazu gekommen. Ich weiß nicht mehr, wie oft ich das verdammte Dinge abgewürgt habe, aber nicht, weil ich Everetts Anweisungen nicht verstanden hätte. Es lag nur daran, dass er auf der vorderen Sitzbank so dicht bei mir saß, den Arm hinter mir auf der Lehne abgelegt. Ich konnte sein Duschgel riechen und seinen Atem seitlich am Hals spüren, während er mir geduldig erklärte, was ich tun sollte. Als er seine freie Hand auf meine legte, die auf dem Schaltknüppel ruhte, würgte ich den Motor ab. Als er seine Hand auf meinen nackten Oberschenkel legte und sie langsam zu meinem Knie hinunterschob, während er mir erklärte, wie viel Gas ich geben sollte, wenn ich die Kupplung kommen lasse, würgte ich den Motor ab.

Etwas an Everett hat sich verändert. Wenn er mich ansieht, ist sein Blick intensiver. Er hält Blickkontakt, bis ich wegschaue, weil es gleichzeitig zu viel und einfach nicht genug ist.

Ich möchte ihn fragen, was denn eigentlich los ist, aber ich tue es nicht. Ich will ihn fragen, warum er mich ansieht, als begehre er mich und könne sich nur mühsam zurückhalten, aber ich kann nicht. Was auch immer da zwischen uns vorgeht, ich habe Angst, es laut auszusprechen. Ich habe das Gefühl, in einer Blase aus Lust und Verlangen zu schweben, und wenn ich anfange, darüber zu sprechen, würde sie platzen, als habe jemand mit einer Nadel hineingepikt. Und dann lande ich unsanft wieder auf dem Boden.

Noch bin ich nicht bereit, hart auf dem Boden der Tatsachen zu landen. Ich will noch gar nicht so genau wissen, warum Everett mich plötzlich ansieht, als könne er nicht genug von mir bekommen, als könne er nicht aufhören, mich zu berühren, und als sei er ständig kurz davor, mich zu packen und seinen Mund auf meinen zu drücken.

Ich will nicht wissen, ob er das nur wegen Stratford macht, denn das Spendendinner rückt immer näher, und unsere Frist, ihn davon zu überzeugen, dass dieses Camp von einem glücklich verheirateten Paar geleitet wird, läuft langsam aus. Es spielt gar keine Rolle, dass die Hälfte der Dinge, die er tut und die mich verrückt machen, dann geschehen, wenn Stratford nirgends zu sehen ist. Vielleicht denkt er, wir müssten dieses Theater auch aufrechterhalten, wenn wir allein sind, damit wir auf Stratford umso glaubwürdiger wirken. Ich will auch gar nicht erfahren, ob er mich nicht vielleicht nur zur eigenen Zerstreuung benutzt. Vielleicht versucht er so, zu vergessen, was er im Ausland erlebt und gesehen hat – wie in jener Nacht, als er von einem Albtraum gepeinigt aufgewacht war und mich gebeten hatte, mich zu ihm zu legen. Und zu verdrängen, dass er nicht bei Aidens Beerdigung war. Vielleicht flirtet er mit mir und spielt mit meinen Gefühlen, ohne sich dessen überhaupt bewusst zu sein. Damit er nicht wieder zur Flasche greift.

Traurig daran ist, dass ich durchaus Verständnis dafür hätte, wenn es so wäre. Ich würde es verstehen und würde ihn tun lassen, was immer auch nötig ist, um seinen Schmerz und seine Schuldgefühle zu lindern, ganz gleich, was das mit mir macht.

Ich bin noch nicht bereit, die Blase platzen zu lassen. Ich bin noch nicht bereit für die schmerzhafte Landung. Er ist glücklicher, als ich ihn je erlebt habe. Sein Lächeln ist unbeschwerter, er lacht lauter, sein Gesicht ist nicht mehr von Sorgen zerfurcht. Und er starrt nicht mehr geistesabwesend in die Ferne, gefangen von seinen Erinnerungen und dem Schmerz. Er flirtet und scherzt und gibt mir Kontra.

Das gönne ich ihm so sehr. Das habe ich mir schon immer für ihn gewünscht. Ich will diejenige sein, die ihn glücklich macht, egal, was es kostet, und jetzt, wo es so aussieht, als hätte ich das geschafft, habe ich keine Eile, alles wieder zu ruinieren, indem ich meine Unsicherheiten in Worte fasse.

»Wenn er sein T-Shirt auszieht und ins Wasser springt, prügle ich mich vielleicht mit dir um ihn«, flüstert Amelia, die sich auf dem Steg neben mich stellt. Gemeinsam blicken wir auf den kleinen Strand, der den See umgibt.

Everett steht im Sand, die Arme verschränkt, und nickt zu etwas, das der Rettungsschwimmer sagt. Seine Badeshorts betont seinen fantastischen Hintern, und das Camp-Rylan-T-Shirt spannt über seinen Brust- und Rückenmuskeln, und meine Finger kribbeln bei der Erinnerung daran, wie ich meine Arme um diesen Körper geschlungen, meine Hände auf diese Brust gepresst habe.

Obwohl Freitag ist und wir für gewöhnlich keine Camp-Gäste unter der Woche haben, bis die Sommersaison losgeht, öffnen wir das Camp einmal im Monat für Kinder, die noch nie hier waren. Dies gibt ihnen die Möglichkeit, sich einen Eindruck von einem Aufenthalt in Camp Rylan zu verschaffen. Wahrscheinlich hätte ich den Probetag in diesem Monat verschieben sollen, da er am Tag vor dem Spendendinner stattfindet. Aber als mir das auffiel, war es schon zu spät. Ich habe noch tausend Sachen für das Dinner zu erledigen. Hinzu kommt meine Angst, weil nicht mehr viel Zeit bleibt, um

Stratford davon zu überzeugen, dass Everett und ich uns lieben. Dennoch stehe ich nun hier auf dem Steg, gaffe Everett an und wünsche mir im Stillen, dass er sein T-Shirt auszieht, genau wie Amelia gesagt hat.

Um seine Idee, das Selbstwertgefühl der Kinder zu steigern, noch zu erweitern, fand Everett, wir sollten es mal mit einem Reanimationskurs versuchen. Da könnten die älteren lernen, einen Ertrinkenden zu retten. Stratford sitzt auf einem Stuhl, einige Meter von Everett und den zwanzig Kursteilnehmern entfernt, und hält einen Schirm über seinen Kopf, während er das Geschehen beobachtet. Zweimal habe ich ihn beinah lächeln sehen, also scheint es eine gute Idee gewesen zu sein.

»Was zur Hölle machen wir bloß?«, murmele ich, unfähig, den Blick von Everett zu lösen, als er sich von der Gruppe abwendet und über den Strand auf den Anleger zukommt, auf dem wir stehen.

»Ich weiß nicht, was du tust, aber ich träume gerade davon, dass dieser Mann sein T-Shirt auszieht«, erwidert Amelia.

»Ich meinte nicht dich und mich, sondern mich und *ihn*«, erkläre ich und deute mit dem Kopf in Everetts Richtung.

»Na ja, du bringst endlich Bewegung in diese Sache, und es wurde ja auch Zeit. Ich kann nicht glauben, all die Jahre gedacht zu haben, dass du und Aiden füreinander gemacht wäret. Ein Blick auf dich und Everett reichte mir, um zu erkennen, wie sehr ich mich irrte. Wie kommt es, dass es niemand sonst gesehen hat?«

»Den besten Freund zu wollen, ist niemals gut. Das führt nur zu Chaos und Komplikationen«, argumentiere ich, obwohl ich weiß, dass es eine Lüge ist.

Das, was ich mit Aiden hatte, mag bequemer gewesen sein und sicherer als elektrisierende Begierde und Verlangen, wie ich es für Everett empfinde. Aber chaotisch und kompliziert war es nie.

»Nein, genau so sollte es sein. Als dein engster Freund kennt er dich besser als jeder andere. Er kennt deine Macken und will trotzdem mit dir zusammen sein. Er ist die Person, die an dich glaubt und dich unterstützt und stets zu dir hält. Man muss sich nicht erst groß kennenlernen, weil man bereits alles weiß, was es zu wissen gibt. Du musst nur aufhören, Angst zu haben.«

Amelia drückt meinen Arm, bevor sie den Steg entlanggeht und Everett im Vorbeigehen salutiert, der jetzt auf mich zukommt. Ich muss mir ein Lachen verkneifen, als sie sich hinter ihm umdreht, Greifbewegungen mit ihren Fingern macht, als würde sie seinen Po anfassen wollen, und sich dann Luft zufächelt.

Everett sieht, dass ich ein Grinsen zu verbergen versuche, und schaut über seine Schulter.

»Was ist denn so lustig?«

Amelia lässt die Hände sinken, nickt ihm ernst zu und geht davon.

»Ach, nur meine Freundin, die sich idiotisch benimmt. Bist du bereit für das da?«, frage ich, als er mich ansieht.

»Ob ich bereit bin, eine ertrinkende Lady zu retten und den Kindern zu zeigen, wie das gemacht wird? Absolut.« Er grinst mich an.

Ich stemme die Hände in die Hüften. »Ich werde bestimmt keine ertrinkende Lady spielen. Du spielst den Ertrinkenden, und ich rette *dich*.«

»Wenn ihr zwei dann so weit seid, kommt rüber!«

Everett und ich drehen uns beide um, als der Rettungsschwimmer vom Strand ruft und uns zuwinkt.

»Du solltest dich lieber beeilen und ins Wasser springen, damit ich dich retten kann. Es ist fast Mittag, und diese Teenager werden rebellieren, wenn wir ihnen nichts zu essen geben«, sagt Everett und schaut mich amüsiert an.

»Nein, *du* springst ins Wasser, damit ich *dich* retten kann.«

»Würdest du bitte aufhören, so störrisch zu sein«, sagt er und schüttelt den Kopf.

»Ich bin nicht störrisch. *Du* bist störrisch. Geh ins Wasser.«

»Du hast fünf Sekunden, sonst werfe ich dich rein«, droht er und macht einen Schritt auf mich zu, während er den Countdown beginnt. »Fünf, vier …«

»Das wagst du nicht! Du kannst mich nicht ins Wasser werfen, wenn ich noch angezogen bin«, entgegne ich.

»Drei … Du trägst unter dem Hemd und den Shorts einen Bikini. Schade, dass ich schon bei drei bin, denn ich hätte gern dabei zugesehen, wie du schön langsam deine Sachen ausziehst.«

Der glühende Ausdruck in seinen Augen, mit dem er mich von oben bis unten betrachtet, lässt mich beinah vergessen, dass ich sauer bin.

»Everett …«

Ich versuche, seinen Namen knurrend auszusprechen, doch was dabei herauskommt, ist eher ein erbärmliches Quieken, denn inzwischen liegen seine Hände am Saum meines Trägerhemds. Seine Fingerspitzen berühren meinen Bauch, als er das Hemd langsam hochzieht.

»Zwei«, flüstert er, ohne mich auch nur für eine Sekunde aus den Augen zu lassen. Ich vergesse die Camp-Besucher, die in einiger Entfernung warten und uns beobachten.

Mein Herz pocht wie wild, denn er zieht mir tatsächlich das Trägerhemd über den Kopf. Dabei hält er kurz inne. Seine Hände liegen auf meinen Rippen, während er mit den Daumen die Unterseite meiner Brüste streichelt.

Ich halte die Luft an, als ich zu ihm aufschaue und sehe, wie sein Blick zu meinen Lippen hinabwandert. Unwillkürlich lehne ich mich nach vorn und stelle mich auf die Zehenspitzen, sodass mein Mund sich vor seinem befindet. Ich will seine

Lippen auf meinen spüren. Ich will, dass er seine Hände höher schiebt, bis sie meine Brüste umfassen.

Ich schließe die Augen, während mir all diese Dinge, die ich will und brauche, durch den Kopf wirbeln.

»Eins.«

Mir bleibt nicht einmal Zeit, die Augen zu öffnen. Plötzlich sind Everetts Hände weg, und im nächsten Moment falle ich rückwärts in das kalte Wasser des Sees. Der Schock währt nur kurz, denn ich bewege meine Arme und Beine sofort, um mich an die Oberfläche zu bringen, bereit, jeden nur erdenklichen Fluch auszustoßen, sobald ich auftauche.

Ich höre ein lautes Platschen. Im nächsten Augenblick legt Everett den Arm von hinten um meine Taille und zieht mich an die Wasseroberfläche. An diesem Punkt hat mein Fluchtinstinkt eingesetzt, und gekoppelt mit meinem Ärger darüber, dass Everett mich in den See geschubst hat, befeuert er meinen Widerstand. Ich kratze seinen Arm und trete nach hinten, in der Hoffnung, ihn irgendwie zu erwischen.

Mein Kopf taucht aus dem Wasser auf, und ich atme tief ein. Dabei lasse ich von seinem Arm kurz ab, um mir die nassen Haare aus dem Gesicht zu streichen.

»Ich kann es nicht fassen, dass du mich hineingestoßen hast!«, schreie ich und versuche, mich tretend und um mich schlagend aus seinem Griff zu befreien.

Everett sagt kein Wort, sondern hält mich nur fester, während er mit mir zusammen auf das Ufer zuschwimmt. Er grunzt und flucht, weil ich ihm den Ellbogen gegen die Brust ramme. Aus dem Augenwinkel sehe ich die Camp-Besucher alle am Strand versammelt, von wo aus sie beobachten, wie Everett mich an Land schleppt. Mir wird klar, dass ich es ihm mit meinem Widerstand extrem schwer mache, statt bei dieser Übung mitzumachen.

Dem Camp zuliebe gebe ich den Kampf auf, mache mich

schlaff und beschimpfe ihn stattdessen nur in Gedanken, damit ich mich wenigstens ein bisschen besser fühle. Endlich gelingt es ihm, mit mir das Ufer zu erreichen, wo ich auf dem Rücken in den Sand gelegt werde.

Ich schließe die Augen, um nicht in Versuchung zu geraten, ihm eine reinzuhauen, sobald ich sein Gesicht sehe. Er schiebt seine Hände unter meine Arme und zieht mich schnell vom Ufer weg.

»Nachdem ihr die ertrinkende Person aus dem Wasser geholt habt, kniet ihr euch neben ihren Kopf und legt euer Ohr an Mund und Nase, um zu überprüfen, ob die Person noch atmet«, erklärt unser Rettungsschwimmer.

Wassertropfen fallen von Everett auf mich herunter, als er sich über mich beugt und den Anweisungen des Rettungsschwimmers folgt.

»Wenn die Person nicht atmet, fühlt ihr den Puls, indem ihr zwei Finger unter das Kinn der Person legt, genau auf den Druckpunkt.«

Hinter den Lidern sehe ich, wie sich Everetts Schatten entfernt. Er legt zwei Finger auf meine Halsschlagader, wo mein Puls kräftig und gleichmäßig ist.

»Könnt ihr keinen Puls feststellen, beginnt ihr mit der Reanimation«, erklärt der Rettungsschwimmer und zählt die einzelnen Schritte auf, die Everett ausführt.

Ich fühle, wie er sanft seine Hände zwischen meine Brüste legt. Seine Finger ruhen sehr dicht bei meinen Brustwarzen, und ich bin froh, dass er nicht mehr meinen Puls fühlt, sonst würde er noch besser merken, wie schnell mein Herz jetzt schlägt.

Während der Rettungsschwimmer allen erklärt, wie man den Kopf des Verunglückten nach hinten legt und den Mund luftdicht auf den seinen presst, halte ich den Atem an, in der Erwartung, Everetts Lippen jeden Moment auf meinen zu spüren.

Ich öffne die Augen einen Spaltbreit und sehe Everetts Kopf über mir, der sich langsam zu mir heruntersenkt. Ich teile die Lippen, als sein Mund nur noch einen Zentimeter von meinem entfernt ist. Seine Finger liegen auf meinem Kinn, und dann kann ich auch schon seinen Atem auf meinem Gesicht spüren. In meinem Bauch kribbelt es, und meine Haut fängt an zu prickeln. Seine Lippen befinden sich direkt über meinen. Ich muss nur den Kopf ein wenig zurücklegen, dann ist sein Mund endlich auf meinem. Nie habe ich mich nach etwas mehr gesehnt. Nie habe ich etwas mehr gebraucht.

»Und so funktioniert die Reanimation!«, verkündet der Rettungsschwimmer plötzlich, sodass ich die Augen erschrocken ganz öffne.

Everett richtet sich rasch wieder auf und streicht sich durch die nassen Haare. Er lächelt den Kindern zu, die applaudieren und jubeln.

Dann steht er auf und hilft dem Rettungsschwimmer, Paare zu bilden, damit sie üben können, sich gegenseitig aus dem Wasser zu ziehen und die Wiederbelebung korrekt durchzuführen. Mein Herz pocht noch immer wie verrückt, und meine Lippen sehnen sich nach Everetts. Ich kann mich nicht aufraffen und bleibe einfach im Sand liegen, von wo aus ich beobachte, wie er den Kindern Instruktionen gibt, als wäre überhaupt nichts geschehen. Als hätte er seinen Mund nicht gerade um ein Haar auf meinen gedrückt.

»Ist es heiß hier draußen, oder empfinde nur ich das so?«, meint Amelia, die neben mir im Sand in die Hocke geht. »Für einen Moment dachte ich, du schlingst ihm die Arme um den Nacken und zerrst ihn zu dir herunter. Fast hätte ich mich hinter ihn gestellt und seinen Kopf für dich heruntergedrückt.«

Sie umfasst meinen Arm und zieht mich in eine sitzende Position hoch.

»Siehst du? Chaotisch und kompliziert«, beschwere ich mich und rappele mich hoch. »Ich hätte beinah vergessen, dass hier noch andere Leute sind. Dass Kinder hier sind.«

Verärgert reibe ich mir den Sand von den Armen und Beinen. Es macht mich wütend, dass Everett es mit einer simplen Wiederbelebungsübung schafft, mir den Verstand zu rauben.

»Sorry, versuch es noch mal. Ist doch nichts passiert, außer dass dein Hintern sandig ist. In gewisser Hinsicht sind Beziehungen immer kompliziert. Das bleibt auch dir nicht erspart. Es kommt eben darauf an, wie man mit den bedeutenden Komplikationen umgeht. Also, was wirst du tun, Cameron?«

Ich schaue über die Schulter zu Everett, und prompt verschwindet meine Wut, als ich ihn mit einigen Kindern herumalbern sehe. Die Mauern um mein Herz bekommen Risse und zerbersten in tausend Stücke.

Everett stellt seit jeher eine Komplikation dar, um die es sich zu kämpfen lohnt; ich hatte nur nie den Mut, es auch zu tun. Ich habe keine Ahnung, ob dieser Kampf sich am Ende lohnen wird. Aber ich werde es nie erfahren, wenn ich es nicht versuche.

26

Everett

Noch nie war ich so fertig und angespannt wie in dieser Woche. Jedes Mal, wenn Cameron mich ansieht, jedes Mal, wenn sie mich berührt, jedes Mal, wenn sie in meiner Nähe ist, will ich jede Grenze überschreiten, die ich zwischen uns einst gezogen habe.

Fast hätte ich sie vor allen anderen auf diesem Steg geküsst. Ich wollte sie gar nicht ins Wasser werfen. Aber sie war stur, und ich wollte sie herausfordern. Wollte sehen, wie sich ihre Brust vor Zorn mit jedem Atemzug hebt und senkt und wie sich ihre Wangen röten. Ich wollte wirklich ins Wasser springen und mich von ihr retten lassen. Doch dann lagen meine Hände auf ihrem Körper, und ich machte diese Bemerkung, dass ich zusehen wolle, wie sie sich langsam auszieht, und sie kam näher, schloss die Augen, hob das Kinn, und ich vergaß fast, wo ich mich befand. Um ein Haar hätte ich meine Lippen auf ihre gedrückt und sie endlich geküsst. Ich kam zur Besinnung, als mein Mund schon dicht vor ihrem war, und dann schubste ich sie lieber ins Wasser, ehe ich etwas Dummes tun konnte.

Tja, und jetzt bezahle ich dafür. Seit der Reanimationsübung am See ignoriert sie mich. Ich möchte ihr sagen, dass es mir leidtut, sie ins Wasser gestoßen und wütend gemacht zu haben. Andererseits tut es mir auch nicht leid. Ihr ins kalte

Wasser hinterherzuspringen, hat mich so weit abgekühlt, dass ich eine Weile an etwas anderes denken konnte, als daran, sie zu küssen.

Ich sitze an einem der runden Tische unter dem Zelt, das heute Morgen für das Spendendinner aufgebaut worden ist, und beobachte Cameron, die mit einem Angestellten spricht, der für die morgige Veranstaltung verantwortlich ist. Sie ist so wunderschön, dass ich am liebsten zu ihr gehen und sie in meine Arme schließen will. Ihr gestehen möchte, dass diese Neckereien und Berührungen der letzten Tage mich in den Wahnsinn treiben. Ich weiß nicht, was da zwischen uns vorgeht, aber irgendetwas hat sich verändert. Etwas hat sich verschoben. Das begeistert mich und macht mir gleichzeitig Angst. Wir haben aufgehört, Stratford etwas vorzuspielen, und auf einmal wurde alles ganz real. Ich kann es in ihren Augen sehen, ich kann es spüren, sobald sie in meiner Nähe ist. Ich will ihr sagen, wie ich empfinde. Wie ich schon immer empfunden habe. Ich will alle Vorsicht in den Wind schlagen und ihr die Augen dafür öffnen, dass es schon immer sie gewesen ist und immer sein wird. Nur weiß ich im Augenblick selbst nicht genau, wie ich das versuchen und artikulieren soll. Ich habe meine Gefühle für Cameron verdrängt und meine Liebe für sie so tief in mir vergraben, dass ich wusste, ich würde sie nie wieder hervorholen können und nie wieder in Versuchung geraten. Jetzt aber so viel Zeit mit Cameron zu verbringen, ihr nahe zu sein und in ihren Augen etwas Ähnliches zu sehen, wenn sie mich anblickt, hat zur Folge, dass diese alten Gefühle unweigerlich wieder an die Oberfläche kommen, auch wenn ich mich noch so dagegen sträube.

Ich beobachte Cameron weiter, wie sie auf der anderen Seite des Zeltes dem Mitarbeiter Anweisungen gibt, wohin er was zu stellen hat. Nach unserem Sprung in den See ging sie ins Gästehaus, um sich trockene Sachen anzuziehen. Sie sieht hinreißend aus in dem hellblauen trägerlosen Sommerkleid, das ihre Figur betont und bis zum Boden fällt, mit den blonden Haaren, die jetzt gewellt sind, weil sie an der Luft getrocknet sind, und dem ungeschminkten Gesicht. Sie anzusehen, schnürt mir die Brust zusammen. Ich frage mich, warum ich so verdammt lange damit gewartet habe, etwas zu sagen. Sie ist der wichtigste Mensch in meinem Leben, und ich wollte nie unsere Freundschaft aufs Spiel setzen. Aber ich kann so nicht weitermachen. Ich kann nicht länger so tun, als seien das Flirten und die Neckereien bloß ein harmloser Spaß.

Endlich wendet Cameron sich von dem Mitarbeiter ab. Unsere Blicke treffen sich. Ich sehe, wie sie tief Luft holt, sich langsam von ihrem Platz erhebt und auf mich zukommt. Ich zwinge mich, ihr entgegenzugehen, bis wir einander gegenüberstehen.

»Sieht aus, als laufe es ganz gut«, sage ich, denn ich registriere ihre Nervosität, mit der sie den Blick durch das Zelt schweifen lässt und die Angestellten beobachtet, die die Tische und Stühle aufstellen. Ich bemühe mich jedenfalls, nichts zu tun, was ihren Stress verstärken könnte.

»Es gibt immer noch so viel zu tun, dass sich mir der Kopf dreht«, bemerkt sie seufzend und sieht mich wieder an. »Als ich mich umgezogen habe, erhielt ich eine E-Mail von Stratford. Er will sich hier mit uns treffen. Ich glaube, er hat eine Entscheidung getroffen. Und ich glaube, ich muss mich vielleicht übergeben.«

Ich sehe sie lächelnd an, lege meine Hände an ihren Hals und hebe ihr mit den Daumen ein wenig das Kinn an, damit ich ihr in die Augen sehen kann.

»Alles wird gut. Das verspreche ich dir. Sollte er beschließen, dem Camp kein Geld zu geben, werden wir einen anderen Weg finden. Ich werde nicht zulassen, dass du das Camp verlierst«, versichere ich ihr mit sanfter Stimme.

»Everett.«

Sie flüstert meinen Namen und schließt für einen kurzen Moment die Augen, ehe sie wieder in meine blickt. Sie öffnet den Mund, um noch etwas zu sagen, doch dann taucht Amelia auf.

»Na schön, ihr zwei. Die Lautsprecheranlage ist angeschlossen, und ich habe mein Smartphone damit verbunden, damit ich zum Testen Musik abspielen kann. Aber dafür brauche ich deine Unterstützung«, erklärt sie.

Ich betrachte Cameron weiterhin, während sie den Kopf dreht und Amelia ansieht.

»Ich muss den Caterer anrufen. Ich glaube nicht, dass du meine Unterstützung brauchst, um Musik zu hören«, sagt Cameron, während ich die zarte Haut ihres Halses los- und die Hände sinken lasse.

»Oh, dabei brauche ich deine Hilfe auch nicht. Ich brauche deine Hilfe beim Testen der Tanzfläche, auf der ihr gerade steht«, verkündet Amelia breit lächelnd.

Cameron und ich schauen nach unten. Wir stehen tatsächlich auf einer Holzfläche, die, wie ich gesehen habe, von Angestellten in der letzten Stunde wie Puzzleteile zusammengesetzt wurde.

Amelia zieht ihr Handy aus der Tasche ihrer Shorts, tippt ein paarmal aufs Display, und Sekunden später hallt der Klang einer Gitarre durch das Zelt, dazu die Stimme Niall Horans, der »This Town« singt.

Einen passenderen Song hätte sie nicht auswählen können, und dem Augenzwinkern nach zu urteilen, das sie uns zuwirft, bevor sie sich umdreht und weggeht, weiß Amelia das auch. Cameron macht mich immer noch nervös, sobald sie einen Raum betritt, genau wie damals, als wir noch Teenager waren. Ich will ihr alles sagen, was ich ihr verschwiegen habe, als wir jünger waren. Wie es in dem Song heißt: Ich weiß, es ist falsch, aber so kann ich nicht weitermachen. Alles läuft immer wieder auf sie hinaus.

Ich halte ihr die Hand hin, und Cameron wirft schnell einen Blick darauf, dann schaut sie mich an. Ihre zarte Hand gleitet in meine. Ich ziehe Cameron an mich und hebe unsere Hände an meine Brust. Sie legt die freie Hand auf meine Schulter, und ich lege ihr den Arm um die Taille.

Sie passt so perfekt in meine Arme, ihr Körper gleitet an meinem entlang, als sie sich auf die Zehenspitzen stellt und ihr Gesicht in meine Halsbeuge schmiegt. Ich spüre ihren warmen Atem an meiner Haut, während ich mich langsam zur Musik wiege und sie am liebsten nie wieder loslassen möchte.

»Ich war hier nicht glücklich«, platzt sie heraus, und ihre Wange streift meine, als sie den Kopf hebt, um mich anzusehen.

Sie schließt die Augen für einen Moment, und ich betrachte sie verwirrt. Als sie die Augen wieder öffnet, wandert ihr Blick zwischen meinen Augen und meinem Mund hin und her. Ich sehe, wie sie ihre Lippen mit der Zungenspitze befeuchtet, ehe sie weiterspricht.

»Ich liebe dieses Camp, mehr als alles auf der Welt, aber es macht mich nicht mehr glücklich«, flüstert sie. »Ich fing an, mich zu fragen, ob es tatsächlich das ist, was ich mit meinem Leben anfangen will. Ich fing an, alles infrage zu stellen, was ich je gewollt zu haben glaubte.«

Ihre Hände gleiten über meine Schultern zu meinem Nacken, und ich umfasse ihre Taille fester mit meinem Arm. Ich halte sie so fest es geht, und wir bewegen uns jetzt kaum noch, während der Song weiterläuft, und jedes Wort, das dieser Typ singt, spricht mir aus dem Herzen.

»Mir ist etwas klar geworden, seit du wieder hier bist«, fährt sie fort und legt ihr Gesicht an meines, sodass ihre Lippen dicht an meinem Ohr sind. »Alles war falsch, solange du weg warst. Ohne dich ergab hier nichts mehr einen Sinn. Ich wusste nicht, wie ich ohne dich glücklich sein soll. Ich wusste nicht, wie ich ohne dich *leben* soll.«

Ich lege ihre Hand auf mein Herz, denn sie soll fühlen, wie schnell mein Herz klopft. Sie soll wissen, dass es für sie schlägt und für die Dinge, die sie sagt.

Sie dreht den Kopf, sodass ihre Nase meine Wange streift, als sie mich erneut ansieht. Ihre Augen glänzen und bestätigen die Wahrheit ihrer Worte. Sie funkeln vor Verlangen, und doch liegt auch eine Spur Besorgnis in ihnen. Ich weiß nicht, ob sie besorgt darüber ist, was ich von dem eben Gesagten denke, oder ob sie besorgt ist, weil sie weiß, dass wir eine Grenze überschritten haben, hinter die wir nie mehr zurücktreten können. Aber es ist mir egal. Mich interessiert nur die Begierde, die unter dieser Sorge schimmert, wie fest sie sich an mich klammert und dass alles um uns herum zu verblassen beginnt. Es gibt keine Mitarbeiter mehr um uns herum, keine chaotischen Vorbereitungen der Feier. Sondern nur uns beide mitten auf der Tanzfläche.

Es gibt mir das Gefühl, lebendig zu sein, und macht mir gleichzeitig Angst. Ich bin mir nicht sicher, ob ich bereit bin, diese alten Gefühlen wieder hervorzuholen, mich ihnen zu stellen und ihnen freien Lauf zu lassen, damit sie wieder zu dem werden, was sie einst waren. Doch ich fürchte, dass es für solche Überlegungen schon zu spät ist. Inzwischen dürfte klar sein, dass diese Gefühle nie ganz verschwunden waren. Ich weiß nur nicht, ob ich stark genug bin, ein zweites Mal von ihr wegzugehen, sollte sie ihre Meinung ändern oder falls ihr bewusst wird, dass das alles ein Riesenfehler sein könnte.

Wir rücken noch näher aneinander, ihr Blick fällt auf meinen Mund, zu dem ihre Lippen unterwegs sind, und ich vergesse zu atmen. Ich vergesse die hundert anderen Dinge, die ich genau in diesem Moment zu ihr sagen sollte, und all die

Gründe, warum ich Angst habe. Ich kann nur noch daran denken, sie zu küssen. Endlich zu tun, wovon ich seit Jahren geträumt und wonach ich mich gesehnt habe.

Ein lautes Hämmern von der anderen Seite des Zeltes schreckt uns beide auf. Ich lande unsanft wieder in der Realität, als Cameron sich von mir löst und sich umdreht, um zu erfahren, was passiert ist. Meine Arme fühlen sich leer an ohne sie. Dafür weiß ich wieder, wo wir sind und was um uns herum vorgeht.

»Sorry, ich muss nachsehen, was da los ist«, sagt Cameron. »Können wir das später fortsetzen?«

Ich habe vergessen, wie man spricht, und nicke stattdessen nur. Ich war mir sicher, sie würde so tun, als hätte es diesen Moment nicht gegeben und als hätten wir uns nicht beinah geküsst. Doch ihr Lächeln beweist mir das Gegenteil. Ich schiebe die Hände in die Taschen und schaue ihr lächelnd hinterher, wie sie davoneilt und ihr Sommerkleid leicht anhebt, um nicht zu stolpern.

Das werden wir definitiv später fortsetzen. Ich habe genug davon, meine Gefühle für sie zu verbergen, und es ist an der Zeit, dass sie die Wahrheit erfährt über all die Wünsche, die ich in den vielen Jahren aufgeschrieben habe.

27

Cameron

Stratford, Everett und ich stehen im Sonnenuntergang auf der Veranda des Haupthauses. Stratford und Everett haben unverfänglich über das Wetter geplaudert und über einige der Camp-Besucher, die Stratford während seines Aufenthaltes hier kennengelernt hat. Am liebsten würde ich die beiden anschreien, dass sie aufhören sollen zu reden, damit wir endlich zur Sache kommen.

Meine Handflächen schwitzen, und ich kann nicht aufhören, mit dem Fuß auf die Bodenbretter zu tippen, seit wir uns vor zwanzig Minuten hier mit Stratford getroffen haben. In seinen Händen liegen das Schicksal dieses Camps und meine Zukunft, aber er plaudert in einer Tour über die verdammten Wolken am Himmel.

Everett hält während der gesamten Unterhaltung meine Hand und drückt sie von Zeit zu Zeit, um mich zu beruhigen. Denn er weiß, dass ich vor lauter Ungeduld kurz davor bin auszuflippen; ich will endlich wissen, wie Stratford sich entschieden hat. Eine Weile funktioniert das auch, wenn ich Everetts warme, starke Hand fühle und mich an seine Seite lehne. Und dann stelle ich alles infrage, was wir getan haben, seit Stratford hier im Camp ist. Waren wir überzeugend genug als Ehemann und Ehefrau? Glaubt er, wir seien schwer verliebt? Hatten die verwirrenden Gedanken und Gefühle irgendeinen negativen Einfluss auf das Ganze? Konnte er erkennen, dass ich jedes Mal, wenn ich Everett ansah, zutiefst verängstigt und gleichzeitig total begeistert war von dem, was sich zwischen uns entwickeln könnte?

»Also, Sie wollen bestimmt wissen, wie meine Entscheidung lautet. Ich weiß, Sie haben für das Spendendinner morgen sicher noch tausend Dinge zu erledigen«, sagt Stratford schließlich und wendet sich mit einem bedauernden Lächeln an mich.

»Oh, es tut mir so leid, dass Sie nicht dabei sein werden«, erkläre ich, obwohl ich natürlich erleichtert darüber bin, nicht länger unter genauester Beobachtung zu stehen.

Ganz zu schweigen davon, dass meine Eltern aus ihrem Urlaub zurückkommen, was ganz neue Probleme mit sich bringt, die ich nicht lösen kann, solange Stratford noch hier ist.

Er greift in die Tasche seines hellen orangefarbenen Jacketts und zieht einen Umschlag heraus, den er mir überreicht.

Meine eine Hand liegt noch immer in Everetts, mit der anderen nehme ich zitternd den Umschlag entgegen.

»Den müssen Sie nicht jetzt öffnen. Ich habe meinen Steuerberater ein paar Berechnungen anstellen lassen, nachdem ich Ihre Bücher eingesehen hatte. Das sollte mehr als genug sein, um Ihr Unternehmen für die nächsten fünf Jahre abzusichern. Dann können wir uns wieder treffen, um eine Neueinschätzung durchzuführen. Allerdings bin ich mir sicher, dass ich auch dann kein Problem damit haben werde, Ihnen einen weiteren Scheck auszustellen.«

Meine Augen füllen sich augenblicklich mit Tränen, und ich kann nicht verhindern, dass mein Kinn vor Rührung bebt, während ich meine Zukunft in diesem Umschlag sehe, die Zukunft dieses Camps und jedes Einzelnen, der hier arbeitet und der dieses Camp besucht. Ich möchte ihm danken, doch ein schlichtes Dankeschön scheint mir nicht genug zu sein.

»Ich ziehe meinen Hut vor dem, was Sie hier leisten, Cameron. Es ist selbstlos und erstaunlich. Und wie Ihr Mann schon sagte, dieser Ort muss weiter existieren«, meint Stratford. »Sie beide erinnern mich so sehr an meine Frau und mich, dass es mir an manchen Tagen schwerfiel, Sie zusammen zu beobachten. Aber irgendetwas sagt mir, dass Sie sich zurückhalten und einander nicht alles geben, was Sie könnten. Begehen Sie diesen Fehler nicht, denn eines Tages könnte es zu spät sein. Lieben Sie einander mit allem, was Sie haben. Vertrauen Sie einander aus tiefstem Herzen. Und lassen Sie den anderen niemals gehen. Ich wünsche mir jeden Tag aufs Neue, dass die Dinge anders lägen. Dass meine Frau noch bei mir wäre und ich ihr all das sagen könnte, was ich ihr hätte sagen sollen, als sie noch lebte. Lassen Sie nichts ungesagt. Vergeuden Sie keine einzige Minute der Zeit, die Sie zusammen haben. Ich hoffe, dass Sie beide, genau wie Camp Rylan, ein langes, glückliches Leben zusammen haben werden.«

Damit nickt Stratford uns noch einmal zu und geht die Stufen hinunter zu seiner wartenden Limousine. Der Fahrer öffnet die hintere Tür, und Stratford winkt noch einmal, ehe er einsteigt. Als der Wagen losfährt, sehe ich Everett an, und die Tränen, die ich zurückgehalten habe, laufen mir über die Wangen.

»Wir haben es geschafft«, flüstere ich und kann noch immer nicht glauben, was gerade passiert ist.

»Nein, *du* hast es geschafft. Ich bin nur zum richtigen Zeitpunkt aufgetaucht und habe die Dinge etwas interessanter gestaltet.« Everett grinst.

Schweigend schauen wir uns eine Weile an, dann stößt er plötzlich einen Jubelschrei aus, hebt mich in seine Arme und wirbelt mich herum. Ich weine, lache und klammere mich an Everett. Ich wünschte, dieses Gefühl würde nie aufhören. Ich empfinde Erleichterung, und ich bin aufgeregt, während ich jedes Wort, das Stratford gesagt hat, in meine Seele einsickern lasse und mir zu Herzen nehme. Ich will nichts ungesagt lassen. Ich will keine einzige Minute mehr mit Everett vergeuden. Ich dachte, ich könnte ihn wieder in mein Leben lassen und mit ihm befreundet sein, ohne mich wirklich zu öffnen. Aber da habe ich mir etwas vorgemacht. Er hat die unsichtbare Mauer, die ich um mein Herz errichtet hatte, in dem Augenblick eingerissen, als er lächelnd wieder in mein Leben trat.

Ein »Ping« von Everetts Handy unterbricht unsere Feier. Er stellt mich wieder auf die Füße und zieht es aus der Gesäßtasche. Sein Lächeln erstirbt, als er die Nachricht liest.

»Was ist denn los?«

Er schüttelt den Kopf und steckt das Telefon seufzend wieder ein.

»Nichts. Alles in Ordnung. Nur ein Freund, der mich braucht. Ich will dich jetzt nicht alleine lassen …« Er spricht den Satz nicht zu Ende, umfasst mein Gesicht mit beiden Händen und sieht mir in die Augen.

»Ist es jemand aus deinen Meetings?«

Everett hat mir erzählt, dass er während seiner Genesung nach wie vor die wöchentlichen Meetings im städtischen Krankenhaus besucht hat. Während seines Aufenthaltes hier hat er das Camp auch ein paarmal verlassen, um sich mit Leuten zu treffen, denen es gerade nicht so gut ging. Ich bin stolz auf ihn, dass er es geschafft hat und sofort alles stehen und liegen lässt, um jemandem zu helfen, der mit den gleichen Problemen zu kämpfen hat, wie er sie hatte.

»Ich verspreche dir, ich bin nicht lange weg. Dieser Typ hat sich in letzter Zeit großartig geschlagen, daher wird er mich sicher nicht lange brauchen«, erklärt Everett, lässt die Hände sinken und weicht zurück.

»Schon in Ordnung. Vollbringe deinen Zauber, ich warte hier auf dich.«

Noch während ich diese Worte ausspreche, bleibt Everett auf den Stufen stehen und lächelt mir wehmütig zu. Auf einmal erinnere ich mich an alles, was er bei unserem ersten gemeinsamen Abendessen zu Stratford gesagt hat. Wie er unsere Vergangenheit neu erfunden und zu einem Märchen umgedeutet hat, in dem ich während seines Aufenthaltes im Ausland treu auf ihn wartete, ihm verzieh, dass er nicht hier war, und wir uns verliebten. Als er jetzt auf dieser Verandastufe steht und mir in die Augen sieht, pocht mein Herz. Denn ich frage mich, ob das, was er erzählt hat, gar kein Märchen war, sondern das, was er sich insgeheim gewünscht hat.

»Ich bin bald wieder zurück«, sagt er leise und läuft die Stufen hinunter. Er weiß, dass wir uns ernsthaft unterhalten müssen, sobald er wieder da ist.

Nachdem Everett in seinen Pick-up gestiegen und losgefahren ist, gehe ich im Camp umher und sehe es mit neuen Augen. Seinetwegen bringt mich jetzt alles zum Lächeln und macht mich wieder glücklich. Ich freue mich endlich wieder auf das, was die Zukunft bereithält, und das tut gut.

Auf dem Weg, der zu meinem Elternhaus führt, vibriert das Handy in meiner Tasche. Ich stöhne, als ich den Namen auf dem Display lese.

»Grady, hallo. Ich wollte dich auch schon anrufen ...«, beginne ich und überlege, wie man jemandem wohl am besten beibringt, dass man seine Dienste nicht mehr benötigt.

Es klingt kalt, aber mehr war nicht zwischen uns. Sein Verhalten, als er vor einigen Wochen hier vorbeischaute, bewies das nur. Er war mir zu Diensten. Ein schneller, emotionsloser Trost, wenn ich mich einsam und elend fühlte. Sein besitzergreifendes Verhalten an dem Tag führte mir vor Augen, dass ich ihn verletze. Anfangs hat er meinen Bedingungen zugestimmt, doch ich hätte wissen müssen, dass es nicht so einfach sein würde. Es gab nie einen anderen Mann in meinem Leben, der bedroht hätte, was zwischen uns war, so wenig es auch gewesen sein mochte. Kaum hörte er von Everett – obwohl Amelia ihm lediglich erzählt hatte, dass wir früher befreundet waren und momentan ein Ehepaar spielten –, vergaß er unsere Abmachung und verwandelte sich in einen eifersüchtigen Liebhaber.

Etwas, das ich weder wollte noch gebrauchen konnte, schon gar nicht jetzt.

Besonders dann nicht, wenn alles, was ich mir je gewünscht habe, zum Greifen nah ist und ich nur noch die Hand ausstrecken und es nehmen muss.

»Ich habe neulich im Camp vorbeigeschaut«, sagt Grady. »Ich habe dich und deinen *Ehemann* gesehen und fand, das sei nicht der beste Zeitpunkt für ein Gespräch zwischen uns.«

Ich bin erschrocken darüber, dass niemand Gradys Besuch bemerkt hat – oder daran gedacht hat, mir davon zu erzählen. Noch erschreckender finde ich allerdings, wie er *Ehemann* ausspricht. Mit kaum verhüllter Wut und jeder Menge Eifersucht, die zu empfinden er gar kein Recht hat.

»Grady, es tut mir leid. Es ist … Wie gesagt, jetzt ist kein guter Zeitpunkt. Wir sollten vielleicht lieber getrennte Wege gehen. Du hast etwas Besseres verdient.«

»Da hast du recht, ich habe etwas Besseres verdient als einen Quickie alle paar Monate«, brüllt er ins Telefon.

Ich zucke zusammen bei den Worten. Ich sollte mich mies fühlen, weil ich ihn verletzt habe, aber das tue ich nicht. Er kannte die Bedingungen; er wollte sie nur nicht wahrhaben.

»Ich weiß, du bist wütend, und das bedaure ich. Ich wünschte, es hätte anders laufen können. Du bist ein wundervoller Mann.«

»Spar dir das. Ich war neulich nicht lange da, aber lange genug, um mitzukriegen, wie du diesen Typen anschaust. Von wegen, ihr spielt. Ich dachte wirklich, wenn ich dich anrufe und du meine Stimme hörst, erinnerst du dich an das, was wir hatten. Ich dachte, du lädst mich zum Spendendinner morgen ein und zeigst, dass du doch nicht so kalt bist, wie ich gedacht habe. Danke, dass du mein Leben ruiniert hast.«

Er legt auf, bevor ich noch etwas sagen kann. Bevor ich mich erneut entschuldigen kann, obwohl er ganz offensichtlich Wahnvorstellungen hat. Er hat in uns nur das gesehen, was er sehen wollte. Er sah eine Zukunft, während er für mich nur jemand gewesen war, der mir die Zeit vertreibt, bis meine Zukunft nach Hause kommt.

Ich habe gar nicht gemerkt, dass ich beim Telefonieren weitergegangen bin, und nun stehe ich unten vor unserem Baumhaus. Ich schaue hoch zu unserem sechseckigen, im Durchmesser drei Meter großen Holzhaus mit den ausgeblichenen gelben Vorhängen im Fenster, und plötzlich kommen alle Erinnerungen, die ich damit verbinde, wieder hoch, dazu noch jeder Moment, den ich mit Everett seit seiner Rückkehr verbracht habe. Wenn ich nach vorn schauen will, darf ich mich nicht an die Vergangenheit klammern. Es wird Zeit, Aiden loszulassen, den Schmerz seines Verlustes loszulassen und nicht mehr so sehr an ihm festzuhalten. Ich kann mir nichts Echtes mit Everett aufbauen, solange ich nicht alles abstreife, was mich davon abhält. Vor allem Aiden.

Ich hole tief Luft und steige mit klopfendem Herzen rasch die Leiter hinauf.

Ich nehme den Kugelschreiber und den sternförmigen Notizblock, den Everett und ich bei unserem letzten Besuch mitten im Raum haben liegen lassen, setze mich im Schneidersitz hin und schließe die Augen. Ich sitze in dem kleinen Raum hoch oben in einem Baum und lasse die Erinnerungen aufsteigen. Jetzt erlaube ich mir, mich darüber zu freuen, dass ich in meinem Leben ein solches Glück erfahren durfte, statt wie sonst mit gebrochenem Herzen daran zu denken, dass ich solche Augenblicke mit Aiden nie mehr haben werde. Endlich lasse ich die Trauer hinter mir. Dann öffne ich die Augen und schreibe die vier Wünsche auf, die ich ausgesetzt habe, und lasse alles heraus. Die Tränen, die Traurigkeit, die Einsamkeit ohne ihn hier. Ich lasse alles los und gestatte mir die Hoffnung, dass das, was ich stets gewollt habe, nun doch wahr wird.

»Ich vermisse dich so sehr, Aiden«, flüstere ich, während die Tränen fließen. Ich hole meine Schachtel aus dem Versteck und lege meine Zettel zu den anderen.

Anschließend verstaue ich meine Schachtel wieder an ihrem alten Platz und streiche über Aidens Box. »Ich werde dich immer vermissen, egal, wie viel Zeit vergeht.«

Während ich das lose Brett wieder über das Versteck ziehe, hoffe ich, er hört mich, wo auch immer er sein mag, und versteht, dass ich ihn jetzt loslassen muss.

28

Everett

»Ich hab das Gefühl, ich dreh langsam durch, Mann. Ich brauche so dringend einen Drink, dass es wehtut.«

Ich betrachte Bobby, der mir in dem kleinen Café in der Stadt, wo wir uns getroffen haben, gegenübersitzt. Und ich frage mich, wo zur Hölle der Mann geblieben ist, den ich vor über sechs Monaten bei meinem ersten Treffen der Anonymen Alkoholiker kennengelernt habe. Von allen, denen ich bei diesen Meetings begegnet bin, hätte ich bei Bobby am wenigsten erwartet, dass er einmal meine Hilfe brauchen würde.

Bei meinem ersten Termin war er der Wortführer der kleinen Gruppe gewesen, da er am längsten von uns nüchtern gewesen war und die Meetings am längsten besucht hatte. Er war von Natur aus ein Anführer und ein hilfsbereiter Mensch, mit klarem Verstand und einer charismatischen Persönlichkeit. Bei diesen Meetings erfuhren wir viel übereinander und über unsere Gründe, Schmerz mit Alkohol betäuben zu wollen. Allerdings sprach Bobby nicht viel über seine Vergangenheit und überließ stattdessen anderen das Reden. Sie bräuchten dringender Hilfe als er, meinte er.

Ich frage mich, ob es bei den letzten Treffen Anzeichen dafür gegeben hatte, dass er ins Straucheln geriet. Aber ich war zu sehr mit Cameron und den Vorgängen im Camp beschäftigt, um das mitzubekommen. Ich würde ihr nie vorwerfen, mich abgelenkt zu haben. Sie war die denkbar beste Ablenkung. Es war meine eigene verdammte Schuld, dass ich mich zu der Zeit nicht richtig konzentrieren konnte.

»Wann hast du zum letzten Mal etwas getrunken? Oder etwas Stärkeres genommen?«, erkundige ich mich und betrachte sein ungepflegtes Erscheinungsbild, die ungekämmten Haare, die schmutzige, zerknitterte Kleidung, die Art, wie er sich ständig die Arme kratzt und das Gesicht reibt.

Der Kerl leidet nicht nur unter Alkoholentzug.

»Was weiß ich. Was spielt das für eine Rolle? Ich bin jetzt nüchtern, und ich habe dich angerufen. Ich habe getan, was ich tun sollte. Ich halte es bloß nicht mehr aus. Ich kann nicht fassen, dass Milly uns das antut. Ich kann nicht glauben, dass sie mich verarscht und mir alles genommen hat.«

Seit einer Stunde höre ich mir an, wie Bobby über seine Frau spricht. Innerhalb von sechzig Minuten hat er mir mehr erzählt als in den sechs Monaten, die ich ihn kenne. Er ist völlig aufgewühlt. In der einen Minute ist er traurig und still, dann wird er wieder wütend und verflucht seine Frau.

»Sie hat einen anderen. Das tut weh, aber da kann man nichts machen. Du kannst sie nicht ändern. Du musst dich jetzt um dich selbst kümmern, denn du kannst *dich* ändern. Sag es mit mir zusammen.«

Ich sehe ihn durchdringend an, und er hört endlich auf, wie verrückt seine Arme zu kratzen. Er lässt die Hände in den Schoß sinken, während er das Gebet mit mir zusammen spricht, mit dem wir jedes Meeting beginnen.

»Gott, gib mir die Gelassenheit, Dinge hinzunehmen, die ich nicht ändern kann, den Mut, Dinge zu ändern, die ich ändern kann, und die Weisheit, das eine vom anderen zu unterscheiden«, sprechen wir gemeinsam.

Wir schweigen einen Moment, und es scheint, als habe Bobby sich ein wenig beruhigt. Jedenfalls zappelt er nicht mehr herum und wirkt fahrig, während sein Blick unruhig durch das Café huscht, sobald die Espressomaschine lärmt oder Kaffeegeschirr klappernd in die Spüle geworfen wird.

Er atmet ruhiger, seine Gesichtszüge wirken weicher und sind nicht länger angespannt.

»Geht es dir besser?«, erkundige ich mich und schaue auf meine Uhr, während er die Hände auf dem Tisch faltet und auf sie herunterstarrt.

Ich will nicht gehen, solange er mich noch braucht, aber ich habe es eilig, zu Cameron zurückzukommen. Als sie sagte, sie würde auf mich warten, musste ich sofort daran denken, wie oft ich mir im Lauf der Jahre gewünscht habe, sie hätte diese Worte zu mir gesagt. Ich muss zurück zu ihr. Wir müssen Camp Rylan feiern, und wir müssen reden. Ich weiß immer noch nicht, was eigentlich zwischen uns ist, aber ich habe es satt zu warten. Ich bin es leid, all das unter Verschluss zu halten, was hinaus will.

»Ich komme klar, Mann. Danke, dass du gekommen bist, und danke für das Gespräch«, sagt Bobby und streckt die Hand über den Tisch aus.

Ich schüttle seine Hand und drücke sie etwas fester, ehe ich sie loslasse.

»Ruf mich jederzeit an, wenn du reden musst, okay? Du brauchst keine Krücke, um das durchzustehen. Du bist stark, und du wirst es schaffen. Nimm dir einfach einen Tag nach dem anderen vor.«

Mit dem Versprechen, dass er mich morgen anruft und mir sagt, wie es ihm geht, verlasse ich eilig das Café und versuche, auf dem Rückweg ins Camp keine Geschwindigkeitsbegrenzungen zu übertreten.

Bis ich das Gefühl hatte, Bobby wieder allein lassen zu können, war die Sonne bereits untergegangen, und die meisten

Angestellten des Camps waren schon nach Hause gegangen. Es dauert eine Weile, bis ich jemanden finde, der weiß, wo Cameron ist. Albern grinsend renne ich zu unserem Baumhaus.

Ständig muss ich an die Worte denken, die sie mir ins Ohr geflüstert hat, an den Ausdruck in ihren Augen, kurz bevor meine Lippen ihre berühren konnten und wir unterbrochen wurden. Ständig muss ich daran denken, was ich ihr alles sagen will und so lange in mir verborgen gehalten habe. Schneller als je zuvor klettere ich die Leiter hinauf, doch kaum bin ich oben angekommen, verwandeln sich meine Füße in Zementblöcke.

Cameron sitzt mit dem Rücken zu mir im Schneidersitz mitten im Baumhaus. Ich höre sie schniefen und sehe, wie sie sich die Tränen abwischt. Mit verweinter Stimme erklärt sie Aiden, dass sie ihn vermisst und immer vermissen wird. Der Schmerz in meiner Brust explodiert, und ich bin erstaunt, dass ich nicht von dem Vorsprung stürze, der um das ganze Baumhaus herumführt.

Ich sollte sie wissen lassen, dass ich hier bin. Ich sollte eintreten, sie in den Arm nehmen und etwas Tröstendes sagen. Aber ich kann nicht. Ich bin zu sehr mit meinem eigenen Schmerz beschäftigt.

Die ganze Zeit dachte ich, da sei etwas zwischen uns. Vielleicht habe ich aber nur gesehen, was ich sehen wollte. Sie trauert nach wie vor, und ich war nur eine willkommene Ablenkung. Ich ließ sie ihr gebrochenes Herz vergessen. Sie hat gesagt, meine Rückkehr habe sie wieder glücklich gemacht, doch vielleicht hat sie darüber nur ihren Verlust vergessen.

Ich lasse Cameron mit ihrer Trauer allein und steige leise die Leiter wieder herunter. Und schimpfe mich selbst einen Narren, weil ich etwas ausgegraben habe, was im Verborgenen hätte bleiben sollen.

29

Cameron

»Wow.«

Ich stehe am Rand des Zeltes und wende den Blick ab von den vielen Menschen, die lachen, trinken, essen und sich amüsieren, als meine Mom neben mich tritt und mir den Arm um die Taille legt.

»Ist es nicht zu viel?«

Sie schüttelt mit großen Augen den Kopf und nimmt alles in sich auf.

»Es ist perfekt. Absolut perfekt. Ich bin stolz auf dich.«

Ich lächle noch breiter, als sie mich ansieht. Ihre Augen haben die gleiche Form und Farbe wie meine. Als ich gestern Abend erfuhr, dass Stratford sich entschlossen hat, uns das Geld zu geben, wollte ich meine Eltern sofort anrufen, hielt mich jedoch zurück. Ich wartete, bis meine Mom und mein Dad heute Morgen von den Outer Banks zurückkamen, um es ihnen zu erzählen. Ich wollte ihre Gesichter sehen, wenn ich ihnen sage, dass ihr Traum und ihr Vermächtnis weiterbestehen würden. Allerdings habe ich ihnen nicht verraten, was ich für das Spendendinner geplant hatte. Das sollten sie erst am Abend sehen, und über diese Entscheidung bin ich froh. Ihre Gesichter verraten mir, was ich wissen muss: Ich habe nicht übertrieben mit meinen Veränderungen. Und obwohl meine Mom verblüfft ist, liebt sie es.

Das riesige Zelt ist weiß, die Tischdecken sind weiß, doch da endet die Tradition der vergangenen Jahre auch schon. Rote, violette und grüne Stoffe sind an der Decke drapiert und laufen in der Mitte des Zeltes zusammen, wo ein großer Kronleuchter hängt. Auf jedem Tisch stehen große Büschel rote und violette Magnolienblüten in Gläsern, mit einem grünen Band darum. Überall im Zelt leuchten Farben, jede Menge Farben, und es gibt kein langweiliges Beige. Es ist genau das, was Everett vermisst hat, als er fort war.

So sehr es mich auch schmerzte, ich habe die »Guns and Posers« angerufen, Everetts Lieblings-80er-Jahre-Coverband, und jetzt spielen sie gerade ein paar ruhige Rockballaden auf der Bühne im hinteren Teil des Zeltes, während die Gäste ihr Abendessen beenden. Ein Abendessen, bei dem die beste Rinderbrust der Stadt von Lewis Barbecue serviert wird. Ich musste mich tausendmal bei unserem üblichen Caterer entschuldigen, der zwanzig Jahre lang die Verpflegung bei diesem Dinner übernommen hat, und ihm versprechen, dass wir demnächst als Wiedergutmachung eine andere Party feiern werden. Aber das war es wert. Sobald Everett hier ist und alles sieht, wird er verstehen, was ich gemacht habe und warum. Nicht einmal der leichte Nieselregen, der die ganze Nacht gefallen ist, konnte meiner guten Laune und meiner Vorfreude einen Dämpfer verpassen. Natürlich findet dieses Spendendinner für das Camp statt, nicht für Everett, dennoch schlage ich zwei Fliegen mit einer Klappe. Ich trete das Erbe meiner Eltern an und verleihe ihm gleich meine persönliche Note. Und ich zeige Everett, was er mir bedeutet und wie sehr mir sein Glück am Herzen liegt.

»Ich nehme mal an, diese Änderungen haben ein klein wenig mit dem Wiederauftauchen eines gewissen Mannes in deinem Leben zu tun, nach dem du die ganze Zeit Ausschau hältst«, bemerkt meine Mutter und lacht über mein erstauntes Gesicht.

Bei unseren Telefonaten in den vergangenen Wochen habe ich das Thema Everett schöngeredet. Ich erzählte ihr, es gehe mir gut, und dass wir unsere Freundschaft erneuerten, sonst nichts. Ich war noch nicht bereit, mich einem der wichtigsten Menschen in meinem Leben anzuvertrauen, dessen Meinung ich höher schätze als die aller anderen. Denn zweifellos hätte sie mir gesagt, wie dumm ich sei. Sei es, weil ich Everett nie etwas gesagt habe, oder, weil ich glaubte, wir könnten diese Grenze der Freundschaft überschreiten, ohne damit alles zu ruinieren – wie dem auch sei, ich war einfach noch nicht bereit, es mir anzuhören. Jetzt bin ich es. Jetzt will ich wissen, ob ich das Richtige tue.

Nach dem, was gestern hier im Zelt geschehen ist, musste ich ständig darüber nachdenken, wie es denn nun weitergeht. Es ging mir nicht mehr aus dem Kopf, wie Everett mich in den Armen hielt, wie er mich ansah und dass ich kurz davor war, ihn zu küssen, als wir unterbrochen wurden. In meinem ganzen Leben habe ich nichts mehr gewollt als das. Ich hatte schreckliche Angst vor seiner Reaktion, nachdem ich ihm gestanden hatte, ich könnte ohne ihn nicht leben und sei nicht mehr glücklich gewesen im Camp, nachdem er fortgegangen war.

Ich habe Everett nicht mehr gesehen, seit wir uns gestern auf der Veranda verabschiedet haben. Heute Morgen erhielt ich jedoch eine Nachricht, er habe einiges zu erledigen und würde mich beim Dinner treffen. Es ist schade, dass wir gestern Abend keine Zeit mehr für uns allein hatten und ich meine Freude über das Ende dieser Stratford-Scharade nicht mit ihm teilen konnte. Aber wenn er endlich hier ist, wird das alles vergessen sein.

»Ich war mir ziemlich sicher, dich mit Grady in inniger Umarmung auf der Tanzfläche zu sehen«, meint meine Mutter und reißt mich aus meinen Gedanken. Ich sehe sie an, als hätte sie den Verstand verloren.

»Grady? Warum, um alles in der Welt, sollte Grady hier sein?«

»Oh, mein Fehler. Na ja, ihr zwei tanzt seit Monaten umeinander herum. Nach Aidens Tod dachte ich … Ich mochte ihn, die paar Male, als er dich abholte. Außerdem stammt er aus einer sehr netten Familie. Ich dachte, er gefällt dir wirklich, und du hättest nur Angst, dich wieder zu verlieben«, erklärt sie.

»Hatte ich auch tatsächlich, aber nicht in Grady. Ich hatte Angst, mich in Everett zu verlieben«, gestehe ich ihr.

Ihre Miene verrät alles. Sie öffnet ihren Mund, und ihre Augen weiten sich, als sie mich kopfschüttelnd anschaut.

»Aber … Everett? Im Ernst? Ich habe mich immer gefragt, ob er wohl in dich verliebt ist. Allerdings hätte ich nie gedacht, dass du das Gleiche empfindest. Als junger Mann hatte er immer solche Probleme, und dann ging er fort und kam nicht einmal zu Aidens Beerdigung nach Hause. Tut mir leid, Cameron, ich traue ihm einfach nicht.«

Ich muss mich schwer zusammenreißen, um meine Mom nicht anzuschreien und ihr vor allen Leuten eine Szene zu machen. Ich trete ein Stück näher an sie heran und unternehme keinen Versuch, meinen Zorn und meine Enttäuschung zu verbergen.

»Hasste deine eigene Mutter Dad nicht so sehr, dass sie ihn in den Krieg schickte, wo er fünf Jahre lang gequält und beinah getötet wurde? Du solltest doch wissen, wie es ist, ungerecht beurteilt zu werden. Wirf ihm bitte nicht vor, was er in seiner Jugend getan hat! Du weißt nichts darüber, wie er heute ist. Du weißt nicht, was er am anderen Ende der Welt durchgemacht hat, welche Schrecken er gesehen hat bei dem Versuch, den Menschen dort zu helfen. Du hast keine Ahnung, wie viel Kraft es ihn Tag für Tag kostet, unter diesen Erinnerungen nicht zusammenzubrechen«, erkläre ich und muss die aufsteigenden Tränen zurückhalten, bevor ich fortfahre.

Meine Mutter und ich sehen uns so ähnlich, dass wir oft für Schwestern gehalten werden, statt für Mutter und Tochter. Sie hat die gleichen langen rotblonden Haare, die gleichen intensiven grünen Augen mit dichten Wimpern, die gleiche Figur und langen Beine. Plötzlich habe ich nicht mehr das Gefühl, in einen Spiegel zu schauen, wenn ich sie ansehe. Ich erkenne Traurigkeit und Bedauern in ihrem Gesicht, während in meinem sich Wut und Empörung wegen Everett breitmachen.

»Dieses Camp bleibt *seinetwegen* bestehen, wegen dem, was er für mich getan hat. Er hat für *mich* alles stehen und liegen gelassen. Wir hatten größere Schwierigkeiten, als ich euch gestanden hatte. Und in den vergangenen Wochen hat er alles darangesetzt, den Traum, den du und Dad ins Leben gerufen habt, am Leben zu halten. Ich liebe ihn, seit ich dreizehn bin. Ich dachte, ich hätte es unter Kontrolle. Ich dachte, ich sei erwachsen geworden und wäre darüber hinweg. Aber auf einmal ist er wieder da, und all diese Gefühle in mir, diese Wünsche und Bedürfnisse verlangen von mir, dass ich etwas unternehme. Dass ich ihm endlich gestehe, was ich empfinde, was ich schon *immer* empfunden habe. Ich bete zu Gott, dass er dasselbe fühlt, denn ich schaffe das nicht ohne ihn. Ich kann ohne ihn nicht atmen.« Ich muss schluchzen, und meine Mutter nimmt mich fest in die Arme.

Sie wiegt mich sanft hin und her, während ich mir die Tränen abwische und mich wieder zusammenreiße.

»Tut mir leid. Oh, mein Mädchen, es tut mir so leid. Du hast recht. Du hast absolut recht. Ich bin eine Idiotin und Heuchlerin, und du hast jedes Recht, wütend auf mich zu sein.« Sie sieht mich an und wischt mir eine Träne von der Wange. »Meine Mutter hielt mich fern von deinem Vater, und das war eine der dunkelsten Zeiten meines Lebens. Ich schwor mir, dir so etwas nie anzutun. Ich schwor mir, niemals jemanden vorzuverurteilen, der dich liebt. Ich schätze, ich bin einfach geschockt. Ich habe immer nur bemerkt, wie er dich angesehen hat, nie umgekehrt. Du bist meine ganze Welt, Cameron. Du bist ein Stück meines Herzens, ein lebendiger Teil von mir, und ich will nicht, dass man dir wehtut. Ich habe miterlebt, wie sehr es dich mitgenommen hat, als er vor Jahren fortging. Ich wollte nicht, dass du je wieder so verletzt wirst.«

Ihre Erklärung tut gut. Zumindest weiß ich jetzt, dass sie Everett nicht wirklich hasst, sondern lediglich besorgt um mich ist.

»Ich weiß. Ich will auch nicht wieder so verletzt werden. Du musst mir vertrauen, dass ich weiß, was ich tue. In gewisser Hinsicht jedenfalls«, ergänze ich lachend und hole tief Luft. »Sehr lange konnte ich gut verbergen, was ich für Everett empfinde. Aber ich bin es leid, mich zu verstecken. Mit dem Camp ist alles gut, ich weiß nur nicht, ob das auch für mich gilt. Hattest du eigentlich Angst, Dad deine Gefühle zu gestehen, als du jünger warst?«, frage ich sie und schaue mir die lachenden Menschen um uns herum an, die das Essen und die Musik genießen.

»Und wie«, gesteht sie. »Es ihm zu sagen, verlieh ihm Macht. Entweder meine Liebe stärker zu erwidern, als ich es mir je vorstellen könnte. Oder die Macht, mir das Herz zu brechen und mir nie gekanntes Leid zuzufügen.«

Sie sieht mich wieder an und hält mein Gesicht in beiden Händen.

»Man kommt im Leben nicht weiter, wenn man nicht von Zeit zu Zeit etwas riskiert, mein Mädchen. Was macht dir mehr Angst? Ihm zu sagen, was du empfindest, und zurückgewiesen zu werden? Oder es für dich zu behalten und dich den Rest deines Lebens zu fragen, was hätte sein können?«

»Ich bin es leid, mich das zu fragen. Ich kann das nicht mehr«, flüstere ich und sehe sie sanft lächeln.

»Da hast du deine Antwort. Deinem Dad zu gestehen, dass

ich ihn liebe, war wie ein Sprung von einer Klippe. Beängstigend und aufregend zugleich. Trau dich, spring! Nach allem, was du mir über ihn erzählt hast, habe ich das Gefühl, dass er dich auffangen wird.«

Sie gibt mir einen Kuss auf die Wange, dann macht sie sich auf die Suche nach meinem Vater. Das Zelt ist voller Leute, aber einige bewegen sich auf der Tanzfläche, und ich habe freie Sicht auf die andere Seite des Zeltes, wo der Haupteingang zum Speisesaal führt. Mein Herz scheint kurz auszusetzen, als ich Everett hereinkommen sehe.

Es ist lange her, dass ich ihn in etwas anderem als Jeans oder Shorts und T-Shirt gesehen habe. Anscheinend habe ich fast vergessen, wie atemberaubend gut er in formeller Kleidung aussieht. Da der Dresscode in diesem Jahr lockerer ist, habe ich alle darüber informiert, dass anders als in den vergangenen Jahren Smoking und Ballkleider nicht nötig sind. So gern ich Everett wieder im Smoking gesehen hätte – in der engen schwarzen Hose, dem weißen Hemd, dessen Ärmel bis zu den Ellbogen aufgekrempelt sind, und dazu den schwarz-weiß gestreiften Hosenträgern sieht er zum Anbeißen aus. Sein Bart ist gestutzt und gepflegt, und ich kann es nicht erwarten, ihn an meiner nackten Haut zu spüren.

Meine Füße setzen sich automatisch in Bewegung, führen mich in seine Richtung, denn ich muss ihm nahe sein, muss ihn berühren und seine Arme um mich fühlen. Doch ich bleibe unvermittelt stehen, als die Fantasie auf der anderen Seite des Zeltes verblasst.

»O-oh. Eben sahst du noch ganz verträumt aus, und jetzt wirkst du, als hätte jemand deinen Hund umgebracht. Was ist passiert?«, erkundigt sich Amelia und stellt sich neben mich.

Ich schüttle den Kopf, während mir Tränen in die Augen schießen und alles um mich herum verschwimmt. Ich sollte wegschauen, aber das kann ich nicht.

Amelia dreht den Kopf in die Richtung, in die ich sehe, und stößt ein paar Flüche aus, die mich normalerweise zum Lachen gebracht hätten. Doch an dieser Situation ist überhaupt nichts lustig. Nichts von dem, was ich sehe, ist amüsant.

»Wer, um alles in der Welt, ist diese Tussi, und wieso hängt sie an Everetts Hals?«, fragt sie und betrachtet die Katastrophe, die sich vor unseren Augen abspielt.

Am liebsten würde ich so tun, als geschehe das nicht wirklich. Als wäre Everett nicht eben hereingekommen, in Begleitung einer großen Rothaarigen, die jetzt ihre Arme um seine Schultern gelegt hat und ihm etwas ins Ohr flüstert. Vielleicht gehört sie zu den Gästen, und ihr ist sein gutes Aussehen aufgefallen, weshalb sie ihr Glück versuchen wollte. Jeden Moment wird er ihr höflich einen Korb geben und sich von ihr lösen, mich ansehen und schief grinsend auf mich zukommen.

Nur passiert das nicht. Stattdessen legt er ihr den Arm um die schmale Taille und hält sie an seiner Seite, während sie ihren Weg durch die Menge fortsetzen. Alle paar Meter bleiben sie stehen, um irgendjemandem Hallo zu sagen.

Ich trage ein ärmelloses Rockabilly-Kleid aus Seide, dessen smaragdgrüne Farbe zu meinen Augen passt, mit tiefem V-Ausschnitt, um mein üppiges Dekolleté zu betonen, und einem schwarzen Seidengürtel. Ich habe es extra für Everett ausgewählt, doch jetzt kommt es mir albern und hässlich vor im Vergleich zu dem engen weißen Schlauchkleid, das die Frau an Everetts Seite anhat und das jede ihrer Rundungen hervorhebt. Meine langen blonden Haare, die sanft gelockt sind, was mich zwei Stunden gekostet hat, inklusive der winzigen, durch die Locken geflochtenen Zöpfe vorn, kommen mir auf einmal kindisch vor und nicht annähernd so sexy wie die glatten roten, bis auf den Rücken hinunterreichenden Haare dieser anderen Frau.

»Okay, er hat also ein Date mitgebracht. Na ja, das ist nicht gerade ein Weltuntergang. Es ist nicht so, als hättest du ihm direkt gestanden, dass du ihn liebst. Das kriegen wir wieder hin«, verspricht Amelia mir.

Mir laufen die Tränen herunter, und ich schüttele den Kopf, während ich mich an die Worte erinnere, die Everett zu mir gesagt hat, als wir Teenager waren. Diese eine Sache, die mir Hoffnung gegeben hat und an die ich mich all die Jahre geklammert habe.

»Dieser Ort ist etwas Besonderes für mich. Er half mir durch die schwersten Zeiten meines Lebens. Ich würde nie ein Mädchen hierher mitbringen, das nichts Besonderes wäre. Das mir nicht so viel bedeutet wie dieser Ort.«

Entweder hat er damals gelogen oder es gab die ganze Zeit jemanden in seinem Leben, und ich war nur zu blöd, um es zu merken. Zu vertieft in meine eigenen Probleme und meine Fantasien, um ihn zu fragen, ob er mit jemandem zusammen ist. Ich will wütend sein. Ich will auf ihn losstürmen und ihn anschreien. Ihn fragen, was denn die vergangenen Wochen für einen Sinn ergeben haben, wenn das hier dabei herauskommt. Warum er mit mir geflirtet und mich angesehen hat, als wolle er mich, und mich berührt hat, als sei es ihm ernst?

»Es ist zu spät«, erkläre ich Amelia mit leiser, gebrochener Stimme. »Er hat mal gesagt, er würde nie jemanden mit hier herbringen, der ihm nichts bedeutet. In all den Jahren habe ich immer gehofft, dass der Grund, weshalb er nie ein Mädchen mit hergebracht hat, der sei, dass dieser besondere Jemand bereits hier ist.«

Ich lache, aber es klingt bitter und krächzend.

»Du lieber Himmel, ich bin so ein Idiot«, murmele ich und weiche von Amelia zurück, während die Tränen strömen. Dennoch kann ich den Blick nicht abwenden von Everett und dieser Frau, die er im Arm hält, so sehr es auch schmerzt.

»Cameron, warte. Geh nicht«, bittet Amelia mich.

Ich achte nicht auf sie. Ich kann hier nicht bleiben. Mit gesenktem Kopf, damit niemand meine Tränen sieht, laufe ich aus dem Zelt hinaus in den Regen.

Ich hab's getan.

Ich bin gesprungen.

Aber er hat mich nicht aufgefangen.

30

Everett

Es ist ein einziges Schlamassel.

Angefangen mit einer Frau, die nicht Cameron ist, sich aber an mich presst, und deren Arme um meine Schultern liegen. Innerlich krampft sich mir alles zusammen, und ich muss mich beherrschen, um sie nicht wegzustoßen. Sie fühlt sich anders an, riecht anders, und ihr heißer Atem in meinem Ohr, während sie lacht und flüstert, wie betrunken sie sei, unterstreicht diese Tatsache noch. Ich muss meinen Arm um ihre Taille legen, damit sie nicht stolpert und mit diesen verdammten High Heels einen peinlichen Sturz hinlegt.

Ich werde meinen Bruder umbringen dafür, dass er mir dieses Date aufgehalst hat, weil er sich von der Arbeit nicht loseisen konnte. Es ist mir schleierhaft, warum er ihr gesagt hat, er würde sich mit ihr bei mir treffen. Also blieb mir keine andere Wahl, als auf sein erbärmliches Betteln einzugehen, nachdem er mich angerufen hatte, um Bescheid zu geben, dass er sich verspäten würde. Entweder würde ich sie zum Spendendinner mitnehmen, damit er später zu uns stoßen konnte, oder die halbe Nacht in der Küche stehen und ihr dabei zusehen, wie sie sich mit einer Flasche Tequila ins Koma trinkt, die sie aus ihrer Handtasche zog, nachdem ich sie hereingelassen hatte.

Im Augenblick wäre es mir lieber gewesen, ich hätte sie weitertrinken und dann einfach auf meiner Couch einschlafen lassen. Mir geht zu viel durch den Kopf, um mich jetzt darum kümmern zu können, dass diese Frau niemanden vollspuckt oder auf der Tanzfläche zusammenklappt.

Innerhalb von vierundzwanzig Stunden ging mein Leben den Bach hinunter, und dafür kann ich niemandem die Schuld geben, außer mir selbst. Ich bin ein Idiot. Ein verdammter Idiot.

Nachdem ich die Nachricht von Bobby erhalten hatte und zum ihm geeilt war, weil er kurz davorgestanden hatte, sich einen Drink zu genehmigen, wollte ich schnell wieder zurück zu Cameron. Ich wollte dort weitermachen, wo wir aufgehört hatten. Es hatte mir ohnehin widerstrebt, zu gehen, wo wir so kurz vor etwas Bedeutendem gestanden hatten, nur konnte ich den Typen nicht im Stich lassen, und ich wusste, sie würde Verständnis haben. Dann kam ich ins Camp zurück und wurde Zeuge, wie sie wegen Aiden weinte. Das warf mich um.

»He, Armleuchter. Wer ist die Tussi?«

Erschrocken sehe ich Amelia neben mir, die der Frau, die nach wie vor an meiner Seite klebt, tödliche Blicke zuwirft.

»Ich bin Bethany«, zwitschert sie und will Amelia die Hand schütteln; offenbar ist sie zu betrunken, um zu merken, dass sie gerade beleidigt worden ist.

»Ist mir egal«, erwidert Amelia mit gelangweilter Stimme und ignoriert Bethanys ausgestreckte Hand. Dafür sieht sie jetzt mich wütend an.

»Tut mir leid, dass ich zu spät komme. Was habe ich verpasst?«

Jason taucht an Bethanys anderer Seite auf, und sie lässt mich sofort los, um sich meinem Bruder in die Arme zu werfen. Er taumelt ein paar Schritte rückwärts, bevor er und die schwankende Frau auf den Absätzen des Todes ihr Gleichgewicht wiederfinden, indem Jason ihr die Hände auf die Taille legt.

»Du hast eine Menge Tequilas verpasst«, informiere ich ihn. »Dafür stehst du so tief in meiner Schuld, dass es nicht mehr lustig ist.«

Jason lacht, doch seine Miene wird unvermittelt ernst, als er Amelia auf der anderen Seite neben mir entdeckt.

»Moment mal. Die ist *dein* Date?«, fragt sie ihn, stemmt die Hände in die Hüften und funkelt ihn zornig an.

»Ich … äh … also …«, stammelt Jason und versucht, sich von Bethany loszumachen, die sich weniger an ihm festhält, weil sie das will, sondern weil sie es muss.

»Wäre es so schwer gewesen, *mich* zu fragen, ob ich dein Date sein will?«, fragt Amelia verärgert, während Jason sie mit offenem Mund anstarrt. »Vergiss es. Mit dir befasse ich mich später.«

Sie wendet sich von meinem Bruder und seinem betrunkenen Date ab und zeigt mit dem Finger auf mich.

»Du. Mitkommen.«

Sie wirbelt herum und marschiert davon. Ich versuche, ihr zu folgen, und höre im Weggehen ein Würgen von Bethany. Ich überlasse meinem Bruder dieses Desaster und bahne mir den Weg durch die Menge, bis ich Amelia an der Zeltöffnung gegenüber dem Eingang einhole.

»Du kannst von Glück reden, dass diese Frau nicht wirklich dein Date war«, eröffnet sie mir. »Du wirst vor Cameron ganz schön zu Kreuze kriechen müssen, aber ich werde mich für dich einsetzen.«

Ich habe keine Ahnung, wovon sie redet, doch je mehr sie sagt, desto wütender werde ich. »Ich habe es nicht nötig, dass du dich für mich einsetzt. Ich habe kein Problem mit Cameron.«

»Oh, bist du dir da sicher? Soll das ein Witz sein? Ich habe sie noch nie so am Boden zerstört gesehen wie in dem Moment, als du mit dieser anderen Frau im Arm hereinkamst. Was zur Hölle ist denn in dich gefahren?«

»Vielleicht wurde mir endlich klar, dass ich keine Lust mehr habe, ein Lückenbüßer zu sein, der sie über den Verlust von Aiden hinwegtröstet!«, kontere ich und balle die Fäuste, als mir klar wird, wie wahr diese Worte sind.

Es macht mich fertig, so etwas laut auszusprechen, doch nun ist es heraus, und ich kann es nicht mehr zurücknehmen. Ich verabscheue mich zutiefst dafür, dermaßen eifersüchtig auf meinen besten Freund zu sein, aber ich kann nichts dagegen tun. Es tut weh, dass er bekommen hatte, was ich immer gewollt hatte und nie bekommen werde.

Amelia klappt den Mund auf und zu wie ein Fisch im Wasser, und ich schiebe wütend die Hände in die Taschen. Ich will dieses Gespräch jetzt nicht führen, schon gar nicht mit Amelia. Sie hat keine Ahnung, was los ist, und sie würde es nie verstehen.

»Du bist ein gottverdammter Idiot«, murmelt sie schließlich und schüttelt den Kopf.

»Bitte?«

»Du hast mich verstanden. Du – bist ein gottverdammter *Idiot*!«, wiederholt sie und erhebt dabei die Stimme, ohne sich auch nur im Geringsten darum zu kümmern, ob einer der umstehenden Leute mithören kann.

»Du könntest niemals, nicht in einer Million Jahre, Camerons Trostpflaster wegen Aiden sein.«

»Ach nein?«, entgegne ich spöttisch. »Und warum nicht?«

Sie tritt einen Schritt näher und senkt die Stimme, aus der plötzlich jegliche Wut gewichen ist.

»Weil Aiden immer nur Camerons Trostpflaster *deinetwegen* war, du verdammter Idiot«, sagt sie erneut seufzend. »Und ehrlich, was die beiden hatten, kann man nicht einmal eine Trostbeziehung nennen. Drei Dates innerhalb von zwei Wochen, kurz nachdem du weg warst. Jedes davon schwieriger und unbeholfener als das vorherige, bis ihnen endlich klar wurde, dass es eine hirnrissige Idee war. Und frag mich bloß nicht nach dem Typen, mit dem sie auf der Highschool zusammen war und dem sie nach Aidens Tod wiederbegegnet ist. Den hält sie dermaßen auf Abstand, dass es ein Wunder ist, wenn er hören kann, wenn sie etwas sagt. Du meine Güte, habt ihr zwei eigentlich jemals über etwas auch nur annähernd Wichtiges gesprochen?«

Was geschieht hier eigentlich? Was sie sagt, kann auf keinen Fall stimmen. Nie und nimmer.

»Die zwei haben sich geliebt. Er wollte ihr einen Heiratsantrag machen. Das hat Aiden mir selbst erzählt. Außerdem trägt sie noch immer seinen verdammten Ring«, kontere ich lahm. Mein Herz schlägt schneller, und mir bricht der kalte Schweiß aus.

»Äh, die beiden haben sich definitiv *nicht* geliebt.« Amelia lacht. »Cameron war völlig fertig, nachdem du fort warst, und Aiden wollte Sex. Er kam bis zu dem Versuch, in einem eleganten Restaurant ihre Hand zu halten, worauf sie ausflippte und die Hand wegschlug. Dabei kippte sie eine volle Flasche Wein in seinen Schoß. Zwei Wochen später stellte sie ihm eine alleinstehende Mutter hier im Camp vor. Tja, und in sie sowie ihre Tochter verliebte er sich Hals über Kopf. *Dieser Frau* machte er einige Monate vor seinem Tod einen Heiratsantrag. Stimmt, der Ring, den Cameron trägt, ist von Aiden. Es handelt sich um ein Geburtstagsgeschenk von ihm.«

Nein, nein, nein. Das kann nicht wahr sein. Unmöglich. Warum, um alles in der Welt, hat er mir das nicht erzählt? Warum hat er mir nicht rundheraus gesagt, dass er jemand anderen liebt und heiraten wird, nicht Cameron?

Ich bin ganze dreißig Sekunden sauer auf Aiden. Eine halbe Minute, mehr braucht es nicht, um den Ärger in Schuldgefühle zu verwandeln. Er hat es mir nie gesagt, weil ich nie danach gefragt habe. Kein einziges Mal habe ich mich bei ihm nach Einzelheiten erkundigt. Nie habe ich ihn darum gebeten, mir alles über die Frau zu berichten, die er liebt, weil ich annahm, es handele sich um Cameron. Ich wusste, dass er sie um ein Date gebeten hatte, gleich nachdem ich fort war, und ich hätte es nicht ausgehalten, mehr darüber zu erfahren. Mir vorzustellen, was die beiden alles zusammen machten, war schon schwierig genug. Ich war der schlimmste Freund, den man sich vorstellen kann, und nur, weil ich nicht über meine Eifersucht hinwegsehen konnte. Ich blieb vier Jahre lang fort, weil ich es nicht ertragen hätte, heimzukommen und Cameron mit einem anderen glücklich zu sehen, selbst wenn es sich dabei um meinen besten Freund handelte.

»Und falls du immer noch Zweifel haben solltest, schau dich mal um, mein Freund. Kommt dir etwas vertraut vor?«, fragt Amelia.

Endlich nehme ich mir die Zeit, mich in Ruhe in dem Zelt umzuschauen. Die Luft entweicht mir aus den Lungen, als hätte mir jemand in den Magen geboxt.

Jeder Zentimeter des Zeltes ist rot, violett und grün geschmückt, auf jedem Tisch stehen Magnolienblüten. Leute laufen mit Tellern, auf denen sich gegrillte Rinderbrust stapelt, vorbei, und schon allein dem köstlichen Duft nach zu urteilen weiß ich, dass das Essen von Lewis stammt. Und dann fällt mir auch die Band auf, die am anderen Ende des Zeltes spielt, und meine Hände fangen an zu zittern, als ich sie erkenne.

»Wie gesagt, du wirst ganz schön zu Kreuze kriechen müssen«, erinnert Amelia mich. »Das Letzte, was Cameron herausbrachte, bevor sie von hier verschwand, war, dass du ihr einmal erzählt hättest, du würdest nie eine Freundin mit hier herbringen, die dir nicht so viel bedeutet wie das Camp. Ich habe dir verziehen, jetzt, wo ich weiß, dass sie gar nicht dein Date war. Aber bei Cameron sieht die Sache anders aus. Ich übertreibe nicht, wenn ich sage, dass ich sie noch nie so niedergeschlagen erlebt habe.«

Sie hat dieses Zelt mit all dem gefüllt, was mir im Ausland gefehlt hat. Sie hat das alles für mich gemacht, und ich habe sie verletzt.

Herr im Himmel, ich bin so ein verdammter Idiot!

»Sie ist übrigens in Richtung Stall gegangen«, meint Amelia und zeigt auf die Zeltöffnung hinter ihr.

Ich nehme mir nicht einmal die Zeit, ihr zu danken, sondern laufe direkt in den Regen, durch Pfützen und so schnell ich kann über den Rasen, bis ich den Stall erreiche. Beim Eintreten schüttele ich den Regen ab und halte in der schwach beleuchteten Halle Ausschau nach Cameron. Die Hauptbeleuchtung ist bereits ausgeschaltet worden, jetzt spenden nur noch die großen Glühbirnen an den Balken über meinem Kopf etwas Licht.

Ich gehe schnell den Mittelgang entlang, vorbei an den Pferdeboxen, bis sich der Gang in eine große Sattelkammer öffnet. Als ich Cameron entdecke, bleibe ich stehen. Sie hat mir den Rücken zugekehrt und die Ellbogen auf das Gatter gestützt, das in die Reithalle führt. Anscheinend blickt sie in den riesigen leeren Raum.

Ich beobachte, wie sie den Kopf nach vorn sinken lässt, und höre sie laut seufzen, bevor sie sich zu mir umdreht. Offenbar hat sie meine Schritte auf dem Betonfußboden gehört.

Aber nichts hätte mich auf das vorbereiten können, was ich sehe, als sie sich umdreht. Das grüne Kleid, das sie trägt, ist einfach umwerfend, obwohl es nass ist vom Regen und an ihren Oberschenkeln klebt. Nasse Strähnen ihres Haars kleben an ihrem Hals und ihren Schultern. Doch dass sie hier so wunderschön und frisch vom Regen vor mir steht, raubt mir nicht den Atem. Es ist die Verzweiflung in ihrem Gesicht, von der Amelia mir schon erzählt hat, und es sind die Tränen, die ihr über die Wangen rinnen und sich mit den Regentropfen vermischen, die mir einen Stich versetzen.

Keiner von uns sagt ein Wort, während ich auf sie zugehe. Einige Schritte vor ihr bleibe ich stehen.

»Du warst nie in Aiden verliebt«, sage ich leise.

Sie sieht mich an, als hätte ich den Verstand verloren, und wischt sich wütend die Tränen von den Wangen.

»Was? Nein. Natürlich war ich nie in Aiden verliebt. Ist das dein Ernst?«

Ich nicke und trete einen weiteren Schritt näher.

»Meintest du das wirklich so, als du sagtest, du konntest ohne mich hier nicht glücklich sein? Dass du nicht wüsstest, wie du ohne mich leben sollst?«, frage ich.

Sie kneift die Augen zusammen und verschränkt gereizt die Arme vor der Brust.

»Du bist so ein Arsch. Ich kann nicht glauben, dass du mich das fragst. Ich kann nicht fassen, wie blöd ich war«, beklagt sie sich.

»Beantworte einfach die Frage. Meintest du es ernst?«

Sie schüttelt nur den Kopf, und ich sehe, wie sich ihre Wangen vor Wut röten.

»Cameron, meintest du das wirklich so?«

»Natürlich meinte ich das so!«, schreit sie schließlich und wirft dabei die Hände in die Luft.

Ich gehe noch einen Schritt auf sie zu.

»Aber das spielt doch keine Rolle, oder? Nichts von all dem spielt eine Rolle«, fährt sie fort, doch der Zorn in ihrer Stimme wird schnell ersetzt durch ein Schluchzen, das mir das Herz bricht. »Ich bat dich, mir einen Grund zu geben. Vor fast fünf Jahren habe ich dich gebeten, mir einen Grund zu nennen, und du hast es nicht getan. Du hast mich weggestoßen und bist gegangen. Und jetzt stehen wir hier, wo wir angefangen haben, und es passiert wieder. Ich mache mich zum Narren und wünsche mir Dinge, die niemals in Erfüllung gehen werden. Du bist vor fünf Jahren aus dem Spiel ausgestiegen, und jetzt machst du es schon wieder. Ich kann das nicht mehr, Everett. Ich kann diese Spiele nicht mehr spielen.«

Ich schaue ihr in die Augen, sehe die Tränen laufen, und in diesem Moment weiß ich, dass es kein Zurück mehr geben wird. Auch ich kann das nicht mehr.

»Für mich war das nie ein Spiel. Nie.«

Mit einem letzten Schritt überwinde ich die Distanz zwischen uns. Mit einer schnellen Bewegung umfasse ich ihr Gesicht, ziehe sie an mich und presse meine Lippen auf ihre.

31

Cameron

Ich habe schon einige romantische Filme gesehen und Liebesromane gelesen. Ich habe die Phrase *Er küsste sie voll glühender Leidenschaft* bestimmt hundertmal gehört, aber nie verstanden.

Bis zu diesem Augenblick.

Bis zu dem Moment, in dem Everett mein Gesicht mit seinen Händen umschließt und seine Lippen auf meine drückt.

Bis ich atemlos den Mund öffne und er mit seiner Zunge sofort meine sucht.

Er küsst mich hungrig, seine Zunge ist fordernd und zwingt mich, den Kopf ein wenig nach hinten zu neigen, damit er mich noch intensiver küssen kann. Er verschlingt mich, und ich lasse es geschehen. Ich gebe ihm alles, was ich habe, denn dieser Moment … dieser Moment ist alles. Dieser Kuss ist alles.

Ich greife nach seinem Hemd und ziehe ihn näher zu mir heran, denn ich brauche mehr. Brauche seine Hitze, die mich von außen nach innen wärmen soll. Ich weiß, ich sollte ihn wegstoßen. Ich weiß, ich sollte ihn fragen, warum um alles in der Welt er sich plötzlich dazu entschließt, mich zu küssen, und ich weiß, ich sollte ihn nach der Frau fragen, die er heute Abend mitgebracht hat. Mir ist innerlich schon so lange kalt, ich habe mich so lange nach dem gesehnt, was jetzt geschieht, dass es sich fast wie ein Traum anfühlt. Deshalb interessiert mich im Augenblick auch nichts anderes. Ich habe keinen Platz in meinem Kopf, um an etwas anderes zu denken, als an Everetts Mund auf meinem.

Als er eine Hand von meinem Gesicht nimmt und mir den Arm um die Taille schlingt, um mich kraftvoll an sich zu drücken, höre ich ganz auf zu denken. Er umfasst mich, bis meine Füße plötzlich abheben. Ich werfe ihm die Arme über die Schultern und klammere mich an ihn, während er sich mit mir dreht. Wild umspielt meine Zunge seine. Dann spüre ich die Wand an meinem Rücken, und Everett presst sich an mich, sodass ich jeden Zentimeter seines Körpers fühle, Brust, Bauch, Oberschenkel. Auch er unterbricht den stürmischen Kuss keine Sekunde.

Ich schlinge ein Bein um seine Schenkel und ziehe ihn mit reiner Muskelkraft fester an mich. Er schiebt mich hoch, und ich klammere mich an ihn, um ihm das andere Bein um die Taille zu legen. Ich stöhne, als ich ihn deutlich zwischen meinen Schenkeln spüre, so hart und voller Verlangen nach mir. Er berührt mich an den nackten Beinen, lässt seine Hände unter das klamme Kleid gleiten, bis er meinen Po umfassen kann und mich gegen seine Erektion drängt. Ich bewege die Hüften, reibe mich an ihm, denn ich brauche mehr … so viel mehr.

Plötzlich löst er seinen Mund von meinem, und ich gebe ein leises Stöhnen von mir, da ich nicht will, dass das schon vorbei ist. Ich will nicht, dass er aufhört. Ich will nicht, dass er an all die Gründe denkt, weshalb dies eine schlechte Idee sein könnte. Ich will ihm keine Sekunde lang die Chance lassen, zu bereuen, was hier zwischen uns geschieht.

Everett hebt den Kopf, gerade so weit, um mir in die Augen zu schauen. Ich keuche und bin außer Atem, und mir pocht das Herz in der Brust. Ich will einfach nur mehr. Atmen ist mir egal. Mir ist alles egal, ich will nur seine Lippen wieder auf meinen spüren.

Er nimmt eine Hand von meinem Po und streicht mir die nassen Haare aus dem Gesicht. Er hält meine Wange in seiner warmen Hand und streichelt mich mit dem Daumen.

»Sie war nicht mein Date, sondern Jasons«, sagt er mit leiser Stimme, ohne mich aus den Augen zu lassen. »Es hat nie und wird nie eine andere Frau auf dieser Welt geben, die mir mehr bedeutet als du.«

Die Luft, die ich angehalten habe, während ich darauf wartete, dass er mir sagt, dies sei alles ein Fehler, entweicht meinen Lungen.

»Ich wollte nie eine Frau mehr als dich. Und nie habe ich eine Frau mehr gebraucht als dich. Wenn du das nicht möchtest, wenn du nicht dasselbe empfindest, dann sag es mir lieber gleich, und ich werde gehen. Nichts wird sich zwischen uns ändern, das verspreche ich. Ich will dich nicht verlieren, Cameron, auf keinen Fall.« Er schluckt schwer und senkt die Stimme zu einem Flüstern. »Ich ertrage es nicht, dich zu verlieren. Nicht noch einmal.«

Ich nicke nur, aus Angst, die in mir aufsteigenden Emotionen könnten mich überwältigen, sobald ich den Mund öffne. Stattdessen gebe ich ihm meine Antwort, indem ich seinen Kopf umfasse und seine Lippen wieder auf meine drücke.

Er stöhnt, und ich merke, dass es ein Stöhnen vor Erleichterung ist. Ich umfange seine Taille fester, und er hebt mich höher, um mich in die kleinere Sattelkammer nebenan zu tragen.

Er kickt die Tür hinter uns zu und presst mich erneut an eine Holzwand. Wir lassen unsere Hände in fieberhafter Eile über den Körper des anderen wandern. Weil er mich mit der unteren Hälfte seines Körpers gegen die Holztür drückt, hat Everett die Hände frei. Er unterbricht den Kuss, damit er zuschauen kann, wie er mich berührt. Langsam streicht er mit den Fingern über meine nackten Schultern bis hinunter zu meinen Brüsten, die er sanft massiert. Ich zerre ihm die

Hosenträger von den Schultern und ziehe an seinem Hemd, sodass die Knöpfe in alle Richtungen abspringen. Ich lasse die Hände seinen Hals hinab zu seinen Schultern gleiten und streife ihm das Hemd ab, das zu Boden fällt. Sanft fahre ich mit den Fingern über seine harten Bauchmuskeln und fühle unter seiner warmen Haut sein Herz schlagen. Er fasst nach den Trägern meines Kleids.

»Hängst du sehr an diesem Kleid?«, fragt er.

»Überhaupt nicht.«

Kaum sind die Worte ausgesprochen, vernehme ich ein *Ratsch*, und er reißt mir das Kleid vom Leib. Der Riss geht längs über den Rücken, sodass die Träger von meinen Schultern rutschen und das Kleid bis zu meiner Taille hinunterfällt. Von der Hüfte aufwärts stehe ich jetzt völlig nackt vor ihm.

Everett greift nach dem zerrissenen Kleid und wirft es zur Seite.

»Gott, Cameron, du bist so verdammt schön«, flüstert er, meine nackten Brüste betrachtend, bevor er mir wieder ins Gesicht schaut.

Mit der einen Hand stützt er sich an der Tür neben meinem Kopf ab, und ich beobachte ihn; er blickt hinunter auf seine andere Hand, die er auf mein Brustbein legt. Behutsam lässt er sie abwärts wandern, bis er die eine meiner nackten Brüste umschließen kann und dabei die Spitze mit dem Daumen reibt.

Ich stöhne leise auf und verfolge gebannt, was er da mit mir macht. Seine Augen verdunkeln sich, er öffnet den Mund ein wenig und seufzt rau. Ich spüre eine pulsierende, feuchte Hitze zwischen den Schenkeln, während er sacht meine aufgerichtete Brustwarze mit dem Daumen streichelt.

Nie zuvor habe ich meine Begierde so stark empfunden. Nie zuvor wollte ich nur durch die Hand eines Mannes auf meiner Brust kommen, doch ich weiß, dass das alles mit Everett zu tun hat. Mit der Art, wie er mich anschaut und wie ich fast mein ganzes Leben lang von diesem Moment geträumt habe.

Rasch öffne ich seinen Gürtel und ziehe den Reißverschluss seiner Hose herunter, denn ich brauche mehr. Ich muss ihn berühren und in meiner Hand fühlen. Ich brauche *alles*, was dieser Mann mir geben kann.

»Bett«, murmelt er und schaut über die Schulter auf das kleine Doppelbett in der Ecke des Raumes, das für Stallburschen gedacht ist, falls ein Pferd krank ist oder eine Stute fohlt.

Ich schiebe meine Hand unter den elastischen Bund seiner Boxershorts, und meine Finger umschließen seine Härte, drücken sanft zu, bevor ich meine Handfläche über die ganze Länge hinunter- und hinaufgleiten lasse.

»Verdammt«, stößt er stöhnend hervor, legt die Stirn an meine und bewegt die Hüften nach vorn, während ich weiter die Hand auf und ab bewege.

Ich neige den Kopf ein wenig zur Seite und presse meine Wange gegen seine, sodass sich mein Mund dicht an seinem Ohr befindet.

»Ich brauche kein Bett. Ich brauche nur dich. Gleich hier und jetzt«, flüstere ich und verreibe mit dem Daumen die Feuchtigkeit an der Spitze.

Er lässt die Tür und meine Brust los, um mit den Fingern unter den Saum meines Spitzenstrings zu wandern. Ein weiteres *Ratsch* hallt durch den Raum, als er mir den String hinunterreißt und zu dem ruinierten Kleid auf den Boden wirft.

Wir schauen einander in die Augen, während wir gemeinsam seine Hose und Boxershorts gerade weit genug hinunterschieben, um seinen Schwanz zu befreien. Er umfasst ihn an der Wurzel und bringt ihn in Position.

Er lässt die Spitze durch meine Feuchtigkeit gleiten, reibt sie an mir, bis ich die Lider schließe und den Kopf nach hinten gegen die Tür fallen lasse. Ich bin so feucht für ihn, so voller sinnlicher Vorfreude und Begierde, dass es mir verrückt erscheint. Ich lege meine Hand an seinen Hinterkopf und kralle mich in seinen kurzen Haaren fest, während ich ihm meine Hüften entgegendränge. Meine Oberschenkel brennen, weil ich mich fester an ihn klammere und ihn näher heranziehe.

Ich spüre seinen Mund nah an meinem, ein Schmetterlingskuss, bei dem seine Lippen meine kaum berühren.

»Mach die Augen auf und sieh mich an«, fordert er mich auf, und sein warmer Atem gleitet über meine Lippen.

Ich gehorche, und kaum blicke ich in seine Augen, dringt er tief in mich ein.

Ein erstickter Lustschrei entweicht meiner Kehle. Endlich fühle ich ihn in mir, so hart und groß, mich so komplett erfüllend, dass ich überhaupt nicht verstehe, wie ich so lange ohne ihn überlebt habe.

Er umfasst wieder meinen Hintern, packt fest zu und beginnt, sich in einem aufregenden, wilden Rhythmus zu bewegen. Ich verschränke die Knöchel auf seinem Rücken, passe mich seinen Bewegungen an und ziehe ihn tiefer in mich hinein. Seine Lippen berühren meine nach wie vor nur sehr sacht, aber alles wird noch viel aufregender dadurch, dass er mich nicht küsst. Dass er mir nur in die Augen schaut, während er mich an die Tür gelehnt nimmt. Seine tiefen Stöße und die Art, wie sein Becken jedes Mal auf meinem landet, sobald er in mich eintaucht, lässt meine Beine erzittern. Ich dränge ihm meine Hüften entgegen, auf dem Weg zum Höhepunkt, dem ich mich rapide nähere.

Es kommt mir vor, als würde mein gesamtes Blut durch die Adern rauschen und sich zwischen meinen Beinen sammeln. Mein Kitzler pulsiert und pocht jedes Mal, wenn Everetts Körper gegen meinen hämmert. Er nimmt mich, als könne er nicht genug von mir bekommen, und ich liebe es, dass er nicht das Bedürfnis hat, sanft zu sein. Nachdem es sich jahrelang in uns angestaut hat, und nach der sexuellen Spannung der letzten Wochen, wollen wir beide es nicht langsam angehen. Wir haben es über zwanzig Jahre langsam angehen lassen. Ich will es schnell und hart. Ich will das Geräusch unserer verschwitzten, aufeinander klatschenden nackten Körper hören. Ich will seine gemurmelten Flüche hören, während er so tief in mich eindringt, wie er kann, um dann innezuhalten.

»Everett«, bringe ich keuchend hervor, denn mein Orgasmus kündigt sich unaufhaltsam an.

Er zieht eine Hand von meinem Po weg und umfasst mein Gesicht, während er sich von Neuem bewegt und kleine kreisende Bewegungen mit seinen Hüften macht.

»Sag es noch einmal. Ich will, dass du meinen Namen sagst, wenn du kommst.«

Seine Worte und der Reibungsdruck seines Beckens an meinem Kitzler bringen mich so explosionsartig zum Orgasmus, dass es mir den Atem raubt.

»Everett, Everett, Everett«, stoße ich mit jedem Atemzug hervor und umschließe ihn eng mit meinen inneren Muskeln. Welle um Welle der intensivsten Lust, die ich je empfunden habe, durchfährt mich. Ich will mich für immer an ihm festhalten und nie mehr loslassen.

Er gibt einen heiseren Laut von sich und fängt erneut an, sich zu bewegen, hart, tief, schnell und meinen Namen flüsternd, bis er unmittelbar nach mir den Höhepunkt erreicht. Ein letztes Mal dringt er hart in mich ein, als er kommt.

Ich umklammere ihn mit Armen und Beinen, während jeder Muskel seines Körpers sich auf dem Gipfel der Lust anzuspannen scheint. Dann hält er inne, und sein Kopf sinkt auf meine Halsbeuge herab. Eine ganze Weile bleiben wir so, einander umschlingend, und versuchen, wieder zu Atem zu gelangen und unsere rasenden Herzen zu beruhigen.

Everett hat sich geirrt, als er meinte, nichts würde sich zwischen uns ändern.

Dieser Moment, hier und jetzt … Er ändert alles.

Und das wurde auch verdammt noch mal Zeit.

32

Everett

Die Morgensonne scheint durch das kleine Fenster über dem Bett, und mir wird klar, dass ich seit Stunden wach bin, einfach auf der Seite liege, den Ellbogen auf die Matratze und den Kopf in die Hand gestützt, und die Frau neben mir betrachte.

Nach allem, was letzte Nacht zwischen uns passiert war, wollte ich Cameron und mich am liebsten in dieser Sattelkammer einschließen und nie mehr herauskommen. Aber ich wusste, sie hat Verpflichtungen. Sich im Regen und im Schutz der Nacht zurück ins Gästehaus zu schleichen, war das Lustigste, was ich seit Langem getan habe. Ich musste mehrmals lachen, weil sie mich verfluchte, während wir Pfützen auswichen und zwischen Bäumen und Büschen hindurchliefen, damit niemand uns sah. Und die ganze Zeit versuchte sie vergeblich, ihr zerrissenes Kleid irgendwie zusammenzuhalten.

Nachdem sie ein neues, heiles Kleid angezogen, sich die Haare gemacht und das Make-up aufgefrischt hatte, kehrten wir zum Spendendinner zurück, wo wir den Rest des Abends auf gegenüberliegenden Seiten des Zeltes verbrachten – sehr zu meiner Enttäuschung. Viel lieber hätte ich in einer Ecke mit ihr herumgeknutscht oder sie auf die Tanzfläche gezogen, um mich mit ihr sanft zur Musik zu wiegen und ihren Körper an meinem zu spüren. Ich wollte mich vergewissern, dass alles real war und kein Traum.

Sie den ganzen Abend aus der Distanz zu beobachten, wie sie lächelte und sich mit Leuten unterhielt, ihnen für ihre Spenden dankte und für die Teilnahme an diesem Dinner, war jedoch fast genauso gut. Außerdem wurde ich entschädigt, als sie mich am Ende des langen Abends in diesen Raum hier zog, um sich von mir das zweite Kleid in Windeseile zerreißen zu lassen.

Cameron im Schlaf betrachtend, frage ich mich, wie ich hierhergekommen bin und weshalb ich solches Glück habe.

Sie liegt auf dem Bauch, die Arme über dem Kopf, das Gesicht abgewandt, die blonden Haare auf dem Kissen aufgefächert. Sacht gleite ich mit den Fingerspitzen über ihren Rücken, bis hinunter zu ihrem Kreuzbein, wo die Decke beginnt.

In Gedanken bin ich das Geschehen des gestrigen Abends noch einmal durchgegangen und kann nach wie vor nicht recht glauben, dass es wirklich passiert ist. Ich kann es nicht fassen, dass sie mich nicht weggestoßen hat, als ich sie küsste. Ich kann nicht glauben, dass sie sich von mir hat berühren lassen, mich in sie hat eindringen lassen und ich mich tatsächlich erst in diesem Moment zu Hause fühlte.

Himmel, wir haben so viel Zeit vergeudet, vor allem ich durch meine Blödheit und Eifersucht. Dabei hätte ich bloß von Anfang an ehrlich zu ihr sein müssen.

Cameron gibt ein leises Stöhnen von sich, und ich lege meine Hand auf ihren Rücken. Sie biegt ihren Körper durch und streckt die Arme, bevor sie den Kopf auf dem Kissen zu mir dreht.

Ich lasse meine Hand ihren Rücken hinaufgleiten und streiche ihr die Haare von den Schultern.

»Wie lange bist du schon wach?«, fragt sie verschlafen.

Ich fahre ihr behutsam mit den Fingerspitzen über die Stirn, zeichne eine der vollkommenen Augenbrauen nach und lasse den Finger über ihre Wange gleiten, ehe ich mit dem Daumen über ihre volle Unterlippe streichele.

»Lange genug, um zu wissen, dass du im Schlaf redest«, erwidere ich und lache leise, als sie die Augen verdreht.

»Ich rede nicht im Schlaf.«

»Dann hat wohl eines der Pferde geflüstert: *›Everett, Everett, oh, Everett!‹*«, sage ich und muss wieder lachen, denn sie schiebt meine Hand von ihrem Mund.

Ihre Wangen werden rot vor Verlegenheit, und ich rutsche näher an sie heran, lege die Hand auf ihre Hüfte und ziehe sanft, damit sie sich auf die Seite dreht und mich ansieht.

»Das war das Heißeste, was ich je gehört habe«, flüstere ich und betrachte ihren Mund, während sie mit der Zunge über ihre Unterlippe streicht.

»Keine Reue, jetzt, wo die Sonne aufgegangen ist?«, fragt sie.

Sie sieht besorgt aus, und das gefällt mir nicht. Nach allem, was vergangene Nacht zwischen uns passiert ist, soll sie nicht an mir und meinen Gefühlen zweifeln. Aber daran bin ich selbst schuld. Zu lange war ich zu stur, um zu erkennen, was direkt vor meinen Augen war. Ich konnte mir einfach nicht vorstellen, dass sie das Gleiche empfinden könnte wie ich. Und ich hatte zu viel Angst, sie zu verlieren, wenn ich etwas sagte. Verloren habe ich sie ja dennoch. Ich brach den Kontakt ab, und ich habe keine Ahnung, wie sie mir jemals verzeihen konnte.

»Ich bereue eine Million Dinge, was dich betrifft, nur haben die alle nichts damit zu tun, was letzte Nacht geschehen ist«, versichere ich ihr.

Sie legt ihre Hand an meine Wange.

»Warum hast du nie etwas gesagt?«, flüstert sie.

»Wann denn?«, erwidere ich lächelnd. »Als du vierzehn warst und ich siebzehn, und du in den Stall kamst, während ich arbeitete und deinetwegen die schlimmsten schmerzenden Eier bekam, die ich jemals hatte? Oder als du fünfzehn warst und ich achtzehn, als du dich im Baumhaus betrunken hast und ich mir hundert Gründe einfallen ließ, warum ich dich nicht küssen konnte? Oder etwa als du achtzehn warst, ich einundzwanzig, und du mit diesem Armleuchter Grady Stevens gingst, dem ich dafür am liebsten die Arme ausgerissen und ihn damit verprügelt hätte, weil er dich berührte? Oder gestern Abend, als Amelia mir erklärte, du wärst ihm vor ein paar Monaten begegnet, und ihr hättet wieder angefangen, euch zu treffen. Da wollte ich ihm schon wieder die Arme ausreißen und ihn damit verprügeln. Hätte ich es dir da sagen sollen?«

Ihre Augen weiten sich vor Schreck, und ich rutsche noch ein bisschen näher an sie heran, streichle ihre Hüfte und lasse die Hand zu ihrem Rücken wandern, um sie näher an mich heranzuschieben.

»Sehr lange war ich ein Idiot, Cameron. Länger, als ich zugeben mag. Ich bereue jede Minute, die ich mit dir verbracht habe, ohne dir zu sagen, was ich empfinde. Ich bereue jedes Mal, das ich kurz davorstand, dich zu küssen, und mich dann doch nicht getraut habe«, erkläre ich, denn sie soll nicht mehr den geringsten Zweifel daran haben, dass es mir ernst ist. Mit uns. Mit allem, was jetzt zwischen uns geschieht und in der Zukunft geschehen wird.

Ihre Augen füllen sich mit Tränen, und sie schließt sie rasch. Sie seufzt leise, dann schaut sie mich wieder an.

»Du bist nicht der einzige Idiot in diesem Raum. Auch ich hätte etwas sagen sollen, aber ich hatte Angst.«

Ich nehme die Hand von ihrer Taille und streichele über ihre Wange.

»Wovor hattest du Angst?«, frage ich.

»Dass du nicht dasselbe empfindest und es unsere Freundschaft ruiniert. Dass du mich auslachst und für erbärmlich hältst, weil ich all die Jahre Gefühle für dich hatte. Hätte ich schon früher etwas gesagt, dann hättest du nicht die ganze Zeit über geglaubt, ich wäre in Aiden verliebt. Es macht mich ganz fertig, dass du nur deswegen fortgeblieben bist.«

Seufzend lasse ich ihre Wange los, umfasse sie an der Taille und ziehe sie näher zu mir heran.

»Wir haben beide Fehler gemacht. Du bist nicht allein schuld daran. Ich hätte Aiden mehr Fragen stellen sollen, wenn er wieder einmal damit prahlte, wie verliebt er sei. Ich hätte ihm schon vor langer Zeit sagen sollen, dass ich etwas für dich empfinde. Aber ich hatte Angst, meine Wünsche würden nie in Erfüllung gehen, wenn ich sie laut ausspreche. Und du warst das Einzige, was ich mir je gewünscht habe«, gestehe ich ihr.

»Das war das Kitschigste, was du je gesagt hast«, bemerkt sie und heitert mit ihrem Lächeln die dunkle Stimmung, in die ich uns gebracht habe, wieder ein wenig auf. »Wenn du das schon vor elf Jahren gesagt hättest, dann hätte ich vermutlich meine Unschuld nicht an Grady Stevens verloren. Oder hätte den armen Kerl in den vergangenen Monaten nicht in mein Bett gerufen, wenn ich einsam war und traurig, weil ich mir nach wie vor wünschte, du wärst es.«

Ich gebe ein tiefes Knurren von mir und schlinge den Arm fester um sie. Ich hatte schon den Verdacht, dass sie ihre Unschuld an diesen Idioten verloren hat, aber jetzt, wo ich es weiß, möchte ich ihn am liebsten umbringen. Diese Vorstellung macht mir mehr zu schaffen als die Tatsache, dass sie später wieder mit ihm geschlafen hat. Dabei bin ich in den Jahren meiner Abwesenheit auch nicht gerade ein Heiliger gewesen.

»Dafür wirst du büßen«, murmele ich.

Sie rollt sich weg von mir auf den Rücken, verschränkt die Hände hinter dem Kopf und grinst frech.

»Und wie genau willst du mich bestrafen?«, erkundigt sie sich grinsend.

Gott, ist sie schön!

Da ihre Hände hinter ihrem Kopf ruhen, kann ich ausgiebig ihre Brüste betrachten. Ihre wundervollen pinkfarbenen Brustwarzen sind aufgerichtet und hart und flehen nach meinem Mund.

Ich ziehe meinen Arm unter ihr hervor, lasse die Hand über ihre Hüfte und ihren Bauch gleiten und schiebe sie unter die Decke zwischen ihre Oberschenkel. Mit der Spitze meines Mittelfingers berühre ich ihre Mitte und mache ein erstauntes Gesicht, weil sie schon feucht ist. Ich staune überhaupt, dass sie nackt neben mir im Bett liegt und ich sie nach so vielen Jahren, in denen ich nur davon geträumt habe, endlich berühren kann.

»Letzte Nacht ging alles zu schnell. Jetzt will ich mir Zeit lassen.«

Ich gebe ihr keine Gelegenheit, etwas darauf zu erwidern; sacht und langsam tauche ich einen Finger in ihre enge, feuchte Hitze ein, bis ich so tief wie möglich in ihr bin.

»Es war nicht zu schnell. Es war … perfekt«, sagt sie seufzend und stockt, als ich den Finger in ihr krümme und mit dem Daumen ihre Klitoris massiere. »Beide Male waren perfekt.«

Langsam gleite ich mit dem Finger hinein und wieder heraus, und sie drängt mir die Hüften entgegen. Ich bereite ihr süße Qualen, indem ich das Tempo nicht beschleunige; stattdessen tue ich genau das, was ich angekündigt habe – ich lasse mir Zeit. Ich schaue sie an, denn ich kann ohnehin nirgendwo anders hinsehen. Ich will mir viel Zeit nehmen und mir alles genau einprägen. Ich will keine einzige Sekunde dieses Moments verpassen.

Nie mehr will ich den Anblick vergessen, wie sie den Rücken durchbiegt, mit dem Kopf auf dem Kissen, während ihre Finger sich ins Laken krallen, als ich mit einem zweiten Finger in sie eindringe. Nie mehr will ich vergessen, wie sich eine sanfte Röte auf ihrer Brust und auf ihren Wangen ausbreitet, während ich mit dem Daumen sacht ihren Kitzler reibe, bei jedem neuen Eindringen meiner Finger. Und nie möchte ich vergessen, wie sie sich auf die Unterlippe beißt, während meine Hand zwischen ihren gespreizten Schenkeln liegt.

Letzte Nacht war überstürzt und großartig, als ich sie genommen habe, das erste Mal an die Tür gedrückt, das zweite Mal auf dem Boden, weil wir nicht einmal zwei Schritte in dem Raum gehen konnten, ohne uns wieder die Kleider vom Leib zu reißen. Aber ich habe das hier verpasst. Ich habe die Schönheit dessen, sie langsam in meiner Hand kommen zu sehen, verpasst.

Sie bewegt das Becken schneller und zieht damit meine Finger fester und tiefer in sich hinein. Ihre Lippen teilen sich, und mein Schwanz fühlt sich an, als würde er gleich explodieren, als sie meinen Namen stöhnt, während ich meine Finger aus ihr herausführe und mit ihrer eigenen Feuchtigkeit ihren sensibelsten Punkt massiere.

»Oh, Gott, hör nicht auf! Nicht aufhören!«, fleht sie und presst das Becken gegen meine Hand.

Wie zur Hölle konnte ich es so lange aushalten, ohne das hier zu erleben?

Und wie, um alles in der Welt, werde ich jemals weitermachen können, nachdem ich das hier erlebt habe?

Sie löst die eine Hand vom Laken, umfasst meinen Hinterkopf und zieht mich zu sich herunter, bis meine Stirn an ihrer ruht.

Ich lausche jedem sexy Stöhnen, das sie von sich gibt, achte auf jeden Stoß ihrer Hüften und präge mir alles über ihren Körper und was ihr gefällt ein. Ich dringe abwechselnd in sie ein und gleite mit den Fingern heraus, um damit ihre Klitoris zu reizen, sanft und zärtlich.

Ich nehme mir Zeit.

Ich präge mir ein, wie sich ihre inneren Muskeln um mich zusammenziehen.

Ich präge mir ihren geschwollenen, unter meinen Fingern pulsierenden Kitzler ein.

Ich präge mir ein, wie sie meinen Namen haucht und um mehr fleht, ohne Hemmungen, was ihre Bedürfnisse und Wünsche betrifft.

Ich hebe den Kopf wieder, um sie besser betrachten zu können, und brenne mir alles in diesem Moment ins Gedächtnis ein.

»Everett ... Everett«, stößt sie keuchend hervor und bewegt das Becken schneller, da ich das Tempo erhöhe und meine Finger rascher kreisen lasse.

»Lass los, Baby«, flüstere ich und dringe mit meinen Fingern tief in sie ein, wo ich sie lasse und ihren sensibelsten Punkt nur noch mit dem Daumen sanft massiere.

Sie reckt sich mir entgegen und verharrt in dieser Position, als sie genau das tut, was ich ihr geraten habe, nämlich loszulassen. Gleichzeitig krallt sie ihre Finger in meine Haare am Hinterkopf, so fest, dass ich befürchte, sie reißt mir ein paar Strähnen aus. Aber der Schmerz ist es mir wert, als ich sehe, wie sie zum Orgasmus gelangt und dabei meinen Namen schreit.

Ihre Röte wird ein wenig dunkler, und ich fühle, wie ihre inneren Muskeln sich um meine Finger zusammenziehen. Ihre Klitoris pulsiert, und ich bewege den Daumen nur noch ganz sacht hin und her, um sie die Lust voll und ganz auskosten zu lassen.

Endlich sinkt sie wieder auf die Matratze herab, schwer atmend, und ich nehme meine Finger behutsam weg.

Ich präge mir ein, wie sie die Augen aufschlägt und mich anschaut.

Ich präge mir ihr sinnlich träges Lächeln ein, während sie mir durch die Haare streicht und ich mich zwischen ihren Beinen in Position bringe.

Ich präge mir ein, wie sie duftet und sich anfühlt, als ich langsam in sie eintauche.

All das präge ich mir genau ein, denn ich weiß, dass sich alles zwischen uns verändert hat und wir nie mehr einfach nur Freunde sein können. Sie schlingt die Beine um meine Taille und legt mir die Hände auf die Schultern, um mich näher an sich zu drücken.

Und ich verfluche mich tausendfach, dass ich das nicht schon früher getan habe.

33

Cameron

»Du musst mit ihm reden. Er kann nicht die ganze Zeit hier wütend umhermarschieren, vor sich hinmurmeln und Everett finstere Blicke zuwerfen, sobald die beiden im selben Raum sind«, erkläre ich meiner Mom frustriert seufzend.

Sie lacht und stößt sich mit dem Zeh vom Verandaboden ab, um die Schaukel in Bewegung zu setzen, auf der wir sitzen.

»Schätzchen, er ist dein Vater. Und er hat seine Tochter halb bekleidet aus einem Raum kommen sehen, mit einem Mann, der kein Hemd trug. Gib ihm etwas Zeit, diese Bilder aus dem Kopf zu kriegen.«

Okay, es war nicht unbedingt der beste Moment meines Lebens, als ich letzte Woche aus der Sattelkammer kam und plötzlich meinem Dad gegenüberstand. Ich im zweiten am Rücken zerrissenen Kleid, Everett hinter mir mit nacktem Oberkörper, da ich sein weißes Hemd trug, um mich, so gut es ging, zu bedecken. Meine Haare waren komplett zerwühlt, das Make-up an meinen Augen verschmiert. Es war offensichtlich, was wir über Nacht in dieser Sattelkammer getrieben haben. Und am Morgen danach.

Andererseits: Ich bin dreißig Jahre alt. Zu alt, als dass mein Dad Everett die ganze Zeit anstarren sollte, als wollte er ihn umbringen.

Abgesehen davon muss ich grinsen bei der Erinnerung an die letzte Woche mit Everett.

Anfangs war ich sauer, als er wieder in meinem Leben auftauchte, weil er da so perfekt hineinpasste. Und jetzt passen wir beide so wundervoll zusammen; kaum zu glauben, dass erst eine Woche vergangen ist.

»Es ist schön, dich wieder glücklich zu sehen, und auch, zu erkennen, dass ich mich in Everett geirrt habe. Er ist ein guter Mann, und du bedeutest ihm sehr viel«, sagt meine Mom. »Dein Dad wird das auch bald selbst erkennen, keine Sorge.«

»Ich mache mir keine Sorgen. Ist das nicht seltsam? Everett und ich haben eine Riesengrenze überschritten. Erst sind wir unser Leben lang beste Freunde, dann reden wir mehr als vier Jahre nicht mehr miteinander, dann sind wir so eine Art Freunde, und jetzt das. Es ist alles so schnell passiert, dass mir der Kopf schwirren sollte, aber so ist es nicht«, erkläre ich ihr.

»Na ja, wenn man jemanden dreißig Jahre kennt, ist das eher das Gegenteil von schnell.« Meine Mutter lacht. »Du hast eben einen Umweg gemacht, um dort hinzugelangen, aber es war der richtige Weg. Du musstest diese Erfahrungen machen – die Sehnsucht, den Schmerz, das Herzeleid, die Verwirrung und den Kummer –, um schätzen zu können, was du jetzt hast. Ich glaube, ihr zwei wäret nicht da, wo ihr heute seid, hättet ihr euch gegenseitig eure Gefühle früher gestanden. Ihr musstet die Erfahrung machen, getrennt zu sein, um zu erkennen, dass das Zusammensein besser ist.«

Ich denke über ihre Worte nach und weiß, dass alles, was sie sagt, stimmt. Dennoch muss ich andauernd daran denken, was passiert wäre, wenn Everett und ich nicht solche Angst gehabt hätten, einander unsere Gefühle zu offenbaren. Everett wäre vielleicht nicht vier Jahre fort gewesen und hätte seinen Vertrag mit Ärzte ohne Grenzen nicht wieder und wieder verlängert, nur um weg von mir zu sein und nicht mitzubekommen, was angeblich zwischen mir und Aiden lief. Die Schuldgefühle, weil er bei Aidens Tod nicht da war, wären ihm erspart geblieben. Vielleicht hätten wir nicht so viele Jahre getrennt verbracht, wo wir doch jetzt wissen, wie gut wir zusammenpassen.

Ich höre das Knirschen von Reifen und sehe eine Staubwolke, die Everetts Pick-up umgibt, der die Zufahrt entlang auf das Haus zufährt und schließlich auf dem Wendeplatz stehen bleibt. Meine Mom erhebt sich von der Schaukel und gibt mir einen Kuss auf die Wange. Dann richtet sie sich wieder auf und schaut auf mich herunter.

»Ich kann geradezu sehen, wie dein Verstand rotiert. Hör auf, dich ständig zu fragen: ›Was wäre, wenn?‹. Du kannst die Vergangenheit nicht ändern, Schätzchen. Du kannst nur nach vorn schauen und andere Entscheidungen treffen.«

Ich sehe ihr hinterher, wie sie zur Haustür geht, Everett mit einem Lächeln begrüßt und ihm zuwinkt, als er die Verandastufen hinaufsteigt. Unsere Blicke treffen sich, und mein Herz pocht, als er ohne Umschweife zu mir kommt, mein Gesicht umfasst und mich küsst.

Du kannst die Vergangenheit nicht ändern … Du kannst nur nach vorn schauen und andere Entscheidungen treffen.

Die Worte meiner Mutter gehen mir nicht aus dem Kopf, als Everett mich zärtlich küsst und seine Zunge meine umspielt.

Ich weiß nicht, ob ich es jemals schaffe, nicht traurig zu sein über unsere Entscheidungen in der Vergangenheit, aber ich bin glücklich über die Entscheidungen, die uns an diesen Punkt gebracht haben.

Everett beendet den Kuss und sieht mich lächelnd an.

»Hey.«

»Selber hey«, erwidere ich und lächle ihn ebenfalls an, als er sich neben mich auf die Schaukel setzt und den Arm um meine Schultern legt. »Wie war der Lunch mit deinem Freund?«

Everett besucht nach wie vor die Meetings der Anonymen Alkoholiker. Heute hat er einen Anruf von dem Mann bekommen, der neulich Abend vor dem Spendendinner seine Hilfe gebraucht hatte. Everett ist gleich aufgebrochen, um mit ihm zu reden und ihn davon zu überzeugen, seine Probleme nicht mit Alkohol zu lösen.

Everett verbringt seine gesamte freie Zeit hier im Camp, wo er entweder mit mir zusammen ist oder hilft, wo immer er gerade gebraucht wird. Zu den Meetings zu gehen und Zeit mit Freunden zu verbringen, die er dort kennengelernt hat, hält ihn beschäftigt und gibt ihm eine Aufgabe. Doch das kann einen Mann, der die ganze Welt bereist hat, um Menschenleben zu retten, unmöglich ausfüllen. Ich habe ihm schon mehrfach vorgeschlagen, sich für eine Stelle im Stadtkrankenhaus zu bewerben. Er lächelt dann immer und nickt, sagt, das sei eine gute Idee, und belässt es dabei. Ich will nicht, dass er sich langweilt. Ich will nicht, dass er womöglich bereut, heimgekommen zu sein und auf seine Arbeit verzichtet zu haben.

»Stressig und anstrengend. Es ging ihm wieder besser, als ich ihn verließ, aber es dauerte eine ganze Weile und war schwierig. Ich will nur noch duschen und mich anschließend ins Bett fallen lassen.«

Ich lege ihm den Arm um die Taille, schmiege mich an ihn und lege meine Wange auf seine Schulter.

»Armer Schatz. Ich wollte vorschlagen, dass ich mit dir zusammen unter die Dusche springe. Aber wenn du zu müde bist …«

Fast wäre ich von der Schaukel gefallen, als Everett aufspringt und mich mit hochzieht.

»Sagte ich erschöpft? Ich meinte aufgekratzt. Los, auf geht's, bevor dein Dad mitbekommt, dass ich hier bin, und mir schweigend droht, mich umzubringen«, scherzt Everett.

Er lacht, doch das Lachen scheint seine Augen nicht ganz zu erreichen. Ich weiß, dass das Verhalten meines Dads ihm zu schaffen macht, und das nervt mich. Seit seinem dritten Lebensjahr ist Everett ein Teil dieser Familie. Mein Dad sollte eher froh sein darüber, dass ich mit jemandem zusammen bin, den ich schon mein ganzes Leben lang kenne, statt mit einem Mann, den ich gerade erst kennengelernt habe, und über den er gar nichts weiß. Meine Mom hat sofort akzeptiert, dass wir zusammen sind, und ich verstehe nicht, warum mein Dad ihm nicht ebenso eine Chance gibt.

Ich will Everett gerade sagen, dass ich mit meinem Dad reden werde, als ein Wagen vorfährt und direkt vor dem Haus hält. Eine Frau steigt aus dem Wagen und nimmt einen Karton vom Rücksitz, mit dem sie auf uns zukommt.

»Oh je«, murmele ich und verspüre ein Kribbeln im Bauch, als ich erkenne, wer es ist. Ich freue mich, sie zu sehen, doch ihre finstere Miene verrät mir, dass das keineswegs auf Gegenseitigkeit beruht. Am Fuß der Treppe bleibt sie stehen.

Unwillkürlich rückt Everett näher an mich heran und legt beschützend den Arm um meine Taille.

»Michelle«, flüstere ich. »Wie schön, dich zu sehen. Everett, das ist Michelle, Aidens Verlobte.«

Everetts Umarmung lockert sich ein wenig, als er sich vorbeugt und ihr die Hand hinhält.

Michelle ignoriert sie; wütend blickt sie mich an.

»Ich bin nicht einfach zu Besuch hier. Ich bin hergekommen, um dir deine Sachen zu bringen. Die habe ich beim Aufräumen in Aidens Haus gefunden.«

Sie tritt näher und drückt mir den Karton unsanft gegen die Brust, und ich halte ihn schnell fest, da sie sofort loslässt und einen Schritt zurückweicht. Sie verschränkt die Arme vor der Brust, während ich in den Karton schaue und darin eines meiner alten Sweatshirts, einen Mantel, ein Paar Flip-Flops und Kleinkram entdecke. Lauter Sachen, die ich im Lauf der Zeit mal bei Aiden liegen gelassen habe, wenn wir uns getroffen haben.

»Möchtest du nicht hereinkommen? Wir können Eistee trinken und uns unterhalten. Ich habe dich und Abby vermisst«, sage ich und denke an ihre zehnjährige Tochter, die sofort mein Herz erobert hat, als sie vor einigen Jahren das Camp besuchte. Seit Aidens Beerdigung habe ich sie nicht mehr gesehen.

»Oh, spar dir das, Cameron. Als hättest du dich je für einen von uns interessiert.« Sie verdreht die Augen. »Ich weiß nicht einmal, warum du mich Aiden vorgestellt hast, wenn du ihn doch nur für dich selbst wolltest.«

Die gleichen Vorwürfe hat sie mir schon nach Aidens Beerdigung gemacht, und das war auch der Grund, warum wir seitdem nicht mehr miteinander geredet haben. Dennoch treffen mich ihre Worte noch immer zutiefst. Sie war meine Freundin, und niemand hat sich mehr darüber gefreut als ich, zu sehen, wie sie und mein bester Freund sich ineinander verliebt haben. Und es brach mir das Herz, dass ihr dieses Glück, das sie nach dem Tod ihres Mannes gefunden hatte, auch wieder genommen wurde.

»Michelle, du weißt, dass das nicht stimmt. Aiden war mein Freund. Ich wollte nie etwas anderes, als dass ihr glücklich seid. Es tut mir schrecklich leid, dass du und Abby ihn verloren habt.«

Everett sagt gar nichts, doch seine Hand wandert an meinem Rücken hinauf bis zu meinem Nacken, wo er mich sanft massiert und mir auf diese Weise stillen Trost und Unterstützung gibt.

»Aiden war meine zweite Chance. Endlich konnte ich wieder glücklich sein, nachdem ich meinen Mann verloren hatte. Aber du konntest mir nicht einmal das gönnen. Hast du eigentlich eine Ahnung, wie das ist, nur an zweiter Stelle im Leben deines Verlobten zu stehen, selbst im Sterben noch? Ich habe ihm alles gegeben, aber es war nie genug, weil ich nicht du war. Die kleine perfekte Cameron mit ihrem kleinen perfekten Leben. Er hat dich verehrt, und dir war es egal. Er lief dir hinterher wie ein Welpe, und nachdem du diese dämlichen Briefe bekommen hattest, sogar noch mehr. Er sagte Pläne mit mir und Abby ab, nur um auf die erbärmliche kleine Cameron aufzupassen.« Sie klingt jetzt geradezu boshaft.

»Was für Briefe?«, meldet Everett sich zu Wort.

Michelle sieht ihn an und lächelt unfreundlich.

»Oh, wussten Sie das nicht? Die arme Cameron wurde bedroht. Mein Verlobter opferte Zeit, die er eigentlich mit mir und meiner Tochter verbringen wollte, für *sie*. Denn *sie* stand stets an erster Stelle. *Ihre* Sicherheit war alles, was zählte. Selbst am Ende wollte er nicht mich an seinem Bett, sondern *sie*«, stößt sie hervor und wirft mir einen mörderischen Blick zu. »Du hast nicht einmal versucht, zu helfen. Es hat dich nicht einmal interessiert, dass *ich* seine Hand hätte halten sollen, als er starb. *Ich* hätte diejenige sein sollen, die ihm sagt, wie sehr sie ihn liebt, und die ihm beisteht.«

Ich stelle den Karton auf das Verandageländer neben mir und gehe einen Schritt auf Michelle zu. Tränen verschleiern mir den Blick, als ich die Stufen hinuntergehe, um sie zu umarmen, damit sie weiß, dass nichts von dem, was sie da sagt, wahr ist. Ich habe schon mehrmals versucht, ihr zu erklären, warum Aiden am Ende nicht sie bei sich haben wollte, aber sie hat mir nie geglaubt. Er wollte nicht, dass ihre letzten Erinnerungen an ihn die an einen geschwächten Patienten sind, zu dem er geworden war. Sie sollte sich an den gut aussehenden starken Mann erinnern, in den sie sich verliebt hatte. Das war einer der wenigen Streitpunkte zwischen mir und Aiden während seiner Krankheit. Michelle hätte bei ihm sein sollen, aber das wollte er nicht. Genauso wenig, wie er wollte, dass Everett ihn so sah.

Ich bleibe auf den Stufen stehen, denn Michelle hebt die Hände, um mich aufzuhalten.

»Trockne deine Tränen, Süße. Ich brauche sie nicht, und ich brauche auch deine verdammten Erklärungen nicht. Ich wollte dir nur dein Zeug geben und dir sagen, dass du mich in Ruhe lassen sollst. Ich will keine Anrufe von dir, ich will keine Nachrichten, und ich will dich weder in meiner Nähe noch in der meiner Tochter sehen.«

Damit dreht sie sich um und marschiert davon, steigt in ihren Wagen und fährt los.

»Himmel, und ich dachte, ich sei der Eifersüchtige«, bemerkt Everett und bringt mich damit trotz meiner Tränen zum Lächeln, wie immer.

»Ich hielt sie für meine Freundin. Ich dachte, wenn ich mich nur weiter um sie bemühe, überwindet sie ihre Wut und ihren Kummer und hört mich an«, sage ich.

Er folgt mir ein paar Stufen hinunter und stellt sich hinter mich, legt mir die Hände auf die Schultern und küsst mich auf den Kopf. Er muss gar nichts sagen; allein ihn bei mir zu haben, ist mir schon Trost genug.

Everett und ich stehen still auf den Verandastufen und schauen Michelles Wagen hinterher, bis Amelia über den Rasen gelaufen kommt und vor uns stehen bleibt. Sie schaut über die Schulter zu Michelles Wagen, der sich auf der Zufahrt entfernt.

»War das Michelle? Ist sie endlich bereit, mit dir zu reden?«, erkundigt Amelia sich, nachdem sie sich wieder zu uns umgedreht hat. Dann registriert sie meine Tränen. »Ich schätze, das heißt nein. Das tut mir leid, Liebes. Sie braucht einfach noch mehr Zeit.«

Ich nicke, wische mir die Tränen von den Wangen und weiß,

dass keine Zeit der Welt den Schmerz und den Zorn in Michelles Herz lindern wird.

»Tut mir leid, dir den Tag noch mehr zu vermiesen, aber heute ist schon wieder Fanpost eingetroffen«, sagt Amelia mit sarkastischem Unterton. »Ich wollte den Brief zu den anderen legen, wusste aber nicht, ob du ihn vielleicht vorher lesen willst.«

Seufzend nehme ich den Umschlag von ihr entgegen, den sie mir in der ausgestreckten Hand hinhält, reiße ihn auf und ziehe das gefaltete Blatt Papier heraus.

»Was zum Geier?«, murmelt Everett, der sich an mich lehnt und über meine Schulter mitliest.

Du wirst es bereuen, mein Leben ruiniert zu haben.

»Das hat nichts zu bedeuten«, versichere ich ihm, falte das Blatt Papier wieder zusammen, schiebe es zurück in den Umschlag und gebe ihn Amelia wieder. »Leg ihn zu den anderen.«

Amelia will den Umschlag nehmen, doch Everett schnappt ihn mir aus der Hand.

»Das ist nicht nichts, Cameron. Das ist ernst. Ist es das, wovon Michelle sprach?«

Der unbeschwerte, scherzende Ton und die leuchtenden Augen von vorhin, als wir übers gemeinsame Duschen sprachen, sind verschwunden. Auch der stille Trost, den er mir während Michelles Besuch spendete, ist nicht mehr da. Everett hält den Umschlag so fest in der Hand, dass seine Fingerknöchel weiß hervortreten.

»Everett, es ist alles in Ordnung. Solche Briefe erhalten wir ständig«, sage ich und beschließe angesichts seiner Wut, es für mich zu behalten, dass die Briefe bisher nicht so drohend gewesen waren wie dieser.

»Was soll das heißen, ihr bekommt ständig solche Briefe? Warum hast du mir nichts davon erzählt?«, bringt er knurrend hervor.

Mein Wunsch, ihn zu besänftigen, verfliegt; ich vergesse meinen Schmerz und meine Traurigkeit über Michelles Vorwürfe und verschränke wütend die Arme vor der Brust.

»Vielleicht, weil ich genau wusste, dass du so reagieren würdest«, schieße ich zurück, sauer, weil er die Sache so aufbauscht.

»Was hast du denn, verdammt noch mal, erwartet, wenn ich erfahre, dass du bedroht wirst?«, ruft er.

»Uuuuund das ist mein Stichwort, zu verschwinden«, murmelt Amelia und entfernt sich im Rückwärtsgang von uns. »Jason und ich gehen heute Abend essen. Also, Kinder, versucht am besten, euch nicht gegenseitig umzubringen, während ich weg bin.«

Ich verabschiede mich nicht einmal von ihr, weil ich viel zu beschäftigt damit bin, Everett niederzustarren. Ich bin sogar zu sauer, um zur Kenntnis zu nehmen, dass Jason endlich den Mut gefunden hat, Amelia um ein Date zu bitten. Die beiden waren unzertrennlich seit dem Spendendinner, bei dem sie ihm die Hölle heiß gemacht hat, nachdem sie ihm dabei geholfen hatte, sein betrunkenes Date in ein Taxi zu verfrachten.

Ich werde noch genug Zeit haben, mich für meine Freundin zu freuen, nachdem ich Everett die Meinung gesagt habe.

»Ich muss damit zur Polizei gehen. Ein paar Telefonate führen und herausfinden, was eigentlich los ist. Ich kann es nicht fassen, dass du mir nichts davon erzählt hast.« Er schüttelt den Kopf und schaut auf den Brief herunter, den er nach wie vor in seiner Faust zerknüllt hält.

»Hör auf, dich wie ein Neandertaler zu benehmen und so, als wüsste ich nicht, was ich tue«, fahre ich ihn an. »Ich habe dir nichts davon erzählt, weil es keine große Sache ist. Meine Eltern haben solche Briefe schon bekommen, lange bevor ich das Camp übernommen habe. Und für den Fall, dass es dir entgangen sein sollte – es ging ein bisschen turbulent zu hier in jüngster Zeit, deshalb stand dieses Thema nicht ganz oben auf meiner Liste der diskussionswürdigen Dinge.«

»Offensichtlich weißt du eben nicht, was du tust, wenn diese Briefe weiterhin eintreffen!«, kontert er lautstark.

Bevor ich etwas sage, was mir hinterher leidtun könnte, drehe ich mich lieber um und marschiere davon.

»Cameron!«, ruft er mir hinterher.

»Leck mich!«, rufe ich zurück, ohne anzuhalten.

Es war schlimm genug, dass Aiden übertrieben beschützend reagierte, als die Briefe bedrohlicher wurden, was Michelle dazu brachte, mich zu hassen und zu glauben, er habe mich mehr geliebt als sie. Ich kann die Vergangenheit nicht ändern, aber ich kann künftig auf jeden Fall andere Entscheidungen treffen. Eine davon wäre, Everett nicht zum Alpha-Tier mutieren zu lassen, das glaubt, ich käme nicht allein zurecht.

34

Everett

Eine Stunde später finde ich Cameron am See. Sie sitzt am Ende des Stegs und lässt ihre Beine hinabbaumeln. Ich schiebe meine Hände in die Vordertaschen meiner Jeans und mache mich auf den Weg zu ihr.

Wahrscheinlich hätte ich sie vorhin nicht einfach gehen lassen sollen, aber wir brauchten beide etwas Zeit, um wieder herunterzukommen. Ich fühle mich mies, vorhin derart die Fassung verloren zu haben, aber ich konnte nicht anders. Irgendetwas an diesem Brief beunruhigte mich. Irgendetwas löste es in mir aus, als ich diese Worte las, ohne dass ich es hätte benennen können. Ich habe reagiert, ohne nachzudenken, weil ich nur noch vor Augen hatte, dass Cameron etwas Schreckliches zustoßen könnte. Das hat mir Angst gemacht.

Ich gehe zu ihr, nehme die Hände aus den Taschen und setze mich neben sie, um gemeinsam mit ihr die Beine vom Steg baumeln zu lassen.

»Es tut mir leid, ich war ein Idiot.«

Ich betrachte ihr Profil; eine sanfte Brise weht ihr die Haare ins Gesicht. Ich streiche sie ihr hinters Ohr, um Cameron ansehen zu können.

Seufzend schaut sie mich an.

»Ich habe dir die Briefe nicht bewusst vorenthalten. Ich habe sie wirklich vergessen bis vorhin.«

»Ich weiß«, versichere ich ihr. »Und es tut mir leid.«

»Ich bin nicht blöd. Ich weiß, dass sie ernst gemeint sind, obwohl das Camp seit Jahren solche Briefe erhält und nie etwas passiert ist. Ich würde die Kinder, die hierherkommen, niemals einer Gefahr aussetzen. Die Polizei hat eine Kopie jedes einzelnen Briefes erhalten, der je hier eingetroffen ist. Die Originale bewahren wir in einer Mappe im Büro auf«, erklärt sie mir.

»Ich weiß«, wiederhole ich. »Aber ich mache mir nicht nur wegen der Kinder Sorgen. Falls dir je etwas zustoßen sollte …«

Sie unterbricht mich, indem sie mir den Finger auf die Lippen legt.

»Ich wollte es dir erzählen, ehrlich. Und es tut mir leid, dass ich so zickig war. Ich hätte dich nicht anschreien und einfach weggehen sollen. Aber nach Michelles Besuch und dem, was sie zu mir gesagt hat, war ich aufgewühlt. Ausgerechnet dann kreuzt Amelia mit einem weiteren dieser Briefe auf …«

Ich umfasse ihr Handgelenk und küsse ihre Handfläche, bevor ich meine Finger mit ihren verschränke und sie in meinen Schoß lege.

»Du bist ziemlich sexy, wenn du wütend bist.«

Sie verdreht die Augen, und der Druck weicht ein wenig von mir. So gern ich mich auch mit ihr streite, ich mag es nicht, wenn sie sauer auf mich ist, weil ich mich wie ein Arsch benommen habe.

Wir sitzen auf dem Steg und schauen ein paar Minuten schweigend auf den See, bevor Cameron wieder etwas sagt.

»Aiden war auch ganz schön aufgebracht, als er von den Briefen erfuhr. Wie du ja jetzt erfahren hast.«

Ich spüre einen Stich in der Brust, als sie seinen Namen ausspricht, aber anders als früher. Nicht aus Eifersucht oder weil ich Schuldgefühle habe. Sondern, weil ich seit meiner Rückkehr nicht ein einziges Mal mit ihr über unseren gemeinsamen

Freund gesprochen habe. Nicht einmal in der vergangenen Woche, nachdem ich erfahren hatte, dass Aiden und Cameron gar kein Liebespaar gewesen waren.

Ich hätte fragen sollen. Es hätte mir schon beim letzten Mal eine Lehre gewesen sein sollen, dass ich nicht die richtigen Fragen gestellt habe. Aber das ist wohl nicht der Fall. In den letzten sieben Tagen bin ich viel zu sehr damit beschäftigt gewesen, Cameron so oft wie möglich auszuziehen. Und so toll das auch war, müssen wir in der Lage sein, miteinander zu kommunizieren, damit das zwischen uns funktioniert. Wir haben es zu viele Jahre lang versäumt, über die wichtigen Dinge zu reden, und ich will es jetzt nicht vermasseln, wo es so gut läuft zwischen uns.

»Gott, er würde sich jetzt so sehr lustig machen über uns«, sagt sie lächelnd und schüttelt den Kopf.

»Er würde immer noch versuchen, dich anzubaggern, und mich dann auffordern, dich auf einer Skala von eins bis zehn zu bewerten«, füge ich grinsend hinzu.

»Er war ein schreckliches Date. Ich kann gar nicht glauben, dass ich das noch zweimal wiederholt habe nach dem ersten Desaster«, beklagt sie sich. »Dafür gebe ich übrigens dir die Schuld.«

Darüber kann ich jetzt tatsächlich lachen. Es tut gut, an Aiden zu denken und ihn dabei nicht zu hassen – danach hasse ich mich selbst dafür, solche Gefühle zu haben.

»Du hast jedes Recht dazu, mir alles in die Schuhe zu schieben. Ich übernehme die volle Verantwortung. Ich habe schon gehört, wie er versuchte, deine Hand zu nehmen, worauf du Wein auf ihn verschüttet hast.«

Fragend sieht sie mich an.

»Amelia«, ergänze ich.

»Natürlich.« Sie verdreht die Augen. »Das war der letzte Versuch. Dabei hätte der erste Versuch schon der letzte sein sollen, nachdem er mich ins Kino eingeladen hatte, wo er andauernd in die Lobby verschwand, weil seine Tussis ihn ständig anriefen.«

»Nicht dein Ernst!«

»Oh doch, so war's.« Sie nickt und lacht auch. »Na ja, typisch Aiden. So war er eben, und dafür habe ich ihn auch geliebt. Er war so albern, so voller Lebensfreude und wollte nie eine Gelegenheit verpassen, Spaß zu haben. Mir war vollkommen klar, dass er sich meinetwegen ganz sicher nicht ändern würde, das wollte ich auch gar nicht. Da wurde mir sehr schnell klar, dass ein Date die dümmste Idee überhaupt war.«

Sie schweigt einige Minuten und schaut gedankenverloren auf den See hinaus.

»Gott, du hättest ihn mit Michelle und Abby erleben sollen. Die beiden haben ihn verändert«, sagt sie wehmütig.

»Ich kann es mir immer noch nicht vorstellen, auch wenn ich Michelle gesehen und aus ihrem Mund gehört habe, dass sie verlobt gewesen waren. Ich kann einfach nicht glauben, dass sich *unser* Aiden in eine Frau mit Kind verliebt hat. Er hasste Kinder. Jedes Mal, wenn er im Camp war, zuckte er innerlich zusammen, sobald sie zu ihm kamen. Er hatte Angst, sie würden seine eleganten Anzüge schmutzig machen.«

»Bei ihr war er ganz anders. Bei beiden. Ich habe es sofort bemerkt, als er Michelle zum ersten Mal begegnet ist. Ich konnte es in seinen Augen sehen. Er gab sich nicht mehr mit seinen Bettgeschichten ab, und Abby liebte er, als wäre sie seine eigene Tochter gewesen«, erklärt Cameron.

Plötzlich wirkt sie traurig, Tränen steigen ihr in die Augen.

»Heute habe ich Michelle zum ersten Mal seit der Beerdigung wiedergesehen. Du hast es sie sagen gehört, ich habe versucht, sie anzurufen, und ihr Nachrichten geschrieben. Aber sie antwortet nicht. Es hat sie schwer getroffen. Ohne Zweifel. Ich habe versucht, ihr beizustehen, doch es war schwierig.

Sie wechselte von Trauer rasch zu Wut, und alles, was ich tat, machte es nur schlimmer. Sie fing an, mir die Schuld zu geben für die Zeit, die sie nicht mit ihm gehabt hatte, weil er mit mir zusammen war, statt mit ihr und Abby. Es war zu schmerzhaft für sie, hier und in meiner Nähe zu sein, weil es sie an ihn erinnerte. Und die ganze Zeit über war sie eifersüchtig, steigerte sich hinein und ließ es zu Hass werden. Das ist blöd. Wir waren Freundinnen, und jetzt will sie nichts mehr mit mir zu tun haben.«

Ich lege ihr den Arm um die Schulter und drücke sie an mich. Zum hundertsten Mal wünschte ich, dass ich nach meiner Rückkehr aus dem Ausland früher zur Vernunft gekommen wäre. Cameron hat so viel durchgemacht, und ich war nicht da, um ihr beizustehen. Das wurmt mich.

»Ich will das eigentlich nicht fragen, aber ich muss. Glaubst du, dass Michelle die Briefe schickt?«

Cameron schüttelt den Kopf.

»Nein. Auf keinen Fall.«

Ich höre Zweifel mitschwingen, die nicht zu ihren Worten passen wollen. Schon gar nicht, nachdem ihr Michelle vorhin so hasserfüllt und wütend gegenübergetreten ist. Doch ich will nicht mit ihr streiten. Ich weiß, es wird sie auf die Palme bringen, aber ich werde wegen dieser Briefe selbst noch einmal die Polizei anrufen. Mich beunruhigt die Vorstellung, es könnte jemand sein, der Cameron kennt und alles über sie weiß, und der dieses Wissen ausnutzt, um ihr Angst einzujagen. Außerdem habe ich vor, ein paar Nachforschungen über diesen Idioten Grady Stevens anzustellen. Cameron erzählte mir neulich, wie seltsam und besitzergreifend er wurde, als ich hier wieder auftauchte. Einiges von dem, was er zu ihr gesagt hat, wie ich von ihr weiß, gefällt mir gar nicht. Vor allem nicht die Bemerkung, sie habe sein Leben ruiniert. Ziemlich genau diese Worte standen in einem der Briefe, den ich vor einer Weile gesehen habe.

»Manchen Menschen fällt es schwer, so etwas hinter sich zu lassen. Den Schmerz, die Trauer und Angst zu überwinden und wieder zu leben und glücklich zu sein«, erkläre ich ihr.

»Hast du deswegen den Job im Krankenhaus nicht angenommen? Weil du Angst hast? Vermisst du es, um die Welt zu reisen, statt an einem Ort zu bleiben?«, fragt sie mich sanft.

Nach vier Jahren im Ausland bleibt mir noch etwas Zeit, ehe ich mich für eine weitere Periode bei Ärzte ohne Grenzen verpflichten müsste. Allerdings weiß ich längst, was ich tun werde. Das wusste ich im Grunde schon, als ich vor zehn Monaten wieder amerikanischen Boden betrat.

»Ja, es fehlt mir. Es ist nur …« Ich versuche, meine Gedanken zu ordnen.

Ich habe noch niemandem von meiner Entscheidung erzählt oder den Gründen dafür. Doch Cameron hat es verdient, davon zu erfahren. Es hat uns Wochen gekostet, unsere Freundschaft wiederherzustellen, und eine weitere Woche, damit sich noch mehr daraus entwickelt. Aber wir haben noch nicht über wichtige Dinge gesprochen. Sie muss alles über mich wissen und das, was ich getan habe, bevor das mit uns weitergehen kann.

Ich habe versucht, so zu tun, als sei die plötzliche Abneigung ihres Vaters gegen mich keine große Sache und störe mich nicht weiter. Doch das stimmt nicht. Es schmerzt. Und jedes Mal, wenn er mich finster anschaut oder den Raum verlässt, sobald ich eintrete, kommt diese blöde, ätzende Erinnerung an den Abend vor meinem ersten Auslandsaufenthalt wieder hoch. Der Grund, warum ich Cameron zu dem Date mit Aiden gedrängt habe. Der Grund, weshalb ich mehr als vier Jahre von ihr getrennt gewesen bin.

»Er ist nicht gut genug für sie. Würde es ihn umbringen, ab und zu mal zu lächeln? Cameron sollte mit jemandem zusam-

men sein, der sie glücklich macht, und nicht mit jemandem, der sie erschöpft, weil sie ihn immer wieder aufbauen muss.«

Ich habe diese Worte, die Mr. James an jenem Abend zu Camerons Mom gesagt hatte, nie vergessen. Sie brannten sich tief in mein Gedächtnis ein, und dort ließ ich sie für Jahre verrotten. Seit vergangener Woche ist es noch schlimmer geworden. Jedes Mal, wenn ich Cameron küsse oder berühre, höre ich die Stimme ihres Vaters in meinem Kopf, mit der er erklärt, ich sei nicht gut genug für sie. Und ein Teil von mir weiß, er hat recht. Ein Teil von mir hat eine Heidenangst, dass sie ebenso denken wird, sobald sie erst alles über mich erfahren hat.

»Es gibt eine Grenze zwischen Gut und Böse, zwischen Richtig und Falsch. Mein ganzes Leben lang habe ich darauf geachtet, diese Grenze nie zu überschreiten. Bei dir nicht, bei niemandem«, sage ich und blicke auf den See hinaus, um in ihrem Gesicht nicht womöglich das Gleiche zu entdecken wie in den Augen ihres Dads, wann immer er mich ansieht. »Ich habe stets die richtigen Entscheidungen getroffen. Ich habe getan, was gut und richtig war, und ich habe es nie für möglich gehalten, dass ich eines Tages eine Entscheidung treffen müsste, die das ändern würde. Doch dann ging ich ins Ausland.«

Ich halte kurz inne und konzentriere mich aufs Atmen. Verdränge die aufsteigenden Erinnerungen. An die Schreie, das Weinen, den Schmerz in den Gesichtern der Menschen, den Verlust und den Kummer … an all das, was mich in meinen Träumen verfolgt, seit ich zum ersten Mal ein Dritte-Welt-Land betreten habe.

»Du musst nicht darüber sprechen, wenn du nicht willst«, sagt Cameron und streichelt mir sanft den Rücken.

»Ich weiß, aber es ist mir wichtig. Viel zu lange schon habe ich diese Dinge für mich behalten, und sie haben mich monatelang von dir ferngehalten. Monate, in denen ich auf den Boden einer Flasche blickte, anstatt hier bei dir zu sein.«

Sie nickt verständnisvoll und wartet ruhig darauf, dass ich fortfahre.

»Mein ganzes Leben lang habe ich davon geträumt, Arzt zu werden. Leuten zu helfen und ein Held zu sein. Ich dachte, das sei das Beste, was ich in meinem Leben tun könnte, und für eine Weile war es das auch«, sage ich. »Bis es auf einmal sehr leicht wurde, diese Grenze zu überschreiten. Gott zu spielen mit dem Leben der Menschen. Sicher, ich tat, was ich tun musste, wozu ich ausgebildet war. Man hat oft nur den Bruchteil einer Sekunde für eine Entscheidung, wenn jemand direkt vor deinen Augen stirbt, und die sollte man tunlichst nutzen. Ich weiß, dass ich nicht jeden retten konnte, aber ich habe eine Auswahl getroffen. Für diejenigen, von denen ich glaubte, dass sie es am ehesten verdient haben. Den Sohn, die Tochter, den Vater von jemandem. Ich spielte Gott, denn ich hatte nur Impfstoffe und Medizin für die Hälfte der Bewohner eines Dorfes, in dem ich mich aufhielt. Also suchte ich die Menschen aus, die es meiner Meinung nach wert waren. Ich wies Mütter ab, die ich nicht für gut genug hielt, und lehnte Väter ab, die ich schon für zu krank einschätzte, um noch von den Medikamenten zu profitieren. Ich kannte diese Leute nicht. Ich wusste nichts von ihren Leben und den Kämpfen, die sie schon ausgefochten hatten. Ich marschierte in ihre Dörfer und fällte Urteile über sie, und ich weiß nicht, wie ich mir das verzeihen soll. Ich weiß nicht, wie ich wieder auf die andere Seite der Grenze komme, wo ich eigentlich sein sollte. Und ich weiß nicht einmal, ob ich das überhaupt noch kann.«

Zitternd atme ich aus, schließe die Augen und streiche mir durch die Haare. Mir ist klar, dass ich mich auf den Weg zum nächsten Schnapsladen machen würde, um zu trinken, bis ich umfalle, wenn ich jetzt nicht hier bei Cameron wäre.

Ich öffne die Augen wieder, als ich Camerons Hand an meinem Gesicht spüre, und sie meinen Kopf zu sich dreht.

»Es ist mir egal, was du sagst, Everett. Du hast diese Grenze nie überschritten«, flüstert sie und sieht mir in die Augen. »Ich weiß, dass du Menschen hast sterben sehen, dafür hast du viele andere gerettet. Du bist der mutigste und stärkste Mann, den ich je kennengelernt habe. Niemals, nicht einmal für eine Minute, darfst du denken, du seist weniger als das.«

Ihre Worte sind Balsam für meine Seele, und zum ersten Mal fange ich an zu glauben, was sie sagt. Ich habe Dinge getan, die ich nie werde vergessen können. Ich habe Entscheidungen getroffen, die mich für den Rest meines Lebens verfolgen werden. Aber mit dieser Frau an meiner Seite, die mir mehr gibt, als ich je verdient habe, kann ich vielleicht aufhören, daran zu zweifeln, ob ich gut genug bin für sie oder nicht.

Vielleicht komme ich endlich darüber hinweg und kann tun, was in meiner Macht steht, um ihrem Dad zu beweisen, dass er sich irrt.

35

Cameron

Everett liegt zwischen meinen Beinen, und ich hebe ihm das Becken entgegen, während er langsam in mich eindringt. Er stöhnt meinen Namen, und ich klammere mich an seine Schultern. Noch immer kann ich nicht glauben, dass wir das sind. Dass wir an diesem Punkt angelangt sind.

Selbst nach zwei Wochen, in denen ich mit ihm geschlafen habe, kommt es mir wie ein Traum vor. Ich werde mich nie daran gewöhnen, wie wundervoll er sich anfühlt. Wie *vollkommen* wir zueinanderpassen.

Er küsst mich seitlich am Hals, und ich drücke meine Hüften an ihn und kreuze die Fußknöchel hinter seinem Rücken. Er schiebt die Hände unter meinen Körper, greift meinen Po, zieht mich näher an sich heran und stößt langsam tiefer und tiefer in mich ein, bis seine Fülle mich von innen aufs Genussvollste ausdehnt.

Ich kralle die Finger in seine Haare und dirigiere ihn von meinem Hals weg, in den er jetzt zärtlich beißt, damit er mich küsst. Seine Zunge beginnt ein aufregendes Spiel in meinem Mund, im Rhythmus seiner Bewegungen, die das Feuer der Lust immer weiter anfachen, das lodert, seit er mich heute Morgen mit der Hand zwischen meinen Schenkeln aufgeweckt hat.

»Du fühlst dich so gut an, so verdammt perfekt«, murmelt Everett dicht an meinen Lippen.

Ich öffne die Augen und nehme die Hand von seinem Hinterkopf, um ihm mit dem Zeigefinger über den Mund zu streichen, während er tief in mir innehält, sein Becken jedoch an meinem reibt und dabei einen Punkt trifft, dass mir ein Kribbeln über den Rücken läuft.

Diese Lippen gehören mir. Dieser Mann gehört mir. Nach all dieser Zeit gehört er endlich mir. Er ist zu mir zurückgekehrt, weil er mich brauchte, auch wenn er eine Weile brauchte, um es zuzugeben. Ich habe ihn immer geliebt, selbst als ich es leugnete. Ich wusste stets, ich würde ihm nie entkommen, sosehr ich es auch versuchen würde. Und jetzt ist er mein.

»Ich liebe dich«, flüstere ich und weiß natürlich, dass dies der klischeehafteste Zeitpunkt für eine Liebeserklärung ist. Doch es ist mir egal.

Es ist nicht das erste Mal, dass ich diese Worte zu ihm sage. Das erste Mal war letzte Woche, als ich nach einer Therapiesitzung mit einer Familie ziemlich traurig war und er etwas von sich gab, was mich zum Lachen brachte. Nachdem ich diese Worte ausgesprochen hatte, küsste er mich und zog mich an sich, sodass ich gar keine Zeit hatte, verlegen zu werden.

Letzte Nacht, während wir aneinandergeschmiegt im Bett lagen, habe ich diese Worte auch zu ihm gesagt, kurz vor dem Einschlafen. Und morgens murmele ich ein verschlafenes »lieb dich«, bevor ich mit meinem Kaffee in der Hand zur Arbeit verschwinde. Bisher ist mir nicht aufgefallen, dass er diese Worte nicht erwidert, weil ich so glücklich und begeistert war wegen des Camps.

Everett gibt einen tiefen Laut von sich und küsst mich ungestüm, wobei er immer schneller und tiefer in mich eindringt, mit langen, harten Stößen, bis ich mich nicht länger beherrschen kann.

Ich bewege mich in dem Tempo, das er vorgibt, in wildem

Verlangen nach dem süßen Vergessen und dem freien Fall, an dessen Ende er mich auffangen wird.

Die Lust explodiert, und ich schreie Everetts Namen, in seinen Mund, während er seine Finger in meinen Po krallt und immer schneller wird, sodass das Bett durch die Wucht seiner Stöße ächzt und quietscht. Meine inneren Muskeln ziehen sich immer noch um ihn zusammen, als Folge eines Höhepunktes, der sich anfühlt, als würde er überhaupt nicht mehr enden. Everett presst sein Gesicht an meinen Hals und stöhnt meinen Namen, während er in mir kommt.

Ich lasse meine Arme rechts und links über die Bettkante fallen, als Everett auf mich herabsinkt. Wir sind beide außer Atem und bleiben ineinander verschlungen liegen, bis unser Herzschlag sich allmählich wieder normalisiert hat.

Nach einigen Minuten stützt er sich auf die Ellbogen, betrachtet mich und streicht mir die Haare aus der Stirn.

»Guten Morgen«, meint er lächelnd.

»Dir auch einen guten Morgen. Du bist besser als ein Wecker.«

Er lacht und rutscht von mir herunter. Ich schlinge die Decke um mich, stütze den Ellbogen aufs Kissen und den Kopf auf die Hand, wobei ich seinen nackten Körper bewundere. Everett hebt seine Boxershorts vom Fußboden auf und schlüpft hinein. Ich lächle tapfer weiter und versuche zu verhindern, dass meine Gefühle etwas ruinieren, was als großartiger Tag begonnen hat.

Ich will nicht zu diesen Frauen gehören, die einem Mann ihre Liebe gestehen und dann unsicher werden, weil er die Worte nicht erwidert. Doch langsam nagt es an mir. Er hat mir auf verschiedene Arten seine Gefühle für mich gezeigt, aber manchmal muss eine Frau die Worte hören, ehe sie sie glauben kann. Nach allem, was wir zusammen durchgemacht haben, um an diesen Punkt zu gelangen, will ich nicht, dass diese Geschichte von Zweifeln überschattet wird. Andererseits kann ich es unmöglich verdrängen, denn es lässt mich einfach nicht los.

»Viel zu tun heute. Wollen wir zusammen duschen, um Zeit zu sparen?«, fragt er, dreht sich um und stützt sich mit den Händen auf der Matratze ab, um sich zu mir herunterzubeugen und meine Wange mit Küssen zu bedecken.

»Wenn ich mit dir zusammen dusche, spart das definitiv *keine* Zeit«, erwidere ich und drücke ihn gegen die Brust, bis er zurückweicht und sich aufrichtet.

Morgen ist der offizielle Start der Sommersaison. Da Everett weiß, wie unglaublich hektisch das sein wird, hat er mich gestern zu einem freien Abend gedrängt. Wir sind zu ihm nach Hause gefahren, um ein wenig Ruhe zu haben, was im Camp, wo uns ständig irgendetwas in Beschlag nimmt, nicht möglich ist. Er hat für mich gekocht, wir haben geredet, uns geliebt und Pläne für den Rest der Woche geschmiedet. Außerdem haben wir besprochen, wo er im Camp weiterhin aushelfen wird. Als wir heute Morgen aufgewacht sind, haben wir erneut miteinander geschlafen.

Es war perfekt. Es war unbeschwert. Es war natürlich. Der Übergang von Freundschaft zu dem, was jetzt zwischen uns ist, war fließend. Dennoch habe ich das Gefühl, dass ich ihm alles gegeben habe, während er mir im Gegenzug nur ein kleines bisschen von sich gegeben hat.

Everett geht ins angrenzende Badezimmer. Kaum dass ich die Dusche höre, schlage ich seufzend die Decke zurück und steige aus dem Bett.

Ich bin dumm, und das fängt an, mich zu nerven. Ja, Everett hat viel durchgemacht, und ich will ihn nicht unter Druck setzen. Ich habe auch gar keinen Grund, an seinen Gefühlen zu zweifeln. Als wir im Stall zum ersten Mal miteinander geschlafen haben, hat er mir erzählt, dass er mich all die Jahre begehrt hat. Zu blöd, dass mein Herz und mein Verstand sich anscheinend nicht einig sind. Ich weiß nun mal, dass jemanden zu begehren und jemanden zu lieben zwei völlig verschiedene Dinge sind.

Ich greife mir meinen BH und meinen Slip vom Boden, wo ich sie gestern Abend hingepfeffert habe, und ziehe beides an. Danach folgt das Sommerkleid, das ich mir über den Kopf ziehe und anschließend etwas glatt zu streichen versuche.

Ich laufe durch Everetts Schlafzimmer, sammle die Kleidungsstücke auf, die er gestern Abend ausgezogen hat, und lege sie alle auf das Bett. Dabei schüttele ich seine Jeans aus und sehe, wie aus der einen Gesäßtasche ein Zettel fällt.

Ich werfe die Jeans auf das Bett und hebe das zusammengefaltete Stück Papier auf. Auf dem Weg zum Fenster entfalte ich es und schlüpfe in meine Flipflops.

Mein Herz stockt, als ich die vertraute Handschrift erkenne, und als ich den Brief überfliege, bekomme ich weiche Knie. Ich lasse mich in den Sessel neben dem Fenster fallen, und meine Hände zittern so stark, dass ich fürchte, den Brief aus Versehen zu zerreißen. Er sieht aus, als sei er wieder und wieder gelesen und zusammen- und wieder auseinandergefaltet worden.

Sofort sind meine Zweifel wieder da, die ich Minuten zuvor fast verdrängt hätte. Alles verschwimmt hinter den Tränen, die mir in die Augen steigen, sodass ich die Worte auf dem Papier nicht mehr erkennen kann.

»Haben wir noch Zeit zu frühstücken, bevor du losmusst?«

Ich schaue nicht zu Everett, der gerade aus dem Badezimmer kommt. Ich weiß, wenn ich ihn ansehe, wenn ich das Lächeln in seinem Gesicht sehe, die Lippen, die eben noch auf meinen lagen, die Hände, die mich auf so wundervolle Weise berührt haben, werde ich vermutlich so tun, als sei alles in Ordnung. Ich bin ein dummes, dummes Mädchen, und es ist überhaupt nicht alles in Ordnung.

»Bist du zurückgekommen, weil du mich wolltest oder weil du dich schuldig gefühlt hast?«, flüstere ich und starre noch immer auf den Brief in meiner Hand. Meine Stimme klingt krächzend und emotionsgeladen, was ich gern abstellen würde.

»Was hast du …«

Everett verstummt, als er den Brief in meinen Händen entdeckt.

»Cameron …«, sagt er leise, und Bestürzung zeichnet sich in seinem Gesicht ab, als er eine Träne meine Wange hinunterlaufen sieht.

»Ich weiß, es sollte keine Rolle spielen, vor allem jetzt nicht, das tut es aber«, fahre ich fort und räuspere mich, weil es mir die Kehle zuschnürt, seit ich die Tränen zurückzuhalten versuche. »Bist du heimgekommen, weil du mich liebtest, so wie ich dich immer geliebt habe? Oder weil Aiden dir Schuldgefühle eingeredet und dich aufgefordert hat, zurückzukommen und dich um mich zu kümmern?«

Langsam erhebe ich mich aus dem Sessel, während Everett sich nähert, bis er direkt vor mir steht.

»So war es nicht. Nicht ganz …« Er hält kurz inne. »Natürlich fühlte ich mich schuldig. Mann, Cameron, ich habe den Kontakt zu dir abgebrochen und dich aus meinem Leben verbannt, weil ich eifersüchtig auf meinen besten Freund war. Und das ohne Grund, wie sich herausgestellt hat. Ich habe dich allein um ihn trauern lassen, weil ich ein Idiot war. Ja, die Schulgefühle haben mich fertiggemacht, aber du weißt, was ich für dich empfinde. Du weißt, wie ich *immer* für dich empfunden habe.«

Er kommt einen Schritt näher und streckt die Hände nach mir aus, aber ich trete zur Seite. Wenn ich mich von ihm in den Arm nehmen lasse, vergesse ich alles, was ich in diesem Augenblick empfinde. Dann glaube ich seinen Erklärungen und Versprechungen und verbanne meine Bedenken in den tiefsten

Winkel, wo sie mich aber weiterhin von innen auffressen werden. So habe ich das viel zu lange gehandhabt, das mache ich nicht noch einmal. Auf keinen Fall.

»Weiß ich das? Weiß ich wirklich, was du für mich empfindest? Ich weiß, du hast mich begehrt. Und du begehrst mich immer noch, was du ja nicht gerade verbergen kannst«, erkläre ich ihm. »Ich aber *liebe* dich, Everett. Ich liebe dich schon fast mein ganzes Leben lang, aber ich habe es mir nicht anmerken lassen. Weißt du, wie anstrengend es ist, seit Ewigkeiten in den besten Freund verliebt zu sein? Sich ständig zu fragen, ob man vielleicht zu lange hingesehen hat, zu nah bei dem anderen gestanden oder zu laut über seine Witze gelacht hat? Schreckliche Angst davor zu haben, ihm zu sagen, was man empfindet, nur um dann zu erfahren, dass er nicht das Gleiche fühlt. Gott, ich komme mir wieder vor wie auf der Highschool, und das macht mich wahnsinnig.«

Ich hasse es, mich so unsicher zu fühlen. Ich hasse es, jetzt alles infrage zu stellen, aber ich kann nicht anders. Beim Anblick von Aidens Brief zerbricht etwas in mir. Denn ich weiß, dass Everett ihn die ganze Zeit bei sich getragen und diese Worte wieder und wieder gelesen hat. Und dass womöglich alles, was er mit mir gemacht hat, die Folge eines fehlgeleiteten Schuldgefühls war.

»Wie kannst du nur infrage stellen, was ich für dich empfinde? Nach allem, was zwischen uns geschehen ist? Nach allem, was wir zusammen erreicht haben?« Everett spricht mit leiser Stimme, schüttelt den Kopf und fährt sich frustriert durch die Haare. »Verdammt noch mal, Cameron! Was willst du denn noch von mir? Sag es mir, und ich gebe es dir. Ich tue alles. Sag etwas. Sag mir einfach, was du brauchst.«

Ich weiche vor ihm zurück, als er wieder näher zu kommen versucht, und hebe abwehrend die Hände. Ich kann nicht klar denken, wenn er so nah bei mir steht.

»Ich habe mir dich gewünscht. Jedes Jahr habe ich mir dich gewünscht. Du bist alles, was ich je gewollt habe, was ich je gebraucht habe. Tu das nicht, Cameron, bitte. Sag mir, was ich machen soll.«

Ich gebe ihm den Brief zurück, und er nimmt ihn und wirft ihn auf den Boden. Ich wische mir die Tränen von den Wangen und weiche weiter zurück, bis ich im Türrahmen stehe.

»Sag mir, dass du mich auch liebst«, flüstere ich. »Sag mir, dass du mich liebst, seit du denken kannst, und dass du mich so sehr liebst, dass du es kaum aushalten kannst. Denn so empfinde ich für dich. So habe ich *immer* für dich empfunden.«

Everett rührt sich nicht und sagt auch nichts, sondern steht einfach nur da und sieht mich mit diesem traurigen Ausdruck von Bedauern an.

»Tja, dann kannst du wohl doch nicht alles tun«, sage ich.

Ich wende mich ab und verlasse den Raum, eile die Treppe hinunter und zur Haustür hinaus. Er soll keine Gelegenheit bekommen, mir hinterherzulaufen. Ich muss jetzt weg von ihm, damit ich klarer denken kann. Ich weiß, ich benehme mich wie ein Kind. Ich sollte ihm vertrauen und die Dinge glauben, die er mir gesagt hat. Ich sollte darauf vertrauen, wie er mir seine Gefühle für mich gezeigt hat, aber es geht nicht. Aidens Brief bringt alles in meinem Kopf und in meinem Herzen durcheinander, und nichts ergibt mehr einen Sinn.

36

Everett

»Du bist ein Feigling, weißt du das?«, sagt Jason und wirft die beiden Kartons, die ich ihn zu holen gebeten habe, auf den Küchentisch.

Ich nehme schnell die Deckel ab und kippe den Inhalt auf den Tisch.

»Ich bin kein Feigling. Ich lasse ihr ein wenig Freiraum. Ich gebe ihr Zeit zum Nachdenken, damit ihr klar wird, dass sie keinen Grund hat, an meinen Gefühlen zu zweifeln«, erkläre ich und drehe die kleinen Zettel um. Ich habe das Gefühl, als steche mir jemand ein Messer ins Herz, als ich Camerons Handschrift sehe, die sich im Lauf der Jahre kaum verändert hat.

Auf jedem Stern steht ein Datum, und auf jedem ihrer Sterne, seit sie zwölf war, steht der gleiche Wunsch geschrieben. Ich will lachen, als ich meine Sterne umdrehe, nur ist mir leider momentan überhaupt nicht nach Lachen zumute.

Warum zum Geier habe ich ihr nicht einfach gesagt, dass ich sie liebe?

»Außerdem«, fahre ich fort, stehe auf und ordne alles, was ich brauche, auf dem Tisch, »drei Tage sind lang genug. Ich fahre heute hin und gehe nicht eher, bis sie mit mir geredet hat.«

Drei Tage ohne Cameron waren mehr als genug. Zu lange. Jede Nacht, in der ich ohne sie ins Bett gegangen bin, war eine

Qual. Jede Nachricht und Voicemail von mir, auf die sie nicht reagierte, zerrte an meinen Nerven. Ich hätte sie neulich schon nicht einfach aus meinem Schlafzimmer gehen lassen dürfen. Aber da dachte ich, sie würde zur Vernunft kommen und einsehen, dass ihre Vorwürfe völlig unbegründet sind.

Dass ich sie nicht liebe.

Dass ich nur aus Schuldgefühlen zurückgekommen und geblieben bin.

Dass ich nicht ebenso erschöpft war, nachdem ich jahrelang in meine beste Freundin verliebt gewesen war, aber zu viel Angst gehabt hatte, etwas zu unternehmen.

»Wirst du ihr dieses Mal endlich sagen, dass du sie liebst?«, fragt Jason, setzt sich an den Tisch und nimmt einen der Zettel.

Ich schlage ihm den Zettel aus der Hand, starre ihn wütend an und mache weiter mit meinem Projekt.

»Ich habe ihr gesagt, dass ich sie liebe.«

Jason lacht, und das zerrt an meinen ohnehin schon angespannten Nerven.

»Du hast ihr Gesicht in die Hände genommen, ihr in die Augen geschaut und gesagt: ›Cameron, ich liebe dich. Ich liebe dich schon immer. Ich. Liebe. Dich.‹?«

»Das habe ich angedeutet«, entgegnete ich.

»Verdammt, bist du ein Idiot. Hast du in den vergangenen Wochen denn gar nichts gelernt? Oder in den letzten dreiunddreißig Jahren?«, fragt er vorwurfsvoll.

»Ich dachte, Frauen mögen dieses Zeigen-nicht-sagen-Ding. Romantische Gesten und der ganze Mist.«

»Nicht in diesem Fall. Erzähl mal, wie hast du dich gefühlt, als Cameron diese Worte zu dir gesagt hat?«

Seufzend stelle ich die Flasche Klebstoff hin, lege die Hände auf den Tisch und lasse den Kopf sinken, um einen Moment über seine Frage nachzudenken.

»Erleichtert«, flüstere ich schließlich.

»Und warum?«

»Weil … Egal, was zwischen uns war, ich habe es wahrscheinlich nicht geglaubt, bis sie die Worte ausgesprochen hat.«

Verdammter Mistkerl.

»Bingo! Wir haben einen Gewinner!«, verkündet Jason.

Warum, um alles in der Welt, habe ich diese Worte nicht einfach gesagt? Warum habe ich geglaubt, meine Taten sprächen für sich? Mehr als alles in der Welt wollte ich ihr in die Augen sehen und ihr sagen, dass ich sie liebe. Aber ich hatte Angst. Nie zuvor in meinem Leben habe ich diese Worte zu jemandem gesagt. Ich empfand sie für Cameron, tief in meiner Seele fühlte ich sie, aber sie kamen mir nicht über die Lippen, als Cameron sie hören wollte. So viele Jahre hindurch habe ich vorgegeben, ich sei nicht in sie verliebt, dass es mir plötzlich eine Heidenangst machte, genau das in greifbarer Nähe zu haben, wonach ich mich so lange gesehnt habe. Etwas laut auszusprechen, macht es real. Und wenn es real ist, kann es einem genommen werden. Ich will sie kein zweites Mal verlieren, aber ich weiß, wenn ich ihr nicht sage, was ich an jenem Morgen hätte sagen sollen, wird sie mir entgleiten, und keine Entschuldigung der Welt würde sie diesmal zurückbringen.

»Das ist vermutlich eine wirklich bescheuerte Idee, oder?«, frage ich meinen Bruder, lege meine Kreation in einen Bilderrahmen und befestige die Holzecken wieder.

Jason steht auf, schaut auf mich herunter und klopft mir auf den Rücken.

»Es ist ziemlich mädchenhaft und furchtbar, aber ich glaube, es wird ihr gefallen. Bringst du es ihr jetzt?«

Das »Ping« meines Handys kündigt eine eingehende Nachricht an, und ich ziehe es hastig aus der Tasche. Meine Hoffnung zerplatzt, als ich sehe, dass es keine Nachricht von Cameron ist.

»Verdammte Scheiße«, murmele ich und schicke eine schnelle Antwort, ehe ich das Telefon wieder einstecke.

»Du fährst jetzt zum Camp, oder?«, frage ich Jason, gehe zur Arbeitsfläche und nehme den Schlüssel für den Pick-up.

»Ja, Amelia muss einiges erledigen und trifft sich dort zum Lunch mit mir.«

Ich nehme den großen Bilderrahmen vom Tisch und gebe ihn Jason.

»Gut, nimm das mit und gib es Cameron. Ich muss jemanden treffen, und zwar schnell. Und ehrlich gesagt wäre es sogar besser, wenn jemand anderes ihr diesen Bilderrahmen gibt. Dann ist sie ein bisschen vorbereitet, bevor ich auftauche«, erkläre ich.

»Mit wem triffst du dich?«, ruft Jason mir hinterher, als ich schon unterwegs zur Tür bin.

»Nur mit einem Freund aus der Entzugsklinik. Er hat einen schwierigen Tag. Sollte nicht allzu lange dauern.«

37

Cameron

»Du kannst den Mann nicht ewig ignorieren. Jason hat mir erzählt, dass er langsam durchdreht«, sagt Amelia, als wir am Weidenzaun lehnen und einigen neuen Camp-Besuchern zusehen, die ihre erste Reitstunde bekommen.

Ich würde gern behaupten, dass der Beginn der Sommersaison im Camp und die Rund-um-die-Uhr-Betreuung der Kinder mich von den Gedanken an Everett abgelenkt hätten. Aber das wäre gelogen. Er ist alles, woran ich denke. Er ist alles, worum ich mich sorge. Und es fällt mir schrecklich schwer, nicht auf seine SMS und Sprachnachrichten zu reagieren. Viel lieber würde ich ihm sagen, dass es mir leidtut und ich eine Idiotin war.

Jede Nachricht lautete gleich, und bei jeder wäre ich am liebsten ins Auto gestiegen und so schnell wie möglich zu ihm gefahren.

Bitte sprich mit mir.

Ich will ja mit ihm reden, nur weiß ich nicht, was ich sagen soll. Ich weiß, ich war dumm, und ich hätte ihn in den letzten drei Tagen nicht ignorieren sollen. Doch ich brauchte etwas von ihm, und er gab es mir einfach nicht. Was, wenn ich jetzt zu ihm gehe, und er die drei magischen Worte sagt, die ich so dringend hören muss? Woher weiß ich denn, ob er es auch ernst meint oder es nur deshalb ausspricht, damit ich zu ihm zurückkomme?

Es bleibt mir erspart, auf Amelias Frage antworten zu müssen, denn wir hören einen Wagen in der Zufahrt. Wir beide drehen uns um und sehen Jason aus seinem Pick-up steigen. Er hat etwas dabei, das wie ein großer Bilderrahmen aussieht, mit dem er jetzt auf uns zukommt.

»Bringst du mir ein Geschenk mit?«, fragt Amelia, als er bei uns ist und ihr einen Kuss auf die Wange gibt.

»Diesmal nicht, Milly Girl.«

Amelia gibt einen beleidigten Laut von sich, und Jason lacht.

»Tut mir leid, da konnte ich nicht widerstehen. Du hättest mir deinen Spitznamen eben nicht verraten sollen.«

»Das ist der Spitzname, den mein Ex mir gegeben hat. Schon ziemlich schräg, dass du den süß findest.« Sie verdreht die Augen.

»Ich bin mir meiner Männlichkeit ausreichend bewusst, um mich nicht durch einen anderen Mann bedroht zu fühlen, vielen Dank.«

Ich verfolge das Geplänkel zwischen den beiden, und es ist dermaßen süß, dass es mir das Herz zusammenzieht. Everett fehlt mir. Ich vermisse ihn so sehr, und ich weiß, dass Amelia recht hat. Ich kann ihn nicht ewig ignorieren. Ich muss mit ihm reden. Ich muss aufhören, solche Angst zu haben. Ich habe alles, was ich mir je gewünscht habe, und ich bin dabei, es wegen einer blöden Formalität zu ruinieren.

»Das ist für dich«, erklärt Jason und holt mich aus meinen Gedanken, indem er mir den riesigen Bilderrahmen überreicht.

Verwirrt nehme ich ihn entgegen und betrachte ihn.

Ungläubig schüttele ich den Kopf, als ich erkenne, was sich hinter dem Glas befindet.

Ich unterdrücke einen Schluchzer, mein Kinn bebt, und Tränen steigen mir in die Augen bei dem, was ich sehe. Was Everett gemacht hat. Was er mir gegeben hat.

»Ist das … Wow! Großer Gott… Er hat all die Jahre genau das Gleiche gemacht wie du«, bemerkt Amelia und blickt mir über die Schulter.

Mein Herz öffnet sich weit, und ich muss die Hand auf meinen Magen legen, um nicht völlig zusammenzubrechen, während mir die Tränen übers Gesicht rinnen.

Auf den Karton unter dem Glas sind sämtliche meiner Sternenzettel-Wünsche aufgeklebt, die ich seit meinem zwölften Lebensjahr aufgeschrieben habe, einschließlich der jüngsten vier Wünsche, die ich am Abend vor dem Spendendinner, als ich allein im Baumhaus war, hinzugefügt habe. Alle in meiner schwungvollen Schrift mitsamt dem Datum, an dem ich den Wunsch aufgeschrieben habe. Und auf jedem Zettel steht das Gleiche: *Ich wünschte, Everett würde mich auch lieben.*

Diese Sternenzettel zu sehen, weckt so viele Erinnerungen und Gefühle. Ich erinnere mich noch genau, wie es mir jedes Jahr beim Aufschreiben des Wunsches ging – ich machte mir große Sorgen, dass ich mein ganzes Leben lang nicht den Mut aufbringen würde, ihm zu gestehen, was ich für ihn empfand.

Aber nicht nur der Anblick meiner Sternenzettel-Wünsche macht mich fertig, sondern der Umstand, dass Everett seine neben meine geklebt hat. Und zwar alle seine Wünsche seit seinem siebzehnten Lebensjahr bis zu den letzten vier, die er niedergeschrieben hat, nachdem er heimgekehrt war und mich gebeten hatte, ihn oben im Baumhaus zu treffen. Er hat sie ordentlich neben meinen platziert, wie eine Antwort auf meine Wünsche. Seine kleine krakelige Handschrift drückt auf jedem Zettel exakt das Gleiche aus wie meine, nur anders formuliert: *Ich wünschte, ich wäre gut genug, dass Cameron meine Liebe erwidert.*

Ich streiche mit der Hand über das Glas, mit den Fingerspitzen über jeden seiner Sterne und schluchze.

»Ich glaube, das ist Everetts Art, dir zu sagen, dass er dich liebt. Und dass er dich immer schon geliebt hat«, flüstert Amelia neben mir.

Ich höre sie schniefen, und als ich sie anschaue, stelle ich fest, dass sie genauso weint wie ich.

»Im Ernst? Ihr heult beide? Gott steh mir bei«, murmelt Jason.

Er zieht sein Handy aus der Tasche und geht. Einige Minuten lang betrachte ich wieder ehrfürchtig den Bilderrahmen, dann reiche ich ihn Amelia.

»Kannst du den ins Haupthaus bringen und ins Büro legen? Ich muss jemanden aufsuchen und ein bisschen zu Kreuze kriechen.«

Wir wischen uns beide unsere Tränen ab und lachen, während sie mir den Rahmen abnimmt und damit zum Haus geht. Ich schaue ihr hinterher und muss lächeln, weil sie den Bilderrahmen an ihre Brust gedrückt hält, als sei es das Kostbarste, was sie je in den Händen gehalten hat.

38

Everett

Ich halte vor Bobbys Apartment, steige aus dem Pick-up und stecke auf dem Weg zur Haustür den Schlüssel ein.

In der kryptischen Nachricht, die ich vorhin von ihm erhalten habe, stand nur, er könne nicht mehr. Dass er heute seine Familie zurückbekommen würde, auf die eine oder andere Weise. Ich forderte ihn auf, zu bleiben, wo er sei, bis ich da wäre und wir reden könnten.

Nach unseren letzten beiden Treffen schien es ihm viel besser zu gehen. Anfangs kam der ganze Hass hoch, aber nach einer oder zwei Stunden Gespräch beruhigte er sich und war wieder in Ordnung. Obwohl er zwischen Nüchternheit und Gleichgültigkeit schwankte, glaubte ich, er sei auf dem Weg der Besserung, denn er hatte in letzter Zeit mehr gute Tage als schlechte.

Als ich anklopfe, höre ich ein Klicken, und die Tür öffnet sich knarzend. Ich stoße sie weiter auf und trete zögernd in sein Zweizimmer-Apartment.

»Bobby? Bist du hier?«, rufe ich.

Da er nicht antwortet, trete ich ganz ein und schließe die Tür hinter mir.

Der Raum ist dunkel, und es riecht nach altem, vergammeltem Essen. Ich halte mir die Nase zu, taste an der Wand nach dem Lichtschalter und zucke zusammen, als ich das Chaos in seinem Wohnzimmer sehe.

Vor ein paar Wochen erst habe ich hier mit ihm geredet, da sah es völlig anders aus. Das Zimmer ist klein, aber es war immer aufgeräumt und sauber, typisch Berufssoldat eben.

Jetzt liegen überall Fast-Food-Verpackungen herum, schmutzige Teller stapeln sich auf dem Couchtisch und den Beistelltischen, und ich stoße mit dem Fuß gegen leere Bierflaschen, die auf dem Boden herumliegen.

»Bobby, du verdammter Mistkerl«, murmele ich kopfschüttelnd und schaue mich weiter um.

Mein Handy vibriert in meiner Gesäßtasche, und ich ziehe es heraus. Jasons Nummer erscheint auf dem Display, und ich hebe das Mobiltelefon ans Ohr, während ich durch den Müll zum Flur gehe.

»Tja, dein Plan ist aufgegangen«, berichtet Jason.

Langsam bewege ich mich durch den dunklen Flur und bleibe vor der geschlossenen Schlafzimmertür stehen. Ich habe schreckliche Angst vor dem, was ich auf der anderen Seite vorfinden werde. Schon viele Männer, noch stärkere als Bobby, haben sich entschieden, ihrem Leben ein Ende zu setzen, als sie nach der Rückkehr von einem Auslandseinsatz nicht mehr zurechtkamen. Ich kann nicht noch jemanden verlieren. Nicht jemanden, dem ich zu helfen versucht habe.

Bitte, lass mich ihn nicht hinter dieser Tür finden.

»Hast du mich gehört? Ich sagte, dein Plan ist aufgegangen«, wiederholt Jason.

Ich höre meinem Bruder kaum zu, während er mir erzählt, wie er Cameron mein Geschenk übergeben hat, und wie toll sie es fand. Sehr ausführlich schildert er mir, was sie gesagt und getan hat.

»Aha«, erwidere ich geistesabwesend und greife mit zitternder Hand nach dem Türknopf.

»Es war verrückt. Du hast sogar Milly zum Weinen gebracht.« Jason lacht.

Die Hand noch auf dem Türknopf, gehen mir Hunderte Erinnerungen und Gespräche durch den Kopf, völlig durcheinander.

»Wie hast du sie genannt?«, frage ich leise, drehe den Türknopf und öffne die Schlafzimmertür. Meine Füße machen kein Geräusch, als ich langsam über den Teppich gehe.

»Was? Oh, ich meinte Amelia. Milly. Das ist ihr Spitzname, den sie allerdings hasst. Ich benutze ihn manchmal, um sie ein bisschen zu ärgern, und weil ich ihn süß finde.«

Ich höre nur Gemurmel im Ohr und das Pochen meines Herzens, als mir einige der Dinge wieder einfallen, die Bobby bei unserem letzten Gespräch gesagt hat.

»Ich werde alles Mögliche tun, um meine Milly zurückzubekommen.«

»Diese Schlampe wird dafür bezahlen, dass sie mir meine Familie weggenommen hat.«

»Sie wird es bereuen, dass sie mein Leben ruiniert hat.«

»Jason, wie hieß Amelias Ex-Mann?«, frage ich und nehme ein gerahmtes Foto vom Nachttisch.

»Äh, Rob? Oder Robert, glaube ich. Aber beim Militär nannten sie ihn wohl Bobby. Wieso?«

Mir gefriert das Blut in den Adern, als ich den Rahmen umdrehe.

Das Hochglanzfoto zeigt Amelia im Hochzeitskleid, lächelnd und glücklich, die zu dem Mann im Smoking neben ihr aufschaut. Sie sieht ihren Mann Rob/Robert/Bobby an.

Ich denke an all die Briefe, die jemand an Cameron im Camp geschickt hat. Nach unserem Streit habe ich mich ins Büro geschlichen und mir den Ordner mit den Briefen angesehen. Schon da kam mir irgendetwas daran bekannt vor. Ich habe sogar Zeit dafür aufgewendet, mich über Aidens Verlobte Michelle zu informieren. Ich ließ sie von einem Bekannten überprüfen und habe sie sogar einige Tage lang beobachtet.

Nur dass ich die ganze Zeit über die falsche Person im Visier hatte.

Die ganze Zeit über war jene Person, die Cameron bedrohte, einer meiner Freunde. Es handelte sich um jemanden, dem ich half und von dem ich dachte, es ginge ihm besser.

»Sag Seth und allen Mitarbeitern, die du sonst noch finden kannst, Bescheid, sie sollen sämtliche Camp-Besucher im Haus einschließen. Dann schnapp dir Cameron und Amelia, setze sie in deinen Wagen und fahr schnellstmöglich weg von dort, und zwar sofort!«, rufe ich in den Hörer, eile aus dem Schlafzimmer und durch den Flur.

Ich reiße die Tür so heftig auf, dass sie gegen die Wand kracht, und achte gar nicht mehr darauf, sie wieder zu schließen, sondern renne, so schnell ich kann, zu meinem Pick-up.

»Wovon redest du?«, fragt Jason, als ich in den Wagen springe.

»Tu es einfach!«, brülle ich ins Telefon, lege den Rückwärtsgang ein und rase vom Parkplatz.

»Okay, okay, Jesus«, sagt Jason, während ich die hupenden und bremsenden Autos ignoriere, als ich aus dem Apartmentkomplex auf die Hauptstraße einbiege.

»Ach du Scheiße! Oh, verdammt«, höre ich am anderen Ende der Leitung, während ich gerade einen weiteren Verkehrsteilnehmer schneide.

»Jason, was ist los?«

Ich höre nichts mehr außer einem Rascheln, gefolgt von lautem Rufen und schreienden Frauen.

»Jason!«, schreie ich ins Telefon und trete noch fester aufs Gaspedal.

Die Schreie enden abrupt, die Leitung ist tot. Ich werfe das Handy quer durch den Wagen gegen die Scheibe auf der Beifahrerseite und hämmere fluchend auf das Lenkrad.

39

Cameron

Ich höre eine Gruppe von Mitarbeitern auf der anderen Seite des Zaunes hinter mir und drehe mich um, um ihnen mitzuteilen, dass ich das Camp für eine Weile verlassen muss, und um sie zu bitten, bis zu meiner Rückkehr ein Auge auf alles zu haben.

»Wer ist das? Der fährt ja wie ein Irrer«, bemerkt eine der Frauen.

Ich schaue in die Richtung, in die sie zeigt, und sehe, wie ein kleiner schwarzer Wagen die Zufahrt entlangrast, an der Gabelung abzweigt und genau auf uns zusteuert.

»Ich habe keine Ahnung«, murmele ich und gehe dem Ankommenden entgegen.

Für heute sind keine Lieferungen angekündigt, und an der Hauptzufahrt sind Schilder angebracht, die Besucher zum Wendeplatz vor dem Haupthaus leiten, wo sie sich anmelden und einen Besucherausweis erhalten können. Außerdem gibt es Schilder, auf denen steht, dass *dieser* Weg den Camp-Mitarbeitern vorbehalten ist. Diese Zufahrt führt direkt zum Stall, daher gibt es keinen Grund für Besucher, sie zu nehmen.

Der Wagen wirbelt noch mehr Staub auf als zuvor, ehe er zum Stehen kommt. Ich verschränke die Arme und beobachte, wie ein Mann aussteigt. Er kommt mir bekannt vor, aber irgendetwas scheint mit ihm nicht zu stimmen.

Er wirft die Wagentür nicht hinter sich zu und taumelt ein wenig, als er auf mich zukommt. Er bemerkt mich gar nicht, sondern sucht das Gelände zu seiner Linken ab. Er trägt ein fleckiges weißes T-Shirt und eine dreckige Jeans, die auch schon bessere Tage gesehen hat. Seine kurzen blonden Haare stehen wild von seinem Kopf ab, sein Gesicht ist offenbar seit Wochen unrasiert.

Je näher er kommt, desto nervöser werde ich. Rasch schaue ich mich um und sehe Jason in einiger Entfernung. Noch immer telefoniert er und hat mir den Rücken zugedreht.

»Sir, kann ich Ihnen helfen?«, rufe ich schließlich und gehe ein paar Schritte vorwärts.

Er reagiert nicht, sondern geht einfach weiter auf mich zu. Allerdings schaut er zu mir, als er meine Stimme vernimmt. Obwohl er noch ein Stück entfernt ist, kann ich seine zornige Miene gut erkennen.

»Holt die Kinder von den Pferden und schließt alle im Stall ein – sofort«, sage ich leise über die Schulter zu der Handvoll Mitarbeiter, die immer noch auf der anderen Seite des Zaunes hinter mir stehen. »Funkt alle anderen an und gebt einen Code 10 durch.«

Wir benutzen hier im Camp mehrere Sicherheitscodes, und Code 10 ist der wichtigste. Er bedeutet, dass es eine Gefahrensituation im Camp gibt und jeder sich umgehend bis auf Weiteres in Sicherheit bringen soll.

Vielleicht reagiere ich übertrieben, und es handelt sich nur um einen Mann, der sich verfahren hat und sich nach dem richtigen Weg erkundigen will. Aber wegen der Mitarbeiter und Kinder gehe ich kein Risiko ein.

Plötzlich hebt der auf mich zukommende Mann den Arm, und einige Mitarbeiter, die gerade in ihre Funkgeräte sprechen, fangen an zu schreien.

Mir wird flau, als ich erkenne, dass der Mann eine Pistole in der Hand hält und damit auf mich zielt, während er weiter geradeaus geht. In etwa zwanzig Metern Entfernung von mir bleibt er stehen.

Seine Augen wirken kalt und hart, sie sind blutunterlaufen. Ich versuche, keine Angst zu zeigen und so ruhig wie möglich zu bleiben. Aber mein Herz hämmert so laut, dass ich fürchte, er kann es hören. Meine Hände zittern so sehr, als ich sie in einer friedlichen Geste hebe, dass er es bemerken muss.

»Sind Sie Cameron James?«, fragt er mit tiefer, wütender Stimme und verzieht angewidert die Oberlippe, als er meinen Namen ausspricht.

»Sir, bitte nehmen Sie die Waffe herunter. Wir haben Kinder hier. Wenn Sie einfach …«

»Cameron James?«, unterbricht er mich brüllend. Speichel fliegt aus seinem Mund, und er macht einen weiteren Schritt auf mich zu. Die Waffe in seiner Hand, mit der er nach wie vor auf mich zielt, fängt an zu zittern.

Mein ganzer Körper bebt von Kopf bis Fuß vor Angst, und ich mache den Mund mehrmals auf und wieder zu, während ich überlege, was ich sagen soll.

»Bitte nehmen Sie die Waffe herunter«, fordere ich ihn mit heiserer Stimme auf.

»Du hast mein Leben zerstört. Ich weiß, dass du es bist, also gib es ruhig zu. Gib zu, was du getan hast«, sagt er, und ein Wangenmuskel zuckt in seinem Gesicht, während er mit zusammengebissenen Zähnen spricht.

»Sir, bitte«, flehe ich. Am liebsten würde ich mich umdrehen und wegrennen. Aber ich kann nirgends hin. Ich bin nicht schneller als eine Kugel.

»Ich hab's dir gesagt. Ich hab's dir gesagt, dass du es bereuen wirst, was du getan hast.«

Bei seinen Worten sträuben sich mir die Nackenhaare, und ich begreife, dass ich vor dem Mann stehe, der mir diese Briefe geschickt hat – Amelias Ex-Mann.

Ich blicke an ihm vorbei, denn ein Pick-up kommt die Zufahrt entlanggerast, doch der Mann bewegt sich rasch und versperrt mir die Sicht.

»Es tut mir leid. Ich wollte nicht …«

»Halt dein Maul!«, brüllt er und macht noch einen Schritt auf mich zu. »Es ist zu spät für Entschuldigungen. Du hast alles ruiniert, und dafür wirst du bezahlen.«

Innerhalb des Bruchteils einer Sekunde schwirren mir eine Millionen Gedanken durch den Kopf. Dinge, die ich ihm sagen sollte, damit er die Waffe herunternimmt. Nur bleibt mir keine Zeit, irgendetwas zu sagen.

Aus dem Augenwinkel nehme ich verschwommen eine Bewegung wahr. Der Mann und ich schauen beide gleichzeitig in diese Richtung, und bevor ich registriere, was geschieht, bevor ich meinen Mund aufmachen und schreien kann, höre ich den ohrenbetäubenden Knall der abgefeuerten Waffe.

40

Everett

Ich stelle den Motor nicht ab, als ich neben Bobbys Wagen zum Stehen komme, sondern springe aus meinem Pick-up und renne los. Ich sehe Bobbys Rücken und einige zusammengedrängt dastehende Angestellte auf der Weide hinter ihm, aber Cameron kann ich nirgends entdecken.

Ich renne schneller und schneller, denn ich muss bei ihm sein, ehe er eine Dummheit begeht. Doch mein Bruder ist zuerst bei ihm.

Ich stocke, als ich sehe, wie Jason von links auf Bobby zugeflogen kommt. Ich höre den peitschenden Knall eines Schusses, und es durchzuckt mich, während Jason Bobby zu Boden reißt. Ich höre Schreie und renne erneut, und dann wird mir klar, dass die Schreie von mir kommen und von den Angestellten, die jetzt alle über den Zaun springen und zu der Stelle rennen, an der Bobby mit meinem Bruder kämpft.

Endlich erhasche ich einen Blick auf Cameron am Zaun; Bobby hat mir vorhin die Sicht auf sie versperrt. Sie steht vornübergebeugt da und hält sich den Kopf. Ich atme erleichtert auf und erreiche Bobby und Jason. Zwei der Angestellten und ich stürzen uns gleichzeitig auf die Kämpfenden und versuchen, den brüllenden und um sich schlagenden Bobby unter Kontrolle zu bringen.

Jemand tritt ihm die Waffe aus der Hand, und ein anderer Angestellter kommt angerannt und kickt die Waffe außer Reichweite, während wir anderen Bobby auf den Bauch werfen und ihm die Arme auf dem Rücken festhalten.

»Sie muss dafür bezahlen! Diese beschissene Schlampe muss bezahlen!«, schreit Bobby.

Ich höre Sirenen in der Ferne und danke dem Himmel, dass die Polizei meinen panischen Anruf auf der Fahrt hierher verstanden hat; überhaupt war ich dankbar, dass mein Handy noch funktionierte, nachdem ich das Display mit dem Wurf zerstört hatte.

»Wir haben ihn. Geh und sieh nach Cameron«, sagt Jason außer Atem, auf Bobbys Rücken kniend, um ihn unten zu halten.

Ich habe das Gefühl, ich sollte etwas zu diesem Mann sagen. Ihn fragen, was zur Hölle er eigentlich getan hat. Nur fällt mir im Augenblick nichts ein. Ich muss zu Cameron, sie in die Arme schließen und mich vergewissern, dass ihr nichts fehlt.

Ich richte mich auf, höre jemanden rufen und sehe Amelia mit ein paar Freiwilligen Camp-Helfern aus dem Haupthaus auf uns zurennen.

Tief seufzend fahre ich mir durch die Haare und blicke endlich zu Cameron. Wir sehen einander an, während sie langsam aufsteht. Ich gehe in ihre Richtung, registriere die Angst in ihren Augen und ihr aschfahles Gesicht. Ich lächle ihr beruhigend zu, doch sie schaut nach unten.

Mein Lächeln erstirbt, und ich beschleunige meine Schritte, während ich ebenfalls dorthin schaue, wohin sie schaut. Sie hält sich den Bauch, und mir bleibt das Herz fast stehen, als sie auf die Knie sinkt.

»Cameron!«, schreie ich und renne los. Ich erreiche sie noch gerade, bevor sie auf die Seite kippt.

Auf den Knien schlittere ich durch das Gras und schlinge die Arme um sie. Behutsam lege ich sie auf den Boden. Sie zittert und liegt auf dem Rücken. Ich schaue auf ihren Bauch, auf dem nach wie vor ihre Hände liegen.

»Oh, mein Gott«, murmele ich und lege meine Hände auf ihre, die inzwischen von Blut bedeckt sind.

»Everett«, presst sie schluchzend hervor. »Es tut weh.«

Schmerz schnürt mir die Kehle zu, und in meinen Augen brennen Tränen. Behutsam streiche ich ihr die Haare aus der Stirn.

»Ich weiß, Baby«, flüstere ich und küsse sie auf die Stirn. »Alles wird gut. Du wirst wieder gesund.«

Sie winkelt die Knie an und wiegt die Beine hin und her, während sie vor Schmerzen stöhnt und weint, dass es mir das Herz zerreißt.

»Jemand soll einen verdammten Krankenwagen rufen!«, brülle ich, nehme sie in den Arm und lege ihren Kopf auf meinen Schoß.

Meine ganze Ausbildung, alles, was ich über Schusswunden weiß und wie damit umzugehen ist, habe ich vergessen. Ich kann nur daran denken, dass Cameron womöglich hier direkt vor meinen Augen stirbt. Alles, was ich tun kann, ist, sie zu halten und zu beten, dass sie mir nicht genommen wird.

Auf einmal ist jemand neben mir. Jason reißt sich das Hemd vom Leib und knüllt es zusammen. Vorsichtig nimmt er Camerons Hände von ihrem Bauch, und sofort fließt das Blut stärker. Doch rasch presst Jason das Hemd auf die Wunde.

Um mich herum höre ich Leute rufen und schreien, und aus dem Augenwinkel nehme ich wahr, dass Leute hin und her rennen und Befehle rufen. Ich kann Amelia hören, die Bobby anschreit, aber das alles ist nur Lärm. Ich habe keine Ahnung, was die anderen tun oder sagen, und es ist mir auch egal.

Ich betrachte Camerons Gesicht, und ihre Lider schließen sich flatternd.

»Nein. Nein, nein, nein. Mach die Augen wieder auf, Liebes«, sage ich und lege meine Hand an ihre Wange.

Langsam schlägt sie die Augen wieder auf. Tränen rinnen

ihr aus den Augenwinkeln und in ihre Haare, während sie zu mir aufschaut.

»Ich liebe dich. Ich liebe dich so sehr. Bleib bei mir, okay? Bleib einfach bei mir«, sage ich schluchzend und streiche ihr dabei immer wieder durch die Haare.

»Ich musste mich erst anschießen lassen, damit du es endlich aussprichst.«

Sie versucht zu lächeln, doch ihr Gesicht verzerrt sich vor Schmerz, und die Tränen fließen schneller.

»Es tut mir leid«, meint sie schluchzend.

»Dir muss nichts leidtun. Okay? Nichts. Bleib einfach bei mir. Gleich kommt Hilfe.«

Sie nickt, doch ich kann sehen, dass es sie Mühe kostet, die Augen offen zu halten und mich anzusehen. Ich muss sie anlächeln, damit sie weiß, dass ich auch glaube, was ich sage. Aber ich hocke nur hier und schaue zu, wie sie in meinen Armen verblutet. Ich weiß, was ein Bauchschuss anrichten kann. Ich habe es hunderte Male gesehen, und es ist nicht schön.

»Ich darf dich nicht verlieren. Hörst du? Bleib bei mir, Cameron!«, flehe ich sie an, als sie die Augen erneut schließt und nicht wieder öffnet.

Ich drücke sie fester an mich, wiege sie in meinen Armen und weigere mich einfach zu glauben, was hier geschieht. Ich weigere mich, zu glauben, dass ich diese ganze Zeit auf sie gewartet habe und es nun auf eine solche Weise endet.

Wieder küsse ich ihre Stirn, ihre Lippen, ihre Wange und wiege sie weiter, während ich ihr unablässig ins Ohr flüstere, bis meine Stimme heiser ist.

»Wage es nicht, mich zu verlassen. Ich liebe dich. Bitte verlass mich nicht.«

Das Wartezimmer des Krankenhauses ist proppenvoll mit den Angestellten, Freiwilligen und Kindern aus dem Camp sowie deren Familien. Alle reden mit gedämpften Stimmen, trinken Kaffee und warten.

Die Warterei zerrt dermaßen an meinen Nerven, dass ich schreien möchte. Außerdem ertrage ich die anderen um mich herum nicht. Ich will niemanden mehr sagen hören, dass mit Cameron alles wieder gut wird. Denn in den fünfzehn Stunden, die wir uns hier schon in diesem verdammten Krankenhaus befinden, ist nicht eine Person vorbeigekommen, um uns über ihren Zustand zu informieren. Wir wissen lediglich, dass sie operiert wird.

Jemand legt mir seine Hand auf die Schulter, und ich zucke zusammen. Ich drehe mich vom Fenster weg und sehe Camerons Dad an.

Er sieht so elend aus, wie ich mich fühle. Seine Augen sind blutunterlaufen und haben dunkle Ränder. Camerons Eltern waren in der Stadt mittagessen, als sich die Ereignisse zutrugen. Jemand rief sie an, und dann trafen sie sich mit uns anderen hier im Krankenhaus. Ich bin ihnen aus dem Weg gegangen, seit sie hier sind. Eli konnte mich ohnehin nicht leiden, und jetzt habe ich ihm einen Grund geliefert, mich zu hassen.

Ich habe nicht für die Sicherheit seiner Tochter gesorgt. Ich kannte die Person, die diese Briefe geschickt hat, konnte aber zwei und zwei nicht zusammenzählen. Hätte ich das getan, wäre all das nicht passiert. Dann würde ich jetzt nicht hier stehen, mit Camerons Blut auf meinem T-Shirt. Sie läge nicht im Krankenhaus und würde nicht um ihr Leben kämpfen. Sie verblutete in meinen Armen, weil mir nicht mehr einfiel, was ich tun musste, um sie zu retten. Ich hätte mehr tun müssen, als nur Jasons zusammengeknülltes Hemd auf ihre Wunde zu drücken, bis der Krankenwagen endlich eintraf. Andererseits hätte ich sie schwerlich mitten im Camp operieren können. Dennoch habe ich versagt. Ich habe allen gegenüber, die sie lieben, versagt.

Eli setzt sich auf den Fensterplatz und bedeutet mir, neben ihm Platz zu nehmen.

Ich schaue mich um, doch niemand achtet auf uns. Niemand weiß, dass dieser Mann mich wahrscheinlich gleich fürchterlich anschreien und mir die Schuld an allem geben wird. Vermutlich wird er mir ins Gesicht boxen wollen. Schon bald werden es alle mitbekommen.

Ich setze mich neben ihn, mit dem Rücken zum Fenster. Er beugt sich vor, stützt die Ellbogen auf die Knie, und ich folge seinem Beispiel, falte jedoch die Hände zwischen meinen Beinen.

»Es tut mir leid«, sage ich leise und halte den Blick gesenkt.

»Was denn, zur Hölle?«, fragt Eli.

Verdutzt schaue ich ihn an.

»Das war doch nicht deine Schuld. Niemand ist schuld. Er war ein verstörter Mann. Mehr steckte nicht dahinter.«

Ich schüttele den Kopf und schaue wieder auf meine Hände.

»Ich bin nicht gut genug für sie«, flüstere ich. »Du hattest recht, und jetzt habe ich es bewiesen.«

»Wovon redest du eigentlich? Wer hat gesagt, du bist nicht gut genug für sie?«, fragt Eli.

Ich gebe einen spöttischen Laut von mir und sehe ihn erneut ungläubig an.

»Na, *du* hast es gesagt. An dem Abend vor fünf Jahren, als ich fortging. Ich habe gehört, wie du es zu Shelby gesagt hast.«

Er runzelt die Stirn und betrachtet mich skeptisch; offenbar versucht er sich zu erinnern. Dann scheint es ihm wieder einzufallen, und er stöhnt.

»Du lieber Himmel«, murmelt Eli fassungslos.

»Du hattest recht«, wiederhole ich.

»Ja. Hatte ich. Natürlich hatte ich recht.«

Meine Hände beginnen zu schwitzen, sodass ich meine Handflächen an meiner Jeans abwischen muss. Ich habe diesen Mann das vor Jahren sagen hören, es jetzt aber von ihm bestätigt zu bekommen, schmerzt enorm.

»Mach nicht so ein gekränktes Gesicht«, schimpft Eli. »Lass mich dir etwas erklären, und sperr die Ohren diesmal gut auf. Wenn du damals etwas länger geblieben wärst, als du das Gespräch zwischen mir und meiner Frau belauscht hast, hättest du auch alles andere gehört, was ich zu ihr sagte.«

Er richtet sich auf und sieht mir ins Gesicht.

»Nein, du bist nicht gut genug für meine Tochter. Und das wirst du auch nie sein, so sehr du es auch versuchst. Aber weißt du was? *Niemand* ist gut genug für sie. Weil sie nämliche meine *Tochter* ist.« Seufzend reibt er sich den Nacken. »Wenn du eines Tages selbst eine kleine Tochter hast, wenn du sie ihre ersten Worte sagen hörst, ihre ersten Schritte machen siehst, wenn du sie zu ihrem ersten Schultag verabschiedest und mit ansiehst, wie sie zu einer wunderschönen, klugen, starken, erstaunlichen Frau heranwächst, wirst du verstehen, was ich dir hier erkläre. Bis dahin musst du dich einfach damit abfinden. Wenn ich dich anschaue, sehe ich mich selbst. Es ist, als würde ich in einen verdammten Spiegel blicken. Wie ich mit einer posttraumatischen Belastungsstörung zu kämpfen hatte und versuchte, mich von den Schuldgefühlen und der Reue nicht unterkriegen zu lassen. Wie ich mich von der Frau, die ich liebe, habe trösten lassen. Von der Frau, in deren Leben ich an erster Stelle stehe, noch vor ihrem eigenen Glück. Wenn ich dich und Cameron zusammen sehe, dann sehe ich ihre Mutter und mich. Und so sehr ich Shelby auch liebe, so wenig ich mir mein Leben ohne sie vorstellen kann und so sehr ich auch weiß, dass sie mich mehr liebt, als ich es verdiene – für meine eigene Tochter wollte ich das nicht. Ich wollte nicht, dass sie irgendetwas über ihr eigenes Glück stellt. Ich wollte nicht, dass sie den Schmerz erlebt, den es mit sich bringt, einen gebrochenen Mann zu lieben. Ich weiß, du bist nicht mehr das Problemkind von früher, das sich ständig im Stall prügelte. Ich weiß, du hast gegen deine Dämonen gekämpft und bist aus diesem Kampf stärker hervorgegangen.

Und ich weiß auch, dass du als Arzt im Ausland sehr gute Arbeit geleistet hast. Darauf solltest du stolz sein. Trotzdem muss mir die Tatsache nicht gefallen, dass du mit meiner Tochter schläfst.«

Ich kann nicht anders. Nach all den aufwühlenden Gefühlen muss ich kurz auflachen.

»Ich schlafe nicht bloß mit ihr. Ich liebe sie. Ich liebe sie schon sehr lange, und sie liebt mich auch«, erkläre ich, und meine Stimme bricht bei dem Gedanken daran, wie sie im Gras lag, in ihrem Blut, und ich zusehen musste, wie sie mir entglitt.

»Tja, dann lass mich dir einen Rat geben. Das Schlimmste, was du tun kannst, ist, zu glauben, du seist nicht gut genug für eine Frau, die du liebst, wenn ihr selbst dieser Gedanke nie in den Sinn gekommen ist«, sagt er. »Vergiss einmal die Tatsache, dass ich dich nicht leiden kann und vermutlich nie werde leiden können. Glaubst du ernsthaft, meine Tochter würde jemanden lieben, der nicht gut genug für sie ist? Der sie nicht so sehr liebt, wie sie es verdient? Sie liebt dich, weil sie dich kennt. Anscheinend besser, als du dich selbst kennst. Vertraue ihr, wenn es darum geht, ihr Herz an den Richtigen zu verschenken. Und vertraue darauf, dass du es wert bist. Aber hüte dich davor, ihr jemals das Herz zu brechen. Halte es mit beiden Händen behutsam, bete es an, und lass es niemals los. Auf diese Weise wirst du gut genug für sie.«

Eli legt mir die Hände auf die Schultern und drückt sie, bevor er von seinem Fensterplatz aufsteht und davongeht. Ich schaue ihm nach, wie er zu Camerons Mom geht, die neben Amelia sitzt. Die beiden Frauen halten einander und sprechen sich unter Tränen gegenseitig Trost zu.

Plötzlich fliegt die Doppeltür zum Flur der Chirurgie auf, und ich springe von meinem Sitz hoch. Alle Gespräche im Raum verstummen.

»Ich möchte die Familie von Cameron James sprechen«, verkündet der Arzt laut.

41

Cameron

Langsam öffne ich die Augen, dann mache ich sie schnell wieder zu. Das Licht ist so grell, dass mir davon der Schädel brummt.

Ich versuche, mich zu bewegen, aber alles tut weh. Ich stöhne vor Schmerzen.

»Liebes, komm schon. Mach die Augen auf.«

Ich kenne diese Stimme, und ihr Klang lässt mich die Schmerzen beinah vergessen. Ich fühle, wie meine Hände gedrückt werden, und versuche erneut, die Augen zu öffnen. Diesmal lasse ich mir Zeit und gewöhne mich erst an das Licht.

Ich blinzle rasch, schaue an die weiße Decke und versuche, mich zu erinnern, wo ich bin.

Jemand legt eine warme Hand an meine Wange und dreht meinen Kopf ein wenig zur Seite. Everetts T-Shirt ist zerknittert, und seine Haare sind zerzaust. Er sieht aus, als hätte er seit Tagen nicht mehr geschlafen.

Ich brauche einige Versuche, bis ich sprechen kann. Ich räuspere mich, schlucke ein paarmal und befeuchte meine trockenen Lippen.

»Du siehst beschissen aus«, bringe ich krächzend hervor.

Ein Lächeln hellt Everetts Miene auf. Er lacht und hebt meine Hand an die Lippen, dann drückt er sie an seine warme Wange.

»Ich fühle mich auch beschissen. Aber wie fühlst *du* dich?«, erkundigt er sich und streicht mit dem Daumen zärtlich über meine Wange.

Auf einmal kommt die ganze Erinnerung zurück. Daran, wie ich am Zaun im Camp stehe. Amelias Ex-Mann anflehe. An den Schuss, der mir in den Ohren klingelt. An Everett, der mich auffängt, bevor ich zu Boden falle. Den Ausdruck in seinen Augen und die Dinge, die er zu mir sagt.

Und an den Schmerz … so viel Schmerz.

»Als sei ich angeschossen worden«, murmele ich, was Everett zusammenzucken lässt.

Er nimmt die Hand von meiner Wange und legt sie sehr behutsam auf die Bettdecke über meinem Bauch.

»Hast du Schmerzen? Soll ich die Krankenschwester rufen?«, fragt er.

Ich habe definitiv Schmerzen. Und wie. Aber ich will wenigstens noch ein paar Minuten mit Everett allein sein.

»Du liebst mich«, flüstere ich.

Sein Gesicht wird sanft, und er nickt. Er hält jetzt meine Hand in seinen Händen, noch immer an seine Wange gedrückt, die Ellbogen auf die Bettkante gestützt.

»Du liebst mich schon eine ganze Weile.«

Erneut nickt er, und etwas hinter ihm an der Wand weckt meine Aufmerksamkeit. Ich lächle, als ich erkenne, was es ist. Doch als ich mich im Zimmer umschaue, höre ich auf zu lächeln, und Tränen füllen meine Augen.

»Wie lange war ich bewusstlos?«, will ich wissen.

»Dreieinhalb Tage. Genau genommen siebenundachtzig Stunden. Ich habe die Regeln ein wenig geändert und jede Stunde einen Wunsch auf einen Sternenzettel geschrieben.«

An der Wand des Krankenzimmers kleben kleine Papiersterne, auf jedem stehen die Worte *Komm zurück zu mir* in Everetts Schrift.

»Ich scheine gerade einen Lauf zu haben, was die Erfüllung meiner Wünsche betrifft«, bemerkt er.

»Du warst schon immer gut genug für mich, um deine Liebe zu erwidern«, flüstere ich und denke dabei an die vielen Wünsche, die er seit seinem siebzehnten Lebensjahr aufgeschrieben hat.

»Ich weiß. Wenigstens weiß ich es jetzt.«

Everett steht auf, beugt sich zu mir herunter und legt seine Stirn an meine.

»Ich werde dich nie allein lassen«, verspricht er mir.

Lächelnd schließe ich die Augen.

»Das würde ich auch nicht zulassen, selbst wenn du es versuchen würdest.«

Epilog

Everett

Zwei Jahre später …

Ich stehe im hinteren Teil des Raumes und betrachte voller Staunen, wie Cameron mit einer Gruppe Kindern lacht und redet.

Kein Tag vergeht, an dem ich nicht dankbar bin für das, was ich habe. An dem ich nicht mit den Fingern über die Narbe auf Camerons Bauch streiche und Gott dafür danke, dass sie noch bei mir ist.

Nach einer schweren fünfzehnstündigen Operation vor zwei Jahren zeigte sich, dass die aus Bobby Sparks Waffe abgefeuerte Kugel doch nicht solchen Schaden angerichtet hatte, wie es möglich gewesen wäre. Die Kugel verfehlte den Magen und blieb in ihrer Niere stecken. Diese Niere fehlt ihr jetzt, aber inzwischen scherzt sie gerne, es sei eine tolle Möglichkeit, ein paar Pfund abzunehmen.

Mein Freund Bobby Sparks – der Mann, dem ich zu helfen versucht habe – wurde wegen schwerer Körperverletzung mit einer tödlichen Waffe zu fünfundzwanzig Jahren Gefängnis verurteilt. Cameron war aufgebracht wegen des Urteils, und zwar nicht, weil sie ein härteres gewollt hätte. Nicht nur mir machten Schuldgefühle zu schaffen, weil ich fand, ich hätte die Ereignisse jenes Tages irgendwie verhindern müssen. Ihr ging es genauso. Sie wusste um Bobbys Probleme mit Amelia und dem gemeinsamen Sohn und hatte das Gefühl, sie hätte noch intensiver versuchen müssen, an Bobby heranzukommen und im Camp familientherapeutische Sitzungen zu machen.

Es brauchte viel Zeit und Zuspruch von allen im Camp, einschließlich Amelia, um sie davon zu überzeugen, dass sie gar nichts hätte tun können. Cameron und ich sind erstaunt, wie Amelia sich nach dem anfänglichen Schock, der Wut und dem Schmerz darüber, dass ihr Ex-Mann für die Drohbriefe an Cameron verantwortlich war und sich schließlich mit einer Schusswaffe an ihr rächen wollte, als sehr stark erwies und nach vorn schaute.

Sie und mein Bruder sind seit zwei Jahren fest zusammen, und ich weiß, dass er der Grund dafür ist, dass es ihr so gut geht. Er hat für Amelias Sohn sofort die Vaterrolle übernommen. Cameron und ich warten ungeduldig darauf, dass er ihr endlich einen Antrag macht und diese Frau heiratet, bevor sie wieder zur Vernunft kommt.

Ich dachte, mir würde es genügen, nur hier im Camp zu arbeiten und zu helfen, wo ich gerade gebraucht werde, und damit den Rest meines Lebens zu verbringen. Doch nach einigen Monaten wurde ich unruhig, ohne dass ich den Grund dafür hätte benennen können. Ich hatte Cameron, und das hätte genug sein sollen. Es machte mich verrückt, dass ich die Ursache meiner inneren Unruhe nicht fand. Glücklicherweise kennt Cameron mich besser als ich mich selbst. In einigen kontroversen Gesprächen machte sie mir klar, dass ich zwar nach wie vor Angst hätte, es mir aber sehr fehle, Arzt zu sein. Sie erinnerte mich daran, dass das Gute das Schlechte stets überwiegt. Für jeden Patienten, den ich verloren hatte, rettete ich zehn andere. Unmittelbar darauf fing ich halbtags an, in einem der städtischen Krankenhäuser zu arbeiten. Die übrige Zeit bin ich Bereitschaftsarzt hier im Camp.

Ich schüttele den Kopf und lache über den Anblick, der sich mir bietet. Dann stoße ich mich von der Wand ab.

»Wenn du so weitermachst, landet das nächste Kind beim Arzt!«, rufe ich meiner Frau zu, während sie unbeholfen versucht, zum Rhythmus der Musik, die aus den Lautsprechern kommt, zu tanzen.

Cameron wirft mir einen vernichtenden Blick in der Spiegelwand zu, ehe sie sich umdreht und auf mich zumarschiert, wobei sie den Camp-Besuchern ausweichen muss, die sich hier mitten in einer Tanzstunde befinden.

»Wie oft muss ich dir noch sagen, dass der Tritt gegen Alexanders Schienbein nicht meine Schuld war. Er ist mir einfach in die Quere gekommen«, beklagt sie sich.

»Na ja, diesmal verzeihe ich dir noch. Ich habe mitbekommen, wie er neulich Olivia komisch angesehen hat. Ich mag dieses Kind nicht.«

Unsere fünf Monate alte Tochter Olivia Aiden Southerland gibt ein vergnügtes Quietschen aus der Babytrage von sich, die Cameron vor ihrem Bauch befestigt hat. Ich greife nach ihren pummeligen kleinen Händen und klatsche sie behutsam zusammen.

»Wir mögen dieses Kind nicht, stimmt's, Olivia? Der ist gefährlich«, sage ich mit Singsang-Stimme.

»Er ist vier, Everett. Ich glaube nicht, dass er schon eine Gefahr für unsere Tochter darstellt.« Cameron lacht.

»Er ist ein Junge. Das ist gefährlich genug.«

Ich höre jemanden laut lachen, und Cameron und ich drehen uns gleichzeitig um. Hinter uns stehen ihre Eltern, und Eli hält sich vor Lachen den Bauch.

»Du musst deinem Schwiegervater verzeihen. Er lacht definitiv über dich«, erklärt Shelby mir und gibt ihrem Mann einen Klaps auf den Arm.

»Wie kannst du das nicht lustig finden?« Eli lacht immer

noch. »Vor zweiunddreißig Jahren hast du genau in diesem Raum unser sieben Monate altes Mädchen angestarrt, und da wollte ich dich am liebsten umbringen«, sagt er an mich gewandt.

Cameron und ich beobachten, wie ihre Mom die Arme um die Taille ihres Mannes legt und zu ihm aufschaut.

»Der Kreis schließt sich, Liebes.«

Ich betrachte mein kleines Mädchen. Mein blondes Mädchen mit den grünen Augen, das genauso aussieht wie ihre Mutter. Und plötzlich verstehe ich alles, was Eli vor zwei Jahren im Krankenhaus zu mir gesagt hat.

»Mistkerl«, murmele ich.

»Alles in Ordnung?«, erkundigt Cameron sich und legt mir die Hände auf die Schultern.

Ich lege die Arme um sie und ziehe sie an mich, allerdings vorsichtig, um unser Baby nicht zu zerdrücken, das seine Faust in den Mund steckt und Babylaute von sich gibt.

»Mit mir ist absolut alles in Ordnung.«

»Zwei Jahre, und du hast mich immer noch nicht gehen lassen«, flüstert Cameron.

»Natürlich nicht. Wir sind füreinander bestimmt. Ich habe es mir gewünscht, und es stand auf den Sternen.«

Sie lacht und schüttelt den Kopf.

»Das war vielleicht kitschig.«

»Trotzdem liebst du mich«, erinnere ich sie.

Sie stellt sich auf Zehenspitzen und gibt mir einen raschen Kuss auf die Lippen.

»Das tue ich. Du bist mein in Erfüllung gegangener Wunsch.«

Ich küsse sie noch einmal und war noch nie so dankbar wie in diesem Moment für Camerons Idee an ihrem zehnten Geburtstag, dass wir unsere Wünsche auf kleine sternförmige Zettel schreiben sollten.

Vielleicht sind wir es falsch angegangen, und es dauerte eine

Weile, um bis zu diesem Punkt zu kommen. Doch letztlich sind alle unsere Wünsche in Erfüllung gegangen.

»Hey, Grandma und Grandpa, würde es euch etwas ausmachen, eine Weile auf eure Enkeltochter aufzupassen?«

Shelby nimmt Olivia sofort. Ich helfe Cameron, den Carrier von den Schultern zu lösen, und werfe ihn Eli zu. Dann nehme ich ihre Hand und führe Cameron hinaus zu einem Golfcart, das vor dem Studio parkt.

»Wohin fahren wir?«, fragt Cameron, nachdem ich losgefahren bin, die eine Hand am Lenkrad, die andere auf ihrem Oberschenkel.

»Das wirst du schon sehen«, antworte ich lächelnd.

Einige Minuten später halte ich vor unserem Baumhaus, direkt am Fuß der Leiter.

»Ich habe doch erst in ein paar Wochen Geburtstag«, sagt Cameron, während wir aus dem Golfcart steigen und ich ihr bedeute, sie solle die Leiter vor mir hinaufklettern.

Wir halten nach wie vor an unserer jährlichen Wünsche-Tradition fest, auch wenn wir jetzt andere Pläne an unseren Geburtstagen haben und uns sogar dafür von den Partys, die ihre Eltern für uns geben, wegschleichen müssen. Da ich unsere beiden Zettel-Schachteln vor zwei Jahren ausgeleert habe, haben wir wieder angefangen, sie neu zu füllen. Nur dass wir uns jetzt unsere Wünsche verraten, bevor wir die Zettel in die Schachteln legen. Wir haben daraus gelernt, nicht ehrlich zueinander gewesen zu sein. Den gleichen Fehler machen wir bestimmt nicht noch einmal.

Oben im Baumhaus angekommen, stöpsle ich die weißen Weihachtslämpchen ein, während Cameron sich in ihren Sitzsack mitten in dem kleinen Raum setzt. Ich knie mich vor sie und hebe das lose Brett an, um Aidens Schachtel aus unserem Versteck zu nehmen. Ich wische den Staub vom Deckel, der sich im Lauf der Jahre darauf angesammelt hat.

»Ich glaube, es ist genug Zeit vergangen, und wir können seine Wünsche jetzt getrost lesen«, informiere ich Cameron und nehme den Deckel ab. Es schnürt mir die Kehle zu, die vielen sternförmigen Zettel mit seiner Handschrift darauf zu sehen.

»Ich meine, immerhin hat er deine Schachtel geöffnet und deine Wünsche gelesen«, pflichtet Cameron mir bei, und ich gebe die Schachtel an sie weiter.

Sie lacht, nimmt den obersten Zettel heraus und liest vor.

»Ich will der reichste Mann der Welt werden.«

Ich lache mit ihr und schüttele den Kopf.

Sie nimmt weitere Zettel heraus, die in der Reihenfolge darin liegen, in der sie geschrieben wurden – vom letzten, den er an seinem Geburtstag schrieb, wenige Monate vor seiner Krebsdiagnose, bis zu denen, die er als Kind schrieb.

»Was ist das?«, fragt Cameron plötzlich und nimmt ein zusammengefaltetes Stück Papier von ganz unten aus der Schachtel. Die Sternenzettel liegen inzwischen überall um uns verstreut.

Ich nehme ihr das Blatt Papier aus der Hand, falte es auseinander und stelle fest, dass es sich um einen Brief handelt, den Aiden an uns beide geschrieben hat. Ich quetsche mich neben Cameron auf den Sitzsack, lege ihr den Arm um die Schultern und lese laut vor. Cameron legt den Kopf an meine Schulter.

Liebe Cameron, lieber Everett,

ich kann es nicht fassen, dass Ihr meine Wünsche gelesen habt. Ihr Armleuchter!

Na ja, war nur Spaß. Wahrscheinlich bin ich mittlerweile tot, also kann ich Euch wohl verzeihen. Bestimmt fragt Ihr Euch, wann ich das hier geschrieben und ganz unten in meiner Schachtel versteckt habe.

Ich liege im Bett und sehe Cameron im Sessel in meinem Zimmer schlafen. Heute Morgen habe ich mir von Seth die Schachtel aus dem Baumhaus holen lassen, um diese Nachricht hineinzulegen. Wenn er das nächste Mal kommt, mich mitleidig betrachtet und etwas Nettes zu sagen versucht statt ›Tut mir echt leid, dass du stirbst, Mann‹, muss er die Schachtel wieder zurücklegen.

Ich weiß, mir bleibt nicht mehr viel Zeit, und das ist beschissen. Alles tut weh, und so ungern ich das sage, weiß ich doch, dass es Zeit für mich ist, zu gehen. Ich habe schon einen Brief an Everett geschrieben, er weiß also, dass ich seine Wünsche vor einigen Wochen gelesen habe, als ich einen der seltenen guten Tage und genug Energie hatte, um ins Baumhaus zu klettern.

Allerdings habe ich ihm verschwiegen, dass ich Deine Wünsche ebenfalls gelesen habe, Cameron. Meine Güte, Ihr zwei seid echte Idioten. Ich hoffe sehr, dass Ihr es geschafft habt, Euch Eure Gefühle füreinander einzugestehen, wenn Ihr das hier lest. Falls nicht, komme ich aus dem Himmel herab, wo ich wahrscheinlich mit den heißen Frauen, die vor mir gestorben sind, in einem Jacuzzi sitze, und versohle Euch den Hintern. Und Ihr wisst ja wohl, wie ungern ich einen Jacuzzi voller Frauen verlasse, also bringt mich nicht dazu, zu Euch herunterzukommen.

Da mein bevorstehender Tod mich dazu veranlasst hat, meine Fehler zu gestehen, kann ich auch gleich zugeben, dass ich Cameron nur um ein Date gebeten habe, um Dich zu ärgern, Everett. Tut mir leid, Kid, aber ich wollte nie wirklich mit Dir zusammen sein. Du warst wie eine Schwester für mich, deshalb wäre das zu schräg. Ich wollte bloß Everett wachrütteln, damit er wegen seiner Gefühle für Dich etwas unternimmt. Und mal ehrlich, Cameron? Du hast ein Date mit mir akzeptiert? Was zum Geier stimmt nicht mir dir? Du hättest mir eine Ohrfeige verpassen und mich zur Hölle schicken sollen. Ja, ich weiß, ich habe Dich dann noch ein paarmal gefragt, ob Du mit mir ausgehst nach diesem desaströsen ersten Date. Aber es war köstlich, Dein Unbehagen zu beobachten und wie offensichtlich Du Dir gewünscht hast, woanders zu sein, als bei diesem Date mit mir. Eigentlich sollte ich deswegen beleidigt sein. Schließlich bin ich ein heißer Typ. Na ja, war ich mal. Was soll's.

Wie dem auch sei. Was ich zu sagen versuche, ist, ich liebe Euch beide. Ich will, dass Ihr glücklich seid. Möglicherweise habe ich den falschen Weg gewählt, aber ich tat, was ich zu dem Zeitpunkt für das Richtige hielt. Nie hätte ich erwartet, dass es Everett vertreibt und ihn dazu bringt, so lange fortzubleiben. Das tut mir leid.

Mir tut es außerdem leid, dass ich Cameron verboten habe, Dir von meiner Krankheit zu erzählen. Inzwischen ist mir klar geworden, dass Du wütend sein und Dich wahrscheinlich schuldig fühlen wirst, wenn Du es erfährst. Das war nicht meine Absicht. Ich wollte nur nicht, dass Du mich in diesem Zustand siehst. Es ist schlimm genug, dass ich beim Pinkeln Hilfe brauche und nicht länger als ein paar Minuten am Stück wach bleiben kann. Ich wollte nicht, dass Du

Dich so an mich erinnerst. Du solltest Dich an mich als den starken Kerl erinnern, der immer besser aussah als Du und mehr Erfolg bei den Frauen hatte als Du.

Ich bin auch nicht gerade begeistert, dass Du mich so sehen musst, Cameron. Dass Du Tag für Tag dasitzt, auf meinen Tod wartest und mitansehen musst, wie ich zerfalle. Ich würde ja versuchen, Dich aus meinem Zimmer hinauszuwerfen, doch Du bist ein stures Aas, und es wäre eine Vergeudung der wenigen Atemzüge, die mir noch bleiben. Das ist der Hauptgrund, weshalb Du der einzige Mensch bist, den ich am Ende hier bei mir haben will. Du bist die stärkste Person, die ich kenne, Kid. Du bist mutiger als jeder andere, der mir je begegnet ist, auch wenn Du Dich vielleicht im Augenblick nicht so fühlst. Du kommst schon klar, Cam. Denn Everett wird heimkehren und aufhören, ein verdammter Idiot zu sein, und er wird Dir gestehen, dass er Dich immer schon geliebt hat. Und auch Du wirst aufhören, eine Idiotin zu sein, und ihm dasselbe sagen. Ihr zwei werdet glücklich sein zusammen, füreinander da sein und das Leben genießen, was mir nicht mehr vergönnt ist.

Ich habe mich immer über unsere blöde Wünsche-Tradition beschwert, und sämtliche Wünsche in meiner Schachtel, die ihr gelesen habt, sind oberflächlich und dumm. Aber der erste Wunsch, den ich mit zehn aufgeschrieben habe, war der beste und wichtigste. Den habe ich an diesem Brief befestigt. Schade, dass ich Euch nicht mehr zusammen sehen kann, Everett – aber die Vorstellung, wie Cameron Dir ihren über die Jahre immer besser gewordenen rechten Haken zeigt, *bevor sie Dir Deine Idiotie verzeiht, tröstet mich in der wenigen Zeit, die mir noch auf Erden vergönnt ist.*

Hört niemals auf, Wünsche zu den Sternen zu schicken.

Mein Wunsch ging in Erfüllung, und das wird mit Eurem auch geschehen.

Aiden

Danksagung

Dank geht an meine Agentin Kimberly Brower, weil sie die Geschichte geliebt hat, als ich sie unmittelbar nach der Fertigstellung hasste. Danke, dass Du mir gut zugeredet hast beim vielen Umschreiben und den vielen verschiedenen Versionen von *Zwischen uns die Sterne*, bis alles passte und zu etwas geworden war, auf das ich unglaublich stolz bin.

Danke auch Dir, meine absolut wundervolle Lektorin Michele Bidelspach, für Deine Hilfe bei der Verbesserung der Story, die mir sehr viel besser gefiel, nachdem Du gezaubert hattest.

Danke, Jessica Prince, für all die konstruktiven Telefonate und Texte, und dafür, dass Du mich nicht jedes Mal umbringen wolltest, wenn ich wieder einmal meine Meinung über den Verlauf der Story änderte.

Danke auch an die besten Testleserinnen der Welt: Michelle Kannan und C.C. Wood. Ich könnte nie eine Geschichte schreiben, ohne dass Ihr mir in den Hintern tretet, wenn etwas mies ist, oder meinem Ego mächtig schmeichelt, wenn etwas gut ist.

Ich danke allen Mitgliedern von »Tara's Tramps« für Eure unerschütterliche Unterstützung und Eure Posts, die mich zum Lachen bringen und aufmuntern, wenn ich traurig bin.

Danke Euch wunderbaren Frauen von FTN für eure Unterstützung, Eure Liebe, Eure Hilfe und einfach alles.

Wie immer danke ich auch meiner Familie, die mich daran

erinnert, zu duschen, und mich mit Essen versorgt, wenn ich im Abgabestress bin.

Zu guter Letzt danke ich meinen Leserinnen und Lesern. Danke, dass Ihr es mir ermöglicht, das zu tun, was ich liebe. Danke, dass Ihr mir die Treue haltet auf dieser verrückten Reise, ob ich Euch nun zum Lachen bringe oder zum Weinen. Oder Euch dazu bringe, nur bei eingeschaltetem Licht zu lesen. Ich liebe Euch alle, und ich bin so unglaublich gesegnet, dass Ihr mich in Eure Leben und Eure Herzen lasst und mich Euch meine Geschichten erzählen lasst.

Vengeance en toscane

*

Prisonnière d'une promesse

*

Sous le charme du milliardaire

CAITLIN CREWS

Vengeance en toscane

Traduction française de
CAROLE MASSEAUT

AZUR

HARLEQUIN

Collection : Azur

Titre original :
AT THE COUNT'S BIDDING

Ce roman a déjà été publié en 2016

HARPERCOLLINS FRANCE
83-85, boulevard Vincent-Auriol, 75646 PARIS CEDEX 13
Service Lectrices — Tél. : 01 45 82 47 47 - www.harlequin.fr
ISBN 978-2-2804-5748-4 — ISSN 0993-4448

Composé et édité par HarperCollins France. Achevé d'imprimer en avril 2021.
par CPI Black Print - Barcelone - Espagne
Dépôt légal : mai 2021.

FSC
www.fsc.org
MIXTE
Papier issu de sources responsables
FSC® C159065

Pour limiter l'empreinte environnementale de ses livres, HarperCollins France s'engage à n'utiliser que du papier fabriqué à partir de bois provenant de forêts gérées durablement et de manière responsable.

1.

— Je dois être en train d'halluciner ! Et si ce n'est pas le cas, alors que Dieu me vienne en aide !

Paige se raidit au son de cette voix, dans son dos. Cela faisait dix ans qu'elle ne l'avait pas entendue. Elle l'enveloppa en même temps qu'elle lui fit l'effet de coups de couteau, éclipsant la brise qui ventait cet après-midi californien, éclipsant l'e-mail qu'elle était en train d'écrire, éclipsant même le jour et l'année pour la ramener dans un passé trouble et douloureux.

Cette voix… *Sa* voix.

Terriblement masculine. Avec cette pointe de sensualité et d'Italie qui donna immédiatement à Paige des fourmis dans tout le corps.

Elle fit pivoter son fauteuil, sachant exactement qui se trouverait sous le porche de la gigantesque demeure de Bel-Air, située haut dans les montagnes d'Hollywood et nommée *La Bellissima* en l'honneur de sa légendaire propriétaire, l'actrice Violet Sutherlin. Dont Paige était l'assistante personnelle depuis maintenant trois ans.

Giancarlo retira ses lunettes de soleil et lorsque leurs yeux se rencontrèrent, elle ne vit que haine et mépris dans ses prunelles.

Giancarlo. Le seul homme que Paige avait jamais aimé de tout son cœur naïf et désemparé. Le seul homme qui l'avait fait crier et supplier de ne pas s'arrêter, puis laissée épuisée de plaisir. Le seul homme qui la hantait encore et la hanterait probablement toujours.

Le seul homme qu'elle avait trahi. Consciencieusement. Méthodiquement. Son estomac se souleva au souvenir de ce qu'elle avait fait. Jamais elle n'avait oublié et jamais elle ne le pourrait.

Bien sûr, elle n'avait pas eu le choix, mais à quoi servirait d'essayer de se justifier ? Il ne l'écouterait pas plus maintenant qu'il ne l'avait fait à l'époque.

— Je peux t'expliquer, dit-elle trop précipitamment, trop nerveusement.

Elle repoussa machinalement le fauteuil du bureau, dans lequel elle travaillait sous le soleil, comme c'était son habitude. Elle se leva mais comprit aussitôt son erreur, aussi peu assurée sur ses jambes qu'elle l'avait été assise, autant perdue dans le regard noir et glacé de Giancarlo qu'elle l'avait été dix ans auparavant.

— Expliquer ? Tu pourras t'expliquer avec la sécurité, répliqua-t-il sèchement, chacun de ses mots lui faisant d'une gifle cinglante. Je me moque de ce que tu fais là, Nicola. Je veux que tu partes.

Elle cligna des yeux lorsqu'il prononça ce prénom qu'elle haïssait, et qu'elle n'avait pas utilisé depuis le jour où elle avait perdu Giancarlo. L'entendre après tout ce temps et dans *sa* bouche lui noua l'estomac.

— Je ne…

Paige ne savait comment raconter ce qui s'était passé depuis ce jour terrible où elle l'avait livré en pâture aux yeux du monde et les avait tous deux détruits. Qu'y avait-il à ajouter, d'ailleurs ? Elle ne lui avait pas dit la vérité quand elle l'aurait pu, terrorisée à l'idée du regard qu'il aurait porté sur elle s'il avait appris d'où elle venait et le genre de personnes qu'elle côtoyait. Et puis, ils étaient si vite tombés amoureux l'un de l'autre, leur harmonie physique les avait plongés dans une telle explosion de sensations durant ces deux mois très courts qu'il ne semblait pas y avoir eu de temps pour apprendre à se connaître… *vraiment*.

— Je ne réponds plus à ce prénom, dit-elle simplement.

Elle le vit se raidir, et le regard qu'il lui lança avant de remettre ses lunettes l'atteignit en plein cœur. C'était terrible. Encore plus terrible que ce qu'elle avait imaginé, et pourtant Dieu sait si elle avait imaginé cette situation ! Elle sentit ses yeux la piquer, un nœud se former dans sa gorge, mais elle se mordit la lèvre pour arrêter le sanglot. Elle savait que Giancarlo ne réagirait pas bien si elle s'effondrait. Elle avait déjà de la chance qu'il prenne la peine de lui parler — il aurait pu envoyer les vigiles de Violet sans même lui adresser la parole.

— En fait, Nicola est mon deuxième prénom, reprit-elle. C'était un… je m'appelle Paige.

— Quelle surprise ! ironisa-t-il. L'assistante personnelle de ma mère s'appelle Paige, elle aussi.

Au ton calme de sa voix, elle réalisa qu'il avait fait le rapprochement à l'instant où il l'avait revue entre son ancienne maîtresse, celle qui l'avait trahi, et la Paige qui lui écrivait parfois des messages de la part de sa mère, et dont celle-ci lui parlait peut-être. Visiblement, cette découverte ne le remplissait pas de joie.

— Mais ce ne peut être qu'une coïncidence, reprit Giancarlo, du même ton calme. Dis-moi que tu n'es rien de plus qu'une pénible apparition liée aux pires heures de ma vie. Que tu ne t'es pas *en plus* introduite dans ma famille. Dis-le-moi maintenant et je te laisse partir d'ici sans appeler la police.

Dix ans auparavant, Paige aurait dit qu'il bluffait. Qu'il n'y avait pas plus de chances qu'il appelle la police qu'il y en avait qu'il se jette du haut d'un pont. Mais elle avait devant elle un Giancarlo différent. Elle avait devant elle le Giancarlo qu'elle avait fabriqué et elle ne pouvait en vouloir à personne d'autre qu'à elle-même. Enfin, presque…

— Si, reconnut-elle. Cela fait trois ans que je travaille pour Violet. Mais tu dois me croire, jamais je n'ai…

— *Stai zitto*, l'interrompit-il.

Bien que ne parlant pas italien, elle comprit parfaitement l'ordre qui venait de lui être donné et obéit, restant silencieuse. De toute façon, que pouvait-elle faire d'autre ? Elle avait toujours su que ce jour arriverait. Que cette nouvelle vie agréable qu'elle avait réussi à se construire presque par hasard reposait sur des bases fragiles que la seule réapparition de cet homme pouvait totalement anéantir.

Giancarlo était le fils unique de Violet, le fruit de son fameux — et deuxième — mariage avec un comte italien, une union qui avait eu des allures de conte de fées pour le monde entier. Comment cela aurait-il pu finir autrement ? Elle vivait sur le fil depuis l'instant où elle s'était présentée à l'entretien, avait pu, grâce à sa brève liaison avec Giancarlo, répondre à toutes les questions que lui avait posées le recruteur.

Elle était bien consciente que certains pouvaient voir cette embauche d'un mauvais œil, Giancarlo le premier. Mais elle n'avait eu aucune mauvaise intention. « Tu sais très bien que ce n'est pas une excuse », souffla une voix dure dans sa tête, qui sonnait étrangement comme celle de sa mère.

Avec le temps, elle avait fini par croire que ce moment pourrait ne jamais arriver. Que Giancarlo pourrait ne jamais revenir d'Europe et passer sa vie, caché dans les montagnes toscanes, à continuer de faire ce qu'il faisait depuis le jour où elle l'avait trahi et où ces sordides photos avaient fait la une des tabloïds : s'occuper de son complexe de résidences hôtelières ultra-luxueuses.

Mais il était là, et sa présence la mettait en danger. Pourtant, elle n'avait qu'une envie : le regarder pour s'obliger à se souvenir de ce qu'elle avait perdu. De ce qu'elle avait détruit.

Il y avait des portraits de lui dans toute la maison de Violet, toujours sombre et élégant, avec cet air qui, malgré les nombreuses années passées à Los Angeles, montrait qu'il n'était pas américain, qu'il y avait en lui le sang bleu de centaines d'années de noblesse européenne. Un air toujours un peu distant malgré un regard brun engageant.

Paige se doutait que Giancarlo ne perdrait rien de son pouvoir de séduction avec les années. Ce dont elle ne se doutait pas, c'était que celui-ci serait décuplé. Elle en restait étourdie. Comme s'il l'avait deviné, il inclina légèrement la tête sans cesser de la fixer, semblant la défier de parler quand il lui avait ordonné de se taire.

Elle était incapable de détacher son regard de lui. Brusquement, la lumière semblait revenir après dix années de grisaille, une lumière si violente qu'elle lui brûlait les yeux — qu'elle gardait pourtant posés sur lui.

Il avait toujours cette apparence d'un homme habitué à être le centre d'intérêt lorsqu'il entrait dans une pièce. Ses vêtements à la coupe parfaite y étaient sûrement pour quelque chose, mais ce n'était pas que cela. Son corps fin et puissant dégageait une sensualité telle qu'elle en était presque palpable, et sa beauté était si virile que Paige sentit sa gorge s'assécher.

Il était vêtu d'un pantalon noir, de boots et d'un blouson qui évoquait, pour une fille venant du fin fond de l'Arizona comme elle, les Harley-Davidson et les endroits mythiques. Il portait ces vêtements avec la même élégance désinvolte que lorsqu'il portait un smoking… ou grimpait dans un lit pour un week-end sensuel sans limites.

Elle se mordit la lèvre. Ce genre de souvenirs ne pouvait que lui faire du mal. Déjà, son corps se tenait prêt, comme si Giancarlo l'avait touché pour la dernière fois dix minutes auparavant et non dix ans ; comme si sa peau le reconnaissait, appelait ses caresses et ses attentions. Comme si son *désir de Giancarlo* était un virus contre lequel il n'y avait ni rémission ni remède. Un virus qui faisait se soulever la poitrine de Paige et s'embraser ses sens. Un virus qui lui faisait regretter de ne plus danser comme elle le faisait au lycée et durant les quelques années qui avaient suivi, de ne plus se perdre dans les mouvements qui la possédaient alors et avaient été le seul moyen d'abord de survivre, puis de survivre à l'absence de son merveilleux amant.

Les divines lèvres de Giancarlo se serrèrent comme le silence se prolongeait. Paige remercia le ciel qu'il ait remis ses lunettes de soleil : elle ne voulait pas connaître la nature du regard qu'il portait sur elle. Elle ne voulait pas connaître l'effet que cela pourrait encore avoir sur elle. Elle n'avait pas oublié leur dernière rencontre, cette brève et âpre discussion sur le seuil de son appartement le matin où il lui avait montré la une des journaux ; le matin où il l'avait regardée comme s'il venait de découvrir son vrai visage — le visage du diable.

Paige redressa le menton. Elle devait se ressaisir. De toute façon, on ne pouvait pas refaire le passé, elle ne le savait que trop bien.

— Je suis désolée, finit-elle par dire, la gorge serrée. Giancarlo, je suis *vraiment* désolée.

Il tiqua.

— La raison pour laquelle tu es ici ne m'intéresse pas, dit-il d'une voix rauque. Le jeu que tu joues non plus. Tu as cinq minutes pour quitter les lieux.

Malgré la menace sourde du ton, malgré la fureur rentrée, Paige n'avait pas peur comme elle l'aurait dû. Elle était même, étrangement, plutôt satisfaite : la froide violence de Giancarlo lui prouvait qu'il n'était pas indifférent. Même après tout ce temps.

— Si tu ne le fais pas de toi-même, je me ferai un plaisir de te mettre moi-même dehors, ajouta-t-il.

— Giancarlo…, commença-t-elle doucement.

Ses mains nerveuses lissaient son chemisier léger et sa jupe. Elle ne continua pas. Si elle ne voyait pas les yeux de Giancarlo, elle pouvait les sentir sur elle, sur ses jambes et ses hanches, sur les parties de son corps qu'il avait autrefois vénérées. Et cela la rendait incapable de parler.

— Je pense que tu as raison de te taire, laissa-t-il tomber après un moment. Tu sembles avoir compris ce qui était le mieux pour toi, quel que soit le nom que tu utilises et quelles que soient tes motivations, actuelles ou passées.

Paige s'en voulait un peu d'être si passive. Si elle s'était mieux préparée à cette rencontre, peut-être aurait-elle réussi à trouver quoi dire à quelqu'un qui refusait de l'entendre.

— Je sais très bien que toutes mes explications ne serviraient à rien, répondit-elle. Mais ce n'est absolument pas ce que tu crois. Tout comme ça ne l'était pas il y a dix ans.

Soudain, il parut prendre toute la place, comme si la fureur transcendait les limites de son corps pour envelopper Paige, dont les poils se hérissèrent. Il retira alors ses lunettes. Son regard, plus noir que l'ébène, brillait de rage.

Elle avait envie de pleurer maintenant, comme elle en avait eu envie dix ans auparavant. Elle ressentit le besoin de s'asseoir. Elle se sentait terriblement vide.

— Eclaire-moi, suggéra-t-il alors, tout en tension derrière son apparente désinvolture. Quelle partie n'était pas ce que je crois ? Que tu aies organisé une séance photo pendant que nous faisions l'amour, ou le fait que tu aies vendu ces photos aux tabloïds ?

Il fit un pas vers elle, les poings serrés. Désorientée, troublée, Paige avait à la fois envie de s'enfuir très loin et de se jeter dans ses bras.

— Ou encore le fait que tu te sois infiltrée chez ma mère pour en faire ta nouvelle proie ? continua-t-il du même ton, aussi posé qu'inquiétant. Mais quel genre de monstre es-tu exactement ?

— Giancarlo, ta mère…

— Je vais te dire, moi, le genre de monstre que tu es, la coupa-t-il, les yeux plissés, chargés de haine. Tu n'es qu'une garce cupide qui, en plus, ne semble pas bien comprendre. Je croyais cependant avoir été parfaitement clair, il y a dix ans : je ne veux plus jamais, *jamais* te voir.

Paige n'aurait su dire quels mots de Giancarlo l'avaient le plus blessée, mais elle savait qu'elle n'avait rien à répondre. Pourtant, au lieu de se replier sur elle-même et de se laisser tomber en position fœtale sur le sol, comme elle l'avait fait la dernière fois qu'elle l'avait vu, elle resta bien droite. Quelque chose frémissait en elle, qui lui donnait la force de soutenir le regard et de relever le menton.

— Je l'aime, affirma-t-elle.

Les mots restèrent suspendus dans l'air et, brusquement, elle réalisa qu'elle avait prononcé les mêmes dix ans auparavant. Quand Giancarlo la croyait encore moins qu'aujourd'hui. Quand elle savait déjà à quel point ils étaient inutiles, sans néanmoins pouvoir les retenir. « Je suis désolée, Giancarlo. Je t'aime. »

— Que viens-tu de dire ? demanda-t-il, d'un ton si menaçant qu'elle en frissonna. Que viens-tu *oser* de dire ?

— Que j'aime beaucoup ta mère. Vraiment. Si je suis auprès d'elle, cela n'a rien à voir avec toi, rétorqua-t-elle sèchement.

Et c'était vrai. Paige avait compris, voilà déjà bien longtemps, qu'elle avait perdu Giancarlo de manière irrévocable et l'avait accepté. Il n'était pas question de le récupérer, il était juste question de payer une dette, de quelque manière que ce soit.

— D'ailleurs, toute cette histoire n'a jamais rien eu à voir avec toi, continua-t-elle. Du moins pas de la façon dont tu le crois.

Il secoua lentement la tête en murmurant quelque chose en italien entre ses dents. Ses mots ressemblaient à tout sauf à une caresse…

— C'est un cauchemar, dit-il alors, d'une voix cassante. Mais tout cauchemar a une fin. Pourquoi ne pars-tu pas, Nicola ?

— Paige, le reprit-elle. Je préfère encore que tu me traites de « garce cupide » plutôt que tu utilises ce prénom.

Elle ne le supportait plus et ne voulait plus jamais l'entendre. Il était le symbole de tout ce qu'elle avait perdu, des choix terribles et des sacrifices qu'elle avait faits pour le compte de quelqu'un de si abominable qu'à sa seule pensée, sa bouche s'emplissait du goût amer des cendres et des regrets.

— Je me moque de la façon dont tu veux que je t'appelle, répliqua-t-il d'un ton sans appel. Je veux que tu partes. Je veux que le poison que tu représentes quitte cette maison. Je n'arrive pas à croire que tu as passé tout ce temps chez ma mère sans que je le sache. Tu es comme un cancer qui agit dans l'ombre.

Paige n'avait pas d'autre choix que lui obéir, elle en était parfaitement consciente. Peu importait la pureté de ses sentiments, envers Violet comme envers lui, rester ici était impossible. A quoi serviraient explications et excuses quand sa seule présence faisait tant de *mal* à cet homme ? Il ne le méritait pas et il avait raison : elle était un vrai cancer. D'ailleurs, sa propre mère l'avait toujours affirmé.

— Je suis désolée, dit-elle pourtant, d'une voix plus vibrante qu'elle ne l'aurait souhaité. Plus que tu ne le sauras jamais. Mais j'ai fait la promesse à Violet de ne pas la quitter.

Les yeux de Giancarlo se mirent alors à lancer des éclairs. Il fallut à Paige tout son courage, lorsqu'il s'avança vers elle, pour ne pas reculer. Ou ne pas prendre ses jambes à son cou, comme elle en avait eu envie à l'instant où elle avait entendu sa voix.

Mais si elle ne l'avait pas fait dix ans auparavant, et face à un homme autrement plus impressionnant que Giancarlo, ce n'était pas pour le faire maintenant. Peu importait la force avec laquelle son cœur battait contre sa poitrine ; peu importait le sanglot qu'elle ravalait et qui noyait le fond de sa gorge.

— Tu sembles croire que je joue un jeu avec toi, dit-il alors d'un ton lourd de menaces. Tu te trompes.

— Je comprends que ce soit difficile pour toi, et qu'il n'y a aucune chance pour que tu me croies.

Sa voix, qu'elle avait voulue conciliante, avait été teintée de plus de panique qu'elle ne l'aurait souhaité. Or la panique était aussi inutile que les regrets. Il n'y avait de place pour aucun des deux. Elle ne faisait que récolter ce qu'elle avait semé.

— Mais je ne suis pas là pour toi, je suis là pour ta mère, reprit-elle, sans baisser les yeux. C'est *elle* qui m'a engagée.

Elle crut qu'il allait s'étouffer.

— Un point facile à régler si je te tuais de mes propres mains !

Elle aurait pu être effrayée mais elle ne l'était pas. Elle n'avait aucun doute sur le fait qu'il pouvait l'obliger à quitter la propriété, ou qu'il n'hésiterait pas à la détruire avec ses mots, mais elle savait que jamais il ne lui ferait mal. Pas physiquement. Pas Giancarlo.

A moins qu'elle ne soit encore, sans le savoir, cette petite fille naïve qui croyait qu'un grand amour pouvait tout régler ? Que c'était la seule chose qui vaille la peine ? Elle en doutait. Elle avait grandi depuis et avait compris la leçon de la manière la plus rude possible. Cela ne l'empêchait pas de penser que Giancarlo était toujours quelqu'un de bien, malgré ce que pouvait avoir brisé en lui la manière dont elle l'avait trahi.

— Certes, acquiesça-t-elle, d'une voix rendue enrouée par toutes les émotions contenues. Mais tu ne me toucheras pas.

— S'il te plaît, ne me fais pas croire que tu es assez démente pour ne pas te rendre compte que je te pulvériserais sur place si je le pouvais.

— Bien sûr. *Si tu le pouvais*. Mais tu n'es pas comme ça.

— L'homme que tu crois avoir connu pendant deux petits misérables mois est mort, répliqua-t-il. Il est mort il y a dix ans et rien de ce que tu pourras dire ne le fera revenir à la vie, *Nicola*.

Elle recula d'un pas en entendant ce prénom haï qui lui était devenu insupportable. De plus, le chagrin l'avait envahie. Cela n'aurait pas dû être si triste, pourtant — après tout, Giancarlo n'avait fait qu'énoncer une vérité. Ainsi, le temps n'avait eu visiblement aucun effet sur sa tristesse, qui semblait n'avoir attendu qu'un prétexte pour resurgir.

— J'accepte l'entière responsabilité de ce qui s'est passé il y a dix ans et comprends ton ressentiment, dit-elle d'une voix la plus neutre possible. De toute façon, je n'ai pas le choix. Mais j'ai promis à Violet que je ne la quitterais pas. Alors, punis-moi si tu le dois, mais ne la punis pas elle.

Giancarlo Alessi avait beau être amer après une sombre décennie durant laquelle il avait payé cher le prix de sa propre inconséquence, il aimait sa mère. Et il savait que cette femme idolâtrée et si compliquée l'aimait en retour, à sa manière très particulière. Le nombre de fois où elle l'avait utilisé pour servir ses propres intérêts importait peu. Il avait appris à accepter le fait qu'avoir sa vie privée exposée aux yeux du public faisait partie du jeu lorsque l'on était dans la vie d'une star hollywoodienne comme Violet.

Mais il avait aussi décidé de ne jamais avoir d'enfants, afin qu'elle ne puisse en tirer avantage. Pas de petits-enfants qu'elle cajolerait quand nécessaire pour les besoins d'une couverture de magazine. Jamais il n'imposerait une telle vie à qui que ce soit. C'était d'ailleurs la raison pour laquelle il avait transmis son titre de noblesse italien à un lointain cousin et avait laissé l'attention d'Hollywood sur ses origines s'éteindre d'elle-même.

Il pardonnait à Violet, elle était qui elle était. Ce n'était pas elle qu'il voulait blesser, c'était la femme qui se trouvait devant lui à cet instant précis.

Cette femme qui pouvait se donner le prénom qu'elle voulait mais serait toujours Nicola pour lui. L'architecte de sa chute. La responsable de sa plus grande humiliation. La danseuse trop séduisante pour laquelle il avait perdu la tête et qui l'avait sali, avait entaché son nom et sa relation avec son père en rendant publiques des photos toutes plus honteuses les unes que les autres. La femme qui l'avait rendu, malgré lui, complice de ce qu'il détestait le plus au monde : voir sa vie privée étalée dans les journaux.

Il avait déjà eu du mal à se pardonner à lui-même, jamais il n'avait envisagé de lui pardonner *à elle*.

Et, debout dans cette maison dans laquelle il s'était juré de ne jamais plus pénétrer, face à cette femme qu'il s'était évertué à effacer de sa mémoire, il réalisa soudainement que ce qu'il éprouvait pour elle n'était autre que de la haine. Une haine froide qu'elle méritait.

Il fallait que cette haine reste froide. Mesurée. Il ne voulait pas qu'elle le brûle comme l'avait brûlé l'amour qu'il lui avait porté. Il ne voulait pas être englouti et détruit une fois encore. Il n'était plus cet homme idiot et confiant, cet homme si sûr de lui et du fait que personne ne pouvait profiter de lui. Elle avait tout fait pour qu'il change…

Il gardait le tumulte du dédain et du mépris pour Hollywood.

Pour la Californie jaune et dorée, avec ses parcs artificiels pour seule verdure dans un été sans fin. Pour ce vent éternellement chaud que même l'océan Pacifique n'arrivait pas à rafraîchir. Pour le monstre élégant qu'était *La Bellissima*. Pour l'insouciance de ses vingt ans et la vie de play-boy à laquelle Nicola avait mis fin. Pour les malheureux choix de sa mère — ses maris, ses amants ou ses assistants — qui avaient si souvent rempli les pages de la presse people ; un aspect de la vie de Violet qui l'avait toujours attristé et auquel il avait goûté une fois.

Une seule fois, mais une fois de trop.

Il observa Nicola. Ces yeux bleu-vert posés sur lui, cette chevelure brune et épaisse qu'elle avait coiffée en une tresse qui reposait maintenant sur son épaule dénudée. Lorsqu'il l'avait connue, ses cheveux étaient plus longs, plus rouges, moins de jais et plus de feu — il aurait préféré ne pas apprécier cette nouvelle note sombre. Elle était aussi grande que dans son souvenir mais aussi plus mince, comme l'étaient les femmes d'ici qui croyaient que le refus de tout plaisir leur apporterait la gloire. Cette gloire qu'elles désiraient plus que tout. Plus que la nourriture, plus que le souffle. Plus que l'amour.

Amour ? Comment pouvait-il encore penser à un tel mot ?

Elle semblait gênée et tendue tandis qu'il promenait le regard sur elle. Il s'en moquait. Peu lui importait ce que pensait ou ressentait cette femme aux deux prénoms. Elle lui avait clairement démontré qu'elle n'avait jamais vu en lui que la gloire qu'il pouvait lui apporter (et le chéquier de Violet à présent), ce malgré le nombre de fois où elle avait crié son prénom dans l'extase, le nombre de fois où leurs corps épuisés de plaisir s'étaient endormis l'un à côté de l'autre, malgré la manière dont il avait suspendu sa vie à la sienne durant ces deux mois passés pratiquement exclusivement au lit.

Elle n'avait pas fait que briser son cœur. Elle avait bafoué sa fierté, lui avait fait perdre confiance en lui quand il pensait pouvoir reconnaître les prédateurs qui hantaient la ville au premier coup d'œil. Elle l'avait fait douter de lui.

Et cette femme maudite se tenait là, devant lui, avec cette grâce de danseuse qui l'irritait au plus haut point !

Giancarlo s'attarda un instant sur la poitrine haute et menue qui pointait sous le chemisier blanc sans manches, puis son regard se porta sur les hanches que soulignait la jupe serrée. Et ce fut comme s'il caressait de nouveau ces deux parties du corps de la jeune femme ; ses mains se souvenaient de la perfection des courbes et de la manière exquise dont elles frémissaient dans le plaisir.

La façon dont Nicola était habillée ne faisait rien pour dissimuler sa beauté si particulière. Elle n'avait jamais ressemblé aux femmes dont il était entouré à l'époque. La première chose qu'il avait vue sur le plateau de tournage du clip vidéo dans lequel elle dansait avait été le feu de ses cheveux. Compte tenu du statut social prestigieux dont il jouissait alors, jamais il n'aurait dû poser le regard sur elle. Pourtant, il l'avait repérée au premier coup d'œil…

Et aujourd'hui encore, il ressentait le même élan, la même fièvre, malgré ses cheveux plus sombres et ses vêtements de secrétaire efficace — ce qu'elle avait prouvé être au cours de ces dernières années. Il ne voulait pas savoir pourquoi elle avait joué ce petit jeu auprès de sa mère durant tout ce temps. Ni pourquoi il ne pouvait pas la regarder sans la désirer…

— Et c'est maintenant qu'arrive ton histoire larmoyante, je suppose ? lança-t-il d'un ton cynique, rompant le silence qui s'étirait entre eux. Il y en a toujours une dans ce genre de situation. Unc histoire pleine d'excuses et de justifications.

— Je n'ai pas d'histoire larmoyante à te raconter, répliqua-t-elle, les yeux plantés dans les siens. Et je n'ai pas *cherché d'excuses*, je *me suis excusée* auprès de toi, ce qui n'est pas tout à fait la même chose.

Giancarlo se maudissait de ne pas être capable de détacher le regard de cette bouche pulpeuse qui ne demandait qu'à être embrassée, mais ne faisait rien d'autre qu'exprimer des mensonges.

— C'est vrai. Je vais voir ce que je peux faire pour soulager ta conscience, ajouta-t-il avec une ironie mordante.

Elle leva les yeux au ciel, comme à bout de patience. Devait-il rire ou l'étrangler ? Il avait déjà éprouvé cette sensation quand, après avoir fait irruption tel un typhon dans sa vie, elle l'avait dévastée et était partie de la même manière qu'elle était arrivée, ne laissant derrière elle que scandale et chaos.

Et pourtant, elle était si belle… En être à ce point ému ne fit qu'accentuer sa fureur.

— Ton regard noir ne me fera pas pleurer, lança-t-elle alors, féroce. Mais tu peux toujours essayer si ça te fait du bien.

Il rit cette fois-ci, un rire bref et sec.

— Tu es vraiment extraordinaire ! Je suppose que c'est la magie d'Hollywood : les comportements les plus médiocres enrobés dans les plus délicieux emballages. Parce que tu es aussi séduisante qu'avant, c'est sûr. Mais à part ça, qu'est-ce que tu as à offrir ?

2.

Giancarlo ne s'était jamais pardonné d'être follement tombé amoureux d'elle, et encore moins maintenant qu'elle était là, *devant lui.* Elle, la femme à l'origine du scandale qui avait réduit à néant sa carrière cinématographique naissante, du scandale qui avait entaché le nom de son père, qui l'avait fait douter de tout ce qu'il croyait maîtriser. La femme qui l'avait forcé à quitter cette ville maudite et ses démons le jour suivant la parution des photos — un souvenir terrible, une cicatrice indélébile dans l'âme de Giancarlo.

Mais ce n'était pas cela le plus grave, quelle que soit l'intensité de ce qu'il ressentait. Il aurait probablement fini par mettre toute cette histoire sur le compte de la jeunesse — quoi d'étonnant après tout à ce qu'un jeune homme insouciant tombe sous le charme d'une femme aussi ravissante ? Ce genre de situation existait depuis que le monde était monde, et c'était d'ailleurs ce qui était arrivé à ses parents.

Non, le plus grave était qu'il avait été trahi de manière si douloureuse par une femme qu'il avait été prêt à épouser, lui qui s'était toujours battu contre les convenances ; une femme dont il avait voulu faire sa comtesse, qu'il avait pour projet d'emmener vivre sur les terres italiennes de ses ancêtres, lui qui s'était juré de ne jamais se marier après avoir assisté à l'échec de l'union de ses parents.

Oui, voilà ce qui mettait encore son sang en ébullition après toutes ces années.

Nicola inclina alors la tête, comme prête à accepter tous les reproches qu'il pourrait lui faire. Sans qu'il sache pourquoi, cela le mit encore plus en rage.

— Tu n'as rien à répondre ? railla-t-il. Cela m'étonne de toi, Nicola. Ah non, pardon, *Paige*. Tu peux te faire appeler comme tu veux, le fait est que tu as passé trop de temps avec une femme seule et vieillissante.

— C'est vrai qu'elle est seule, acquiesça-t-elle calmement, plantant son regard si clair dans le sien. Mais cette situation n'était pas censée durer longtemps, Giancarlo. J'ai toujours cru que tu reviendrais ici dès mon premier mois, il y a déjà trois ans.

Il fallut un moment à Giancarlo pour réaliser ce qu'il ressentait, et ce qu'il découvrit ne lui plut guère. Un sentiment brûlant, inacceptable. Qui ressemblait fort à de la honte…

— Je ne te dois aucune explication, répliqua-t-il sèchement.

Il ne lui en devait ni sur la façon dont il avait laissé le temps filer entre ses doigts — toujours occupé, toujours à gérer une crise sur le domaine, toujours quelque chose à faire —, ni sur celle dont il n'avait pas hésité à blesser sa mère en ne venant pas durant toutes ces années. Il s'y était décidé seulement parce qu'il n'avait plus aucune nouvelle depuis dix-huit mois — même par les tabloïds ! Ces raisons ne regardaient Nicola en aucune manière.

— Je ne te demande aucune explication. J'énonce juste la vérité.

— S'il te plaît, n'utilise pas des mots dont tu ne connais pas le sens, ricana-t-il. Tu passes pour plus cupide et basse que tu ne l'es déjà.

Elle cilla avant de redresser le menton, mais ne baissa pas le regard.

— As-tu encore le temps de me fournir la liste des mots que j'ai le droit de prononcer avant de me jeter hors de la vie de Violet ?

Il l'observa longuement. La brise jouait dans ses cheveux sombres. Dans un éclair de lucidité, Giancarlo comprit que c'était l'occasion. Elle n'avait jamais été la femme qu'elle lui avait fait croire être, la femme dont il avait été amoureux, la femme qui avait été comme la pièce manquante à son âme, qu'il avait reconnue à l'instant où il l'avait vue.

Elle n'avait été qu'une comédienne, une ombre malfaisante sur sa vie. Mais c'était fini. Le deuxième acte de la pièce était sur le point de se jouer ; il était un tout autre homme désormais.

— Est-ce que ma mère sait que tu apparaissais sur la plupart des clichés parus il y a dix ans ?

Il avait murmuré en souriant, d'une voix presque angélique, ce qui n'aurait pu être plus éloigné de ce qu'il ressentait.

— Bien sûr que non, grinça-t-elle les lèvres serrées, livide soudain.

Et brusquement, il s'interrogea : pourquoi tenait-elle tant à ce que Violet ait une bonne opinion d'elle ? En quoi cela importait-il ? Puis il se souvint combien le rôle de la femme attentionnée était un rôle qu'elle maîtrisait à la perfection. Sauf qu'à ses yeux, elle n'était plus crédible.

— Voici ce qu'il va se passer : je ne vais pas importuner ma mère en lui révélant le passé de son assistante. Pas encore. Je ne pense pas qu'elle l'apprécierait.

— Elle le détesterait autant qu'elle me détesterait, c'est sûr, répliqua Nicola. Mais cela lui briserait aussi le cœur. Si c'est ce que tu veux, tu tiens là le meilleur moyen d'y parvenir.

— Je deviens le méchant de l'histoire ? lança-t-il, avant d'éclater de rire. Tu dois encore avoir plus perdu la tête que ta présence ici ne le laissait supposer.

Une variété d'émotions passa alors sur le visage de la jeune femme, mais peu lui importait. La seule chose qui l'intéressait était la manière dont il allait prendre sa revanche.

— Giancarlo…

— Tu vas donner ta démission et quitter les lieux de ton plein gré. Aujourd'hui. Maintenant.

Elle fit le geste de lever les mains, comme pour une requête, avant de les laisser retomber sur les côtés. Il ne put s'empêcher d'admirer ses talents de comédienne.

— Je ne peux pas faire ça, dit-elle dans un souffle.

— Si, répliqua-t-il, amusé comme il ne l'avait pas été depuis longtemps. Il n'y a pas à débattre, *Paige*.

— Je ne peux pas, insista-t-elle en détachant chaque mot.

— Pourquoi ? Parce que tu n'as pas eu le temps de lui faire rédiger un nouveau testament en ta faveur, ou parce que tu n'as pas fini de remplacer les tableaux de maîtres par des faux ? J'ai trouvé le Rembrandt dans l'entrée un peu bizarre, ironisa-t-il, mais je suppose que c'était la lumière…

— Quoi que tu penses de moi, et tu as des raisons de me juger sévèrement, sache que je tiens à elle. Et il se trouve qu'elle n'a que moi. Je ne cherche pas à être méchante, Giancarlo, mais voilà des années que tu n'es pas venu lui rendre visite. Il lui suffit de mettre le pied hors de cette demeure pour être entourée de profiteurs et de parasites. Je suis la seule personne en qui elle ait confiance.

— Décidément, ton sens de l'ironie me fascine ! s'exclama-t-il. Mais tu perds ton temps. En revanche, tu peux me remercier de te laisser t'en sortir avec une simple démission car je pourrais te faire arrêter.

Elle soutint son regard un moment.

— Ne me provoque pas, finit-elle par laisser tomber. Tu sais aussi bien que moi que tu ne voudrais pas d'un nouveau scandale.

— Toi, ne *me* provoque pas ! s'emporta-t-il, perdant un peu de son flegme. Crois-tu que je n'ai pas cherché à savoir ce qu'était devenue la femme qui avait ruiné ma vie ? Nicola Fielding a disparu de la surface de la Terre le jour où ces photos sont sorties. Cela me laisse penser que tu n'es pas plus prête que moi à t'exposer à un scandale. Echec et mat, *cara*. Je commencerais à faire mes bagages si j'étais toi.

Elle prit une profonde inspiration avant d'expirer lentement. Bon sang, cela n'aurait pas dû l'affecter de cette manière ! se reprocha-t-il. Voilà qu'il était nerveux, troublé, au point que son désir de vengeance s'en trouvait parasité.

Heureusement, la lueur suppliante qu'il vit passer dans les

prunelles de Nicola au moment où elle prenait la parole lui fit comprendre qu'il avait gagné.

— J'aime sincèrement Violet. Je t'accorde que me faire embaucher par elle a peut-être été, au départ, une tentative maladroite pour te retrouver, alors que tu avais totalement disparu de la circulation. Je peux te promettre que ce n'est plus le cas depuis très longtemps. Je ne veux pas lui faire de mal. S'il te plaît. Il doit y avoir un moyen de régler cette histoire autrement.

Il s'autorisa à savourer le moment. Intensément. Enfin elle était à sa merci !

— Giancarlo, reprit-elle. S'il te plaît.

C'était le même ton que celui qu'elle avait employé ce terrible matin, dix ans auparavant, lorsqu'il s'était présenté à la porte de l'appartement dans lequel elle ne l'avait jamais convié en deux mois de liaison. Il venait alors de découvrir avec effroi des pages entières couvertes de leurs ébats sexuels — sans parler du web. Ils avaient eu cette brève et définitive conversation puis il avait tourné les talons et quitté cette femme, Los Angeles et toutes les intrigues hollywoodiennes qu'il haïssait tant. Cinq pénibles minutes qui avaient mis fin à un pan entier de sa vie et à de nombreux rêves.

Il fit un nouveau pas vers elle, puis tendit la main pour sentir entre ses doigts une mèche de cette chevelure brillante dont le soleil faisait danser les reflets auburn. *Dio*, il désirait cette femme avec toujours la même ferveur.

Par conséquent, il était temps de se faire plaisir. Il savait que, quel que soit l'angle d'attaque qu'il prendrait, Nicola ferait passer son propre intérêt avant sa dignité. Il pouvait donc imposer ses conditions. Il la tenait…

— Oh ! oui, nous pouvons trouver une solution, murmura-t-il.

Il marqua une pause afin de faire monter le suspense et la tension — il jubilait. Il se pencha un peu plus pour sentir le parfum qu'elle portait — un mélange d'eucalyptus et de quelque chose de plus sombre.

— Il suffit que tu te mettes sous moi et que tu y restes jusqu'à ce que j'aie terminé, ajouta-t-il.

Nicola se figea.

— Que… que viens-tu de dire ? balbutia-t-elle.

— Tu m'as parfaitement entendu.

Les yeux de son ex étaient emplis de détresse, et Giancarlo aurait pu flancher s'il n'avait connu ses talents de menteuse et de comédienne. Il se contenta donc de jouer de nouveau avec sa tresse, observant sur les traits de la jeune femme le chemin qu'était en train de faire dans son esprit leur dernier échange. A sa grande satisfaction, son visage refléta très vite la même fièvre que celle qu'il ressentait.

C'était pour cette raison qu'il allait gagner. Parce que Nicola n'avait aucun contrôle sur l'attirance électrique et irrépressible qu'ils éprouvaient l'un pour l'autre. Et parce que aujourd'hui, il savait enfin que cela ne voulait rien dire de plus et n'était rien d'autre qu'un jeu.

— Je veux m'assurer que j'ai bien compris, dit-elle après avoir dégluti avec difficulté. Tu veux que *je couche avec toi* pour pouvoir garder ma place ?

Le rouge qu'il vit monter à ses joues le fit sourire.

— Absolument. Souvent et avec entrain. Où, quand et comme je veux.

— Tu ne peux pas être sérieux ! s'écria-t-elle, perdant son calme.

— Je le suis, et je vais te le prouver.

Les lèvres de la jeune femme tremblèrent légèrement. Giancarlo ne put s'empêcher de l'admirer : elle avait l'air si sincère ! Puis il vit sa poitrine se soulever sous la soie de son chemisier et il comprit. Il comprit qu'elle était aussi démunie devant cette *chose* entre eux qu'il l'était lui-même. Peut-être l'avait-elle toujours été ? Peut-être était-ce la raison pour laquelle tout était devenu si compliqué… Elle l'avait choisi parce qu'il était le fils d'une star hollywoodienne et d'un comte, mais leur entente sexuelle avait brouillé les cartes. Peut-être, mais cela n'avait plus aucune importance.

— Giancarlo…

Elle ne termina pas sa phrase. Ses yeux s'emplirent de larmes et une fois encore, il fut obligé de reconnaître la qualité de son jeu d'actrice. Inutile : jamais plus il ne lui ferait confiance, peu importaient les larmes qu'elle pouvait verser — ou faire semblant de verser —, peu importait le tremblement de ses lèvres. Tout ça n'était qu'Hollywood.

— Ton choix est très limité, *cara*, dit-il d'un ton doucereux. Il se limite à deux options. La première : tu pars maintenant, sachant que j'expliquerai alors très précisément à ma mère la raison de ton départ et la manière dont tu as passé toutes ces années à te servir d'elle. Cela risque de lui briser le cœur, tu l'as dit toi-même. Ce serait alors ta responsabilité, pas la mienne, et je ne serais pas étonné qu'elle te fasse payer sa déception au prix fort. Tu te doutes bien qu'elle n'est pas arrivée là où elle est par hasard. Elle est beaucoup plus dure qu'elle n'en a l'air.

— Je le sais, répondit Nicola, le regard encore brillant de larmes dont aucune n'avait, évidemment, coulé. Et quelle est la seconde option ?

— Tu restes. Et tu fais exactement ce que je te demande.

— Sexuellement ? lança-t-elle, la voix légèrement tremblante mais le regard fier. Tu me demandes de faire ce que tu veux *sexuellement* ?

Si elle s'imaginait que sa franchise allait le déstabiliser, elle était alors plus naïve qu'il pensait. Il ne fit pas l'effort de retenir son sourire.

— J'ai dit : « Fais ce que je te demande », point barre.

Il suivit du doigt la ligne du visage de la jeune femme, avant de lui prendre le menton.

— Tu vas travailler pour moi, *Paige*. Allongée, à genoux, devant, derrière ton bureau. Quand je veux, où je veux et comme je veux.

Elle frémit sous ses doigts et il s'en réjouit.

— Pourquoi ? murmura-t-elle. C'est *moi*, Giancarlo, tu te souviens ? Pourquoi voudrais-tu…

Une fois encore, elle ne finit pas sa phrase. Ces signes de faiblesse le satisfaisaient : il y voyait des fissures dans l'armure. Giancarlo s'approcha encore et prit les lèvres de son ancienne maîtresse. Un aperçu de ce qui l'attendait ; un petit test…

Elles étaient exactement comme il s'en souvenait. Le feu s'empara de lui — et d'elle visiblement, d'après le petit cri qu'elle laissa échapper. Durant toutes ces années de désarroi, de honte, de fureur et de désir inassouvi, il n'avait jamais pu passer à autre chose. Il savait pourquoi : à cause de cette excitation brûlante qu'il n'avait jamais éprouvée que pour cette femme.

Sauf que cette fois, il n'en sortirait pas détruit.

Il allait utiliser ce délicieux corps qu'elle avait brandi devant lui comme une arme. Il allait lui faire payer le prix de sa trahison de la manière la plus intime possible. Et il allait le faire ici, là où tout avait commencé. Alors, enfin, il serait libéré d'elle. Leur aventure n'avait duré que deux mois, et se serait probablement éteinte d'elle-même ; or ce n'était pas ainsi que les choses s'étaient passées. Alors maintenant, il voulait se rassasier d'elle. Se saturer. C'était le seul moyen d'avancer.

— Je sais exactement qui tu es, dit-il alors, sans chercher à cacher sa satisfaction. Tu vas expier pour *tout* ce que tu m'as fait. Et crois-moi, j'ai une très bonne mémoire…

— Tu le regretteras, rétorqua-t-elle, les dents serrées.

— Je le regrette déjà depuis dix ans, *cara*.

Giancarlo colla alors son corps contre le sien, ravi de le sentir frémir. Il n'y aurait ni mariage, ni *happy end* en campagne toscane au milieu des champs dorés. Il n'y aurait que pénitence. La sienne. Une pénitence sans limite, jusqu'à ce qu'il soit totalement repu.

Ce qui, du moins le supposait-il, risquait de prendre un certain temps.

— Cela n'a aucun sens, reprit-elle. Tu me hais.

— Nous ne parlons pas ici de haine, *cara*, répondit-il, un sourire aux lèvres. Nous parlons de revanche.

Paige crut que Giancarlo allait sauter sur elle lorsqu'elle accepta. Car, bien sûr, elle avait accepté, malgré le sourire glaçant de Giancarlo, qui lui avait fait l'effet d'une décharge électrique. Qu'aurait-elle pu faire d'autre quand Violet Sutherlin avait rempli le rôle de mère que n'avait pas su remplir la sienne, trop dépendante, égoïste et pleine de rancœur ? Comment aurait-elle pu quitter celle qu'elle considérait comme sa seule famille ?

Mais il ne lui sauta pas dessus. Au contraire, il lui lâcha la main et tourna les talons.

Paige continua à faire son travail comme si de rien n'était, allant même jusqu'à partager avec Violet la joie qu'avait fait naître chez cette dernière le retour du fils prodigue. Elle s'efforçait d'agir de la manière la plus professionnelle possible, luttant pour ne pas se trahir chaque fois qu'elle se trouvait dans la même pièce que Giancarlo et qu'elle avait envie de hurler tant cette tension l'épuisait — tension qui ne semblait aucunement le gêner lui, et ne l'empêchait pas de rire avec sa mère entre deux plongeons dans la piscine.

Chaque nuit, elle s'enfermait dans sa maison sur la propriété de Violet, une petite villa au bord du canyon.

Et chaque nuit, son cerveau se souvenait de la moindre étreinte de leurs deux mois de passion, de la moindre caresse, du moindre baiser. De la manière dont il la possédait et du cri rauque qu'il laissait échapper dans son cou chaque fois qu'il jouissait.

Au matin du quatrième jour, elle était épuisée…

— Bien dormi ? demanda une voix sarcastique derrière elle.

Paige était sur le point d'aller retrouver Violet avant que celle-ci n'ait fini son petit déjeuner. Giancarlo se tenait sur le large escalier qui menait à la terrasse. Elle n'avait d'autre choix que de le croiser. Elle se mordit la lèvre : si elle avait été moins perdue dans ses pensées et ses regrets, elle l'aurait vu arriver et aurait emprunté l'autre sortie pour l'éviter.

« L'aurais-tu *vraiment* évité ? » demanda l'insidieuse petite voix.

Elle réfléchit un instant. Une femme intelligente aurait quitté Los Angeles depuis dix ans déjà pour ne jamais y revenir. Une femme intelligente ne se serait pas retrouvée au service de la mère de son ex-amant. Et, dans tous les cas, une femme intelligente n'aurait pas accepté la proposition diabolique que lui avait faite celui-ci. Elle n'eut alors d'autre choix que d'admettre qu'elle semblait avoir perdu toute forme de discernement.

— Oui, j'ai dormi comme un bébé, répondit-elle en souriant.

— C'est-à-dire en t'éveillant toutes les deux heures en braillant ? la taquina-t-il.

Elle décida de ne pas entrer dans son jeu. Vêtu d'un short et d'un T-shirt de sport parfaitement ajusté qui mettait en valeur son corps parfaitement sculpté, Giancarlo était resplendissant de santé. Comme elle aurait voulu le détester ! Comme elle aurait voulu que ce qu'elle ressentait au niveau de sa poitrine, et aussi beaucoup plus bas dans son ventre, soit de la haine…

— Je n'ai jamais mieux dormi de ma vie, insista-t-elle, avec assurance.

Elle se rapprocha de lui en prononçant ces mots, un peu comme s'il agissait tel un aimant auquel elle ne pouvait résister. Elle se souvenait de cela aussi, cette attirance irréfrénable qui les avait réunis dès le début.

Dix ans auparavant, elle avait pensé qu'ils étaient faits l'un pour l'autre et qu'ils passeraient leur vie ensemble. Puis elle avait tout gâché. Pourtant, force était de constater que son désir pour lui n'avait pas bougé.

Elle battit des paupières lorsqu'il approcha la main pour passer le doigt sous son œil. Le contact fut si doux qu'elle en frissonna, bien que cette douceur soit en complète contradiction avec la lueur de colère qui brillait dans les yeux de Giancarlo.

Il ne lui fallut qu'une demi-seconde pour réaliser qu'il était en train de souligner les cernes sous ses yeux. Ce n'était pas une caresse, c'était une accusation.

— Menteuse, murmura-t-il, doucereux. Ceci dit, je n'espérais rien d'autre de ta part.

Elle retint une réponse cinglante. La situation était suffisamment pénible pour ne pas en rajouter. Elle se contenta de lui décocher un regard assassin.

— Sois prête à 20 heures, ordonna-t-il, d'un ton brusque.

— Etre prête pour quoi ?

Il fit un pas en arrière, offrant à Paige la beauté de son torse musclé, de ses larges épaules. Elle fut assaillie par le souvenir de sa chaleur et de sa force. Par cette capacité qu'il avait de lui faire perdre tous ses moyens, encore et encore. Il n'avait eu qu'à la regarder, la première fois, pour que tout disparaisse. Il avait aussitôt compris ce qu'elle ressentait.

Et il le comprenait encore aujourd'hui, elle pouvait le voir à la flamme qui dansait dans ses yeux, à la façon dont son propre corps s'embrasait, avec la même intensité que dix ans auparavant. Seigneur… Elle refusait d'appeler « excitation » cette sensation.

Elle eut du mal à retrouver son souffle.

— Porte quelque chose sous lequel je puisse passer la main, précisa-t-il, aux lèvres un rictus méchant.

Puis il tourna les talons et la planta là. Paige avait les jambes en coton. Elle devrait se reprendre et démêler l'écheveau de ses pensées et sentiments contradictoires avant leur rendez-vous. Sinon, elle ne donnait pas cher de sa peau…

— Je pense que c'est un homme très seul, déclara Violet, d'un ton solennel.

Elle et Paige étaient assises dans l'une des pièces préférées de l'actrice, située à quelques pas de son jardin et qu'elle appelait son « bureau ». Une pièce ensoleillée aux murs couverts de rayonnages remplis de livres et de ses multiples récompenses.

Violet s'enfonça dans sa méridienne et porta le regard sur la ville qui se déployait en contrebas de la gigantesque baie vitrée. Le soleil éclairait d'une lumière douce ce visage duquel elle n'avait pas cherché à effacer les marques du temps, malgré ses soixante et quelques années. Elle était à la fois grave et magnifique, ses fins cheveux blonds rejetés en arrière. Elle portait sa tenue d'intérieur favorite, un jean de couturier qui lui avait coûté une petite fortune et un chemisier vert émeraude qui mettait en valeur ses yeux soulignés d'un maquillage discret.

Assise à sa place habituelle devant le secrétaire français placé de l'autre côté de la pièce, son ordinateur portable ouvert devant elle et la multitude de téléphones de Violet bien rangés sur une étagère, Paige fronça les sourcils.

— Vous pensez vraiment qu'il est seul ? demanda-t-elle, surprise.

Violet laissa échapper ce rire qui était devenu sa marque de fabrique, qui avait charmé tant de monde depuis ses débuts dans les années soixante-dix et qui faisait toujours autant d'effet quand il s'élevait.

— Aucun doute, répondit-elle après un moment de réflexion. Et ce malgré la ribambelle de jeunettes dont il s'entoure sans réaliser qu'elles ne font que le faire paraître plus vieux. Pauvre Giancarlo ! C'était un enfant déjà très solitaire. Son père et moi nous sommes aimés follement, parfois maladroitement, et c'est vrai qu'il n'y a jamais eu beaucoup de place pour qui que ce soit d'autre. C'est le grand regret de ma vie… et le seul.

Tout le monde connaissait l'histoire : l'amour passionné, les séparations douloureuses et les retrouvailles éphémères, la vie menée dans des maisons distinctes pendant des années, sans jamais divorcer ; le visage inondé de larmes de Violet le jour des funérailles du comte, et le fait que plus jamais elle n'ait parlé publiquement de lui après l'enterrement.

Violet posait sur elle un regard calme, qui signifiait qu'elle attendait un commentaire.

— Il ne semble pas particulièrement seul, hasarda Paige.

Elle se tenait parfaitement droite sur sa chaise, prenant le plus grand soin à ne rien laisser transparaître. Si une grande vedette de cinéma pouvait sembler n'être qu'un monstre de narcissisme, Violet savait parfaitement percevoir les gens. Elle lisait en eux avec la même facilité que d'autres lisaient les panneaux routiers, et la moindre réaction de la part de Paige en dirait beaucoup plus qu'elle ne le souhaitait.

— Il donne plutôt l'impression d'un homme habitué à tout contrôler, reprit-elle. Absolument tout.

— Je suis d'accord avec vous, acquiesça Violet, un sourire triste aux lèvres. Et je ne peux imaginer plus grande solitude. Le pouvez-vous ?

Paige éluda la question et parvint à détourner la conversation sur un sujet professionnel — une des nombreuses sollicitations que recevait son employeuse chaque jour, à laquelle il fallait répondre rapidement. Sa journée de travail terminée, elle regagna sa maisonnette pour se préparer.

Lorsqu'un coup violent fut frappé à la porte, elle sursauta. Elle n'eut pas à demander qui se trouvait derrière : la manière dont son estomac se noua immédiatement lui donna la réponse. Elle regarda sa montre. Il était 20 heures.

Elle alla ouvrir. Giancarlo se tenait légèrement en retrait, dangereusement séduisant dans son costume à la coupe parfaite, inaccessible et dédaigneux comme pouvait l'être le comte italien qu'il était. Il promena lentement son regard noir sur elle, commençant par sa queue-de-cheval haute avant de s'attarder sur ses yeux, qu'elle avait lourdement maquillés sachant que c'était le seul masque qu'il l'autoriserait à porter.

Sa bouche sensuelle esquissa un très léger sourire, comme s'il avait deviné ce qu'elle pensait en appliquant son eye-liner. Puis son regard descendit sur sa robe retenue par deux fines bretelles, qui soulignait sa poitrine avant de tomber en cascade jusqu'au sol.

— Parfait, *cara*.

Ce qu'elle entendit dans sa voix ressemblait plus à de la *satisfaction* qu'à de l'approbation et la fit frémir.

— Visiblement, tu es capable de suivre les instructions qui t'arrangent, reprit-il.

— Comme tout le monde, il me semble. Ça s'appelle l'instinct de survie.

Elle avait parlé d'un ton plus sec qu'elle n'aurait voulu, elle qui s'était juré de ne lui donner aucune prise, même s'il l'appelait « *cara* ». Il lui avait un jour avoué qu'il réservait ce terme à toutes les femmes futiles et superficielles qui se jetaient à son cou. Ceci dit, elle préférait encore *cara* à Nicola.

— L'instinct de survie ? Comme tu y vas ! ironisa-t-il de cette voix chaude et veloutée qui ne l'avait jamais laissée indifférente. Mais pourquoi commencer la soirée de manière si agressive ? Tu ferais mieux de garder tes forces pour plus tard.

Paige savait qu'il ne cherchait qu'à la déstabiliser. Elle s'empara de son sac et sortit, prenant tout son temps pour fermer la porte à clé et échapper ainsi à son regard. Mais déjà Giancarlo l'accompagnait dans l'allée, la main posée dans le creux de ses reins. Et, soudain, elle eut l'impression que leur histoire reprenait vie dans la nuit tombante de cette soirée d'été.

Sans un mot, Giancarlo la mena jusqu'à sa voiture de sport, l'aida à s'y installer, puis en fit le tour et prit place derrière le volant. Où l'emmenait-il, se demanda-t-elle tandis qu'ils passaient les grilles du domaine de Violet. Dans un restaurant, afin de l'humilier en public ? Dans un de ces sordides motels de banlieue, où la chambre se louait à l'heure et où il la traiterait comme la traînée qu'il l'imaginait être ?

Contre toute attente, il prit la direction des monts Santa Monica, qui coupaient Los Angeles en deux. Après quelques minutes d'un silencieux trajet, il s'arrêta brusquement en haut d'une falaise. Paige remarqua la rambarde de bois au bord de la route, mais cela ne suffit pas à la rassurer.

— Sors, ordonna-t-il.

— Je ne préférerais pas, rétorqua-t-elle, sans parvenir à masquer la terreur dans sa voix.

Il dut l'entendre lui aussi car, même si l'expression de son visage était restée sombre, elle crut déceler une lueur d'amusement dans son regard.

— Je ne vais pas te jeter dans le vide, même si l'idée peut être plaisante. Tu serais tuée sur le coup.

— C'est justement la partie que je redoute, tâcha-t-elle de plaisanter, nerveuse.

— Je veux que tu souffres, Paige, dit-il doucement. Souviens-toi de ça.

Il ne l'appelait plus ni Nicola ni *cara*, c'était déjà ça… Il sortit de la voiture et elle l'imita, puis le suivit jusqu'à la rambarde, inquiète. Giancarlo ne se retourna pas. Il avait le regard fixé sur la ville qui brillait à leurs pieds de tous ses feux.

— Viens là ! lança-t-il d'un ton sans appel.

Paige prit une grande inspiration pour surmonter son angoisse. Elle s'était promis d'obéir à son ancien amant et préféra songer qu'il cherchait à l'humilier, non à la blesser — du moins physiquement. Elle s'approcha donc de lui.

Elle frissonna lorsqu'il lui passa un bras derrière la nuque pour l'attirer violemment contre son torse. Puis il posa un doigt sur ses lèvres et commença à en dessiner le contour.

Le sol sembla se dérober sous ses pieds. Giancarlo était aussi viril que dans son souvenir, son torse dur contre sa poitrine, le bras qui pendait derrière son cou délicieusement lourd. Elle sentit la même boule de feu que la première fois qu'il l'avait touchée s'emparer d'elle.

Il ne lui demanda pas d'ouvrir la bouche, mais la pression de ses doigts se fit si insistante qu'elle n'eut d'autre choix que de le faire. Elle lui aspira alors le pouce et ce fut plus agréable que cela n'aurait dû l'être. Sexy et étrange à la fois. Les yeux de Giancarlo brillaient lorsqu'ils croisèrent les siens.

— Rappelle-moi comment tu m'as fait perdre la tête, dit-il d'un ton empli de vengeance et de colère. Sers-toi de ta langue.

Quel démon prit possession d'elle à ce moment-là ? On aurait dit un mélange douloureux d'espoirs depuis longtemps éteints, de regrets et de colère étouffée. Elle obéit et prit la main de Giancarlo entre les deux siennes, lui caressant le pouce de la langue comme s'il s'agissait d'une autre partie de son anatomie, le regard vissé au sien.

Elle était brûlante et surexcitée, téméraire et perdue, mais rien de tout ça n'avait d'importance puisqu'elle le touchait. Il pouvait la détester, ne rien désirer d'autre que se venger, peu importait en cet instant. Ce qu'il lui arrivait était un cadeau car jamais elle n'avait même osé envisager qu'elle pourrait un jour le goûter de nouveau.

Subitement, Giancarlo retira son pouce et l'air entre eux sembla crépiter, comme chargé d'électricité.

— Je suis content de constater que tu n'as rien perdu de ton savoir-faire.

Et même si le ton était cruel, la voix était rauque. Cela signifiait quelque chose — la même chose que ce bouillonnement au bas de son propre ventre, que son souffle court, que cette agitation qu'elle n'avait ressentie qu'avec lui et que lui seul pouvait apaiser.

Il lui sourit alors, d'un sourire si séduisant que Paige en fut bouleversée. Mais elle aurait dû se douter qu'il n'en avait pas fini…

— Maintenant, mets-toi à genoux, Paige.

3.

Pendant un instant, Paige crut qu'elle était en train de tomber dans le vide. Puis elle cligna des yeux et elle fut de nouveau là, devant Giancarlo qui attendait, un sourire narquois aux lèvres.

— Certainement pas *ici*, dit-elle, d'une voix qui ne lui parut pas être la sienne tant elle était lointaine.

— Où je veux, comme je veux. N'était-ce pas clair ?

— Mais je… Enfin, je ne…

— Puisque tu sembles si confuse, je me permets de te rappeler qu'il n'est question que de moi, pas de toi.

— Giancarlo…, bredouilla-t-elle, hébétée.

— Je t'ai dit ce que j'attendais, continua-t-il froidement. Et ce qu'il t'arriverait si tu ne m'obéissais pas.

Tout en parlant, il avait levé la main, comme pour lui caresser de nouveau le visage. Elle recula d'un pas. Non parce qu'il avait le pouvoir de la toucher comme il le voulait, mais parce qu'il la détestait. Et elle détestait cette idée, comme elle détestait qu'il soit de retour dans sa vie sans vraiment l'être, quand tout ce qu'elle souhaitait était qu'il le soit totalement — même si l'admettre lui était difficile.

Seigneur, combien de fois avait-elle espéré qu'il réapparaisse ? Espéré qu'il se mette à sa recherche, une fois la colère et le scandale passés, pour reprendre la discussion qu'ils avaient eue sur le seuil de sa porte, le matin de la parution des photos ? Et si elle l'avait tant espéré, c'était parce que, malgré le peu de temps passé ensemble, il l'avait connue mieux que personne. Il n'avait pas connu les détails de sa vie — elle les lui avait cachés, comme à beaucoup de gens — mais il avait lu dans son cœur. Et Paige avait toujours été persuadée que, s'il lui avait donné l'occasion de s'expliquer, il aurait compris qu'elle n'avait pas eu beaucoup de choix…

Mais il n'était jamais revenu.

Et sans doute était-ce là le reproche le plus ancien qui, ajouté à sa colère actuelle, lui faisait maintenant complètement perdre la tête.

— Est-ce vraiment ce que tu veux, Giancarlo ? Après toutes ces années ?

— Oui, après toutes ces années. C'est exactement ce que je veux.

— Tu veux donc me forcer ? M'obliger à faire des choses que je ne veux pas faire ? Me…

Elle ne pouvait prononcer le mot. Pas *ça* de la part de l'homme qui lui avait appris à quel point l'amour pouvait être magnifique et non noir, malsain ou dangereux. Pas de la part de l'homme qui l'avait fait se sentir si vivante, si puissante, si féminine sous ses caresses.

— Il y a des mots, reprit-elle d'une voix étranglée. Des mots terribles…

— Mais qui ne s'appliquent pas à la situation, répliqua-t-il sèchement, en enfonçant ses mains profondément dans ses poches.

Paige ne put s'empêcher de se demander si c'était vraiment l'endroit où il voulait les mettre. Elle s'en voulut immédiatement : fallait-il qu'elle soit aussi malade que lui pour que cette idée la fasse se réjouir ?

— Tu n'es pas obligée de faire quoi que ce soit, reprit-il d'une voix calme. Je n'ai aucun désir de te forcer, bien au contraire.

— Tu m'as dit qu'il le fallait pour… pour…

— Ne te comporte pas comme l'oie blanche que nous savons tous deux que tu n'es pas, dit-il de sa voix veloutée. Je t'ai dit que tu devais m'obéir. Dans et hors du lit.

— Que je devais donc coucher avec toi quand tu l'ordonnais ou m'en aller.

— Oui.

— Donc tu es prêt à te servir de la force.

— Absolument pas.

Il haussa les épaules comme si ce qu'il allait se passer ensuite n'avait aucune importance. Alors que la tension sur son visage disait le contraire.

— Tu peux partir quand tu veux, reprit-il. Tu peux reprendre le cours de ta vie, quel qu'il soit et sous le nom qui te convient le mieux. Je ne t'en empêcherai pas.

Elle eut brusquement le cœur au bord des lèvres, étourdie, sans parvenir pour autant à détacher son regard de ce visage sensuel, impassible et cruel.

— Mais si je fuis, tu iras t'empresser de révéler à Violet qui je suis. D'ailleurs, que lui diras-tu ? Que je t'ai traqué ? Que je me suis servie d'elle pour me rapprocher de toi ?

— Tout à fait, acquiesça-t-il, d'une voix aussi dure que son visage. Ce qui a l'avantage d'être la vérité.

Paige baissa la tête, anéantie. Une relation d'amitié et de confiance s'était développée entre Violet et elle ces dernières années ; la star vieillissante serait meurtrie d'apprendre qu'elle avait été une fois encore abusée. Elle ne pouvait l'envisager.

— Ce n'est pas un choix.

— Si, Paige, c'est un choix. Tu peux ne pas l'aimer, mais ça n'en reste pas moins un choix. Ce que tu ne m'as pas donné à l'époque.

— Je ne peux pas la faire souffrir. Ce n'est pas difficile à comprendre, si ?

— Ce ne sont que les conséquences de tes propres décisions, rétorqua-t-il d'un ton impatient. Je te rappelle qu'il s'agit là d'une punition, pas d'une partie de plaisir.

Elle eut brusquement une envie irrépressible de s'enfuir en courant, et dut faire un effort surhumain pour s'obliger à ne pas bouger.

— Alors, informe-moi : comment va se dérouler la punition ? réussit-elle à articuler, gardant la tête haute quand ses yeux la brûlaient. Tu affirmes ne pas vouloir me forcer, alors comment vais-je réussir à faire la… chose que j'ai le moins envie de faire.

— En es-tu sûre ? demanda-t-il, un sourire narquois aux lèvres. Si je glissais maintenant ma main dans ta culotte, y trouverais-je de l'indifférence ?

— Ce n'est pas le problème ! se défendit-elle en rougissant. C'est physique, ce qui n'a rien à voir avec le désir.

— Es-tu prête ?

C'était une question sans l'être, et le silence qui suivit lui apporta probablement la réponse. Tout comme ses joues brûlantes de honte, de colère et d'humiliation. Car elle était prête, plus que prête, et Giancarlo l'avait deviné. Elle le détesta alors autant qu'elle se détestait.

— S'il te plaît…, supplia-t-elle dans un souffle.

— L'heure n'est plus aux suppliques.

Jamais Paige ne l'avait vu si fermé, inaccessible, impitoyable, ce qui ne fit que l'exciter encore plus ; la rendre plus ardente, plus impatiente.

— Je veux que tu t'agenouilles, reprit-il. Ici. Maintenant. Et ne m'oblige pas à le répéter.

Giancarlo ne pensait pas qu'elle le ferait.

Ils se tenaient tous deux debout dans la pénombre, suffisamment près l'un de l'autre pour être pris pour des amants par un éventuel passant, et brusquement il réalisa qu'il ne voulait pas qu'elle le fasse. Quelque chose en lui voulait qu'elle refuse. Qu'elle mette fin à tout ça avant qu'ils ne soient tous deux consumés et détruits. Qu'elle l'arrête, lui, car il ne le pouvait pas de lui-même.

Revoir Nicola — *Paige* — avait totalement mis à mal son self-control. Et maintenant, il était en train de dévaler une pente beaucoup trop abrupte, au risque de tout détruire sur son passage, sans se soucier de rien d'autre que d'appliquer l'expression « rendre la monnaie de sa pièce » de toutes les manières possibles.

L'air se figea entre eux. Il la vit serrer les poings, se raidir. Allait-elle s'enfuir ? Si oui, essaierait-il de l'en empêcher ? Il ne savait plus ce qu'il voulait. Qu'avait-il provoqué ? Qu'allait-il se passer dans cette nuit trop sombre ?…

Tandis qu'il se posait toutes ces questions, Paige bougea. L'élégance gracieuse de ses mouvements lui remit en mémoire la souplesse de son corps, ses courbes, ses fesses qu'il avait adorées. Sa bouche. Lorsqu'il reprit ses esprits, elle était agenouillée devant lui. Comme il le lui avait demandé. *Ordonné*.

Giancarlo baissa les yeux sur elle, souhaitant pouvoir retrouver sa fureur et l'armure qu'elle lui procurait. Or il lui était difficile de se concentrer quand Paige avait le visage levé vers lui, les yeux emplis d'une lueur mystérieuse et les lèvres légèrement entrouvertes.

Bon sang, il n'avait plus aucun contrôle sur rien ! Tant qu'elle ne s'en rendait pas compte, il restait maître de la situation…

Ils s'observèrent un moment et la nuit parut s'alourdir un peu plus autour d'eux, se densifier. Il entendit alors la profonde inspiration qu'elle prit et fut submergé par ce désir qu'il connaissait si bien, qui envahit son corps, ses nerfs, son âme.

Il serra les dents.

Tout en lui était dur — absolument tout ! Elle posa les mains sur ses genoux ; ses paumes brûlantes et sa bouche étaient désormais beaucoup trop près de son sexe…

— Ta mère pense que tu es très seul, laissa-t-elle alors tomber sans lever les yeux.

Il fallut à Giancarlo un moment pour que les mots parviennent jusqu'à son esprit, et il n'eut aucune envie d'analyser le sentiment qu'ils provoquèrent en lui. Sans doute une nouvelle forme de colère, ce dont il n'était pas à court quand il était question de cette femme.

Il tendit le bras pour lui prendre le menton dans sa main afin de mieux la voir, puis fit une des choses les plus difficiles qu'il lui ait été donné de faire : rester en contrôle. Ne pas succomber à ce besoin de la prendre, de la posséder, et s'obliger à réfléchir.

— Bien tenté, mais ça ne marchera pas, dit-il doucement. Ne perds pas ton temps.

Son sexe était si tendu qu'il en était douloureux, mais le plus important était qu'il donne l'impression de pouvoir rester ainsi toute la nuit.

— Que veux-tu dire ? C'est ce qu'elle a affirmé.

— Le fait qu'elle ait parcouru ses albums photos et ait versé une larme devant son petit garçon maladroit et empoté n'a aucune importance, dit-il d'une voix toujours douce. Tu n'en es pas venue à me dire ça, à genoux dans la poussière, juste parce que tu t'intéresses brusquement à mon bien-être émotionnel, n'est-ce pas ?

— Tu peux être sûr que rien ne pourrait moins m'intéresser que ton bien-être émotionnel, répliqua Paige, avec beaucoup d'arrogance étant donné sa position. Je ne sais même pas pourquoi je t'ai dit ça.

— Peut-être parce que tu cherches à me rabaisser, espérant ainsi me voir abandonner ma vengeance, répondit-il, en promenant sur le visage de la jeune femme une main aussi douce que ses paroles étaient dures. Quelle pourrait être l'autre raison quand tu es sur le point de me prendre dans ta bouche ?

Les yeux de Paige s'écarquillèrent, comme si ces paroles la stupéfiaient. Giancarlo éclata d'un rire mauvais.

— Parfait, dit-elle alors, d'une voix dénuée de toute intonation. Comme tu veux.

— C'est justement ce que j'essaie de te faire comprendre depuis le début. C'est *comme je veux*, ce qui peut signifier me contenter sur le bord de la route si c'est ce que je souhaite. Il est bien évident que tes sentiments n'importent guère. Les choses commencent-elles à être enfin claires ?

Elle murmura quelque chose qu'il n'entendit pas. Elle tremblait maintenant, et il aurait dû se sentir comme le monstre que les yeux de Paige l'accusaient d'être. Mais il voyait d'autres choses aussi : le rose à ses joues, ses lèvres frémissantes. Et sous sa main, encore posée sur le cou de sa proie, le sang battait à un rythme effréné, preuve indiscutable de son excitation.

— Combien de temps ? demanda-t-elle dans un souffle.

— De temps pour quoi ?

— Pour faire ce que… tu as à faire.

— Jusqu'à ce que je sois lassé.

— Quelques heures, donc, dit-elle avec toujours la même flamme dansant dans ses yeux.

Il sourit et suivit du doigt le tracé délicat de la nuque de la jeune femme.

— Je ne pense pas que tu seras si chanceuse. J'ai eu beaucoup de temps pour réfléchir à toutes les manières dont je voulais te voir ramper. Puis payer. Puis ramper de nouveau. Et cela prendra le temps qu'il faudra.

— Comment se fait-il que tu aies autant de temps à m'accorder aujourd'hui quand ce fameux matin, tu ne m'as donné que trois secondes, sans me laisser une chance de m'expliquer, avant de disparaître pendant dix ans ?

— Je ne veux pas discuter avec toi, répondit-il, aussi calme que cassant. Je ne le voulais pas à l'époque et je ne le veux toujours pas maintenant.

— Alors, nous ferions aussi bien de commencer la séance humiliante des faveurs sexuelles, qu'en penses-tu ? demanda Paige avec une légèreté forcée.

Elle fit un mouvement vers sa ceinture et, avant même qu'il réalise ce qu'il faisait, Giancarlo l'avait retenue. Puis il lui prit le bras pour l'aider à se relever et ne le lâcha pas lorsqu'elle fut debout.

— J'ai cru que tu cherchais à nous faire arrêter pour comportement indécent sur la voie publique, dit-elle alors. Ils m'auraient mise en prison pour racolage et tes rêves seraient devenus réalité.

— Je vais te dire quel est mon rêve, *cara*, lâcha-t-il d'une voix rauque. Ce n'est pas l'*acte* lui-même qui importe — ce dernier reste un privilège que tu n'as pas mérité. C'est la capitulation. Mais tu auras tout le temps d'apprendre.

Il ponctua ces derniers mots d'un rire narquois avant de lui relâcher le bras pour la libérer. Cela se révéla plus difficile qu'il ne l'aurait cru.

Au cours de la semaine qui suivit la petite leçon administrée par Giancarlo, Paige comprit très clairement qu'il n'avait pas uniquement envie de l'obliger à coucher avec lui où et quand il le voulait. Cela aurait été trop simple, il était beaucoup plus diabolique que cela.

Il voulait la maintenir dans un état constant de panique, d'insécurité, qu'elle ne sache jamais ce qu'il allait se passer ensuite. Il voulait qu'elle ne pense à rien d'autre qu'à lui, et toutes les petites choses qu'il lui faisait faire pour lui prouver sa domination la rendaient folle.

« Ce n'est pas l'acte lui-même qui importe, c'est la capitulation », avait-il dit. *Sa* capitulation. Comme il l'avait prédit, elle était en train de comprendre ce que cela signifiait.

Après pratiquement une semaine sans rien d'autre que des effleurements, si furtifs et si inattendus qu'ils faisaient à Paige l'effet de caresses glacées, Giancarlo la surprit un jour dans le dressing de Violet, alors qu'elle cherchait les vêtements et accessoires qu'allait porter celle-ci pour la réception à laquelle elle devait se rendre ce soir-là.

— Enlève ta jupe, ta culotte — si tu en portes une — et donne-les-moi, ordonna-t-il sans préambule.

Elle sursauta.

— Que… quoi ? balbutia-t-elle.

Mais déjà, son corps réagissait à l'injonction. Sa poitrine se gonfla, rendant son soutien-gorge tellement serré contre sa peau qu'il en devint insupportable ; son estomac se noua et, plus bas, la chaleur habituelle en présence de Giancarlo se transforma en brasier. Tout ça au seul son de sa voix ! Qu'allait-il se passer si cette fois, il la touchait ?

— C'est ta stratégie, *cara* ? Faire semblant de ne rien

comprendre chaque fois que je te parle ? Je t'avoue que c'est un peu fatigant.

Il se tenait dans l'embrasure de la porte, farouche et terriblement viril, vêtu d'un jean clair et d'un T-shirt qui n'avait d'autre fonction, aurait-on dit, que de magnifier encore son superbe torse.

Paige se tenait de l'autre côté du dressing, totalement immobile, parfaitement consciente du fait qu'elle devait ressembler à une biche prise dans les feux d'une voiture, incapable de bouger.

— Je t'avais prévenu que ça risquait d'être ennuyeux, lança-t-elle.

La bouche de Giancarlo se tordit très légèrement et ses yeux devinrent si sombres qu'elle n'aurait su dire si la lueur dorée qu'elle y voyait encore briller était une caresse ou un avertissement.

Il croisa les bras tout en s'appuyant avec nonchalance contre le chambranle.

— Montre-moi que tu sais bien suivre les instructions. Et si j'étais toi, je ne prendrais pas le risque de me faire attendre.

— C'est à cause de tes menaces, riposta-t-elle avec ironie. Elles me font si peur et font battre mon cœur si fort que je n'arrive plus à entendre les instructions.

— Je suis certain que ton cœur bat fort. Mais nous savons tous deux que ce n'est pas de peur.

Paige n'avait pas grand-chose à répondre, et ne voulait surtout pas qu'il s'approche pour vérifier ses dires. Elle baissa les yeux sur la jupe courte et vaporeuse qu'elle portait sans rien en dessous. « Fais en sorte que j'aie accès à toi chaque fois que je le désire », lui avait-il, deux jours auparavant, alors qu'elle sortait de son bureau. Et elle lui avait obéi, et Giancarlo allait le constater…

Il souriait lorsqu'elle porta de nouveau le regard sur lui, une lueur de satisfaction éclairait désormais ses yeux sombres. Lorsqu'il fit un léger signe du menton pour qu'elle s'approche, elle ressentit une sorte d'impatience.

— Pourquoi toi ne viens-tu pas ? répondit-elle, en se maîtrisant.

— Tu ne sembles pas comprendre, une fois encore. Il ne s'agit pas d'un jeu amoureux entre deux amants. Il s'agit de…

— … pénitence, l'interrompit-elle. Une punition. Je sais.

— Alors arrête de me faire perdre mon temps et montre-moi.

Elle vit à son regard qu'il ne plaisantait pas.

Cela n'avait aucune importance, se persuada-t-elle. Il l'avait déjà vue nue auparavant, et de manière autrement plus intime. Il avait promené ses lèvres et ses mains sur chaque centimètre de son corps. Et il ne faisait tout cela que pour qu'elle le déteste.

Alors, au lieu de se laisser aller à une quelconque colère, elle éclata de rire, un rire de jeune femme insouciante qu'elle n'avait jamais été, puis se rapprocha de Giancarlo. Elle observa un instant son visage dur et, lentement, attrapa le bas de sa jupe et la remonta jusqu'à ses hanches.

— Satisfait ? demanda-t-elle.

Il l'observa un peu trop longtemps, un peu trop fixement, avec dans les prunelles cette lueur qu'elle connaissait si bien. Elle aussi connaissait chaque centimètre du corps de Giancarlo. Elle aussi savait quand il était excité.

Paige se tenait devant son tortionnaire, la jupe remontée jusqu'à la taille, censée être gênée devant le seul homme qu'elle avait aimé ; et pourtant, paradoxalement, jamais elle ne s'était sentie mieux. Puissante. *A sa place.* Elle s'était tellement perdue dans la culpabilité, la honte, sa propre colère à l'égard de tout ce qui s'était passé et envers Giancarlo qu'elle en avait oublié une chose importante : ce dont il se servait avec tant d'efficacité marchait dans les deux sens.

— Apparemment, je te fais de l'effet, dit-elle, calme, jouissant du moment.

— Viens là, ordonna-t-il d'une voix rauque, qui emplit Paige de joie.

Elle lui obéit une fois encore ; sauf que cette fois-ci, elle était heureuse de le faire. Parce que son ex pouvait parler de revanche autant qu'il le voulait, il ne pouvait rien contre l'attirance qui les unissait.

Elle s'arrêta devant Giancarlo et laissa échapper un petit cri de surprise lorsque celui-ci lui attrapa les poignets. Il les lui fit immédiatement passer derrière le dos, l'obligeant à se cambrer. Sa jupe retomba sur ses cuisses. Giancarlo l'observait, un éclat impudique dans les yeux. Un éclat qu'elle ne connaissait que trop…

Puis il l'attira à lui, lui serrant toujours les poignets derrière le dos, et plaqua sa bouche contre la sienne.

Ce n'était pas un baiser comme autrefois, un baiser délicat donnant un avant-goût de ce qui allait suivre. Non, il avait pris sa bouche comme s'il était déjà en elle, comme s'il allait et venait déjà avec la fougue qui les emmènerait tous deux au bord du précipice. Il la repoussa en arrière pour qu'elle se cambre de nouveau, lui tenant toujours fermement les poignets, et l'embrassa alors de nouveau avec une rage qui enflamma chaque partie du corps de Paige.

Elle réagit passionnément, désespérément, oublieuse du contexte. Oublieuse de la punition voulue par Giancarlo, de sa trahison à elle, de sa fureur à lui. Elle se moquait de ce qu'il voulait d'elle ou de ce qu'il avait prévu pour la blesser.

Elle ne voulait qu'une chose : *ça*.

Elle ne put cacher sa déception lorsqu'il s'écarta.

— Tu embrasses comme une traînée.

Il s'était voulu blessant mais son ton était toutefois teinté d'un certain respect.

— Tu en as embrassé beaucoup ? Toi, le comte Alessi, tu es capable d'avoir toutes les femmes que tu désires sans être obligé de payer, non ?

— Tu es ma première fille de joie.

Ce trait était censé la blesser, l'insulter, mais il n'en fut rien. Elle inclina la tête, vit la fièvre dans le regard sombre de Giancarlo et comprit qu'il était aussi conscient qu'elle du pouvoir qu'elle aussi avait sur lui.

— Alors comment peux-tu comparer ? Peut-être est-ce toi qui te comportes comme un gigolo ?

— Fais attention à ce que tu dis.

— Oblige-moi, le défia-t-elle.

Il marmonna une imprécation en italien et, lui lâchant les mains, lui prit le visage entre les paumes et l'embrassa furieusement. Encore et encore, comme s'il n'y avait ni début ni fin, juste leurs bouches, douces, brûlantes, parfaites l'une pour l'autre. Il ne l'arrêta pas lorsqu'elle fondit contre lui, lorsqu'elle passa les bras autour de son cou et s'accrocha à lui, répondant à ses baisers comme si c'étaient les retrouvailles dont elle avait toujours rêvé. Comme si c'était *la* solution, et non un jeu dangereux.

Imperceptiblement, la rage s'était transformée en fièvre. Ils commencèrent à redevenir les amants qu'ils avaient été si longtemps auparavant, avant que tout n'aille de travers. Il perçut lui aussi ce changement car il se raidit, avant de la repousser.

Ils s'observèrent un long moment. Tous deux respiraient trop vite, trop fort. Paige voulut reculer mais ses jambes se dérobèrent sous elle ; même s'il lui lança un regard noir, Giancarlo tendit le bras pour la retenir.

— Merci, ne put-elle s'empêcher de dire, les lèvres gonflées. Ce baiser châtiment m'a remise à ma place.

Elle n'aurait pu définir avec précision l'expression qui passa alors sur le visage de Giancarlo, mais celle-ci lui fit plus mal que tous les mots qu'il avait prononcés. Elle dut se mordre l'intérieur de la lèvre pour ne rien en laisser transparaître.

— Ce n'est qu'un début, répliqua-t-il, d'un ton qui la fit frémir. C'est une chose que je peux te promettre.

Giancarlo courait depuis si longtemps qu'il en avait les poumons brûlants, mais ce n'était pas suffisant. Il ne parvenait à oublier le goût des lèvres de Paige, la douceur de sa peau.

L'embrasser avait été une terrible erreur.

Il avait l'impression de se retrouver dix ans auparavant,

sauf que cette fois, il n'était plus aveuglé. Cette fois, c'était lui qui avait mené le jeu. Lui qui l'avait embrassée.

Il se maudit en deux langues et arrêta enfin de courir, posant les mains sur les genoux pour détendre ses muscles. Puis il promena le regard sur le domaine de sa mère, encadré par le flanc de la montagne en haut et la ville grouillante en bas.

La tentation de s'oublier et de reprendre là où s'était arrêtée sa relation avec celle qui se prénommait désormais Paige était trop forte. Nicola avait été à l'origine de sa perte, mais cette femme n'existait plus. Pouvait-il faire comme si elle ne s'était pas placée près de sa mère sous un nouveau nom avec Dieu sait quelles intentions ? Comme si le fait de se perdre de nouveau dans ce corps allait la transformer en une personne qu'elle avait prouvé ne pas être ?

Il était déjà en train de reprendre des habitudes qu'il avait crues définitivement oubliées — se défouler dans les collines de Bel-Air alors que le travail s'accumulait en Italie, par exemple. Paige avait été sa première pensée lorsqu'il s'était éveillé ce matin-là. Elle avait habité ses rêves. Elle était en train de prendre possession de sa vie comme elle l'avait déjà fait auparavant.

Bon sang ! C'était *elle*, en fait, qui prenait sa revanche !

Quant à lui, il devait être dépendant, intoxiqué. C'était la seule façon d'expliquer l'état dans lequel il se trouvait.

Il devait le surmonter. Il voulait humilier Paige, la détruire. Il voulait qu'elle ressente ce qu'il avait ressenti en découvrant les photos.

Et qu'elle ait mal.

Il se redressa et rejeta ses cheveux en arrière. Le passé pressait trop fortement contre son crâne. Il n'y avait pas que la part sexuelle de leur histoire, le fait que leurs corps semblaient avoir été créés l'un pour l'autre, mais aussi celle qu'il faisait semblant d'avoir oubliée, la part qui le voyait sourire après chacune de leurs conversations téléphoniques ou faisait s'accélérer son cœur chaque fois qu'elle entrait dans une pièce. La part qui le rassurait quand elle lui prenait la main, comme si ce simple geste pouvait les protéger du monde.

Il s'en souvenait.

Il se souvenait aussi des derniers moments avec cette femme, et de la confrontation qu'il avait dû avoir ensuite avec son père, en Italie. Ce père vieillissant et pourtant si moderne, qui pensait que rien n'était de plus mauvais goût que l'aristocratie européenne et la monarchie anglaise alors qu'il aurait pu apprendre les bonnes manières à tout un couvent. Et ce comte à la bienveillance jamais démentie avait rassuré son fils, le prenant dans ses bras pour le serrer contre son corps frêle.

« Ce n'est pas ta faute. Je savais exactement qui j'épousais quand j'ai épousé ta mère. Notre erreur a été de croire que nous pourrions élever un enfant en le protégeant de ce monde. Et ce qui t'est arrivé devait fatalement advenir, ce n'était qu'une question de temps. »

S'il avait été déçu, son père n'avait montré aucun signe de colère ou de tristesse, rien contre quoi se battre ou s'appuyer. Giancarlo avait alors réalisé qu'il était le seul responsable de la situation.

Tout au long de sa vie, son père s'était efforcé de lui transmettre les valeurs auxquelles il croyait. « Lutte pour faire le bien, quoi qu'il arrive », lui avait-il souvent répété. « Ne te donne pas en spectacle et ne te lie pas avec des gens dénués de morale, car ils finissent toujours pas avoir une influence néfaste. »

Giancarlo avait échoué sur tous les plans. Voilà pourquoi la promesse qu'il s'était faite enfant était toujours valable : pas de mariage, car les risques étaient trop grands. Et pas d'héritiers car en aucune manière il ne voulait exposer un enfant au genre de vie qui avait été la sienne.

Maudite Paige, qui l'avait fait douter de ces convictions pendant deux mois ! C'était cela qu'il trouvait le plus difficile à effacer.

Il se remit à courir. Certes, il détestait le fait que cette femme l'ait trahi, mais le pire était cette *chose* en lui, sombre et menaçante, prête à tout pour la faire ployer mais qui le rendait aussi vile que cette femme l'avait été avec lui.

Et il détestait cette idée par-dessus tout.

4.

Après une très longue douche chaude qui réussit à l'apaiser quelque peu, Giancarlo décida d'aller rendre visite à sa mère.

Il entreprit de remonter les couloirs décorés d'œuvres d'art qu'elle avait ramenées de tous les coins de la planète. *La Bellissima* était telle qu'il l'avait toujours connue. Çà et là, les petites touches d'artisanat local témoignaient de la vraie Violet Sutherlin, née et élevée à Berkeley, Californie. Mêlant glamour hollywoodien et art contemporain, la maison était à son image : légère, mais de caractère.

Caractère qui, pour s'affirmer dans l'industrie du cinéma, ne l'avait pas fait hésiter à publier quelques-unes des lettres pleines de mots d'amour qu'il lui avait écrites enfant — ce qui lui avait valu les moqueries de ses camarades jusqu'à la fin de sa scolarité. Sa mère n'avait pas hésité non plus à passer cinq longues minutes, lors d'une interview, à raconter comment elle l'avait surpris au lit avec sa petite amie, provoquant le départ de celle-ci dans un lycée étranger et humiliant profondément le tout jeune homme qu'il était alors.

Il avait beau connaître chaque recoin de cette demeure, il s'y était toujours senti étranger, avec cette sensation de n'être qu'un objet parmi tous ceux dont Violet s'était entourée — sauf qu'à la différence des vases, il aimait sa mère. Même si elle l'avait utilisé sans état d'âme pour travailler son image.

Giancarlo emprunta le couloir lumineux qui menait au bureau de Violet. Il connaissait son goût pour les journées passées à contempler la ville qu'elle avait conquise. Il se revit, enfant, courir dans ce même couloir pour se précipiter sur la méridienne et s'asseoir aux pieds de sa mère où, fasciné, il l'écoutait apprendre son texte et répéter. Si elle le fascinait encore aujourd'hui, il avait cependant compris qu'il était plus simple d'admirer Violet que de dépendre d'elle ; qu'il valait mieux être un de ses fans plutôt qu'un membre de sa famille. Il ne se rappelait plus à quel âge il l'avait compris : la première fois qu'elle avait divulgué une photo embarrassante de lui ou la dixième fois ? Quoi qu'il en soit, ils avaient été tous deux plus heureux à partir du moment où il avait accepté cette part de la personnalité de sa mère.

Arrivé devant le bureau de celle-ci, il s'arrêta sur le pas de la porte et chercha sa mère des yeux. Elle n'était pas à sa place habituelle, allongée sur la méridienne telle l'impératrice d'Hollywood, mais se tenait devant la baie vitrée, éclairée par une douce lumière de fin d'après-midi d'été, un de ses téléphones portables à la main. Malgré son indéniable beauté, le regard de Giancarlo fut immédiatement attiré par l'autre femme qui se trouvait dans la pièce.

Assise à son bureau, Paige tapait sur son clavier. Une voix masculine sortit du haut-parleur du portable de Violet, en réponse à une question de cette dernière. Lorsqu'elle se tourna vers Paige en levant les yeux au ciel, visiblement peu satisfaite de la réponse, le visage de son assistante changea. Il exprimait de l'empathie. De la sincérité, aurait-il ajouté s'il ne connaissait pas Paige.

Il avait déjà vu cette expression. C'était celle de la femme franche et loyale qu'il avait follement aimée pendant deux mois. Pas celle d'une femme prête à exposer l'intimité de son amant à la terre entière.

Il n'arrivait toujours pas à croire qu'il avait pu se tromper à ce point-là et, en y songeant, son estomac se noua.

Voilà pourquoi il devait savoir. Pourquoi il voulait une explication pour ce qui s'était passé dix ans auparavant. Parce qu'il avait encore envie de croire que Paige — il ne pensait désormais à elle plus que sous ce prénom — était ce qu'elle paraissait être. Dévouée. Profondément désolée de ce qui s'était passé et avec une *vraie* raison pour l'avoir ainsi trahi.

Il voulait la retrouver !

Il ne lui fallut qu'une seconde pour se ressaisir. L'histoire ne pouvait se répéter. Pas avec cette femme. Jamais.

— Chéri ! s'exclama Violet, en se tournant vers lui après avoir mis fin à son appel. Tu aurais pu rentrer, ce n'était que mon agent. Un pleurnichard, un illuminé bien trop exigeant mais qui reste, malheureusement, le meilleur.

Du coin de l'œil, Giancarlo vit Paige se redresser sur sa chaise et poser sur lui son regard clair, avant de promptement retourner à son écran. Il frissonna. Il y avait encore plus fou que l'agent de sa mère, songea-t-il amèrement. Lui-même ! Mais s'il en était là, c'était parce qu'ils étaient à Los Angeles, où tout, absolument tout, rappelait leur passé. Les choses auraient été probablement très différentes si les *retrouvailles* avaient eu lieu dans une autre ville.

— Je dois rentrer en Italie, dit-il d'un ton abrupt, comme si y mettre plus de formes aurait pu l'empêcher d'aller au bout.

— Tu ne peux pas partir ! répliqua sa mère, tandis que Paige se mettait à écrire de manière frénétique, sans lever le visage de son clavier. Tu viens juste d'arriver.

— Je suis venu te rendre une visite rapide parce que cela faisait beaucoup trop longtemps que je ne t'avais pas vue. Et je suis déjà resté plus longtemps que prévu. Mais j'ai une solution.

— Tu reviens vivre à Los Angeles ! s'exclama-t-elle, d'un ton montrant qu'elle n'y croyait pas elle-même. J'en suis ravie. La maison de Malibu est toujours libre et n'attend que toi.

Giancarlo fit un effort pour continuer à regarder sa mère, quand sa seule envie était de dévisager Paige.

— Pas du tout. Tu viens en Italie avec ton assistante, et vous y restez tout l'été.

Violet parut un court instant déstabilisée, mais elle se ressaisit immédiatement et afficha le masque qu'il connaissait si bien, aussi gracieux qu'impénétrable, qui ne montrait que ce que la grande Violet Sutherlin voulait montrer.

— Chéri, tu sais ce que je pense de l'Italie, murmura-t-elle d'un ton offensé. J'aime ce pays de tout mon cœur, mais j'ai peur que ce cœur n'ait fondu à la mort de ton père.

— Pas cette Italie, précisa-t-il en souriant, s'adressant autant à elle qu'à Paige. *Mon* Italie.

— Parce que tu en possèdes une ? demanda Violet d'un ton amusé. Je comprends que tu aies été si occupé !

— J'ai totalement transformé le domaine, expliqua-t-il, ignorant la plaisanterie maternelle. Je t'ai parlé de tous ces travaux et il me semble que ce serait une bonne idée que tu viennes voir le résultat. Je pense que papa serait fier.

— J'en suis certaine.

Il y avait eu dans la voix de Violet une intonation qui fit comprendre à Giancarlo qu'il avait gagné. Paige aussi l'avait compris. Il la sentit plus qu'il ne la vit se raidir derrière son bureau, et il dut prendre sur lui pour ne pas trahir sa jubilation.

— J'adorerais revoir la Toscane, ajouta Violet.

A ces mots, Giancarlo s'autorisa à regarder son ancienne maîtresse. Il allait l'emmener loin de Los Angeles, dans un endroit vierge de tout passé commun. Pourquoi n'avait-il pas songé à cette solution plus tôt ?

Là-bas, en Toscane, Paige serait à son entière disposition. Violet allait pouvoir se détendre entre les mains expertes de son personnel hautement qualifié et il aurait tout le temps pour se débarrasser, une fois pour toutes, de ses vieux démons. Tout le temps de faire payer Paige pour ce qu'elle lui avait fait subir.

Oui, c'était définitivement ce qu'il voulait : qu'elle paye. Tout le reste n'était que souvenirs, dont la seule utilité était d'alimenter ses rêves.

— Parfait, dit-il, d'un ton probablement trop triomphant, vu le regard noir que lui lança Paige. Nous partons ce soir.

Toute sa vie, Paige avait rêvé de l'Italie.

Petite, elle ramenait chez elle — une lugubre caravane qu'écrasait la chaleur du désert d'Arizona — des livres empruntés à la bibliothèque, puis attendait que sa mère soit assommée de drogues et d'alcool pour s'y plonger et rêver. Rêver de grands cyprès et de terres anciennes; de monuments dédiés à des dieux disparus et de toits de tuiles rouges, brillant sous une douce lumière, celle qu'avaient exaltée tant de peintres illustres.

Puis elle avait rencontré Giancarlo, et ses rêves avaient pris une nouvelle tournure. Il lui avait parlé des milliers d'hectares de terres que son père avait repris en main après une génération d'abandon, terres qui faisaient partie de son héritage, lui avait-il expliqué. Alors elle avait espéré, un très court moment, qu'elle pourrait les découvrir.

Et maintenant, elle avait enfin posé le pied dans ce pays. Mais elle se trouvait dans un endroit dont elle avait cru, un jour, pouvoir faire son foyer et qui ne le deviendrait jamais. Cela lui faisait mal. Terriblement mal. Elle mit cet état sur le compte du décalage horaire; une bonne nuit de sommeil et rien n'y paraîtrait plus.

Le domaine appartenait à la famille Alessi depuis le Moyen Age. Il était parsemé de vieilles fermes que Giancarlo avait passé les dix années précédentes à restaurer, pour le plaisir d'une clientèle aussi riche que sa mère et aussi soucieuse d'intimité que l'était son père. Lui-même devait être probablement devenu asocial et misanthrope à cause d'elle, songea-t-elle avec amertume.

Au Castello Alessi, au milieu des collines couvertes d'oliviers, de vignes, de lavande et de forêts de chênes millénaires — d'après le site web que Paige avait visité des centaines de fois —, quelques privilégiés et nantis pouvaient se détendre dans les fermes superbement restaurées qu'ils louaient ou avaient achetées, parfaitement isolés les uns des autres, tout en jouissant de prestations luxueuses grâce au personnel hautement qualifié qui travaillait pour Giancarlo. Paige n'avait rien à voir avec cet univers, elle en était parfaitement consciente.

Après avoir volé toute la nuit, ils avaient atterri sur un

petit aérodrome privé situé dans une vallée voisine, où les attendait un chauffeur. Ils avaient rejoint le domaine en quarante minutes. Un trajet magnifique : la Toscane était encore plus belle que ce qu'elle imaginait. Ils avaient ensuite installé Violet au vieux *castello,* le bâtiment principal du complexe, puis Giancarlo avait fait monter Paige dans une jeep et s'était installé au volant. Ils roulaient à présent au milieu des terres. Bientôt, elle ne vit plus autour d'elle que la campagne, puis une maison isolée apparut au sommet d'une colline. Curieusement, ce paysage lui semblait familier, comme si elle était déjà venue ici, comme si elle rentrait… chez elle. Mais elle se trompait, rien de tout cela n'était à elle — ni le ciel bleu, ni les collines, ni la charmante maison. Et encore moins l'homme qui se trouvait à ses côtés.

Ils empruntèrent une petite route cahoteuse et s'éloignèrent de la maison perchée sur la colline pour se rapprocher d'une petite ferme, située dans la vallée en contrebas. Quelques instants plus tard, Giancarlo se garait devant la porte.

— M'as-tu menée jusqu'ici pour me punir ? demanda-t-elle.

Elle s'obligea à ne pas le regarder, de peur que ses émotions à vif ne la mènent aux larmes — voire pire encore.

— Violet ne risque-t-elle pas de se poser des questions ? ajouta-t-elle.

— Il y a au *castello* tout le monde qu'il faut pour combler le moindre désir de ma mère, répondit-il calmement. Mais si d'aventure elle devait avoir besoin de toi au milieu de ses séances de spa, il y a le Wi-Fi et elle pourra toujours t'envoyer un message.

— Donc, la réponse est oui, dit-elle froidement. C'est une punition.

Il prit le temps d'éteindre le moteur. Alors, le silence les enveloppa, aussi doux qu'angoissant.

— En effet, finit-il par répondre, de cette voix veloutée qui s'enroulait autour d'elle et la faisait immanquablement vibrer. Je te punis avec la Toscane, ce qui est presque un sort pire que la mort. Tu n'as qu'à regarder la beauté du paysage autour de toi.

Paige ne voulait pas regarder autour d'elle. Cela lui faisait mal jusqu'aux os et la rendait faible, très faible. Elle avait tant rêvé de Giancarlo et elle en Italie, amoureux. Elle décida donc de porter ses yeux sur lui, ce qui n'était guère mieux.

— Si tu t'imagines que je n'ai pas deviné la raison pour laquelle tu m'as amenée ici, tu te trompes. Tu veux être sûr que je n'aie aucun endroit où m'enfuir. C'est une des pratiques de torture les plus basiques, non ?

— Je me moque de ce que tu crois.

Paige sortit de la jeep. Giancarlo l'imita. Tout cela n'était-il pas le prologue à une autre de ces scènes qu'il lui imposait — aussi humiliante qu'enchanteresse ? Elle enfonça les mains dans les poches de son jean, espérant que ce qu'elle ressentait allait bientôt disparaître, que ce n'était que le contrecoup du décalage horaire. Sauf qu'elle ne se sentait pas fatiguée comme elle aurait dû l'être mais mise à nu, épinglée tel un papillon. Et la manière dont son geôlier l'observait n'arrangeait rien.

— Combien de temps ? demanda-t-elle d'une voix qu'elle ne reconnut pas. Combien de temps penses-tu pouvoir me garder ici ?

Sans répondre, Giancarlo prit ses bagages à l'arrière de la jeep, rejoignit l'entrée de la ferme, dont il ouvrit la porte d'un coup d'épaule, et disparut à l'intérieur. Elle resta où elle était, à côté, le regard porté sur l'horizon vert, le ciel bleu, les nuages blancs cotonneux aux formes de meringues. Elle fit de son mieux pour ne pas pleurer. Car si c'était encore plus beau que dans ses rêves, c'était aussi une prison ; dans laquelle elle ne pouvait s'empêcher de se sentir chez *elle* ! Seigneur, elle avait vraiment un problème de santé mentale…

— Je te garderai ici aussi longtemps que je le déciderai, laissa tomber Giancarlo depuis la porte.

Sa voix résonnait dans le silence matinal, lui faisant l'effet d'un voile noir sur le soleil.

— Je te répète qu'il s'agit de ma satisfaction, *cara*, pas

de tes sentiments. Sinon, ce ne serait pas une punition mais des vacances.

— De toute façon, tu me crois dénuée de tout sentiment, n'est-ce pas ? Pour toi, je ne suis qu'une garce intéressée qui a un jour cherché à te détruire, puis qui a réussi à s'introduire auprès de ta famille afin de servir ses abominables desseins, qu'elle est parvenue à cacher pendant trois ans. C'est bien cela ?

— Tu n'as pas besoin de devenir si lyrique quand il y a un mot tout simple pour te désigner. Je pense que « parasite » donne une idée assez juste de qui tu es.

Elle hocha la tête, ignorant l'attaque, tandis que la sourde angoisse qu'elle connaissait si bien s'insinuait en elle, lui contractait l'estomac, la faisait désirer des choses qu'elle savait n'avoir pas le droit de souhaiter — un endroit auquel appartenir et quelqu'un avec qui le partager…

Paige avait toujours su ce qui était hors de sa portée. Les rêves étaient inoffensifs et lui avaient permis de survivre à l'endroit aride où elle avait vécu, elle qui était le fruit d'une erreur d'adolescence d'Arleen. Permis de survivre à ce qui s'était passé dix ans auparavant. A ce qu'était devenue sa mère et à ce qu'elle avait fait pour tenter de la sauver.

Mais les désirs n'étaient rien d'autre que des ennuis assurés. Et, en y regardant de plus près, sans doute était-ce le problème depuis le début : avec Giancarlo, elle s'était autorisée à *désirer* des choses qui ne pouvaient être siennes. Jamais. Elle le savait et l'avait toujours su.

« Tu ne vas pas refaire la même erreur », murmura à son oreille la voix caustique de sa mère.

Elle risqua alors un regard vers Giancarlo, et le désespoir l'envahit aussitôt. Elle était désespérée que son cœur accélère ses battements à sa seule vue comme il l'avait toujours fait, désespérée de l'expression sombre de son visage, qui exprimait à la fois la faim et le mépris, désespérée de la manière dont elle l'avait aimé et l'aimerait toujours. Il allait avoir sa revanche, elle allait la supporter et elle allait survivre. Une fois encore. Sans doute était-ce si douloureux aujourd'hui à cause du voyage et de l'endroit où elle se trouvait, mais elle allait s'en sortir. Elle s'en était toujours sortie.

— Je sais que tu ne veux pas me croire, mais je ferais n'importe quoi pour ta mère, dit-elle alors d'une voix dont elle réussit à maîtriser le tremblement. Pour de nombreuses raisons, la plus importante étant qu'elle a été plus chaleureuse avec moi que ma propre mère ne l'a jamais été.

Elle savait qu'elle avait détruit Giancarlo, qu'elle l'avait trahi. Mais à cet instant, ce qu'elle désirait plus que tout était qu'il voie, ne serait-ce qu'un court instant, qui elle était *vraiment*.

— Et voilà le tissu de mensonges que j'attendais, susurra-t-il, avec un regard dans lequel elle crut néanmoins déceler une très furtive lueur de surprise. Tu sais, j'ai évité pendant toutes ces années la ville dans laquelle vivaient Violet et les gens qui l'entouraient, mais ce n'était pas elle que j'évitais. Ce qui fait une grande différence. Car crois-moi, Paige, je suis moi aussi prêt à tout pour elle.

Il y avait en même temps une menace et une promesse dans cette affirmation, qui résonna fort en elle. Elle eut la sensation que ces mots auraient pu lui apporter une certaine légèreté si elle ne s'était déjà distanciée de tout : de cet endroit magnifique, de cette illusion de *foyer*, du fait que Giancarlo, bien qu'à quelques mètres, était encore plus loin d'elle qu'il ne l'avait été durant toutes ces années.

— Moi aussi, j'aimais ma mère, répliqua-t-elle d'une voix sourde. Et cela ne m'a valu que des bleus et un cœur brisé. Je suis donc parfaitement capable d'apprécier ce que m'a apporté la tienne.

C'était parce qu'elle était à vif qu'elle parlait ainsi, car jamais Giancarlo ne pourrait comprendre à quel point la manière dont elle avait été si peu et mal aimée avait influencé sa vie et sa perception du monde.

Il quitta l'embrasure de la porte pour se rapprocher. Elle retint son souffle. Tout était confus, mélangé et en même temps *à sa place*. Les arbres verts, la douce odeur de lavande et les yeux sombres de Giancarlo qui faisaient battre violemment son cœur dans sa poitrine. Mais elle se reprit très vite : rien de tout cela n'était à elle.

— Essaierais-tu de faire appel à mon indulgence ? demanda-t-il placidement. Je te rappelle que tu as tué cette partie de moi il y a bien longtemps. Tu dois commencer à t'en apercevoir, non ?

— Je sais, répondit-elle en redressant le menton, espérant ainsi lui cacher sa détresse. C'est d'ailleurs la raison pour laquelle je me trouve ici, isolée et à ta merci, sachant que tu me feras payer cette mort prématurée de toutes les façons possibles. Ce qui doit te réjouir, j'imagine…

Elle ne put déchiffrer l'ombre fugace qui passa alors sur le visage de Giancarlo. Il leva une main qui sembla échapper à son contrôle et sa paume vint lui caresser doucement le visage. Elle frissonna de plaisir, sans être pour autant assez stupide pour confondre ce geste avec de la tendresse ; toutefois, son corps semblait toujours prêt à réagir dès qu'il était question de cet homme et du moindre de ses effleurements.

La vérité résidait dans la froideur de ses prunelles, dans la dureté de sa délicieuse bouche, et rien de ce qu'elle pourrait dire ne saurait y changer quoi que ce soit.

Il voulait lui faire mal. A n'importe quel prix.

— Je dois reconnaître que je n'ai pas pensé à grand-chose d'autre depuis dix ans, laissa-t-il tomber. Tu peux me croire.

Paige crut alors qu'il allait l'embrasser et son corps *réclama* ce baiser, peu importait la suite des événements, peu importaient les punitions qui l'attendaient. Elle s'avança, tendit les lèvres. L'espace d'un instant, il parut attiré, avant de murmurer un juron en italien. Puis il fit un pas en arrière, la fixant comme si elle était un fantôme. Ou plutôt un démon envoyé pour le détruire, quand il était clair que c'était lui qui allait la détruire. La réduire en pièces. Et curieusement, Paige s'en moquait. Lorsqu'il la regardait, rien n'avait plus d'importance sinon lui et les imbéciles rêves qu'elle avait eus pour eux — et qui l'avaient déjà brisée une fois. Elle aurait dû comprendre la leçon depuis longtemps. Elle croyait l'avoir fait.

— Je te suggère de te reposer, ajouta-t-il en rejoignant la jeep. Le dîner sera servi au coucher du soleil mais tu risques de te réveiller avant, affamée. C'est l'effet que font les vols internationaux.

Il avait lancé cela comme s'il savait qu'elle n'avait jamais voyagé auparavant, alors qu'elle pensait ne jamais le lui avoir révélé. C'était le genre de détails que connaissaient un amant ou un ami ; or il n'était ni l'un ni l'autre. Elle eut brusquement la sensation qu'il y avait trop de choses inscrites sur son visage, trop de cette misère de l'Arizona qu'elle cherchait tellement à cacher.

— Au *castello* ? finit-elle par demander. Ça va être une longue marche, il nous a fallu vingt-cinq minutes en voiture.

D'un geste du menton, il désigna la demeure où elle avait d'abord cru être conduite, qui se détachait dans la lumière, majestueuse et imposante.

— Dans la maison en haut de la colline, répondit-il. Ce n'est pas loin mais peut-être la montée te paraîtra-t-elle rude, toi qui vis maintenant à Bel-Air et baignes dans une opulence que tu n'as rien fait pour mériter.

— Qui y habite ? demanda-t-elle en mettant le plus de légèreté possible dans sa voix malgré l'attaque. Un troll ? Le père Fouettard italien ? Le grand méchant loup ?

— Simplement moi, répondit-il d'une voix suave, un sourire narquois aux lèvres. Donc aussi un peu de tous ceux que tu viens de citer…

Après un long somme et une douche bien chaude, Paige avait l'impression d'être redevenue elle-même. Elle avait été trop déprimée pour pouvoir explorer la maison quand Giancarlo était parti. Maintenant, elle était prête. Revêtue du peignoir en satin trouvé dans la salle de bains, elle rejoignit le rez-de-chaussée, les pieds nus et les cheveux mouillés.

C'était une maison de deux niveaux en vieilles pierres. Si l'extérieur avait gardé son apparence rustique, l'intérieur était baigné de la lumière du soleil déclinant grâce aux multiples fenêtres. Le rez-de-chaussée était un espace ouvert avec un haut plafond à poutres apparentes. Il était composé d'un coin cuisine parfaitement fonctionnel — le réfrigérateur était rempli —, d'un coin salon avec de profonds canapés qui faisaient face à la cheminée et d'un coin salle à manger conduisant à un patio, qui faisait la longueur de la demeure et donnait sur un jardin remarquablement entretenu. Un escalier menait à la chambre située à l'étage, dotée d'un balcon et de la luxueuse salle de bains dont venait de profiter Paige ; sans parler du gigantesque lit, particulièrement confortable…

Elle posa les yeux sur la campagne environnante, que la nuit tombante faisait rougeoyer. La route qu'avait empruntée Giancarlo pour l'amener ici ressemblait à celles qui étaient dessinées dans ses livres d'enfants, avec des lacets disparaissant dans le lointain. Elle respira profondément et resta un long moment à la fenêtre, avant de se décider à rejoindre la chambre. En montant les marches, elle réalisa qu'elle n'avait pas respiré ainsi depuis très longtemps.

Elle se sentait bien ici. Elle n'avait éprouvé cette sensation de bien-être qu'une autre fois dans sa vie, à Malibu, dans la maison de Giancarlo, toute de bois et de verre avec une vue magnifique sur la mer. C'était une belle maison ; mais ici, c'était un bel endroit.

Paige commença à sortir les affaires de sa valise, hésitant sur la tenue à choisir. Fallait-il porter le genre de vêtements qu'elle porterait si elle était en vacances, ou choisir quelque chose susceptible de plaire à Giancarlo, afin de lui permettre de mieux exercer sa vengeance ? D'un côté un jean avec un simple sweat, tout confort mais sans allure, de l'autre une jolie petite robe sous laquelle il pourrait glisser ses mains. Comme avant…

Elle n'arrivait pas à se décider.

— Que veux-tu, *toi* ? s'interrogea-t-elle à voix haute, en se regardant dans le miroir.

C'était justement ça le problème : elle voulait la même

chose que ce qu'elle avait toujours voulu, sauf qu'aujourd'hui, elle savait qu'elle ne l'aurait jamais.

Elle se sécha lentement les cheveux, l'esprit curieusement vide quand le reste de son corps était tendu à l'extrême. Elle opta finalement pour un pantalon blanc et une tunique un peu lâche, un compromis entre le jean, qu'elle aurait préféré, et la tenue que Giancarlo — du moins le supposait-elle — aurait plébiscitée. Même si ce qu'il aurait vraiment privilégié aurait été qu'elle escalade nue et à quatre pattes une des collines avoisinantes ! Cette pensée la fit éclater de rire, un rire étrangement sonore au milieu du calme environnant, un rire qui s'arrêta lorsque ses yeux se mirent à la piquer. Elle dut prendre une profonde inspiration, puis une seconde, pour empêcher les larmes de couler.

Elle attacha ensuite ses sandales plates et plissa les yeux. Depuis combien de temps n'avait-elle pas ri ainsi ? Elle était devenue une bien triste créature. En fait, si l'on regardait le cours de sa vie, elle l'avait toujours été. Triste et studieuse, déterminée et têtue. Depuis le début. Cela avait été le seul moyen de survivre au cataclysme qu'avait représenté sa mère. Il n'y avait eu que deux tout petits mois joyeux dans sa vie, deux mois légers, pleins de rires, et elle avait tout détruit. Avec un soupir, elle prit le téléphone portable dans son sac.

— Seigneur ! s'exclama Violet, après qu'elle se fut excusée pour avoir disparu pendant des heures. Nous sommes en Italie, Paige ! Il est bien normal de goûter à la *dolce vita*, surtout après un si long voyage. J'ai l'intention de passer la soirée dans mon délicieux petit château et de faire une énorme entorse à mon régime avec la nourriture locale. Je vous invite à en faire autant.

Paige aurait beaucoup aimé pouvoir lui obéir, mais elle sortit dans la nuit désormais fraîche, sous le ciel toscan qui prenait des couleurs d'argent. Elle avait rendez-vous avec ses péchés.

Elle eut beau prendre son temps, le trajet parut court. Trop court.

Giancarlo l'attendait en haut de la colline. Il apparut d'abord comme une ombre majestueuse près d'un cyprès, puis, à mesure qu'elle approchait, sa silhouette se précisa. Vêtu d'un pantalon de lin et d'une veste sport camel rappelant ses origines aristocratiques, il était d'une élégance sobre.

S'arrêtant à quelques mètres de lui, elle jeta un œil en arrière pour apprécier le chemin parcouru. Elle ne put réprimer un soupir de plaisir. Le soleil était maintenant pratiquement couché, et au loin se détachait le *castello*, fier et scintillant de lumières. Tout était si calme, si parfait. De nouveau, elle se sentait tellement *chez elle* ! Un frisson la parcourut tandis qu'un étau lui comprimait la poitrine.

— C'est superbe, ici, dit-elle d'un ton qui lui parut sonner terriblement faux. Ça ne semble même pas réel.

— Mon père pensait que la terre était notre squelette, répondit Giancarlo. Que la protéger était une manière de nous solidifier et que nous sortions grandis de nous en occuper. Parfois, je me dis que c'était un fou, un fermier se faisant passer pour un aristocrate. Puis arrive un nouveau coucher de soleil pour me rappeler combien il avait raison. La beauté nourrit l'esprit.

— On croirait entendre un poète.

— Il n'en était pas un, même s'il estimait que les poètes et les artistes devaient être soutenus et défendus pour les mêmes raisons que la terre. Sa mission à lui était tout autre et semblait surtout tourner autour de dettes et de responsabilités sans fin. Je pense que je m'en serais mieux sorti si j'étais devenu un artiste !

— Si j'avais un tel domaine, je crois que je n'aurais aucune difficulté à faire ce qu'il faut pour l'entretenir. Comme tout le monde, je suppose, se reprit-elle immédiatement, réalisant qu'elle venait de parler d'elle.

Paige crut voir Giancarlo sourire malgré l'obscurité, mais réalisa très vite qu'elle avait dû l'imaginer. Car plus aucun des sourires de cet homme ne lui serait destiné. Jamais.

— Viens, ordonna-t-il en tendant la main.

A l'instant où elle la prendrait, tout basculerait, Paige le sut immédiatement. Il y aurait un *avant* et un *après*. A cause de cette *chose* qui existait toujours entre eux. Et de cet organe qui battait violemment dans sa poitrine — son cœur en lambeaux.

La bouche de Giancarlo se crispa légèrement, comme s'il était impatient, mais Paige ne bougea pas. Elle était paralysée. Il avait toujours la main tendue.

— M'as-tu préparé à dîner ? demanda-t-elle, d'une voix qu'elle voulait légère mais qui ne dupa sans doute pas son compagnon. Parce qu'une intoxication alimentaire serait la pire des punitions.

— Je te rappelle que je suis italien !

Son ton faussement outragé rappela immédiatement à Paige leurs fous rires partagés tant d'années auparavant.

— Bien sûr que je sais cuisiner, reprit-il. Mais même si je ne le savais pas, il y a ici une armada de chefs pour assurer un service continu. La nourriture est toujours délicieuse, peu importe qui la prépare.

— Attention, je pourrais commencer à prendre plaisir à ce qu'il m'arrive… Et alors, que se passerait-il ?

Il eut alors un vrai sourire, un éclair de lumière dans le bleu de la nuit. Paige frissonna.

— La capitulation peut prendre de nombreuses formes. Et la tienne prendra toutes celles que je désirerai.

— Je peux aisément me plier à la *dolce vita*, surtout dans le pays qui l'a érigée en art de vivre.

Giancarlo n'avait toujours pas baissé sa main et donnait l'impression de pouvoir rester ainsi indéfiniment.

— Et la Toscane est un excellent endroit pour l'apprécier, renchérit-il.

Elle ne parvenait pas à prendre sa décision. Cette situation était le résultat de tant de choix qu'elle avait faits ! Elle aurait pu trouver un autre emploi, trois ans avant. Elle aurait pu quitter la maison de Violet à l'instant où Giancarlo était revenu. Elle aurait pu refuser la première « invitation » et ne pas se mettre à genoux mais rester debout. Elle aurait pu ne rien lui montrer lorsqu'il était venu la retrouver dans le dressing et tourner les talons. Elle aurait pu refuser de monter dans son jet, refuser de sortir de sa maison ce soir, elle aurait pu s'enfermer au lieu de monter cette colline pour venir le retrouver.

Cette situation n'était donc pas une fatalité. Elle avait pris seule chacune de ces décisions et même ici, au milieu de ce pays inconnu, face à cet homme qui la méprisait, elle se sentait plus chez elle que n'importe où ailleurs et que depuis toujours. Elle comprit ce que cela signifiait : elle avait fait son choix depuis déjà très longtemps.

Alors, elle tendit à son tour la main et la glissa dans celle de Giancarlo, dans sa paume chaude, large et forte. Ce qu'il allait se passer ensuite n'avait aucune importance.

Elle avait capitulé depuis le début.

5.

— Si c'est là ta revanche, je dois t'avouer qu'elle ressemble plus à une friandise qu'à une punition.

En effet, se dit Giancarlo, et il était temps d'y remédier. Paige évoluait dans la pièce principale de sa demeure, toujours aussi gracieuse, aussi légère — comment diable tant d'élégance pouvait-elle cacher tant de laideur ?

Il se reprit immédiatement. Cette interrogation n'avait aucune importance, seul importait le fait de faire enfin disparaître ce qu'il éprouvait pour elle.

Il réalisait qu'un changement s'était opéré en lui quand ils se trouvaient dehors, au soleil couchant. Un changement qu'il n'arrivait pas bien à cerner — ce qu'il n'était pas certain de vouloir faire.

— La nuit risque d'être longue, *cara*, dit-il en leur versant un verre de vin des vignes du domaine. Nous en sommes à peine au début.

Elle prit le verre qu'il lui tendait.

— C'est donc une version civilisée de la revanche, murmura-t-elle. Je saurai apprécier.

Cela ne ressemblait effectivement plus du tout à une punition. Giancarlo avait l'impression de revivre une de ces douces soirées qu'ils partageaient à Malibu, autrefois. Et malgré leur histoire, malgré tout ce qui ne pouvait être réparé, il s'aperçut qu'il regardait Paige comme il regardait Nicola à l'époque, comme si quelque chose était encore possible entre eux. N'avait-il pas toujours été parfaitement idiot dès qu'il s'agissait de cette femme ?…

Un peu plus tôt dans la journée, il avait passé un moment avec Violet dans le jardin du *castello*. Il avait levé son verre à la première nuit en Italie de sa mère depuis la mort de son père, huit ans auparavant. Il avait alors eu l'impression que les choses étaient à leur place. L'impression de retrouver enfin un foyer au milieu de ces collines qui avaient été le témoin de ses plus beaux souvenirs d'enfant, quand ses deux parents étaient encore ensemble et follement amoureux l'un de l'autre.

— Tu as fait un excellent travail, lui avait dit Violet, lui souriant autant qu'elle souriait à la vue superbe qui s'offrait à elle.

— Je n'ai jamais oublié ces jours où nous ne pouvions sortir de Bel-Air sans avoir à nous frayer un chemin parmi la nuée de photographes, même pour aller à l'école.

— Les tabloïds prennent et donnent, avait sèchement répliqué sa mère en se raidissant. La relation n'a pas toujours été simple, mais il y avait une ligne de conduite. Du moins, c'est ce que j'ai envie de croire.

— J'ai fait de cet endroit un véritable refuge. La première route nationale est à plus de vingt kilomètres et toute la propriété est privée. C'est l'endroit parfait pour ceux qui n'en ont aucun autre où se cacher.

Violet avait pris le temps de boire une gorgée de vin puis l'avait longuement observé. Il avait été incapable de savoir si elle jouait ou si c'était sa façon à elle de montrer son émotion. Elle restait un mystère pour lui, et le resterait probablement toujours, il l'avait admis depuis longtemps — du moins s'en persuadait-il.

— Absolument, avait-elle fini par répondre. Et c'est magnifique. Ça l'a toujours été, d'ailleurs. Je me verrais tout à fait vivre ici et passer le reste de sa vie à m'extasier sur cette lumière si particulière. Mais qui de nous ressent le plus ce besoin de se cacher, Giancarlo ? Toi ou moi ?

— Je n'ai aucune raison de le faire. Et dans la mesure

où je n'ai pas l'intention d'avoir d'enfants, ce qui est encore la meilleure façon de les préserver, je n'ai aucune raison de me cacher.

Elle s'était contentée d'afficher un sourire énigmatique, sans paraître en aucune manière concernée par ce qu'il venait de dire. En même temps, avait-il vraiment espéré autre chose ?

— L'intimité est une chose parfois très surfaite, avait-elle alors laissé tomber. Surtout lorsqu'elle ressemble à une prison.

Giancarlo fronça les sourcils au souvenir des paroles de sa mère. Il ne pouvait quand même pas appeler « prison » cette maison qu'il s'était attribuée et avait restaurée de ses mains, pour cacher son cœur brisé par la femme qu'il avait aimée plus que quiconque. La même qui se tenait dans son salon, non loin de lui.

Et brusquement, il réalisa qu'il avait rénové et décoré cette maison avec soin *pour elle*. Qu'il l'avait transformée en un refuge pour lui comme *pour elle*. Cette découverte lui fit l'effet d'un coup de tonnerre. Et, comme si elle avait le don de lire dans ses pensées, ce fut le moment que choisit Paige pour se retourner, un léger sourire aux lèvres.

— J'ai toujours trouvé tes films très soignés, dit-elle. Je ne suis donc pas surprise que ce souci du détail se retrouve dans l'arrangement de ta maison.

— Mes films n'étaient que de risibles projets vaniteux. Je n'aurais jamais dû me prendre autant au sérieux, et encore moins laisser quelqu'un d'autre le faire. Je n'en suis vraiment pas fier.

Paige plissa les yeux. Elle était adorable ainsi. Or *adorable* était autrement plus dangereux que *désirable*. D'un côté, il n'était question que de sexe, ce qui était simple à gérer ; de l'autre, il pouvait être question de dépendance, d'humiliation, ce dont il ne voulait à aucun prix.

— Ils me plaisaient, tes films.

— Autant que la photographie et le porno amateur ?

Il avait parlé d'un ton mauvais qui le surprit lui-même, un peu comme s'il était en train de jouer un rôle. Non parce qu'il souhaitait vraiment la remettre à sa place, mais parce qu'il avait l'impression que la situation le demandait.

Paige se contenta de le toiser, un sourire indéchiffrable aux lèvres. Puis elle se détourna pour se rapprocher d'un des tableaux accrochés au mur, son verre de vin à la main, sa longue chevelure brune tombant en cascade dans son dos. Ce qu'il ressentit alors n'avait rien à voir avec de la tendresse.

— Je ne sais pas pourquoi je suis ici…

Sa voix était si basse qu'il fallut un instant à Giancarlo pour réaliser qu'elle venait de lui parler. Puis elle se tourna vers lui et son visage se fondit dans l'entrelacement de formes et de couleurs de la toile à laquelle elle tournait le dos et qui, il s'en rendait compte maintenant, lui avait toujours fait penser à elle.

Brusquement, le désir pulsa dans ses veines, l'air entre eux devint terriblement épais. Aussi électrique que leur destin commun. Paige fit comme si elle n'avait pas perçu le changement d'atmosphère, qui, il en était certain, n'avait pu lui échapper, et ce fut d'un ton presque badin qu'elle reprit la parole :

— On dirait que tu es parvenu à tes fins. Tu as réussi à m'éloigner de Violet sans qu'elle ne se doute de rien. Mais pourquoi m'avoir fait venir jusqu'ici ? Pourquoi ne pas avoir simplement invité ta mère en me laissant en Californie ? Et maintenant que je suis ici, pourquoi ne pas me laisser croupir dans ma maisonnette ?

Il laissa son regard parcourir ce que ses mains rêvaient de toucher.

— Tu sembles oublier le plus important.

— Non. C'est le sexe. Sur ordre.

Curieusement, elle n'avait pas parlé avec le ton outré qu'elle avait utilisé à Los Angeles. Au contraire, il était neutre. Trop neutre.

— J'aurais plutôt dit « sur demande », objecta-t-il, incapable de détacher le regard de ses courbes parfaites.

— Sur *demande* ? Est-ce la raison pour laquelle tu m'as

préparé un dîner de chef dans cette maison ? Sais-tu ce que signifie le mot « demande » ?

— Cela signifie exactement le sens que je veux y mettre.

Il but une gorgée de vin et se dirigea vers la baie vitrée qui menait à la loggia, l'invitant à le suivre d'un signe de tête. Elle se raidit, hésita un instant. On aurait dit qu'elle était plus déstabilisée qu'elle ne voulait le montrer. *Dio !* Comme il aurait souhaité que ce soit le cas !

Il avait encore tellement envie de croire en sa sincérité, tellement envie de croire que ce qui s'était passé entre eux n'était pas entièrement feint qu'il en devenait ridicule. Pathétique.

Dehors, dans la nuit douce, les attendait une table éclairée aux bougies sur laquelle avaient été disposés mises en bouche et produits locaux. A côté se trouvait un chariot dont les deux étages étaient emplis de plats raffinés, préservés sous leurs cloches en argent. C'était terriblement romantique, exactement comme Giancarlo l'avait demandé à ses employés. Les collines et les vallées du domaine se détachaient dans la nuit étoilée et l'on pouvait voir, ici et là, quelques lumières scintiller au lointain, renforçant encore l'isolement de leur terrasse haut perchée.

C'était, là aussi, exactement ce qu'il voulait.

Il tira une chaise pour que son invitée puisse s'asseoir, parfaite parodie du gentleman qu'il n'avait jamais été, respirant son parfum lorsqu'elle passa devant lui.

— Cette maison était une ruine avant que je ne la restaure, dit-il, se tenant toujours derrière elle de peur qu'elle ne voie son visage et ne devine son désir. J'ai gardé les fondations et les murs d'origine mais tout le reste a été refait. L'intérieur n'a absolument rien à voir avec l'extérieur… comme c'est souvent le cas.

— J'apprécie la métaphore, répliqua-t-elle d'un ton cassant qui le fit sourire.

Il fit le tour de la table pour aller s'asseoir devant elle.

— Alors j'espère que tu apprécieras la suite. Nous sommes au milieu de la campagne italienne et tout ce que tu peux voir autour de toi et même au-delà est à moi. Ce qui signifie que tu peux crier pendant des jours, personne ne t'entendra. Tu peux aussi essayer de t'échapper en courant mais, à moins de t'être entraînée au marathon, tu risques de t'épuiser avant même d'avoir atteint la route principale. Tu as accepté de m'obéir à Los Angeles parce que tu étais prête à tout pour garder ton emploi, sans imaginer une seconde que je pourrais t'amener ici. Mais ce que tu ignorais, c'était que tu n'avais pas le choix du lieu.

Il l'observa lutter pour ne pas réagir.

— Cela n'a rien d'effrayant, finit-elle par dire, une lueur de défi dans le regard.

— Je me moque que tu trouves cela effrayant ou non. Je ne suis cependant pas complètement sûr que tu réalises vraiment ce qu'il va se passer.

Plus Giancarlo la regardait, plus il avait envie de faire glisser ce pantalon blanc sur ses hanches pour retrouver sa peau nue et croire de nouveau qu'elle lui appartenait, comme il l'avait un jour cru.

« Bientôt, se raisonna-t-il, alors que son corps réagissait à cette pensée avec un enthousiasme évident. Très bientôt… »

Il remplit leurs verres de vin.

— Au risque de me répéter, dit-elle en prenant une gorgée, j'ai la sensation qu'il y a des formes plus efficaces de punition qu'un dîner aux chandelles, servi sous le ciel toscan sur une terrasse reculée. Peut-être ne t'y prends-tu pas très bien.

— Ah, Paige…, soupira-t-il. Quel manque d'imagination ! Le cadre romantique va rendre d'autant plus émouvant le moment où je te demanderai de te déshabiller et de rester nue pendant que nous mangeons. Ou celui où je te demanderai de te servir de ta bouche pendant que je regarderai le paysage. A moins que ce ne soit quand je te prendrai sur la table et te ferai hurler mon prénom jusqu'à ce que mon plaisir soit assouvi. Plus le décor est raffiné, plus l'acte est dégradant. Je t'avoue que je ne vois rien de plus efficace.

Elle parut d'abord abasourdie, puis pensive, et il dut se retenir pour ne pas la prendre dans ses bras. Mais il y parvint. Paige cligna des yeux et toussa, avant de poser les mains sur ses genoux. Elle y mit une application telle qu'il *sut* qu'elle visualisait les images qu'il venait de lui suggérer.

« *Va bene.* »

— La manière dont tu parles pourrait laisser penser que tu as bien préparé le sujet, dit-elle d'une voix rauque, les joues rouges et le regard brillant. Prends-tu beaucoup de plaisir à élaborer tes punitions, Giancarlo ? Est-ce là un de tes talents cachés, comme celui d'architecte ou de décorateur d'intérieur ?

— Il se trouve que j'ai fait une école d'architecture après l'université, dit-il, surpris qu'elle ne le sache pas.

Ne lui avait-il donc pas raconté son histoire ? Avait-il, lui aussi, joué un rôle, dix ans auparavant ? Etait-elle la seule responsable du fait que tout n'ait tourné qu'autour de leur seul désir ou y avait-il lui-même une part de responsabilité ? Cette interrogation le déconcerta.

— Ensuite, j'ai décidé de profiter de mon statut de fils de star, ce qui n'a réussi à aucun de nous deux, n'est-ce pas ?

Il souleva le couvercle du plat d'*antipasti* posé devant elle, puis celui du plat posé devant lui.

— Les *salsicce di cinghiale* sont délicieuses, reprit-il. Et tu dois prendre des forces. La nuit va être longue.

Il mit quelques instants à réaliser qu'elle ne lui obéissait pas. Qu'elle donnait l'impression de s'être statufiée et qu'elle le fixait, une expression étrange sur le visage.

— N'ai-je pas été clair ?

— Je viens juste de réaliser à quel point tu ressemblais à ta mère, dit-elle. Et c'est un compliment.

— Ce dont tu te rends compte ne m'intéresse guère. Tu sembles décidément vouloir refuser de comprendre que ce que tu ressens n'a aucune importance.

— Alors que vas-tu faire, maintenant ? demanda-t-elle,

une note de défi dans la voix. Me faire hurler en sachant que personne ne m'entendra ? Me faire marcher pendant des jours à la recherche de la première maison habitée ? M'enfermer dans cette charmante fermette au bas de la colline comme un oiseau en cage ?

— Ou tout simplement révéler à ma mère qui tu es. Solution qui, je te le rappelle, semblait pour toi il y a une semaine à peine pire que la mort ou que tout ce que je pourrais t'infliger.

Elle se contenta de hocher la tête sans baisser le regard, et il se souvint qu'il n'avait jamais réussi à la dompter, même quand elle avait été d'accord pour qu'il essaie.

— Je pense que si tu avais dû le faire, tu l'aurais déjà fait, Giancarlo. Tu ne m'aurais pas fait traverser la moitié de la Terre pour me servir un dîner aux chandelles.

Il éclata d'un rire qui ne fit rien pour alléger la tension montante.

— Veux-tu que l'on vérifie cette théorie ?

Elle se pencha en avant, le regard toujours rivé au sien. Brusquement, Giancarlo prit conscience de tout ce qui l'entourait. Des étoiles au-dessus de leurs têtes, de la brise rafraîchissante du soir, de la nourriture posée devant eux, de la lumière des bougies. Mais surtout, de la manière dont Paige était penchée et des rondeurs que laissait deviner le décolleté de sa tunique. Et de ce feu qui semblait les consumer tous les deux.

— J'en ai une autre, dit-elle.

— Je suis tout ouïe. Les prisonniers sont tous innocents, chaque tueur est un incompris et les escrocs sont des artistes dans l'âme. Raconte-moi ton histoire, *cara*. J'étais de toute façon sûr que tu le ferais à un moment ou à un autre.

Elle le regarda un moment en souriant.

— Tu ne veux pas te venger, finit-elle par laisser tomber, d'une voix assurée. Tu veux du sexe. Tu ne peux pas l'admettre, étant donné ce qui s'est passé la dernière fois que nous avons couché ensemble, mais l'endroit où nous sommes ne doit rien au hasard. Aucun appareil photo, totalement coupé du reste du monde. Et si tu appelles ça « punition », c'est simplement parce que tu ne supportes pas l'idée de me désirer encore.

— Ou peut-être parce que te désirer n'est qu'une toute petite partie de la punition, riposta-t-il d'un ton sec, seule manière de cacher son trouble.

Le sourire qu'elle lui décocha alors le transperça et fit de nouveau durcir son sexe. Soudain, il ne pensait plus à rien d'autre qu'à ce qu'elle était capable de lui offrir…

— Appelle cela comme tu veux, dit-elle d'une voix rauque qui trahissait son excitation. Appelle même cela « sexe de la haine », je m'en moque. Quel que soit le nom que tu lui donnes, je suis partante.

— Pardon ?

La voix de Giancarlo n'avait été qu'un murmure stupéfait, et pourtant Paige eut la sensation qu'il venait de crier. Elle réalisa alors ce qu'elle venait de dire. Ce devait être le vin, se persuada-t-elle, bien qu'elle n'en ait bu que quelques gorgées. Le vin et le décalage horaire, elle ne voyait pas d'autre explication. Comment aurait-elle pu prononcer de tels mots autrement, quand elle savait qu'ils la menaient droit dans une bataille signifiant très certainement sa propre destruction ?

Elle ouvrit la bouche pour les reprendre, pour éclater de rire, pour briser l'envoûtement qui semblait s'être emparé d'eux, mais Giancarlo leva la main d'un geste aussi aristocratique qu'autoritaire et l'arrêta avant qu'elle n'ait pu dire quoi que ce soit.

— Il se trouve que j'accorde moins facilement ma confiance qu'avant. C'est un défaut, je te le concède, mais il va me falloir des preuves.

Captivée par sa bouche sensuelle, comme elle l'avait si souvent été, Paige ne comprit pas immédiatement ce qu'il venait de dire.

— Des… *preuves* ?

— Il va falloir que tu me montres que ce n'est pas encore un de tes petits jeux vicieux qui finira à la une des pires torchons de la planète. Je suppose que tu comprends ma réserve.

Un demi-sourire narquois aux lèvres, il étendit les jambes tout en se laissant aller contre le dossier de sa chaise.

— Je te donne ma parole. Mais je suppose que cela ne suffit pas ?

— Hélas non, confirma-t-il, sans paraître le moins du monde désolé. Même si devoir te rappeler cet aspect de ta personnalité me chagrine profondément.

— D'où l'expression sur ton visage. Je dois t'avouer que de ce côté-ci de la table, cela ressemble plus à de la jubilation qu'à du chagrin.

— Je me demande pourquoi, ironisa-t-il avec une grimace presque comique.

L'air entre eux parut soudainement se rafraîchir et la noirceur de la nuit les envelopper. Giancarlo se recula un peu plus dans sa chaise, étendit un peu plus ses jambes. Il paraissait dans l'attente, et Paige comprit qu'il était encore temps de faire marche arrière. Sauf qu'elle n'en avait aucune envie. Vraiment aucune…

— Fais-moi un strip-tease, ordonna-t-il alors, d'une voix qui coula sur elle comme le plus onctueux des chocolats.

— Ici ?

— Absolument. A moins que tu aies une bonne raison de me désobéir, ce soir.

— Tu veux dire : en dehors du fait que nous nous trouvons sur la terrasse et que n'importe qui pourrait nous voir ? Je croyais que tu avais horreur des effusions publiques.

— Qu'y aurait-il de surprenant à te voir faire un simple strip-tease ? demanda-t-il, une lueur dure dans les yeux, à présent. Je te rappelle que le monde entier nous a vus faire l'amour, je ne vois donc pas ce qui pourrait le choquer. Sauf bien sûr si tu as enrichi ton numéro de nouvelles acrobaties.

— Rien de nouveau, rétorqua Paige, s'efforçant de toutes ses forces de garder un ton calme. Navrée de te décevoir. Du coup, puis-je garder mes vêtements ?

Cette fois, ce fut de la colère qui électrisa les prunelles de Giancarlo.

— Non. Tu ne peux pas.

— Donc, je n'ai pas d'autre choix que t'obéir. Malgré l'éventualité d'un voisin.

— Ne t'inquiète pas : ce soir le premier résident est à plus de dix kilomètres, répliqua Giancarlo d'un ton impatient. Tu n'as donc rien à craindre pour ta pudeur.

— Et que se passera-t-il une fois que je me serai déshabillée ? As-tu l'intention de t'en aller une fois que je serai nue ? Ce serait du pur gâchis, non ?

Elle avait posé la question uniquement pour la forme puisqu'elle avait déjà repoussé sa chaise et était en train de se lever.

— D'abord, fit Giancarlo, je m'occuperai de voir si tu n'as pas caché un appareil photo quelque part sur ton corps. Ensuite, je me préoccuperai de savoir quoi faire avec ledit corps.

— Comme tu voudras, comte Alessi.

Elle avait parlé d'un ton qui n'avait jamais été aussi proche de la soumission et qui, d'après l'éclat qui traversa ses yeux, donna complète satisfaction à Giancarlo.

Paige se mit à danser au seul son de leurs respirations, avec pour public les étoiles au-dessus d'eux.

Elle n'avait plus dansé depuis dix ans, mais elle laissa le souffle de Giancarlo l'emplir, se laissa porter par les battements de son propre cœur et commença à onduler les hanches.

Elle s'était déchaussée en se levant. Sous la plante de ses pieds, les pierres étaient encore chaudes tandis que l'atmosphère entre eux devenait brûlante au fur et à mesure de ses mouvements. Elle prit son temps pour faire glisser son pantalon, l'écarta du pied, puis se rapprocha de Giancarlo tout en retirant sa tunique, attirée par l'intensité de son regard.

Arrivée près de lui, elle ôta lentement son soutien-gorge, ne lui offrant sa poitrine que lorsqu'elle le laissa tomber à terre. Elle sourit en le voyant se tortiller sur sa chaise. Le regard qu'il posa alors sur elle fit durcir ses tétons. Elle continua sa danse, y mettant tous ses regrets et ses espoirs déçus, déclarant son amour à Giancarlo dans chacun de ses mouvements.

Lorsque sa culotte tomba enfin à terre, Paige n'aurait su dire qui, de Giancarlo ou d'elle, respirait le plus fort.

Il était maintenant debout devant elle, mais elle n'avait pas terminé. Nue sous le ciel toscan, l'air chaud enveloppant son corps comme une caresse, elle continua de danser pour tous les rêves auxquels elle avait cru petite fille, et pour celui qu'elle avait brisé contre un chèque dix ans auparavant. Elle dansa pour le bonheur qu'elle n'avait jamais éprouvé qu'en présence de cet homme, pour leurs rires qui lui manquaient encore, pour cet amour qu'elle avait torpillé pour des raisons qu'elle croyait bonnes à l'époque.

Elle aurait pu danser ainsi toute la nuit si Giancarlo ne l'avait entourée de ses bras pour l'attirer contre son torse. La danse devint alors différente. Plus sensuelle, plus intense.

Lorsque Giancarlo prit sa bouche, Paige n'opposa aucune résistance. Un instant plus tard, il pesait de tout son corps sur elle, l'obligeant à garder les jambes ouvertes. Elle adora cela.

Il lui fallut un moment pour réaliser qu'il les avait conduits jusqu'à une des chaises longues disposées autour de la piscine, elle-même située dans le prolongement de la loggia et donnant sur les vignes. Il avait perdu sa veste dans le feu de l'action et paraissait aussi excité qu'elle.

— Giancarlo, murmura-t-elle. Ne t'arrête pas.

— Ce n'est pas toi qui donnes les ordres, grommela-t-il, avant de prendre de nouveau ses lèvres.

Il sembla les déguster, comme si elles étaient un plat fin qu'aurait cuisiné l'un de ses nombreux chefs. Seigneur, c'était délicieux ! Il l'embrassa tant qu'elle en fut étourdie.

Lorsque enfin il détacha sa bouche, ce fut pour suivre lentement du doigt la ligne de son cou, murmurant des mots en italien qu'elle préférait ne pas comprendre. Arrivé à sa poitrine, il baissa le visage pour prendre un de ses tétons dressés dans sa bouche. Elle se cambra contre lui, assaillie par le plaisir. Il se servit de ses dents, de sa langue jusqu'à ce qu'elle le supplie d'arrêter. Il éclata de rire et continua, provoquant chez elle des décharges électriques de plus en plus intenses, de plus en plus rapprochées. L'espace d'une seconde elle crut qu'il allait la mener à l'orgasme rien qu'avec ces caresses.

Mais il s'arrêta brusquement, plus diabolique que jamais, et releva le visage pour se délecter de son désarroi.

— La punition va se révéler autrement plus douloureuse que tu ne l'imaginais, *cara,* murmura-t-il d'une voix sensuelle. Apparemment, tu avais oublié l'effet que je pouvais avoir sur toi.

— Merci pour la leçon, comte Alessi, répliqua-t-elle sans chercher à cacher sa déception. Serait-il possible d'en avoir une autre ?

Giancarlo éclata encore une fois de rire, elle en fit de même. Il reporta de nouveau son attention sur son corps. Etait-ce une leçon ou un cadeau ? Puis il l'embrassa entre les seins et descendit jusqu'au bas de son ventre, où il s'arrêta. Paige haletait comme si elle venait de faire un footing.

— Tu ferais mieux de te calmer, l'avertit-il alors. Je te rappelle qu'il n'est question que de mon plaisir, ici. Pas du tien.

Sur ces mots, il posa les lèvres sur son clitoris et commença à le stimuler de la langue. Paige s'embrasa, incapable de reprendre sa respiration. Avant même qu'elle s'en rende compte, elle oscillait contre lui, les doigts plongés dans ses cheveux noirs et épais.

Et criait son prénom, comme une prière dans la nuit.

Il ne s'arrêta pas, ne lui laissa pas le temps de reprendre son souffle. Il continua à la dévorer, prenant son temps, riant lorsqu'elle le pria d'arrêter, riant encore plus lorsqu'elle le supplia de continuer.

Lorsqu'il glissa deux de ses doigts en elle, Paige fut transportée hors de son corps.

Il ne lui laissa, cette fois encore, pas le temps de reprendre ses esprits. Debout à côté d'elle, il la souleva de ses mains puissantes et impatientes. Paige ne réalisa qu'alors qu'il s'était déshabillé. Elle n'eut pas le temps de savourer longtemps la vision : une seconde plus tard, il était allongé sur le transat et la faisait asseoir à califourchon sur lui.

— Je veux te voir, dit-il d'une voix tendue par le désir.

Puis il lui prit les hanches entre ses mains comme il l'avait fait des centaines de fois auparavant ; comme elle n'avait jamais osé espérer qu'il le referait un jour.

Et Paige se sentit à sa place.

6.

Il était de nouveau en elle.

Enfin !

Giancarlo reconnut immédiatement cette sensation, autrement meilleure que les souvenirs qui s'étaient estompés peu à peu avec le temps.

Paige était brûlante, délicieuse et surtout, elle était à lui. Ses cheveux bruns aux reflets de feu tombaient en cascade sur ses seins hauts et fermes, dont les mamelons durs ne demandaient qu'à être embrassés.

Elle semblait émerveillée et abandonnée, exactement comme il l'aimait, comme il se le rappelait. Elle lui prit alors les mains qu'elle porta à sa poitrine, et le mouvement le fit entrer encore plus profondément en elle. Il ferma les yeux, puis laissa ses doigts descendre jusqu'aux hanches de son amante. Elle était parfaite pour lui. Elle l'avait toujours été.

Il avait tout fait pour l'oublier, réussissant même à se persuader qu'il avait exagéré leur harmonie sexuelle, qu'elle n'avait rien été d'autre qu'une jolie fille avec un corps de danseuse, et que tout le reste avait été illusion.

Non, il n'avait rien exagéré.

Baissant sur lui des prunelles étincelantes, Paige commença lentement à bouger.

Lorsqu'il l'avait vue danser pour la première fois, dix ans auparavant, il l'avait désirée comme un fou. Il l'avait regardée danser ce soir-là pour lui seul, toute en sensualité, et avait failli se consumer sur place.

Mais rien de tout cela n'avait quoi que ce soit de comparable avec cette danse-ci…

Elle se pencha en avant pour poser les mains sur son torse, et les ondulations de son bassin se firent plus intenses, plus précises.

Giancarlo perdit alors la tête. Il oublia la revanche et leur passé, oublia la trahison et les mensonges, oublia même les photos si humiliantes. Tout s'effaçait au contact de ce corps sur le sien, de l'excitation qui montait en lui à chacun des mouvements de Paige, chaque fois qu'il s'enfonçait un peu plus profondément dans sa féminité brûlante.

— Fais-moi jouir, ordonna-t-il.

Paige frémit à ces mots. Elle se mordit la lèvre comme si elle luttait contre la même vague de sensations que lui.

— Et fais en sorte que ce soit bien, ajouta-t-il.

Comme si cela pouvait être autrement. Comme si cela avait un jour été autrement. Giancarlo ressentait de nouveau cette magie, ce feu ardent qui n'appartenait qu'à eux, crépitait chaque fois qu'il la pénétrait. Et il voulait que ça ne s'arrête pas, comme il le voulait déjà dix ans auparavant.

Mais le temps n'était plus aux regrets. Apparemment, Paige avait décidé de lui obéir, faisant rouler ses hanches comme elle savait si bien le faire. Lui qui croyait l'avoir perdue… Elle était là, sur lui, et il n'était plus capable de faire la différence entre leurs deux corps.

— Tes désirs sont des ordres, cher comte, susurra-t-elle de cette voix chaude qu'il n'avait jamais oubliée.

Puis elle partit dans une série de mouvements un peu plus appuyés et tout s'embrasa autour de Giancarlo.

Elle cria son prénom quand il laissa exploser son plaisir, juste avant de le rejoindre dans l'extase.

Giancarlo mit un temps fou à retrouver un rythme normal de respiration, comme si une part de lui refusait de retrouver la réalité.

Allongée sur lui, Paige avait le visage enfoui dans son cou. Il était encore en elle, feignant de ne pas remarquer la manière dont il la serrait contre lui, ni celle dont ses bras s'enroulaient parfaitement autour de son corps. En fait, il la tenait contre lui comme le faisaient les amants, comme il l'avait toujours fait. Il porta son regard sur les collines qui les entouraient, sur le ciel étoilé, et laissa échapper un soupir.

Comme il aurait aimé oublier le passé et faire de nouveau confiance à cette femme ! Hélas, c'était impossible. Et ce n'était ni le contact exquis de la peau de Paige, ni l'impression de rentrer enfin chez lui après un long périple qui pouvaient y changer quoi que ce soit.

Il continuerait à vivre sans.

Elle bougea légèrement et ses lèvres lui frôlèrent la peau. Giancarlo savait aujourd'hui combien tout cela était parfaitement calculé — comme tout ce qu'elle faisait d'ailleurs. Il n'avait aucun intérêt à se laisser envahir par le souvenir de ces après-midi passés à s'enlacer et à se découvrir dans son gigantesque lit de Malibu, ces moments où Paige goûtait chaque partie de son corps, les yeux fermés, perdue dans un océan de tendresse et de sensualité.

Cela n'avait été que du cinéma. Ce qui se passait ce soir en était encore. Il devait ne jamais l'oublier. Mais cela ne signifiait pas qu'il n'avait pas le droit d'apprécier le moment présent.

— Je vois que tu t'es entraînée, lâcha-t-il, simplement pour être désagréable. Et avec assiduité.

Il crut la sentir se raidir contre lui, mais n'en fut plus sûr lorsqu'elle se redressa un instant plus tard, le visage parfaitement placide.

— J'allais te faire le même compliment. Tu as dû coucher avec des milliers de femmes pour être si performant. Félicitations, d'autant qu'il ne doit pas y avoir beaucoup de représentantes de la gent féminine aux alentours. Mais je suppose que c'est le privilège de l'argent, conclut-elle avec une ironie mordante.

— Très drôle, répliqua-t-il, sans parvenir à empêcher le

muscle de sa mâchoire de se contracter. En fait, je les fais venir de Rome, par avion.

— Je m'en doute. Mais réalises-tu que les gens pourraient commencer à croire que seules les prostituées t'intéressent ? Et à jaser.

Elle posa alors sur lui un regard qui lui fit espérer des choses qu'elle ne pouvait lui donner. *Dio !* Quand finirait-il par comprendre ?

— Je ne pense pas.

— Pourquoi ? répliqua-t-elle, railleuse. Parce que tu leur ordonnes de ne pas le croire ? J'ai peur que tes ordres ne marchent qu'avec moi ; et encore, pas très bien…

Il laissa descendre ses mains dans le creux du dos de Paige pour la rapprocher de lui.

— Parce qu'un homme n'attire l'attention sur lui et ses préférences sexuelles que lorsqu'il a un comportement inapproprié en public. Ce qui reste privé ne compte pas. Ne le savais-tu pas ?

Le regard de Paige glissa sur sa bouche et son sexe durcit de nouveau en elle. Lorsqu'elle bougea légèrement, il fut en feu.

— Tout compte, dit-elle dans un souffle. Ou alors, rien du tout.

— C'est un point de vue, concéda-t-il, plongeant les doigts dans la chevelure épaisse de sa partenaire. Mais dis-moi franchement : combien d'amants as-tu eus au cours de ces dix dernières années ?

— Moins de mille, répondit-elle en souriant.

Puis elle frotta ses hanches contre les siennes, et ce fut un délice. Il laissa échapper un gémissement mais, au prix d'une volonté surhumaine, il la souleva pour se retirer d'elle.

— Combien ? répéta-t-il. Dis-moi.

Giancarlo ne comprenait pas pourquoi cela lui importait tant. Depuis la minute où il l'avait quittée. Il l'avait imaginée dans les bras d'un autre des centaines de fois, en avait souffert des centaines de fois, mais cela n'avait rien changé : jamais il n'avait pu s'empêcher d'y songer.

Elle le fixa un instant, puis baissa les yeux.

— Qu'est-ce que cela peut faire ? répondit-elle d'une voix sourde. Quel que soit le nombre, tu penseras toujours le pire de moi.

— Je le pense déjà. Pourquoi ne pas dire la vérité ?

Il n'était pas très sûr de ce qui avait motivé cette affirmation. Etait-ce pour la blesser ou pour se blesser lui-même ? Pour rendre les choses encore plus difficiles ou tout simplement pour qu'ils se souviennent l'un et l'autre où ils en étaient exactement ?

— Aucun, répondit-elle.

Son expression aurait pu passer pour de la vulnérabilité s'il ne l'avait mieux connue. Il lui fallut un instant pour réaliser la signification de ce simple petit mot. Une sorte de rugissement retentit alors en lui, et Giancarlo eut l'impression d'être agité de secousses alors qu'il se tenait parfaitement immobile.

— C'est une plaisanterie ?

La bouche de Paige se tordit légèrement, son regard s'assombrit.

— Oui, reconnut-elle en relevant le menton. Elle était bonne, non ? En fait, je voulais dire dix. Vingt. Combien d'amants m'imagines-tu avoir eus, Giancarlo ? Quel chiffre te conforterait dans ce que tu penses de moi ?

Sa voix se brisa sur ces derniers mots et son corps vibra. Elle se laissa alors glisser sur son érection avec une sorte d'urgence, et la sensation fut telle qu'il laissa échapper un juron. Puis il pressa le front contre celui de Paige, sans savoir lequel d'entre eux s'excusait en agissant ainsi.

— Je me moque du nombre, mentit-il, désireux de mettre fin à la conversation.

Il ne voulait plus revoir ces images qui l'avaient tant torturé au cours de ces dix ans, ces projections de son esprit malade, ou jaloux, ou les deux, qui la lui montraient enroulée autour d'un autre homme exactement comme elle avait pu s'enrouler autour de lui. Régulièrement, il était allé sur Internet pour essayer de trouver des preuves tangibles de ce qu'il imaginait.

Giancarlo décida alors de lui faire payer tous les tourments qu'il avait dû endurer. Il se mit à aller et venir à un rythme tout d'abord lent, puis de plus en plus soutenu. Elle gémit de plaisir. Il alimenta avec ferveur ce feu qui les brûlait et, lorsqu'il fut au bord du précipice, il s'immobilisa, fiché au fond d'elle. Elle s'écroula sur lui, mais il ne s'arrêta pas.

Il continua avec rage, possédé, jusqu'à ce qu'il soit capable d'oublier l'accent de vérité qu'il avait perçu dans la voix de Paige, l'expression sur son visage lorsqu'elle lui avait déclaré n'avoir connu personne depuis lui. Il ne pouvait pas y croire. Il ne le *voulait* pas.

Il s'arrêta d'aller et venir rageusement en elle lorsqu'il ne fit plus qu'un avec le brasier de leurs corps en fusion. Alors, il explosa et se perdit de nouveau en cette femme qu'il aurait tant voulu haïr, sans y parvenir.

— Violet souhaiterait te voir, lança la voix de Giancarlo.

Paige leva les yeux vers la terrasse de la maison où il l'avait installée. Il s'y tenait, raide, les bras croisés.

Elle l'avait entendu arriver depuis un moment. Il y avait d'abord eu le bruit du moteur, un simple bourdonnement dans les collines s'amplifiant au fur et à mesure que la jeep se rapprochait. Puis le claquement de la portière, celui, sourd, de la porte d'entrée, et enfin le glissement de la baie vitrée située à l'arrière de la maison. Assise au pied d'un vieux chêne, un livre sur les genoux, elle l'observa un instant avant de poser le roman à côté d'elle.

— Cela ressemble à un reproche de ta part, dit-elle. Mais je te rappelle que je travaille pour elle et que, si elle est en vacances, je ne le suis pas.

— Elle a besoin d'apprendre à se détendre et à s'occuper de ses affaires toute seule, répliqua-t-il d'un ton brusque.

Paige se leva, lissa sa jupe et commença à marcher vers lui. Sa simple vue la faisait fondre, la rendait trop vulnérable, trop douce. Elle s'efforça de résister à ce sortilège sensuel.

— Probablement, approuva-t-elle. Mais je ne suis pas sa thérapeute, je suis son assistante. Trop d'indépendance de sa part risquerait de me faire perdre mon emploi.

Plus elle se rapprochait, plus son cœur battait fort, sans qu'elle comprenne comment c'était encore possible. Voilà une semaine qu'ils étaient là, les choses auraient dû se calmer, elle aurait dû être immunisée. D'autant qu'elle connaissait déjà la fin de l'histoire…

Elle s'arrêta à quelques pas de Giancarlo et son cœur bondit quand il posa le regard sur elle. Puis il lui prit le bras, la tira vers lui et posa sur ses lèvres un baiser appuyé, qui ressemblait plus à une marque de possession qu'à une manifestation de désir. Mais elle s'en moquait.

Le baiser se fit plus profond, plus intense. Lorsque son amant releva enfin le visage, elle était haletante.

— Plus tard, promit-il.

— Je pourrais être occupée, plus tard…

Il eut alors ce sourire dur qui lui faisait chaque fois si mal.

— Je prends le risque.

Qui n'en était pas vraiment un puisque, de toute façon, elle savait déjà qu'elle le laisserait faire ; non parce qu'il le lui avait ordonné, mais parce qu'elle était totalement désemparée devant son propre désir, incapable d'y résister, même si celui-ci ne pouvait mener qu'à sa propre perte.

Mais elle aurait tout le temps d'y penser plus tard, toutes les années qui allaient suivre cet interlude, quand Giancarlo ferait de nouveau partie des souvenirs. Sans compter que de longues journées de chômage l'attendaient, car son ex avait certainement aussi peu l'intention de la laisser rester près de Violet une fois sa vengeance assouvie que de se mettre à genoux pour la demander en mariage. Curieusement, cette pensée ne la fit pas rire…

Elle contourna son visiteur et entra dans la maison. Elle y prit son sac puis sortit. Elle s'installa dans la jeep, où Giancarlo se tenait au volant. Il démarra dans un nuage de poussière à peine sa portière refermée et se dirigea vers le *castello*, qui se profilait au loin.

C'était une autre belle journée d'été, les oliviers bordaient la route et Paige décida de cesser de se torturer en espérant davantage. Elle avait déjà plus qu'elle n'aurait pu l'imaginer après ce qu'elle avait fait à Giancarlo, alors pourquoi gâcher ces instants en en voulant *encore plus* ? Hélas, elle était insatiable quand il était question de cet homme. Elle voulait tout de lui, et pas juste les quelques morceaux qu'il lui accordait avec parcimonie. Elle devait absolument apprendre à modérer ses attentes. Or ce qu'elle comprenait et ce qu'elle ressentait étaient deux choses totalement différentes…

Le lendemain de leur nuit de retrouvailles, Paige s'était réveillée seule dans le lit de Giancarlo. Il n'avait même pas pris la peine de lui laisser un mot et, si elle s'en était voulu de s'en sentir blessée, elle s'était aussi rendu compte de la chance qu'elle avait eue de ne pas avoir été jetée dehors nue dans la nuit. Elle avait alors pris le chemin de sa résidence. Le soleil déjà haut caressait son visage, les oiseaux chantaient, elle était en Italie et Giancarlo lui avait fait l'amour toute la nuit. Il pouvait appeler ça comme il voulait, elle savait ce que cela avait signifié pour elle.

Parce qu'elle ne lui avait pas menti : elle n'avait touché aucun homme depuis leur séparation, et s'était faite à l'idée qu'elle ne le ferait jamais plus. Au début, il n'en avait de toute façon pas été question tant elle ne pensait qu'à Giancarlo. Depuis qu'elle travaillait pour Violet, elle croisait son fils partout : sur les photographies, dans les e-mails, les conversations. Elle aurait eu l'impression que sortir avec un autre homme aurait été comme une trahison. Ce qui était absolument ridicule, surtout après la manière dont elle l'avait *réellement* trahi. Les années avaient passé et il était resté le seul homme à l'avoir jamais connue. Curieusement, cela ne la dérangeait absolument pas.

Giancarlo était revenu dans sa maison la nuit suivante, les traits tirés, comme s'il venait de mener un rude combat contre lui-même. Il lui avait clairement signifié qu'ils ne discuteraient pas. Ensuite, sans un mot, il l'avait menée en haut des escaliers, l'avait allongée sur le lit et les avait maintenus éveillés une fois encore toute la nuit. Sauf que cette fois, il avait utilisé un préservatif, à l'inverse de la nuit précédente — ce dont ils n'avaient pas parlé.

Et c'était ainsi que les choses se passaient depuis une semaine, selon les humeurs et le bon vouloir du comte Giancarlo Alessi.

Si Paige ne s'était jusque-là jamais demandé à quoi pouvait ressembler d'être la captive d'un homme riche, elle se disait maintenant que ce devait être quelque chose se rapprochant de ce qu'elle vivait depuis quelques jours.

Rien d'autre que le plaisir des sens. Rien d'autre que le sexe, la chère et le sexe encore. Elle était rassasiée. Elle se réappropriait son corps, et cela avait commencé le soir de la première danse.

Giancarlo mettait dans sa conduite la même impatience que dans tout ce qu'il faisait — sauf au lit, où il prenait tout son temps. Paige percevait en plus une sorte de rage sous-jacente, comme si lui aussi avait apprécié, malgré lui, la semaine qu'ils venaient de passer ensemble. Cette semaine où elle n'avait été là que pour lui, que pour lui procurer du plaisir — et l'avait fait, encore et encore.

Elle savait qu'elle ne pouvait lui poser la question. Elle savait aussi qu'elle ne pouvait évoquer ce sentiment qui grandissait en elle, lui donnant chaque jour un peu plus l'impression d'être en phase avec elle-même. Ils évoluaient sur une planète faite de soleil, de sexe et de silence. Et c'était le seul moyen pour qu'elle tourne. Comme toutes les choses temporaires, tous les moments volés, cela devait rester dans le non-dit pour ne pas prendre le risque d'imploser.

— Où étiez-vous durant tout ce temps ? lui lança Violet, la voix lourde de reproches. J'ai cru que vous vous étiez perdue au milieu des oliveraies et ne réapparaîtriez jamais !

L'actrice était assise sur l'un des ravissants canapés du *castello*, son iPad sur les genoux.

— Vous auriez dû me dire que vous aviez besoin de moi ! s'exclama Paige. J'étais joignable. Je pensais bien faire en vous laissant enfin du temps et un peu d'intimité.

— Ma chère, si j'avais besoin de temps et d'intimité, j'aurais choisi une tout autre vie, railla son employeuse.

Paige ne parvenait à oublier la présence de Giancarlo, debout de l'autre côté du salon. Adossé contre la gigantesque cheminée, il semblait absorbé par son téléphone portable ; pourtant, elle était certaine qu'il n'avait pas perdu un mot de sa conversation avec Violet.

Elle reporta toute son attention sur celle qui avait tant fait pour elle.

— Je suis là, maintenant, déclara-t-elle d'une voix ferme.

« Sans doute te chasserait-elle tout de suite si elle savait qui tu es », souffla dans son crâne la petite voix qui ressemblait tant à celle de sa mère.

— Alors j'ai deux questions à vous poser : savez-vous comment fonctionne une boîte de vitesses ?

Paige ne s'attendait pas à une telle question, mais n'en fut pas pour autant complètement surprise : elle connaissait le caractère fantasque de Violet.

— Oui.

Se servir d'une voiture avait été une des rares choses que lui avait enseignées sa mère, qui avait eu souvent besoin que Paige vienne la chercher dans les bars les plus sordides lorsqu'elle était incapable de rentrer seule.

— Et accepteriez-vous de me conduire à Lucca ? continua Violet. Je crois me souvenir qu'il y a de merveilleuses boutiques et je suis d'humeur pour une petite expédition.

Giancarlo émit un claquement de langue agacé qui fit sourire sa mère.

— Une expédition avec ou sans public ? demanda Paige.

C'était une question purement rhétorique, car Violet ne

pouvait plus depuis longtemps éviter l'attention des passants quand elle sortait.

— Sans ! s'exclama Giancarlo, la faisant sursauter.

— Avec, bien sûr, dit Violet, sans paraître avoir entendu son fils. Personne ne m'a complimentée depuis une semaine entière, et j'ai besoin de flatteries au même titre que les plantes ont besoin de soleil. C'est ce qui préserve la jeunesse de mon teint.

Elle avait dit cela sur un ton amusé qui ne laissait cependant aucune place à la contradiction. Paige n'avait pas l'intention de contrarier Violet, mais ce n'était pas le cas de Giancarlo.

— Tu es l'une des femmes les plus connues du monde, fit-il remarquer. Tu ne peux pas te promener toute seule dans les rues. C'est dangereux.

— Je ne serai pas seule, répliqua Violet. Je serai avec Paige.

— Et que pourra-t-elle faire quand tu seras entourée d'admirateurs ? Les repousser ? Les maintenir à distance à l'aide d'une remarque pleine d'esprit ?

— Je ne sous-estimerais pas le pouvoir d'une remarque pleine d'esprit, si j'étais toi, intervint alors Paige en se tournant vers lui.

Il avait le regard fixé sur sa mère.

— Il y a longtemps de cela…, commença celle-ci, avant de marquer une pause.

Sa voix était douce, emplie d'une telle compassion que, surprise, Paige porta de nouveau les yeux sur elle. Giancarlo fit un pas en arrière, comme s'il venait de recevoir une gifle.

— J'étais alors une jeune femme inconsciente, reprit-elle de la même voix douce. J'avais sous-estimé l'intérêt qu'on pourrait nous porter — à moi, mais aussi à toi, mon fils. Ton père était furieux.

Elle s'arrêta de nouveau, observa son fils un instant puis se leva tout en poursuivant son récit, à l'intention de Paige :

— Nous étions dans le sud de la France, et j'ai pensé que ce serait une bonne idée de sortir un peu faire les boutiques en ville. Giancarlo, qui avait alors quatre ans, a été terrorisé quand la foule nous a littéralement encerclés.

— Il a fallu appeler la police, poursuivit Giancarlo d'une voix pleine de rage contenue. Tu as dû être escortée par deux policiers armés et tu n'es plus jamais ressortie sans garde du corps depuis ce jour. J'espère que, dans ta bouche et avec le temps, cette histoire n'est pas devenue l'affabulation d'un garçon fragile, à l'imagination trop fertile et paniquant pour rien. Il y avait une nuée de photographes et une foule de badauds.

— Je te rappelle que tu avais quatre ans à l'époque, précisa Violet. Tu as grandi depuis. Et même si je veux me faire croire que je présente encore un quelconque intérêt aux yeux du public, je n'en suis pas moins une vieille femme qui n'a pas attiré les paparazzis depuis très longtemps. Il n'y a aucune raison pour que je ne puisse pas profiter de mon après-midi avec mon assistante et, si tu insistes, un fils en guise de chauffeur.

— Et tu te demandes pourquoi je ne veux pas avoir d'enfants ! lança-t-il, cinglant. Pourquoi je mourrais plutôt que d'obliger un innocent à subir les règles grotesques du monde qui est le tien.

— Je pensais que tu avais dépassé ça.

— Ecoute…

— Je déteste me sentir enfermée, coupa Violet, même dans un château italien. L'aurais-tu oublié ?

Malgré son sourire, le ton de Violet était tranchant comme une épée. L'air s'emplit brusquement d'une étrange tension et, même si elle n'aurait pas dû, même si cela ne pouvait qu'éveiller la suspicion chez cette femme qui savait lire l'humain comme personne, Paige ne put résister au besoin de se tourner vers Giancarlo. Comme si ce geste pouvait l'apaiser, comme s'il l'y avait autorisée.

Il lui retourna un regard sombre.

Soudain, elle comprit qu'elle était responsable, elle aussi. Qu'elle lui avait fait subir exactement la même chose, alors qu'il avait beaucoup plus de quatre ans ; et que cela n'avait pas été un accident, dans son cas.

Cette découverte la heurta de plein fouet et la fit chanceler. Elle eut alors envie de tout lui dire, même devant Violet : la spirale infernale de sa mère, les dettes, les menaces de l'horrible Denny, la peur et la conviction que la vie était ainsi faite parce qu'elle n'en avait pas connu d'autre. Elle voulait qu'il comprenne enfin que jamais une chose pareille ne serait arrivée si elle avait pensé qu'elle avait le choix, si elle n'avait été elle-même piégée, terrifiée, persuadée de n'avoir aucune autre option possible.

Mais ce n'était ni le lieu, ni le moment, et de toute façon il ne voulait pas l'écouter. Il voulait seulement la faire payer, sans réaliser qu'elle avait *déjà* payé. Pendant dix ans. Et qu'elle payait encore aujourd'hui.

Oui, elle chancela mais garda l'équilibre, resta droite, surprise de ne pas s'effondrer, de pouvoir soutenir le regard de Giancarlo comme si elle ne lui avait pas brisé le cœur — elle espérait au plus profond d'elle-même que ce soit vrai.

— Ne t'inquiète pas, dit-il très posément, semblant répondre à la question de sa mère mais les yeux toujours fixés sur Paige. Je n'ai rien oublié.

7.

Lucca était une charmante ancienne ville fortifiée aux rues animées. Paige suivait consciencieusement Violet à travers le dédale de façades ocre et jaunes, dans les rues bondées, mais son cœur n'était pas là. Il était dans les collines où elle avait laissé un homme avec une expression dure sur le visage et un regard plein de reproches.

Et plus Violet traînait — passant de boutique en boutique, acceptant tous les *selfies*, s'attardant au restaurant, où le chef lui chanta une sérénade —, plus Paige se demandait si elle le faisait exprès. Comme si l'actrice avait deviné ce qui se passait entre son fils et son assistante.

Ce qui était impossible, n'est-ce pas ?…

Giancarlo lui manquait déjà. Un après-midi passé loin de lui, sans qu'il y ait la moindre chance pour qu'il apparaisse brusquement et la prenne sur la première surface plane venue, comme il l'avait fait la veille, et elle était perdue. Si c'était là un avant-goût de ce qui l'attendait quand la « punition » prendrait fin, autant entrer tout de suite au couvent.

Violet décréta enfin qu'elle était fatiguée et toutes deux rejoignirent la berline qui allait les ramener au domaine — Giancarlo les avait laissées partir seules à la condition qu'un chauffeur les conduise. Paige manqua d'écraser les doigts d'admirateurs tenaces en fermant la portière.

— Pardon ? fit Violet en se tournant vers elle. Qu'avez-vous dit.

Paige se figea : avait-elle parlé à voix haute sans s'en apercevoir ? Elle afficha immédiatement le sourire professionnel qu'elle pensait avoir laissé à Los Angeles depuis déjà une semaine.

— Etes-vous satisfaite ? demanda-t-elle à son employeuse. Toute cette attention vous a-t-elle fait plaisir ?

— Absolument ! Mon fils est un homme solitaire, il n'arrive pas à comprendre que les gens puissent recharger leurs batteries d'une autre manière que lui. Il me semble pourtant évident que tout le monde ne peut se satisfaire d'un domaine isolé à restaurer.

— Je pense qu'il a compris, depuis le temps, que vous êtes quelqu'un d'extraverti. Tout comme il a compris que c'est la raison pour laquelle vos besoins sont différents des siens. Je pense même qu'il l'a accepté.

— Peut-être… En même temps, que connaît-il de ses propres besoins ? N'avez-vous pas remarqué comme les hommes ne semblent pas forcément savoir ce qui est bon pour eux ?

C'était une question qui n'attendait pas de réponse, et la conversation s'arrêta là.

Paige commença enfin à se détendre lorsque la voiture quitta la nationale pour s'engager sur la petite route menant au domaine. Une fois au *castello*, elle aida Violet à descendre et supervisa le déchargement des achats du jour, essayant au mieux de dissimuler son impatience.

Lorsqu'elle fut de nouveau dans la voiture en direction de sa maisonnette, elle réalisa brusquement la nature du sentiment qui l'avait étouffée toute la journée, lui avait noué la gorge et donné envie de crier. Il y avait la culpabilité, certes, mais aussi de la panique.

Parce que chaque pensée de Giancarlo qui le ramenait à leur histoire lointaine le rapprochait de la fin de celle-ci. Elle le savait au plus profond d'elle. Elle l'avait vu ce matin. Et quand elle vit que tout était éteint dans sa maison, tout comme dans celle du haut de la colline, cela confirma ses pires craintes.

Paige n'entra pas tout de suite. Elle resta dans le noir, les yeux rivés sur la demeure de Giancarlo, là-haut, espérant le voir surgir à chaque instant de l'ombre. Elle ne voulait pas croire que c'était la fin, elle ne voulait pas croire que leur dernier baiser était celui qu'ils avaient échangé dans le jardin quand il était venu la chercher après le déjeuner.

C'était trop tôt. *Beaucoup* trop tôt.

Elle ne se décida à rentrer que bien plus tard, quand la nuit devint trop fraîche. Elle était désespérée, se sentant plus punie par son absence que par tout ce qui s'était passé entre eux depuis son arrivée. Elle aurait aimé pouvoir monter chez lui pour lui demander ce qu'il se passait, ou simplement le voir, mais elle n'osait pas, incertaine de la manière dont elle pourrait être reçue — rejetterait-il les couvertures pour la prendre dans ses bras si elle apparaissait ou la renverrait-il dans la nuit d'un mot cinglant ? Elle préférait ne pas prendre le risque.

Paige s'éveilla en sursaut. Quelqu'un s'était allongé à ses côtés et la prenait dans ses bras.

Giancarlo !

Il roula de manière à la faire passer sous lui. Elle fut immédiatement excitée. Soulagée. Affamée. Encore plus que d'habitude.

— Pourquoi n'es-tu pas venue me voir ? grommela-t-il entre ses dents serrées.

Elle n'avait aucune envie de repenser à ses peurs maintenant que le corps de son amant était sur le sien, ravivant le désir qui n'était jamais loin de la surface.

Elle n'avait aucune envie de repenser à la perte qu'elle avait envisagée.

— Toutes les lumières étaient éteintes, lâcha-t-elle, laconique.

Il l'observa un instant sans rien dire, une expression indéchiffrable sur le visage. Paige eut l'impression qu'il savait ce qu'elle lui cachait.

— As-tu passé une bonne journée avec ma mère ? Pleine d'admirateurs, exactement comme elle le souhaitait ?

— Bien sûr, confirma Paige. Quand Violet décrète qu'il faut s'amuser, tout le monde s'amuse. Personne n'oserait défier la papesse d'Hollywood !

Elle caressait la nuque de Giancarlo comme pour l'imprimer dans sa paume, pour être sûre de s'en souvenir si ce devait être là leur dernière étreinte. Il ne rit pas à sa plaisanterie, ne sourit même pas. Il bougea légèrement et elle sentit son érection contre sa cuisse. Elle fondit alors comme elle l'avait toujours fait, prête à l'accueillir malgré leurs humeurs respectives, malgré l'étrange énergie qui se dégageait de lui ce soir, malgré la noirceur qui semblait l'enrober.

Il y avait des mots pour exprimer ce qu'elle vivait avec cet homme, des mots qu'elle n'avait pas entendus depuis longtemps mais dont elle se souvenait toujours. Des mots qu'elle avait voulu oublier parce qu'ils avaient été utilisés par la personne la plus toxique qu'elle ait jamais connue, la personne qui lui avait tout pris. Mais vouloir oublier et y parvenir étaient deux choses différentes.

Néanmoins, la sensation qui l'avait accompagnée toute la journée, qui l'avait fait paniquer, avait disparu. Parce qu'il était là. Parce qu'elle s'emplissait de son odeur, de son contact, de ses mains.

Giancarlo… Le seul homme qui l'ait jamais touchée. Le seul qu'elle ait jamais aimé.

Et elle n'avait qu'un moyen pour le lui dire : son corps.

Elle bougea de telle manière qu'il n'avait plus qu'un très léger coup de reins à donner pour entrer en elle, puis accrocha les jambes derrière ses hanches, prête à l'accueillir.

— Peut-être que ça n'a pas été facile pour toi quand tu étais enfant, murmura-t-elle à son oreille, espérant que son visage ne trahissait pas les émotions qui la traversaient. Mais ma relation avec ta mère est beaucoup plus simple : elle paie, j'acquiesce, fin de l'histoire.

Il baissa la tête pour embrasser son cou. Paige commença alors à onduler contre lui, rejetant la tête en arrière pour lui donner accès à son corps. Pour lui donner tout ce qu'il voulait.

« Profites-en, ça ne va pas durer », lui souffla sa perfide petite voix intérieure. Elle l'avait déjà compris aujourd'hui. Elle n'était pas dans un conte de fées, cette situation avait une date de péremption et chaque moment passé avec Giancarlo l'en rapprochait.

— Dans un sens, c'est le genre de relation que ma mère a avec tout le monde.

Il y avait de la dureté dans sa voix, et elle eut le brusque besoin de l'apaiser. Elle passa les doigts dans ses cheveux et sourit lorsqu'il s'abandonna, tel un gros chat.

— Je ne pense pas que ce soit facile d'être quelqu'un de connu, reprit-elle après un moment, les mains toujours dans ses cheveux. Beaucoup d'attentes, de responsabilités, la peur permanente que ça s'arrête. Mais ce doit être encore plus difficile en effet d'être l'enfant d'une telle personne.

Il se souleva pour se mettre sur un coude. Son sexe dur palpitait entre leurs deux corps comme une promesse. Un long silence s'installa. Giancarlo avait le visage dans l'ombre et elle ne voyait rien d'autre que l'éclat de ses yeux dans l'obscurité.

— Non, ce n'est pas si difficile, finit-il par laisser tomber, d'un ton à la fois sec et résigné qu'elle ne lui avait jamais entendu auparavant. Il suffit de se souvenir que ces gens ne sont que dans des rôles. Violet avait endossé celui de la légende vivante et de la mère bienveillante, la grande star que rien n'aurait pu rendre plus heureuse que la maternité. On apprend ça quand on est enfant, de la manière la plus douloureuse possible ; une fois qu'on le sait, on apprend à se protéger.

Le cœur serré, Paige tenta d'imaginer Giancarlo petit garçon, le menton relevé malgré ses blessures émotionnelles, et elle eut mal pour lui. Cela n'expliquait pas toutefois la nervosité qu'elle ressentait. Celle-ci avait plus à voir avec la façon dont il se tenait à distance d'elle, l'impression de danger qui se dégageait de son corps, la manière dont il la regardait.

— Je suis désolée, fut tout ce qu'elle réussit à dire.

— Serait-ce de la sympathie, *cara* ? De l'empathie ? Ne perds pas ton temps, il y a longtemps que j'ai compris que ma mère était un mystère pour tout le monde, y compris pour elle-même, et que cela lui convenait tout à fait. Elle ne supporte pas l'intimité parce qu'elle ne peut ni la contrôler, ni y mettre un terme quand elle est satisfaite de sa performance. C'est, pour elle, comme une longue prise sans répétitions et sans possibilité de recommencer.

Paige eut l'étrange sensation qu'il parlait d'elle — était-ce le cas ? Il bougea de nouveau pour venir peser de tout son poids sur elle.

— J'ai besoin d'une femme en qui avoir confiance, Paige, murmura-t-il à son oreille, lui glaçant les sangs. Une femme dont je connaîtrais le corps *et* l'âme. Une femme qui n'aurait pas de secrets, qui ne se cacherait ni de moi ni du monde, qui ne jouerait pas de rôle. Une femme qui voudrait un *partenaire* elle aussi.

— Giancarlo, s'il te plaît…, bredouilla-t-elle, anéantie.

Le pire était sans doute qu'il savait ce qu'il faisait, elle le voyait au rictus sur ses lèvres. Il savait qu'il la blessait et continuait sans vergogne.

— Je veux une femme que je puisse croire quand elle me dit qu'elle m'aime. Et cela ne peut être toi. Ça ne l'a jamais été et ça ne le sera jamais.

Paige serra les dents. Plus tard. Plus tard, elle aurait le temps de pleurer sur ces deux dernières phrases. Pour l'instant, seule importait la douleur que ressentait Giancarlo, non celle qu'il lui causait — et qu'elle méritait, de toute façon.

Elle se moquait de savoir s'il la détestait encore après cette nouvelle semaine passée dans son lit où il avait goûté chaque partie de son corps — il n'avait pu passer à côté de la sincérité des élans de sa peau, de sa chair. Elle s'en moquait, ou du moins voulait le croire… De cela aussi, elle s'inquiéterait plus tard, quand elle serait capable de reprendre ses esprits. Quand cet homme ne serait plus au-dessus d'elle avec, pour seul objectif, de lui briser le cœur en morceaux de plus en plus petits.

— Giancarlo, répéta-t-elle, d'une voix un peu plus ferme cette fois. Arrête de parler.

Il abdiqua avec un marmonnement et la pénétra avec force. Il n'y eut alors plus qu'eux, et la puissance de ce feu qui les consumait.

Deux autres semaines passèrent, lentes et douces. L'été toscan commençait à se transformer en début d'automne, avec un ciel d'un bleu plus intense et un air frais le matin. En laissant un peu aller son imagination, Paige aurait pu croire que la tension entre Giancarlo et elle s'allégeait, que tous les lourds reproches se diluaient quelque peu dans la luminosité du paysage, s'atténuant avec le temps.

Elle ne passait plus ses journées isolée dans sa maison, à l'entière et seule disposition de Giancarlo, et son emploi du temps ressemblait beaucoup à celui qu'elle avait à Los Angeles : elle retrouvait Violet pratiquement tous les matins pour l'aider à préparer le programme de sa journée. La star adorait aller dans les villes alentour, en quête de culture, d'art, de vêtements à la mode et, naturellement, d'un petit bain de foule auquel elle échappait, quand elle en avait assez, en appelant Giancarlo pour qu'il fasse envoyer son hélicoptère. Celui-ci décollait alors du toit du *castello* dans un vacarme assourdissant, audible à des kilomètres à la ronde. « J'ai toujours aimé les arrivées grandioses », avait-elle déclaré en souriant la première fois qu'elles avaient atterri ensemble.

Lorsque Violet ne sortait pas et passait sa journée au spa, ou allongée sur un transat près de la piscine, Paige était livrée à elle-même — ce qui signifiait qu'elle était livrée à Giancarlo...

Un jour, il arrêta la jeep dès qu'il fut certain qu'ils étaient hors de vue du *castello*, descendit et en fit le tour. Puis il ouvrit la portière côté passager, devant laquelle il s'agenouilla. Il prit Paige par les hanches pour l'attirer à sa bouche et là, sur le côté de la route, plongea la langue en elle. Elle hurla son prénom si fort dans le calme du matin que les oiseaux s'envolèrent.

Une autre fois, ils se rendirent à l'un des nombreux petits lacs que comptait la propriété, où ils nagèrent, nus sous le soleil, avant que Giancarlo ne la prenne dans ses bras, mettant un terme délicieux à la baignade.

Parfois, ils discutaient. Il lui raconta les rêves qu'avait eus son père pour cette terre, l'histoire de celle-ci, ses propres projets pour l'exploiter tout en la préservant pour les générations à venir. Il lui montra les ruines étrusques disséminées çà et là sur le domaine, et Paige réalisa qu'un homme qui connaissait si bien chaque parcelle de son terrain ne pouvait être que magique quand ce terrain se trouvait être le corps d'une femme. Son corps à elle…

Elle ne savait pas ce qu'elle préférait, ses mots ou ses mains. Elle prenait tout comme un cadeau, essayant de ne pas penser à ce qu'elle méritait, à ce qui l'attendait, profitant simplement de l'instant présent.

C'était un après-midi paisible. Giancarlo et elle étaient tous deux allongés sur le lit, les fenêtres grandes ouvertes. Le soleil brillait, le vent jouait sur leurs peaux chaudes.

Paige leva son visage du torse de son amant et vrilla le regard dans le sien. Il lui sourit alors, un sourire sincère, et ce fut comme si la Terre venait brusquement de s'arrêter de tourner.

— Je t'ai vue danser, l'autre jour, dans le jardin, dit-il doucement.

Une brusque chaleur envahit Paige, pas celle du soleil, ni celle de leur corps à corps alors qu'il venait juste de la laisser, pantelante et haletante, assouvie.

— Ça fait longtemps que je n'ai pas dansé.

Il lui passa la main dans les cheveux, lentement. Paige craignait qu'il puisse lire sur son visage toutes les choses qu'elle désirait.

— Pourquoi ? demanda-t-il.

Elle ne savait que répondre. Ne savait comment le lui expliquer sans remettre les pieds en plein sur les mines qu'ils essayaient d'éviter depuis des semaines, depuis cette nuit où elle était rentrée tard de Lucca.

« J'ai besoin d'une femme en qui avoir confiance », avait-il dit. Or elle voulait qu'il ait confiance en elle. Peut-être ne le méritait-elle pas, mais elle le voulait.

— Je n'étais pas une trop mauvaise danseuse, dit-elle au bout d'un moment. Mais je n'étais pas *extraordinaire*. Et il y avait beaucoup d'autres danseurs aussi bons que moi mais autrement plus motivés.

Après le départ de Giancarlo, elle n'avait plus eu le cœur à danser ou à faire quoi que ce soit avec le corps qui avait servi à trahir l'homme à qui elle l'avait donné. Elle s'était cependant rendue à une audition, où on lui avait dit qu'elle ressemblait à une marionnette. Cela avait été sa dernière.

Parce que après avoir perdu Giancarlo, elle avait perdu tout intérêt pour la seule autre passion qu'elle avait eue dans sa vie. Sa mère était alors descendue de plus en plus bas et elle n'avait plus eu aucune planche de salut. Lorsqu'elle avait croisé, par hasard, une femme rencontrée à Malibu des années auparavant lors d'un week-end avec Giancarlo, et qui recherchait une assistante à mi-temps, cela lui avait semblé une bonne idée. L'occasion de quitter, une fois pour toutes, le monde sordide dans lequel elle évoluait.

Ensuite, elle avait travaillé un an pour une vedette de la télévision. Elle avait changé de nom alors : Nicola Fielding était devenue Paige Fielding. Au bout d'un moment, elle avait acquis assez d'expérience pour signer avec une agence ne travaillant que pour des clients célèbres. Quand l'assistant de Violet l'avait quittée, elle avait été proposée en remplacement. Tout ceci avait paru n'être que le fruit du hasard à l'époque, mais, à y regarder de plus près, le subconscient de Paige n'aurait-il pas tout manigancé pour pouvoir retrouver Giancarlo ?…

Elle chassa cette pensée. Elle ne voulait pas y songer maintenant. Ni à ça ni à ce qu'elle allait faire lorsqu'il aurait de nouveau disparu de sa vie. Comment allait-elle pouvoir se reconstruire, cette fois ? Où allait-elle aller ? Brusquement, elle réalisa que jamais elle n'avait envisagé l'après Violet. Comme si tout s'arrêtait sur le chemin qui la ramenait à Giancarlo.

Il continuait à sourire, sans doute persuadé de discuter d'un sujet anodin — et elle aurait aimé que ce soit le cas. Pour une fois, *juste une fois*, elle aurait aimé que les choses soient aussi faciles qu'elles en avaient l'air.

— Tu me surprends, dit-il avec une nuance d'affection. J'aurais cru que la danse faisait partie de toi.

— J'avais vingt ans, expliqua-t-elle d'un ton qui aurait pu suggérer une légèreté qu'elle ne ressentait pas. Je n'avais aucune idée de qui j'étais.

« Tu es son jouet, Nicola ! » avait maintes fois hurlé sa mère dans ses jours sombres, quand Paige croyait naïvement qu'elle pourrait s'en sortir indemne, à savoir à la fois garder Giancarlo, satisfaire sa mère et son horrible petit ami et rembourser leur dette. « Il va jouer avec toi jusqu'à ce qu'il en ait assez et il te laissera tomber pour la première traînée venue. Ce que tu peux être stupide ! »

Immobile, Giancarlo l'observait.

— Je crois que je n'ai jamais réalisé que tu étais si jeune, à l'époque, dit-il. Mais qu'est-ce qu'il m'a pris ? Tu étais pratiquement une enfant.

Elle ne put s'empêcher d'éclater de rire.

— Cela faisait longtemps que je n'étais plus une enfant ! dit-elle, sachant qu'elle abordait là une partie de sa vie dont elle ne lui avait jamais parlé. On ne peut pas dire que ma mère m'ait particulièrement protégée. Pour te donner un exemple, notre départ à Hollywood s'est fait dix minutes après les résultats du bac. Je n'ai même pas eu le temps de le fêter. Elle m'attendait dans la voiture pleine à craquer.

Tout en parlant, elle réalisa que l'enfance de Giancarlo n'avait pas forcément été si différente de la sienne. Les raisons n'auraient pu être plus diamétralement opposées, mais elle avait passé sa vie à essayer d'être la plus discrète possible, essayant de deviner l'humeur et le degré d'alcoolisation dans lequel se trouverait sa mère et, quelque part, Giancarlo avait dû faire de même avec les états d'âme et les extravagances de la sienne.

En fait, elle avait troqué une mère difficile contre une autre — mais celle-ci beaucoup plus élégante et attachante que celle-là, et qui de surcroît se préoccupait d'elle.

— Je ne suis pas sûr que cela suffise à m'excuser, dit Giancarlo. En même temps, c'est toi qui décides si tu étais une enfant ou pas, et je n'ai jamais vraiment eu beaucoup de contrôle sur tes choix !

— Moi non plus, répliqua-t-elle, avec un sourire.

Ils se tinrent alors immobiles, peut-être tous deux conscients qu'ils se rapprochaient dangereusement du sujet dont ils n'avaient jusqu'ici pas pu se résoudre à parler. Ou des mots qu'ils ne pouvaient se dire. Des mots que Giancarlo n'aurait de toute façon pas crus, ce qui n'empêchait pas Paige d'éprouver les sentiments qu'ils recouvraient. Rien ne l'en empêcherait.

Il l'observa un long moment et elle resta statique jusqu'à ce que le vent fasse frémir sa peau — à moins que ce ne soit sa propre vulnérabilité. Se dégageant alors de l'étreinte de Giancarlo, elle s'assit sur le bord du lit, récupéra ses affaires et passa sa robe. Elle ne voulait pas d'une conversation qui ne pourrait qu'apporter plus de souffrance.

— Etait-ce sincère ? demanda-t-il doucement.

Elle n'eut pas besoin de lui faire préciser sa pensée. Son sang se glaça et elle porta le regard sur les collines qui s'étendaient devant elle, sur le reflet du lac, plus bas, sur l'incroyable ciel bleu toscan parsemé de nuages blancs, sur les vignes et les fleurs. Il ne réalisait pas à quel point il tenait son cœur entre ses mains et le serrait fort. Trop fort.

Mais s'il l'avait su, sans doute s'en serait-il moqué.

— Ça l'était pour moi, avoua-t-elle d'une voix trop grave. Ça l'a toujours été, malgré la fin.

Elle ne savait pas ce qu'il allait se passer maintenant. Ce qu'il allait faire, dire. Elle était comme suspendue à un fil.

Il posa sa main sur la sienne et la serra. Une fois. Puis se mit debout et enfila ses vêtements en silence.

Giancarlo regardait Paige dormir, tout en sachant que ce n'était pas une très bonne idée.

Il n'aurait su dire ce qui l'avait réveillé, mais il avait eu le soudain besoin de vérifier qu'elle était à côté de lui — ce qu'il avait fait par réflexe durant des années après la parution de ces maudites photos. Sans parler du nombre de rêves dans lesquels elle ne le trahissait pas, dans lesquels les choses étaient différentes.

Sauf que cette fois, elle était là, allongée contre lui. Elle n'émit aucune protestation dans son sommeil lorsqu'il vint se coller contre elle, le front contre son dos ; ce qu'il n'aurait jamais fait si elle avait été éveillée.

La punition prenait une drôle de tournure. Il avait du mal à lui trouver un sens quand Paige était à côté de lui, ses délicieuses formes éclairées par le clair de lune.

Il suivit du doigt la ligne de sa joue. Le souvenir de leur passion était si vivace dans son esprit qu'elle semblait dater d'hier, les photos et la rupture devenant un mauvais rêve. Il se méfiait toujours d'elle, mais chaque jour qui passait lui donnait l'impression que c'était plus parce qu'il *pensait qu'il le devait* que parce qu'il le voulait réellement ; et rendait cette punition de plus en plus ridicule.

Elle était si jeune, à l'époque. Comment avait-il pu ainsi l'oublier ? A vingt ans, Giancarlo ne pensait à rien d'autre qu'à faire la fête à Stanford, sans avoir à courir les auditions pour pouvoir payer un loyer. Quant à Violet, elle avait au même âge divorcé du producteur beaucoup, beaucoup plus âgé qu'elle qui l'avait épousée et lancée dans le cinéma quand elle n'avait que dix-sept ans, et personne ne l'avait traitée de garce intéressée — en tout cas pas devant elle. Au contraire, on avait loué son choix audacieux et la manière dont elle avait repris sa carrière en main.

Peut-être était-ce la raison pour laquelle il avait tant détesté Paige durant ces dix dernières années ? Parce que, malgré tout l'amour qu'il portait à sa mère, il avait voulu une femme qui ne pensait pas d'abord à elle mais à *lui*.

Il lui avait dit vouloir une partenaire, or rien de ce qu'il faisait — ou avait fait — n'allait dans ce sens. A Malibu, il avait été jaloux du temps que Paige passait à répéter et, plus globalement, de tout ce qui l'éloignait de lui. Ici, il était jaloux de l'attention qu'elle portait à Violet. Voulait-il une partenaire ou voulait-il que Paige le traite comme un partenaire quand lui agissait comme il l'entendait ?

Une ébauche de réponse vint à son esprit, mais il ne voulut pas s'y attarder. Il était fatigué. Fatigué de se battre, fatigué de la maintenir à distance quand il la souhaitait au creux de ses bras, fatigué des murs qu'il avait lui-même construits.

« Il faut faire ce que l'on préconise si l'on veut donner un sens à sa vie, lui avait dit un jour son père alors qu'ils marchaient côte à côte dans les vignes. Le problème est que si nous n'avons aucun mal à donner des leçons, nous en avons beaucoup plus à écouter. Ecouter les autres et nous écouter nous-mêmes. »

Il fallait que ça cesse. Il fallait qu'il arrête. Il ne pouvait demander à Paige sa confiance si lui-même lui refusait la sienne.

Il la prit alors dans ses bras et enfouit le visage dans la tiédeur de son cou. Il était temps d'admettre ce qu'il savait depuis des années : elle était la seule femme qu'il avait jamais aimée, peu importait ce qu'elle avait fait. Et elle serait la seule.

— *Come sei bella,* murmura-t-il dans ses cheveux, sachant qu'elle ne l'entendait pas. Tu me manques. Je t'aime.

Comme depuis toujours et pour toujours.

Il fallait juste qu'il lui dise lorsqu'elle pourrait l'entendre.

Paige s'éveilla le visage caressé par les rayons du soleil. Giancarlo était contre elle, et cette journée s'annonçait parfaite — comme souvent ces derniers temps…

Elle était perdue dans ses pensées quand brusquement, son estomac sembla littéralement se retourner, la faisant bondir hors du lit et se précipiter dans la salle de bains.

Lorsqu'elle sortit, Giancarlo l'attendait, assis sur le lit, le regard interrogateur.

— J'ai dû manger quelque chose qui n'est pas passé. Je pense que c'est l'une de ces saucisses bizarres que ta mère a tant insisté à nous faire goûter hier soir, à Cinque Terre.

Elle appela Violet pour vérifier. Celle-ci n'avait eu aucun souci.

— J'ai un estomac en acier, ma chère. Ce qui est aussi bien vu le nombre de repas que j'ai pu prendre dans tous les hôtels de la planète !

Paige fut de nouveau malade le matin suivant, et celui d'après.

Le quatrième jour, Giancarlo la rejoignit dans la salle de bains. Il lui tendit une petite boîte en carton.

C'était un test de grossesse.

— Fais-le, ordonna-t-il froidement. Quand tu auras le résultat, nous aviserons.

8.

Paige lut les instructions sur l'emballage, qu'elle suivit à la lettre. Elle regarda le résultat, la gorge serrée.

Et, en un instant, tout bascula.

Elle ne pouvait détacher son regard du petit signe positif qui s'affichait dans la lucarne du test.

Ce fut alors qu'elle réalisa. Elle fut envahie par un soudain sentiment de terreur. De bonheur. De panique. Comment pourrait-elle élever un enfant quand Arleen avait été son modèle maternel ? Comment pouvait-elle devenir *mère* ?

Chancelante, elle se retint au bord du lavabo pour ne pas s'effondrer. Elle avait du mal à reprendre son souffle. Elle s'obligea à inspirer profondément, avant d'expirer longuement.

Lorsqu'elle fut enfin calmée, elle se souvint de Giancarlo qui l'attendait ; et, pire encore, de ce qu'il avait déclaré avant de sortir. Elle comprit que ce qu'elle redoutait plus que tout venait de prendre vie — au sens premier du terme.

Elle s'habilla, se félicitant d'avoir choisi la veille une tenue plus couvrante qu'une simple robe légère pour se rendre chez Giancarlo. Elle avait l'impression d'être un peu plus protégée contre ce qui l'attendait. Puis elle attacha ses cheveux en queue-de-cheval. Elle ne se décida à descendre que lorsque faire attendre plus longtemps Giancarlo n'aurait fait qu'aggraver la situation.

Se persuadant que tout allait bien se passer, elle ferma la porte de la chambre et rejoignit l'escalier.

Après tout, ils étaient tous deux adultes, ce genre de choses arrivait. Et peut-être allait-il la surprendre lorsqu'il apprendrait qu'un tout petit être dont il était le père se développait en elle.

Il l'attendait devant les portes menant à la loggia — ce qui, ne put-elle s'empêcher de remarquer, était plutôt approprié étant donné l'endroit où avait dû être conçu cet enfant. Il avait le dos tourné. Il ne se retourna pas quand elle arriva près de lui, mais tendit simplement la main.

Il fallut un instant à Paige pour réaliser ce qu'il voulait : qu'elle y dépose le test de grossesse. Il lui faisait si peu confiance qu'il avait besoin d'une preuve, même pour ça !

Sans protester, elle s'exécuta en tremblant. Giancarlo jeta un rapide coup d'œil sur le stylet avant de lâcher un juron et de le jeter à terre. Lorsque enfin il se tourna vers elle, il avait les yeux brillants de rage et la mâchoire crispée. Elle attendit qu'il parle, incapable de prononcer un mot même si une voix en elle protestait, affirmant qu'elle ne méritait pas cette colère, qu'elle n'avait pas fait cet enfant toute seule. Hélas, cette voix ne parvenait pas à s'imposer.

— Je croyais que tu prenais la pilule, laissa-t-il tomber.

La férocité de son ton fit ciller Paige.

— Non, tu ne le croyais pas puisque tu as utilisé des préservatifs après la première nuit. Pourquoi l'aurais-tu fait si tu pensais que je prenais la pilule ?

Giancarlo la fixa un long moment. Alors, la vérité lui sauta au visage, la laissant étourdie. Meurtrie.

— Dis-moi, reprit-il de ce ton cruel qu'elle n'avait pas entendu depuis pratiquement un mois maintenant. Pour quelle raison coucherais-tu avec un homme sans prendre la moindre précaution ?

— Tu en as fait autant, répliqua-t-elle, d'un ton plus assuré qu'elle ne l'était. Tu étais avec moi, je te rappelle.

— Je *croyais* que tu prenais la pilule, répéta-t-il.

Paige se sentait désemparée. Terrifiée. Terriblement mal.

— Pourquoi le croyais-tu ?

Il laissa échapper un nouveau juron.

— Qu'est-ce que c'est que cette question ? C'est évident : parce que tu la prenais, avant !

— C'était différent, répondit-elle, trop ébranlée pour chercher à travestir la vérité. Ma mère était terrorisée à l'idée de me voir tomber enceinte à seize ans, comme ça lui était arrivé avec moi, et d'être obligée d'élever l'enfant. Elle m'a donc donné la pilule dès le début de ma puberté.

— Et tu as arrêté ? Mais pourquoi ?

Il était furieux. Mais bon sang, comment pouvait-il la soupçonner d'avoir planifié cette grossesse ? Même si elle l'avait voulu, comment l'aurait-elle pu ? Comment aurait-elle pu deviner qu'il n'aurait pas utilisé de préservatif la première nuit ? Et la seule raison pour laquelle elle n'avait rien dit ce soir-là, c'était parce qu'elle ne voulait pas qu'il s'arrête. Parce qu'elle le désirait plus que tout.

— Je te l'ai dit, répondit-elle.

Sa voix n'avait été qu'un murmure et elle dut s'adosser contre la porte vitrée pour ne pas s'effondrer. Giancarlo ne bougea pas.

« C'est ce que tu mérites, murmura la voix de sa mère à son oreille. C'est ce qui arrive aux traînées dans ton genre. Tu finiras comme moi. »

— Tu es le seul homme avec qui j'aie couché au cours de ces dix dernières années, reprit-elle d'une voix toujours faible mais ferme. Tu es le seul homme avec qui j'aie jamais couché, Giancarlo.

— Arrête, s'il te plaît, ce n'est pas le moment ! Je n'ai jamais cru en ta virginité, même quand je pensais encore pouvoir te faire confiance. Mais je dois reconnaître que tu as une certaine constance dans les mensonges.

— De quoi parles-tu ? demanda Paige en secouant la tête, luttant contre les larmes et la panique. Pourquoi t'aurais-je menti sur ma virginité ?

— Je n'arrive pas à croire que je me suis de nouveau fait avoir, lança-t-il sans lui répondre, les lèvres serrées et les yeux flamboyants. Laisse-moi deviner : tu n'as jamais pensé à la maternité mais aujourd'hui, devant ce test positif, tu as ressenti quelque chose que tu n'avais jamais ressenti jusqu'ici. Me trompé-je ?

Son cynisme mit Paige hors d'elle.

— Pourquoi me soupçonnes-tu d'avoir tout prévu ? explosa-t-elle. Personne ne t'a obligé à coucher avec moi ! Et personne ne t'a obligé à le faire sans préservatif !

— Tu es très forte, se contenta-t-il de dire, un sourire froid aux lèvres. Je n'ai rien vu venir. Quand je pense que je me trouvais trop dur avec toi et que j'étais en train de retomber amoureux. Quel imbécile je fais !

— N'aie aucune angoisse, je ne garderai pas cet enfant !

Les mots étaient sortis de sa bouche sans qu'elle puisse les retenir. Tout ce qu'elle voulait était qu'il ne pose plus ce regard sur elle, le même regard que celui qu'il avait eu dix ans auparavant lorsqu'il avait brandi le magazine devant ses yeux quand elle aurait préféré qu'il le lui jette au visage ; cela aurait été moins violent que l'expression de ses traits avant qu'il ne tourne les talons et ne s'en aille.

Soudain, les mots qu'il venait de prononcer parvinrent à son cerveau. « J'étais en train de retomber amoureux. » Mais il était trop tard.

— Serait-ce une menace ?

Son ton glacial la fit frissonner, lui fit comprendre à quel point il n'était maintenant plus question d'amour.

— Tu m'impressionnes, *Nicola*, reprit-il. La plupart des femmes tourneraient autour du pot mais toi, comme à ton habitude, tu vas droit au but.

— Je ne suis pas en train de te menacer, protesta-t-elle, tandis que les larmes coulaient maintenant sur ses joues. Rien n'a été calculé et je ne sais pas pourquoi tu veux à tout prix le croire…

— Arrête ! Ce que tu dis ne m'intéresse pas ! Tu feras comme tu voudras, Nicola, tu l'as toujours fait. Et comme les cafards, tu survivras à tout ce qu'il pourra t'arriver, et tu en sortiras même plus forte. Une vraie disciple de Violet.

Paige était au bord de s'effondrer. Et le fait que Giancarlo l'appelle par son ancien prénom, ce prénom maudit, n'arrangeait rien.

— Pourquoi t'aurais-je forcé à avoir un enfant ? *Pourquoi ?*

— Peut-être estimes-tu n'avoir pas gagné assez d'argent la dernière fois ? Peut-être veux-tu être sûre d'apparaître dans le testament de Violet ? Peut-être veux-tu pouvoir continuer à vendre tes histoires aux tabloïds, vu l'ascendance du bébé ? Sans parler du domaine, car je suppose que tu as parfaitement compris que jamais je ne déposséderais un de mes enfants, même non désiré, de son héritage. Bref, toutes les raisons pour lesquelles je ne voulais pas d'enfant.

Lorsqu'il eut fini de parler, il était pâle, écumant de rage.

— Giancarlo…

Il se raidit, son expression changea, et brusquement il devint quelqu'un d'autre. L'homme qu'elle connaissait avait simplement disparu !

— Si tu décides de garder le bébé, informes-en mes avocats, laissa-t-il tomber, inhumain. Je subviendrai à ses besoins et te donnerai même plus si tu respectes mon souhait d'intimité en ne divulguant pas mon nom. Mais je suppose que c'est beaucoup te demander. Sans doute cherches-tu, au contraire, à en tirer parti.

— S'il te plaît, bégaya-t-elle, submergée par les sanglots. Tu ne peux pas…

Sa voix se brisa. Paige avait toujours su que ce moment arriverait, mais pas comme *ça*. Elle n'était pas prête.

— Et n'essaie pas de contacter ma mère, reprit-il, menaçant. Ou je te ferai arrêter et mettre en prison pour harcèlement et chantage. Envoie ne serait-ce qu'un texto à Violet et tu signes ton arrêt de mort.

— Arrête ! s'écria-t-elle, à bout de nerfs. Tu ne peux pas croire que…

— J'enverrai une voiture te chercher dans une heure, coupa-t-il. Je veux que tu t'en ailles et je ne veux plus jamais te revoir.

Paige tremblait si fort qu'elle était incapable de parler. Les larmes lui brûlaient les joues tandis que Giancarlo la regardait comme une étrangère. Aussi froid qu'une statue de marbre, mais en plus cruel.

— Est-ce clair ? demanda-t-il.

— Oui, réussit-elle à répondre. C'est clair.

Elle se passa alors la main sur le visage, prit une profonde inspiration et essaya une dernière fois :

— Giancarlo…

Mais il était déjà parti.

Tout était fini.

9.

Les routes de campagne glissantes de la Nouvelle-Angleterre étaient traîtresses en cette fin d'après-midi de décembre. Le vent courbait les arbres bordant la route et faisait presque tanguer le 4x4 de Giancarlo. La météo était à l'image de sa vie intérieure : tempétueuse et froide.

Il avait quitté l'aéroport international de Boston deux heures auparavant. Plus il se rapprochait du but, plus la tension montait en lui. En fait, cela faisait trois mois qu'il était sous tension.

Il ne lui fallut que quelques minutes pour traverser la petite ville du Maine isolée de tout, enfouie sous la neige, et rejoindre la petite maison blanche qui était sa destination.

Il avait engagé des détectives, avait lui-même écumé la moitié de la côte Ouest et une grande partie de la côte Est, mais jamais il n'aurait pensé à venir ici — ce qui prouvait que c'était la cachette idéale.

Mais il l'avait enfin trouvée. On lui avait envoyé la photo de la maison lorsqu'il avait atterri ce matin et il n'y avait aucun doute.

En descendant de voiture, Giancarlo fut obligé d'admettre que l'endroit n'était pas dénué d'un certain charme. Le trajet depuis Boston lui avait rappelé l'ambiance des livres qu'on lui avait demandé de lire quand il était au lycée. Des granges isolées dans des champs arides, un ciel gris et bas, et, çà et là, des traces de la sauvage côte atlantique. Un paysage en parfait accord avec son humeur et la cacophonie de sa vie.

Il traversa la route déneigée et gravit les marches du vieux perron. Des notes de piano s'échappaient de la maison, sur la porte de laquelle était posé un écriteau : « COURS DE DANSE ».

Il allait sonner quand lui parvint la voix de Paige, qui comptait les temps. Il se figea. Il ne l'avait pas entendue depuis ce terrible matin, dans sa maison toscane.

Prenant une profonde inspiration, il appuya sur la poignée et entra.

Et brusquement elle fut là. Devant lui. Après tout ce temps.

Son cœur s'emballa et il se força à respirer lentement, s'imprégnant de ce qu'il voyait : un rez-de-chaussée transformé en studio de danse avec son plancher, ses barres et ses murs couverts de miroirs. Au milieu, elle, la femme qu'il avait accusée des pires péchés, la femme qu'il avait insultée, qui n'était pas en train de se prélasser grâce à l'argent qu'elle aurait pu avoir de Violet mais en train de donner un cours.

Il se tenait là, debout, conscient d'avoir perturbé la classe avec son entrée fracassante, mais indifférent aux regards que lui lançaient les mères assises autour de la salle.

Paige était la seule à ne pas sembler avoir remarqué sa présence, malgré les miroirs qui ne pouvaient manquer de renvoyer son image. Elle continuait sa leçon comme s'il n'existait pas. Cela le fit bouillir.

N'ayant d'autre choix que d'attendre la fin du cours, il l'observa danser, reprendre et complimenter ses élèves. Elle paraissait fatiguée. Ses cheveux étaient plus sombres que dans son souvenir, mais elle bougeait comme elle l'avait toujours fait dans ses rêves, toute en grâce et légèreté, flottant plus que ne marchant.

Elle était toujours mince, hormis le léger renflement de son ventre qui lui révélait ce qu'il ignorait jusqu'à maintenant, ce qu'il n'avait osé demander à ses détectives. Il la retrouvait portant toujours leur enfant, à l'exact opposé d'Hollywood. A l'exact opposé de lui.

Elle avait gardé le bébé. *Son* bébé.

Giancarlo ne fut pas certain de ce qu'il ressentit à ce

moment-là. Un mélange de soulagement, de colère, de détermination. D'amour.

Elle avait gardé leur enfant.

Il l'aurait aimée même si elle ne l'avait pas fait. Vraiment. Mais il ne pouvait s'empêcher de voir en cette grossesse un signe. Un espoir.

Et, de toute façon, beaucoup plus que ce qu'il méritait.

Il eut la sensation qu'il s'était passé un siècle quand le cours se termina enfin et que les mères récupérèrent leurs fillettes. Impassible, il attendait, les bras croisés et le regard fixé sur Paige.

Quelques minutes plus tard, la dernière élève fermait la porte. Il ne restait plus qu'eux dans la pièce lumineuse, mais elle ne le regardait toujours pas.

— Tu as décidé de le garder, dit-il alors.

Il avait parlé d'un ton cinglant, sans bien savoir pourquoi. Elle se raidit. Hélas, il était trop tard pour reprendre ses paroles.

— Si tu viens pour entendre des excuses, tu peux partir tout de suite, répondit-elle, d'une voix si basse qu'il eut du mal à la reconnaître.

Puis elle se tourna vers lui. La colère avait transformé son visage et ses yeux étaient presque gris.

— Je ne veux pas d'excuses. J'ai passé trois mois à te chercher, Paige.

Ses prunelles devinrent encore plus sombres.

— C'est tout ce que tu as trouvé ? Je te rappelle qu'il n'y a pas si longtemps, tu avais du mal à te rappeler mon prénom.

— Je connais ton prénom, répliqua-t-il calmement, malgré le muscle de sa mâchoire qui venait de se contracter.

— J'en suis ravie ! ironisa-t-elle. Et la seule chose qui pourrait me faire plus plaisir serait que tu tournes les talons, prennes la porte et oublies que tu m'as connue ! C'est ce que j'ai fait et je peux t'affirmer que je viens de passer les trois mois les plus agréables de ma vie.

Il s'attendait à cet accueil. Il savait qu'il n'y échapperait pas. Il n'avait donc aucune raison d'être atteint comme il l'était.

— Je comprends, commença-t-il prudemment. Je…

— Ne perds pas ton temps. Je me moque de tes explications.

Elle se détourna alors, mais les miroirs renvoyèrent son image et il vit sa bouche se tordre légèrement. Une lueur d'espoir pour un homme désespéré. Ce qu'il était.

Giancarlo avança alors dans le studio, le regard toujours rivé sur elle. Pieds nus, vêtue de leggings et d'un large T-shirt qui lui dévoilait l'épaule, elle était tout simplement magnifique. Il eut le soudain désir de presser les lèvres sur sa peau dénudée avant de descendre doucement jusqu'à son ventre et, peut-être, jusqu'à son intimité qui, il le savait, n'avait connu que lui.

Oui, il l'avait toujours crue. Et s'il lui avait fallu tout ce temps pour le reconnaître, c'était uniquement parce que cela signifiait des choses qu'il avait eu peur d'admettre. Mais il n'en avait plus peur, maintenant.

— Comment as-tu trouvé cette maison ? demanda Giancarlo, tout en continuant de se rapprocher d'elle. Et surtout, pourquoi es-tu venue ici ?

— Je ne vois pas bien ce que ça peut te faire.

Elle jeta des affaires dans un grand sac avant de se relever pour lui faire face. Le regard qu'elle lui lança était noir. Malgré cela, il ne s'arrêta que lorsqu'il fut à quelques centimètres d'elle.

— Que veux-tu, Giancarlo ?

— Je ne sais pas, mentit-il. Tu sembles tellement furieuse.

Jamais il ne l'avait vue ainsi. Aussi froide. Aussi distante. Mais sans doute le méritait-il aussi.

Elle éclata alors d'un rire amer qui lui fit froid dans le dos.

— Tu es incroyable ! dit-elle en secouant la tête. J'ai plein de raisons d'être en colère, mais prenons-en une au hasard, d'accord ? Tu m'as déclaré ne plus jamais vouloir me voir et pourtant, tu es là. Or je trouve que c'était la meilleure idée que tu aies jamais eue. Alors, s'il te plaît, retourne en Italie et laisse-moi tranquille. Laisse-*nous* tranquilles.

Il voulait la prendre dans ses bras. Il voulait la dévorer. Il la voulait plus que tout au monde. Pourtant, il se contenta de l'observer un long moment, comme s'il redoutait de la voir brusquement disparaître.

— Je suis désolé, finit-il par murmurer. Jamais je ne t'ai vue si furieuse. Je ne pensais même pas que c'était quelque chose que tu savais faire, te mettre en colère.

Paige cligna des yeux et fit passer le sac sur son épaule.

— Je ne le pensais pas non plus, surtout quand tu étais avec moi. J'ai enfin réalisé à quel point il n'est pas sain de vivre ainsi. Parce qu'on finit par se retrouver à la merci de gens dénués de tout scrupule simplement parce qu'on ne sait pas leur dire non, qu'on ne leur dit jamais d'arrêter. Et après, il est trop tard.

Lorsque leurs regards se croisèrent, les prunelles de Paige flamboyaient. Elle n'eut pas besoin d'en rajouter pour qu'il comprenne que c'était de lui qu'elle parlait. Un goût amer envahit sa bouche. C'était vrai, il l'avait traitée d'une manière horrible, il était devenu exactement le genre d'homme qu'on lui avait appris à détester. C'était d'ailleurs pour cela qu'il avait tant eu besoin de la retrouver : pour affronter la réalité.

Cela ne la rendait pas pour autant plus facile à entendre.

— Ce n'est pas le genre de vie que je veux faire vivre à mon bébé, continua-t-elle, les yeux rivés aux siens. Cet enfant aura un foyer où il sera choyé, car il n'est ni une erreur ni un problème. Cet enfant est désiré et a une place. *Avec moi.*

La férocité de son ton et de son propos laissa Giancarlo un instant étourdi. Lorsqu'il reprit ses esprits, elle avait traversé la pièce et s'apprêtait à ouvrir la porte.

— Viens dîner avec moi, lança-t-il dans son dos.

— Non, répondit-elle sans se tourner vers lui.

— Un café, alors ? Ou ce que tu peux boire, ajouta-t-il, se souvenant du petit être qui grandissait en elle.

— Non.

— Paige… C'est aussi mon bébé.

Cette fois, elle pivota brusquement et le fusilla du regard.

— Elle est *mon* bébé, dit-elle d'une voix vibrante de colère. *Mon* bébé. Je l'ai faite avec un homme qui m'a haïe pendant cinq longues minutes avant de me détruire et de s'en aller. Mais crois-moi, Giancarlo, je t'ai parfaitement entendu. Tu ne veux rien avoir à faire ni avec moi ni avec le bébé. Je trouve que c'est très bien comme ça.

— Je n'ai jamais dit que je ne voulais rien avoir à faire avec le bébé, protesta-t-il. J'ai même dit le contraire.

— Eh bien, nous pourrons reparler de ça quand il sera né ! Ce qui me donne encore six mois de liberté, sans être obligée ni de te voir ni de t'entendre.

— Je veux te parler. Je veux savoir comment tu vas. Je veux comprendre ce qui s'est passé entre nous, en Italie.

Il avait employé un ton plus autoritaire qu'il ne l'aurait souhaité, mais il s'en moquait. Si elle voulait *vraiment* le rayer de sa vie, il devait savoir.

— Non, tu ne le veux pas, siffla-t-elle entre ses dents.

Sa bouche se crispa de nouveau, mais ses yeux étaient toujours flamboyants et sombres. Giancarlo n'aurait su dire ce qu'elle voulait. Ce qu'il savait, en revanche, c'était qu'il l'avait blessée. Encore.

— Tu ne veux pas me comprendre, l'accusa-t-elle. Tu veux que moi je te comprenne. Ce que j'ai toujours fait. Je t'ai compris quand toi, le réalisateur très riche et un peu connu, tu t'es entiché de la petite danseuse que j'étais. Je t'ai compris quand tu as joué au fils valeureux, protégeant sa mère du potentiel fou qui avait réussi à s'introduire dans la propriété. Je t'ai même compris quand tu as joué à l'ex trahi, entraîné de nouveau et malgré lui dans une relation sexuelle torride par la tentatrice malhonnête qu'il ne parvenait pas à oublier. Et je t'avoue que là, j'ai aussi compris qu'il y avait quelque chose qui n'allait pas chez moi.

Elle prit une profonde inspiration, comme pour chasser cette image d'elle. L'estomac de Giancarlo se noua. Ce fut alors qu'il réalisa qu'il était resté suspendu à ses lèvres tout ce temps, sans même prendre le temps de respirer.

— Puis je suis partie, poursuivit-elle. Et c'est à ce moment-là que je me suis rendu compte que tu n'avais *jamais* été là pour moi, de quelque manière que ce soit. Ni il y a dix ans, ni aujourd'hui. Il ne t'est jamais venu à l'idée de me demander pourquoi j'avais vendu ces photos, ce que je pouvais éprouver du fait d'être enceinte. La seule chose qui t'intéresse, c'est toi.

— Paige.

— Tu ne m'as jamais rien demandé, continua-t-elle, portant les mains à son ventre comme pour le protéger de lui. Tu m'as toujours tenue pour responsable de tout. Alors s'il te plaît, je te demande maintenant de continuer à me donner ce que tu m'as toujours donné : ton indifférence.

Elle se tut mais les mots résonnèrent longtemps dans la pièce, douloureux. Giancarlo n'arrivait plus à penser.

— Tu as dit « elle » ! s'exclama-t-il soudain sans réfléchir.

— Quoi ?

— Tout à l'heure, tu as dit « elle » pour parler du bébé.

Elle le dévisagea un instant sans répondre, semblant se demander s'il méritait de savoir.

— Oui, finit-elle par reconnaître. Je vais avoir une petite fille en mai.

— Une fille…

Il avait prononcé ces mots d'une voix douce, teintée d'une note qu'il mit quelques secondes à identifier. Une note qui ressemblait à de l'*émerveillement*. Il vit alors Paige frissonner et comprit que tout n'était pas perdu. Pas encore.

— Nous allons avoir une fille…

— Va-t'en, Giancarlo !

Il n'y avait plus de colère dans la voix de Paige, mais ce soupçon de tristesse qu'il avait entendu trop souvent en Italie. Il voulait la protéger de tout, et même de lui-même s'il le fallait.

— Je peux partir, ce soir. Mais je reviendrai, Paige. Je reviendrai jusqu'à ce que tu acceptes de me parler. Et je peux me montrer très patient.

— Est-ce une menace ? Je te rappelle que nous ne sommes pas en Toscane et que je ne suis pas ta prisonnière.

— Je ne veux pas que tu le sois. Je veux simplement dîner avec toi.

Elle l'observa d'un œil méfiant.

— C'est tout ?

— Veux-tu que je te mente ? demanda-t-il avec un sourire timide. C'est un début. Donne-moi une chance.

Elle hocha la tête et ses yeux semblèrent moins sombres, retrouvant les teintes bleu-vert qu'il connaissait si bien. Mais il était trop tôt pour crier victoire.

— Et si je ne voulais pas de ce début ? Si je n'en voulais plus jamais ? Nous en avons déjà connu deux, séparés par dix ans d'agonie. Et maintenant, *ça*… Ce n'est pas très intéressant.

— C'est un dîner. Tout le monde a besoin de manger, particulièrement les femmes enceintes d'après ce que j'ai entendu dire.

— Mais pas avec toi, dit-elle d'une voix résolue. Jamais. Ça n'en vaut pas la peine.

Elle se tourna de nouveau et ouvrit la porte.

Giancarlo comprit qu'elle ne ferait pas marche arrière et qu'il fallait la laisser partir. Il en avait assez fait pour aujourd'hui. Il trouva un aspect positif dans le délai de six mois qui le séparait de la naissance : cela lui laissait le temps de la reconquérir. Il avait passé trois mois à la chercher, qu'était une autre nuit ? Il devait accepter de perdre cette bataille s'il voulait gagner le combat.

Il serra les poings. *Dio !* Il n'y parvenait pas.

Il ne parvenait pas à la regarder quitter de nouveau sa vie.

10.

Paige aurait tout le temps de se reprocher la difficulté avec laquelle elle avait ouvert la porte et marché vers sa voiture. Tout comme elle l'aurait de se demander pourquoi son cœur avait failli s'arrêter quand Giancarlo avait fait irruption dans le studio, et pourquoi elle s'était sentie curieusement soulagée.

Plus tard.

Pour l'instant, elle devait se concentrer sur ce qu'elle faisait. Partir. S'en tenir à ce qu'elle avait déclaré : le laisser derrière elle.

Elle entendit un bruit de pas et, avant qu'elle n'ait eu le temps de réaliser, les mains de Giancarlo étaient sur ses épaules, douces et fermes. Il la fit se tourner vers lui, la prit dans ses bras et la serra contre son torse. Elle était cernée. Par son odeur. Par sa force. Par sa bouche cruelle et sensuelle qui était près. Trop près.

— Lâche-moi !

Elle connaissait la lueur qui dansait dans les yeux de Giancarlo. Elle était le signe que la situation pouvait déraper à tout instant. Il suffisait d'un baiser, il suffisait qu'elle laisse ses lèvres la toucher et Paige n'était pas sûre de pouvoir résister très longtemps.

— Tout d'abord, je voudrais préciser quelque chose, dit-il de cette voix profonde qui la faisait chaque fois vibrer. Je ne te déteste pas. Je ne l'ai jamais fait. J'ai passé des années à essayer de m'en persuader, mais je n'ai jamais réussi.

— Tu t'es comporté comme si c'était le cas, répliqua-t-elle, luttant pour ne pas passer les mains derrière son cou et s'abandonner entre ses bras.

Sans rien répondre, il la souleva de terre, fit demi-tour, revint vers la maison et la posa dans l'un des fauteuils fatigués qui accueillaient habituellement les mamans. Puis, à sa grande surprise, il s'agenouilla devant elle. Elle se figea. Giancarlo approcha alors le visage tout près du sien.

— Pourquoi as-tu vendu ces clichés ?

Il avait les yeux rivés sur elle et il y avait peu de chances pour qu'il n'ait pas remarqué le rouge qui lui montait aux joues.

— Qu'est-ce que cela peut faire, maintenant ?

— Je pense que tu as eu raison sur beaucoup de choses, dit-il, entre tristesse et détermination. Et notamment sur celle-ci : je ne te l'ai pas demandé à l'époque. Alors je te le demande maintenant.

Paige hésita un instant avant de se décider. Elle allait tout lui raconter. S'il le lui avait demandé en Italie, elle aurait peut-être essayé d'édulcorer la vérité ; les choses étaient différentes aujourd'hui. *Elle* était différente. Elle le devait au bébé qui grandissait en elle.

— Ma mère était alcoolique, commença-t-elle, d'une voix dénuée de toute émotion. Son rêve de grandeur s'est arrêté lorsqu'elle est tombée enceinte de moi au lycée et s'est retrouvée coincée dans cette sordide ville à laquelle elle voulait échapper. Voilà pourquoi elle était ravie que je sache danser. Elle m'a amenée à Los Angeles dès la fin du lycée et m'a fait prendre mon deuxième prénom pour nom d'artiste, car elle le trouvait plus sexy. Puis elle a décidé de s'occuper de ma carrière, ce qu'elle a parfaitement réussi si l'on considère que cela consiste à prendre tout l'argent de son enfant et à lui hurler dessus pour qu'il aille en gagner encore.

— C'est souvent le cas à Hollywood, laissa tomber Giancarlo, amer.

— Arleen ivre, c'est une chose, poursuivit Paige. Mais peu de temps avant que l'on fasse connaissance, elle avait rencontré un revendeur d'amphétamines prénommé Denny.

Inutile de te dire à quel point il était prévenant et gentil avec nous. Un mois plus tard, elle lui devait quelques centaines de dollars et il était déjà beaucoup moins gentil. Encore deux mois plus tard, c'était des milliers de dollars qu'elle lui devait, sans avoir aucun moyen de les rendre. Denny s'est donc tourné vers moi. Je n'avais guère le choix : ou je me tuais à la tâche pour le rembourser, ou je le regardais tuer ma mère. Ou, et je peux te jurer que je n'y avais pas songé avant qu'il me souffle l'idée, je me servais de mon très riche petit ami pour me faire de l'argent.

— Paige, murmura-t-il, lâchant le fauteuil pour lui prendre les mains. Pourquoi ne m'as-tu jamais rien dit ? Pourquoi ne m'as-tu pas laissé t'aider ?

— Parce que j'avais honte. Ta mère était Violet Sutherlin, la mienne était une droguée qui vendait son corps quand elle avait besoin d'argent, et même cela ne suffisait pas. Elle était prête à négocier la vierge que j'étais jusqu'à ce que je te rencontre.

Giancarlo pâlit et il lui serra plus fort les mains.

— Elle a compris dès la première nuit où nous avons couché ensemble, continua-t-elle. Et lorsque je suis rentrée le jour suivant, elle m'a giflée si fort que mes oreilles ont résonné. Ma naissance avait déjà fichu sa vie en l'air, le moins que je pouvais faire selon elle était de lui laisser monnayer au plus offrant la seule chose qu'il lui restait : ma virginité. Elle avait d'ailleurs déjà tout arrangé avec un ami de Denny.

— Comment n'ai-je rien pu voir ? se reprocha-t-il, d'une voix rauque.

— Parce que je n'ai pas voulu que tu voies. Parce que tu étais mon seul refuge, la seule chose positive dans ma vie. Et tu n'étais qu'à moi. Mais Arleen était ma mère. Parfois, je pense que si je ne t'avais pas rencontré, ou si j'avais eu un autre petit ami que toi, j'aurais fait ce qu'attendait Denny. Cela aurait été beaucoup plus simple.

— Et cela aurait été de la prostitution !

— Et alors ? dit-elle en haussant les épaules. J'ai vu beaucoup de danseuses autour de moi coucher avec des hommes qui les aidaient à payer leur loyer, et on n'appelait pas ça de la prostitution. Peut-être aurais-je pu faire la même chose, mais je t'ai rencontré.

Paige se tut, prit une profonde inspiration et plongea le regard dans celui de Giancarlo.

— J'avais vingt ans, reprit-elle. Et chaque jour, ma mère me répétait qu'un homme comme toi allait forcément me quitter, que j'allais me retrouver toute seule sans que nous n'ayons tiré aucun avantage de la situation. Or elle méritait bien quelque chose après toutes les souffrances qu'elle avait endurées.

— Les *souffrances* ?

— Ce n'était pas mon idée, continua calmement Paige, sachant qu'elle abordait la partie la plus délicate. Denny affirmait que seul le sexe rapportait et que tu valais beaucoup d'argent. Je croyais sincèrement que je devais quelque chose à ma mère, que j'avais détruit sa vie.

— Tu n'as pas besoin de m'en dire plus, dit Giancarlo. Je comprends.

— Je t'aimais, continua-t-elle sans l'écouter. Mais j'avais vingt ans d'Arleen derrière moi et seulement deux mois de toi. Je croyais que c'était elle, la vraie vie, et que tu n'étais qu'un rêve. Je croyais que s'il y avait vraiment quelque chose entre nous, tu essaierais de comprendre pourquoi je l'avais fait. Mais je n'ai pas été surprise que tu ne m'interroges pas.

— Je suis désolé, dit-il d'une voix douce, qui ne fit que raviver le feu qui n'avait jamais cessé de brûler en elle. Pourquoi ne m'en as-tu jamais parlé ? Pourquoi n'ai-je rien deviné ?

— Cela n'a aucune importance maintenant, le rassura-t-elle, sincère. Je l'ai fait, j'ai touché un demi-million de dollars pour ces clichés, ce qui était plus que ce que devait Arleen à Denny, et je t'ai perdu. Mais j'ai donné cet argent à ma mère en pensant que tout irait bien.

— Ce qui n'a pas été le cas.

— Environ un mois plus tard, elle était de nouveau endettée. Denny s'est alors montré beaucoup moins compréhensif que la première fois : il n'y avait plus de petit ami richissime.

Comme il n'y avait que moi, il a été très clair sur ce qu'il attendait. Qu'aurais-je pu objecter ? Le monde entier m'avait vue à l'action, j'étais devenue une marchandise.

— Seigneur !

— Je ne sais pas si c'est le Seigneur, mais heureusement, il a été arrêté pour une affaire suffisamment sérieuse pour l'envoyer quinze ans en prison. En perdant son fournisseur, ma mère a perdu la tête. La dernière fois que je l'ai vue, elle était dans la rue, où elle est peut-être encore, à moins qu'elle ne soit morte depuis. Voilà ce qui s'est passé il y a dix ans.

— Tu ne peux pas te sentir coupable des événements, dit Giancarlo en secouant la tête, l'air incrédule. Paige, tu as fait absolument tout ce que tu pouvais pour cette femme. Tu ne peux pas empêcher les gens de se détruire s'ils le veulent ; tu peux juste les empêcher de t'entraîner avec eux.

— Mais elle est ma mère et je l'aime toujours… Sinon ce qu'elle était, du moins ce qu'elle aurait dû être.

Giancarlo l'observa un long moment, et Paige se perdit une fois encore dans l'intensité de son regard, dans la sensualité de sa bouche.

— Je suis désolé, répéta-t-il. Et je ne t'en voudrais pas de me détester. D'ailleurs, je ne comprends pas pourquoi tu ne le fais pas.

— Parce que de toute ma vie, Giancarlo, tu es la seule personne que j'aie aimée et qui m'ait aimée en retour.

Il se recula légèrement et approcha la main de son visage pour en écarter une mèche, qu'il fit passer derrière son oreille. Paige dut faire un effort surhumain pour se souvenir qu'elle était censée lui résister. Se battre contre lui.

— Violet t'adore, dit-il en lui prenant de nouveau les mains. Et si elle aime être entourée, il y a peu de gens qu'elle apprécie. Encore moins en qui elle a confiance.

— Parce qu'elle n'a aucune idée de qui je suis.

— Bien sûr que si, répondit-il en souriant. Elle m'a dit l'avoir deviné depuis l'instant où vous vous êtes rencontrées.

Pourquoi penses-tu qu'elle t'ait laissée prendre ainsi une telle place dans la famille ?

— Je… je ne sais pas, bredouilla Paige, déconcertée.

— Parce que mon père était un homme bien, prévenant mais froid. Et peu de temps après que tu es partie, elle m'a déclaré que la seule période où je n'avais pas été inaccessible comme lui, ni insupportable, avait été durant les deux mois de notre relation.

— Elle savait…, murmura Paige. Voilà pourquoi elle était si gentille avec moi ?

— Oui. Et aussi parce que, quoi qu'on t'ait appris, il n'est pas très compliqué d'être gentil avec toi.

— Ça l'a pourtant été pour toi.

— Parce que je ne suis qu'un égoïste arrogant, répliqua-t-il le plus sérieusement du monde. Je suis né dans un milieu plus que privilégié, mais ça ne m'a pas empêché de passer ma vie à pleurer sur mon sort. Il m'a fallu une heure entière pour réaliser que j'avais été complètement à côté de la plaque ce jour-là, en Italie. Que ma réaction n'avait rien à voir avec toi, mais tout avec ma propre enfance et les serments que je m'étais faits. Je sais que tu n'as pas essayé de me piéger. J'ai sauté dans le premier avion le jour suivant. Hélas, lorsque je suis arrivée à Los Angeles, tu étais déjà partie et avais fait déménager toutes tes affaires. J'ai alors engagé des détectives, qui ont mis trois mois pour te trouver.

Paige fut envahie par une étrange sensation, un mélange de chaleur, d'espoir, de légèreté. Alors qu'elle n'avait rien à attendre.

Pourtant Giancarlo était là, devant elle, toujours à genoux, après tout ce qu'elle lui avait raconté. Brusquement, elle n'eut plus envie d'être raisonnable. Elle avait envie d'être heureuse. Sauf que si se sentir plus légère qu'elle ne s'était sentie depuis des années était certes agréable, cela ne changeait rien. Ce n'était pas le bonheur, c'était une alchimie des corps ; et elle avait déjà eu l'occasion de constater où cela menait…

Si elle n'était certaine de savoir ce qu'elle méritait, Paige savait ce que méritait sa fille : tout. Elle ferait avec elle l'exact opposé de ce qu'avait fait Arleen, ce qui signifiait beaucoup de choses, dont celle de ne pas succomber à un homme simplement parce qu'il était en face d'elle — comte Giancarlo Alessi ou pas Elle avait vu cela trop souvent, elle ne l'imposerait pas à son enfant.

— Comment ont-ils fait, tes détectives ? demanda-t-elle d'une voix la plus neutre possible malgré le tumulte de ses émotions. Et surtout, *pourquoi* les as-tu envoyés ?

— Le comment est très simple : je me suis souvenu t'avoir un jour entendue dire combien tu aimerais voir l'automne dans le Vermont.

— Ah bon ?

— Tu avais aussi ajouté que tu voulais vivre près de la mer, mais aussi de la neige. Toutes ces informations m'ont fait penser à la Nouvelle-Angleterre. Comme je suis un homme riche et déterminé, j'ai tout mis en œuvre pour te trouver.

Giancarlo…

— Et maintenant, l'interrompit-il, voici le pourquoi de tout cela.

Il porta la main à sa poche et en sortit une boîte. Paige eut un mouvement de recul quand il l'ouvrit, en même temps que son cœur manquait un battement.

— Le diamant appartenait à ma grand-mère, expliqua Giancarlo. Et la bague date de dix ans.

Paige porta la main à sa bouche, incapable de parler.

— Tout ce que tu as dit sur moi est vrai, reprit-il. Mais je veux te comprendre, Paige. Je veux passer les dix prochaines années à apprendre à te connaître. Je ne veux pas simplement d'une partenaire, je veux que nous ne fassions plus qu'un. Je veux que tu me remettes à ma place chaque fois que je le mérite, je veux que tu apprennes à notre fille à ne jamais donner quoi que ce soit à quelqu'un comme moi. Jamais.

— Arrête, dit-elle doucement, tendant la main pour lui caresser le visage. Tu ne m'as rien pris et je *voulais* te donner ce que je t'ai donné. Y compris ma virginité. Mais je savais qu'il y aurait une fin.

— Jamais, dit-il dans un souffle. Il n'y en a pas eu en dix ans et il n'y en aura pas dans les dix prochaines années, ni celles d'après, ni celles d'encore après. Je te le promets.

Giancarlo se pencha alors en avant et lui posa la main sur le ventre. Le sourire qui fendit sa bouche était si tendre que le cœur de Paige fondit. Puis il approcha les lèvres et déposa sur les siennes un baiser, ce qui ne fit qu'aggraver les choses.

— Je t'aime, Paige, murmura-t-il. S'il te plaît, laisse-moi te le prouver.

Elle soupira. Il n'était plus temps de faire semblant.

— Moi aussi, je t'aime. Mais la confiance ne dépend pas d'une bague. Je serai toujours la femme qui a vendu ces clichés.

— Et moi l'homme qui s'est comporté comme un mufle lorsqu'il a appris l'existence de son bébé.

— Nous semblons aller droit au désastre ! le taquina-t-elle.

— Je sais, dit-il en enlevant la bague de sa boîte pour la passer, les yeux brillants, au doigt de Paige. Mais crois-moi, nous n'irons pas au désastre. Nous nous sommes mis à l'épreuve et nous sommes toujours là.

Comme pour appuyer ses propos, Giancarlo passa les bras autour d'elle et l'embrassa, encore et encore.

Puis il lui montra très précisément à quel point il était impliqué sur l'un des canapés de la grande pièce lumineuse…

11.

Paige avait décidé de le faire attendre, et Giancarlo savait qu'il ne pouvait s'en prendre qu'à lui-même.

— Comment puis-je savoir que c'est pour moi que tu veux m'épouser, et non pour récupérer le bébé, dans un acte ultime de masochisme ? avait-elle demandé le soir de leurs retrouvailles, allongée nue contre lui.

— Laisse-moi te le prouver.

Elle l'avait regardé un moment, l'air sérieux.

— Ne me demande plus de t'épouser, Giancarlo, avait-elle déclaré d'un ton solennel. Je te le dirai quand je serai prête.

— Prends ton temps, avait-il alors répondu, avec toute la patience d'un homme désespéré. Je veux que tu me fasses confiance.

— Moi aussi, je veux te faire confiance.

Ils avaient alors appris à se connaître comme ils n'avaient pas eu le temps de le faire dix ans auparavant. Petit à petit. Paige lui avait raconté son enfance avec cette femme horrible. De son côté, il lui avait parlé de son enfance à lui, auprès d'une femme certes moins horrible mais très compliquée. Depuis, ils se soutenaient l'un l'autre. Ils s'apaisaient.

Giancarlo se partageait entre l'Italie et le petit studio de Paige. Dans cette ville de la Nouvelle-Angleterre éloignée de tout, il déblayait la neige, salait l'allée, s'assurait que sa voiture était en parfait état, mais jamais il ne lui demanda de quitter cet endroit.

Un jour de mars, alors qu'il revenait d'Italie, il trouva Paige assise sur le canapé, un livre posé sur les genoux.

— Je ne m'y connais pas beaucoup en foyer, dit-elle en levant les yeux. Mais tu as quelques maisons, et je crois qu'il est temps de déménager.

— Tu fais de l'endroit où tu vis un foyer, *il mio amore*. Sans toi, ce ne sont que des constructions sans âme.

Le lendemain après-midi, ils rejoignaient la villa de Malibu. Jamais Giancarlo n'avait été plus heureux : il avait la mer devant lui, la montagne derrière et la femme qu'il aimait à ses côtés.

Mais son bonheur n'était pas encore tout à fait parfait…

— Pourquoi ne l'as-tu toujours pas épousée ? demanda Violet, un jour qu'il était venu lui rendre visite avec Paige.

Il se tourna d'un air interrogateur vers la femme qu'il aimait plus que tout au monde et attendit qu'elle réponde.

— Je ne suis pas sûre que ce soit le bon, Violet, déclara Paige en caressant son ventre. Je dois considérer toutes les options.

— Comme je vous comprends ! Mon fils a été horrible. Je pourrais vous dire qu'il tient ce comportement inexcusable de son père, mais ce serait mentir : comte Alessi était l'homme le plus courtois et le mieux élevé que j'aie rencontré. Tout est ma faute.

— Je pense que personne n'en doute ! intervint alors Giancarlo, provoquant un rire général.

Cependant, jamais il n'avait redemandé à Paige de l'épouser.

— Et ne cherche surtout pas à tirer profit de ma fille, que ce soit avec une photo ou une simple citation, sans avoir reçu une autorisation écrite de ma part, déclara-t-il un jour à sa mère. Sinon, tu ne la reverras plus avant au moins ses trente ans. J'espère que c'est clair.

Violet l'observa un long moment, sans un mot ni un de ses sourires imparables. Puis elle acquiesça d'un rapide hochement de tête.

Elle avait parfaitement compris ce qu'il voulait dire.

Cinq mois et trois semaines après la première nuit dans le Maine, Paige accepta de l'épouser. La cérémonie, très privée, se déroula sur la terrasse de Bel-Air.

Giancarlo était aux anges.

— Ne me torture plus jamais ainsi, dit-il dans la voiture, comme ils rejoignaient leur maison, enfin mariés.

— Tu savais que j'allais t'épouser ! s'esclaffa-t-elle. Je pense t'avoir toujours montré à quel point je t'aimais.

— Je ne suis pas tout à fait certain de te mériter, mais j'ai décidé de passer le reste de ma vie à essayer.

Lorsqu'il se tourna vers elle, Paige pleurait et souriait en même temps. Alors, Giancarlo sut que ce n'était que le début du bonheur.

Soudain, le visage de son épouse se figea et elle lui attrapa le bras.

— Je crois que notre premier projet commun est sur le point d'arriver, dit Paige. Je viens de perdre les eaux.

Ils appelèrent leur fille Violetta Grace, en hommage à son illustre grand-mère et à son arrière-grand-mère maternelle, morte avant la naissance Paige.

Violetta Grace était parfaite.

Extraordinaire.

Elle était à eux.

Giancarlo et Paige passèrent le reste de leur vie à lui apprendre, de mille manières différentes, ce que signifiait « être heureux », comme ils l'avaient été le jour où elle était née.

MICHELLE SMART

Prisonnière d'une promesse

AZUR

HARLEQUIN

Titre original :
THE PERFECT CAZORLA WIFE

Ce roman a déjà été publié en 2016.

1.

Isolé sur sa colline dominant la ville, l'hôtel, dans la clarté opalescente de la lune, semblait irréel, mystérieux.

Spectral plutôt, songea Charley qui fit aussitôt taire ses sombres pressentiments : elle était venue ici dans un but et un seul, et ne s'en laisserait pas détourner par d'absurdes appréhensions.

Prenant une profonde inspiration, elle attendit que la barrière se lève, puis s'engagea sur l'aire de stationnement pour garer sa petite Fiat 500 parmi les Ferrari, Maserati, Lamborghini et autres voitures de grand luxe.

C'était l'un des hôtels les plus chics de la ville : dans le hall, de la musique douce l'accueillit. Des clients allaient et venaient, la plupart, leur téléphone à l'oreille. Elle les vit à peine tant elle avait hâte de gagner la grande salle de réception. Son cœur battait plus vite à mesure qu'elle en approchait, et arrivée devant la porte elle haletait presque.

Un portier se matérialisa devant elle, lui barrant l'accès de la salle.

— Votre invitation, je vous prie, madame.

— Mon mari est déjà arrivé, répondit-elle dans son espagnol encore hésitant.

Elle vivait en Espagne depuis cinq ans, mais n'en parlait à peu près correctement la langue que depuis quelques mois.

— Il a prévenu que j'arriverais tard, reprit-elle en mentant.

— Votre mari, dites-vous ?

Si celui qui, dans quelques semaines, ne serait plus son

mari s'était trouvé dans cette situation, il aurait réagi avec l'aplomb et l'arrogance qu'elle lui connaissait. Eh bien elle allait l'imiter ! songea Charley en tirant de son petit sac doré son passeport qu'elle tendit à l'homme.

— Oui, Raul Cazorla.

Puis, sortant son téléphone portable, elle lança avec hauteur :

— Voulez-vous que je l'appelle pour qu'il confirme mon identité ?

Le garde s'interrogeait. C'était lui certainement qui avait fait entrer Raul, et il n'avait pu manquer de remarquer la célèbre top model rousse qui l'accompagnait…

A cette pensée, Charley sentit resurgir l'amertume qui l'avait envahie quinze jours plus tôt, quand elle avait découvert la photo de cette femme au bras de son mari sur la couverture d'une revue people. Raul semblait très content de lui, et on pouvait le comprendre : Jessica était somptueuse. Sans doute d'ailleurs n'était-elle pas la première à partager le lit de Raul, depuis qu'elle-même l'avait quitté, mais c'était la première fois que celui-ci s'affichait en public avec une autre femme.

Tout cela ne la regardait pas, songea Charley. Dans quelques semaines, leur divorce serait prononcé, et il serait libre.

Retrouvant son aplomb, elle s'adressa de nouveau au portier qui hésitait toujours :

— Peut-être préférez-vous aller le chercher pour qu'il m'identifie lui-même ?

Cette fois elle avait gagné : l'homme ouvrit la porte sans discuter. Elle le comprenait, car il aurait fallu un certain courage pour oser déranger Raul Cazorla, l'un des hommes les plus riches d'Espagne, et lui demander si la femme qui se prétendait son épouse était ou non une usurpatrice.

Le salon de réception de l'hôtel Garcia de Barcelone n'était que scintillement. Argenterie, miroirs, lumières, tout étincelait et illuminait les gens élégants qui s'y pressaient nombreux. Un DJ dispensait une musique au rythme entraînant, et Charley se prit à regretter d'avoir mal aux pieds. Hélas, c'était la première fois depuis deux ans qu'elle portait des talons hauts, et il fallait en payer le prix.

Des serveurs circulaient avec des coupes de champagne et des canapés. Quand l'un d'eux passa à proximité, elle prit une coupe et la but d'un trait pour se donner du courage.

Peu à peu, elle prenait conscience des regards curieux qui l'observaient, et il lui semblait même entendre chuchoter : « C'est bien Charlotte, non ?… »

S'efforçant de ne pas y prêter attention, elle gagna les grandes portes-fenêtres ouvrant sur de magnifiques jardins que baignait l'air tiède et parfumé de la nuit, et qui, par cette belle soirée d'été, attiraient de nombreux invités. Certains avaient pris place à des tables, d'autres déambulaient sur les pelouses.

Ce fut son cœur qui le reconnut le premier, et il s'emballa avant que son cerveau ait identifié l'homme très grand, très élégant qui, à quelques dizaines de mètres, lui tournait le dos. Il conversait avec un individu qu'elle ne connaissait pas. A la table, à côté d'eux, deux jeunes femmes bavardaient. La rousse tira sur sa cigarette.

Et Raul qui déteste la fumée…, songea obscurément Charley, tandis que, l'espace d'un instant, un vertige la saisissait.

Elle avança pourtant de quelques pas, et l'homme se tourna soudain comme s'il avait senti sa présence, avant de reporter son attention sur son interlocuteur.

S'armant de courage, Charley continua d'avancer. Très vite, il tourna de nouveau la tête et, cette fois, la regarda avant de pivoter pour lui faire face. Oui, c'était bien lui, Raul, aussi beau, aussi séduisant que dans son souvenir : cheveux drus et sombres coupés très court, cravate en soie bleu nuit sur chemise immaculée, et élégant costume sur mesure qui mettait en valeur ses longues jambes, ses hanches étroites, ses larges épaules…

Le temps qu'elle atteigne la table, les jeunes femmes s'étaient tues, et la rousse dardait sur elle ses yeux verts outrageusement maquillés.

— Bonsoir, Raul, lança-t-elle d'une voix mal assurée.

La force qui l'avait poussée à s'introduire ici ce soir l'avait désertée dès l'instant où elle l'avait vu. Pour la première fois depuis deux ans…

Si lui aussi éprouvait un choc, il le cachait bien. Du reste il avait toujours été très habile pour dissimuler ses sentiments. Sauf au lit…

— Charlotte ! articula-t-il, en se penchant pour l'embrasser sur la joue, en voilà une surprise !

En vérité, l'expression de son visage n'exprimait rien d'autre que la colère.

Il reprit la parole d'une voix contenue :

— Excuse-moi, Andres, et vous aussi, mes amies.

Sur quoi, il prit Charley par le bras et l'entraîna à l'écart.

Charley sentit qu'on les suivait des yeux, comme ils gagnaient sans un mot le fond du jardin où, derrière d'épaisses frondaisons, on avait disposé, parmi des buissons de fleurs parfumées, des petits bancs pour les amoureux.

En marchant, elle essayait de se rappeler les mots qu'elle voulait lui dire et avait répétés tout l'après-midi. Hélas, en présence de Raul, c'était tellement plus difficile qu'elle l'avait imaginé !

Ils ne s'étaient plus vus depuis six cent trente-trois jours, exactement. Depuis ce soir tragique où ils avaient eu cette terrible dispute. Elle était partie ce soir-là, et n'était plus revenue.

Aujourd'hui, les blessures causées par ce déchaînement de violence avaient guéri, et sa rupture ne la faisait plus souffrir. Du moins l'avait-elle cru jusqu'à cet instant, où le douloureux tourbillon d'émotions qu'elle éprouvait en présence de Raul lui prouvait que non. Elle demeurait vulnérable et ne lui était toujours pas insensible. Après si longtemps !

Dès qu'ils furent à l'abri des regards, il lâcha son bras et la fusilla de ses yeux bleu très clair :

— Peux-tu me dire ce que tu viens faire ici ce soir, Charlotte ?

— J'ai à te parler.

— Ce n'est pas une raison pour t'introduire ici. C'est une

soirée privée. En outre, tu sais très bien que je ne veux pas te voir.

Pourquoi ses mots lui faisaient-ils si mal ? Charley aurait dû s'en moquer, mais ils la blessaient. Tout comme elle avait été meurtrie quand il n'avait pas voulu prendre ses appels, puis qu'il avait décommandé le rendez-vous qu'elle avait obtenu auprès de son assistante.

— J'ai besoin de ton aide, dit-elle avec un haussement d'épaules impuissant, fixant les yeux si clairs que jadis elle avait tant aimés.

Elle se détourna vite en un réflexe d'autoprotection. Raul dégageait une telle aura de virilité que, quand elle l'avait connu, elle en avait perdu la tête. Ce soir, elle avait besoin de tout son sang-froid, et pas question de recommencer comme cinq ans plus tôt, quand sa libido avait pris le pas sur sa raison ! Il fallait convaincre Raul de l'aider, c'était maintenant ou jamais.

— As-tu reçu ma lettre et le projet que j'y avais joint ?

Il eut une petite exclamation de dérision.

— Tu veux parler de celle qui m'est parvenue il y a quelques jours où tu me supplies de te donner de l'argent ?

Charley réussit à ne pas broncher sous le sarcasme.

— Donc tu l'as lue…

En voyant l'écriture enfantine sur l'enveloppe, Raul avait tout de suite compris qui en était l'auteur. Charlotte manquait de maturité, comme si son développement affectif et intellectuel s'était arrêté à l'âge de douze ans, et son écriture la trahissait. Elle en avait toujours été gênée, il l'avait souvent constaté. Aussi fallait-il qu'elle ait désespérément besoin de son aide pour le contacter de cette manière.

Mais il n'avait pensé à rien de tel en recevant la lettre. En revanche, sous le choc, il avait jeté le pli dans la corbeille à papier. Il lui avait fallu une bonne heure pour se reprendre et le récupérer. Et là encore il n'en avait lu que le début avant de le jeter de nouveau. Quant au projet qui l'accompagnait, il l'avait posé près de la déchiqueteuse sans même le regarder.

— J'en ai lu assez pour savoir que tu veux encore plus d'argent. Je t'en ai pourtant donné assez, non ?

Après son départ, il avait fait virer dix millions d'euros sur son compte, afin de lui rappeler ce qu'elle perdait en le quittant ; il s'était attendu qu'elle lui revienne, adoucie et repentie. Et c'est ce qu'il attendait encore quand, un an plus tard, lui était parvenue sa demande de divorce.

— Je n'ai que faire de ton argent ! s'exclama-t-elle alors. Tu n'as donc pas lu ce qui concernait le centre de Poco Rio ?

— Si.

C'était ce qui lui avait fait jeter pour la seconde fois la lettre au panier. Poco Rio, un centre d'accueil de jour pour enfants ! Un comble ! Leur mariage avait échoué justement parce qu'elle n'avait pas voulu lui donner d'enfant !

Pendant leurs trois années de vie conjugale, il avait financé les entreprises qu'elle avait voulu monter, et qui avaient échoué, il avait accédé à tous ses désirs parce qu'elle lui avait promis qu'un jour, ils auraient un enfant. Et voilà qu'elle revenait à la charge pour une énième tentative, qui, ironie suprême, concernait des enfants ! Quel sadisme !

— Tu sais donc combien c'est important. J'ai trouvé des locaux parfaits et j'ai obtenu une promesse de vente, mais si celle-ci ne se conclut pas le mois prochain, le propriétaire reprend ses droits. Je t'en supplie, Raul, aide-moi, nous n'avons plus le temps de chercher autre chose. Dans quatre mois, nous devrons rendre le local que nous occupons et…

— Ce n'est pas mon affaire mais la tienne.

— Je te répète que le temps est compté, l'endroit que j'ai trouvé est idéal, très spacieux, bien placé et, une fois aménagé, nous pourrons accueillir davantage d'enfants.

— Je te le répète, cela ne me concerne pas.

— Essaie de comprendre que sans toi, je ne peux pas obtenir de financement. J'ai tout essayé…

— Essaie encore, peut-être cette fois iras-tu jusqu'au bout, au lieu de laisser tomber après quelques mois, comme d'habitude.

Charley se contint : c'était vrai, hélas. Pourtant sans se démonter, elle soutint son regard pour ajouter :

— Je n'abandonnerai pas, ce n'est pas possible. Seulement personne ne veut me prêter de l'argent.

— C'est que ton plan prévisionnel n'est pas bon. Revois-le. Et maintenant cessons cette conversation. Mon amie doit se demander ce que je fais. Je ne te raccompagne pas…

Elle avait pâli lorsqu'il avait rappelé qu'il n'était pas seul. Il aurait dû en être ravi, au lieu de quoi il ressentit une sorte de culpabilité. Pourquoi ? Il se le demandait ! C'est Charlotte qui l'avait quitté. Elle était partie au bout de trois ans de mariage durant lesquels il avait dépensé sans compter pour elle, lui donnant tout ce qu'elle voulait… et en fin de compte, elle lui avait refusé un enfant ! Après lui avoir fait croire qu'ils en auraient un un jour, elle avait fini par avouer qu'elle n'en voulait pas ! Leur mariage n'y avait pas résisté. Et maintenant elle avait le culot de venir lui demander de l'aide !

Pourtant, en cet instant, son teint était si pur, sous la pâle clarté de la lune, sa peau si lisse, si fraîche, qu'il eut envie de l'attirer dans ses bras.

Il l'avait rencontrée juste après avoir pris la direction de la chaîne d'hôtels Cazorla, une grosse affaire de famille, jusque-là gérée par son père. Mais celui-ci avait subi un AVC qui l'avait laissé lourdement handicapé. Bien qu'ayant monté ses propres affaires devenues florissantes, Raul avait remplacé son père qui, désormais privé de l'usage de la parole, avait su exprimer par d'autres moyens combien il était furieux que son fils prenne sa place. Son père était jaloux de lui, pire, il le méprisait. Raul l'avait toujours su.

A l'époque donc, il se trouvait à Majorque pour inspecter l'hôtel Cazorla, comme il avait décidé de le faire pour tous les établissements du groupe. Celui-là, avec les années, était devenu une sorte de pension de famille, et non un établissement de grand luxe comme les autres. Charley y avait été embauchée comme animatrice.

Il l'avait aperçue pour la première fois, un soir très tard, comme elle rentrait chez elle avec une amie : vêtue d'un short, avec un débardeur à paillettes et des tongs, elle riait aux éclats, ses longs cheveux blonds dansant sur ses épaules.

Il l'avait revue le lendemain soir : elle animait un jeu interactif. Elle lui avait paru amusante, pleine d'énergie, et toute l'assistance, les jeunes comme les vieux, semblaient séduits. Après, il l'avait retrouvée alors qu'elle partait avec d'autres terminer la soirée ailleurs, et il n'avait pas eu de mal à lui faire changer ses plans.

Physiquement, elle ne ressemblait en rien à ce qu'elle était ce soir, dans son élégante petite robe en taffetas rouge, très moulante, et ses escarpins assortis. Dès qu'il lui en avait donné les moyens, elle avait montré un penchant très net pour les tenues signées de grands couturiers.

— Accorde-moi encore un instant, dit-elle, ses lumineux yeux verts presque implorants. Comprends donc que tu es le seul qui puisse m'aider. J'ai enfin trouvé une banque qui accepte de me prêter de l'argent, mais à condition que tu te portes garant.

— Tu es folle ! Me porter garant, moi ! Ton banquier sait-il que nous ne vivons plus ensemble depuis deux ans ? Je te rappelle que nous serons officiellement divorcés — à ta demande — dans quelques semaines. Tu le lui as dit ?

Charlotte se mordit la lèvre.

— Non, je lui ai laissé entendre que nous avions repris la vie commune.

Raul écarquilla des yeux incrédules :

— Tu as fait croire à un banquier que nous étions de nouveau ensemble pour qu'il accepte de financer ton dernier projet farfelu en date ?

— Ce n'est pas un projet farfelu ! protesta-t-elle avec véhémence, si on ne crée pas un nouveau centre d'accueil, les enfants n'auront nulle part où aller.

— Ce n'est pas mon problème.

Raul avait du mal à contenir son irritation, et c'est avec froideur qu'il ajouta :

— Je me moque de tes mensonges, je ne veux plus rien avoir à faire avec toi. Débrouille-toi. Salut !

Il s'était éloigné de quelques pas quand elle lança :

— Je peux encore demander à mon avocat qu'il exige une prestation compensatoire importante, tu sais ?

Il s'immobilisa net : voilà la vraie raison de cette entrevue. Il se retourna lentement pour lui faire face : son cœur battait avec violence, et son sang coulait brûlant dans ses veines : elle osait le menacer ?

— Très bien, appelle ton avocat et, oui, le tribunal m'obligera sans doute à te dédommager. Je me suis toujours montré généreux avec toi, et c'est toi qui as décidé de ne pas demander plus que je ne t'avais déjà donné.

Il avait trouvé surprenant qu'elle se contente des dix millions d'euros, mais la connaissant il avait pensé qu'elle s'était dit qu'une telle somme durerait éternellement. Aujourd'hui, il ne lui restait sans doute plus rien.

En deux enjambées, il fut de nouveau près elle :

— Un tribunal mettra des mois, sinon des années, à convenir d'un montant, et d'ici là ton projet aura tourné court. Quant à toi, tu auras eu le temps de mesurer l'absurdité de ta conduite et les conséquences de tes mensonges.

De nouveau, il s'éloigna, et cette fois elle ne le relança pas. Mais en rejoignant ses amis, il revit son expression blessée, choquée, et pour une obscure raison, il n'en fut pas fier.

Jessica, son amie, était contrariée quand il la retrouva. Elle tira une longue bouffée de sa cigarette et demanda :

— Où étais-tu ?

Voilà presque un mois qu'ils sortaient ensemble. C'était la première fois qu'il voyait régulièrement quelqu'un depuis sa séparation d'avec Charlotte. Jessica était d'une beauté spectaculaire, parfaite selon les critères actuels. Quand il arrivait quelque part avec elle, ils faisaient sensation. En outre, elle savait ce qu'elle voulait, était réfléchie et ne s'emportait jamais.

Charlotte était plus petite, et avec des formes beaucoup plus pleines. Mais son enthousiasme, son impulsivité et son rire si joyeux vous chauffaient le cœur. Et puis, elle sentait bon la vanille…

Raul gardait encore son odeur en lui. Il l'avait toujours adorée, surtout le matin, quand ce parfum exotique prenait des arômes de musc auxquels se mêlaient les effluves de leurs étreintes de la nuit…

Il détestait l'odeur de la fumée… D'ailleurs, il n'aimait pas embrasser Jessica.

Il perçut un éclair rouge dans son champ de vision et tourna la tête : Charlotte se hâtait vers la sortie. Même de loin, on la sentait vaincue. S'obligeant à sourire à Jessica, il dit alors :

— On ne va pas tarder à y aller, non ?

Sans attendre de réponse, il lui prit la main pour l'entraîner dans le salon où la fête battait son plein. En gagnant la porte, il chercha dans la foule une robe rouge sang. En vain. Charlotte était partie.

2.

Charley réussit à sourire en prononçant un *adiós* poli, avant de quitter le bureau du banquier. Quelques instants après, en traversant le hall de l'énorme building qui abritait sa banque et une bonne douzaine d'autres institutions, elle était encore si tendue qu'elle avait du mal à respirer.

Au lieu de sortir, elle se dirigea vers les toilettes pour s'isoler et tenter de se reprendre.

C'était fini. Elle avait perdu. Le banquier n'avait pas changé d'avis : sans la caution de Raul, pas de prêt.

Certes, elle s'y attendait, mais avait refusé de partir vaincue. Maintenant, hélas, il fallait se rendre à l'évidence : le centre d'accueil de Poco Rio fermerait ses portes.

Pauvres enfants ! Sa propre déception n'était rien au regard de ce qu'ils allaient perdre, eux et leurs familles. Dieu seul savait ce qu'ils avaient déjà enduré durant leur courte vie !

Un sanglot lui serra la gorge. Dire qu'elle s'était même abaissée à solliciter l'aide de Raul ! Jamais elle n'aurait imaginé qu'il se montrerait si insensible, si méprisant. Sans doute lui en voulait-il encore beaucoup…

Pourtant, du temps leur vie commune, il avait toujours été compréhensif et, chaque fois qu'elle échouait dans ses entreprises, il lui expliquait sur un ton où ne s'entendait jamais aucun reproche :

« *Cariña*, il est temps d'accepter que tu n'es pas une femme d'affaires. Maintenant il faut que nous fondions une famille, comme nous l'avons projeté quand nous nous sommes mariés. »

Charley sentit son cœur se serrer. Aujourd'hui encore, elle ne se sentait pas capable d'avoir des enfants. Elle en aurait, un jour, elle en avait la certitude, mais pas avant d'avoir trouvé son chemin dans la vie.

Sa propre mère avait travaillé dur pour l'élever. Hélas, devenue adolescente, Charley avait rejeté tous les beaux projets d'avenir que la pauvre femme avait conçus pour elle, et était partie à l'étranger vivre de petits boulots. Elle avait honte, à présent, et regrettait amèrement son choix.

Le jour où elle aurait un enfant, elle ne voulait pas qu'il compare son père et sa mère et voie, dans le premier, un exemple de réussite sociale et professionnelle et, dans la seconde, un symbole d'échec. Non, elle tenait à ce que son mari et ses enfants soient fiers d'elle parce qu'elle réussissait ce qu'elle entreprenait.

Le soir de cette ultime dispute, elle n'avait pas prévu de quitter Raul, mais comme elle tentait de lui expliquer que le moment ne lui convenait pas pour avoir un enfant, tout à coup, tout s'était déchaîné, et ils s'étaient dit des horreurs.

Raul l'avait accusée d'être intéressée et incapable de travailler ! Ses mots résonnaient encore dans sa tête, si injustes, si douloureux. Elle qui avait fait tant d'efforts pour essayer d'avoir une vie professionnelle ! Mais chaque fois, elle s'était montrée trop ambitieuse, elle le comprenait maintenant. Et après chaque échec, de moins en moins sûre d'elle, elle plaçait la barre encore plus haut.

Bref, au cours de cette dispute dramatique, Raul lui avait dit de partir si elle le voulait, et d'un seul coup, elle était redevenue la petite fille abandonnée par son père. Tous les complexes qu'elle avait si bien refoulés depuis qu'elle connaissait Raul avaient resurgi, et elle avait compris avec une lucidité terrifiante que jamais elle ne serait l'épouse qu'il avait essayé de faire d'elle. Elle était trop incapable, trop insignifiante. Mieux valait partir. Raul la remplacerait par une femme qui lui ressemblerait plus.

Le temps qu'elle ait bouclé ses bagages, Raul s'était repris et lui avait dit que non, bien sûr, il n'avait pas parlé sérieusement, seulement sous le coup de la colère, et il ne voulait pas qu'elle parte. Trop tard. Elle savait désormais que leur mariage était une erreur tragique. Raul cherchait une épouse parfaite, or elle ne l'était pas et ne le serait jamais.

Alors pourquoi était-elle si malheureuse depuis leur entrevue, deux jours plus tôt ? Elle aurait dû lui en vouloir d'avoir refusé de l'aider, au lieu de quoi, elle se sentait si triste qu'elle en avait perdu l'appétit.

Elle attendit d'avoir refoulé ses larmes pour sortir des toilettes, et par un effort de volonté, réussit à afficher une expression presque souriante. Encore une chose que Raul lui avait enseignée : quoi que l'on ressente, il fallait sauver les apparences, arborer une attitude digne et avenante. Pour les Cazorla, tout était dans l'image que l'on projetait.

Dehors, le beau soleil de Valence l'éblouit. Elle avait garé sa voiture à l'angle de la rue, et comme elle s'apprêtait à la rejoindre, elle découvrit une longue silhouette masculine nonchalamment adossée à une Lotus métallisée garée sur un emplacement interdit, devant l'immeuble.

Raul ?

L'espace d'un instant, elle eut le souffle court. Le voir en pleine lumière, si beau dans son élégant costume marine assorti d'une chemise bleu pâle qui faisait ressortir ses yeux clairs, lui enlevait soudain le peu d'assurance qu'il lui restait après sa dramatique entrevue avec le banquier.

Et il n'était pas là par hasard. Raul connaissait tous les grands acteurs de la finance et de la politique. Sans doute avait-il su avant elle que le banquier lui refuserait son aide.

Brusquement, Charley comprit la raison de sa présence, et elle alla vers lui, les poings serrés.

— Tu jubiles, n'est-ce pas, Raul ?

Il se redressa.

— Pas du tout, *cariña*, dit-il, sa belle bouche sensuelle ébauchant l'ombre d'un sourire, je viens t'offrir une planche de salut.

Elle le dévisagea avec méfiance.

— Ah oui ?

— J'ai une proposition à te faire pour sauver ton centre d'accueil.

Raul vit l'expression incrédule sur son visage. Dieu, qu'elle était jolie !

— Tu veux m'aider ?

De nouveau il ébaucha un sourire en ouvrant la portière de sa Lotus.

— Installe-toi, et nous discuterons, ordonna-t-il.

— Ma voiture est garée tout près, dis-moi où te retrouver.

Elle conduisait, maintenant ? Première nouvelle.

— Si tu veux sauver ce centre qui te tient tant à cœur, je te conseille d'obéir sans discuter. Sinon, tant pis pour toi.

Sur quoi il contourna le capot de son bolide pour s'installer au volant.

Ce ne fut que lorsqu'il referma sa portière que Charley réagit. Alors, galvanisée, elle sauta à côté de lui et boucla sa ceinture de sécurité.

Il ne se tourna vers elle qu'après avoir chaussé ses lunettes. Elégant, ce petit tailleur noir qu'elle portait… Mais curieusement, elle n'était pas fardée à l'exception d'un trait d'eye-liner et d'un peu de mascara. Du temps où ils vivaient ensemble, son épouse savait fort bien se maquiller ; du moins avait-elle appris à le faire dès qu'elle avait eu les moyens de fréquenter les centres de beauté les plus chics. En revanche, quand il l'avait connue, elle était comme aujourd'hui : fraîche et naturelle.

Un élan de désir le cisailla comme l'exquise odeur de vanille lui effleurait les narines. Depuis leur rencontre, deux jours plus tôt, le souvenir de son parfum le hantait.

Elle le fixait aussi, d'un regard à la fois troublé et craintif. Il en éprouva une satisfaction certaine.

Sans un mot, mais avec un demi-sourire, il démarra et engagea le véhicule de sport dans la circulation qui encombrait la rue.

— Tu veux vraiment m'aider ? demanda-t-elle enfin de cette voix de gorge dont il se souvenait si bien.

— Bien sûr, sinon je ne serais pas ici.

Samedi soir, il s'était juré de la laisser se sortir seule du pétrin où elle s'était mise. Après tout, elle l'avait quitté, et n'en avait jamais voulu qu'à son argent. Elle ne méritait pas son aide.

En quittant la soirée, il avait raccompagné Jessica chez elle, et était rentré chez lui, comme toujours depuis le départ de Charlotte. Mais ce soir-là, impossible de trouver le sommeil. Inlassablement lui revenait le souvenir des nuits qu'ils passaient jadis ensemble, des nuits d'amour fou, effréné : il retrouvait sous ses doigts la douceur de sa peau, de ses courbes pleines, et respirait l'odeur exquise de leurs étreintes. Pour la première fois depuis deux ans, sa libido s'était réveillée. Incroyable ! Il avait suffi d'une rapide et âpre discussion avec sa femme, et son corps tout entier était revenu à la vie !

A la levée du jour, il n'avait toujours pas fermé l'œil, et réfléchissait à toute allure. On était dimanche, et les gens dormaient tard : tant pis, il avait contacté toutes ses connaissances susceptibles de lui en apprendre davantage sur le dernier projet de Charlotte. Il avait ainsi découvert qu'il s'agissait d'un centre d'accueil de jour pour enfants, et qu'elle pouvait financer sur ses fonds propres la moitié de ce qu'il fallait pour acheter les locaux et les aménager. Qu'avait-elle fait du reste de l'argent qu'il lui avait donné ? Mystère... Il préférait ne pas savoir.

Il avait appris aussi — mais cela, il s'en doutait — que les investisseurs exigeaient qu'il se porte garant pour lui accorder un prêt. Il avait donc toutes les cartes en main : lui et lui seul pouvait lui permettre de réaliser son projet. Eh bien, il le ferait, mais pas sans contrepartie !

— Tu vas me prêter de l'argent ? demanda-t-elle, toujours incrédule.

— Mieux, je vais t'en donner.

— Et qu'exigeras-tu en échange ?

— Je vois que tu connais la vie, *cariña*, on n'a rien sans rien. Nous parlerons de mes conditions à la maison.

— Tu veux que j'aille à Barcelone ?

— *Sí*, chez moi nous serons tranquilles pour discuter. A présent, détends-toi, sachant que si tu acceptes ma proposition, tu pourras construire ce centre d'accueil auquel tu tiens tant.

Charley se mordit la lèvre inférieure, s'efforçant de cacher son trouble.

— Dis-moi au moins ce qui t'a fait changer d'avis.

— Je t'ai dit qu'on en parlerait à la maison.

Elle n'en obtiendrait pas davantage, aussi mieux valait ne pas insister. Pour l'instant Raul se montrait cordial — un progrès par rapport à son attitude hostile, voire franchement agressive, le soir de la réception. En outre, il semblait prêt à l'aider, et cela seul comptait ; inutile donc de le pousser dans ses retranchements. Si elle devait déjeuner avec lui, elle le ferait pour ces enfants qui avaient tant besoin d'un nouveau foyer.

Hélas, si sa raison parlait ainsi, son corps, lui, réagissait tout autrement à l'intense virilité de Raul. Dans l'habitacle exigu de la voiture de sport, elle éprouvait du mal à respirer, et la tension qui l'habitait la mettait très mal à l'aise…

Prenant une profonde inspiration, elle risqua un coup d'œil sur son compagnon, et sentit son cœur bondir dans sa poitrine : il avait relevé ses manches, et son bras gauche, bronzé sous le duvet sombre, reposait sur l'appui de la portière dont la vitre était baissée… Charley avait toujours trouvé ses bras puissants très sexy, et pas seulement ses bras… Jamais elle n'avait rencontré homme plus excitant que lui. Elle avait été si heureuse, avec lui ! En tout cas au lit, se reprit-elle, bannissant les souvenirs qui menaçaient de déferler dans son esprit.

Jusqu'à l'héliport, elle ne quitta pas la route des yeux.

— Tu habites ici depuis longtemps ? s'enquit-elle.

— Un peu plus d'un an.

Tout à coup, elle était intimidée devant une telle débauche de luxe.

Au contraire de la villa au bord de la mer où ils avaient vécu ensemble, la maison actuelle de Raul se trouvait sur l'avenida Tibidabo, l'une des plus chics de Barcelone. Entourée d'un jardin que clôturaient de hautes grilles cachées par des alignements de palmiers, c'était une grande et très belle bâtisse de deux étages, à la façade flanquée de tourelles, avec de jolis toits en tuiles rondes.

L'intérieur aussi était très différent de la villa. Cette dernière était confortable, certes, mais ultramoderne. Ici tout n'était que splendeur inspirée des demeures princières d'autrefois : sols en mosaïque, plafonds voûtés décorés de fresques, murs ornés de moulures. Sans doute un tel déploiement de luxe était-il destiné à montrer que, ces deux dernières années, Raul était passé à un autre niveau de réussite.

Charley toussota, mal à l'aise :

— Où est le personnel ?

A une heure pareille, les domestiques auraient dû s'activer, or la maison était silencieuse.

— J'ai donné congé à tout le monde, la renseigna Raul avec un curieux éclat dans le regard, je pensais que nous serions plus tranquilles pour discuter.

Charley croisa les bras sur sa poitrine. Sa nervosité grandissait, et l'émoi qui l'avait saisie dans la voiture ne la quittait pas. Son mari continuait à la troubler, elle ne pouvait plus le nier.

— Que veux-tu me dire ? Tu peux m'éclairer, maintenant ? Tu sais que je n'ai pas tout mon temps : il faut que je rentre à Valence ce soir, pour travailler au centre demain matin.

— Nous parlerons pendant le déjeuner.

Que faire sinon le suivre dans la salle à manger ?

C'était une vaste pièce dont les hautes fenêtres donnaient sur le jardin. On avait dressé deux couverts sur l'immense table de bois sombre. Raul tira un siège pour l'inviter à s'asseoir.

— Le déjeuner est prêt, dit-il, je t'en prie, mets-toi à l'aise pendant que je vais le chercher.

A l'aise, avait-il dit ? Jamais elle ne s'était sentie plus déplacée que dans ce décor. Heureusement, dans quelques semaines le divorce serait prononcé, et elle n'aurait plus rien à voir avec Raul et son nouveau style de vie.

Elle s'assit, cherchant à calmer les battements désordonnés de son cœur. D'un instant à l'autre, elle saurait ce que son mari attendait d'elle. Oh ! il ne serait pas question d'argent, il en avait tant, lui qui réussissait dans tout ce qu'il entreprenait… à l'inverse d'elle, hélas. Lorsqu'ils vivaient ensemble, il était déjà multimillionnaire. Depuis, il avait vendu une fortune l'affaire de haute technologie qu'il avait montée avant de récupérer l'affaire familiale, Charley l'avait appris par les journaux ; puis il avait ajouté à la chaîne d'hôtels de luxe dont il avait pris la direction une compagnie d'aviation privée ainsi qu'une flotte de bateaux de croisière haut de gamme, devenant ainsi l'un des hommes les plus riches d'Espagne.

L'avocat de Charley lui avait d'ailleurs conseillé de demander une prestation compensatoire importante en plus des dix millions d'euros qu'il lui avait donnés à son départ. Elle n'avait pas voulu : l'argent de Raul lui appartenait, estimait-elle, c'est lui qui l'avait gagné, pourquoi lui en réclamerait-elle ? Elle en avait assez dépensé durant leur vie commune.

Le voilà qui revenait avec un grand plat d'antipasti : charcuterie italienne, petits légumes grillés, poivrons confits, tomates séchées, olives, en un mot, tout ce qu'elle adorait.

Après l'avoir posé sur la table, il servit deux verres de ce vin italien qui jadis était son favori, puis s'assit en face d'elle.

A bout de patience, elle prit tout de suite la parole :

— Tout cela est magnifique, et merci de l'avoir fait préparer, mais je ne mangerai pas tant que tu ne m'auras pas dit quelles sont tes conditions pour me prêter de l'argent.

Raul prit tout son temps pour goûter le vin puis en but une gorgée avant de répondre :

— Je suis disposé à te donner les fonds nécessaires pour aménager, dans les locaux que tu as trouvés, ce nouveau centre auquel tu tiens. Tu m'as bien dit que tout devait être prêt dans quatre mois ?

— En effet. J'ai quatre mois pour concrétiser l'achat du bâtiment et sa transformation. Cela peut paraître long, mais il s'agit de travaux compliqués. Comme nous accueillons des enfants, il y a un cahier des charges très lourd avec…

Raul la coupa d'un geste de la main.

— Nous entrerons dans les détails quand nous nous serons mis d'accord.

— Sur quoi donc ? Le centre d'accueil reçoit assez de subventions pour rembourser le prêt que tu me consentiras.

Raul ébaucha un sourire de prédateur.

— Je te l'ai déjà dit, je ne compte pas te prêter de l'argent, mais t'en donner. Je connais ton sens des affaires, je ne voudrais pas risquer de tout perdre.

Il se moquait d'elle, et c'était insupportable !

— Tu sais très bien que…

Cette fois il lui coupa la parole avec autorité.

— En affaires, tu as le flair d'un enfant. Je n'ai aucune confiance en ton jugement.

C'en était trop !

— Dans un sens, je te donne raison, rétorqua Charley, cinglante, car fallait-il que mon jugement soit altéré quand j'ai accepté de t'épouser !

A peine avait-elle achevé sa phrase qu'elle la regrettait. Mais tant pis : il avait l'art de la faire sortir de ses gonds. Et il continuait à sourire de ce sourire supérieur qu'elle détestait !

— Dommage que notre mariage t'inspire de telles pensées, déclara-t-il après un silence. Sache que, pour ma part, je ne les partage pas. Mais revenons à nos moutons : quand je dis que je suis prêt à te donner de l'argent, ce n'est pas tout à fait exact. Je n'attends pas de toi un remboursement au sens strict du terme, mais en échange je veux que tu reprennes la vie conjugale et tout ce qu'elle implique jusqu'à ce que ton centre soit achevé…

3.

Charlotte avait blêmi. Raul craignit un instant qu'elle ne perde connaissance, mais son visage reprit vite ses couleurs, et elle demanda, le souffle court :

— Qu'entends-tu par vie conjugale ? Tu oublies que nous sommes en instance de divorce.

— On peut interrompre la procédure, rétorqua-t-il, très calme, avant de prendre une nouvelle gorgée de vin et d'ajouter : c'est le prix à payer pour ton nouveau centre. A prendre ou à laisser…

— Tu es devenu fou ? s'écria-t-elle, hors d'elle. Jusqu'à samedi soir, nous ne nous étions plus parlé depuis presque deux ans. Notre mariage n'existe plus, voyons !

— Mais notre divorce n'est pas encore prononcé.

— Je ne vois pas l'intérêt de prétendre que nous sommes de nouveau ensemble !

— Il n'est pas question de prétendre. Par ailleurs, je vais te donner une importante somme d'argent, je veux pouvoir m'assurer que tu l'utilises à bon escient et que tu n'abandonneras pas ton nouveau projet en chemin, comme d'habitude.

— Cette fois, c'est différent.

— Peut-être, mais du temps de notre vie commune, par trois fois tu as voulu monter une affaire, et par trois fois tu t'en es désintéressée avant qu'elle soit rentable. Cette fois, je compte m'impliquer personnellement.

— Tu n'as pas la moindre idée de la façon dont fonctionne

un centre pour enfants ! riposta-t-elle d'un ton acerbe. Tu ne sais rien des contraintes imposées par les services sociaux.

— Eh bien tu m'aideras, comme moi j'essaierai de t'aider à gérer ce centre de façon rationnelle. Considère ces quatre mois comme un temps d'apprentissage professionnel. Si nous échouons, cela n'affectera pas ma santé financière, je te le garantis. Ce seront ces enfants et leurs familles qui en pâtiront.

Charlotte semblait indignée. Ses beaux yeux verts lançaient de dangereux éclairs, mais il s'interdit de lui tendre un rameau d'olivier. Elle lui avait fait trop de mal en lui refusant l'enfant qu'il désirait plus que tout au monde.

Elle avait toujours adoré les enfants, il le savait. Quand ils s'étaient mariés, et qu'elle lui avait demandé d'attendre quelques années pour en avoir. Comprenant son désir de s'affirmer en tant que femme avant d'être mère, il s'était montré patient. En vain, puisque jusqu'à leur ultime dispute, elle s'était obstinée dans son refus de fonder une famille.

Il l'avait tant imaginé, cet enfant qu'il voulait d'elle ! Et il avait tellement réfléchi à la façon dont il remplirait son rôle de père. Il serait à l'opposé de son propre père, qui l'avait toujours méprisé, rabaissé, et qui, à force d'humiliations, lui avait donné l'impression d'être un bon à rien… Lui au contraire encouragerait son enfant, lui donnerait confiance, fêterait ses succès et excuserait ses échecs…

La voix de Charlotte le ramena au présent :

— Si tu cherches à prendre le contrôle financier de ce centre, libre à toi, dit-elle. Pour moi, l'essentiel est que les locaux soient prêts à accueillir les enfants dans quatre mois. Alors à quoi sert-il de se remettre ensemble le temps des travaux ? C'est une mascarade absurde.

Il dut se faire violence pour rétorquer d'un ton calme :

— Je ne comprends pas ta réaction. Si je t'ai bien comprise, dans l'espoir d'amadouer ton banquier, tu lui as dit que nous nous étions réconciliés. Cela t'arrangeait, n'est-ce pas ? Eh bien, maintenant c'est moi que cela arrange, et c'est le marché que je te propose : l'argent nécessaire pour sauver ton centre contre quatre mois où tu seras ma femme, au lit comme dans la vie.

La seule pensée de l'avoir dans son lit l'excitait déjà. Il est vrai que lui faire l'amour avait toujours été fantastique, et dieu sait s'ils avaient usé et abusé de leurs corps pendant leurs trois ans de vie commune. Leur passion physique n'avait jamais tiédi, au contraire, plus ils faisaient l'amour, plus ils avaient envie de recommencer.

— C'est ton orgueil qui te guide ! fulmina Charlotte. Tu es furieux parce que c'est moi t'ai quitté. Pour te venger, tu veux m'humilier.

— Pas du tout. Tu réclames mon aide, et je suis prêt à te l'accorder ; en échange, tout ce que tu es en mesure de me donner et qui m'intéresse, c'est toi.

Elle se leva et repoussa sa chaise d'un mouvement brusque :

— Somme toute, tu veux que je me prostitue ?

— Non, je demande seulement que ma femme regagne le domicile conjugal et redevienne mon épouse au sens littéral du terme. En d'autres termes, qu'elle soit disponible pour moi où et quand je le désirerai.

Le désir le cisailla comme il imaginait Charlotte satisfaisant tous ses fantasmes : autrefois, elle anticipait à merveille ce qu'il voulait, et leurs nuits d'amour étaient torrides. Pendant ces quatre mois, il allait en profiter, et peut-être se lasserait-il enfin d'elle.

Soutenant son regard avec un aplomb qu'elle était loin de ressentir, elle finit par reprendre, atterrée :

— Sais-tu que depuis que je te connais, jamais je ne t'avais méprisé ? En cet instant pourtant, je te hais et je te méprise plus que je ne l'aurais cru possible.

A son tour, il se dressa pour s'approcher et lui faire face, posant sur elle un regard glacé.

— Je me moque pas mal que tu m'aimes ou me haïsses.

Avançant la main, il la glissa dans l'échancrure de son chemisier pour la plaquer contre sur son épaule.

S'interdisant de réagir, elle retint son souffle ; mais la

douceur de ses doigts sur sa peau l'électrisait, et son cœur s'emballa. C'était la première fois qu'il la touchait depuis si longtemps…

— Es-tu prête à me donner ce que je veux ? murmura-t-il. Parce que, soyons francs : c'est au lit que tu es la plus douée…

Son pouce qui caressait son cou lui donnait la chair de poule, aussi ne réagit-elle pas tout de suite, mais quand elle eut intégré ce qu'il venait de dire, elle le repoussa avec force.

— Comment oses-tu me réduire à un objet de plaisir ?

Il se mit à rire doucement en se rapprochant.

— Cela ne te posait pas de problème, autrefois.

Il la touchait presque, et tout à coup les souvenirs exaltants de leurs nuits d'amour qu'elle refoulait depuis deux ans la submergèrent, irrépressibles, affolants.

Dès leur première rencontre, elle avait eu envie de lui. Il était si différent de tous ceux qu'elle avait rencontrés jusqu'alors. Beau et élégant, riche, drôle… bref, le prince charmant. Et il la voulait, elle, petite Cendrillon sans importance ! Il lui avait tourné la tête, c'était bien compréhensible.

Et leur entente physique… jamais elle n'aurait cru qu'un tel accord put exister entre deux corps. Ils étaient faits l'un pour l'autre, leurs désirs se confondaient, se répondaient, se complétaient…

Charley se reprit : pourquoi se laisser enflammer par des pensées pareilles quand elle avait au contraire besoin de tout son sang-froid ? Pour son malheur, quand elle avait connu Raul, elle avait confondu désir et amour, et ils s'étaient mariés. En vérité, leur histoire aurait dû n'être qu'une aventure de quelques mois.

Ils n'étaient pas du même monde. Elle venait d'un milieu défavorisé du sud de Londres, avec un père absent et une mère submergée par les soucis matériels ; lui avait été élevé dans une famille riche et n'avait fréquenté que la haute société. Il en avait tiré une assurance et une arrogance dont elle n'avait pris conscience que peu à peu.

En bref, ils n'étaient pas faits l'un pour l'autre. Une seule chose les rapprochait : leur fabuleuse entente physique.

— Autrefois, je t'aimais, répondit-elle d'une voix un peu rauque.

Car c'était vrai : à force de bonheur physique, elle était tombée amoureuse et s'était prise à l'aimer plus qu'elle n'aurait cru possible. Le quitter avait été facile, mais vivre sans lui s'était révélé une lente et douloureuse épreuve !

Maintenant cet amour s'était transformé en haine, mais le désir était toujours vivant, bien vivant.

— Si je comptais un peu pour toi, tu ne me proposerais pas un marché aussi ignoble, ajouta-t-elle.

— Tu comptes encore beaucoup pour moi, répondit-il en l'attirant contre lui.

Elle réprima un cri de plaisir en sentant son érection, mais se reprit vite et tenta de se dégager.

— Tu ne peux pas me forcer, dit-elle d'une voix qu'elle aurait voulu assurée, mais qui n'était guère plus qu'un murmure tant son émoi était violent.

Car elle retrouvait l'odeur de sa peau, une odeur virile qui jadis l'excitait tant…

Raul rit contre son oreille tout en lui caressant le cou.

— Je n'ai pas à te forcer.

Et comme pour le prouver, il empauma l'un de ses seins à travers la fine étoffe de sa chemise. Charley sentit une merveilleuse chaleur l'envahir au creux des reins, et dut serrer les jambes pour ne pas se cambrer comme son corps l'exigeait.

Son mari pouvait prendre ce qu'il voulait d'elle, elle ne se donnerait jamais à lui spontanément, maintenant qu'elle connaissait son vrai visage.

Elle tenta de se dégager : en vain, il la maintenait avec fermeté.

— Tu vois, *cariña*, dit-il, emprisonnant ses deux mains dans les siennes pour les bloquer, le désir entre nous n'a pas changé, tu ne peux pas le nier. Ton corps m'accueille quand je te caresse, même si ta tête ne le veut pas.

Il voyait juste. Oh ! quelle honte ! Sans doute voulait-il l'humilier comme elle l'avait fait en le quittant.

— Je te hais.

— Je sais, dit-il avant de mordiller le lobe de son oreille ; imagine comme cela sera merveilleux, toute cette haine transformée en désir…

Charley perdait pied, emportée par un tourbillon d'émoi. Le souffle de Raul sur elle, sa voix si excitante tout contre son oreille, le contact de sa peau… deux ans qu'elle en était privée !

Elle réussit à libérer ses mains pour le repousser. Au lieu de quoi, mues par une volonté propre, elles se nouèrent autour du cou de Raul.

Dès lors, elle ne comprit plus ce qu'elle faisait : son instinct avait pris le relais et gouvernait son corps. Leurs lèvres se trouvèrent, leurs langues se mêlèrent en un maelström affolé tandis qu'elle enfouissait les doigts dans les cheveux drus et sombres qu'elle aimait tant.

Autour d'elle, tout cessa d'exister. Le goût de la bouche qui fouillait la sienne l'enivrait, le souffle chaud de son compagnon agissait comme une drogue exquise et partout en elle fusaient les étincelles brûlantes du désir.

D'une main, Raul maintenait sa tête tandis que de l'autre il la caressait. Il eut tôt fait de remonter sa jupe et de trouver l'élastique de son petit slip qu'il écarta. Alors il glissa un doigt là où elle était chaude, mouillée, prête pour lui. Elle soupira…

Raul relâcha son étreinte si vite qu'elle serait tombée, sans la table à laquelle elle était adossée. L'espace d'un instant, elle crut surprendre dans le regard de Raul une expression d'incrédulité, mais déjà il s'était ressaisi. Il lissa sa chemise et, indiquant la fenêtre du menton, chuchota :

— Le jardinier…

En effet, Charley perçut comme à travers un brouillard un bruit de moteur, puis à mesure qu'elle reprenait ses esprits le bruit enfla, et quelques instants plus tard passait devant la fenêtre un motoculteur conduit par un homme. Elle retomba brutalement sur terre.

Quel démon l'avait possédée ? Avait-elle perdu toute dignité ? Elle tira sur sa jupe pour la remettre en place puis trouva le courage de regarder Raul. Il affichait un sourire narquois.

— Tu vois, *cariña*, j'avais raison. La haine aiguise le désir.

— Cela ne se reproduira plus jamais, marmonna-t-elle.

— Cesse donc de dire des bêtises, veux-tu ?

Raul regagna sa place à table, et prit un gressin en attendant que le tumulte dans sa poitrine se calme. Comment la situation lui avait-elle échappé si vite ? Sans le jardinier, il aurait pris Charlotte là, sur la table de la salle à manger. Sa libido lui faisait l'effet d'un ressort comprimé dans une boîte trop petite : il avait suffi de bouger le couvercle, et elle avait surgi, violente, dévastatrice, comme autrefois. Il est vrai qu'entre eux, l'alchimie était parfaite…

Charlotte était toujours debout face à lui, ses splendides yeux verts emplis de fureur. En cet instant, qui détestait-elle le plus ? Lui, parce qu'il la forçait à partager de nouveau son lit, ou bien elle-même parce qu'elle avait envie de lui ?

— Alors *cariña*, on est d'accord ? demanda-t-il de sa voix la plus aimable. Ton centre dans de nouveaux locaux entièrement aménagés en échange de quatre mois dans mon lit ?

Quatre mois suffiraient sans doute pour qu'il se lasse d'elle. Car il était temps pour lui de passer à autre chose. L'emprise qu'elle avait sur ses sens n'avait que trop duré.

— J'accepte, oui, déclara-t-elle avec hauteur, mais j'y mets une condition : je ne partagerai ton lit que lorsque l'acte d'achat des locaux sera signé.

— Il le sera d'ici à la fin de la semaine.

— Tu devras donc attendre quatre jours avant de me toucher. Note, si tu trouves le temps long, tu peux toujours aller trouver ta jolie rousse.

— Il n'y a plus de rousse.

C'était vrai, il avait rompu leur relation avant même qu'elle ait véritablement commencé.

Il réfléchit vite : il avait toutes les cartes en mains et pouvait la forcer à retirer sa condition. Mais à quoi bon ? Quatre jours de plus, ce n'était pas grand-chose. Quatre jours à anticiper toutes les délices qu'ils allaient partager… ce serait exquis.

Il connaissait bien sa femme, c'était une créature faite pour le sexe et les plaisirs simples. Au bout de quatre jours, elle le supplierait de lui faire l'amour.

— A quelle heure termines-tu ? demanda Raul en immobilisant la Lotus devant l'immeuble qui, jusqu'à nouvel ordre, abritait Poco Rio, le centre d'accueil pour enfants.

— 17 heures, mais je risque d'être en retard, je t'appellerai.

— Pas question, je passerai te prendre à 17 heures, et tu seras prête.

Charley se contenta de hausser les épaules, et après avoir pris son sac, sortit en claquant la portière. Et tant pis s'il n'était pas content parce qu'elle maltraitait sa sacro-sainte voiture.

Après tout, ils n'étaient pas du même monde, et elle n'avait pas les mêmes manières que lui. Oh, bien sûr, sa mère lui avait enseigné quelques rudiments de politesse, mais pas grand-chose. Quant à son père, il ne passait que rarement à la maison et se moquait pas mal de l'éducation de sa fille. Pourtant elle l'aimait, et il lui avait tant manqué ! Surtout en grandissant. Sa mère était toujours épuisée à force de travailler. Elle n'avait jamais le temps de faire la cuisine, et le plus souvent toutes deux se nourrissaient de pâtes ou de pommes de terre qu'elles mangeaient devant la télévision. La vie n'était pas gaie !

Raul, au contraire, avait grandi dans une famille éduquée. Les repas se prenaient toujours dans la salle à manger, servis par un maître d'hôtel. Charley n'en était pas revenue, la première fois qu'elle avait déjeuné chez sa belle-famille. C'était un autre monde. Aussi avait-elle tenté de s'y adapter avec toute sa bonne volonté.

Raul l'avait aidée, allant jusqu'à lui payer des cours de maintien, et Charley avait mis longtemps à comprendre qu'il craignait qu'elle ternisse le nom de Cazorla.

Finalement, pendant toute leur vie commune, il avait

cherché à faire d'elle la femme parfaite qu'il désirait, celle qui correspondait à son rang social.

Aussi quand elle l'avait quitté, s'était-elle retrouvée, en quelque sorte. Plus de Charlotte, comme l'exigeait son mari, elle était redevenue Charley, un surnom qui avait toujours été le sien, et que Raul détestait. C'était un détail, mais il avait son importance.

Quoi qu'il arrive au cours de ces quatre mois, jamais elle ne perdrait de vue qui elle était vraiment : Charley et personne d'autre. Que cela plaise ou non à Raul !

A son entrée au centre, Karine, une fillette de neuf ans, vint l'accueillir avec un sourire radieux. Karine avait eu un grave accident de voiture quand elle était encore bébé. Si son père n'y avait pas survécu, elle s'en était sortie avec un traumatisme grave qui l'avait laissée handicapée. Si elle n'avait plus toutes ses capacités intellectuelles, c'était une enfant adorable, et quand Charley était de service, elle la suivait comme une ombre, lui témoignant une émouvante affection.

Dès qu'elle la vit, Charley l'embrassa avec tendresse et l'entraîna dans la salle de jeux. Là, comme chaque fois, sa gorge se noua au spectacle de la douzaine d'enfants qui s'y trouvait, la plupart perdus dans leur propre monde, mais bien vivants, pourtant. C'était pour eux qu'elle se battait ; pour eux qu'elle tiendrait pendant les quatre prochains mois.

Pour ces malheureux petits êtres humains, elle était capable de tout, y compris de reprendre la vie commune avec son mari.

4.

Raul, exaspéré, pianotait sur le volant de sa voiture, le regard braqué sur son téléphone : il était presque 17 h 30, et Charlotte n'était toujours pas sortie. Pour ne rien arranger, elle ne prenait même pas ses appels !

Ses yeux se portèrent de nouveau sur l'immeuble modeste qui abritait le centre. Un bloc de béton lépreux avec des ouvertures minuscules garnies de volets de fer. Seule tache de couleur — et encore était-elle délavée —, l'enseigne : Poco Rio, pouvait-on lire, « Petite Rivière ». Qui pouvait souhaiter que son enfant passe ses journées dans un endroit aussi sinistre ? Pas d'espaces verts, dans ce quartier déshérité de Valence, rien que des immeubles d'habitations minables et délabrés, des rues étroites et sales…

Raul se prit à penser à la clinique de rééducation où son père avait passé plusieurs mois, après son AVC, le temps que sa mère aménage pour lui une aile de la maison familiale. Cette clinique était comme un hôtel de luxe, avec son beau jardin ombragé et son personnel soignant trié sur le volet.

Hélas, eût-elle été aussi somptueuse que le premier hôtel Cazorla créé par Nestor, le grand-père de Raul, en 1955, qu'Eduardo, son père, l'eût détestée tout autant, même s'il ne pouvait plus exprimer ses sentiments par la parole.

Ce premier hôtel, construit à Madrid, pouvait rivaliser avec tous les Ritz et les Waldorf de la terre. Nestor avait voulu que le monde entier y voie la preuve que les Cazorla jouaient désormais dans la cour des grands.

Plus tard, sous le règne d'Eduardo, il avait perdu de son prestige, tout autant que les trente-huit autres hôtels de la chaîne. Eduardo renâclait à investir, préférant utiliser les profits générés par ses affaires pour maintenir son train de vie.

Raul n'avait jamais oublié ce jour où il était allé le voir à son bureau pour discuter avec lui du rapide déclin de l'empire familial. Il revenait des Etats-Unis avec en poche un diplôme prestigieux du MIT, et s'était imaginé — à tort — que cette distinction lui vaudrait enfin l'estime de son père qui jusque-là n'avait manifesté à son égard que mépris et indifférence.

Eduardo avait distraitement feuilleté le rapport d'analyse rédigé par Raul sur l'évolution de la chaîne d'hôtels, puis s'était levé pour aller le jeter par la fenêtre en déclarant :

— Voilà ce que je pense de tes idées !

Raul avait alors vingt-deux ans, et quelque chose en lui s'était brisé. Il était sorti du bureau de son père sans un mot pour retourner chez lui, dans la grande maison familiale qu'il habitait encore. Là, il avait fait ses bagages et était parti. Le petit héritage que lui avait légué son grand-père Nestor lui avait servi à louer un appartement, et à investir dans la start-up d'un de ses amis. En trois mois, il avait triplé sa mise et l'avait récupérée pour créer sa propre société d'électronique.

Toute sa vie, il avait cherché à être le fils parfait que voulait son père ; désormais, il serait l'homme qu'il désirait être, et tant pis si celui-ci n'avait rien de commun avec ce que souhaitait son père, s'était-il juré.

Ses affaires avaient vite prospéré, mais jamais Eduardo n'y avait fait allusion, et Raul ignorait encore s'il avait été fier ou furieux quand c'est lui qui s'était porté garant du prêt consenti par la banque pour tenter de sauver la chaîne d'hôtels, en grande difficulté. En famille, personne n'y avait fait allusion, et Raul avait continué à jouer envers son père le rôle de fils respectueux, soucieux d'être à la hauteur de la dynastie Cazorla.

Un minibus qui venait de s'arrêter devant lui interrompit

ses réflexions, et il eut un choc en découvrant la silhouette féminine qui sortait par la portière du conducteur. Charlotte !

Elle conduisait un minibus, maintenant ? Oui, elle conduisait, puisqu'elle lui avait dit posséder une petite voiture… Elle qui n'avait jamais voulu passer son permis, avant…

Elle venait de le repérer, et sans sourire, lui fit signe d'attendre un instant.

Il ouvrit sa portière :

— Il faut rentrer, lança-t-il, tu es déjà assez en retard. L'hélicoptère attend.

Elle haussa les épaules :

— Je t'avais prévenu. Je vais vite ranger les clés et signer ma feuille de présence.

Elle courut jusqu'à l'immeuble, son jean faisant paraître ses jambes plus longues encore. Car elle portait un jean ! Ce matin en la voyant, il avait cru rêver. Il ne l'avait jamais vue ainsi. Cela étant, ce type de pantalon lui allait très bien !

Cinq minutes plus tard, elle s'installait sur le siège passager et claquait avec force la portière sur elle.

— Tu le fais exprès pour m'agacer, n'est-ce pas ? marmonna-t-il.

— Désolée…

— Peux-tu me dire pourquoi tu conduisais ce minibus ?

— Je ramenais des enfants chez eux.

— Quand as-tu passé ton permis ?

— Il y a un an.

— Je t'avais dit que ce n'était pas bien compliqué.

C'était vrai, Raul l'avait poussée à prendre des leçons de conduite, mais elle avait refusé avec obstination.

— Tu as toujours raison, je sais…

« Je te l'avais dit. » Cette phrase, elle l'avait entendue des milliers de fois ; souvent à juste titre, certes, mais comme c'était lassant…

— Il fallait savoir conduire pour obtenir le job, expliqua-t-elle, radoucie. A tour de rôle, nous devons raccompagner les enfants que leurs parents ne peuvent pas venir chercher.

Avec le recul, c'était ridicule qu'il lui ait fallu si longtemps pour passer son permis. En vérité, elle était sûre de le rater ; à tel point que, quand l'examinateur lui avait annoncé qu'elle avait réussi, elle n'y avait pas cru.

La voix de Raul la ramena au présent :

— J'imagine que vous faites payer les parents quand vous reconduisez leurs enfants ?

— Bien sûr que non !

— Eh bien, c'est une erreur. Vous jetez l'argent par les fenêtres.

Charley prit une profonde inspiration, réprimant la remarque cinglante qui lui venait aux lèvres. Raul s'était toujours montré pragmatique, voire matérialiste. Mais en l'occurrence, il s'agissait de malheureux enfants handicapés : comment les soumettre à la loi du profit ?

— Tu connais mon adresse ? demanda-t-elle, préférant changer de sujet avant de s'emporter.

— Oui, elle figurait sur les documents du divorce.

Ils n'échangèrent plus un mot jusqu'à leur arrivée devant sa petite villa.

— C'est là que tu habites ? demanda-t-il, surpris.

— Oui, cela t'étonne ?

— J'imaginais un quartier plus chic et une maison plus luxueuse. Que s'est-il passé ? Tu as dû changer ton train de vie quand l'argent a commencé à manquer ?

Elle le regarda sans ciller.

— J'ai acheté cette maison six mois après t'avoir quitté, déclara-t-elle, et elle me convient. Les goûts de luxe c'est toi qui les as, pas moi.

Sa villa comportait deux petites chambres et lui suffisait largement. Elle n'avait pas de piscine, et son jardin ne donnait pas sur la plage, mais elle s'en moquait.

— Et maintenant rentrons, veux-tu ? Ma valise sera vite faite.

Tandis qu'elle gagnait sa chambre, elle entendit Raul faire le tour des lieux. Quelques minutes plus tard, alors qu'elle achevait de remplir la valise Vuitton qu'il lui avait offerte autrefois, il la rejoignit.

— Tu en as encore pour longtemps ? demanda-t-il.

— Non, il me reste juste à prendre mes affaires de toilette. Ce que je laisse aujourd'hui, je viendrai le chercher vendredi.

Ce jour-là, ils devaient revenir à Valence, et Charley irait travailler pendant que Raul serait chez le notaire pour finaliser l'acquisition des nouveaux locaux. Ce serait donc son dernier jour de travail. Raul le lui avait spécifié, et elle avait évité d'en discuter, attendant que l'acte d'achat soit signé.

Ses bagages bouclés, Raul sortit les mettre dans la voiture, tandis qu'elle-même passait dans l'autre petite chambre qui lui servait de bureau. Là, elle rangea dans son attaché-case le dossier des plans du nouveau centre, puis celui de son financement. Elle y travaillait depuis plusieurs mois et comptait bien continuer.

Quand il l'eut rejointe, il demanda, indiquant l'attaché-case :

— Qu'est-ce que tu transportes ?

— Les plans du nouveau centre.

— Inutile de te tracasser, je vais mettre mon architecte sur le projet.

Laisse tomber. Ne relève même pas...

— Ton architecte pourra peut-être s'inspirer de ces plans, dit-elle d'un ton égal.

— Parce que tu te crois plus forte qu'un professionnel qui a vingt ans d'expérience ?

— Je crois surtout que nous en discuterons une fois que nous aurons les locaux. Avant, ce serait prématuré.

— *Cariña*, n'oublie pas que désormais c'est moi qui suis chargé du projet.

S'approchant d'elle, il dit encore, plus bas cette fois :

— Tout comme tu es ma propriété pendant le temps que dureront les travaux.

Il était si près que Charley sentait son souffle sur ses cheveux. Elle se raidit, essayant d'avaler sa salive, mais sa gorge était nouée.

Comment avait-il un effet pareil sur elle ? Physiquement,

dès qu'elle était avec lui, elle le désirait, mais en même temps elle le haïssait.

— Jusqu'à vendredi, je n'appartiens qu'à moi-même, réussit-elle à déclarer d'une voix ferme. Jusque-là, tu n'as pas le droit de me toucher.

— Te connaissant, tu ne me feras pas attendre aussi longtemps, ironisa-t-il.

— Je te déteste !

— Je le sais. Ce doit être terrible de me détester et d'avoir envie de moi en même temps.

— Je n'ai pas envie de toi !

— Menteuse ! Quand nous vivions ensemble, je ne m'étais pas rendu compte que tu mentais. Dire que je te croyais quand tu disais que tu m'aimais, et qu'un jour nous aurions un enfant ! En vérité, tu n'en avais qu'après mon argent.

Il avait pris un ton badin, mais quand elle se tourna pour lui faire face, Charley vit l'éclat dur de son regard.

— Je ne te mentais pas et je ne t'ai pas épousé pour ton argent.

Elle ne supportait pas qu'il tourne en dérision le bonheur qu'ils avaient eu ensemble. Car ils avaient été heureux, parfois plus qu'elle ne l'aurait cru possible.

— Pour quoi d'autre alors ?

— Je t'ai épousé pour toi, dit-elle avec force, toi et toi seulement. Je te trouvais merveilleux.

Il feignit un air surpris :

— Parce que je ne le suis plus ?

— Non, tu es cruel. Tu te sers de ces pauvres enfants pour obtenir mes faveurs, et c'est ignoble. Au fond, tu veux te venger parce que je n'ai pas voulu que tu me fasses un enfant.

D'où ces mots lui venaient-ils ? Charley ne le saurait jamais, et elle les regretta dès qu'ils eurent franchi ses lèvres, mais trop tard.

Le visage crispé, Raul se pencha pour effleurer sa joue de la sienne, et murmurer :

— Je ne veux pas me venger, *cariña*, je te donne ce que tu veux, en échange tu me donnes ce que je veux.

— C'est-à-dire mon corps.

— Absolument. Mais si je cherchais une revanche, sache que t'avoir dans mon lit serait la plus délectable qui soit.

L'autre jour, elle lui avait dit qu'il était cruel. L'était-il ? Non, Raul ne le pensait pas. Son propre père, avant son AVC, était capable d'une grande cruauté, et lui-même s'était juré de ne jamais lui ressembler. Certes, il se montrait autoritaire, directif, hautain parfois, mais cruel, jamais. Cependant, c'est ainsi que le jugeait Charlotte.

Il n'avait pourtant ménagé ni sa peine, ni son argent pour lui faire plaisir : ainsi, quand elle avait conçu ce projet de location de limousines avec chauffeur pour transporter des hommes d'affaires en voyage professionnel. Il avait exprimé ses doutes : les grands patrons voyageaient en avion et avaient leur staff particulier, mais Charlotte tenant à son idée, il lui avait donné l'argent pour acheter les voitures ainsi que des bureaux. Il avait aussi mis à sa disposition son carnet d'adresses, bref, il avait fait tout ce qu'il fallait pour que l'affaire marche.

Un an plus tard, elle déposait le bilan : plus de contrat, donc plus de rentrées d'argent ; mais au lieu de lui demander conseil, elle avait préféré tout arrêter.

Il s'était montré compréhensif, ne lui avait fait aucun reproche, et sans rechigner, avait financé une nouvelle entreprise. Cette fois, il lui avait même prêté l'un de ses meilleurs gestionnaires. Rien n'y avait fait : en quelques mois, elle faisait faillite.

Ce n'est qu'après un troisième échec qu'il avait eu avec elle une conversation décisive : il fallait regarder la réalité en face : elle n'était pas faite pour les affaires. Il était temps de lui donner l'enfant qu'elle lui avait promis.

Sa réaction avait été d'une violence inouïe ! Il ne l'avait jamais oubliée.

Avec un soupir, il se leva pour aller chercher sa femme dans sa chambre.

Installée au grand bureau sous sa fenêtre, elle étudiait des papiers épars devant elle.

— Nous devons partir dans une heure, lui dit-il, s'efforçant de conserver un ton calme.

— Je serai prête, rétorqua-t-elle sans lever la tête.

— Allons, Charlotte, quand tu sors, il te faut toujours au moins deux heures pour te préparer.

Et en général cela durait bien plus longtemps : elle avait en effet la fâcheuse manie d'essayer toute sa garde-robe ou presque avant de se décider pour une tenue. Venait ensuite la coiffure, et ce n'était pas non plus une mince affaire : fallait-il un chignon, ou une queue-de-cheval, ou encore laisser ses cheveux libres sur ses épaules ? Le choix prenait des heures. Pourtant, que de fois il lui avait dit qu'elle était belle quoi qu'elle porte ?

— Ne t'inquiète pas, je serai prête, répéta-t-elle.

— Que fais-tu au juste ?

— Je revois les plans des nouveaux locaux.

— Pour quoi faire, grands dieux ? Je t'ai dit que je prenais mon architecte.

Elle haussa les épaules :

— J'ai passé un temps infini sur ces plans. Ce serait stupide que ton architecte ne les regarde pas.

— Il sera sûrement très heureux que tu lui donnes des conseils ! ricana Raul.

Charley repoussa sa chaise d'un mouvement brusque pour se dresser :

— Je vais me doucher, dit-elle d'une voix tendue.

— On se retrouve dans une heure.

— Arrête de me le répéter, veux-tu ? lança-t-elle avec impatience avant de passer dans la salle de bains dont elle referma la porte et tira bruyamment le loquet.

Dans un mouvement réflexe, Raul serra les poings.

Depuis quatre jours, il vivait avec une adolescente bougonne.

Malgré sa mauvaise humeur permanente, il lui avait laissé une liberté relative, mais à présent, sa patience était à bout. Demain les actes notariés seraient signés, et il faudrait bien qu'elle remplisse sa partie du contrat.

Raul prit lui aussi une douche rapide et se rasa. Quand il entra dans le salon, Charlotte s'y trouvait déjà.

— Tu es prête ?

Il n'en revenait pas. Il fut également surpris par sa tenue : des leggins en matière brillante dans des dégradés de gris, avec une chemise en soie noire toute simple. A ses pieds, des sandales plates à lanières de cuir.

Elle se dirigea vers la fenêtre, et grâce aux rayons obliques du soleil couchant, il put voir l'adorable soutien-gorge en dentelle noire à travers la fine étoffe de sa chemise sobre.

Elle avait dû surprendre son regard car elle demanda :

— Quelque chose ne va pas ?

— Tu comptes sortir dîner chez des amis dans cette tenue ?

— Bien sûr, pourquoi cette question ?

— Je suis surpris, c'est tout.

Elle était superbe, certes, mais du temps de leur vie commune elle ne serait jamais sortie dîner en pantalon. A présent, hormis le soir où elle s'était introduite à la réception, et le jour où il l'avait cueillie au sortir de chez son banquier, il ne l'avait vue qu'en jean ou en leggins. Dommage, car elle avait des jambes merveilleuses.

— De toute façon je n'ai rien d'autre, reprit-elle sèchement.

— Qu'as-tu fait de toutes ces robes qui remplissaient ton dressing, autrefois ?

— Je les ai données.

— Puis-je savoir pourquoi ?

Elle haussa les épaules :

— Je te l'ai dit, des tenues de Chanel ou de Dolce & Gabbana n'ont guère leur place à Poco Rio.

— Je vais appeler ma sœur pour qu'elle t'accompagne faire du shopping en début de semaine prochaine.

Croisant les bras sur sa poitrine, Charlotte secoua la tête, mais son expression maussade avait disparu : elle semblait… oui elle semblait presque triste.

— Je n'ai pas envie d'acheter des vêtements, dit-elle, ceux que j'ai me suffisent.

— Voyons, Charlotte, s'exclama-t-il s'efforçant d'être patient, au cours des quatre mois à venir, nous aurons une vie mondaine, comme autrefois. Des jeans et des pantalons étaient parfaits pour ce que tu faisais au centre, mais ce temps est provisoirement révolu. Tu es ma femme et tu sais ce que cela implique.

— Faut-il vraiment que je m'habille comme une poupée Barbie ?

Raul refréna son irritation.

— Pas du tout, non, mais tu es une Cazorla, et tu dois donner une certaine image…

— Pourquoi ?

Faisait-elle exprès de ne pas comprendre ?

— Charlotte, soyons sérieux : nous avons parlé de tout cela quand nous avons décidé de nous marier. Ma famille est très connue, très respectée, nos hôtels le sont aussi, les gens nous regardent, et nous avons un rang à tenir.

— Cela ne me dit pas pourquoi je dois m'habiller en poupée Barbie.

— Personne ne te le demande, dit-il, les dents serrées, et je ne comprends pas où est le problème. Tu étais si coquette quand nous vivions ensemble !

Il se souvenait encore de l'éclat de ses yeux, après sa première expédition dans les boutiques de luxe avec sa sœur Marta. Elle ne se tenait plus de joie, et riait de bonheur en lui montrant ce qu'elles avaient acheté, toutes les deux.

Il la vit ébaucher un sourire : c'était bien la première fois depuis qu'elle habitait sous son toit.

— Au début, c'est vrai, admit-elle, mais une fille de vingt et un ans qui peut s'acheter tout ce qu'elle veut chez les meilleurs couturiers se laisse prendre au jeu, c'est normal.

— Tu reconnais donc que tu m'as épousé pour mon argent ?

Elle le regarda droit dans les yeux.

— Je serai franche : ton argent, ou plutôt ton style de vie, m'a tourné la tête. Mais je t'aurais épousé même si tu avais vécu dans un taudis.

Il eut un rire sans joie.

— Heureusement que tu n'as pas le nez de Pinocchio : il se serait allongé depuis que nous parlons.

Elle soutint son regard :

— Si je n'avais tenu qu'à ton argent, pourquoi serais-je partie sans rien ?

— Tu as eu quand même dix millions d'euros.

— Que je ne t'ai pas demandés, fit-elle valoir, et tu sais très bien que j'aurais pu obtenir beaucoup plus si j'avais voulu.

— Je te rappelle que notre divorce n'est pas prononcé et que tu peux toujours le demander. Cependant je trouve quand même curieux que tu aies repris contact avec moi précisément quand tu n'as plus eu assez d'argent pour faire ce que tu voulais.

Elle voulut répondre, mais il l'en empêcha, avançant pour poser un doigt sur sa jolie bouche sensuelle.

— Allons, dit-il, n'en parlons plus. Si tu joues bien le jeu, tu découvriras que ma générosité peut être sans limites.

Elle écarta sa main d'un geste furieux, tandis que ses joues s'empourpraient :

— Quand le centre sera fini, tout ce que je te demanderai sera ma liberté.

— Et je te la promets, compte sur moi.

Sur quoi, incapable d'y résister, il nicha un instant son visage au creux de son cou pour respirer ce parfum de vanille qui l'excitait tant.

5.

Cet après-midi-là, il ne l'attendit pas comme la fois précédente : Charlotte sortit du centre sans une minute de retard, et dans un état de grande excitation. Déjà le matin, au petit déjeuner, elle ne tenait pas en place, et avait avalé plusieurs tasses de café, sans toucher aux œufs brouillés préparés pour elle par le chef.

— Alors ? C'est signé ? demanda-t-elle à peine avait-elle ouvert la portière.

— Oui.

— Le ciel soit loué !

— Le ciel n'y est pour rien. C'est plutôt moi qu'il faut louer.

Elle éclata de rire.

— Eh bien merci, Raul !

C'était la première fois qu'il la voyait rire depuis bien longtemps. Cette réflexion lui vint au moment où un homme maigre aux cheveux dégarnis sortait à son tour du centre. Charlotte se redressa et courut le rejoindre pour le prendre par les épaules et l'embrasser sur les deux joues. Un instant après, l'homme disparaissait avec un large sourire.

Charlotte regagna vite la voiture et s'y engouffra, les yeux toujours brillant d'excitation.

— Qui était ce type ? interrogea Raul, feignant une parfaite indifférence.

Voir sa femme se jeter au cou d'un homme l'avait… dérangé. Pour la première fois lui venait l'idée assez désagréable que, sans doute, il y avait eu d'autres hommes dans sa vie depuis leur séparation.

— Steve, le directeur du centre, expliqua-t-elle. Il va annoncer la bonne nouvelle aux autres.

Charlotte rayonnait d'une joie telle que ç'en était déconcertant. Etait-ce vraiment l'achat des nouveaux locaux qui en était la cause ? Ou bien était-elle heureuse d'avoir passé la journée avec ce Steve ?

Sans un mot, Raul démarra et engagea la Lotus dans le trafic assez dense, en ce milieu d'après-midi. Au bout de quelques instants, il n'y tint plus :

— Dis-moi, ce directeur, tu es très amie avec lui ?

— Oui.

— Et il n'y a rien d'autre entre vous ?

Elle tourna la tête pour le regarder :

— Tu es en train de me demander si Steve et moi sommes ensemble ?

— L'êtes-vous ?

— Il est marié.

— Toi aussi.

Un coup d'œil de biais lui révéla qu'elle avait rougi, et ce fut d'un ton mordant qu'elle rétorqua :

— Je ne le serais plus si tu avais signé plus vite les papiers du divorce. Mais même si j'étais libre, je ne fréquenterais pas un homme marié.

— Parce que tu as fréquenté des célibataires, depuis que tu m'as quitté ?

Elle ne répondit pas tout de suite, et quand elle le fit, sa voix était tendue :

— Je te le dirai quand tu m'auras dit combien tu as eu de maîtresses pendant le même temps. Je sais pour Jessica, cela en fait une, mais combien y en a-t-il eu d'autres ?

Si seulement elle savait la vérité ! Comment réagirait-elle en apprenant qu'il n'y avait eu personne dans sa vie depuis son départ ? Il s'était noyé dans le travail, inspectant tous ses hôtels, ses bateaux de croisière, et rencontrant de très belles femmes dont aucune sans doute n'aurait dit non s'il avait voulu, mais voilà : il n'avait pas envie. Même Jessica, qui passait pour l'une des femmes les plus sexy qui soit, l'avait laissé froid.

Pourquoi cette indifférence ? A cause d'elle, maudite Charlotte. Oh ! Il ne le lui dirait pas ! Elle serait trop contente.

A présent, il disposait de quatre mois pour se lasser d'elle. Et il allait tant en profiter qu'il finirait par y parvenir.

— Répondre à ta question serait vulgaire et inconvenant, répliqua-t-il d'une voix égale.

— Je suis d'accord.

Il lui lança un nouveau regard de biais avant de déclarer :

— En tout cas, soyons clairs : tant que tu seras avec moi, je ne veux personne d'autre dans ta vie.

— Je ne serai avec toi que jusqu'à la fin des travaux, fit-elle valoir d'un ton âpre.

— Certes, *cariña*, mais en attendant, je te veux à moi, et à moi seul.

Comme pour bien le lui faire comprendre, il posa une main sur sa cuisse. Il eut la satisfaction de la sentir frémir et comprit qu'elle se faisait violence pour demeurer impassible.

L'héliport était en vue quand elle demanda :

— Tu as l'acte ?

— Oui, dans mon attaché-case, tu le verras à la maison.

C'est qu'il avait hâte d'arriver chez lui, maintenant. Son pilote avait reçu l'ordre de se tenir prêt pour qu'ils ne perdent pas une minute. Ce soir, Charlotte serait à lui, dans son lit, et si elle avait eu des amants pendant leur séparation, il se jurait bien de les lui faire oublier !

En arrivant chez Raul, Charley avait perdu sa bonne humeur. Elle avait l'impression de porter le poids du monde sur ses épaules. Raul avait douché son enthousiasme en laissant entendre qu'elle avait peut-être une aventure avec Steve.

Oh ! il était normal qu'il la soupçonne de l'avoir trompé. Deux ans, c'était long. D'autant plus que lui avait continué sa vie : une nouvelle maison, de nouvelles femmes, d'autres affaires… C'était comme si elle n'avait jamais compté pour lui. Comme toujours… Déjà son père oubliait jusqu'à son existence quand il ne la voyait pas, et il la voyait si rarement !

Ne pas compter pour Raul avait été sa hantise pendant les années qu'ils avaient vécues ensemble : qu'il ouvre enfin les yeux et la voie telle qu'elle était, dans toute sa banalité, voilà ce qu'elle redoutait le plus. Et bien entendu ses pires craintes s'étaient confirmées : il avait eu Jessica et combien d'autres ? Pour ceux qu'elle aimait, Charley n'était que quantité négligeable, elle le savait depuis longtemps.

Certes, pendant ces deux années, d'une certaine manière, elle aussi avait continué à vivre et s'était fait de nouveaux amis. Des vrais, ceux-là, qu'elle avait choisis. C'est la pensée qui lui était venue, la veille au soir, lors de ce dîner avec Diego et Elana. Comme c'était rassurant et enrichissant d'avoir de vrais amis, au contraire d'Elana qui n'était qu'une relation mondaine.

Elle la connaissait depuis le début de son mariage : Elana avait été la secrétaire de Diego, un célèbre chirurgien esthétique, avant de l'épouser. Elle était alors devenue l'incarnation de la créature parfaite telle qu'on la concevait dans certains milieux huppés : nez, pommettes et seins refaits, elle était toujours habillée à la dernière mode et ne portait que des talons vertigineux.

Toutes les « amies » de Charley à l'époque étaient sur le même modèle : elles avaient le look et le comportement que leur mari attendait d'elles, leur servaient de faire valoir et se comportaient comme des automates.

Hier soir, du reste, Charley avait remarqué des choses qui ne l'auraient pas choquée avant : ainsi, Elana mangeait à peine et du bout des lèvres, pour éviter les calories superflues ; avant d'émettre une opinion, elle consultait son mari du regard. Autant de signes que, malgré sa réussite éclatante, sa vie était vide, tout comme elle-même. Charley avait éprouvé ce même sentiment de vide intérieur jadis, et c'est ce qui avait eu raison de son mariage avec Raul.

Pendant les deux années écoulées, elle avait cherché à combler ce vide, en s'efforçant d'identifier ses vrais désirs. Une tâche ô combien difficile et douloureuse, qui l'avait empêchée sans doute de s'intéresser à un autre homme que son mari. Comme si sa libido était restée fixée sur lui et lui seul.

Elle le rejoignit dans le salon, et il lui tendit un verre de vin.

— Trinquons à nous deux, déclara-t-il, levant son verre.

— Au nouveau centre, plutôt, rectifia-t-elle en l'imitant.

— Les deux vont ensemble, fit valoir Raul avec une étrange lueur dans ses yeux très bleus.

Nul besoin d'être grand clerc pour deviner ce qu'il avait en tête. Charley baissa les yeux, furieuse de sentir une douce chaleur sourdre au creux de ses reins.

D'un seul coup, des souvenirs de leurs nuits de passion déferlèrent dans son esprit, lui coupant le souffle. Comme ils s'aimaient alors… Jamais ils ne se lassaient de faire l'amour, ils jouissaient ensemble, l'un pour l'autre, l'un par l'autre…

Assez, Charley ! Il ne t'a jamais aimée, il n'a fait que te désirer. Tu n'étais pas assez bien pour lui, et tu ne l'es toujours pas. A ses yeux, tu n'es qu'un corps de femme destiné à le satisfaire quand il en a envie.

Pourtant… oui, pourtant… dans un contexte pareil, pour la première fois depuis qu'elle le connaissait, l'idée de faire l'amour — ou plutôt, de coucher avec lui la révoltait. Elle méritait mieux que d'être traitée comme un simple objet de plaisir. Comment repousser au maximum le moment où elle se trouverait seule avec lui ?

— J'aimerais jeter un coup d'œil à l'acte de vente des locaux, dit-elle après s'être éclairci la gorge.

Il eut une expression énigmatique et répondit avec flegme :

— Si tu veux.

Comme il ouvrait son attaché-case, son portable vibra. Avec une grimace, il le tira de sa poche pour consulter l'écran, puis sortit du salon pour répondre.

Charley hésita de longues secondes, les yeux fixés sur l'attaché-case. Enfin, incapable d'attendre davantage, elle l'ouvrit et en sortit une volumineuse enveloppe en kraft brun. Elle portait l'adresse des nouveaux locaux, c'était donc le dossier qu'elle cherchait. La joie au cœur, elle entreprit de le feuilleter.

Elle ne comprenait pas tous les termes juridiques, mais sa connaissance de l'espagnol était assez bonne maintenant pour saisir le sens de ce qui était écrit. Aussi parcourut-elle le document jusqu'au bout, avant de le refermer en fronçant les sourcils : quelque chose n'allait pas, mais quoi ?

Mais oui, il l'avait trompée ! Avec Raul, ils étaient convenus que les locaux seraient à son nom à elle. Or il les avait mis à son nom à lui !

Furieuse, elle se précipita dans son bureau. Assis à sa table, il parlait au téléphone.

— Menteur ! s'écria-t-elle avec toute l'indignation qu'elle éprouvait.

Il s'immobilisa, et dit quelques mots à voix basse à son interlocuteur avant de raccrocher.

— Quelque chose ne va pas ? interrogea-t-il avec un calme qui décupla la fureur de Charley.

— Tu as mis les locaux à ton nom ! cria-t-elle.

— C'est vrai.

— Tu avais dit qu'ils seraient à moi !

— Non, j'ai dit qu'ils seraient au nom de Cazorla, et c'est ce que j'ai fait.

— Tu joues de façon ignoble sur les mots. Tu sais très bien que je pensais en être propriétaire ! Une fois aménagés, je voulais les donner au centre !

Raul se mit à rire :

— Eh bien j'ai pris la bonne décision, me semble-t-il. Tes amis ne sont que de vagues éducateurs, pas des gestionnaires !

— Ne parle pas avec tant de mépris de ces gens que tu ne connais pas ! rétorqua-t-elle, cinglante. D'ailleurs, il n'a jamais été question qu'ils gèrent le centre, c'était moi qui devais le faire. Je ne me suis pas lancée dans ce projet à la légère.

— Peut-être, mais sans moi, tu n'aurais pas pu trouver de financement parce que, avec ton passé de femme d'affaires, les banques n'ont pas confiance.

— Tu es ignoble !

— Je ne comprends pas de quoi tu te plains, reprit Raul avec un calme exaspérant. Tu auras ton nouveau centre, tu l'aménageras avec autour de toi une équipe qui t'empêchera de faire des bêtises. C'est l'idéal, non ?

— Mais tout se fera sous ton contrôle, n'est-ce pas ?

Il haussa les épaules :

— Qu'est ce que cela change ?

Cette fois, ç'en était trop !

— Je veux être responsable de ce projet, le comprends-tu ? rugit-elle, ivre de colère.

— Ne crie pas, c'est très déplaisant.

— Si tu savais comme que je m'en moque !

— Tu as tort. N'oublie pas que les travaux n'ont pas encore commencé.

Il la menaçait de tout arrêter, c'était clair !

— Tu parles sérieusement ? Si je ne m'incline pas, tu ne financeras plus rien ?

— S'il le faut, en effet. Je te l'ai dit mille fois, si tu remplis tes engagements, je remplirai les miens.

— N'empêche que tu m'as menti !

— Non, c'est toi qui as mal compris.

Sur ces mots, il se leva avant d'ajouter :

— Je t'ai toujours dit que je garderais la main sur le projet. Considère le côté positif : cette fois il aboutira, à l'inverse de tes projets précédents.

Pour Charley, la coupe était pleine. Si elle restait un seul instant de plus en sa présence, elle allait lui envoyer le premier objet venu à la figure. Aussi sortit-elle en trombe et courut se réfugier dans sa chambre.

Quand elle en ouvrit la porte, le choc la fit chanceler : la pièce avait été entièrement vidée ! Dans la penderie, ses vêtements avaient disparu, dans la commode aussi, tout comme dans la salle de bains attenante.

Le lit avait été défait ; ne restaient que le matelas et les deux oreillers.

— J'ai fait transporter tes affaires dans ma chambre.

Elle pivota : Raul appuyé au chambranle de la porte affichait un air satisfait.

— Tu n'as pas perdu de temps !

Il eut un sourire nonchalant et avança pour poser les mains sur ses épaules ; puis il se pencha sur ses cheveux pour en respirer l'odeur.

— Tu gaspilles ton énergie à t'emporter ainsi, murmura-t-il en lui prenant les mains. Viens, je vais te montrer où tu vas dormir ces quatre prochains mois.

— Je préférerais dormir dans un caveau ! siffla-t-elle entre ses dents.

— Allons, *cariña*, tu tiens à me mettre en colère ?

Le ton était caressant mais la menace clairement perceptible.

— Je me moque bien que tu sois furieux ! Tout ce que je sais, c'est que tu t'es moqué de moi.

— J'ai investi pas mal d'argent dans ton projet, je ne veux pas tout perdre.

S'adjurant au calme, elle demanda :

— Tu me donneras les locaux quand les travaux seront achevés ?

Il la regarda quelques instants sans répondre, plissant ses yeux si bleus.

— Si tu me prouves que tu t'intéresses à ce centre, que tu en suis les travaux avec ténacité, alors j'envisagerai peut-être de le faire.

— Pourquoi peut-être ?

— Je ne veux pas te faire de fausses promesses, *cariña*.

Puis sa voix se réduisit à un murmure infiniment séducteur, comme il nichait son visage dans son cou et promenait ses lèvres sur sa peau.

— Assez parlé de travaux, je connais des façons bien plus agréables de passer du temps ensemble.

Charley serra plus fort les poings, trop émue par le souffle chaud dans son cou… Comment pouvait-il encore la troubler à ce point ?

6.

Leurs doigts entrelacés, Raul l'entraîna dans sa chambre. A peine en avaient-ils franchi le seuil que Charley libéra sa main et, après s'être débarrassée sans ménagement de ses sandales, alla se placer milieu de la pièce. Là, sans le quitter des yeux, elle enleva son top et le jeta par terre, avant d'ouvrir la fermeture de son short qui à son tour tomba sur ses chevilles. Elle s'en libéra d'un coup de pied.

Raul, hypnotisé, regardait ce strip-tease impromptu. Où Charlotte voulait-elle en venir ? Ses splendides yeux verts brillaient d'un feu étrange… mais comment réfléchir quand elle enlevait maintenant son petit soutien-gorge en dentelle blanche, bientôt suivi par son string minuscule ?

Tous ses vêtements gisaient autour d'elle à présent, et elle était nue, complètement nue, les mains posées sur les hanches et le menton pointé en avant en une attitude de provocation totale.

Il voulut s'approcher, mais quelque chose le retint.

Ses yeux verts sans doute, dont il comprit soudain qu'ils ne brillaient pas de désir, mais de défi !

— Voilà, dit-elle avec une insolence bien perceptible, je suis prête. Si tu me veux, prends-moi !

Dieu, qu'elle était belle avec ses seins bien ronds aux aréoles presque brunes et si sensibles… Quand il les caressait, jadis…

Soudain lui revint le souvenir de la première fois qu'il l'avait vue nue. Elle était blond platine, à l'époque, et il avait ri de lui découvrir une toison pubienne presque brune. Ah, comme il avait aimé l'explorer avec sa bouche, cette première fois…

Il adorait sentir l'excitation monter en elle, tandis qu'elle se cabrait pour mieux s'offrir aux caresses de sa langue… Sa femme avait toujours aimé qu'il l'embrasse ainsi, la fouille, la lèche… et lui ne s'en était jamais lassé, s'abreuvant avec volupté à cet élixir d'amour.

Il n'en pouvait plus à présent. Son pénis dur, tendu, lui faisait mal à force de désir. Mais non, il resterait maître de lui. Charlotte ravalerait son défi avant qu'il lui fasse l'amour !

Croisant les bras, il s'approcha d'elle. Elle se mit à trembler, mais conserva le menton fièrement pointé. Alors sans cesser de la fixer, il empauma ses deux fesses.

— Tu veux que je te prenne maintenant, n'est-ce pas ? chuchota-t-il, caressant avec volupté la chair ferme sous ses doigts.

— Tu peux faire ce qu'il te plaît, murmura-t-elle à son tour.

Il lui sembla qu'elle avait le souffle un peu court, pourtant quand il prit ses lèvres, elle lui résista.

— Je croyais que je pouvais faire ce que je voulais ? grinça-t-il.

— Oui, mais je ne suis pas forcée d'y participer, ni d'y prendre du plaisir.

Se dégageant, il fixa les yeux verts pleins d'insolence. Ah, il comprenait son petit jeu ! Eh bien, rirait bien qui rirait le dernier !

De nouveau, il s'approcha pour caresser les deux seins magnifiques ; en en pinçant à peine les pointes, il eut l'ineffable satisfaction de les sentir durcir sous ses doigts. Malgré elle, elle éprouvait ce plaisir auquel elle voulait se soustraire ! Elle avait adoré qu'il joue avec ses seins, et toujours dans ces moments-là, tandis qu'il inventait mille caresses nouvelles, elle gémissait doucement.

Pas aujourd'hui. En revanche, elle avait entrouvert les lèvres, et… non, il ne rêvait pas, elle haletait, sans cesser de fixer sur lui son regard de défi !

Il désigna le fauteuil, dans un coin de la chambre.

— Va t'asseoir là ! ordonna-t-il.

Elle avala sa salive, fixant le siège sans comprendre. Comme elle ne bougeait pas, il réitéra sa demande, ajoutant :

— Tu m'as compris, ou tu veux que je te porte ?

Elle obtempéra puis le regarda ; ses yeux disaient : « Tu peux faire ce que tu veux, mais tu ne m'obligeras pas à avoir du plaisir. » Eh bien, c'est ce que l'on verrait !

Affichant un sourire très détendu, Raul la rejoignit avec nonchalance pour s'agenouiller devant elle. Sans un mot, il la saisit par les cuisses pour l'attirer à lui de sorte que son visage soit à la hauteur du triangle bouclé dont il rêvait depuis si longtemps. Y enfouir sa bouche, puis plonger en elle… ah, il aurait tout donné pour un bonheur pareil…

Par un effort de volonté surhumain, il se domina, écarta doucement les cuisses qui défendaient encore ce sexe qui le rendait fou : enfin il fut à la portée de sa bouche, de ses yeux, de son nez ! Alors, sans attendre, il entreprit de le taquiner.

Charlotte ne bougea pas, tendue à l'extrême. Quoi qu'elle ressente, son esprit pour l'instant gagnait la partie.

Alors Raul caressa sans hâte les jolies lèvres à la peau si douce et dont la moiteur le rendait toujours fou, puis il introduisit avec une lenteur extrême un doigt en elle : elle était humide et chaude ! Réprimant avec peine un cri de triomphe, il entreprit de l'embrasser, léchant avec volupté le suc d'amour qui commençait à sourdre, humant cette odeur exquise qui n'appartenait qu'à sa femme. Quand il reprit son souffle, il ne put s'empêcher de soupirer de plaisir.

Charlotte était toujours assise dans le fauteuil. Il reprit ses caresses avec sa bouche, taquinant son fourreau d'amour avec une douceur à laquelle, il le savait, elle n'avait jamais résisté. Et quand il eut trouvé le rythme qu'elle aimait, alors enfin, il la sentit céder.

Lui-même était prêt à exploser, mais il n'en ralentit pas ses caresses, au contraire, redoublant d'ardeur jusqu'à ce qu'il perçoive ses premiers soupirs. Quel bonheur ! Elle s'abandonnait enfin, se cambrait pour aller au-devant de sa bouche, et tout son corps en demandait plus, toujours plus.

Ses gémissements se faisant plus rauques, Raul releva le visage un instant : les yeux verts, si insolents un peu plus tôt, étaient comme révulsés, et soudain, tout son corps se tendit : elle jouissait !

Alors il enfouit de nouveau la tête au cœur de sa féminité pour mieux ressentir les soubresauts qui l'agitaient, avant qu'elle ne s'alanguisse, vaincue...

Ce fut seulement quand il se leva qu'elle le regarda : ses yeux étaient écarquillés, comme ahuris, mais déjà l'expression de défi reparaissait. En cet instant, il aurait pu se déshabiller en hâte et la prendre : elle aurait aussitôt perdu cet air insolent, et aurait joui une seconde fois.

Mais à ce petit jeu du désir, elle aurait gagné. Or il ne le voulait pas. Quand il la prendrait, il voulait qu'elle le veuille, qu'elle crie son nom, qu'elle le supplie de lui donner du plaisir, pas qu'elle se défende de lui.

— Je vais prendre une douche, annonça-t-il d'un ton dur. Va te préparer, nous sortons dans une heure.

Et sans un regard en arrière, il disparut dans l'une des deux salles de bains attenantes, en ferma la porte et se déshabilla.

Son érection était toujours aussi douloureuse.

Comme Raul, la famille Cazorla occupait une splendide maison dans un quartier très résidentiel. A mesure que la voiture en approchait, Charley sentait croître sa nervosité.

Dîner chez ses beaux-parents ce soir, après ce qui s'était passé un peu plus tôt avec Raul, était à la limite du supportable !

Quand il avait disparu pour prendre sa douche, la laissant nue dans le fauteuil, elle aurait voulu mourir de honte, ne plus exister. Puis très vite elle avait compris qu'en la traitant ainsi Raul n'avait cherché qu'à l'humilier. Devant cette évidence, elle avait trouvé la force de réagir : elle n'avait pas su dominer son corps, certes, mais elle ne donnerait pas à son mari la satisfaction de croire qu'il avait aussi le pouvoir de contrôler ses sentiments !

A son tour, elle était passée dans la seconde salle de bains et après avoir pris une douche, pensant qu'il l'emmenait au restaurant comme si souvent autrefois, elle s'était habillée simplement, d'un pantalon en soie couleur prune assorti d'un ample T-shirt, en soie aussi, d'un beau rose vif.

Ce n'est qu'une fois dans la voiture que Raul lui avait annoncé leur destination.

— Tes parents savent que je t'accompagne ? finit-elle par demander, incapable de dissimuler sa nervosité à l'idée de revoir sa belle-famille.

— Tu imagines que je ferais ce genre de surprise à ma mère ? l'interrogea-t-il avec un lent sourire. Bien sûr que non, mais tu n'as rien à craindre : chez moi, on sait se tenir.

Comme il disait vrai ! Les Cazorla faisaient bonne figure quelle que soit la situation. Jamais ils ne laissaient transparaître la moindre faille.

Le maître d'hôtel les accueillit et les conduisit au salon où les attendaient Lucetta, la mère de Raul, et Marta, sa sœur. Toutes deux étaient habillées comme pour une première à l'opéra, et d'emblée Charley se sentit bien modeste dans sa tenue si simple.

Heureusement, les deux femmes avaient toujours été gentilles avec elle, surtout Marta. Il est vrai que, quand Raul avait présenté sa future femme à sa famille, c'est Marta qu'il avait chargée de faire son éducation pour qu'elle devienne l'épouse parfaite d'un Cazorla. S'en étaient suivies d'innombrables expéditions dans les boutiques les plus chics de Barcelone, pour lui composer une garde-robe à la hauteur des attentes de son mari. Elles s'étaient bien amusées, toutes les deux, et avaient noué une amitié sincère.

Lucetta, de son côté, sans manifester un enthousiasme délirant devant le choix de son fils, s'était donné du mal pour que Charley se sente à l'aise chez les Cazorla ; mais ses efforts étaient-ils dictés par une affection réelle, ou seulement par le sens des convenances ? Charley se l'était toujours demandé.

Quoi qu'il en soit, les apparences comptaient beaucoup

chez les Cazorla, et les femmes en particulier devaient en toute occasion être élégantes, sophistiquées, porter des tenues de marques prestigieuses et des chaussures à talons vertigineux.

En tout cas, si elles trouvèrent la tenue de Charley modeste, elles n'en montrèrent rien : elles l'embrassèrent avec effusion, manifestant beaucoup de joie de la revoir.

Très vite, Marta lui tendit un adonis, l'apéritif favori des Cazorla, un cocktail à base de sherry très sec. Puis, la prenant avec affection par les épaules, elle s'exclama :

— Je suis si contente de te voir ! Je savais bien qu'un jour, tu reviendrais à la raison.

Charley croisa le regard de Raul : il lui intimait de ne pas la détromper.

— Moi aussi, je suis heureuse d'être ici, murmura-t-elle, serrant la taille de Marta.

Mentir lui déplaisait car Marta était restée une amie, et elles n'avaient jamais perdu le contact, ces dernières années.

Pour se donner une contenance, elle but une gorgée de son cocktail : ce goût délicieux qu'elle avait oublié déclencha soudain une vague de souvenirs : elle retrouvait la couleur du temps où elle était si heureuse avec Raul qui savait se montrer tendre, attentionné... Elle n'avait pas que des mauvais souvenirs avec lui...

S'obligeant à revenir au présent, elle porta son regard sur lui. Il parlait avec sa mère, et pour une obscure raison leur attitude la frappa : aucune manifestation d'affection entre eux, moins encore de familiarité. Seulement du respect de la part de Raul, et de la distance chez sa mère. Comme c'était étrange...

La porte du salon s'ouvrit de nouveau, et Eduardo Cazorla, le père de Raul, apparut dans son fauteuil roulant que poussait une infirmière.

En deux ans, il n'avait pas changé : le côté gauche de son visage était affaissé, et on avait posé ses mains inertes sur ses genoux, comme toujours. Seuls ses yeux, aussi bleus que ceux de son fils, gardaient leur éclat, indiquant sans l'ombre d'un doute que dans ce corps infirme continuait à vivre un cerveau aussi actif qu'il l'était le jour où l'AVC avait frappé.

En voyant Charley, ses yeux cherchèrent aussitôt Raul qui ne dit pas un mot, fixant son père avec une expression si dure que Charley en fut effarée. Pourquoi ces deux êtres semblaient-ils se juger… et peut-être même se haïr ?

Lucetta, qui s'approchait de son mari, la tira de ses réflexions. Elle se pencha pour lui parler en espagnol mais elle s'exprimait si vite que Charley ne put comprendre. Sans doute lui expliquait-elle que son fils et son épouse s'étaient réconciliés.

Elle lui parlait encore quand le maître d'hôtel apparut, annonçant que le repas était servi. Tout le monde passa à la salle à manger.

Charley se trouva assise face à Raul, et à côté de Marta, tandis que Lucetta s'installait à gauche de son fils, Eduardo conservant sa place habituelle au bout de la table, avec à côté de lui son infirmière, une jeune femme brune, pour l'aider à manger.

Le repas comme toujours se révéla excellent : gaspacho pour commencer, suivi de *calamares en su tinta*, des calamars cuits dans leur encre, une spécialité du chef absolument exquise.

Au fil du dîner, Raul, comme il le faisait toujours pendant ces repas de famille, résuma l'état des affaires familiales, parlant du personnel qu'il avait recruté, des employés qu'il avait dû licencier, des hôtels en cours de rénovation, des profits dégagés par la nouvelle compagnie d'aviation…

Comme il parlait, Charley, que le sujet n'intéressait en rien, se rendit compte qu'il ne s'adressait qu'à son père. Et le ton plein de défi dont il usait avec cet homme infirme la déconcerta. Sans doute en avait-il toujours été ainsi, mais elle ne l'avait jamais remarqué.

Etait-ce le signe que les Cazorla, derrière leur façade de haute respectabilité, connaissaient des difficultés relationnelles comme bien d'autres familles ? C'était la première fois que cette idée lui venait, elle qui était pourtant issue d'une famille où les conflits étaient fréquents. Elle se prit alors à regarder sa belle-famille sous un autre jour : Lucetta d'abord, parangon de respectabilité, puis Eduardo, chef de famille infirme ; Marta, la fille, dotée d'une fantaisie malicieuse qui ne se manifestait qu'en l'absence de sa dominatrice de mère. Et enfin Raul, le fils qui se devait d'être le meilleur en tout et partout.

Après deux ans d'absence, Charley avait l'impression d'assister à un jeu de marionnettes, où chacun portait un masque afin de dissimuler tout ce qui aurait pu être interprété comme un sentiment ou une émotion.

Du temps de sa vie conjugale, ces dîners de famille l'intimidaient, et elle avait toujours peur qu'on la juge, en dépit de ses efforts pour être à la hauteur des exigences familiales. C'était sans doute cette peur qui l'avait empêchée de voir ce qui se passait autour d'elle.

Une preuve de plus que pendant les deux ans écoulés, elle avait réussi à se trouver elle-même. Quoi qu'il arrive à l'avenir, elle ne se perdrait plus jamais, elle se le jura. Plus jamais elle n'accorderait d'importance au regard des autres.

7.

— Quand as-tu vu Marta ? demanda Raul sitôt qu'ils furent partis.

Sans chercher à nier, Charlotte répondit par une question :

— Tu veux savoir la dernière fois que je l'ai vue ?

Donc il ne s'était pas trompé. Sa sœur et sa femme avaient continué à se fréquenter. C'est le comportement de Marta qui lui avait mis la puce à l'oreille. Celle-ci, pourtant d'un naturel très curieux, ne lui avait pas posé une seule question sur sa vie, ces deux dernières années.

— Parce que vous vous voyiez souvent ? s'enquit-il d'un ton âpre.

— De temps en temps, admit Charlotte.

— Je me trompe où ma mère n'était pas au courant ?

— Nous avons préféré ne rien lui dire parce qu'elle se serait crue obligée de t'en parler.

Elle l'aurait fait, c'était certain. Par loyauté familiale.

— Qui a pris l'initiative de ces rencontres ? insista-t-il.

— Moi, mais cela s'est passé presque par hasard.

Charlotte tourna la tête pour le regarder et reprit :

— J'étais allée voir mon père…

— Ton père ?

— Oui, il s'est installé en Espagne peu après notre rupture. Il vit maintenant près de Barcelone, sur la côte.

— Comment a-t-il eu les moyens de se loger ?

Son beau-père était un bon à rien, Raul le savait. La dernière fois qu'il avait entendu parler de lui, il venait de déposer le bilan après avoir monté une de ces affaires rocambolesques dont il avait le secret.

— Je lui ai acheté une maison, expliqua Charlotte qui, loin d'avoir l'air gênée, semblait très satisfaite.

— Tu lui as payé une villa avec mon argent ? tonna-t-il, incapable de contenir son indignation.

— Disons que c'était mon argent, puisque tu me l'avais donné. Je sais que tu ne l'aimes pas, mais c'est quand même mon père.

Raul prit une profonde inspiration. Ils avaient dévié de leur sujet de conversation initial, et il fallait y revenir, mais d'abord, il devait rectifier la vérité :

— Je n'ai rien contre ton père, sinon la façon dont il vous a traitées, ta mère et toi, quand tu étais petite. Il a abusé de l'innocence de ta mère qui n'avait que dix-sept ans et l'a laissée élever seule son enfant sans jamais l'aider.

Le comportement de Graham Hutchinson envers sa fille et la mère de celle-ci l'avait toujours indigné. L'homme avait quatorze ans de plus que la mère de Charlotte ; en apprenant qu'elle était enceinte, au lieu d'agir de manière décente, il l'avait laissée tomber. Ensuite, il avait surgi dans leur vie de temps en temps, quand cela l'arrangeait, leur préférant toujours les deux fils qu'il avait eus avec une autre femme. Charlotte et sa mère avaient vécu dans la précarité, pendant que Graham prenait des vacances à l'autre bout du monde et conduisait des voitures de sport, persuadé que les quelques cadeaux luxueux et inutiles qu'il leur faisait parfois compensaient une pension alimentaire régulière. Bref, c'était un être vil et superficiel.

Mais au fil du temps, Raul avait compris que sa femme ne supportait pas qu'on critique son père : tout de suite, elle sortait ses griffes et le défendait.

— Tout cela est du passé, dit Charlotte d'un ton définitif, il n'est pas parfait, je le sais, mais c'est mon père et je l'aime. Il n'avait nulle part où aller, et voulait se rapprocher de moi. J'avais de l'argent, alors je lui ai acheté une maison…

— Si je comprends bien, il a pris contact avec toi par hasard, juste après notre séparation ? ironisa Raul.

— Nous sommes toujours restés en contact, rétorqua Charlotte avec aigreur.

Mais elle ne niait pas que son père avait sciemment choisi son moment !

Quand sa fille s'était mariée, Graham s'était comporté comme s'il avait décroché le gros lot, et n'avait pas caché qu'il comptait sur son nouveau gendre pour l'entretenir. Au début, Raul lui avait prêté des petites sommes de temps en temps ; ensuite il l'avait tenu à distance. Et l'homme, dès qu'il avait senti l'instant propice, était revenu à la charge, tel un vautour. Avec un soupir, Raul reprit le sujet qui lui tenait à cœur :

— Explique-moi le rapport entre ta visite à ton père et tes relations avec ma sœur…

— Quand papa s'est installé dans sa nouvelle maison, je suis allée le voir et, en passant, je me suis arrêtée chez Marta pour lui rendre des livres qu'elle m'avait prêtés.

— Parce que tu lui avais emprunté des livres ?

Jamais, au grand jamais il n'avait vu Charlotte lire un livre.

— Je l'ai fait souvent. A vrai dire, c'était elle qui voulait que je lise en espagnol : elle pensait que j'apprendrais plus vite la langue.

— Pourquoi ne m'en as-tu jamais parlé ?

— Tu te serais moqué de moi !

D'où tenait-elle une idée pareille ?

— Pourquoi me serais-je moqué de toi ?

— Quand j'essayais de parler espagnol, tu riais.

Première nouvelle. Il avait toujours trouvé adorables ses efforts pour parler la langue de son nouveau pays et s'il avait ri parfois, c'est parce qu'il était fier qu'elle se donne du mal. Et elle avait cru qu'il trouvait ses efforts risibles !

— Je ne me moquais pas de toi, lui assura-t-il, et tout de suite, il lui intima :

— Revenons à notre sujet : de ce jour où tu as rapporté

ses livres à Marta, vous avez décidé de continuer à vous voir, c'est cela ?

— Pas vraiment, non. Disons que de temps en temps, nous allions prendre un café ensemble. C'était spontané. N'imagine pas une conspiration contre toi, ce serait absurde.

— N'empêche que vous n'en avez parlé ni à ma mère, ni à moi.

Raul secoua la tête : une telle duplicité le laissait pantois. Il est vrai que Marta n'avait pas les mêmes valeurs que lui. Elle avait eu une enfance si différente ! Son père qui l'adorait la gâtait, alors qu'il n'avait que des mots durs et méprisants pour son fils.

— Marta avait peur que tu ne sois furieux, fit valoir Charlotte. Elle craignait que tu n'y voies de sa part un manque de loyauté.

— Si ce n'en est pas un, qu'est-ce que c'est, alors ? Mais non, je ne suis pas furieux.

— Ah bon ? s'étonna Charlotte. Mais alors, que ressens-tu ?

Il s'obligea à afficher un masque d'impassibilité.

— Rien.

Le silence s'établit entre eux, puis Charlotte finit par observer :

— Rien ne change, n'est-ce pas ?

— De quoi parles-tu ?

— Tu dois toujours tout maîtriser, murmura-t-elle avec tristesse, même tes sentiments et tes émotions. Quelle drôle de notion tu as de la perfection !

Cette fois, le silence qui se fit dans l'habitacle était assourdissant, et Raul sentit ses mains se crisper sur le volant. Enfin il demanda, d'une voix plus tendue qu'il n'aurait voulu :

— Tu as beaucoup bu, ce soir ?

— Tu vois, plutôt que d'affronter la réalité, tu préfères esquiver le sujet.

Il prit une profonde inspiration : non, il ne se laisserait pas entraîner dans une discussion dont il ne voulait pas, et qui ne le mènerait à rien sinon à perdre le contrôle de lui-même.

Enfant, déjà, il avait appris à rester maître de lui, son père y avait veillé.

Il se rappelait un jour où, à la table familiale, celui-ci avait lu son bulletin scolaire, et après l'avoir disséqué dans ses moindres détails, lui avait demandé pourquoi il n'était que second en mathématiques.

« J'ai manqué une grande partie du trimestre parce que j'avais la scarlatine », avait expliqué Raul. En guise de réponse, son père avait tapé du poing sur la table avant de déchirer le bulletin. Puis il avait décrété que son fils serait privé de sport pendant quinze jours !

Marta, qui pourtant travaillait beaucoup moins bien, était toujours félicitée par son père, si bien qu'un jour, Raul avait demandé pourquoi ils étaient traités différemment. Avec pour résultat d'être de nouveau privé de sport pendant deux semaines ! Il n'avait alors que onze ans.

— Je n'esquive rien du tout, articula-t-il, faisant un effort surhumain pour que sa voix reste neutre, et je ne contrôle rien non plus, pas plus mes sentiments que mes émotions.

Il se tourna pour lui adresser un sourire qu'il voulait égrillard, avant d'ajouter :

— Surtout celles qui m'agitent au-dessous de la ceinture.

Charley se déshabilla à la hâte, et fit sa toilette pendant que Raul téléphonait dans son bureau. Revenue dans la chambre, elle fixa quelques instants l'immense lit à deux places avec ses draps de soie et ses oreillers énormes. Combien de femmes Raul avait-il invitées à partager ce lit ? Pour chasser cette pensée idiote, elle se coucha, se réfugiant de « son » côté du lit avant d'éteindre la lumière. L'été espagnol battait son plein, mais dans la chambre il faisait une température polaire : Raul avait dû mettre la climatisation à fond.

Pourvu que son téléphone l'occupe assez longtemps pour qu'elle ait le temps de s'endormir !

Hélas, ce soir, le sommeil ne venait pas : la tension, sans

doute, et les pensées qui se bousculaient dans sa tête. Le dîner avec sa belle-famille, d'abord. Pour la première fois, elle s'était sentie spectatrice, sans s'inquiéter qu'on la juge, sans avoir peur de commettre un impair.

Quelle drôle de famille, quand on la regardait ainsi ! Dire que pendant si longtemps, elle l'avait enviée à Raul. Comment n'avoir pas remarqué plus tôt que des courants délétères troublaient cette apparente unité ?

Elle songea alors à sa propre famille et en fut accablée, comme chaque fois : quel échec ! Elle qui avait tant cherché à se faire aimer par ses deux demi-frères ! Quand Raul apprendrait qu'elle leur avait donné une maison à chacun, nul doute qu'il l'accuserait d'avoir tenté d'acheter leur affection, et il aurait raison. Hélas, comme pour tout ce qu'elle avait entrepris dans sa vie, elle avait échoué, et n'avait plus revu les deux garçons depuis qu'elle leur avait offert un toit.

Fermant les yeux, elle essaya de détourner le cours de ses réflexions pour se concentrer sur les temps heureux qu'elle avait vécus avec Raul. Au début au moins, quand avec lui elle se sentait princesse…

Le bruit de son pas dans le couloir la ramena au présent : Elle ferma aussitôt les yeux et entendit la porte s'ouvrir. Il fallait faire semblant de dormir, respirer lentement, régulièrement… il la croirait endormie et la laisserait en paix…

Elle perçut le bruit de l'eau dans la salle de bains, puis un rai de lumière apparut quand il entra dans la chambre. Quelques instants après, n'y tenant plus, Charley entrouvrit les yeux. Il lui fallut une fraction de seconde pour que son regard enregistre ce qu'il voyait : Raul était en train de se déshabiller !

Tout à coup, sa gorge s'assécha en le regardant, à travers ses paupières entrouvertes, se débarrasser de sa chemise, puis de son pantalon. Dieu qu'il était beau, en contre-jour, baigné par la lumière provenant de la salle de bains : ses larges épaules se découpaient, puissantes, et son torse large, splendide, était couvert d'un duvet sombre qui descendait s'amenuisant à mesure qu'il approchait de…

Son ultime vêtement échoua sur le sol : il était nu, ses hanches étroites, ses longues cuisses musclées, et à leur jonction… Charley crut que l'air lui manquait !

Il retourna à la porte de la salle de bains pour éteindre la lumière, puis revint se coucher dans l'obscurité. Le lit se creusa, les draps bruissèrent, et Charley sentit la chaleur gagner son côté du lit. Alors à son grand dam, un insurmontable émoi la saisit au creux des reins, une sensation brûlante, exquise et presque douloureuse qui gagnait tout son être par vagues grandissantes. En un mouvement réflexe, elle serra les jambes et ferma les yeux, comme pour mieux anticiper l'instant où Raul l'attirerait à elle.

Aurait-elle la force de le repousser quand tout son corps était en éveil, exacerbé à l'extrême par sa présence si troublante à côté d'elle ?

Il lui sembla que le temps était suspendu, mais rien ne venait. Il était couché sur le côté, face à elle, qui comme une idiote ne s'était pas tournée vers le mur, et elle sentait son regard sur elle.

— Alors ? articula-t-elle soudain sans même l'avoir voulu, ce n'est pas le moment de réclamer ton dû ?

Il approcha son visage si près qu'elle sentit son souffle tiède sur sa peau.

— Mon dû, c'est ton corps, déclara-t-il d'un ton qui la fit frémir, quand je veux, où je veux. Mais ce soir je n'en ai pas envie.

Sur ces mots, il se tourna de l'autre côté avant de lancer à mi-voix par-dessus son épaule :

— A moins bien sûr que tu aies envie de me donner un acompte…

— Certainement pas, chuchota-t-elle, outrée, je n'en aurai jamais envie, tu peux en être sûr.

— A ta place, je ne m'avancerais pas autant.

Raul sourit dans son oreiller en fermant les yeux. Il pouvait presque sentir sa frustration !

Quand il lui ferait l'amour, elle ne serait pas passive. Elle en aurait encore plus envie que lui, le supplierait de la caresser et lui donnerait du plaisir de mille et une façons, comme elle l'avait toujours fait.

Il voulut détourner le cours de ses pensées, et ce qu'elle lui avait dit dans la voiture lui revint à l'esprit : « Tu dois toujours tout maîtriser, même tes émotions et tes sentiments ». Ce n'était peut-être pas tout à fait faux…

Pourtant, comment tolérer de ne pas être maître de soi ?

Un souvenir lui revint en force : celui de cette scène terrible qu'il avait eue avec elle, et à l'issue de laquelle elle était partie. Cette fois-là, oui, il avait laissé transparaître ses vrais sentiments, tant il était indigné qu'elle lui refuse un enfant. Dans sa colère, il lui avait lancé des insultes méchantes, cruelles, l'avait traitée de garce, et, sur un coup de rage, lui avait dit de partir, n'imaginant pas un instant qu'elle le prendrait au mot.

C'est pourtant ce qu'elle avait fait. Après l'avoir accusé de la traiter comme une enfant, de ne jamais voir les efforts qu'elle faisait pour lui, de vouloir la transformer en une femme qu'elle n'était pas, elle avait disparu dans sa chambre et en était redescendue avec ses bagages. Leur mariage était une erreur tragique, avait-elle soutenu, il devait trouver une autre épouse qui serait parfaite, lui ferait dix enfants et les élèverait selon ses instructions.

Ils avaient continué à se disputer, mais bientôt leur colère respective était tombée, et lui était revenu sur ses paroles, lui demandant de ne pas partir ; Charlotte était restée sur ses positions : elle ne pouvait plus vivre avec lui, avait-elle assuré.

Quelle ironie du sort ! En cet instant, tandis qu'il la sentait à côté de lui dans le lit, il en aurait presque souri. Dire que c'était la seule fois de sa vie d'adulte où il avait laissé son affect prendre le pas sur sa raison ! Cela ne lui arriverait plus !

Le bâtiment que Raul avait acheté pour reloger le centre Poco Rio était une structure de plain-pied en brique, entourée d'un terrain envahi par des mauvaises herbes. Mais Charley s'en moquait : elle n'avait aucun mal à imaginer à quel point tout serait beau et accueillant, une fois les travaux terminés.

L'architecte de Raul, un homme d'un certain âge prénommé Vittore, avait fait le trajet en hélicoptère depuis Barcelone avec eux. En vol, puis après dans la voiture qui les conduisait sur le site, les deux hommes avaient discuté de projets qu'ils avaient en commun, et Vittore n'avait pas semblé surpris que Raul lui ait demandé de l'accompagner à Valence un samedi matin. En tout cas, il se montrait d'une grande amabilité.

Pendant qu'il examinait le terrain avec beaucoup d'attention, Charley, brûlait d'envie de revoir les locaux. Elle rêvait de ce moment depuis si longtemps ! Certes dans ses rêves, elle s'était imaginée propriétaire des lieux afin d'en faire don plus tard à l'association. Mais Raul ne l'avait pas voulu ainsi. Il changerait peut-être d'avis, avait-il dit, mais pouvait-elle lui faire confiance ?

Quoi qu'il en soit, une chose était sûre : si Charley respectait les termes de leur contrat, lui respecterait les siens. Sur ce point, elle lui faisait confiance.

— Je vous laisse pour aller inspecter ma dernière acquisition, annonça Raul, la laissant avec Vittore.

Les locaux étaient beaucoup mieux agencés que ceux qu'occupait actuellement l'association : les pièces étaient vastes, il n'y avait pas d'espace obscur, pas de place perdue. Sans attendre, Charley s'assit sur le sol poussiéreux et sortit ses plans. Après quoi, prenant son courage à deux mains, elle déclara, s'appliquant à ne pas faire de fautes en espagnol :

— Ne pensez surtout pas que je cherche à prendre votre place, Vittore, mais j'ai fait une esquisse du futur centre en tenant compte des normes exigées.

L'architecte s'assit à côté d'elle avant de déplier les plans qu'il regarda avec beaucoup d'attention. Enfin, il demanda :

— Pourquoi avez-vous prévu des portes aussi larges ?

Charley expliqua :

— Parce que beaucoup d'enfants sont en fauteuil roulant.

Il hocha la tête avant de poser d'autres questions techniques.

Charley lui expliquait pourquoi il fallait abattre tel mur et le remonter à tel endroit quand Raul reparut. Aussitôt, elle se tut.

Il fixa sur elle un regard dur avant de se tourner vers Vittore :

— Vous a-t-elle expliqué ce qu'elle envisageait ?

L'architecte hocha la tête.

— Elle a même fait d'excellents plans.

Il la regarda pour ajouter :

— Des plans dont vous pouvez être fière, madame.

Charley rosit de plaisir. Elle s'attendait si peu à pareil compliment !

Vittore replia avec soin les encombrantes feuilles de papier pour les glisser dans sa large sacoche, avant de s'adresser à elle en souriant :

— La prochaine fois, roulez le support papier sans le plier, c'est plus pratique.

Cette fois, Charley se mordit la lèvre pour réprimer un sourire. Vittore, un architecte de renom qui travaillait dans toute l'Europe, la complimentait et lui prodiguait des conseils comme il devait le faire avec ses élèves ! Il y avait de quoi être contente !

Elle était même si heureuse qu'elle ne prêta pas attention à la conversation qui s'était engagée entre les deux hommes, se contentant de les suivre quand ils sortirent du bâtiment pour regagner la voiture.

Quand celle-ci démarra, Vittore annonça qu'il enverrait une équipe attaquer le chantier dès le lundi puis, souriant à Charley, il dit à Raul :

— Grâce aux plans de votre femme, tout devrait aller très vite.

— Vous comptez donc vous en servir ? l'interrogea Raul.

— Bien sûr, ils permettront de dégrossir le travail. Il y a beaucoup de réflexion dans ces plans.

Raul croisa le regard de Charley :

— Décidément, ma femme a des talents cachés, lança-t-il, mi-sarcastique, mi-admiratif.

8.

En ce samedi après-midi, la circulation était fluide, Barcelone appartenant davantage aux piétons qu'aux automobilistes. Ils furent vite chez Raul et trouvèrent la maison déserte : le personnel ne travaillait pas le week-end.

— Tu as beaucoup impressionné Vittore avec tes plans, fit observer Raul en entraînant Charley à la cuisine où il brancha la machine à café.

Encore abasourdie par les compliments de l'architecte, Charley se contenta de hocher la tête.

C'était la première fois de sa vie que quelque chose qu'elle avait fait seule lui valait des louanges, et elle en éprouvait comme un vertige : peut-être n'était-elle pas tout à fait bonne à rien ?

Et pourtant… toutes les affaires qu'elle avait voulu monter du temps de sa vie commune avec Raul avaient échoué de façon lamentable. C'est qu'elle ne possédait pas, hélas ! les qualités professionnelles de son mari. Elle qui, à l'époque, désirait tant qu'il soit fier d'elle, et la considère comme son égale… Quelle désillusion ! Tout avait tourné au fiasco… sans doute parce qu'elle voulait trop réussir…

— Qui t'a appris à dessiner des plans ? demanda-t-il soudain.

— L'agent immobilier m'a fourni un relevé des lieux, après quoi, j'ai trouvé un programme sur Internet et j'ai rentré mes données.

Il sortit deux tasses d'un placard et en posa une sur la machine à café.

— Je regrette de ne pas t'avoir prise davantage au sérieux, l'autre jour, quand tu m'en as parlé.

Raul s'excusait ? Charley n'en croyait pas ses oreilles. C'était bien la première fois depuis qu'ils se connaissaient.

— Ce n'est pas grave, fit-elle observer, j'ai l'habitude.

Il posa sur elle un regard surpris :

— Que veux-tu dire ?

— En général, sur le plan professionnel tu ne me faisais guère confiance… avant.

— Je t'ai pourtant toujours donné l'argent qui t'était nécessaire.

— C'est vrai, mais c'était sans doute pour me faire plaisir.

Raul fit un effort pour ne pas s'emporter.

— Je voulais surtout que tu réussisses et j'étais persuadé que tu en étais capable. Malheureusement, Charlotte, il faut parfois regarder la réalité en face : tu n'avais aucune qualification, et je croyais que tu profiterais de mon expérience. Or tu n'as pas voulu m'écouter et tu as échoué.

Il n'avait pas été facile pour lui de la voir se désintéresser de ce qu'elle entreprenait. Pourtant jamais il ne lui avait fait de reproche, l'admirant même de recommencer autre chose avec le même enthousiasme initial, le même acharnement.

Jusqu'à ce jour fatidique où elle lui avait refusé un enfant. Alors, il avait enfin compris que ses projets professionnels étaient comme des jouets pour elle, qu'elle abandonnait dès qu'elle ne leur trouvait plus de magie.

Malgré tout, il avait tenté de la retenir, quand elle était partie, et pire encore, il l'aurait reprise à tout moment si elle avait voulu… Et puis un beau jour, il avait reçu les papiers du divorce.

Ce jour-là aussi, il avait failli perdre tout contrôle. Sans même savoir ce qu'il faisait, il s'était mis en route pour Valence au volant de sa Lotus pour trouver l'adresse qu'elle avait donnée à l'avocat et qui figurait sur les documents officiels. Grâce à Dieu, à mi-chemin, sa raison avait repris ses droits, et il avait fait demi-tour.

Adossée au mur, les bras croisés sur sa poitrine, Charlotte reprit la parole.

— Ce n'était pas si simple de te faire bonne impression.

— Pourquoi, grands dieux ? Je t'avais épousée ! Tu n'avais rien à me prouver.

— C'est mon physique qui te plaisait, rétorqua-t-elle avec un petit rire amer.

— Pas seulement, et tu le sais ! J'adorais ton sens de l'humour et de la repartie !

Hélas, tout cela avait disparu les dernières années de leur vie commune, mais il ne s'en rendait compte que maintenant.

— Je voulais aussi que tu me trouves intelligente et compétente, ajouta-t-elle d'une voix triste. Hélas c'était beaucoup plus difficile que je ne l'imaginais. Sans doute étais-je naïve, car je tenais à faire les choses seule et à ma façon pour te prouver que j'en étais capable. Mais je prenais tout tellement à cœur que je n'y arrivais pas. Et pour ne rien arranger, je ne parlais pas l'espagnol.

— Tu as fait des progrès depuis que nous sommes séparés, fit-il valoir avec aigreur.

Autrefois, il lui avait payé un professeur dont elle n'avait plus voulu au bout de quelques mois, arguant que cette langue était trop difficile pour elle. Maintenant elle la parlait presque couramment.

— Il a bien fallu que je m'y mette. Au centre, les enfants ne parlent qu'espagnol, et souvent très mal. Si je voulais être comprise, je n'avais pas le choix.

Raul ne répondit rien, et le silence s'installa dans la cuisine jusqu'au moment où, pointant le menton en avant, Charlotte déclara d'un ton ferme :

— J'ai eu tort de t'épouser : tu étais le prince charmant, celui qui réussissait tout ce qu'il entreprenait, et moi j'échouais partout. Je n'étais pas à la hauteur.

— Un couple n'est pas forcément en rivalité, au contraire.

— Je sais, mais dans mon cas…

Comme elle hésitait, Raul la pressa :

— Dis ce que tu as à dire…

— Je te le répète, je n'étais pas de taille à me mesurer à toi. Pourtant j'ai essayé, mais je savais qu'il te fallait la perfection en tout : ainsi, non seulement tu voulais que je parle un espagnol impeccable, mais aussi que je change mon accent anglais, parce que le mien trahissait mes origines modestes ; et tu attendais que je sois toujours élégante pour être fier de moi… oh, je pourrais te donner tant d'exemples !

— Tu déformes tout ! rétorqua-t-il avec irritation.

Cette manière qu'elle avait de tourner les choses à son avantage pour se faire passer pour une victime était insupportable. Plus calmement, il ajouta :

— J'essayais juste de t'aider à t'adapter à ton nouvel environnement.

— Moi aussi, je voulais m'intégrer, rétorqua Charlotte, et il m'a fallu longtemps pour comprendre que je n'y arriverais jamais parce que j'étais étrangère à ton milieu. Celui d'où je viens est trop différent et, quoi que que je fasse, je resterai toujours Charley alors que tu continues à m'appeler Charlotte, parce que tu trouves ce diminutif trop ordinaire.

— Eh bien moi, j'ai d'autres souvenirs que toi. Tout le temps que nous avons vécu ensemble, je ne me rappelle pas t'avoir entendu dire une fois que tu étais malheureuse.

— J'avais bien trop peur pour le faire ! Tu ne te rends pas compte de ce que j'éprouvais à l'époque ? J'attendais avec effroi le jour où tu me dirais que je n'étais pas assez bien pour toi et que tu ne voulais plus de moi.

Elle était presque crédible tant elle semblait sincère !

— Dis-moi une chose, déclara-t-il après un silence. Pendant nos années de vie commune, t'ai-je donné à penser, fut-ce une seule fois, que j'avais envie de te tromper ?

Elle secoua la tête.

— Non, bien sûr, et j'ai toujours su que tu ne le ferais pas. Tu es trop attaché à ta respectabilité. Néanmoins j'avais la conviction que je n'étais pas irremplaçable, pire, que je ne valais pas grand-chose par rapport à tant de femmes que tu étais amené à rencontrer.

Dios ! Parlait-elle sérieusement ?

— Je me demande comment tu peux penser une chose pareille ! Quand j'étais avec toi, je n'ai jamais regardé une autre femme.

Elle parut ébranlée, mais pas convaincue. Pourtant, à la lumière des faits, ce qu'elle disait était risible. C'est elle qui était partie, l'avait laissé, trahissant les vœux qu'ils avaient échangés le jour de leur mariage ! Un comble, tout de même !

Il s'approcha et posa une main sur le mur au-dessus de sa tête :

— Pourquoi me serais-je intéressé à une autre femme quand je t'avais à la maison ? Allons, *cariña*, pas une ne te vaut, tu le sais.

Charley déglutit avec peine.

— Tu m'as prouvé que tout ce que j'ai dit est vrai, articula-t-elle : pour toi, je ne suis bonne qu'à une chose.

— Et je dois te dire qu'à cette chose, tu es inégalable, ironisa-t-il.

Elle lui saisit le poignet pour se dégager. En vain, car il l'immobilisa et passa un bras autour de sa taille afin de l'attirer à lui. Il surprit alors dans ses grands yeux verts une curieuse expression de mépris et de désir mêlés.

— Depuis quand es-tu devenu si cruel ? demanda-t-elle dans un souffle.

— Depuis le jour où j'ai compris que la femme que j'aimais plus que tout se moquait de moi.

Sur ces mots, il inclina la tête pour prendre sa bouche.

Charley voulut résister. Elle serra ses lèvres, s'efforçant d'ignorer ses sens qui déjà s'enflammaient. Mais autant lutter contre des éléments déchaînés : la chaleur de Raul, son odeur virile, toutes ces sensations enivrantes s'infiltraient en elle par tous les pores de sa peau pour envahir son sang qui bouillait dans ses veines.

Le repousser ? Elle pouvait essayer, bien sûr, mais elle n'en avait pas la force, moins encore le désir. Et puis n'était-elle pas là pour son plaisir ?

Sa raison luttant toujours contre la violence de ses sens, elle posa une main sur la poitrine de Raul, sans savoir encore si elle le repousserait ou l'attirerait ; et puis, avant même qu'elle l'ait décidé, ses doigts s'agrippèrent à la chemise, ses lèvres s'entrouvrirent…

Ce fut un baiser dur, exigeant. Très vite, Charley lâcha l'étoffe de la chemise pour nouer les bras autour du cou de son mari et se presser contre lui avec toute la force de son être.

Le temps avait cessé d'exister, seul comptait ce moment, et la brûlure exquise qui la dévastait.

Raul approfondit encore son baiser, avant de se dégager juste le temps de mordiller son cou. Puis il s'empara de ses fesses à deux mains, et l'attirant à lui, la souleva comme un fétu de paille.

N'écoutant que son instinct, Charley noua les jambes autour de sa taille, en même temps qu'elle couvrait de baisers son visage et son cou, comme pour éprouver le goût de sa peau, s'enivrer de son odeur, s'agacer au contact à peine rugueux de ses mâchoires couvertes, en cette fin d'après-midi, d'une ombre de barbe naissante.

Il se mit en marche, la portant comme si elle ne pesait rien, et quittant la cuisine, gagna la chambre. Là, il la déposa sur le grand lit, et reculant d'un pas, la contempla longuement. Son beau visage était tendu à l'extrême, et sa poitrine se soulevait au rythme d'une respiration pressée.

Charley qui sentait son cœur battre follement, soutint son regard.

Sans un mot, il ouvrit sa ceinture et défit les boutons de son pantalon, qui tomba à ses pieds.

Comme en réponse, elle se souleva pour se débarrasser de son haut qu'elle jeta loin d'elle.

Raul déboutonna ensuite sa chemise pendant qu'elle bataillait avec la fermeture Eclair de son short en jean, qui rejoignit bientôt son top.

La chemise de Raul suivit le même chemin, le laissant seulement vêtu de son caleçon dont l'étoffe tendue révélait son érection plus qu'elle ne la dissimulait.

Un feu intense, délicieux et douloureux à la fois, ravageait Charley au plus profond de son être. Incapable de se contrôler, elle se leva pour s'agenouiller sur le lit et admirer cet homme si beau, nu ou presque devant elle, et dont elle rêvait qu'il la possède enfin. D'un mouvement lent, elle dégrafa alors son soutien-gorge, puis fit glisser son petit string le long de ses cuisses. Raul ne la quittait pas des yeux, subjugué.

— Allonge-toi, ordonna-t-il d'une voix rauque.

Elle obéit, et prit une posture délibérément provocante, un bras replié sous la tête, une main empaumant l'un de ses seins, ne laissant paraître entre deux doigts que l'extrémité de l'aréole déjà durcie.

Avec un grognement sourd, Raul arracha son caleçon, libérant son sexe fièrement dressé.

Charley se sentit fondre au creux de son ventre, et la brûlure qui la dévastait s'étendit encore, l'embrasant tout entière, tandis que son sexe humide palpitait, dans l'attente qu'on le caresse, le flatte, le remplisse enfin.

Pourtant une pensée cohérente perça la brume épaisse qui avait envahi son esprit :

— Je ne prends plus la pilule, murmura-t-elle.

Elle lut de l'étonnement dans les yeux de Raul, qui se leva pour aller prendre un paquet de préservatifs dans le tiroir de la commode. Un paquet vierge, réalisa Charley avec une joie sauvage, malgré son état de semi-conscience… Puis, soudain le désir obscurcit davantage encore son esprit, et c'est de loin, très loin qu'elle entendit Raul ordonner :

— Donne-toi à moi…

Elle obéit, offrant à son regard le cœur de sa féminité. Alors, dans l'instant qui suivit, Raul fut sur elle et, prenant ses deux mains, les immobilisa au-dessus de sa tête ; puis après avoir fixé son regard, il couvrit sa bouche de la sienne.

Charley sentit l'extrémité de son sexe à l'orée du sien. En un long mouvement puissant, il la pénétra profondément.

Un cri de bonheur lui échappa, tandis que Raul serrait davantage ses mains en même temps qu'il allait et venait en elle. Lentement d'abord, puis de plus en plus vite, et toujours avec autant de puissance... Comme il la remplissait bien, avec la sublime violence d'un mâle qui prend sa femelle !

Ce fut la seule pensée qui vint à Charlie dont l'orgasme montait déjà, violent, incontrôlable et dévastateur.

Raul jouit en même temps qu'elle, et quand elle revint sur terre, il haletait, allongé sur elle, le visage enfoui au creux de son épaule.

Trop vite, hélas, il se dégagea, et sans un mot, disparut dans la salle de bains, la laissant seule le temps que ce bonheur sans nom fasse place à une vague amertume.

Faire l'amour ne signifie rien pour lui, il ne t'aime pas, il te croit intéressée par son argent, tout ce qui lui plaît, c'est coucher avec toi.

Elle repoussa cette pensée, refusant de reconnaître que son cœur était ému plus qu'il n'aurait fallu.

Sans bruit, Raul revint se coucher près d'elle avant de l'attirer contre lui. Puis il déposa un doux baiser sur son front, et, quand elle entendit sa respiration lente, régulière, elle sut qu'il s'était endormi.

Installée dans un bureau communiquant avec celui de Raul, Charley s'efforçait de lire une revue financière tout en grignotant un biscuit.

— On dirait que tu as la migraine, lança Raul en déposant deux cafés sur une petite table.

— J'essaie de comprendre...

Raul, fidèle à ce qu'il avait dit, ne l'avait pas laissée seule une seconde de toute la semaine. Lundi et mardi s'étaient passés dans ses bureaux de Barcelone, et mercredi et jeudi, ils étaient partis à Paris où il était en négociation avec les autorités pour obtenir le droit de faire atterrir ses avions dans un des aéroports de la capitale française. Pendant ces quatre jours, il avait travaillé comme un fou.

Aujourd'hui, ils étaient de nouveau à Barcelone, et si son rythme de travail demeurait frénétique, il régnait néanmoins dans les bureaux une atmosphère plus tranquille. La perspective du week-end, sans doute. Charley aussi, d'ailleurs, voyait arriver ces deux jours de repos avec un certain plaisir.

Et même un plaisir certain, devait-elle admettre, à la pensée d'un week-end entier seule avec Raul.

Faire l'amour avec lui était comme une addiction : elle en voulait toujours plus… et lui aussi, semblait-il.

— Pour moi, cette revue, c'est du charabia, soupira-t-elle en la refermant. Je n'y comprends rien !

Raul haussa un sourcil :

— Si toutes les affaires que tu as voulu monter ont échoué, c'est parce que tu ne t'intéressais pas aux mécanismes financiers. Pour que Poco Rio ne subisse pas le même sort, je te conseille d'y faire plus attention.

— Poco Rio est différent.

— Une entreprise reste une entreprise, et toutes sont assujetties aux mêmes contraintes de la loi du marché.

— Pas dans ce cas ! protesta-t-elle.

Le vibreur de son téléphone l'empêcha d'aller plus loin.

— Qui est-ce ? s'enquit Raul.

— Mon père qui m'envoie un SMS.

— Que veut-il ?

— Il répond à un message que je lui ai laissé la semaine dernière. Je lui demandais quand il était libre pour déjeuner.

— Il a mis une semaine à te répondre ? grinça Raul. Quel empressement ! N'oublie surtout pas que tu n'es pas libre. Ta place est à mes côtés.

Charley leva les yeux au ciel.

— Je n'oublie rien, voyons ! C'est pourquoi je lui ai proposé qu'on se voie le week-end.

— Je te veux tout le temps auprès de moi, samedis et dimanches compris.

— Les prisonniers ont bien un droit de visite, non ? l'interrogea-t-elle avant d'avaler une gorgée de café.

Le voyant serrer les mâchoires, elle ajouta :

— Tu ne songes pas à m'empêcher de voir ma famille, tout de même ? Ce serait trop cruel.

Raul ne répondit pas tout de suite, et quand il le fit, il resta ambigu.

— Non, je ne veux pas t'empêcher de voir ton père, mais si je le voulais, je le pourrais. D'ailleurs, je ne vois pas pourquoi je te concéderais un jour de liberté pour quelque chose qui risque de ne pas arriver. Tu serais tellement déçue si ton père, comme si souvent, oubliait son rendez-vous.

— Ton souci de mon bien-être affectif est touchant, riposta-t-elle, acerbe.

Raul étouffa un soupir.

— Je sais que tu n'aimes pas que je critique ton père, mais cet homme t'a si souvent fait faux bond.

Charley se hérissa.

— Il se trouve que cet homme comme tu dis, est mon père !

— S'il s'était comporté comme un père avec toi, je serais plus indulgent. Allons, Charlotte, même à notre mariage, il est arrivé avec plus d'une heure de retard.

— Il était bloqué dans un embouteillage ! riposta-t-elle, tandis que ce souvenir lui nouait l'estomac, soudain.

— S'il était parti plus tôt, cela ne serait pas arrivé.

Cette fois, la fureur la saisit, et elle s'écria :

— De quel droit critiques-tu ma famille, alors que la tienne est encore plus tordue que la mienne ?

— Ma famille est…

Elle ne le laissa pas aller plus loin ;

— Ta famille est parfaite, on le sait : les célèbres Cazorla sont parfaits sous tous rapports. Sauf que le fils unique déteste son infirme de père, qu'il n'a aucune relation affective avec sa mère, et que la fille cache sa vraie nature à ses parents pour ne pas tomber du piédestal où ils l'ont placée. A part cela, tout va très bien dans le meilleur des mondes ! Dans la famille Cazorla, on fait semblant quoi qu'il arrive, parce que les apparences comptent plus que tout.

Le visage de Raul avait pris une expression inquiétante, et il serrait les mâchoires.

— Tais-toi, Charlotte ! Je t'interdis de parler ainsi.

— Je vois... Toi, tu as le droit de dire du mal de ma famille, mais moi, pas question que je critique la tienne.

— Tu ne sais même pas de quoi tu parles ! tonna Raul.

— Détrompe-toi : nous avons vécu trois ans ensemble, ne l'oublie pas. Seulement maintenant j'ai changé, je ne suis plus empêtrée dans mes complexes d'infériorité, et j'ai des yeux pour voir.

Raul s'approcha, posa les deux mains sur le bureau de Charley et asséna :

— Ma famille ne te concerne plus. Tu n'en fais plus partie depuis que tu m'as quitté.

Elle riposta du tac au tac :

— Eh bien, considère que ma famille ne te concerne plus non plus !

Il la fusilla du regard, et après un silence, demanda d'un ton dur :

— Ton père t'a fixé une date pour ce déjeuner ?

— Oui, samedi en huit.

— Je te ferai savoir si nous sommes libres ce jour-là.

— Merci.

Il se redressa, avant de dire encore :

— Un de mes comptables va venir travailler avec toi, cet après-midi, pour t'apprendre à tenir des comptes et lire un bilan.

— Tout de suite ?

— Oui.

Sans un mot de plus, il regagna son bureau, et ferma la porte de communication.

9.

Raul traversa le salon pour sortir et se rendre à la piscine. A plat ventre sur le canapé, Charlotte, ses jambes et ses pieds nus dépassant d'un long T-shirt, feuilletait une revue en croquant une barre chocolatée. Elle ne l'avait pas entendu et ne leva pas la tête, mais elle semblait si décontractée, tellement à l'aise que Raul éprouva une étrange sensation.

Sans s'arrêter, il poursuivit jusqu'à la piscine, et après avoir posé sa serviette, plongea.

Nager le détendait toujours.

Pas aujourd'hui : malgré son crawl vigoureux, la pensée de sa femme ne le quittait pas. Après leur âpre discussion sur leurs familles respectives deux jours plus tôt, une sorte de trêve s'était installée. La nuit, leur ardeur amoureuse ne connaissait pas de limites, et ils s'épanouissaient toujours davantage. Cependant, en la voyant si naturelle, si peu sophistiquée ce matin, il avait eu une impression de déjà-vu. Peut-être à cause de cette barre de chocolat qu'elle mangeait avec une gourmandise de fillette ? Bref, il avait cru un instant avoir retrouvé la Charlotte de jadis…

Une question lui vint alors : avait-elle été malheureuse avec lui, comme elle le prétendait, cherchant à devenir quelqu'un qui, s'était-elle imaginé, ferait une épouse plus digne de lui ?

Quand ils s'étaient connus, il avait été séduit par son caractère gai, direct, primesautier. Sans parler de sa manière d'être : naturellement sexy sans chercher ni à provoquer ni à séduire.

Ce caractère avait disparu depuis longtemps, mais tout

à l'heure, elle lui était apparue simple, sans complexe ni sophistication, comme autrefois.

Ayant toujours vécu dans un milieu huppé très fermé, Raul avait cru qu'elle aimerait ce que les femmes qu'il fréquentait appréciaient : s'habiller dans les meilleures boutiques, aller chez le coiffeur, chez l'esthéticienne, en un mot dépenser beaucoup d'argent pour être belle et impeccable en toute occasion… Il lui en avait donné les moyens, et elle n'avait pas refusé, au contraire.

Lui, au fond, cherchait seulement à ce qu'elle soit heureuse et s'intègre dans son monde. Il n'avait rien ménagé pour cela, et grâce à ses efforts elle n'avait sans doute jamais eu le sentiment d'être jugée, voire critiquée.

C'est ce qu'il avait cru jusqu'à ce aujourd'hui. Jusqu'à ce qu'il la voie croquer de bon cœur une barre de chocolat, et que ce détail pourtant dérisoire l'amène à s'interroger…

Quand il eut terminé ses longueurs de piscine, il sortit de l'eau et reprit sa serviette. A cet instant, Charlotte apparut dans le soleil matinal, son téléphone à la main.

— On a quelque chose de prévu, demain ? lança-t-elle, se tenant à distance respectable de lui.

Oubliant d'un coup ses préoccupations, il s'approcha et voulut la prendre par la taille.

— Attention, je vais être toute mouillée ! protesta-t-elle, sans réelle conviction.

Depuis une semaine qu'ils faisaient l'amour comme des fous, Raul avait compris que, quand elle feignait de lui résister, c'était un jeu qui ne durait jamais longtemps.

— Je n'ai rien contre, murmura-t-il avec clin d'œil plein de sous-entendus.

D'un mouvement décidé, il l'attira pour l'embrasser. Sa bouche avait le goût du chocolat !

Elle soupira contre ses lèvres, et noua les bras autour de son cou pour s'abandonner un instant. Puis d'un coup, elle se dégagea.

— Alors, pour demain ?

— Demain, tu es avec moi.

— C'est important, ou bien vais-je rester dans le bureau à côté du tien à t'attendre ?

— Comme toujours, tu feras ce que je te demanderai de faire.

— C'est ennuyeux, parce que j'ai reçu un SMS de Steve. Deux des employés de Poco Rio sont malades.

— En quoi cela te concerne-t-il ?

— Si je ne vais pas l'aider, le centre n'ouvrira pas demain, faute de personnel. Alors je pensais…

Raul en avait assez entendu. D'ailleurs dès qu'elle parlait des enfants du centre, il voyait rouge ! Lui qui aurait tant voulu en avoir un avec elle…

— Il n'en est pas question, déclara-t-il d'un ton dur, nous sommes déjà convenus que, tant que tu serais avec moi, tu ne travaillerais plus à Poco Rio.

Il vit son visage s'assombrir.

— Mais…

— Chut ! C'est un beau dimanche, ne perdons pas de temps à nous disputer.

Charlotte ne répondit rien, mais il sentit qu'elle n'avait pas dit son dernier mot.

Pourtant, lorsqu'il l'entraîna vers la chambre, elle se laissa faire.

Après un jour et une nuit passés à faire l'amour encore et encore, Raul se réveilla le lundi matin, seul dans le grand lit. Un bruit qu'il connaissait bien l'alerta : celui d'un hélicoptère qui s'élevait dans le ciel, non loin.

Un coup d'œil à son téléphone lui apprit qu'il était en retard, et n'avait pas entendu le réveil. Il était sûr pourtant de l'avoir mis, la veille.

Et Charlotte ? Où était-elle ?

Après une douche rapide, il s'habilla sans perdre de temps, et alla vite prendre son petit déjeuner. Une odeur de café frais et de *bollos* — ces délicieux croissants fourrés à la confiture — l'accueillit dans la salle à manger où un seul couvert était dressé. A côté de l'assiette se trouvait une lettre pliée.

Sidéré, il la lut :

« Suis partie au centre. Rentrerai en fin d'après-midi.

Charley.

PS. Ai emprunté l'hélicoptère. »

Incroyable ! Cela ressemblait bien à la Charlotte qu'il avait connue les premiers temps : intrépide, capable de toutes les audaces, vivant seulement l'instant présent…

Mais tout de même ! Elle devait bien se douter des conséquences de ce qu'elle venait de faire, non ?

Une fois passée son envie de rire, Raul sentait monter sa colère, à présent. Il avala en vitesse une tasse de café, mangea sans faim un *bollo*, en même temps qu'il réfléchissait à toute allure.

Charlotte pensait-elle sérieusement que, maintenant qu'ils vivaient de nouveau ensemble, elle pouvait agir à sa guise, et qu'il aurait envers elle la même indulgence qu'avant ?

Il était grand temps de lui donner une leçon. Et si elle continuait à ne pas comprendre que les conditions avaient changé, il revendrait le local du nouveau centre. Après tout, que lui importait le sort de ces enfants ?

Après avoir garé sa Lotus derrière le minibus qu'il avait vu Charlotte conduire la semaine précédente, Raul alla sonner à la porte du centre.

Quand il avait rappelé l'hélicoptère de Barcelone, le pilote était tout penaud, et il avait vite compris ce qui s'était passé. Charlotte avait appelé le pilote qui, sans rien voir d'anormal dans sa demande, l'avait conduite à Valence.

Lorsqu'il entra dans le centre, sa première impression fut qu'il pénétrait dans un hôpital : tout était gris et triste. Un centre d'accueil pour enfants devait être gai et coloré, non ? Il n'eut pas le temps d'y penser davantage : Steve, le directeur, venait l'accueillir sur le seuil d'une vaste salle aux murs tapissés de dessins d'enfants aménagée avec des meubles en plastique de couleurs vives.

Steve, après lui avoir serré chaleureusement la main, lui dit avec un sourire radieux :

— C'est un honneur de vous connaître. Nous vous sommes si reconnaissants de ce que vous avez fait pour nos enfants. C'est un vrai cadeau du ciel.

Pendant que le directeur parlait, Raul promenait un regard ahuri dans la pièce : une petite douzaine d'enfants, dont une bonne moitié en fauteuil roulant, étaient installés en demi-cercle autour d'une jeune femme en pyjama jaune vif, arborant une perruque rousse et un gros nez de clown rouge. Juchée sur une planche posée sur un ballon, elle jonglait avec des balles en mousse. Elle était en équilibre précaire et forçait le trait, jonglant avec une maladresse délibérée. Néanmoins son jeune public la buvait des yeux, et certains enfants hurlaient de rire.

Raul mit quelques instants à comprendre que ce jeune clown était Charlotte. C'est alors qu'une petite main le tira par la manche. Il abaissa les yeux : un garçonnet le regardait, presque implorant.

— C'est Ramon, expliqua Steve, un enfant mongolien dont le syndrome n'est pas très sévère. Il voudrait, je crois, que vous regardiez le spectacle avec lui.

— Je ne suis pas venu pour m'amuser, grommela Raul, et il allait ajouter qu'il venait chercher Charlotte mais le sourire du petit Ramon était si rayonnant qu'il en fut troublé. Alors bon gré, mal gré, il se laissa entraîner par l'enfant.

Tous ces petits étaient très lourdement handicapés, mais le spectacle de Charlotte ne les fascinait pas moins.

Celle-ci le repéra vite, et perdit un instant contenance. Ses balles lui échappèrent et, cette fois, elle ne le faisait pas exprès. Pourtant elle continua à jongler un moment, se contorsionnant avec force grimaces pour le plus grand bonheur des enfants.

Quand elle s'arrêta, elle prit la parole, et dans un espagnol impeccable, expliqua à son jeune auditoire que la représentation était terminée, et que venait maintenant l'heure du déjeuner. Cela fait, elle s'inclina, et les enfants applaudirent avec frénésie, certains même hurlant de joie.

Steve et deux moniteurs entreprirent tout de suite de les aider à passer au réfectoire, pendant que Charlotte rassemblait ses accessoires qu'elle fourrait dans une vieille valise. Raul l'observait, mais elle ne semblait pas faire cas de sa présence.

Quand elle sortit de la pièce, il lui emboîta le pas. Elle suivit un couloir jusqu'à un local aveugle qui servait de réserve.

Une fois à l'intérieur, elle se tourna avec brusquerie :

— Désolée, d'accord ? murmura-t-elle avant de ranger la vieille valise sur une étagère.

Elle retira son nez en caoutchouc, puis cette maudite perruque qui la grattait.

Elle n'avait pas douté un instant que Raul viendrait la chercher. Et quelque part, elle l'avait désiré. Au moins, il avait vu les enfants, et peut-être finirait-il par comprendre combien le centre était important pour tous ?

Mais pourquoi ne disait-il donc rien ?

Elle enleva son pyjama jaune avec un soulagement non dissimulé : il lui tenait affreusement chaud.

— Peux-tu m'expliquer ce qu'est ce centre ? demanda-t-il enfin avec une sorte de lassitude dans la voix.

Elle feignit l'étonnement.

— Je croyais que tu avais lu la lettre que je t'ai envoyée, avant de venir te voir à l'hôtel Garcia pour te demander ton aide ?

— J'ai lu ce que je croyais le plus important.

— Et tu pensais que Poco Rio, c'était quoi, exactement ?

— Une crèche.

Elle le regarda d'un air ahuri, avant d'afficher un sourire radieux.

Raul se tendit.

— On dirait que cela te fait plaisir.

— Oh oui, alors ! Je comprends mieux ta réaction négative, si tu pensais qu'il s'agissait d'un centre d'accueil pour enfants normaux.

En le voyant baisser les yeux, elle fut prise de pitié. Il l'avait jugée avec tant de cynisme ! Comme il devait s'en vouloir !

— Tu saisis mieux maintenant pourquoi il fallait que je vienne, aujourd'hui ? reprit-elle. Sans moi, le centre n'aurait pas ouvert, or il est une sorte de bouée de sauvetage pour les enfants autant que pour leurs familles.

— Qui sont ces gosses ?

— De pauvres petits qui, de naissance ou par accident, ne pourront jamais mener une vie normale, mais qui ont assez de lucidité pour le désirer.

Raul eut soudain un regard incertain et, comprenant combien il était désemparé, Charley eut le courage de lui demander :

— Reste avec nous une heure ou deux, tu verras ce que nous faisons et à quoi servira l'argent que tu as dépensé pour nos nouveaux locaux.

Il hésita un instant, puis jeta :

— Nous partirons quand tu voudras.

Quelle victoire ! La joie au cœur, Charley l'entraîna dans le réfectoire où le déjeuner battait son plein. Ou plutôt la bataille car, dans une cacophonie insensée, les enfants jouaient autant avec leur nourriture qu'ils la mangeaient, malgré la bienveillante sollicitude des éducateurs.

Comme Raul s'était arrêté à l'entrée de la salle devant une photo représentant l'équipe du personnel, Charley l'attendit.

— Tu es volontaire bénévole ? l'interrogea-t-il au bout de quelques instants.

— Oui.

Il hocha la tête, puis la regarda, et elle eut l'impression étrange qu'il la découvrait sous un jour nouveau. De but en blanc, il demanda :

— Que dois-je faire ?

Elle fixa son beau costume sur mesure avec un sourire malicieux :

— Tu peux nous aider à faire déjeuner les enfants ?

De nouveau, il hocha la tête et, la suivant, alla s'asseoir à côté du petit Ramon qui, ravi, lui faisait de grands signes.

Charley sourit en silence. Ramon était, de tous les enfants, celui qui mangeait le plus salement. Tant pis, arriverait ce qui arriverait… et Raul avait les moyens d'envoyer son costume au pressing.

De retour à Barcelone, ils s'arrêtèrent dans un restaurant pour manger un morceau, et prirent une table en terrasse. Ils commandèrent, puis tout de suite, Raul demanda :

— Comment as-tu connu ce centre ?

— Je voulais m'occuper d'enfants.

— Tu as trouvé une annonce ?

— Plus ou moins. J'avais décidé de faire du bénévolat et j'ai toujours aimé les enfants. Les amuser est à peu près la seule chose que je sache faire. J'ai commencé par aller dans un hôpital pour voir s'ils avaient quelque chose pour moi et, là, j'ai rencontré l'un des petits qui fréquentait Poco Rio. J'y suis allée proposer mes services et j'ai eu une sorte de coup de foudre en voyant ces pauvres gosses et ces merveilleux moniteurs. La chance a voulu que Steve ait besoin de bénévoles, et je me suis engagée à l'aider.

— Ils n'avaient pas les moyens de te payer ?

— La situation à l'époque n'était pas facile pour eux, et puis…

Charlotte eut un sourire espiègle avant d'ajouter :

— J'avais assez d'argent pour me passer de salaire.

Tandis que Raul essayait d'intégrer ce qu'elle venait de dire, on leur servit leur paella.

— D'où le centre tire-t-il ses ressources ? demanda Raul avant de goûter au contenu de son assiette.

— Allons, protesta Charlotte en riant, ne me dis pas que tu as acheté les nouveaux locaux sans lire le rapport financier que je t'avais préparé !

— Je n'ai pas eu le temps.

C'était la première excuse qui lui venait à l'esprit. Il n'allait tout de même pas lui dire qu'il l'avait d'abord mis à la déchiqueteuse sans l'ouvrir, puis l'avait retiré pour le fourrer au fond d'un placard. Mais elle n'était pas dupe, il le vit tout de suite.

— Certains parents ont les moyens de payer, expliqua-t-elle, mais le plus clair de nos ressources vient de dons privés et de subventions. Cela suffit pour faire tourner le centre, mais nous n'avons pas de réserves financières.

— Les dons privés représentent quelle part de votre budget ?

— Je ne saurais te le dire, mais ils sont insuffisants. Pour en obtenir davantage, il faudrait nous faire connaître, mais comment ?

Raul mangea un moment en silence. Il réfléchissait. Il n'avait passé que quelques heures au centre, mais cela suffisait pour qu'il ait envie d'aider.

— Pourquoi ne m'avoir jamais parlé de ce centre ? demanda-t-il.

— Je l'ai fait ! protesta-t-elle.

— Je veux dire avant d'apprendre que vous deviez changer de local.

Charlotte baissa les yeux.

— Je pensais que je pouvais nous sortir d'affaire seule.

Seule, avait-elle dit. Comme toujours ! Sans formation commerciale, elle ne possédait pas les outils permettant de réussir. Il avait tenté de l'aider, mais elle ne voulait rien entendre, et ses tentatives se soldaient immanquablement par des échecs qui provoquaient des disputes entre eux. Car plus il essayait de l'aider, plus elle s'obstinait à vouloir se débrouiller seule.

— C'est pour cette raison que tu voulais que j'achète les locaux à ton nom ? l'interrogea-t-il encore.

— Bien sûr que non ! Je voulais aider le centre ! Je croyais qu'il me restait assez d'argent pour acheter des locaux moi-même et je me disais que, quand ce serait fait, je trouverais un moyen de les mettre au nom de l'association qui gère Poco Rio, de sorte qu'il n'y aurait jamais plus de souci.

Charlotte posa sa fourchette pour boire une longue gorgée

de bière. Quand Raul l'avait connue, elle buvait de la bière. Ce n'est qu'après, quand il l'avait amenée à Barcelone, qu'elle s'était mise à préférer les bons vins.

Et dire qu'il y avait vu une preuve de plus de sa vénalité ! A mesure qu'il parlait avec elle, ce soir, il réalisait combien il s'était trompé ! Il avait suffi de ces quelques heures au centre pour qu'il la découvre sous un autre jour !

Il songea soudain à sa propre enfance et son adolescence, et à ses efforts désespérés pour plaire à son père. Il travaillait sans arrêt pour obtenir de bons résultats, et il y était arrivé, puisqu'il avait passé son examen de fin d'études avec la plus haute mention et les félicitations du jury. Mais son père, au lieu de l'en féliciter, avait maugréé :

— On verra ce que tu feras au MIT, quand tu seras confronté aux meilleurs cerveaux du monde.

Charlotte avait-elle ressenti des frustrations semblables quand, croyant l'aider, il lui donnait l'impression qu'elle n'était capable de rien ?

Dios ! Dire qu'il l'aimait plus que tout, et que loin de vouloir la changer, il avait seulement voulu qu'elle s'adapte mieux et plus vite.

— Je connais beaucoup de monde, tu le sais, dit-il enfin, en particulier dans les medias. On pourrait avec leur aide mieux faire connaître le centre, et obtenir davantage de dons.

— Ce serait merveilleux, soupira Charlotte dont l'émotion se lisait dans ses grands yeux verts. Plus nous aurons d'argent, plus nous pourrons embaucher de personnel et accueillir d'enfants.

La conversation entre eux se poursuivit, et Charlotte s'anima. Jamais il ne l'avait vue ainsi. Quand il suggéra d'organiser une soirée au profit de Poco Rio sur son bateau de croisière le plus luxueux, elle ne se tint plus de joie, et applaudit des deux mains, sous les regards étonnés des autres clients.

Ils prirent leur café, puis Raul consulta sa montre : incroyable ! Ils avaient passé trois heures à discuter. Le temps avait filé si vite ! Après avoir demandé l'addition, il posa sur Charlotte un sourire nonchalant avant de prendre sa main.

— Si on rentrait à la maison ?

— Dois-je continuer à respecter le pacte que nous avons conclu ? demanda-t-elle d'un ton glacial.

— Bien sûr.

Il se pencha pour appuyer sa joue contre la sienne et humer son délicieux parfum de vanille.

— Rien n'a changé, ajouta-t-il.

Pourtant tout avait changé, il le savait. Il voulait rester avec elle. Ou plutôt il n'était pas prêt à la laisser partir. Le serait-il un jour ?

10.

Le lendemain matin, Charley achevait de s'habiller après sa douche quand Raul entra dans la chambre, plusieurs dossiers à la main. Il s'était levé beaucoup plus tôt sans qu'elle l'entende.

Après avoir posé les dossiers sur la coiffeuse, il lui tendit une feuille de papier disant :

— Voilà mon programme pour le mois qui vient. Les dates soulignées sont celles où je n'ai pas besoin de l'hélicoptère. Tu peux t'en servir pour aller à Valence.

Charley le regarda, incrédule.

— Tu veux dire que je peux continuer à travailler au centre ?

— Oui.

— Oh ! c'est formidable ! s'écria-t-elle, incapable de contenir sa joie.

— J'ai autre chose à te dire, poursuivit-il, j'ai eu Pierre Binoche au téléphone.

C'était le décorateur qui s'occupait de ses hôtels et de ses bateaux de croisière.

— J'ai organisé une réunion à la fin du mois dans les nouveaux locaux. Je suppose que tu voudras y assister ?

— Tu veux le charger de la décoration intérieure ? s'étonna Charley. C'est très gentil, mais cela ne me semble pas nécessaire. Les aménagements terminés, il suffira d'un coup de peinture.

— Pierre ne s'occupera pas des couleurs : je voudrais qu'il crée une atmosphère pour que les enfants se sentent mieux. Tu l'aideras, *cariña*.

Charley rosit de plaisir, et il poursuivit :

— Tu connais les problèmes et les règlementations mieux que personne. J'ai pensé aussi que la notoriété de Pierre nous servirait. Il nous fera de la publicité et ainsi, nous trouverons plus de donateurs.

— C'est vrai, admit-elle.

Pierre Binoche qui était très connu ferait une excellente publicité pour le centre.

Une pensée vint alors à Charley qui demanda :

— Quand est prévu ce rendez-vous ?

— Le dernier mercredi de ce mois.

— Oh zut !

— Qu'y a-t-il ce jour-là ?

La *Tomatina*, à Buñol.

Buñol, un petit village à côté de Valence, organisait en effet, tous les ans, une bataille de tomates qui attirait les gens de toute la région. C'était une fête populaire, dont la réputation avait depuis longtemps dépassé les frontières de l'Espagne.

— Ne me dis pas que vous emmenez les enfants à la *Tomatina* ? s'exclama Raul.

A son expression, on aurait pensé que Charley voulait leur montrer un film porno. Elle se mit à rire.

— Et pourquoi pas ? L'an dernier, nous en avons sélectionné cinq. Nous avions loué un toit terrasse, et acheté une caisse de tomates, ils ont passé une journée merveilleuse.

Puis, prise d'une idée subite, elle ajouta :

— Tu devrais venir avec nous.

— Je ne pense pas que ce soit judicieux, rétorqua-t-il d'un ton sec.

— Pourquoi ? Tu as peur de te salir ?

— Tu sais bien que non ! asséna-t-il, vexé.

— Alors pourquoi pas ?

Il haussa les épaules avec irritation :

— Enfin, Charlotte, réfléchis ! Je ne vais pas prendre un jour de congé pour regarder des gens se battre à coups de tomates trop mûres !

— Ne sois pas si snob, c'est très amusant, je t'assure.

— Je ne suis pas snob !

A cet instant, le téléphone de Charley bipa : elle regarda l'écran, et se rembrunit. Sans qu'elle lui parle, Raul avait compris : c'était un message de son père.

Et de fait, elle annonça, toute triste :

— Papa annule le déjeuner, samedi prochain.

— Pourquoi ? demanda-t-il, affichant un air impassible.

Sans surprise, elle fut aussitôt sur la défensive :

— Il a un rendez-vous professionnel.

— Un samedi ? s'étonna Raul.

— Toi aussi, tu as parfois des rendez-vous le samedi, fit-elle observer. Il doit rencontrer un éventuel employeur, parce qu'il cherche du travail, figure-toi. Toi qui laisses toujours entendre que c'est un bon à rien, tu devrais être content !

— Je suis ravi, en effet.

Sauf que Raul n'en croyait rien. Graham avait sans doute une nouvelle conquête, et avait monté sa petite histoire plutôt que de dire la vérité à sa fille. Le seul point positif était qu'il prévenait plusieurs jours à l'avance, alors que souvent, il le faisait à la dernière minute.

Secouant la tête, il alla prendre les dossiers sur la commode.

— Pendant que tu dormais, j'ai regardé le budget prévisionnel que tu avais préparé pour le nouveau centre. Bravo, c'est du beau boulot.

Charlotte s'empourpra.

— Tu parles sérieusement ?

— Tout à fait.

Il avait même été sidéré par son travail. Il avait toujours su qu'elle était capable du meilleur à condition qu'on canalise son énergie ; le problème, et il le voyait clairement maintenant, c'est qu'elle-même ne s'en croyait pas capable. Du moins autrefois, quand elle vivait avec lui.

En d'autres termes, elle n'avait pas confiance en elle, et lui ne s'en était jamais rendu compte, idiot qu'il était ! Certes, elle crânait, à l'époque, et cachait son manque d'assurance en se prétendant plus forte qu'elle n'était, mais il n'aurait jamais dû s'y laisser prendre.

Ecartant ces pensées, il s'approcha pour l'embrasser avant de lancer :

— Maintenant, habille-toi, nous partons au bureau dans vingt minutes. Tu sais bien que je ne peux plus me passer de mon sex-toy, ajouta-t-il avec un clin d'œil malicieux.

Il eut la joie de la voir éclater de rire, puis elle demanda, feignant un air très sérieux :

— Tu veux que je prenne mon attirail sado-maso ?

— Ah, cela me plairait bien ! rétorqua-t-il du tac au tac, et le rire en cascade de sa femme l'escorta dans le couloir.

— Reste tranquille pour une fois, dit Raul au téléphone. Tu n'as pas arrêté de travailler depuis plus de quinze jours.

— Tu es sûr ?

— Oui.

La voix de Raul baissa et se fit coquine quand il ajouta :

— A moins que tu ne viennes me faire la danse des sept voiles dans mon bureau…

Charley ne put réprimer un frisson de plaisir. Raul, même au téléphone, la troublait tant !

— On se voit ce soir à la maison, déclara-t-elle d'un ton ferme. Passe une bonne journée.

Après avoir raccroché, elle alla à la fenêtre. La pluie tombait dru, et le vent secouait sans pitié les palmiers du jardin. On était en août, et un déluge s'abattait sur Barcelone. Au point que l'hélicoptère n'avait pas pu décoller, et Charley avait dû renoncer à se rendre à Valence, comme prévu. Restait à souhaiter que le temps s'améliore mercredi, jour de la réunion avec Pierre Binoche, le décorateur. Ensuite, après ce rendez-vous, Charley conduirait les enfants à Buñol, pour la *Tomatina*.

En attendant, cette journée était à elle, rien qu'à elle !

Elle allait d'abord se prélasser dans un bon bain. Voilà si longtemps que cela ne lui était pas arrivé.

Elle entra dans la baignoire remplie à ras bord et ferma les yeux pour écouter la pluie qui tambourinait contre les vitres. Quel étonnant bien-être elle éprouvait !

Les dernières semaines étaient passées comme le vent. Raul l'avait emmenée à Sainte-Lucia visiter l'un de ses tout récents complexes hôteliers, puis à Madrid où se trouvait le siège de sa compagnie d'aviation. Ils étaient sortis dîner plusieurs fois, et malgré ça, elle avait réussi à travailler au centre deux jours par semaine.

Comme elle vivait les choses différemment, maintenant ! Avant quand Raul l'emmenait dans ses déplacements professionnels, elle avait si peur de ne pas être à la hauteur et de passer pour une imbécile que ces voyages lui étaient devenus insupportables. Alors elle avait cessé d'accompagner son mari. Résultat, chaque fois qu'il s'absentait, elle tremblait à l'idée qu'il rencontre une femme qui lui convenait davantage…

Maintenant, elle se moquait pas mal de ses lacunes. Elle n'était pas parfaite ? Et alors ? Ce n'était pas grave. Sa vie commune avec Raul ne durerait pas. Pendant les quelques mois à venir, pas question de faire semblant d'être autre qu'elle n'était. D'ailleurs Raul acceptait ses défauts. Lui aussi savait qu'en novembre chacun reprendrait son chemin et qu'il pourrait alors chercher une épouse digne de lui.

Un élancement douloureux la cisailla à la pensée de Raul avec une autre femme : elle retint son souffle pour mieux le réprimer. Cette souffrance aiguë n'était pas nouvelle mais, aujourd'hui, elle se faisait plus lancinante, plus tenace…

Néanmoins Charley ne commettrait pas deux fois la même erreur : une fois déjà elle avait confondu le plaisir physique avec l'amour ! On ne l'y reprendrait plus. Maintenant, elle était lucide…

Elle laissa son esprit dériver. Oui, tout avait changé entre eux, ces dernières semaines… Elle sentait confusément que si elle voulait le quitter, Raul la laisserait partir, malgré leur accord. Elle savait aussi qu'il ne se désintéresserait pas du centre, quoi qu'il arrive. Les enfants handicapés avaient touché son cœur.

Alors pourquoi restait-elle auprès de lui ?

Elle ouvrit les yeux d'un coup, comme la vérité s'imposait avec une brutalité ahurissante.

Elle restait avec lui parce qu'elle en avait envie !

Raul s'était certes mal comporté en exerçant sur elle un chantage imbécile. Par ailleurs, sans doute continuait-il à la juger très mal, croyant qu'elle l'avait épousé par vénalité ; néanmoins ces dernières semaines, il l'avait traitée avec respect, un sentiment qu'elle n'avait jamais perçu chez lui pendant leurs années de mariage.

Respect, oui ! Charley sentit l'adrénaline fuser dans ses veines, tandis que son cœur tambourinait dans sa poitrine.

Se pouvait-il que leur mariage soit viable ?

Non, interdiction d'envisager cette éventualité ! Quand ils s'étaient connus, tout avait semblé simple. Hélas, leur idylle n'avait pas résisté à l'épreuve du temps.

Cette fois, leur relation était limitée dans le temps, justement. C'était peut-être la chance de vivre ensemble une belle aventure qui resterait pour eux un merveilleux souvenir…

Elle éprouva tout à coup une grande paix intérieure : si elle n'était plus l'otage de Raul, ils étaient tous deux acteurs de cette aventure. Dans ces conditions, allait-elle gaspiller les quelques mois qu'il lui restait à vivre avec son mari en feignant de subir son sort ?

Elle ferma de nouveau les yeux. Elle aimait tant faire l'amour avec lui… leurs étreintes les emplissaient l'un et l'autre d'un bonheur sans pareil. Certes, elle avait juré de ne jamais faire le premier pas, mais c'était au tout début…

Elle se redressa avec tant de brusquerie que l'eau éclaboussa le sol de la salle de bains. Et elle se mit à rire toute seule, tant la pensée qui lui venait était coquine.

Par plaisanterie, Raul lui avait suggéré de venir à son bureau lui faire la danse des sept voiles ?

Eh bien, il allait être content ! C'était la meilleure manière de lui prouver que, dans cette relation provisoire, ils étaient sur un pied d'égalité.

Non, la concentration n'était pas au rendez-vous. Raul dictait une lettre sur son ordinateur, et sa pensée s'évadait sans cesse vers Charlotte, seule à la maison. Il tâcherait de rentrer tôt ce soir, mais ce n'était jamais facile…

Soudain, son Interphone sonna. Il avait pourtant demandé de ne pas être dérangé !

— Quel est le problème ? aboya-t-il dans l'appareil après avoir décroché.

— Votre femme est ici, et insiste pour vous voir, expliqua Ava, son assistante.

— Faites-la entrer.

Ce dernier mois, l'atmosphère entre eux avait été bonne, mieux, excellente. Il n'aurait jamais imaginé, même aux premiers temps de leur mariage, que la vie avec elle pût être aussi intéressante et enrichissante.

Trop, sans doute. Après les hauts venaient toujours les bas…

La porte s'ouvrit, et Charlotte apparut, vêtue comme le temps exécrable l'exigeait d'un long imperméable noir.

— Qu'est-ce qui se passe ?

Un sourire serein se dessina sur son ravissant visage, et elle referma en douceur la porte derrière elle.

— Assieds-toi, ordonna-t-elle sans cesser de sourire.

— Que…

Elle porta la main à la ceinture de son imperméable, et dit en la dénouant :

— Je t'ai dit de t'asseoir.

La ceinture s'ouvrit, et les pans du vêtement noir s'écartèrent : dessous, elle était nue comme au premier jour !

Bientôt l'imperméable glissa au sol, et elle s'avança vers Raul, ondulant sur ses talons aiguille vernis noir.

Il dut se pincer pour s'assurer qu'il ne rêvait pas. Déjà, elle posait les mains sur ses épaules, l'obligeant à se laisser tomber sur son siège. Il s'aperçut alors que son visage était exactement à la hauteur de son pubis. L'effet fut instantané.

Le sourire de Charlotte avait perdu de sa sérénité, et s'était fait lascif. Elle posa de nouveau les deux mains sur ses épaules, et écartant les jambes, s'assit à cheval sur ses genoux. Puis elle inclina la tête pour murmurer d'une voix enjôleuse :

— Tu voulais la danse des sept voiles dans ton bureau : la plus belle fille du monde ne peut donner que ce qu'elle a !

Elle suivit alors avec ses lèvres la ligne de sa mâchoire pour s'arrêter sur sa bouche, tandis qu'elle entreprenait d'ouvrir la ceinture de son pantalon.

Il la prit par la taille : tout de suite la chaleur et la douceur de sa peau l'enflammèrent. Jamais il n'avait été excité si vite et avec tant de violence. Le sang battait à ses tempes, et son cœur tambourinait si fort qu'il en avait le souffle court.

Une urgence insensée le saisit, et en mouvements désordonnés, il aida Charley à faire descendre son pantalon et son caleçon pour libérer son sexe en pleine érection. Aussitôt elle le prit pour le caresser comme elle savait si bien le faire. Il dut se faire violence pour réprimer le grognement qui lui étranglait la gorge. Il allait exploser de désir, comme ça, dans sa main, et il ne le fallait surtout pas…

Charlotte continua à le caresser sans hâte, et bientôt elle le guida en elle. Cette fois, il gronda, incapable de se contenir, et elle gémit aussi tout contre sa bouche.

Alors, abandonnant ses lèvres, elle se souleva à peine, se tenant à ses épaules, puis se laissa tomber, s'empalant sur son sexe dressé.

Raul posa une main dans son dos, tandis qu'elle s'écartait pour qu'il la pénètre plus profondément. Puis le va-et-vient commença… Très vite, le rythme s'accéléra, les soudant toujours davantage.

Raul la sentit se crisper autour de son sexe, et lutta pour tenir encore. Ce ne fut que lorsque, avec un long frémissement, elle se détendit d'un seul coup, qu'il s'autorisa enfin à libérer sa semence. Il la sentit, brûlante, le dévaster, lui arrachant de violents soubresauts de plaisir.

Ils ne sauraient jamais combien de temps ils restèrent ainsi, dans les bras l'un de l'autre, à écouter le sifflement haletant de leurs respirations troubler le silence du bureau.

Enfin, Charley se dégagea pour l'embrasser, et il retomba sur terre.

— Je reviens dans un instant, murmura-t-elle en se remettant debout.

Elle lui sourit et disparut en titubant dans le cabinet de toilette attenant.

Une fois seul, Raul remit ses vêtements sans trop savoir ce qu'il faisait, bouleversé par l'expérience qu'il venait de vivre — certainement l'une des plus érotiques qu'il ait jamais connues.

Déjà, Charlotte reparaissait, toujours nue, et récupérait son imperméable. Elle l'enfila, et après en avoir noué la ceinture, voulut se détourner pour repartir. Mais il lui saisit le poignet et l'attira de nouveau à lui pour prendre son visage entre ses mains et l'embrasser avec passion.

Enfin, arborant un sourire aussi serein que celui qu'elle avait en entrant un peu plus tôt, elle sortit.

Dios ! Ce qu'il venait de vivre était-il bien réel ou l'avait-il rêvé ? Raul se frotta les yeux. Comment retrouver un semblant de concentration, quand il se remettrait au travail ?

Il appuya sur le bouton de son Interphone.

— Apportez-moi un café très serré, ordonna-t-il à son assistante.

11.

Raul boucla sa ceinture de sécurité avec appréhension. Quelle mouche l'avait piqué d'accepter ?

Ils avaient retrouvé Pierre Binoche ainsi que Vittore et Pablo, le futur chef de projet, sur le site du nouveau centre où Steve les avait rejoints. Charlotte faisait plaisir à voir, on la sentait dans son élément, et elle était radieuse.

Le temps s'était remis au beau, et à l'issue de la réunion, Raul, sans doute emporté par l'enthousiasme collectif, avait accepté d'aller à Buñol avec les enfants, dans le minibus.

— Et si je conduisais ? finit-il par demander en regardant Charlotte qui, après s'être installée au volant, mettait sa ceinture.

— Tu n'es pas assuré, fit-elle valoir avec un sourire amusé.

— Je peux appeler mon assurance, cela prendra deux minutes.

— C'est moi qui conduis !

Sur ces mots, elle enclencha la marche arrière, et le minibus recula avant de prendre la direction de Buñol.

Encadrés par deux moniteurs et un volontaire, cinq enfants avaient pris place à l'arrière, et leur excitation était à son comble. Aux dires de Charlotte, tout déplacement, que ce soit à la piscine ou au jardin public, les mettait en joie.

Le matin, il avait été convenu que Raul, après la réunion, la conduirait au centre, puis retournerait à Barcelone. Mais une fois arrivée à destination, Charlotte avait levé sur lui ses grands yeux verts auxquels il résistait de moins en moins :

— Viens donc avec nous ! avait-elle suggéré.

Pourquoi avoir accepté ? Il s'en étonnait encore. Peut-être par curiosité ? Ou pour voir par lui-même ce qui faisait courir toute l'Espagne ?

En tout cas, pas parce qu'il avait de plus en plus de mal à se séparer de Charlotte, fût-ce pour quelques heures ! Ça, non !

Leur relation avait changé depuis son numéro de séduction dans le bureau. De ce jour elle avait perdu toute réserve envers lui. Elle était plus libre dans ses rapports physiques, plus gaie dans la vie, plus enthousiaste. Elle était heureuse. Oui, vivre avec lui la rendait heureuse !

Il était perdu dans ses pensées quand le minibus s'immobilisa devant un hôtel modeste sur la plaza del Pueblo où devait se dérouler la *Tomatina*. Le directeur les fit monter sans perdre de temps sur le toit terrasse, sans doute l'un des meilleurs endroits d'où regarder dans son ensemble le théâtre des opérations. Un garde-corps protégeait la terrasse, de sorte que les enfants pouvaient manifester leur enthousiasme et leur vitalité sans risque, et on avait prévu des chaises pour les adultes.

Quel spectacle songea Raul. La place et les rues adjacentes fourmillaient de monde ; des camions remplis de caisses de tomates étaient stationnés à proximité de canons à eau ; des bâches en plastique protégeaient la plupart des immeubles et magasins, et des hordes de jeunes gens essayaient de grimper à un mât haut d'une dizaine de mètres au sommet duquel était accrochée une énorme grappe composée de jambons. Le mât était sans doute savonné car les audacieux n'allaient jamais bien loin, et retombaient les uns sur les autres, aussitôt remplacés par de nouveaux casse-cou.

Raul était stupéfait : jamais il n'avait imaginé qu'il assisterait un jour à une *Tomatina* ! Que dirait son père s'il apprenait que son fils participait à une fête aussi populaire ? Nul doute, il désapprouverait…

La voix de Charlotte le ramena au présent :

— L'année prochaine j'espère emmener tous les enfants, criait-elle par-dessus les « Olé ! Olé ! » assourdissants de la foule.

Rouge d'excitation, elle tenait sur ses genoux une fillette blonde au regard absent.

— J'espère que tu seras encore des nôtres, ajouta-t-elle.

Il ne put répondre : le grondement des canons à eau annonçait le coup d'envoi de la bagarre.

Ce qui suivit s'apparenta vite à un massacre de carnaval : joyeux, débridé, triomphant mais… franchement dégoûtant.

Charlotte et les enfants riaient à en pleurer, voyant des centaines de tomates mûres jaillir de partout et s'écraser, transformant les rues en torrents de jus rouge, et les gens en épouvantails dégoulinant de pulpe.

Comment un homme comme lui assistait-il à une débauche pareille ? se demanda soudain Raul. Le pire, c'est qu'il ne s'ennuyait pas, n'était pas dégoûté, au contraire. Il trouvait le spectacle très drôle.

Il sentit soudain quelque chose de mou s'écraser dans son dos, et aussitôt après eut l'impression d'avoir été mouillé : un des enfants l'avait pris pour cible et riait tant que des larmes coulaient le long de ses joues.

Il s'aperçut alors que quelqu'un avait monté une caisse de tomates sur la terrasse. D'ailleurs, Charlotte avait déjà installé la petite fille sur son siège et se précipitait pour s'emparer de deux grosses tomates bien mûres. Avec un sourire plein de malice, elle les écrasa dans ses mains avant de les lancer sur sa chemise blanche.

Raul baissa les yeux : il était maculé de jus rouge, et ce n'était que le début ; tous les gosses s'étaient rués sur la caisse de projectiles et le visaient, hurlant de rire.

Charlotte se baissa pour se réapprovisionner, et lui lança un regard plein de défi.

Raul relevait toujours un défi.

Quelle merveilleuse journée ! Exaltante, même. Charley était épuisée mais heureuse.

La bataille de tomates terminée, ils s'étaient tous retrouvés aussi sales que les gens dans les rues. Le directeur de l'hôtel était remonté brancher la lance d'arrosage et les avait lavés au jet. Après quoi, ils étaient repartis au centre, trempés mais joyeux.

— Tu t'es bien amusé, non ? demanda-t-elle à Raul quand ils reprirent la Lotus pour se rendre à l'héliport.

Raul acquiesça. A sa grande surprise, et pour son plus grand bonheur, il avait vraiment participé à la fête, acceptant de servir de cible aux enfants auxquels il rendait coup pour coup tout en prenant garde de ne pas leur faire mal.

Il hocha la tête en immobilisant la voiture de sport à un feu rouge.

— C'était très drôle.

— Je te l'avais dit ! Mais j'ai mal au bras à force d'avoir lancé des tomates.

Elle lui glissa une œillade pleine de sous-entendus avant d'ajouter :

— J'ai besoin d'un bon massage.

— Et moi je crois connaître un bon masseur, répondit Raul du tac au tac.

— Je n'en doute pas.

Il avait posé la main sur sa cuisse et, se calant contre la vitre, elle ferma les yeux. Oui, elle était lasse.

— A propos, demanda-t-elle soudain, comment fonctionne la vente des billets pour le dîner de bienfaisance à bord de ton paquebot ?

Elle-même s'occupait de l'organisation pratique de la manifestation, mais pas de la vente.

Raul lui lança un regard de biais :

— J'attendais le moment propice pour t'annoncer la bonne nouvelle : nous avons tout vendu.

— Formidable ! s'exclama-t-elle. Tu te rends compte que rien qu'avec les billets nous assurons deux ans de salaire du personnel ?

— Quand nous aurons collecté des fonds auprès des invités avec les enchères aux dons, je parie que les salaires seront garantis pour les dix prochaines années ! rétorqua Raul en riant. Tu pourrais songer à te payer, maintenant.

Elle secoua la tête.

— Je ne sais pas, il me reste pas mal d'argent, et si je fais attention, je peux continuer à être bénévole pendant longtemps.

— Tu as donc l'intention de rester au centre ?

— Que puis-je faire d'autre ?

— Dans ce cas, prends un salaire, c'est bien la moindre des choses. Tu travailles très dur !

— Mais non voyons ! protesta-t-elle, j'amuse les enfants, pas plus.

C'était hélas tout ce qu'elle savait faire, et soudain son humeur s'assombrit.

— Tu fais bien davantage et tu le sais, fit valoir Raul.

Comme elle haussait les épaules, il insista :

— Enfin, Charlotte, sans toi, il n'y aurait pas de nouveau centre.

— Sans toi, tu veux dire !

La voiture venait de franchir la porte du hangar où l'hélicoptère attendait.

— C'est toi qui as fait tout le boulot, rétorqua Raul. Les travaux sont réalisés d'après tes plans, Vittore les a à peine modifiés. C'est tout à ton honneur, reconnais-le.

— Tu dis n'importe quoi ! s'insurgea-t-elle, j'ai fait ce que n'importe qui d'autre aurait fait à ma place.

Raul tapa du poing sur son volant avec tant de force qu'elle sursauta.

— Assez, Charlotte, s'écria-t-il avec irritation. Cesse de te rabaisser !

— Je ne me rabaisse pas, mais c'est vrai, je n'ai rien fait d'extraordinaire.

Après avoir immobilisé la voiture et coupé le contact, Raul se tourna pour la regarder avec une intensité qui la troubla.

— Au contraire, déclara-t-il détachant bien ses mots, tu as été exceptionnelle.

Et il ajouta, la clouant toujours sous son regard intense :

— Voyez-vous, *señora* Cazorla, quand je vous regarde, je sais pourquoi je suis tombé amoureux de vous.

Charley sentit sa tête lui tourner, tandis qu'elle avait la gorge sèche, soudain.

— Le pilote nous attend, réussit-elle à articuler pour cacher son émotion.

— Encore un peu de vin ?

Charley sursauta : elle était à mille lieues de là.

— Volontiers, dit-elle, se forçant à sourire, et nous pourrions commander.

— Tu crois ?

Ils étaient arrivés au restaurant voilà plus d'une heure, et son père n'était toujours pas là. Son téléphone, évidemment, restait muet. Son père n'avait qu'une heure de retard, pour lui ce n'était pas grand-chose. Enfant, Charley avait passé des journées entières à l'attendre.

Elle fixa le menu devant elle, incapable d'affronter le regard de Raul.

— Oui, insista-t-elle en se forçant à rire, cela le fera arriver.

Elle but une gorgée de vin. Elle était adulte, maintenant, et avait depuis longtemps accepté son père tel qu'il était : un homme sur qui on ne pouvait pas compter. Mais l'attendre ainsi la renvoyait à son enfance, quand elle guettait pendant des heures l'arrivée de sa voiture ; à son adolescence aussi, quand, par peur de manquer une de ses hypothétiques visites, elle faisait l'école buissonnière.

Il allait arriver.

Ils commandèrent leur repas, et burent encore un verre de vin. Enfin, son téléphone vibra. Un SMS.

— Il a eu un problème ? s'enquit Raul d'un ton neutre, comme elle lisait le court message.

Elle hocha la tête, se forçant encore à sourire :

— Un ennui avec sa voiture. Elle fait un drôle de bruit, il préfère rentrer chez lui.

Comme elle s'en voulait ! Car c'était sa faute : elle aurait dû aller voir son père chez lui sur la Costa Dorado, ou, au pire, lui dire de venir à Barcelone, bien plus proche que Valence.

— Quel dommage, dit Raul d'un ton égal.

— Ce sera pour une autre fois.

Une autre fois où il ne viendrait pas au rendez-vous.

Brusquement, ç'en fut trop.

— Oh ! arrête de faire semblant de trouver cela normal, explosa-t-elle, au bord des larmes. Nous savons très bien tous les deux que mon père se soucie de moi comme d'une guigne. !

Elle vit alors avec effroi que ses mains tremblaient. Raul y posa la sienne et, sans répondre, la fixa de ses yeux très bleus où se lisaient autant de compassion que de colère. Raul avait jugé son père dès le début.

Libérant sa main, Charley prit son verre pour le lever :

— Joyeux anniversaire à moi ! lança-t-elle avec amertume.

— Charlotte, voyons…

— Ne t'en fais pas, ce n'est pas le premier de mes anniversaires qu'il rate, et ce ne sera pas le dernier.

En vingt-six ans, son père n'avait été présent que deux fois !

— Charlotte, répéta doucement Raul, ce n'est pas ta faute, tu sais ?

Elle voulut sourire pour éviter de pleurer.

— Je sais.

C'est vrai, elle n'était pas responsable d'être une fille. Si elle avait été un garçon, son père l'aurait aimée davantage, comme il aimait ses deux fils. Charley l'avait toujours su, mais c'était si douloureux qu'elle n'avait jamais pu l'accepter.

Elle n'était qu'une femme, un être inférieur, sans valeur.

— Je n'ai jamais compté pour lui, s'entendit-elle articuler après avoir pris une bouchée de son entrée ; quand je repense à mon enfance, le seul souvenir que j'ai de lui c'est de l'avoir attendu. La moitié du temps, il arrivait en retard, et l'autre moitié, il ne venait pas.

Elle prit une longue inspiration, et but une gorgée de vin. Pourquoi rabâcher une histoire que Raul connaissait par cœur ?

Il y en avait pourtant une qu'il n'avait jamais entendue, parce qu'elle ne l'avait jamais dite à personne…

— Je n'ai pas passé un seul Noël avec lui de toute ma vie, déclara-t-elle, gardant les yeux fixés sur son verre de vin, et il ne m'a invitée qu'une fois à fêter son anniversaire : celui de ses quarante ans ; moi, j'en avais neuf, je crois. J'y suis allée avec maman. Je me souviens, j'étais très excitée à l'idée de connaître mes demi-frères. Papa m'en avait tant parlé ! Il les voyait tout le temps parce qu'ils vivaient près de chez lui.

Elle leva les yeux pour chercher ceux de Raul, et révéla enfin :

— Ce jour-là, j'ai découvert qu'ils n'étaient pas au courant de mon existence ! Mon père ne leur avait jamais dit qu'ils avaient une sœur !

Raul se fit violence pour demeurer impassible. Il ne fallait pas que Charlotte voie la colère qui l'étranglait ; mais si, à cet instant, Graham était entré dans le restaurant, il n'aurait sans doute pas pu se retenir de lui envoyer son poing dans la figure. Comment un homme pareil pouvait-il se regarder dans une glace ?

Surtout, oui, surtout, comment, souffrant d'un manque aussi capital, Charlotte était-elle devenue une femme aussi chaleureuse et profondément bonne ? Cela était un mystère.

— Si on rentrait ? demanda-t-elle. J'ai la migraine.

Elle était pâle, en effet.

Raul demanda l'addition, et glissa discrètement au serveur d'annuler le gâteau d'anniversaire qu'il avait commandé en secret.

En se levant, il tâta dans sa poche le petit écrin qu'il y avait glissée avant de venir au restaurant. Il donnerait à Charlotte son cadeau à la maison, après avoir débouché une bouteille de champagne. Elle aurait, il se le jurait, un bel anniversaire !

12.

Autour du restaurant, la circulation était bloquée à cause de la sortie du Theatro Olympia. Après avoir avancé de quelques mètres, Raul passa au point mort, et prit son mal en patience. Charlotte regardait par la vitre en mordillant son petit doigt. Son chagrin le touchait au cœur. Il aurait tant aimé l'attirer dans ses bras et la consoler comme une enfant !

— Tu as donné beaucoup d'argent à ton père ? finit-il par demander.

Elle haussa une épaule sans se retourner.

— Je ne sais plus. Dans les cinq cent mille euros, je suppose.

— En plus de la maison ?

Elle se contenta de hocher la tête.

Sans même s'en rendre compte, elle avait essayé d'acheter l'affection de son père. En vain, bien sûr. Comme c'était triste et décevant pour elle !

Un concert de klaxons ramena Raul au présent : la voiture qui le précédait avançait. Il l'imita avant de l'interroger encore :

— Qu'as-tu fait avec le reste de l'argent ?

Cette fois, elle se retourna, et il ne sut pas lire l'expression de son visage.

— A ton avis ? répondit-elle.

— Aucune idée.

Il s'était trompé si souvent sur elle qu'il se garderait de faire des hypothèses.

— J'ai acheté d'autres maisons, révéla-t-elle, une à ma mère, d'abord.

— Mais je l'avais déjà fait ! s'exclama-t-il.

Car contrairement au père de sa femme qui ne lui inspirait que mépris, sa mère était une personne courageuse. Raison pour laquelle il lui avait acheté un logement à Londres dans les quelques mois qui avaient suivi son mariage.

— Je sais, murmura Charlotte, mais il n'était pas équitable que mon père ait une maison en Espagne et pas elle. Je lui ai trouvé une petite villa près de Valence pour ses vacances.

Sans faire de commentaire, Raul insista :

— Qui d'autre encore a eu droit à une maison ?

— Mes demi-frères.

Cette fois, il ne put cacher sa stupéfaction. Il n'avait jamais rencontré les deux garçons et n'y tenait pas. Comme leur père, ils ne se souvenaient de Charlotte que lorsqu'ils avaient besoin d'elle.

— Pourquoi donc, grands dieux ?

— Cela me faisait plaisir, déclara-t-elle avec une simplicité confondante. Après tout, même si tu ne les aimes pas, ils sont ma seule famille.

— Mais enfin, s'exclama-t-il sans cacher son exaspération, cet argent était pour toi !

— Rassure-toi, j'en ai dépensé une partie pour m'acheter ma villa, une voiture, et j'ai pu vivre deux ans sans toucher de salaire.

— Pourquoi ne m'avoir pas dit que tu voulais que tes parents et tes frères aient des maisons ? Je m'en serais occupé !

L'idée parut l'horrifier.

— Jamais je ne t'aurais demandé une chose pareille !

— Pourquoi ? Tu étais ma femme, tout de même !

Comme c'était douloureux de découvrir que Charlotte ne lui avait pas ouvert son cœur ! Lui qui avait cru aller au-devant de tous ses besoins, de tous ses désirs… Brusquement, la vérité le frappa avec la violence d'un uppercut dans l'estomac. Leur vie commune n'avait été qu'une mascarade !

— Au fond, tu ne m'as jamais dit la vérité, n'est-ce pas ?

lâcha-t-il d'une voix sourde. Ni sur ce que tu pensais, ni sur ce que tu voulais, ni sur ce que tu aimais ?

Elle porta sur lui un regard inquiet :

— Que veux-tu dire ?

— Que pendant toutes ces années, tu n'as jamais eu confiance en moi.

— Si voyons ! Je te l'ai dit, je savais que tu ne me tromperais pas…

— Ce n'est pas ce que j'appelle la confiance ! la coupa-t-il d'un ton dur. La confiance c'est dire ce que l'on a dans la tête et dans le cœur sans crainte que l'autre vous juge.

Il s'interrompit, cherchant ses mots, puis déclara :

— Avec moi, tu faisais semblant. Pour tout ! Tu n'aimais pas la vie que tu menais, tu n'aimais pas t'habiller dans les meilleures boutiques, tu ne t'intéressais pas vraiment aux affaires que tu voulais monter, sinon elles auraient réussi. En bref, tu te conformais à un genre de vie qui ne te convenait pas.

Elle le fixa, et son expression était butée, maintenant.

— Tu voulais me changer, murmura-t-elle avec hostilité.

— Jamais !

— En tout cas, c'est ce que j'ai ressenti. Avant même notre mariage, tu m'avais trouvé un professeur d'espagnol et tu avais chargé ta sœur de m'habiller. Ensuite, tu as engagé un coach pour que j'améliore ma silhouette… Tu veux que je te dise pourquoi tu as fait tout ça ? Parce que je n'étais pas assez bien pour toi et ta famille parfaite !

— Je te le répète une fois encore, j'essayais de t'aider à t'intégrer.

— Et pourquoi ? s'écria-t-elle, ne contrôlant plus sa voix. Parce que je ne faisais pas partie de ton monde, voilà pourquoi !

D'un geste violent, il tapa du poing sur le volant.

— Je voulais te protéger !

Elle parut sidérée.

— Me protéger ? De quoi ?

— Des gens de mon milieu. Je ne voulais pas que tu te

sentes intimidée, ou que tu aies l'impression de ne pas tenir ton rang.

Le silence lourd s'établit entre eux, seulement troublé par leur respiration. Raul sentait son sang battre avec violence. Il attendit de s'être ressaisi pour dire à voix presque basse :

— Désormais, je t'en conjure, plus de mensonge entre nous.

— Je ne t'ai pas menti, chuchota Charlotte les yeux baissés, je voulais tant m'adapter à ton monde et que tu sois fier de moi ! C'était mon seul désir avoué. J'avais si peur qu'un jour tu rencontres quelqu'un de mieux que moi. Je me trouvais si banale, sans intérêt, bonne à rien…

— Pourquoi t'aurais-je épousée si je l'avais pensé aussi ? reprit-il, incrédule.

— Je ne sais pas ! Une folie passagère, peut-être ? Cela ne me rassurait pas parce que le jour où tu découvrirais qui j'étais, tu en aurais vite assez.

Elle se tut un instant avant de reprendre avec l'énergie du désespoir :

— Il faut me comprendre, Raul. Toute ma vie, je me suis crue si insignifiante que même mon père ne s'intéressait pas à moi. J'avais si peu d'importance pour lui qu'il n'a pas parlé de moi à ses fils pendant près de dix ans !

Elle eut un petit sanglot étranglé avant de rejeter la tête en arrière et fixer le plafond de la voiture.

— Comment peux-tu comprendre, toi pour qui la vie a été si facile ? gémit-elle.

Ah, si seulement elle savait combien ces mots le blessaient, et comme elle était loin de la vérité ! Il ne pouvait pas comprendre, lui, le petit garçon qui s'était toujours surpassé pour plaire à son père, et n'avait reçu en retour que blâme et mépris ?

— Tu sais, rien n'a été si simple, finit-il par avouer avec réticence. Je connais ce sentiment de n'être bon à rien.

Elle le regarda sidérée :

— Quand l'as-tu éprouvé ?

De nouveau, il lui fallut prendre sur lui pour expliquer.

Il était si peu habitué à révéler ses faiblesses ou de celles de sa famille.

— Mon père n'était pas facile avec moi, finit-il par avouer. Il en demandait toujours plus, et rien de ce que je faisais ne le satisfaisait. J'ignore s'il m'aimait, mais il n'en a jamais rien montré. En revanche, il adorait ma sœur, et la gâtait.

Il se tut, comprenant à son expression combien ce qu'il venait de lui apprendre désemparait Charlotte. Comme elle gardait le silence, il reprit :

— Si je te parle ainsi de mon père, ce n'est pas pour m'en plaindre, mais parce que si nous voulons envisager un avenir commun, nous devons être sincères l'un envers l'autre.

Il vit alors une expression de panique se peindre sur le visage de Charlotte.

— Que veux-tu dire en parlant d'avenir commun ? demanda-t-elle d'une voix blême. A t'entendre, nous pourrions revivre ensemble ?

— Ce serait une telle catastrophe ? demanda-t-il à son tour, d'un ton qu'il voulait amusé, alors qu'il n'en menait pas large. Ces derniers mois, nous nous sommes rendu compte que la vie pouvait être agréable, si nous faisions l'un et l'autre quelques petits efforts. Nous nous comprenons mieux, tu dois l'admettre, non ?

— Si nous nous remettions ensemble, demanda encore Charlotte d'une voix blanche, attendrais-tu de moi que je te donne des enfants ?

Elle était bouleversée, il le sentait, mais pourquoi ?

— Tu ferais une si bonne mère, *cariña*…

— Tu es fou ! s'écria-t-elle alors avec une violence sidérante. Comment peux-tu penser une chose pareille ?

Sur ces mots, elle ouvrit la portière et bondit hors de la voiture.

— Où vas-tu !

— Je ne sais pas, il faut que je marche, que je sois seule, lança-t-elle, prise de panique.

Etait-elle devenue folle ?

— Il fait nuit, ce n'est pas prudent !

Comme si elle ne l'avait pas entendu, Charlotte se pencha à l'intérieur de la voiture pour prendre son sac ; elle était livide.

— Pardonne-moi, balbutia-t-elle, oh, je t'en supplie pardonne-moi, mais je ne peux pas… non, je ne peux pas !

Déjà, elle claquait la portière, et partait en courant entre les voitures toujours immobiles.

Après un court instant d'incompréhension totale, Raul défit à la hâte sa ceinture de sécurité et sortit à son tour, inconscient des klaxons qui commençaient à retentir car la circulation reprenait.

Pendant de longues secondes, il ne la vit pas et il eut si peur qu'il lui sembla que son cœur explosait. Puis enfin, il la repéra, assez loin, sur un trottoir encombré de gens.

Charley courait en se faufilant entre les piétons et elle finit par s'engouffrer dans une petite rue interdite aux voitures. Peu importe où elle allait, il fallait fuir, disparaître…

Une main lui saisit le bras, elle voulut hurler, mais découvrant que c'était Raul, elle se dégagea avec violence :

— Je t'en prie, laisse-moi, l'implora-t-elle, j'ai besoin d'être seule !

— Ce n'est pas prudent…

Raul marmonna encore quelque chose en essayant de lui reprendre le bras, mais de nouveau, elle le lui arracha comme s'il l'avait brûlée. Alors sous la lumière d'un lampadaire, elle le vit se passer la main dans ses cheveux, tandis qu'il affichait une expression dure, soudain.

— Qu'est-ce qui te prend ? Tu peux me le dire ? demanda-t-il d'un ton âpre.

— Rien n'a changé, tu ne le vois donc pas ? s'écria-t-elle, sa voix prenant un timbre suraigu. Comment peux-tu imaginer que nous allons revivre ensemble quand tout ce qui nous a séparés est toujours là ! Comment un couple comme le nôtre peut-il envisager d'avoir des enfants ?

— Nous ne sommes plus les mêmes qu'autrefois, tenta de plaider Raul, nous nous connaissons mieux, et nous vivons plus en harmonie.

— Parce que nous savons que cela ne durera pas.

— Pourquoi ne pas décider que cela durera, au contraire ?

— Parce que je ne veux pas recommencer les mêmes erreurs, gémit Charley. Je voulais tellement être celle que tu attendais que j'en ai oublié qui j'étais. Maintenant que je me suis retrouvée, je sais ce que je suis et je sais que je ne peux pas m'intégrer dans ton monde.

— Ce que tu dis n'a aucun sens ! protesta Raul. Quand je t'ai rencontrée, je vivais dans une bulle dont je n'étais jamais sorti. Tu étais la première personne que je remarquais qui n'appartenait pas à ce milieu, et je suis tombé amoureux de toi tout de suite. Je voulais t'enlever pour te protéger et te rendre heureuse. Peux-tu le comprendre et me croire ?

— Oui, bien sûr, soupira Charley, mais tu dois comprendre aussi que, moi, je suffoquais dans ta bulle. Je voulais que tu sois fier de moi, je voulais être une épouse parfaite, je voulais te donner les enfants que tu désirais, et que je désirais aussi, tu peux me croire. Mais il fallait d'abord que je trouve dans cette vie une image de moi cohérente et satisfaisante. Et je n'y suis pas arrivée parce que la pression était trop forte. Tu cherchais la perfection en tout. Moi, je ne suis pas parfaite, mais j'essayais de l'être, et plus je m'y efforçais, plus je me rendais compte de mes faiblesses, et plus je me renvoyais une image négative de moi-même.

Relevant les yeux, elle regarda Raul : il semblait hagard, et elle en éprouva une immense tristesse.

— Tu sais bien, reprit-elle, que tu ne te satisfais que de la perfection. Il te faut l'excellence en tout. Même pour ce nouveau centre de Poco Rio : quand il sera terminé, il sera parfait, et ce sera grâce à toi.

Une larme perlait au bord de sa paupière, elle l'essuya d'un geste furtif avant de dire encore :

— Je suis très triste, Raul, mais nous sommes trop différents. Je ne peux pas recommencer à vivre ainsi, c'est trop éprouvant.

Elle était dure, cruelle, et injuste aussi, elle s'en rendait compte, mais une peur panique lui étreignait le cœur, la faisait trembler, et tout, même le pire, était préférable à cette peur irraisonnée.

Raul lui semblait comme un fantôme, maintenant, et il demanda d'une voix qu'elle reconnut à peine :

— Que veux-tu faire de ta vie ?

La question la prit de court.

— Je ne sais pas, mais je ne veux plus me perdre. Je veux être moi-même : Charley.

Elle haussa les épaules pour le regarder droit dans les yeux, et ajouta :

— Je veux être heureuse.

— Et tu ne penses pas pouvoir l'être avec moi ?

— Non. Je ne le pourrai pas.

Ah, si seulement elle avait trouvé des mots moins arides, moins durs pour lui dire la vérité ! Mais non, il fallait que cela soit dit.

Raul enfouit les mains dans ses poches, prenant visiblement sur lui pour afficher un masque d'impassibilité.

— Dans ces conditions, dit-il, je ne vois pas l'intérêt de prolonger cette conversation. Je te ramène.

— Chez moi, ici, à Valence ?

Il hocha la tête.

— Si c'est ce que tu veux.

Tenant à peine sur ses jambes, Charley regagna la Lotus, toujours au milieu de l'avenue, mais seule, maintenant, avec ses phares allumés.

Ils n'échangèrent plus un mot jusqu'à leur arrivée devant la petite villa. Fixant le pare-brise devant lui, Raul déclara alors :

— Je te ferai rapporter tes affaires dès que possible.

— Merci.

— Ava restera en contact avec toi pour l'organisation de ce dîner de bienfaisance.

Charley réussit seulement à hocher la tête tant sa gorge était nouée. Après quoi elle sortit de voiture, et pour une fois referma la portière en douceur, comme pour se faire pardonner toutes les fois où elle l'avait claquée. Puis elle chercha avec fébrilité la clé de sa maison dans son sac.

— Charley…

Elle leva la tête : debout près de la voiture, Raul la fixait :

— Le nouveau centre, lança-t-il, c'est toi qui l'as fait, pas moi. S'il est parfait, une fois fini, ce sera grâce à toi.

Ce ne fut qu'une fois entrée chez elle qu'elle sentit ses jambes se dérober.

Il l'avait appelée Charley ! Jusqu'à ce soir, pour lui, elle était toujours Charlotte ! Il lui avait demandé tant de fois d'abandonner ce surnom qu'il n'aimait pas !

Alors, s'adossant au mur, elle éclata en sanglots.

De retour chez lui, Raul commença par se servir un gin tonic bien tassé, puis chercha à la télévision, le match de foot opposant le Barcelona au Celta Viga. Il vit quelques belles actions et, en temps normal, il aurait applaudi l'équipe du Barcelona qui gagna haut la main. Il adorait le foot, c'était son péché mignon.

Ce soir, pourtant, son enthousiasme n'était pas au rendez-vous. Et d'abord quelque chose le gênait dans la poche de son pantalon. Avec une grimace, il tâta la petite boîte carrée qu'il sortit aussitôt et lança sur le bar. La boîte glissa et échoua par terre. Le cadeau prévu pour l'anniversaire de Charlotte, eh bien qu'il reste sur le sol ! Il n'irait pas plus loin.

Soudain, il sentit son front se couvrir de sueur froide, comme s'il avait de la fièvre, tandis que son estomac se contractait douloureusement.

Il avait mangé quelque chose qui ne passait pas.

Mais non, voyons, ils avaient quitté le restaurant sans qu'il ait même goûté son entrée. C'est Charlotte qui avait voulu partir. Charley…

Il se leva d'un bond pour récupérer la boîte par terre, et d'un geste rageur, arracha le papier qui l'enveloppait, puis en souleva le couvercle pour regarder son contenu. Et plus il le fixait, et plus sa nausée devenait insupportable… Sans vraiment comprendre ce qu'il faisait, il prit son élan, et de toute sa force, lança le coffret sur les bouteilles alignées derrière le bar. Le flacon de vodka, déséquilibré, tomba par terre et se brisa.

L'odeur d'alcool le fit rire, et il riait encore quand il avala d'un trait ce qu'il restait de son gin tonic, avant de jeter son verre avec force sur la bouteille de whisky. Cette fois, seul le verre se brisa en mille morceaux.

Son rire s'arrêta net comme il regardait les éclats acérés éparpillés autour de lui.

Il ne pouvait pas la rendre heureuse. Elle le lui avait dit ! Il avait voulu l'aider, la protéger, et tous ses efforts s'étaient retournés contre lui.

Charley s'était sentie incapable d'atteindre la perfection que, pensait-elle, il attendait d'elle. Tout comme lui-même s'était senti incapable d'être à la hauteur des exigences de son père.

Alors elle l'avait quitté, comme lui avait fui son père.

Il prit une lente inspiration.

Il s'en remettrait. Quand elle était partie, la première fois, il s'en était remis.

Mais la peine, le chagrin… Dieu, comme c'était douloureux ! Il lui semblait que tout son être était ravagé.

Cela finirait bien par passer…

13.

Charley se laissa tomber sur son canapé, épuisée.

Pourtant, la journée n'avait pas présenté de difficulté particulière. En quittant le centre, elle était allée dîner chez Steve et sa femme, puis était rentrée tôt. Pas de quoi être épuisée.

D'autant plus qu'elle avait tout pour être heureuse : une bonne santé, une maison, sa mère qui ne tarderait pas à arriver pour les vacances, le nouveau centre presque terminé, et le dîner de bienfaisance à bord du bateau de croisière qui approchait et promettait d'être une réussite.

Seule ombre au tableau : elle y reverrait Raul. L'idée lui était venue ne pas y assister, elle en avait même parlé à Ava. Mais celle-ci avait dû le dire à Raul qui par un mail laconique l'avait prévenue que si elle ne venait pas, il annulerait l'événement. Il terminait ainsi :

> Ce centre est ton œuvre, Charley, tu as travaillé dur, il est normal que tu participes à cette soirée.

Pour la seconde fois, il l'appelait par son surnom…

Comme il lui manquait ! Il est vrai que pendant ces deux mois, ils ne s'étaient pratiquement pas quittés… Les idées qu'elle avait refoulées ces dernières semaines s'emballaient maintenant dans sa tête. Impossible de les ignorer.

Etait-ce une coïncidence si elle avait quitté Raul pour la seconde fois le jour précis où son père lui avait fait faux bond comme à son habitude pour son anniversaire ? Et si…

Elle se redressa. Avait-elle sacrifié leur relation parce

qu'elle avait peur ? Car Raul avait dit vrai : cette fois, leur vie commune avait été harmonieuse… Jamais Charley n'aurait imaginé s'épanouir ainsi avec lui. Il lui avait apporté la sécurité morale, la liberté d'être elle-même, et à aucun moment elle n'avait redouté son jugement. Pendant cet interlude, ils s'étaient traités avec respect, en égaux.

Et elle avait refusé de vivre avec lui ! Délibérément, elle avait rejeté la chance de bonheur qu'il lui offrait !

Qu'est-ce qui n'allait pas chez elle ?

Allait-elle laisser cette peur irraisonnée régir son existence ? Allait-elle perdre Raul et lui faire payer les inconséquences de son père ?

Parce que son manque d'assurance, elle le sentait, était dû à l'absence de son père, à sa démission ; c'était lui qui avait suscité en elle, dès la plus petite enfance, ce sentiment qu'elle ne valait rien, qu'elle était remplaçable…

Voilà pourquoi elle avait toujours paniqué à l'idée que Raul lui en préfère une autre… Et voilà pourquoi, par deux fois, elle avait fui, de crainte qu'il ne l'abandonne comme son père l'avait si souvent fait.

Mais Raul la voulait elle, Charley… et il l'aimait, elle !

Une certitude s'imposa soudain à son esprit : Raul l'aimait avec ses imperfections ! Ses faiblesses !

Une joie irraisonnée l'envahit comme elle comprenait enfin ce qu'elle n'avait pas su — pas voulu peut-être — voir. Mais elle se rembrunit vite : Raul l'aimait, mais elle l'avait durement blessé. Dans son orgueil, surtout. Elle l'avait quitté par deux fois, alors peut-être refuserait-il de l'écouter quand elle lui ouvrirait son cœur ? Et s'il ne voulait plus d'elle ?

Un peu de courage ! S'il t'en veut trop pour te pardonner, tu l'auras cherché, et tant pis pour toi.

Mais avant de lui parler, elle devait régler de façon définitive le cœur du problème. Sans quoi, elle ne pourrait pas aimer pleinement Raul ni profiter de l'amour qu'il lui portait. Il s'agissait de leur bonheur commun, et elle ne pouvait plus se permettre de prendre le moindre risque.

Après être allée chercher son téléphone, elle composa le numéro de son père. Comme d'habitude, elle tomba sur sa boîte vocale, et dut raccrocher puis rappeler une demi-douzaine de fois pour qu'il décroche enfin.

— Charley ?

Il faisait semblant d'être hors d'haleine, entendit-elle ; ce n'était sans doute pas vrai : il avait toujours son portable sur lui et le posait sur la table, les rares fois où ils déjeunaient ensemble.

— Bonsoir, papa.

Elle prit une profonde inspiration puis se jeta à l'eau :

— Je voulais te dire que je ne viendrai pas te voir jeudi. Je ferai virer à ta banque la somme que tu m'as demandée, mais c'est la dernière fois. Je ne te donnerai plus jamais d'argent. Si tu en as besoin, il faudra te trouver un travail.

Son père balbutia quelques mots incompréhensibles, mais sans l'écouter, elle reprit avec fermeté :

J'ai passé ma vie à t'attendre, papa, je t'aime beaucoup, mais j'en ai assez maintenant.

Sur quoi, elle coupa la communication et ferma les yeux.

Comme elle se sentait libérée ! Enfin, elle était contente d'elle ! Elle se respectait. Comment attendre du respect des autres quand on ne s'en portait pas soi-même ?

Le gigantesque bateau de croisière avait embarqué ses passagers dans l'après-midi, avant de quitter le port pour aller mouiller au large de Barcelone. Les invités, après avoir profité des deux piscines du bord, étaient allés se préparer dans leurs cabines et, maintenant que la nuit était tombée, la fête allait commencer.

A l'entrée du hall de réception, Raul, affichant un sourire de circonstance, accueillait les convives que le personnel de bord escortait ensuite au grand salon.

Charley était venue très tôt, le matin, pour s'occuper avec

Ava des derniers détails pratiques, mais il ne l'avait pas encore vue.

En fait, depuis qu'il l'avait raccompagnée chez elle, il n'avait eu aucun contact avec elle, à l'exception du mail qu'il lui avait envoyé quand Ava l'avait informé qu'elle envisageait de ne pas assister à l'événement. Il ne s'habituait pas à vivre sans elle, hélas…

Le grand salon fut bientôt plein de femmes en élégantes robes du soir et d'hommes en smoking. Des serveurs en livrée circulaient avec des plateaux de coupes de champagne et de petits canapés, et bientôt tout le monde avait un verre à la main. La soirée s'annonçait prometteuse.

Raul fronça les sourcils : ses parents venaient d'arriver, Marta poussant le fauteuil roulant de son père. C'était la première fois qu'il les voyait depuis sa rupture avec Charley, ayant décliné les invitations de sa mère aux dîners familiaux hebdomadaires.

— Charlotte est là ? demanda tout de suite celle-ci.

— Oui, mais je ne sais pas où, répondit-il, prenant l'air dégagé.

— Cette soirée est au profit de l'œuvre dont elle s'occupe, n'est-ce pas ? reprit sa mère.

Il se contenta de hocher la tête. D'ailleurs le maître de cérémonie invitait maintenant les invités à passer à la salle à manger : le repas allait commencer. Suivraient les enchères aux dons.

A l'entrée de la salle à manger se trouvait un tableau avec les plans de table. Comme il s'y attendait, Raul présidait la table d'honneur, avec le commandant de bord à sa gauche, sa mère à sa droite, puis son père et sa sœur. Où était donc placée Charley ?

Il finit par découvrir son nom à une table très éloignée de la sienne, mais proche de la porte. Voyant passer Ava, il lui fit un signe, et elle approcha :

— Pourquoi ma femme n'est-elle pas à la table d'honneur ?

— Elle a voulu rester avec les enfants et leurs familles

et elle préférait une table près de la sortie au cas où l'un des petits aurait un problème, expliqua l'assistante.

Sept enfants assistaient au dîner, accompagnés de leurs parents. Raul aurait aimé qu'ils viennent tous, mais pour certains, ce n'était pas prudent : la nouveauté, le changement de routine, bref, l'absence de repères, risquaient de les affoler, et de provoquer chez eux une détresse incontrôlable. Leurs familles cependant avaient été conviées, de même que les membres du personnel du centre avec leurs conjoints. Tous étaient les hôtes de Raul qui comptait bien obtenir des autres invités le maximum d'argent pour le centre quand, après le repas, auraient lieu les enchères aux dons.

Il repéra la petite fille blonde si mignonne dont Charley s'était occupée à la *Tomatina*, puis un grand garçon en fauteuil roulant dont il avait oublié le nom… Et soudain, il la vit ! Elle avançait dans sa direction, en grande conversation avec la mère de l'un de ses protégés.

Elle dut sentir son regard car, l'espace d'un instant, elle se tut et porta les yeux sur lui. Raul se tendit.

Dieu, qu'elle était belle ! Resplendissante, radieuse ! Elle portait une robe en dentelle bleue qui lui arrivait à mi-cuisse et mettait en valeur sa silhouette toute en courbes voluptueuses ; ses cheveux blond foncé retombaient libres sur ses épaules. Malgré la distance, Raul devinait l'animation dans ses yeux.

Un homme de haute taille s'interposa, et elle disparut de sa vue.

Bientôt, chacun ayant trouvé sa place à table, on servit du vin, et le dîner d'apparat commença, impeccablement orchestré par un personnel nombreux et stylé.

Durant le repas, bien que jouant son rôle d'hôte auprès des invités de sa table, Raul ne quitta pas Charley des yeux. Avec les enfants et quelques parents, ils formaient une joyeuse tablée, et elle bavardait avec les uns et les autres. De temps en temps, elle regardait dans sa direction, et il éprouvait alors cet élan de d'énergie vitale qu'il avait toujours ressenti auprès d'elle depuis le début de leur relation. Pour lui, elle était la vie même…

Les enfants autour d'elle semblaient ravis. Elle avait à sa droite une petite fille dont elle tenait la main, tandis qu'avait pris place à sa gauche le petit garçon en fauteuil roulant que son père assis à côté de lui faisait manger comme un bébé.

Raul fut soudain submergé par une vague de pitié : pauvre garçonnet qui ne pourrait jamais vivre comme tout le monde ! Et pauvre père, dont la vie serait perturbée à jamais par l'infirmité de son enfant…

Son regard se porta alors sur son propre père, infirme et dans un fauteuil roulant, lui aussi, et pour la première fois son cœur se serra : il éprouvait de la compassion pour lui. Son père avait été dur, cruel, férocement exigeant… mais méritait-il une déchéance pareille ?

Il regarda ensuite sa mère : elle aussi vivait une existence éprouvante depuis l'AVC de son mari. Elle avait même transformé la maison familiale pour qu'il puisse continuer à y vivre, alors qu'elle aurait pu le placer dans une institution spécialisée où d'autres l'auraient soigné. Mais non, c'était une femme de devoir qui avait changé sa vie pour ne pas abandonner son mari.

Charley aurait fait la même chose, Raul en était sûr. Charley n'aurait jamais abandonné un être cher. Sauf si elle s'y était sentie obligée par quelque chose de plus fort qu'elle…

Tandis que ces pensées défilaient dans sa tête, les serveurs avaient fini de débarrasser les assiettes à dessert, et du coin de l'œil, il vit Charley se diriger vers le fond de la pièce où l'on avait installé une petite estrade avec un micro.

Elle tapota d'abord sur l'instrument pour vérifier qu'il était branché, puis sa voix s'éleva dans la salle.

— Tout le monde m'entend ? demanda-t-elle en espagnol.

Un brouhaha lui répondit. Elle s'éclaircit la gorge, puis reprit la parole d'une voix claire et chaleureuse.

— Avant que ne commencent les enchères aux dons, je veux, au nom des enfants, de leurs parents, et du personnel de Poco Rio, vous remercier tous pour votre présence ici ce soir, et votre générosité. Sachez que vos dons permettront à l'association de se développer et de mieux servir le but qu'elle s'est fixé : rendre heureux des enfants que la vie n'a pas toujours gâtés, et soulager leurs parents.

Un tonnerre d'applaudissements ponctua ses paroles, mais Charley n'en avait pas terminé. Elle demanda le silence, et sa voix vibrait d'émotion quand elle reprit :

— Je voudrais maintenant remercier tout spécialement l'homme exceptionnel qui a permis que cette soirée ait lieu.

Elle le regardait à présent, Raul en était sûr, et il en fut si ému qu'il en eut la gorge nouée.

La voix de Charley vibrait toujours quand elle poursuivit :

— Sans Raul, nous ne profiterions pas de cette belle soirée, et Poco Rio n'aurait plus que quelques semaines à vivre. Alors, portons un toast à Raul !

Les applaudissements redoublèrent, tandis que tous les regards se braquaient sur lui.

— Raul ! Raul ! scandait la foule des invités, chacun levant son verre.

Ah, s'il avait pu sourire, accepter cet hommage avec bonne grâce ! Mais impossible, Charley s'était trompée, il fallait rectifier…

Il n'eut même pas le temps de se dresser pour protester que déjà, elle avait regagné sa place, et que le maître de cérémonie annonçait le début des enchères.

La soirée se terminait. Les enchères étaient montées jusqu'à des sommes astronomiques mais, sans en attendre la fin, Charley avait disparu avec la plupart des enfants. Ce n'était pas grave. Comme tous les invités, elle resterait à bord cette nuit, et Raul irait la chercher dès qu'il le pourrait. Car d'abord il voulait mettre de l'ordre dans une partie de sa vie. Il s'était promis de le faire, un peu plus tôt pendant le repas, quand il avait comparé le petit garçon que son père faisait manger dans son fauteuil roulant à ses propres parents.

Le moment était propice : Marta venait de partir s'amuser avec un groupe de jeunes, et sa mère poussait le fauteuil de son père vers l'un des petits salons. Il les suivit et s'installa à leur table avant de leur faire servir à boire. La conversation avec sa mère s'engagea sans difficulté, et très vite il lui posa la question qui lui tenait à cœur depuis longtemps :

— Pourquoi m'avoir laissé renoncer aux affaires familiales sans protester, maman ?

La vieille dame marqua sa surprise :

— Tu crois donc que j'aurais pu t'en empêcher ?

— Tu aurais pu essayer.

— Je ne m'inquiétais pas pour toi, je savais que tout irait bien. Tu ressembles tant à ton grand-père Nestor.

— Nestor, dis-tu ?

Raul n'en croyait pas ses oreilles. Son grand-père avait fondé l'empire Cazorla, mais pour des raisons qu'il ne s'était jamais expliquées, on parlait peu de lui dans la famille.

— Oui, reprit sa mère toujours calme avec un regard plein de compassion sur son mari dont les yeux passaient de son fils à sa femme, comme s'il essayait désespérément de participer à la conversation.

— Ton père, expliquait maintenant Lucetta, ne s'est jamais entendu avec Nestor, pas plus qu'avec toi.

— Et pourquoi ? s'exclama Raul, s'adressant par réflexe au vieil homme infirme. Il m'a semblé parfois que tu me détestais, papa, que je n'étais pas assez bien pour être ton fils.

Son père réussit à émettre une sorte de grognement, et sa femme lui prit la main pour la tapoter avec affection. Puis elle dit encore à l'adresse de son fils :

— Je pensais que tu l'avais compris tout seul. Comme Nestor, tu es très intelligent et tu réussis dans tout ce que tu entreprends. Ton père me pardonnera de te dire la vérité : pour lui, la vie a été moins facile, et il a dû beaucoup travailler pour obtenir des résultats plus modestes. Mais il savait qu'un jour viendrait où tu reprendrais les affaires familiales et verrais ses limites et ses échecs. Au fond, vois-tu, il avait peur de toi.

Comment le croire ! Son père le trouvait plus intelligent que lui-même ! Stupéfait, Raul s'adressa de nouveau à sa mère :

— Pourquoi n'avoir jamais pris ma défense quand papa était impitoyable, et qu'il me punissait ?

Sa mère soupira.

— Tu sais, Nestor, son propre père, était encore plus dur et plus exigeant envers lui. Et puis, mon chéri, tu ne le sais pas parce que tu n'es pas père, mais tu l'apprendras un jour. Les parents ne font que ce qu'ils peuvent avec leurs enfants. Ils les aiment, certes, mais se trompent souvent, car ce sont aussi des êtres humains avec leurs faiblesses et leurs imperfections. Quant à moi, de quel droit aurais-je empêché ton père de te punir quand il estimait devoir le faire ? Ce n'était pas mon rôle. Tu verras le moment venu comme il est difficile d'élever des enfants !

Quelle ironie ! Raul en aurait presque ri. Parler des enfants qu'il aurait un jour quand la seule femme avec laquelle il en voulait était Charley qu'il avait si mal traitée qu'elle l'avait quitté !

Il reporta son attention sur son père : dans ses yeux se lisait un grand tumulte d'émotions que le pauvre homme ne pouvait pas exprimer par la parole. Et il comprit. Son père lui demandait pardon ! Une pulsion violente le saisit : il fallait partir, faire comme s'il n'avait rien vu, rien saisi, ignorer ce repentir qu'il lisait dans les yeux aussi bleus que les siens.

Il se ressaisit et prit entre les siennes l'une des mains inertes du vieil homme, pour la serrer, avant de se pencher et déposer un baiser sur sa joue.

La vie avait assez puni son pauvre père. Qui était-il, lui Raul, pour le juger, quand, par son comportement idiot, prétentieux, il avait fait fuir la femme qu'il aimait ?

Peut-être était-il trop tôt pour lui pardonner, mais la voie de la guérison était ouverte : il ne lui en voulait plus.

14.

Les enchères avaient dépassé les prévisions les plus optimistes ! De quoi faire tourner la tête à Charley et à tous ses amis du centre. Et c'était sans compter l'argent déboursé par les convives pour le repas et la soirée à bord du bateau. Bref, Poco Rio n'aurait plus de problèmes financiers de sitôt !

Les enchères terminées, plusieurs distractions étaient proposées aux invités : on pouvait aller danser à la discothèque du bord, ou jouer au casino, ou encore assister à une comédie musicale donnée dans la salle de concert… Charley, elle, avait choisi de monter sur le pont supérieur et, accoudée au bastingage, elle regardait scintiller les lumières de Barcelone. On aurait dit des lucioles suspendues par myriades au-dessus de l'eau sombre.

Elle respira à pleins poumons : que l'air de la mer sentait bon le sel ! Comme du temps où, avec Raul, ils habitaient une villa au bord de la plage…

Raul ! Il fallait qu'elle lui parle. Elle l'aurait cherché plus tôt, ce soir, mais son air fâché, quand elle avait demandé que l'on porte un toast en son honneur, l'avait découragée.

S'il ne voulait plus d'elle ?

Si…

Assez de questions idiotes, se reprit-elle vertement. Elle avait à lui parler, s'était promis depuis plusieurs jours de le faire ce soir et le ferait !

— Puis-je te tenir compagnie un moment ?

Elle tourna la tête en même temps que son cœur bondissait : il était là, juste derrière elle, plus beau que jamais, dans son smoking coupé à la perfection, et il tenait deux flûtes de champagne.

Il lui en tendit une.

— J'ai pensé que ton long discours au micro t'avait donné soif, dit-il avec un humour froid.

— Merci.

Charley prit la coupe, leurs doigts se frôlèrent, et elle en ressentit comme une décharge électrique.

Il s'accouda à côté d'elle, si près qu'elle sentait sa troublante odeur virile, et porta lui aussi les yeux sur les petites lumières lointaines qui palpitaient dans la nuit.

— Ce que tu as dit n'était pas vrai, déclara-t-il au bout d'un moment.

— A quel sujet ?

— Quand tu as demandé qu'on porte un toast en mon honneur parce que cette soirée avait été possible grâce à moi. C'est faux ! Toi, tu méritais un toast parce que le centre existe grâce à toi.

— Pas du tout !

— Si. Sans toi, rien ne se serait passé. C'est toi qui as décidé d'aider Poco Rio, de lui offrir les moyens de poursuivre son but. Moi, j'ai seulement donné un petit coup de pouce.

— Ecoute, nous n'allons pas nous chamailler pour savoir qui de nous deux a été le plus efficace. Disons que nous avons fait un bon travail d'équipe et nous sommes contents tous les deux.

Elle vit alors un timide sourire détendre le visage de Raul qui leva sa flûte :

— A nous, alors ?

— A nous deux, acquiesça-t-elle, levant aussi son verre qu'elle entrechoqua avec celui de Raul.

Mais elle ne le porta pas à sa bouche. Il lui fallait garder des idées claires.

— Tu es très belle, déclara-t-il à mi-voix après un silence.

— Merci, répondit-elle, feignant un ton enjoué. Je ne

pourrais plus me mettre sur mon trente et un tous les jours, comme avant, mais une fois de temps en temps, c'est agréable.

— De toute façon, tu es toujours ravissante, murmura Raul qui toussota avant de reprendre, sa voix raffermie : je voulais te dire que j'ai mis à ton nom les locaux du nouveau centre.

— Mais les travaux ne sont pas terminés !

Il étouffa un soupir :

— Je me suis très mal comporté avec toi dans cette affaire et j'en ai honte. J'espère seulement qu'un jour tu me pardonneras.

— Tu avais tes raisons, murmura Charley, refoulant son émotion pour ne pas pleurer. Merci du fond du cœur, Raul.

Il haussa les épaules, et sans la regarder, reprit :

— J'ai réfléchi : nous avons recueilli beaucoup d'argent, ce soir, bien assez pour ouvrir un second centre. Pourquoi pas à Barcelone ? Cela me plairait. Alors, accepterais-tu de chercher pour mon compte un terrain ou un immeuble qui conviendrait ?

Le tour que prenait la conversation surprit Charley.

— Comment cela, pour ton compte ? demanda-t-elle.

— Je suis prêt à financer les locaux sur mes fonds propres, et une partie de l'argent réuni ce soir pourrait servir à payer les frais de fonctionnement en attendant que nous organisions d'autres événements comme celui-ci pour remplir de nouveau nos caisses.

— Et tu voudrais que je t'aide ? l'interrogea Charley, le cœur battant.

— Je veux que tu gères ce projet à ma place. Je te paierai…

— Je ne veux pas d'argent.

— Je sais, mais tu en auras quand même. Si tu acceptes ma proposition, évidemment.

Charley se tourna pour le regarder, incrédule. Mais sans lui laisser le temps de répondre, Raul reprit :

— Ne te décide pas tout de suite. Réfléchis, et nous en reparlerons.

C'était incroyable, et si inattendu ! Il lui faisait confiance !

Il croyait en elle, en ses capacités à mener à bien un projet complexe, difficile ! C'était trop beau pour être vrai !

Déjà Raul reprenait la parole, mais sa voix était triste, maintenant.

— J'aimerais tant remonter le temps ! soupira-t-il. Tu sais, cette bulle que nous avons évoquée, l'autre soir, dans la voiture. Moi, j'y suis habituée parce que je ne connais que cette vie-là ; mais j'aurais dû me douter que quelqu'un venant d'un monde différent aurait du mal à s'y adapter. En vérité, je n'avais rien compris et, au lieu de t'aider à t'intégrer, je t'ai obligée à te comporter comme tu n'en avais pas envie, si bien que la situation est devenue intenable. Je m'en rends compte maintenant : depuis deux ans, tu es sortie de cette bulle et tu es tellement plus heureuse !

Charley resta silencieuse : il fallait qu'il dise tout ce qu'il avait sur le cœur.

— Je sais que j'ai toujours mis la barre très haut, poursuivit-il sur un ton défait. Ce n'est pas ma faute, toute ma vie, mon père a exigé de moi d'être le meilleur dans tous les domaines, et je voulais le satisfaire. Je cherchais à être parfait pour qu'il soit fier de moi…

— Etre imparfait n'est pas une tare, suggéra-t-elle à mi-voix, c'est humain, au contraire.

— Je le sais, c'est toi qui me l'as enseigné.

Se penchant, il murmura alors tout contre son oreille :

— Tu es ce qu'il m'est arrivé de meilleur dans ma vie, Charley Cazorla. Quoi que tu décides pour ton avenir, sois heureuse, tu le mérites.

Puis il effleura à peine ses lèvres des siennes, et alla poser sa flûte de champagne sur une table avant de s'éloigner.

Il ne fallut que quelques secondes à Charley pour saisir sa chance.

— Je t'ai menti ! s'écria-t-elle en s'élançant derrière lui.

Il s'immobilisa, et lui fit face.

— Quand je t'ai dit l'autre jour que je ne pourrais pas être heureuse avec toi, c'était faux ! Ces deux mois que nous venons de vivre ont été les plus merveilleux de ma vie. Les dernières semaines sans toi ont été misérables.

Les mots lui avaient échappé, mais elle ne les regrettait pas, ils étaient si vrais. Raul lui avait offert son cœur, quinze jours plus tôt, et elle l'avait rejeté. Même s'il ne voulait plus d'elle aujourd'hui, elle lui devait la vérité. Et elle n'allait tout de même pas passer le reste de sa vie à regretter d'avoir peut-être laissé passer sa chance de bonheur !

— J'avais si peur, expliqua-t-elle, le souffle court, j'étais terrifiée… Je t'ai quitté deux fois, Raul, si tu ne veux plus de moi, je ne pourrai pas te le reprocher…

Elle prit une profonde inspiration, il le lui fallait pour avouer enfin la vérité.

— Je t'aime, Raul, je t'aime tant que mon cœur éclate d'amour. Alors, je sais, je ne te mérite pas, mais si tu consentais à me donner une troisième chance…

Elle n'alla pas plus loin : Raul bondit et la prit dans ses bras pour l'embrasser à perdre haleine. Alors, elle noua les bras autour de son cou, et le monde autour d'eux cessa d'exister.

Longtemps, très longtemps, ils demeurèrent enlacés, puis Raul se dégagea pour prendre son visage entre ses mains et la regarder dans les yeux :

— Je croyais que c'était fini, nous deux, chuchota-t-il, je pensais t'avoir perdue.

Elle secoua la tête :

— Jamais ! Je t'aime depuis le premier instant où je t'ai vu, Raul.

Elle sourit alors, et glissa un doigt caressant le long de la joue de son mari :

— Je t'aime de tout mon être, reprit-elle. Et tu sais, cette bulle dont tu parlais tout à l'heure ? On pourrait peut-être vivre avec un pied dans ton monde et l'autre dans le mien…

Il éclata de rire, un rire heureux comme elle n'en avait pas entendu depuis si longtemps. C'est alors qu'il sortit de sa poche un petit écrin qu'il lui tendit :

— C'est pour toi, ma chérie. Je voulais te le donner pour ton anniversaire.

— Qu'est-ce que c'est ?

— Ouvre-le et tu verras…

Charley obéit, et aussitôt son cœur bondit : sur son coussin de velours sombre scintillait une alliance incrustée de diamants.

— Comme elle est belle !

— Chaque fois que tu la regarderas, rappelle-toi que mon amour pour toi est éternel comme ces diamants, murmura Raul avec une infinie tendresse.

Il sortit la bague de son écrin, et la glissa à son annulaire ; elle était exactement à sa taille.

— Tu vois, dit-il encore avec un sourire heureux, désormais tu es à moi, et nous ne nous perdrons plus jamais.

Les yeux de Charley se voilaient de larmes, à présent : tant d'émotions, tant de bonheur… il lui semblait qu'elle allait exploser d'allégresse.

— *Cariña*, reprit Raul, nous allons construire notre bulle à nous, nous y vivrons et nous apprendrons à aimer toutes nos imperfections.

— Tu veux dire toi, moi, et nos bébés ?

Raul se rembrunit d'un seul coup.

— Nous aurons des enfants quand tu seras prête, déclara-t-il d'un ton ferme, et pas avant. Je n'ai plus envie d'une famille parfaite : la perfection m'ennuie. Et nos enfants, je l'espère, seront aussi imparfaits que nous !

— Nous aurons des enfants quand je serai prête, as-tu dit ? Dans sept mois, cela ne te paraît pas trop rapide ? Parce que moi, cela me convient tout à fait.

Le choc que ressentit Raul était presque palpable et, n'y tenant plus, Charley éclata de rire.

— Et oui, mon amour, tu vas bientôt être papa !

— Comment cela ? réussit-il à articuler.

— Tu te souviens quand je suis venue te faire la danse des sept voiles dans ton bureau ? lui rappela Charley, riant toujours. Eh bien, j'avais pensé à tout sauf à me protéger.

— Et je n'y ai pas pensé non plus, admit Raul, ahuri.

— Eh bien j'ai fait un test de grossesse hier ; il est positif. C'est un peu tôt pour se réjouir, mais il y a une bonne chance que… Oh ! chéri, je suis si heureuse !

Redevenant sérieuse, elle demanda avec inquiétude :

— Tu es heureux, toi aussi ?

— Heureux ? La femme que j'aime accepte de vivre avec moi, et j'apprends que nous allons avoir un enfant : heureux est un mot faible pour exprimer ce que je ressens !

Il l'attira dans ses bras pour l'embrasser avec passion, sans s'occuper des passagers montés comme eux sur le pont pour prendre l'air et qui les regardaient avec un étonnement mêlé d'envie.

MIRANDA LEE

Sous le charme du milliardaire

Traduction française de
ANNE DE RIVIERE-DUGUET

AZUR

HARLEQUIN

Titre original :
TAKEN OVER BY THE BILLIONAIRE

Ce roman a déjà été publié en 2016.

1.

Selon la loi de Murphy, tout ce qui était susceptible de mal tourner tournait nécessairement mal.

Jess n'était pas d'accord avec cette théorie, même si son patronyme était Murphy. Mais son père, lui, en était fermement convaincu. Chaque fois que quelque chose de pénible ou de frustrant se produisait, comme une crevaison quand il conduisait une mariée à son mariage — Joe possédait une entreprise de location de voitures —, il en rendait la loi de Murphy responsable.

Mais son père était superstitieux alors que Jess, elle, considérait les aléas de la vie de façon plus rationnelle. Les choses désagréables arrivaient non pas par un pervers coup du sort, mais en raison des agissements de tout un chacun. Les crevaisons et les krachs boursiers n'étaient pas le résultat du hasard ; il y avait une raison logique à tout.

Jess n'accusait pas la loi de Murphy d'être responsable de la brusque défection de son petit ami, préférant faire le tour du monde avec un copain que de parcourir l'Australie en sa compagnie ! Et peu importe qu'elle ait investi dans un 4x4 flambant neuf pour leur romantique périple ou qu'elle ait commencé à croire qu'il était l'homme de sa vie. La vérité était que Colin avait attrapé le virus du voyage et n'était visiblement pas prêt à se marier. Pour l'instant. Car il était amoureux d'elle, prétendait-il, tout en lui demandant de l'attendre.

Elle lui avait bien sûr rétorqué qu'elle n'en ferait rien.

Jess n'avait pas non plus accusé la loi de Murphy quand

elle avait perdu l'emploi qu'elle occupait à mi-temps dans une boutique de mode. Et pourtant elle adorait son métier. Elle savait pourquoi elle avait été licenciée. Une grosse entreprise américaine avait racheté Fab Fashions pour une bouchée de pain — la société étant en difficulté financière — et avait envoyé un directeur qui avait menacé de fermer toutes les boutiques si celles-ci ne dégageaient pas de profit avant la fin de l'année. D'où la réduction de personnel.

De fait, Helen, la gérante de la boutique, n'avait pas voulu la laisser partir. Mais c'était elle ou Lily, une mère célibataire qui avait besoin de ce travail, tandis que Jess travaillait déjà à plein temps chez Murphy's Car Renting. Elle n'avait pris cet emploi que parce qu'elle était passionnée de mode et voulait en apprendre le maximum afin d'ouvrir un jour sa propre boutique. Au vu des circonstances, elle ne pouvait pas laisser Helen licencier la pauvre Lily.

Toutefois, elle avait fulminé pendant des jours contre la rapacité de cette compagnie américaine. Et sa stupidité. Pourquoi l'homme qu'ils avaient dépêché en Australie n'avait-il pas pris le temps de savoir pourquoi Fab Fashions ne réalisait pas de bénéfices ? Même *elle* aurait pu lui dire ce qui n'allait pas. Mais cela aurait exigé un minimum de perspicacité. Et du temps !

Avant de partir, elle avait demandé à Helen le nom de ce visiteur et elle avait appris qu'il s'agissait d'un certain Benjamin De Silva. Une recherche sur Internet le matin même lui avait révélé qu'il s'agissait du fils unique du milliardaire Morgan De Silva, le P-DG de la société De Silva & Associés — une société financière privée, spécialisée dans le rachat de sociétés et dont le siège social était basé à New York.

Soudain le téléphone sonna et Jess décrocha.

— Murphy's Car Renting, bonjour.

— Bonjour, lui répondit une voix masculine avec un fort accent américain. J'ai un problème et j'espère que vous allez pouvoir m'aider à le résoudre.

— Je ferai de mon mieux, assura-t-elle poliment.

— J'ai besoin de louer une voiture avec chauffeur pour trois jours, demain à la première heure.

Jess écarquilla les yeux. Rares étaient les clients qui voulaient un véhicule avec chauffeur pour une durée aussi longue. D'habitude, ils désiraient célébrer un événement spécial qui commençait et se terminait le même jour : un mariage, un trajet vers l'aéroport…

Installée sur la Côte centrale, au nord de Sydney, la société familiale n'était pas très grande. Le parc automobile ne comptait que sept voitures : trois limousines blanches, deux Mercedes et une limousine noire aux vitres teintées pour les clients fortunés qui désiraient une certaine intimité. Jess savait sans même regarder les réservations sur l'ordinateur qu'elle ne pourrait pas aider l'Américain.

— Je suis désolée, mais toutes nos voitures sont réservées ce week-end. Vous allez devoir contacter quelqu'un d'autre.

Il soupira.

— J'ai déjà appelé les autres loueurs de la région. Etes-vous certaine de ne pas pouvoir m'aider ? Je n'ai pas besoin d'une voiture de luxe. N'importe quelle voiture avec chauffeur fera l'affaire. Je dois être à Mudgee samedi pour le mariage de mon meilleur ami. Je suis son témoin, mais à cause d'un chauffard qui a percuté ma voiture, hier soir, je suis incapable de conduire. J'ai un énorme hématome à l'épaule droite.

— C'est affreux, s'écria Jess, horrifiée. J'aurais vraiment aimé pouvoir vous aider.

Elle était sincère. C'était terrible, de ne pas pouvoir se rendre au mariage de son meilleur ami.

— Je suis prêt à payer un supplément, proposa l'homme au moment même où elle s'apprêtait à lui suggérer de contacter l'une des grandes enseignes de location de voitures de Sydney.

— De combien ?

— Si vous me trouvez une voiture avec chauffeur, votre prix sera le mien.

Eh bien ! songea Jess, ébahie, cet Américain devait être riche comme Crésus.

— D'accord, monsieur… ?

— De Silva, répondit-il.

Frappée par une telle coïncidence, Jess resta bouche bée. Il ne pouvait s'agir que du même homme !

— Vous êtes toujours là ? finit-il par s'enquérir après de longues secondes de silence.

— Oui. Excusez-moi… Mon chat vient de marcher sur mon clavier et j'ai perdu un fichier.

En fait, le prétendu coupable était profondément endormi sur le rebord de la fenêtre, à dix bons mètres du bureau de Jess.

— Vous avez un *chat* dans votre bureau ?

Il semblait consterné. Nul doute qu'aucun animal n'était admis dans le bureau de cet individu pompeux.

— Il s'agit d'une entreprise familiale, monsieur De Silva, rétorqua-t-elle sèchement.

— Je vois. Excusez-moi, je ne voulais pas vous offenser. Alors, pensez-vous pouvoir m'aider ?

Bien sûr, qu'elle allait l'aider. Et ce n'était pas juste une question d'argent. Pas question de manquer l'opportunité de dire au puissant Benjamin De Silva ce qui n'allait pas chez Fab Fashions. Durant leur long périple, elle aurait à n'en pas douter maintes occasions de parler de la perte de son emploi.

— Je peux vous y conduire, si vous voulez, proposa-t-elle. J'ai plus de vingt et un ans, je suis une mécanicienne qualifiée et une monitrice de conduite diplômée.

— Je suis impressionné. Et très reconnaissant.

— Où vous trouvez-vous en ce moment ? Je présume que vous êtes quelque part sur la côte ?

— Je suis dans un appartement à Blue Bay, dit-il avant de lui donner l'adresse.

Les sourcils froncés, Jess entra les coordonnées dans l'ordinateur, se demandant pourquoi un homme d'affaires comme lui séjournait dans ce lieu isolé plutôt qu'à Sydney. Peut-être profitait-il de ce voyage d'affaires pour jouer les touristes en joignant l'utile à l'agréable ?

— Et l'adresse à Mudgee où je dois vous amener ?

— Ce n'est pas exactement *dans* Mudgee, précisa-t-il. La propriété est située en périphérie, sur la route principale. Ce n'est pas difficile à trouver. Après m'y avoir déposé, vous pourrez vous rendre dans un motel jusqu'à notre retour, dimanche. A mes frais, bien entendu.

— Vous n'aurez donc pas besoin de moi le samedi ?

— Non, mais n'ayez crainte. Je vous paierai quand même.

— Ceci va vous coûter cher, monsieur De Silva.

— Je ne suis pas inquiet.

Jess fit la grimace. Comme il devait être agréable de ne pas avoir à se soucier d'argent ! Elle fut tentée d'annoncer un prix exorbitant, mais se retint. Son père serait horrifié si elle agissait ainsi. Joe Murphy était l'honnêteté même.

— Que pensez-vous de mille dollars par jour, plus les frais ? suggéra-t-il avant qu'elle ait eu le temps de réfléchir.

— C'est beaucoup trop !

— C'est raisonnable, au contraire, vu les circonstances.

— Bien, fit-elle en haussant les épaules.

Elle n'allait certes pas contrarier son client !

— Je vais avoir besoin d'informations supplémentaires.

— Comme quoi ? rétorqua-t-il d'un ton irrité.

— Votre numéro de passeport, pour commencer.

— D'accord.

— J'ai aussi besoin du nom et du numéro de téléphone de quelqu'un à contacter en cas d'urgence, ajouta-t-elle en pianotant sur son clavier.

— Bon sang ! Est-ce vraiment nécessaire ?

— Oui, répondit-elle, désireuse de s'assurer qu'il s'agissait bien du même homme. Ce sont les règles de l'entreprise.

— Bien. Je vais vous donner le numéro de mon père. Il réside à New York.

— Je me doutais qu'il était américain. Vous-même avez un accent américain. Je vous écoute…

— Morgan De Silva, répondit-il.

Jess sourit. C'était bien lui !

Il lui indiqua ensuite un numéro de téléphone qu'elle entra dans l'ordinateur.

— Voulez-vous régler en espèces ou par carte de crédit ?

— Que préférez-vous ?

— La carte de crédit.

— Bien, répondit-il d'un ton où perçait l'agacement, avant de lire le numéro à haute voix.

— Parfait. Maintenant que ceci est réglé, à quelle heure voulez-vous que je vienne vous chercher demain ?

— Que suggérez-vous ? J'aimerais arriver en milieu d'après-midi. Mais, avant d'aller plus loin, ne pourrions-nous pas nous dispenser des civilités ? Appelez-moi Benjamin. Ou Ben, si vous préférez.

— Si vous voulez, rétorqua-t-elle, surprise.

Les Australiens avaient beau être prompts à s'appeler par leur prénom, les étrangers n'étaient en général pas aussi décontractés, avait-elle souvent remarqué. Surtout les plus riches. M. De Silva n'était peut-être pas aussi snob qu'elle l'avait cru au départ.

— Quant à l'heure, poursuivit-elle d'une voix plus douce, je propose de venir vous chercher à 7 h 15. Nous éviterons ainsi le plus gros des embouteillages — plus tôt, nous croiserons les gens qui se rendent à leur travail, et plus tard, les mères qui accompagnent leurs enfants à l'école.

Comme elle était bavarde ! songea-t-elle. Elle pouvait presque l'entendre soupirer à l'autre bout du fil.

— 7 h 15, alors, répondit-il. Je vous attendrai dehors pour ne pas perdre de temps.

— Parfait. Ne soyez pas en retard.

— Peut-être devriez-vous me donner votre numéro de portable au cas où j'aurais un quelconque empêchement.

Jess leva les yeux au ciel. Etait-il lui aussi un adepte de la loi de Murphy ? Peu importe, au fond. Elle avait l'habitude.

— Très bien.

Et elle lui donna son numéro.

— Et vous êtes mademoiselle… ?

— Murphy. Jessica Murphy.

Elle s'apprêtait à lui dire de l'appeler Jess, mais se ravisa, puis prit poliment congé et raccrocha.

2.

Poussant un soupir, Ben referma son portable et le glissa dans la poche de son jean. La dernière chose qu'il voulait était d'être conduit en voiture jusqu'à Mudgee demain par Mlle Jessica Murphy, songea-t-il, dépité, en se dirigeant vers le minibar. Elle avait dit avoir plus de vingt et un ans, mais devait sans doute avoir largement dépassé la quarantaine et être dotée d'un physique très ordinaire.

Hélas, il n'avait pas le choix. Non pas à cause de son épaule, comme il l'avait prétendu au téléphone, mais en raison de sa légère commotion cérébrale. Le médecin de l'hôpital lui avait expliqué qu'aucune compagnie d'assurances ne le couvrirait sans certificat médical préalable.

Ce qui était stupide, car il se sentait très bien. Certes, un peu fatigué et frustré, mais bien dans l'ensemble.

Agacé, il se versa une généreuse rasade du meilleur bourbon de sa mère. Il devait s'estimer heureux d'avoir trouvé un chauffeur et une voiture, se fustigea-t-il, même si cette Jessica Murphy l'avait un peu énervé.

Si seulement sa mère était là ! songea-t-il en se dirigeant vers la cuisine à la recherche de glaçons. Elle aurait pu le conduire au mariage. Mais elle était partie en croisière dans le Pacifique Sud avec son dernier amant en date. Certes, Lionel était plus âgé que ses prédécesseurs et avait un emploi — un net progrès par rapport aux autres gigolos qui n'en voulaient qu'à sa fortune.

Non que les liaisons de sa mère le gênent beaucoup, à vrai

dire. Il était désormais assez mûr pour admettre que la vie privée d'Ava ne le regardait pas. Dommage qu'elle n'en eût pas autant à son service, se dit-il en faisant tomber quelques glaçons dans son verre. Elle lui demandait tout le temps quand il comptait se marier et fonder une famille.

Finalement, c'était peut-être une bonne chose qu'elle ne soit pas là en ce moment. Il n'avait aucune envie de subir des pressions concernant sa liaison avec Amber. Il lui était déjà assez difficile de décider s'il devait renoncer à faire un mariage d'amour et se contenter de ce que la jeune femme avait à lui offrir. Au moins, il n'avait pas à craindre qu'elle l'épouse pour son argent, ce qui était toujours un souci pour un homme fortuné. Amber était la fille unique d'un promoteur immobilier prospère et n'avait rien d'une aventurière.

Pour être franc, Ben n'avait jamais eu l'impression qu'Amber voulait se marier. Elle n'avait que vingt-quatre ans et entendait profiter de la vie, entre son amant et son prestigieux emploi au sein d'une galerie d'art. Toutefois, juste avant qu'il parte pour l'Australie, Amber lui avait demandé s'il comptait un jour l'épouser. Elle l'aimait, mais ne voulait pas perdre son temps avec lui s'il ne l'aimait pas et ne désirait pas fonder une famille avec elle. Elle lui avait donné jusqu'à Noël pour prendre une décision. Passé cette date, elle chercherait un mari ailleurs.

Le verre à la main, Ben retourna dans le salon et se dirigea vers les grandes baies vitrées qui donnaient sur la plage. Le regard perdu au loin, il se souvint d'avoir dit à Amber qu'il réfléchirait à sa proposition et lui donnerait sa réponse dès son retour d'Australie. De fait, il avait beaucoup réfléchi. Il voulait se marier et avoir des enfants. *Un jour.* Mais, bon sang, il n'avait que trente et un ans ! En outre, il voulait éprouver plus de sentiments pour sa femme qu'il n'en éprouvait actuellement pour Amber. Il voulait aimer et être aimé, vivre une histoire au long cours, car il n'était pas question pour lui de divorcer. Il savait à quel point un divorce était éprouvant pour un enfant, quand bien même ses parents avaient réglé au mieux le leur.

Sa mère avait obtenu sa garde exclusive, son père lui ayant permis de le ramener en Australie à condition qu'il passe ses vacances aux Etats-Unis, avec lui.

Malgré tout, Ben avait été effondré d'apprendre que ses parents ne s'aimaient plus. Il n'avait que onze ans à l'époque et ignorait ce qui les avait conduits à divorcer. Par amour pour leur fils, ses parents s'étaient bien gardés de se quereller devant lui ou de blâmer l'autre pour l'échec de leur union. Ils lui avaient simplement dit que c'étaient des choses qui arrivaient.

Au début, Ben avait détesté venir en Australie, mais au fil du temps il avait appris à aimer ce pays à l'ambiance chaleureuse et détendue. Il adorait son école et les nombreux amis qu'il s'y était faits. Et il avait particulièrement apprécié ses années à la prestigieuse université de Sydney où il avait fait des études de droit et rencontré celui qui allait devenir son meilleur ami, Andy. Ce n'est que lorsqu'il avait eu terminé ses études que son père lui avait révélé la sinistre vérité : sa mère l'avait piégé en tombant enceinte. Elle ne l'avait jamais aimé. Elle voulait juste un mari fortuné. Certes, il lui avait été infidèle, mais seulement après qu'elle se fut confessée à lui un soir. Ce n'était pas de gaieté de cœur que son père lui avait révélé cette sordide vérité, mais il pensait agir au mieux des intérêts de son fils.

— Tu vas hériter une grande fortune, lui avait dit Morgan De Silva à l'époque. Tu dois comprendre la puissance corruptrice de l'argent et toujours rester vigilant, surtout vis-à-vis des femmes.

Furieuse que son mari ait révélé son secret, sa mère n'avait pourtant pas nié avoir épousé le milliardaire pour son argent, mais avait tout fait pour se justifier. Née pauvre, mais très jolie, elle avait réussi à devenir mannequin en Australie, puis à l'étranger, après avoir été embauchée par une prestigieuse agence new-yorkaise. Pendant plusieurs années, elle avait gagné beaucoup d'argent, mais avait ensuite tout perdu à trente ans en raison des malversations de son conseiller financier.

Et soudain elle s'était retrouvée de nouveau sans le sou,

avec une carrière au point mort. Aussi, lorsque le richissime Morgan De Silva était entré en scène, l'avait-elle séduit dans l'espoir de se faire épouser. Elle l'avait certes trouvé attirant, avait-elle avoué à Ben, mais n'était pas amoureuse de lui — pas plus que lui d'elle, avait-elle ajouté. Entre eux, il ne s'agissait que d'une attirance physique.

— La seule chose qui fait vibrer ton père, avait-elle dit à Ben non sans aigreur, c'est l'argent.

Ben avait récusé cette accusation. Son père l'aimait, il en était certain. Une fois diplômé, il était retourné vivre à New York.

Il n'avait pas rejeté sa mère pour autant. Elle s'était toujours montrée merveilleuse avec lui et il l'aimait, malgré ses défauts. Ils se parlaient très régulièrement au téléphone, mais il ne lui rendait pas très souvent visite, faute de temps.

En effet, il avait une vie bien remplie depuis son retour aux Etats-Unis. Après avoir passé un diplôme d'études supérieures d'économie à Harvard, il avait intégré la société d'investissement paternelle. Il y avait certes essuyé quelques remarques désobligeantes quand il avait rapidement gravi les échelons professionnels, mais Ben pensait qu'il avait mérité sa promotion, ainsi que l'excellent salaire, les primes importantes, la voiture de luxe et l'appartement de standing qui allaient avec. Il avait aussi acquis au fil des ans une réputation de play-boy — sans doute parce qu'il ne gardait jamais très longtemps ses conquêtes. Après quelques semaines, il se lassait d'elles, invariablement.

C'était même étonnant que sa liaison avec Amber ait duré aussi longtemps — sans doute parce qu'il ne la voyait pas souvent. Il n'avait jamais été amoureux d'elle. Elle était certes attirante, amusante et très facile à vivre. Jamais elle ne lui faisait de reproches quand il arrivait en retard ou annulait un rendez-vous, pas plus qu'elle ne se comportait de façon possessive. Elle ne lui avait jamais non plus dit qu'elle l'aimait durant les huit mois qu'avait duré leur liaison, aussi sa récente déclaration l'avait quelque peu surpris. Ben s'était senti flatté, et avait même fini par être tenté par sa proposition, sans doute en raison de la position très arrêtée de son père vis-à-vis du mariage.

« Les hommes riches doivent épouser des femmes riches », claironnait-il souvent.

Mais malgré les conseils avisés de son père, Ben savait qu'il ne pourrait jamais se satisfaire d'un mariage sans amour, et qu'il devait rompre avec Amber. Il envisagea l'espace d'un instant de l'appeler pour l'informer de sa décision, mais se ravisa. Il y avait quelque chose de lâche dans cette façon de procéder. Par ailleurs, elle lui avait demandé de ne pas la contacter pendant son absence — peut-être dans l'espoir qu'elle lui manquerait ?

Hélas, c'était le contraire qui s'était produit. Et, maintenant qu'il avait pris sa décision, Ben n'éprouvait pas le moindre regret. Juste un profond soulagement.

Lorsque son portable vibra dans sa poche, Ben croisa les doigts pour que ce ne soit pas Amber. Mais ce n'était pas elle, comprit-il, soulagé en voyant le numéro de son père s'afficher sur l'écran. Ce n'était pas pourtant pas dans ses habitudes d'appeler sans raison. Morgan De Silva n'aimait pas bavarder.

— Bonjour, papa, dit Ben en décrochant. Que se passe-t-il ?

— Désolé de te déranger, fiston, mais je pensais à toi ce soir et j'ai eu envie de te passer un coup de fil.

— J'en suis ravi, rétorqua-t-il, abasourdi. Mais ne devrais-tu pas dormir à cette heure-là ? C'est le milieu de la nuit à New York.

— Il n'est pas si tard que ça. Et tu sais que je dors peu, se défendit son père. Alors, tu te rends bientôt au mariage d'Andy ?

— Demain, oui.

L'espace d'un instant, Ben faillit lui parler de l'accident et de sa difficulté à trouver une voiture de location, mais se ravisa. Inutile d'inquiéter son père inutilement.

— Un garçon sympathique, cet Andy…

Son père avait en effet rencontré Andy lorsque Ben l'avait invité en vacances. Ils étaient allés skier tous ensemble.

— Quand penses-tu rentrer à New York ?

— Sans doute pas avant la fin de la semaine prochaine. Maman est partie en croisière et ne rentre pas avant lundi. J'aimerais passer quelques jours avec elle avant de rentrer.

— Pourquoi ne prolongerais-tu pas ton séjour ? Tu mérites de prendre des vacances. Tu travailles beaucoup trop.

Ben fixa d'un regard absent la plage et l'océan, au-delà. En vérité, cela faisait déjà plusieurs années qu'il n'avait pas pris de véritables congés, et sa mère l'avait d'ailleurs accusé de devenir un bourreau du travail. Comme son père.

— Pourquoi pas ? Merci, papa.

— Je t'en prie. Salue ta mère de ma part, ajouta son père, avant de raccrocher.

Ben fixa longuement le combiné. Pourquoi diable son père l'avait-il appelé ? se demanda-t-il, interloqué.

3.

Jess fut soulagée de s'éclipser avant le réveil de ses parents. La veille, sa mère n'avait pas cessé de lui dire qu'elle prenait un risque en accueillant à son bord un parfait étranger. Il avait fallu que Jess lui dise tout ce qu'elle savait sur Benjamin De Silva pour qu'elle cesse d'imaginer les pires scénarios.

— Ce n'est pas un tueur en série, maman, avait-elle affirmé. Juste un homme qui a plus d'argent que de cervelle.

A sa vive surprise, son père, pourtant un éternel pessimiste, avait pris sa défense.

— Jess sait se défendre, Ruth. Elle n'aura aucun souci. Passe-nous simplement un coup de fil à ton arrivée, ma chérie, pour rassurer ta mère. D'accord ?

Elle avait accepté bien volontiers mais, craignant que sa mère aborde de nouveau le sujet ce matin, elle avait fait son sac la veille, puis s'était levée tôt pour s'apprêter. Vu les circonstances, elle voulait se montrer sous son meilleur jour. Pas question de ressembler à un chauffeur. Elle avait d'ailleurs rejeté l'idée de porter son uniforme, composé d'un pantalon noir et d'une chemise blanche avec le logo de l'entreprise familiale sur la poche avant.

Elle opta pour un pantalon noir qui mettait en valeur ses jambes interminables, associé à un T-shirt blanc à la coupe cintrée et une veste à motif floral de sa création. Jess était une excellente couturière, sa grand-mère lui ayant appris à coudre. Elle hésita un peu à se maquiller et décida finalement de rester classique : une touche de brillant à lèvres et un soupçon de mascara. Puis elle noua son épaisse chevelure ébène en queue-de-cheval avec un nœud rouge assorti à sa veste et enfila une paire d'escarpins noirs, avant de se ruer hors de la maison, une bonne demi-heure plus tôt que nécessaire.

Le trajet entre sa maison et Blue Bay ne prenant pas plus d'une quinzaine de minutes à cette heure-là, elle s'arrêta prendre son petit déjeuner, puis poursuivit son chemin jusqu'à l'adresse que Ben lui avait indiquée. Elle connaissait bien ce quartier où les magnifiques propriétés du front de mer, aujourd'hui occupées par des gens fortunés, avaient remplacé les modestes maisons de pêcheurs.

Ce ne fut qu'au moment de s'engager dans la longue rue qui menait à Blue Bay que Jess commença à se sentir nerveuse. D'habitude sûre d'elle et d'un naturel plutôt ouvert, elle se rendit soudain compte que ce ne serait pas facile d'évoquer Fab Fashions avec l'homme qui avait racheté l'entreprise. A dire vrai, il y avait de fortes chances qu'il lui dise de se mêler de ses affaires. Il ne serait sans doute pas ravi non plus d'apprendre qu'elle avait fait des recherches sur lui sur Internet.

Peut-être devrait-elle abandonner l'idée probablement futile de sauver Fab Fashions et se contenter de conduire M. De Silva à Mudgee. Et si elle attendait de savoir quelle sorte d'homme il était ? Il ne lui avait pas semblé trop désagréable au téléphone. Peut-être un peu agacé, ce qui était compréhensible, au vu des circonstances.

Jess se demanda quel âge il avait. Sans doute dans la quarantaine, devina-t-elle. Et s'il ressemblait un tant soit peu à son père — elle avait vu une photo de Morgan De Silva sur Internet — il serait petit, les tempes dégarnies et un peu bedonnant.

— Seigneur ! soupira-t-elle.

Elle détailla les numéros sur les boîtes aux lettres, avant de réaliser que celui qu'elle cherchait se situait à l'autre bout de la rue. Le soleil se levait à peine lorsqu'elle s'approcha d'un magnifique ensemble résidentiel qui donnait sur la plage et devant lequel se tenait un homme. A côté de lui étaient posées une valise noire à roulettes et une housse de costume.

Jess s'efforça de ne pas le fixer, tandis qu'elle garait la voiture sur le bas-côté. En vain. Il n'était pas du tout comme elle l'avait imaginé. Grand et mince, doté de larges épaules et de traits ciselés, il ressemblait à une gravure de mode. Ses cheveux châtain clair, coupés courts sur les côtés et légèrement plus longs sur le dessus, mettaient en relief ses pommettes saillantes et ses yeux d'un bleu profond. Vêtu d'un pantalon gris anthracite et d'une chemise bleue à manches longues, il arborait une paire de lunettes de soleil dans la poche extérieure de sa chemise.

L'esprit en tumulte, Jess éteignit le moteur et sortit de la voiture. Comment aurait-elle pu deviner qu'il serait si beau ? Et si *jeune* ? Il n'avait guère plus de trente ans. Peut-être même moins.

— Monsieur De Silva, je présume ? s'enquit-elle en se plantant devant lui.

De près, il était encore plus séduisant, remarqua-t-elle.

— Vous ne pouvez pas être Mlle Murphy, répondit-il, un léger sourire aux lèvres.

— Et pourquoi pas ?

Secouant la tête, il l'inspecta des pieds à la tête.

— Vous n'êtes pas du tout comme j'imaginais.

— Oh ! Et comment m'imaginiez-vous ?

— Plus âgée et un peu moins… euh… séduisante.

Jess remercia le ciel de ne pas être du genre à piquer un fard.

— C'est gentil à vous, monsieur De Silva.

— Je vous ai dit de m'appeler Ben, lui rappela-t-il en lui adressant un sourire lumineux qui dévoila ses dents d'une blancheur écarlate.

Mon Dieu ! se dit Jess en essayant de dissimuler son enthousiasme — avec un succès tout relatif, à en juger par son cœur qui battait la chamade.

— Peut-être devrions-nous y aller ? finit-il par dire.

Jess se secoua mentalement. Ce n'était pourtant pas son

genre de tomber en admiration devant un homme, fût-il aussi sexy que Ben.

— Oui, bien sûr. Avez-vous besoin d'aide pour vos bagages ? ajouta-t-elle, se souvenant qu'il lui avait dit s'être blessé à l'épaule.

— Je peux me débrouiller. Si vous pouviez juste ouvrir le coffre…

Il réussit à ouvrir la porte côté passager sans son aide.

Le temps qu'elle s'installe et boucle sa ceinture de sécurité, Jess s'était ressaisie. Elle devait cesser de se comporter comme une gamine, se sermonna-t-elle. Elle avait vingt-cinq ans, après tout ! Prenant une profonde inspiration, elle mit ses lunettes de soleil.

— Puis-je vous appeler Jessica ?

Jess fit la grimace. Elle détestait qu'on l'appelle Jessica.

— Je préférerais que vous m'appeliez Jess.

— Seulement si vous m'appelez Ben, insista-t-il en bouclant à son tour sa ceinture de sécurité.

Avec son physique de rêve et son charme naturel, Ben devait rarement essuyer un refus, songea Jess en acquiesçant. La preuve, elle voulait déjà lui faire plaisir ! Et pourtant elle n'était pas du genre à vouloir plaire aux autres. Elle possédait au contraire une personnalité bien trempée et n'avait pas la langue dans sa poche.

— D'accord. Etes-vous prêt, Ben ? s'enquit-elle, tandis qu'elle allumait le moteur et lui jetait un regard.

Dieu, qu'il était beau ! Et il sentait bon, en plus. Elle aimait les hommes qui portaient un après-rasage de qualité.

— Dès que j'aurai mis mes lunettes de soleil, assura-t-il en les sortant de sa poche de chemise.

Il avait l'air d'une vedette de cinéma, songea-t-elle, du genre à faire rêver toutes les femmes. L'attirance qu'elle éprouvait pour lui commençait à l'agacer. Elle allait bientôt se mettre à flirter avec lui, si elle n'y prenait garde ! Serrant les dents, elle jeta un coup d'œil dans son rétroviseur et démarra.

Ben fut le premier à rompre le silence qui s'était installé dans la voiture.

— Je dois vous remercier encore une fois d'avoir accepté de me conduire à Mudgee, Jess.

— Pourquoi ? Vous payez pour ce privilège.

— N'empêche. Vous vous êtes donné du mal pour moi. J'imagine qu'une femme aussi séduisante que vous a sans doute mieux à faire le week-end que de travailler.

— Non, pas vraiment.

— Vous n'avez pas eu à annuler un rendez-vous galant ?

— Pas ce week-end.

— Vous me surprenez. J'aurais pourtant cru que vous aviez un petit ami.

— C'était le cas. Jusqu'à récemment.

— Que s'est-il passé ?

Elle haussa les épaules.

— Nous devions visiter le pays en voiture. C'est la raison pour laquelle j'ai acheté le 4x4. Et au dernier moment il a décidé d'annuler, préférant faire le tour du monde avec un copain.

Jess sentit plus qu'elle ne vit le regard étonné de Ben posé sur elle.

— Il ne vous a pas demandé de l'accompagner ? s'enquit-il d'un ton outré qui lui mit du baume au cœur.

— Non. Mais il m'a demandé de l'attendre.

— J'espère que vous avez dit non.

Elle rit au souvenir de sa réaction pour le moins explosive.

— Et même un peu plus, confirma-t-elle.

— Tant mieux !

— Je ne sais pas... Colin dit que j'ai la langue acérée.

— Vraiment ? J'ai du mal à le croire.

Jess fronça les sourcils. Se moquait-il d'elle ?

Un bref coup d'œil sur son beau visage la rassura. Il faisait juste la conversation, ce qui était plus agréable que de demeurer silencieux jusqu'à Mudgee.

— Il m'a aussi dit que j'étais trop autoritaire.

— Non !

Il se moquait bien d'elle. Mais pas méchamment, dut-elle reconnaître.

— Je suppose qu'il y a une part de vérité dans ce qu'il dit. Mais j'aime que les choses soient organisées.

— Je suis moi aussi du genre perfectionniste, renchérit Ben. Ah, voici Westfield… Nous ne sommes plus loin de l'autoroute, maintenant.

Jess fronça les sourcils.

— Comment se fait-il que vous connaissiez Westfield ? Je croyais que c'était votre première visite en Australie.

— Pas du tout. J'ai passé beaucoup de temps ici — en Nouvelle-Galles du Sud, du moins. Mes parents ont divorcé, voyez-vous. Mon père est américain, comme vous le savez, mais ma mère est australienne. J'ai passé plusieurs années en internat à Sydney, où j'ai rencontré Andy. C'est lui qui se marie ce week-end.

— Je l'ignorais.

— Pourquoi l'auriez-vous su ?

Jess soupira intérieurement. Ce n'était pas son style, de se montrer malhonnête avec les gens. Avec un peu de chance, Ben ne serait pas trop en colère contre elle si elle lui disait la vérité. Elle n'avait pas vraiment envie de passer son temps à faire attention à chacune de ses paroles. Par ailleurs, elle espérait toujours discuter de l'avenir de Fab Fashions avec lui. Il semblait très facile d'accès et bien plus subtil qu'elle ne l'avait cru. Mais cela ne rendait pas pour autant sa confession plus facile.

— Oh ! comment dire… tout ceci est si gênant ! balbutia-t-elle. J'imagine que je dois vous le dire maintenant. Je… j'espère que vous ne serez pas trop fâché.

4.

Ben fronça les sourcils. Il n'avait aucune idée de ce dont parlait Jess.

— Me dire quoi ?

— J'espère juste que vous comprendrez, murmura-t-elle en s'engageant sur la bretelle de l'autoroute.

— Comprendre quoi ?

— Et bien, voilà : je savais qui vous étiez hier lorsque vous m'avez dit être Benjamin De Silva, avoua-t-elle.

— Qu'entendez-vous par là ?

— Je savais que vous travailliez pour De Silva & Associés et que vous étiez le fils de Morgan De Silva.

— Et comment cela ? demanda-t-il, médusé. Je n'aurais pas cru que mon père était si connu que cela en Australie. Il préfère rester discret.

Jess poussa un profond soupir.

— Je travaillais à temps partiel dans une boutique de Fab Fashions à Westfield jusqu'à ce que la gérante soit obligée de me licencier, la semaine dernière.

— Ah…

Intrigué, Ben se demanda pourquoi elle occupait un poste dans une boutique de mode. Ne lui avait-elle pas dit qu'elle travaillait dans l'entreprise familiale de location de voitures ? Et qu'elle était monitrice d'auto-école ?

Jess était certes une jeune femme étonnante. Il avait été stupéfait en la voyant arriver au volant de son 4x4. Elle ne ressemblait en rien à la mégère d'âge mûr à laquelle il s'attendait. Elle était non seulement jeune mais ravissante. D'habitude, il préférait les blondes, mais Jess était tout simplement délicieuse avec ses lèvres pleines et sensuelles, ses magnifiques yeux noirs et ses jambes interminables. De plus, elle avait une personnalité attachante et assez amusante, devait-il reconnaître. Son petit ami était un imbécile de l'avoir laissée partir.

— Oui, poursuivit-elle d'un air penaud. Helen, la gérante, m'a parlé d'une compagnie américaine qui avait racheté Fab Fashions et qui les menaçait de fermeture s'ils ne réalisaient pas de bénéfices avant la fin de l'année. J'étais si furieuse que j'ai fait des recherches sur vous. Je n'ai pas trouvé grand-chose, d'ailleurs, se hâta-t-elle d'ajouter. On parlait surtout de votre père et de la société qu'il a fondée. En tout cas, lorsque vous avez téléphoné hier et m'avez décliné votre identité, j'ai failli tomber de ma chaise.

Ben hocha la tête. Il n'en doutait pas une seconde.

— Alors pourquoi diable avoir accepté de me conduire ? J'aurais cru que vous m'auriez envoyé paître.

— Pourquoi aurais-je fait une chose pareille ? En vérité, j'espérais aborder le sujet de Fab Fashions durant le long trajet jusqu'à Mudgee. Je pensais que vous seriez surpris d'apprendre que j'avais travaillé pour eux, mais que vous ne vous seriez pas méfié pour autant. Je vous aurais ensuite fait part de mes idées pour rendre la boutique plus rentable. Cela va vous sembler prétentieux, mais je m'y connais en mode. Ma grand-mère était couturière professionnelle et elle m'a tout appris. J'ai aussi suivi une formation de conception en ligne et je crée mes propres vêtements.

— Je vois, répondit Ben lentement.

Elle était sérieuse, réalisa-t-il, mais en vérité il y avait peu de chances de sauver Fab Fashions, le secteur du commerce de détail étant en difficulté dans le monde entier. Il leur avait donné jusqu'à la fin de l'année pour ne pas se montrer trop intransigeant. Son père, lui, était partisan de fermer l'enseigne tout de suite, mais il n'avait aucune intention d'en informer Jess. En tout cas, pas maintenant.

— Alors pourquoi aviez-vous l'air si surprise quand nous nous sommes rencontrés aujourd'hui ?

Jess fronça les sourcils. Comme elle gardait le silence, il insista :

— Vous m'avez dévisagé.

— Oui… c'est vrai, admit-elle, troublée. A vrai dire, il y avait une photo de votre père sur Internet et… vous ne lui ressemblez pas beaucoup, n'est-ce pas ?

Ben ne put s'empêcher de sourire. Elle n'était pas très diplomate, mais une telle franchise lui plaisait. Et soudain il se prit à espérer qu'il pourrait faire quelque chose pour sauver Fab Fashions. Juste pour lui faire plaisir.

— Non, admit-il. Je tiens de ma mère.

— Elle doit être très jolie.

Il réprima un nouveau sourire. Seigneur, elle était adorable ! Et si candide que c'était une véritable bouffée d'air frais. Contrairement aux femmes qu'il côtoyait d'habitude, elle n'essayait pas de le flatter ou de flirter avec lui.

— Maman était ravissante quand mon père l'a épousée, dit-il. Elle l'est toujours, d'ailleurs, malgré son âge. Elle était un mannequin assez célèbre à l'époque, mais sa carrière a pris fin quand elle s'est mariée. Après son divorce, elle est revenue vivre en Australie et a créé sa propre agence de mannequins. Qui a très bien marché, d'ailleurs. Mais peut-être le saviez-vous déjà après vos recherches en ligne ?

— Grands dieux, non ! La seule chose que j'aie apprise était que votre père était divorcé et avait un fils, vous. L'article ne traitait que d'affaires et ne parlait pas du tout de votre mère.

Ben hocha la tête, pas vraiment surpris. Son père n'avait toujours pas digéré son divorce et parlait rarement de son ex-femme.

« Salue ta mère de ma part », avait-il dit au téléphone, pourtant…

— Je suis désolée de m'être montrée indiscrète, lâcha Jess, prenant sans doute son silence pour de l'agacement. Dès que je vous ai vu, j'ai réalisé que je n'aurais pas dû agir ainsi. Mais je ne vous voulais aucun mal.

— Ne vous inquiétez pas pour ça, Jess. Je ne me suis pas senti offensé. Je pensais juste à Fab Fashions et je me demandais ce que nous pourrions faire.

Elle lui adressa un sourire radieux qui illuminait son visage. Elle rayonnait d'une telle beauté intérieure que son corps réagit aussitôt à cet appel.

Ce n'était vraiment pas le moment, se fustigea-t-il, avant de changer d'avis. Et pourquoi pas ? Il en avait terminé avec Amber, après tout. Qu'est-ce qui l'empêchait d'explorer l'attirance qu'il éprouvait pour cette jeune femme ?

Il faillit éclater de rire. Parce qu'il ne s'agissait pas d'une simple attirance, mais d'une passion torride — sentiment qui ne lui était d'ailleurs pas étranger. Mais cette fois-ci c'était plus fort encore.

Impossible de ne pas répondre à cet appel.

Mais sans trop s'impliquer, tout de même. Il rentrait aux Etats-Unis bientôt, et ne pouvait se permettre qu'une simple aventure sans lendemain.

Malgré tout, sa conscience le titilla. Jess n'était pas le genre de femme à s'adonner à de brèves liaisons. Mais peut-être se trompait-il ? Peut-être au contraire serait-elle ravie de satisfaire ses moindres désirs ? Il était le fils d'un milliardaire, après tout, et à ce titre très attirant pour les femmes !

— Vous écouteriez ce que j'ai à dire sur Fab Fashions ?

— Ce serait stupide de ma part de ne pas le faire.

Et cela lui fournirait surtout un bon prétexte pour passer du temps avec elle pendant son séjour en Australie.

— Vous êtes de toute évidence une femme brillante, pleine d'idées judicieuses, ajouta-t-il pour la forme.

— N'exagérons rien, dit-elle modestement.

— Je ne vous crois pas un seul instant.

— Disons que je n'ai pas fait d'études poussées. Mais j'ai toujours été très manuelle, assura-t-elle.

Ben ne put s'empêcher de jeter un regard sur ses mains,

serrées autour du volant. Comme il aurait voulu que ces mains l'enveloppent, *lui*, le caressent, pendant qu'avec sa bouche elle lui prodiguait de délicieux tourments. A cette pensée, un désir violent le terrassa et il serra les dents pour calmer son excitation. Il n'aimait pas perdre le contrôle de lui-même, surtout quand il s'agissait de sexe. Il aimait avoir le dessus, être le maître à bord, ce qui impliquait une totale maîtrise de son propre corps — une chose qu'il avait perfectionnée au fil des ans.

— Est-ce la raison pour laquelle vous êtes devenue mécanicienne ? s'enquit-il d'un ton faussement désinvolte.

— Avant de créer son entreprise, papa possédait un garage. A Sydney, précisa-t-elle. Et, comme tous mes frères étaient mécaniciens, j'ai suivi la même voie.

— Quand donc avez-vous déménagé sur la Côte centrale ?

— Il y a environ cinq ans. Pourquoi ?

— Pour rien, dit-il d'une voix apaisante, s'efforçant de refouler ses pensées érotiques. Vous n'utilisez pas le GPS, je vois. Je présume donc que vous connaissez la route ?

— Je suis allée à Brisbane une fois ou deux, mais je n'ai jamais pris le Golden Highway. Pas plus que je ne suis allée à Mudgee. J'ai regardé l'itinéraire sur Internet hier soir.

— Je n'ai jamais pris cette route non plus, admit-il.

Elle lui lança un regard étonné.

— Vous n'êtes encore jamais allé chez votre meilleur ami ?

— Bien sûr que si. Souvent, même. Mais on ne passe pas par ici en venant de Sydney.

— Ah oui, en effet. Je n'avais pas pensé à ça. Vous étiez pensionnaire à Sydney, n'est-ce pas ?

— Oui, à la King's School, près de Parramatta. Vous connaissez ?

5.

Jess se rembrunit. Elle n'avait peut-être pas fait d'études poussées, mais cela ne voulait pas dire qu'elle était ignorante. Bien sûr, qu'elle avait entendu parler de la King's School ! C'était l'une des meilleures écoles privées de Sydney, en tout point différente de l'humble école qu'elle-même avait fréquentée.

— Oui, je la connais, répondit-elle, songeant que cet homme n'était décidément pas fait pour elle.

— C'est là que j'ai rencontré Andy, précisa Ben. Nous avons ensuite poursuivi nos études à l'université de Sydney.

Il avait aussi étudié à la prestigieuse université de Sydney, ce qui confirmait ce dont elle se doutait déjà : Ben était brillant. Quoi d'autre ? Il partait sans doute skier dans les Alpes autrichiennes tous les ans et emmenait sa petite amie à Paris pour des week-ends romantiques.

Cette dernière pensée la bouleversa. Elle n'avait pas songé une seconde que Ben puisse être en couple. Quelle idiote ! se fustigea-t-elle. Un homme comme lui avait forcément quelqu'un. Il n'était pas marié, en revanche car, lorsqu'elle lui avait demandé hier le nom d'une personne à contacter en cas de besoin, il n'avait pas mentionné d'épouse.

Une fiancée n'était pas à exclure, toutefois.

— Et maintenant votre meilleur ami se marie, dit-elle d'un ton délibérément neutre. Et vous, êtes-vous marié, Ben ?

— Non.

— Fiancé ?

— Non plus.

Elle était allée trop loin pour s'arrêter en si bon chemin.

— Vous avez sûrement une petite amie, non ?

— Plus maintenant. Nous avons rompu.

— Elle vous a quitté ? s'enquit-elle, incrédule.

— Pas exactement…

— Excusez-moi. Cela ne me regarde pas.

— Ne vous inquiétez pas, la rassura-t-il. J'aime bien discuter avec vous. En fait, c'est moi qui ai rompu, mais je n'ai pas encore eu l'occasion d'en informer Amber. J'ai pris ma décision hier soir.

Amber, songea Jess avec dépit. Un prénom typique du genre de femmes belles et riches avec lesquelles il devait sortir. Jess la détestait déjà, avant de se rappeler que Ben venait de rompre avec elle.

— Que s'est-il passé ?

— Elle voulait se marier. Pas moi.

— Je vois…

Qu'avaient donc les hommes à vouloir éviter tout engagement ?

Profondément dépitée, elle sut qu'il était temps de changer de sujet de conversation. Elle pensa aborder de nouveau les problèmes de Fab Fashions mais, pour une raison étrange, son enthousiasme pour le sujet avait faibli. C'était une perte de temps, de toute façon. Elle choisit donc de parler de la météo — rien de tel pour combler les vides…

— Je suis heureuse qu'il fasse beau, dit-elle d'une voix faussement enjouée. Il n'y a rien que je déteste plus que de conduire sous la pluie, même si je dois admettre que nous avons un grand besoin de pluie. L'hiver a été très sec. Et maintenant tout est beau et verdoyant.

Ben tourna son regard vers le paysage qui défilait sous ses yeux.

— C'est vrai, renchérit-il, ce qui n'est hélas pas le cas de cette autoroute. Elle est dans un état déplorable !

— Ça, c'est parce qu'elle a été construite au-dessus des mines de charbon, ce qui donne lieu à des affaissements. Enfin, c'est tout le charme de l'Australie ; nous sommes célèbres pour l'état effroyable de nos routes.

— Le pays est trop vaste pour la population. Il n'y a pas assez d'impôts levés pour construire les infrastructures adéquates.

— Pas assez d'impôts ? s'insurgea Jess. Nous sommes un des pays les plus taxés du monde !

— Pas exactement, la contredit Ben. La plupart des pays européens paient plus d'impôts que vous.

— Pas les Etats-Unis, en tout cas. Les gens peuvent devenir riches là-bas, contrairement à ici. Mon père travaille comme un forcené et arrive à peine à joindre les deux bouts et mes parents n'ont pas pris de vacances depuis des années, conclut-elle d'un ton amer.

— C'est dommage ! Tout le monde a besoin de partir en vacances.

— C'est ce que je n'arrête pas de leur dire.

— Quel âge ont-ils ?

— Mon père a soixante-trois ans, et ma mère, cinquante-neuf.

— Proches de la retraite, alors.

— Papa dit qu'il préférerait mourir plutôt que de prendre sa retraite.

— Le mien dit la même chose, assura Ben. Il adore travailler. Vous avez mentionné des frères tout à l'heure. Combien en avez-vous ?

— Quoi ? Oh… euh… trois.

— J'ai toujours rêvé d'avoir un frère, lui confia Ben. Alors, parlez-moi un peu des vôtres, Jess.

— Connor est l'aîné. Il a trente-six ans. Il est marié et a deux fils. Ensuite, il y a Troy. Il a trente-quatre ans, est marié aussi et a des jumelles. Elles ont huit ans, précisa-t-elle avec un large sourire en pensant à ses nièces. Et enfin il y a Peter, qui a vingt-sept ans. Il vient de se marier et sa femme attend un bébé pour le début de l'année.

— Pas de sœurs ?

— Non, confirma-t-elle.

— Vous êtes donc la petite dernière de la famille.

— Oui, mais je ne suis pas gâtée pour autant, assura-t-elle.

Ce qui était faux. Ses frères avaient toujours cédé à ses caprices et s'étaient montrés très protecteurs envers elle lorsqu'elle avait commencé à s'intéresser aux garçons — raison pour laquelle elle n'avait jamais eu de petit ami avant de quitter l'école. Ses frères faisaient fuir les prétendants.

— J'imagine que vous voudrez aussi avoir des enfants. Je vous ai vue sourire quand vous parliez des jumelles.

— Au moins deux, admit-elle avec un sourire. Mais me marier et fonder une famille, ce n'est pas dans mes priorités pour l'instant. Je n'ai que vingt-cinq ans, après tout. Avant cela, j'aimerais voyager et partir à la découverte de mon pays. Voilà pourquoi j'ai acheté ce petit bijou. Parce qu'il est capable d'affronter les routes effroyables d'Australie.

Elle tapota le volant pour confirmer ses dires.

— Oh ! voilà la sortie pour les vignobles de la Hunter Valley, reprit-elle. Si vous prolongez votre séjour après le mariage de votre ami, vous devriez visiter le coin. C'est magnifique à cette époque de l'année et il y a une foule de choses à faire en plus de déguster du bon vin, bien sûr. Colin et moi avions même fait un tour en ballon lors d'un séjour ici.

— Etes-vous sortie longtemps avec Colin ?

— Un peu plus d'un an.

— Et vous étiez amoureuse ?

— Je le croyais, répondit-elle, mais je vois bien maintenant que ce n'était pas le cas.

Comment aurait-elle pu l'être ? Colin était sorti de sa vie depuis moins d'un mois et elle s'intéressait déjà à un autre homme.

— Si vous voulez mon avis, je trouve que ce Colin a été totalement stupide de quitter une femme telle que vous…

6.

Agacée de se sentir flattée de l'intérêt que Ben lui témoignait, Jess se mit à regarder fixement la route. Et pourquoi ne lui plairait-elle pas ? Elle était séduisante, après tout, avec sa silhouette fine et ses jambes interminables. Bon, elle n'était sans doute pas de taille à concurrencer Amber, mais elle était ici, contrairement à sa rivale, qui se trouvait à New York. Qui plus est, Ben ne voulait pas d'Amber. Non, ce n'était pas tout à fait exact : il ne voulait simplement pas se marier. Nul doute d'ailleurs qu'il aurait volontiers poursuivi leur liaison si elle ne lui avait pas forcé la main. En vérité, il se trouvait seul ici en Australie, sans doute un peu désœuvré, et elle était là, libre comme l'air et disponible pour satisfaire ses moindres désirs...

La fin brutale de l'autoroute l'arracha à ses sombres pensées. Elle n'avait même pas vu les panneaux lui indiquant de ralentir. Secouant la tête, elle s'engagea sur le rond-point et prit à gauche en direction du Golden Highway.

Tout en conduisant, elle se demanda pourquoi elle n'arrivait pas à se comporter comme les autres jeunes femmes — celles qui couchaient dès le premier rendez-vous. Elle ne pourrait jamais faire ça. Elle trouvait cela sans intérêt. Et dangereux, qui plus est. Elle devait apprendre à connaître son partenaire et l'apprécier avant de s'offrir à lui.

Si elle avait fait attendre Colin des semaines, elle se doutait que Ben ne se montrerait pas aussi patient. Seigneur, que lui arrivait-il donc ? Elle n'était pas comme ça, d'habitude. Mais Ben n'était pas non plus comme les hommes qu'elle rencontrait d'habitude. Et il ne s'agissait pas seulement de son physique de rêve, même s'il était difficile de l'ignorer. Il dégageait une assurance qu'elle trouvait extrêmement attirante. Et sexy. Il devait être un amant expérimenté, un fin connaisseur qui saurait exactement comment l'amener sur les hauteurs vertigineuses de l'extase. A cette pensée, elle sentit un frisson parcourir sa nuque.

— Si nous faisions une pause ? s'enquit soudain Ben. J'ai besoin d'un bon café.

Jess réprima un soupir. Elle avait une fois de plus laissé ses pensées vagabonder. Par un suprême effort de volonté, elle s'arracha à sa rêverie et estima rapidement leur position, surprise de constater qu'ils n'étaient pas loin de la bifurcation vers le Golden Highway.

— Nous sommes à environ une demi-heure de Denman, dit-elle. C'est un petit village historique situé dans la vallée avec un pub pittoresque et quelques cafés. Si c'est trop loin pour vous, on peut sortir à Singleton, mais il nous faudra ensuite rebrousser chemin.

— Inutile, assura-t-il. Denman me semble parfait. Vous n'auriez pas par hasard des antalgiques ? J'aurais dû en prendre ce matin, mais j'ai oublié.

— Il y en a dans la boîte à gants. Et une bouteille d'eau aussi, si vous voulez prendre les cachets toute de suite.

— Merci.

— Votre épaule vous fait-elle beaucoup souffrir ?

— Elle est un peu raide et douloureuse, rien de bien méchant. Franchement, j'aurais très bien pu conduire, mais le médecin de l'hôpital me l'a interdit à cause de ma légère commotion. Mais je ne m'en plains pas, assura-t-il avec un grand sourire. Cela m'a permis de vous rencontrer.

Jess sentit son cœur se gonfler de plaisir. Malgré tout, elle ne se faisait pas d'illusions. Elle avait suffisamment vu ses frères à l'œuvre pour savoir qu'il ne voulait qu'une chose : l'entraîner dans son lit ! Peut-être était-ce la raison pour laquelle elle ne s'en laissait pas conter par les hommes qui tentaient de la séduire — du moins, jusqu'à l'arrivée de celui-ci…

Il l'avait totalement galvanisée. Jess n'arrivait pas à croire qu'elle envisageait une aventure d'un soir avec lui — et que l'idée même faisait battre son cœur plus vite.

7.

— Quelle charmante petite bourgade ! s'exclama Ben.

Attablés à la terrasse d'un ancien corps de ferme converti en bistrot, ils sirotaient leur café et admiraient le magnifique jardin plein d'arbustes fleuris qui s'offrait à leur regard. Ben ignorait tout du jardinage et de la botanique, mais il savait ce qu'il aimait. C'était la même chose pour l'art. Il n'achetait pas une œuvre en fonction de la réputation de son auteur mais parce qu'il l'appréciait.

Tout comme il appréciait Jess, songea-t-il en lui jetant un regard oblique. Peut-être était-ce la raison pour laquelle il la désirait tant. Au cours de la dernière demi-heure, il avait réfléchi à un moyen pour se retrouver seul avec elle et avait finalement concocté un plan…

— Alors, Jess, dit-il, c'est le moment de me parler de Fab Fashions. Je ne voulais pas aborder le sujet en voiture, mais maintenant que nous faisons une halte…

Elle posa sa tasse et lui lança un regard si profond qu'il aurait pu s'y noyer. Il en vint presque à regretter qu'elle eût ôté ses lunettes de soleil — et de l'avoir imitée, car il craignait que ses yeux ne trahissent ses pensées les plus intimes !

— Voulez-vous vraiment entendre mon point de vue ? demanda-t-elle d'un air sceptique.

Il décida de mentir.

— Bien sûr…

Mais, à la vue du visage rayonnant de Jess, il ressentit une pointe de culpabilité, qu'il refoula aussitôt. La culpabilité n'allait pas de pair avec le désir.

— D'accord. Alors, pour commencer, le nom de la boutique ne convient pas. Fab Fashions laisse entendre qu'on répond aux besoins des jeunes alors qu'en réalité la plus grande partie de notre stock cible la femme mûre. Je suggère de changer le nom de la boutique ; il y a suffisamment de vêtements pour jeunes sur le marché.

Elle marqua une pause avant de poursuivre sur sa lancée.

— Ensuite, il faut conquérir une nouvelle clientèle. Des gens qui n'achètent pas seulement en fonction du prix mais qui connaissent un peu la mode et apprécient les vêtements à la fois confortables et stylés. Ce serait également une bonne idée d'avoir un choix de tailles plus important. La majorité des femmes de plus de quarante ans ne portent plus de 38 ! Et enfin il est indispensable d'avoir une boutique en ligne.

Ben hocha la tête, surpris et impressionné. Ses suggestions étaient tout à fait judicieuses.

— Vous connaissez bien votre affaire, n'est-ce pas ?

— Je vous l'ai dit, la mode est ma passion. De plus, je déteste l'idée que tous ces gens vont perdre leur emploi. Si chaque propriétaire fermait boutique dès les premiers signes d'un ralentissement de l'économie, le pays irait dans le mur. Tout le monde doit accepter les moments difficiles, surtout les grandes compagnies comme la vôtre.

— Ce n'est pas toujours aussi simple, Jess.

— Je savais que vous diriez ça !

— Je n'ai pas dit que je ne tiendrais pas compte de vos suggestions, corrigea-t-il. Nous pouvons réfléchir à un nouveau nom durant le week-end, si vous voulez. Quelque chose qui se prête à une campagne de marketing réussie.

Jess fronça les sourcils.

— Nous n'aurons pas le temps ce week-end. Vous devez assister à l'enterrement de vie de garçon de votre ami ce soir et le mariage a lieu demain. Je suppose que nous pourrions parler durant le voyage de retour, ajouta-t-elle, sceptique.

— Certes, mais lorsque quelque chose me passionne j'aime m'y atteler de suite, expliqua-t-il, un brin ironique. Que diriez-vous si j'appelais Andy pour lui demander si vous pouvez occuper leur maison d'amis plutôt que de descendre au motel ? Ils ont un petit logement très confortable sur la propriété, loin de la maison principale. Nous pourrions y passer le week-end.

— *Ensemble ?*

— Il y a deux chambres, Jess. Nous n'aurons certes pas le temps d'aborder le sujet ce soir, mais le mariage n'est prévu que demain après-midi, ce qui nous laisse amplement le temps de discuter. Et, puisque nous parlons du mariage, je suis sûr de pouvoir vous obtenir une invitation.

Elle le dévisagea, la méfiance le disputant à la tentation.

— Andy ne trouvera-t-il pas cela étrange, que vous invitiez une étrangère ?

— Vous n'êtes pas une étrangère, Jess. Je connais plus de choses sur vous que sur la plupart de mes anciennes amies. Par ailleurs, nous sommes désormais associés en affaires. Je raconterai à Andy que vous êtes conseillère en marketing et que je vous ai embauchée pour m'aider à réorganiser Fab Fashions, et que vous avez eu la gentillesse de me conduire ici après mon regrettable accident de voiture. Pas besoin d'en dire plus, si ?

— Vous aimez prendre les choses en main, n'est-ce pas ?

Il lui adressa un sourire enjôleur.

— Oui. On dit que je suis autoritaire.

Elle éclata de rire. Il était malin. Et totalement irrésistible.

— Je suis pourtant certaine que la famille d'Andy trouvera étrange que nous passions le week-end ensemble.

— Dans ce cas, je leur dirai que nous sortons ensemble.

— Mais c'est faux !

— Je vous garantis que ce sera vrai d'ici peu, assura-t-il.

— Et si je refusais ?

— En avez-vous l'intention ?

— Non.

— Affaire conclue, alors. Je dirai à Andy que vous êtes ma nouvelle petite amie.

Jess soupira.

— Il y a une chose que vous devez savoir, Ben : je ne couche pas avec le premier venu.

Enfin, jusqu'à présent…

— Qui parle de coucher avec moi ? s'enquit-il avec l'ombre d'un sourire au coin des lèvres.

— Très drôle. Vous savez bien ce que je veux dire.

— Bien sûr. Mais laissez-moi vous assurer que je serai toujours respectueux de vos moindres désirs.

Elle fit la moue. Il avait à n'en pas douter confiance en son pouvoir de séduction. Et il n'avait pas tort. Mais elle devait au moins faire mine de se défendre un peu, par fierté.

— Très bien. Je voulais juste que les choses soient claires entre nous. Je n'ai pas envie d'avoir à repousser vos assauts en pleine nuit.

— Ce que j'aime chez vous, Jess, c'est votre franchise.

Elle s'empourpra. Elle savait qu'elle finirait par céder à ses avances. C'était inéluctable. Il était l'homme le plus sexy qu'il lui ait été donné de rencontrer.

— Dès que j'ai fini mon café, j'appelle Andy, dit Ben d'un air satisfait.

Il s'éloigna pour téléphoner. Que disait-il à son ami ? se demanda Jess, mal à l'aise. Elle n'aimait pas l'idée qu'ils conspirent derrière son dos, d'autant qu'Andy savait certainement que Ben venait d'arriver en Australie. Elle était juste quelqu'un qu'il venait de rencontrer et appréciait, mais qu'il oublierait une fois rentré aux Etats-Unis…

Et, en y réfléchissant, elle doutait fortement que Ben fasse quoi que ce soit pour Fab Fashions. Son intérêt pour la boutique n'était qu'un leurre pour l'attirer dans son lit. L'idée qu'elle n'était sans doute pas la première femme que Ben invitait ici lui traversa aussi l'esprit. Il était le genre d'homme à avoir toujours une femme pendue à son bras. Et dans son lit. Elle ne serait qu'une parmi tant d'autres.

Maussade, elle se leva, remercia la patronne du café et se dirigea d'un pas raide vers sa voiture.

8.

Après avoir raccroché, Ben revint vers la table où il avait laissé Jess, mais elle n'y était plus. Jetant un regard autour de lui, il la vit devant son 4x4, les bras croisés sur sa poitrine. Que se passait-il donc ? se demanda-t-il, perplexe. Et lui qui pensait être sur la bonne voie. Andy avait cru à son histoire et avait proposé de les loger — ainsi que d'inviter la jeune femme à son mariage.

Le langage corporel de Jess se fit plus explicite tandis qu'il se dirigeait vers elle, et il la vit même enfoncer ses ongles manucurés dans sa veste.

— Qu'est-ce qui ne va pas ?

— Je n'aime pas les mensonges, voilà ce qui ne va pas ! Je ne suis pas votre petite amie, Ben. Pour le moment, en tout cas. Bon sang, vous ne m'avez même pas encore embrassée !

— S'il n'y a que cela pour vous faire plaisir, riposta-t-il en la saisissant fermement par les épaules.

Ben prit son temps. Sans la quitter des yeux, il l'attira lentement à lui, puis baissa la tête et effleura sa bouche.

— Satisfaite ?

Abasourdie, elle le fixa en silence. Comment pouvait-il se montrer si imperturbable alors que la passion brûlait en elle ?

— Comme je te l'ai dit, Jess, reprit-il, passant sans prévenir au tutoiement, j'envisage de prolonger mon séjour en Australie pour passer plus de temps avec toi. Et, puisque tu n'aimes pas les mensonges, laisse-moi te dire dès à présent que je doute de pouvoir faire quelque chose pour Fab Fashions, malgré tes précieux conseils. Mais je suis prêt à essayer, si cela peut te faire plaisir.

Que répondre ? Jess ne pouvait guère prétendre que la boutique n'était pas sa priorité pour l'instant, tant elle était obnubilée par cet homme. Mais en même temps elle refusait qu'il se moque d'elle ainsi.

— C'est gentil de ta part, murmura-t-elle d'un ton qu'elle espérait neutre. Et, oui, cela me ferait vraiment plaisir.

— Parfait. Et puisque nous en sommes aux confidences, ajouta-t-il, sache que mon motif pour organiser ce petit séjour est d'ordre beaucoup plus… intime.

— Pas ce soir, hélas, ajouta-t-il, mais demain après le mariage… J'aurai peut-être une chance.

— Ah oui ?

Il sourit, l'air amusé et très sûr de lui.

— Disons que j'ai bon espoir.

— Tu devras améliorer ta technique pour embrasser, alors.

— Et moi qui croyais que tu avais apprécié mon baiser !

Jess secoua la tête. Il était décidément trop rusé pour elle.

— Tu es incorrigible.

— Et toi, irrésistible.

Troublée, Jess ne répondit pas. Cet homme diabolique trouvait toujours le mot juste pour parvenir à ses fins. Elle se demanda combien de femmes il avait eues dans sa vie.

Beaucoup, à n'en pas douter.

Et elle ne serait qu'une de plus sur sa longue liste.

— Je crois que nous devrions y aller, dit-elle abruptement.

— Bonne idée !

Ils montèrent en voiture, bouclèrent leur ceinture et mirent leurs lunettes de soleil, Jess se gardant bien de le regarder de peur de trahir sa vulnérabilité.

— J'ai pensé qu'on pourrait s'arrêter à Cassilis pour déjeuner, dit-elle d'un ton faussement désinvolte en démarrant le moteur. Ensuite, nous irons directement chez votre ami.

— Cela me paraît être un bon plan.

— Nous devrions arriver en milieu d'après-midi, si nous ne nous arrêtons pas trop longtemps.

— Parfait.

Une heure plus tard, ils firent halte dans un pub et s'installèrent sur l'agréable terrasse en plein air. Jess commanda un petit verre de vin avec son steak et sa salade, et Ben opta pour une bière. Ils mangèrent lentement et parlèrent beaucoup. Mais, en dépit de leur conversation banale, Jess était douloureusement consciente de son excitation croissante. A chaque fois qu'elle regardait Ben, des images sensuelles affleuraient à son esprit. Lorsqu'il portait sa fourchette à la bouche, elle contemplait ses lèvres en s'imaginant l'embrasser — sur la bouche et sur d'autres parties plus intimes de son corps. Ses mains, élégantes et bien soignées, évoquaient des images similaires. Jess les imaginait en train de lui prodiguer de délicieuses caresses.

Horrifiée par le cours que prenaient ses pensées, elle résista. Elle n'était pourtant pas ce genre de femme, du moins le croyait-elle. Ses petits amis avaient toujours cruellement manqué d'imagination en ce qui concernait les préliminaires, ce qui expliquait sans doute pourquoi elle ne parvenait pas toujours à l'orgasme…

Observant Ben à la dérobée, elle se demanda une fois de plus combien de femmes il avait eues dans sa vie — ce qui l'amena à penser à Amber. Elle aurait tant aimé qu'il ait déjà rompu avec elle et faillit lui dire de l'appeler maintenant ! Mais elle n'en eut pas le courage. A quoi cela servirait-il, puisqu'il la quitterait tôt ou tard pour repartir aux Etats-Unis ? Si une part d'elle-même était flattée de l'attirance qu'il éprouvait pour elle, elle n'était pas dupe pour autant : elle n'était pour lui qu'un passe-temps agréable durant son séjour en Australie. Rien de plus. Ils étaient comme des navires qui passaient dans la nuit et elle décida sur-le-champ de considérer leur aventure comme un voyage. En revanche, tomber amoureuse d'un homme comme Ben serait stupide. Vraiment stupide.

— Tu es devenue bien silencieuse…

Jess se secoua. Il ne devait surtout pas penser que quelque chose l'inquiétait. Et, maintenant qu'elle avait décidé de s'engager dans cette voie, elle était déterminée à en profiter pleinement. Il y avait pire dans la vie que de passer une nuit avec le séduisant fils d'un milliardaire ! Non qu'elle soit intéressée par la fortune de Ben. D'une façon générale, les gens riches ne l'impressionnaient pas. Ils n'avaient pas l'air particulièrement heureux. Toutefois, elle devait reconnaître que le milieu privilégié dont Ben était issu lui avait donné une confiance en lui et un vernis très séduisants.

— Je me disais que j'allais devoir bientôt appeler maman pour lui dire que j'étais toujours vivante.

— Quoi ? Ne me dis pas qu'elle s'inquiète de ta façon de conduire. Tu es une excellente conductrice.

— Non, ma mère a entièrement confiance en mes capacités de pilote, assura-t-elle. En revanche, elle avait peur que tu sois un tueur en série.

Elle lut la stupeur sur le visage de Ben.

— Je l'ai rassurée sur ce point, ajouta-t-elle. Je lui ai dit que tu étais juste un riche homme d'affaires sans une once de cervelle.

Ben feignit d'être offusqué.

— J'étais tout de même major de ma promotion ! protesta-t-il.

— Tu étais peut-être doué à l'école, mais cela ne veut pas dire pour autant que tu es quelqu'un de débrouillard. Comment peux-tu l'être alors que tu es venu au monde avec une cuiller en argent dans la bouche ?

Une bouche très séduisante, au demeurant. Sa lèvre inférieure était pleine et sensuelle, tandis que sa lèvre supérieure était plus mince et plus dure. Ben pouvait se montrer arrogant et même impitoyable, devina-t-elle. Elle ne voudrait pas avoir à épouser un homme comme lui, mais avoir une brève liaison, pourquoi pas ?

— Continue ainsi et ta mère aura sans doute une raison de s'inquiéter pour toi, dit-il d'un ton menaçant, une lueur amusée au fond des yeux. Des femmes ont été étranglées pour moins que ça.

Elle sourit et souriait encore quand ils quittèrent le pub pour reprendre la route. Ce ne fut qu'à quelques kilomètres de Mudgee qu'elle réalisa qu'elle avait oublié d'appeler sa mère.

— Andy habite-t-il près d'ici ? demanda-t-elle.

— Je pense, oui. Cela fait un moment que je ne suis pas venu mais je reconnaîtrai l'endroit quand je le verrai.

— Dans ce cas, j'aimerais m'arrêter un instant pour appeler ma mère, dit-elle en se garant sur le bas-côté.

Sa mère décrocha à la deuxième sonnerie.

— Jess ? Est-ce que tu vas bien ?

— Je vais bien, maman, et je suis presque arrivée. M. De Silva n'est finalement pas un tueur en série, ajouta-t-elle en lui souriant. Il est même plutôt sympathique.

Il lui rendit son sourire.

— Quel soulagement ! Une femme n'est jamais assez prudente de nos jours…

— L'ami de M. De Silva possède un vignoble sur cette route. Dès que je l'aurai déposé là-bas, j'irai à Mudgee m'installer au motel. Je t'appellerai ce soir. Au revoir, maman…

— Pourquoi n'as-tu pas dit que tu logerais sur la propriété ? Je croyais que tu n'aimais pas mentir.

— Ne sois pas ridicule, Ben. Toutes les filles mentent à leur mère. Nous le faisons pour qu'elles ne s'inquiètent pas.

Il éclata de rire.

— Excellent, admit-il. Cela dit, j'ai conscience que ce serait assez difficile à expliquer.

— Effectivement. Est-ce encore loin ?

— Non, je ne pense pas. Je suis certain que c'est un peu plus loin, sur la gauche. Oui, c'est là, dit-il en pointant un bâtiment du doigt.

Elle suivit son regard et vit une immense propriété ancienne nichée en haut d'une colline et offrant une vue imprenable sur la vallée.

— L'entrée ne doit plus être très loin, maintenant, murmura Ben. Ah, la voici…

Jess s'engagea dans l'allée et passa devant les deux grands piliers en pierre qui marquaient l'entrée du domaine viticole. Sur l'un d'eux était fixée une boîte aux lettres, et sur l'autre, un immense panneau où était inscrit en grandes lettres noires le nom de la propriété. Le chemin était goudronné et longeait des champs de vignes à perte de vue.

— Ce domaine appartient-il à Andy ou à ses parents ? s'enquit Jess, se rendant soudain compte qu'ils n'avaient pas vraiment parlé d'Andy et du mariage, tant ils étaient obnubilés l'un par l'autre.

— A ses parents. Et la maison n'est pas aussi ancienne qu'elle le paraît. Elle a été construite à l'époque où Andy et moi étions en internat. Son père était courtier à Sydney, mais il a suffisamment bien gagné sa vie pour pouvoir prendre une retraite anticipée. Il a donc décidé de se consacrer à sa passion et a créé un vignoble.

Jess retint un soupir. Elle aurait dû se douter que le meilleur ami de Ben serait riche.

— Et que fait Andy ?

— Il est le viticulteur officiel du domaine. Après avoir quitté l'école, il a fait des études de droit, comme moi, mais une fois son diplôme en poche il a changé de voie et s'est rendu en France pour étudier la viticulture. Puis il est rentré au pays et a pris les rênes du domaine. Avant cela, son père louait les services d'un vigneron. Apparemment, ce n'est pas un art qu'on peut apprendre dans les livres.

— J'imagine que non…

Comme ils approchaient de la maison, Jess vit trois personnes apparaître sous le porche. Sans doute Andy et ses parents. Celui-ci se hâta de descendre les quelques marches qui menaient à l'emplacement où elle s'apprêtait à se garer.

— Je peux rester ici un instant ? demanda-t-elle à Ben.

— Bien sûr, répondit-il en débouclant sa ceinture.

Puis il sortit à la hâte et serra contre lui son meilleur ami.

Andy n'était pas aussi grand que Ben, nota Jess en descendant à son tour du véhicule, mais il était séduisant avec ses cheveux bruns, ses yeux marron et ses traits réguliers.

— Cela fait une éternité qu'on ne s'est pas vus ! lança Andy après s'être enfin libéré.

— J'ai été très occupé, dit Ben en haussant les épaules.

— Tu sais ce qu'on dit sur le fait de travailler trop ? Enfin, tu es en Australie maintenant, le pays du soleil et des jolies femmes. En parlant de femmes, je présume qu'il s'agit de Jess ?

— Bravo ! Jess, je te présente Andy.

— Bonjour, Jess, lança Andy avant de l'embrasser sur la joue. Ravi de vous rencontrer.

— Etes-vous sûr que je peux loger ici ? demanda-t-elle. Je ne veux pas occasionner un surplus de travail à votre mère.

— Ne vous inquiétez pas. La maison est prête à vous accueillir et maman se fait une joie de vous recevoir. Entrez donc ! Elle a préparé le thé et des muffins aux myrtilles — ceux que tu aimes, Ben. Vous savez Jess, je ne sais pas ce qu'il se passe avec Ben, mais toutes les femmes sont aux petits soins pour lui.

— Aucune idée, rétorqua-t-elle, une expression impassible sur le visage. Ce n'est pas comme s'il était beau et charmant, après tout !

Andy la fixa quelques instants en silence, puis éclata d'un rire tonitruant.

— Excellent ! Tu peux garder cette femme-là, Ben, elle me plaît bien !

— J'en ai bien l'intention, souffla Ben à l'oreille de Jess en entourant sa taille d'un bras possessif.

Mais, en dépit du délicieux frisson qui parcourut son corps, Jess savait que Ben n'avait aucune intention de rester avec elle. Leur liaison durerait le temps de son séjour en Australie. Ensuite, il repartirait aux Etats-Unis et tout serait fini.

9.

Les parents d'Andy étaient aussi charmants que l'était leur maison. Jess s'était attendue à ce qu'ils soient un peu collet monté, mais c'était loin d'être le cas. Au contraire, ils se montraient chaleureux et accueillants, insistant pour qu'elle les appelle par leur prénom.

Une légère collation les attendait dans la salle à manger dont les immenses baies vitrées ouvraient sur la terrasse. Heather, la mère d'Andy, expliqua qu'une brise fraîche s'était levée, les empêchant de s'asseoir dehors.

Jess venait de finir sa tasse de thé et s'apprêtait à déguster un deuxième muffin lorsque la sonnerie du téléphone retentit.

— Excusez-moi, dit Heather en se dirigeant vers une table basse où était posé le combiné au milieu de jolis bibelots en céramique.

Jess s'efforça de ne pas écouter la conversation, mais ce fut presque impossible quand elle entendit son hôtesse pousser un cri horrifié.

— Oh ! quelle malchance. Que comptes-tu faire… ? Oui, oui, je te passe Andy.

Andy se leva aussitôt et s'empressa de prendre le téléphone des mains de sa mère. Il ne fallut pas longtemps à Jess pour comprendre qu'il parlait à sa fiancée et que quelque chose s'était passé. Dieu merci, Heather les mit rapidement au courant de la situation.

— Krissie, le témoin de mariage de Catherine, a été emmenée d'urgence à l'hôpital car ils craignaient une fausse couche.

Elle va bien et il y a eu plus de peur que de mal, mais elle doit rester allongée pour au moins une semaine et ne pourra donc pas assister au mariage demain. Elle est bien entendu bouleversée, tout comme Catherine. Le cortège nuptial sera très réduit, mais que pouvons-nous y faire ?

La loi de Murphy avait encore frappé, songea Jess. Et cruellement. Elle se sentait désolée pour eux tous, mais plus particulièrement pour la mariée.

— Jess pourrait la remplacer ? suggéra Ben.

Elle lui lança un regard horrifié.

— Mais enfin, Ben, la fiancée d'Andy ne me connaît même pas !

— Nous pouvons facilement remédier à ça. Catherine habite à côté. Ce n'est certes pas la solution idéale, ajouta-t-il à l'attention de Heather, mais c'est une solution.

— Eh bien, je suppose que oui, répondit Heather, avant que Jess puisse de nouveau objecter. Et puis Krissie se sentira mieux. Elle est convaincue d'avoir gâché le mariage de sa meilleure amie. Catherine n'avait prévu que deux demoiselles d'honneur et elle n'en a plus qu'une, désormais.

— C'est une solution très raisonnable, affirma Ben avec pragmatisme, avant de se tourner vers son ami. Andy, dis à Catherine que Jess accepte de remplacer Krissie, si elle est d'accord.

Jess retint son souffle pendant qu'Andy discutait avec sa fiancée.

— Jess est la nouvelle petite amie de Ben, l'entendit-elle dire. Ils se sont rencontrés récemment à Sydney pour affaires. Et, lorsque Ben a eu sa voiture de location emboutie par un chauffard ivre, Jess a proposé de le conduire ici…

Jess grimaça, pas sûre de vouloir que la future mariée accepte son offre. Enfin, si cela pouvait contenter tout le monde… Après tout, les mariages étaient censés être des événements joyeux.

Andy se tourna vers elle.

— Elle vous remercie du fond du cœur et dit que vous

lui sauvez la mise. Mais elle aimerait vous rencontrer le plus vite possible pour vous faire essayer la robe. Krissie est enceinte, et…

— Parfait, conclut Ben en se levant. Dis à Catherine que nous arrivons.

Après avoir raccroché, Andy lança à son ami un regard à la fois amusé et peiné.

— Catherine m'interdit de venir. Je ne dois pas voir sa robe avant le grand jour. Ah, les femmes ! dit-il en levant les yeux au ciel.

— Ce n'est pas grave, Andy, dit Ben d'un ton apaisant.

S'excusant auprès de ses hôtes, il saisit la main de Jess, l'aida à se lever et l'entraîna à sa suite.

— Assure-toi de revenir ce soir, Ben ! lui cria Andy.

— Ne t'inquiète pas !

Jess résista à l'envie de se chercher un prétexte. Ce qui était fait était fait.

— Ne sois pas fâchée contre moi, dit Ben en montant en voiture.

— Je ne le suis pas, mais à l'avenir je te saurai gré de ne pas prendre de décision à ma place, sans m'avoir au préalable consultée.

Il sembla surpris de cette réflexion. Les femmes devaient à n'en pas douter céder devant lui.

— Pardon. J'essayais juste d'aider Andy.

— Je le sais bien. C'est pourquoi je ne t'en veux pas.

— Parfait, mais je tâcherai de me montrer plus attentif à l'avenir… Prends à gauche quand on atteindra la route principale. L'entrée de la propriété est un peu plus loin. Les parents de Catherine possèdent un haras de chevaux de course.

— Ils sont riches aussi, alors ?

— Pas autant que les parents d'Andy, mais ils sont aisés.

— As-tu des amis pauvres ?

Ben hésita avant de répondre.

— Pas beaucoup.

C'était bien ce qu'elle pensait. Les riches côtoyaient les riches. Elle était l'exception, ici.

— Voilà l'entrée, dit soudain Ben, la tirant de ses sombres pensées.

Celle-ci était plus imposante encore que celle d'Andy. Deux piliers en briques soutenaient un immense portique en fer forgé sur lequel on pouvait lire « WINNING POST STUD » en grosses lettres rouges. De chaque côté de l'allée bétonnée s'alignaient des clôtures blanches derrière lesquelles paissaient les plus belles juments que Jess eût jamais vues — certaines suitées. Elle-même n'était pas une passionnée de chevaux mais aimait parier de temps en temps aux courses. Elle gagnait souvent, d'ailleurs, ce qui agaçait son père car elle n'y connaissait rien et jouait pour s'amuser.

La maison ressemblait à celle des parents d'Andy, à ceci près qu'elle était véritablement ancienne. Bâtie en pierre sur deux niveaux, elle comportait de nombreuses cheminées et des entrelacs de fer forgé bordaient la véranda.

Jess se gara derrière la maison.

— Qu'as-tu dit de moi à Andy exactement ?

— Je lui ai dit que tu étais conseillère en marketing et que je t'avais rencontrée pour affaires. En revanche, j'ai précisé que nous nous connaissions depuis quelques semaines et non pas depuis ce matin.

Le fait qu'il lui rappelle qu'ils venaient tout juste de se rencontrer l'effraya. Cela soulignait la distance qu'ils avaient parcourue en si peu de temps. Elle aurait dû être choquée, supposa-t-elle, mais elle avait dépassé ce stade et, lorsque Ben se pencha pour effleurer ses lèvres, elle ne put que secouer la tête, quelque peu hébétée.

— Ne te tracasse pas pour ce genre de détails, Jess, lui souffla-t-il à l'oreille. Surfe sur la vague… Tiens, voici Catherine et les autres demoiselles d'honneur…

Au prix d'un violent effort, Jess se ressaisit.

Catherine se révéla être une jeune femme très douce. Proche de la trentaine, elle était grande et sportive et était très séduisante avec ses grands yeux bleus et ses manières affables. En revanche, Jess détesta d'emblée l'autre témoin, sans doute parce qu'elle s'empressa de flirter avec Ben. Elle s'appelait Leanne et les deux jeunes femmes avaient été pensionnaires ensemble dans un lycée de Bathurst avec Krissie — la seule du trio à s'être déjà mariée.

— Les professeurs nous appelaient le trio infernal, expliqua Catherine avec un grand sourire.

— Nous n'étions pas faciles, convint Leanne.

— Je ne peux le croire, susurra Ben, ce qui eut le don d'agacer Jess.

S'il essayait de la rendre jalouse, eh bien, c'était réussi !

Après quelques minutes de bavardage, Jess et Ben furent invités à entrer dans la maison où Joan, la mère de Catherine, les accueillit. Elle leur offrit une tasse de thé.

— Non, merci. Nous venons d'en prendre chez les parents d'Andy, expliqua Ben.

— Je vois, dit-elle, avant de détailler Jess. Vous êtes ravissante, ma chère, mais je doute que la robe de Krissie soit à votre taille.

— Oui, ajouta Catherine. Krissie a pris du poids depuis sa grossesse. Mais ne t'inquiète pas, maman. Doris l'ajustera sans peine.

Elle se tourna vers Ben et Jess.

— Doris est une couturière de Mudgee qui fait souvent des retouches pour ma mère et moi. Je l'appellerai dès que je saurai ce qu'il y a à faire. Mais avant cela nous devrions aller dans ma chambre essayer la robe au plus vite. Non, non, ajouta-t-elle en voyant Ben les suivre. Toi non plus, tu n'as pas le droit de voir les robes…

Jess eut un petit sourire en coin en voyant l'expression de Ben. Il n'avait visiblement pas l'habitude de recevoir des ordres, et encore moins d'une femme.

— Ne t'inquiète pas, lui souffla Catherine en grimpant le spectaculaire escalier en colimaçon. Il ne partira pas d'ici.

Jess éclata de rire.

— Il ne peut pas ! Il n'a pas le droit de conduire.

— Le pauvre, s'apitoya-t-elle. Est-il sérieusement blessé ?

— Juste son amour-propre.

— Il est charmant, le défendit Leanne. Et très riche.

— Vraiment ? s'enquit Jess d'un ton dégagé.

— Tu ne m'as pas dit que son père était milliardaire, Catherine ?

— Oui, selon Andy, déclara Catherine.

Jess haussa les épaules.

— Il s'agit de son père, pas de lui.

— Mais il est enfant unique, insista Leanne, tandis que Catherine les faisait entrer dans sa chambre.

— Je ne suis pas intéressée par son argent, riposta Jess sèchement.

— Votre relation est-elle sérieuse ? demanda Catherine.

— Nous venons à peine de nous rencontrer, mais nous nous apprécions beaucoup, je crois…

Elle ne voulait pas donner l'image d'une fille facile.

Catherine sourit par-dessus son épaule.

— Allez, essayons cette robe !

La robe bustier était en soie chiffon rose pâle doublée de satin, avec une jupe qui s'évasait du buste au sol en plis gracieux. Elle était jolie — pas le style habituel de Jess, mais elle lui allait très bien, le rose pâle faisant ressortir son teint mat.

En revanche, elle était trop large au niveau du buste, Le corsage avait besoin d'être repris — une tâche longue et fastidieuse car il fallait découdre à la fois le tissu et la doublure. Heureusement, la longueur était bonne ; quant aux chaussures, elles étaient trop grandes d'une pointure, mais cela n'était pas un problème.

La tête penchée, Catherine l'étudia de près.

— La robe te va même mieux qu'à Krissie. Mais je ne le lui dirai pas, ajouta-t-elle avec un sourire. Inutile de retourner le couteau dans la plaie. Bien, je vais passer un coup de fil à Doris. Je suis certaine que cela ne la dérangera pas de faire les retouches. C'est une urgence, après tout.

Hélas, Doris était absente, partie à Melbourne rendre visite à sa sœur.

La loi de Murphy avait encore frappé ! songea Jess en se rhabillant. Cette fois, pourtant, elle pouvait peut-être arranger les choses et redonner le sourire à la future mariée.

— Tout ira bien, Catherine, affirma-t-elle. Je peux retoucher moi-même la robe. J'ai ma machine à coudre dans le coffre de ma voiture.

Les deux jeunes femmes la dévisagèrent bouche bée.

— Mais… balbutia Catherine, visiblement peu rassurée par la proposition de Jess.

— Ne t'inquiète pas, dit Jess avec un sourire. Je suis une habile couturière. C'était mon métier avant le marketing, ajouta-t-elle, appuyant les dires de Ben. J'ai créé cette veste moi-même et je la trouve assez jolie.

— A qui le dis-tu ! s'exclama Catherine. Je t'ai envié cette veste dès l'instant où je l'ai vue.

— Moi aussi, renchérit Leanne. Les motifs floraux sont très à la mode en ce moment.

— Mais dis-moi, Jess, demanda Catherine, l'air intrigué. Voyages-tu *toujours* avec ta machine à coudre ?

Jess soupira. Elle pouvait difficilement dire qu'elle avait prévu de coudre durant son week-end au motel.

— Mon Dieu, non ! s'écria-t-elle en riant. J'ai tout simplement oublié de la sortir de la voiture après avoir fait de la couture chez une amie le week-end dernier.

Ce pieux mensonge lui fit réaliser qu'elle n'avait pas d'amie proche comme Catherine. Lorsqu'elle avait quitté Sydney pour aller vivre sur la Côte centrale, elle avait peu à peu laissé tomber ses amies. Elle en voyait certes quelques-unes à l'occasion, mais elles ne partageaient plus sa vie comme avant. Et, depuis qu'elle avait rompu avec Colin, sa vie sociale s'était totalement effritée. Jusqu'à présent, elle ne s'était jamais sentie seule, elle avait une grande famille, après tout. Mais soudain elle se prit à envier Catherine.

Pour autant, elle ne ressassa pas ses sentiments négatifs

longtemps, se promettant de s'occuper du problème dès son retour. Pourquoi ne pas prendre des cours de gym ou intégrer un club de sport ? Elle avait été habile au basket-ball à l'école, sa grande taille étant un atout non négligeable. Oui, elle s'inscrirait à un club. Féminin. Après le départ de Ben, elle voudrait certainement s'éloigner un temps des hommes. Son cœur fit un bond dans sa poitrine à cette pensée, mais elle l'ignora.

— Que diriez-vous si je raccompagnais Ben chez Andy, puis revenais retoucher la robe ? Cela peut prendre plusieurs heures. Je ne veux pas me presser. Tout doit être parfait.

Catherine lui adressa un sourire lumineux.

— Jess, tu me sauves la vie ! Tu dois rester dîner, ajouta-t-elle. Ensuite, nous passerons la soirée entre filles. Ce n'est pas la peine que tu retournes chez Andy. Ben et lui vont à Mudgee ce soir retrouver des amis. J'ai bien dit à Andy de ne pas rentrer trop tard, mais bon… tu connais les Australiens quand ils font la fête. Ben a beau avoir l'accent américain, il est australien jusqu'au bout des ongles.

Jess n'était pas d'accord avec elle sur ce point. Ben ne ressemblait en rien aux Australiens avec lesquels elle était sortie.

— Au moins, le mariage n'est pas avant 16 h 30. Ils auront le temps de cuver leur vin.

— Le mariage aura lieu où ?

— La célébration aura lieu dans la roseraie de maman, et la réception, sous un chapiteau, dans le parc. Il sera monté demain matin. Ensuite, l'organisatrice du mariage s'occupera de tout le reste.

— Tu as fait appel à une organisatrice de mariages ? s'étonna Jess.

— Mon Dieu, oui ! Je savais que ce serait un cauchemar si c'était moi qui m'en occupais. Maman aurait voulu m'aider mais la pauvre se met dans tous ses états pour un rien. La dame dont j'ai loué les services est fantastique. Elle s'est occupée de tout dans les moindres détails. Elle m'a même aidée à choisir ma robe. Cette histoire avec Krissie et sa robe est le premier couac…

— Les prévisions météorologiques sont-elles bonnes pour demain ? s'enquit Jess, inquiète que la loi de Murphy montre une fois de plus son vilain visage.

— Elles sont parfaites. Descendons, maintenant. Je vais rassurer maman pendant que tu raccompagnes Ben. Mais ne sois pas trop longue, ajouta-t-elle en adressant à Jess un sourire entendu. Pas de galipettes. Réservez ça pour après le mariage !

10.

— T'en sens-tu vraiment capable, Jess ? s'enquit Ben, tandis que Jess démarrait. Reprendre une robe ne doit sûrement pas être aussi simple.

— Aucun problème. Ma grand-mère faisait beaucoup de retouches et je l'aidais pour gagner un peu d'argent de poche.

— Tu es décidément quelqu'un de surprenant. J'imagine que tu es bonne cuisinière, aussi.

Jess haussa les épaules.

— Je me défends. Mais maman est meilleure que moi. Et toi, sais-tu cuisiner ? Ou est-ce une question stupide ?

— Pas du tout. Je pense que tous les hommes devraient savoir faire la cuisine, surtout ceux qui vivent seuls. Je sais préparer une omelette et on me félicite souvent pour mon risotto aux champignons.

Jess éclata de rire.

— Je n'en doute pas une seconde.

Ben lui lança un regard oblique.

— J'ai cru déceler une certaine ironie dans cette remarque…

— Pas du tout, assura-t-elle, le visage indéchiffrable.

Il rit doucement.

— Menteuse. Tu aimes bien te payer ma tête, je vois… Tu ne vas pas passer la nuit chez Catherine, j'espère.

Perplexe, elle fronça les sourcils.

— Je n'avais pas envisagé de le faire, mais qu'est-ce que cela changerait pour toi ? Tu sors avec tes amis et, d'après ce que j'ai cru comprendre, tu rentreras tard.

— Je veux que tu sois là le matin. Je veux prendre mon petit déjeuner avec toi.

— D'accord, concéda-t-elle, mais essaye de ne pas faire trop de bruit quand tu rentreras. Je suis fatiguée et ne veux pas être réveillée par des fêtards ivres.

— Je n'ai aucune intention de m'enivrer ce soir, riposta-t-il. Je ne veux pas avoir la gueule de bois demain ! J'ai des plans qui exigent que je sois en pleine forme.

Pour la première fois de sa vie, Jess s'empourpra. Pas de gêne, mais d'excitation. Plongée dans ses pensées, elle faillit rater l'entrée de la propriété des parents d'Andy et dut freiner brutalement.

— Tu pensais à demain soir ? s'enquit Ben d'une voix rauque et sexy.

Jess fit de son mieux pour ne rien laisser paraître de son émoi.

— Oui, dit-elle d'un ton faussement désinvolte.

Ben ne s'étonna pas de sa franchise. Il avait bon nombre de jeux sensuels en tête pour demain soir et ne voulait pas que leur nuit se termine trop vite. Il voulait savourer longuement ces instants merveilleux avec elle.

— Combien d'amants as-tu eus, Jess ?

— Pas autant que toi de maîtresses, je parie ! lança-t-elle, songeant qu'il était très audacieux de lui demander une chose pareille. Pourrions-nous changer de sujet, maintenant ?

Elle arrêta la voiture dans un crissement de pneus.

— Ne bouge pas pendant que je mets Andy au courant de la situation. Et ne me dis pas que tu peux monter et descendre de voiture sans avoir mal à l'épaule car je sais que c'est faux. Alors, sois sage et attends-moi !

Là dessus, elle fila, sans lui laisser le temps de protester, laissant Ben se demander s'il comptait rester sage ce soir. Et il ne pensait pas à l'enterrement de vie de garçon de son ami.

La tentation de rentrer plus tôt était immense. Il pouvait facilement prétexter une terrible migraine ou une douleur dans l'épaule causée par son accident. Certes, il avait mal, mais rien de bien méchant.

Et puis non, décida-t-il. Il pouvait attendre. L'attente excitait le désir et rendait les choses plus savoureuses. Sans compter que Jess serait plus encline à se laisser séduire.

Demain soir serait une première pour lui, à plus d'un titre. Son premier mariage. Sa première maîtresse brune. Et la première femme depuis longtemps qui ne semblait pas particulièrement impressionnée par son nom et son prestige.

Et, surtout, par sa fortune !

11.

La maison d'amis, pittoresque et assez éloignée de la maison principale, était située sur une petite colline entourée d'arbres. Construite en bardage, elle avait un toit incliné en métal, des porches couverts des deux côtés et une entrée qui la scindait en deux. A gauche en entrant se trouvait un salon puis, dans le prolongement, une salle à manger et la cuisine. A droite, il y avait deux chambres, séparées par une salle de bains, puis une pièce de rangement et un cellier. Les pièces étaient toutes meublées dans un style rustique exquis, à la fois élégant et confortable.

Au grand soulagement de Jess, Andy les avait conduits lui-même à la maison, ce qui n'était pas pour déplaire à Jess, qui appréhendait le moment où Ben arrêterait de discuter pour… passer à l'acte. Elle avait la hantise de le décevoir.

Elle déposa son sac de voyage dans la plus petite des deux chambres, insistant pour que Ben prenne la chambre avec le grand lit puisqu'il était trop grand pour le lit une place.

Il ne discuta pas, se contentant de s'asseoir sur le lit et de tester le confort du matelas pendant qu'Andy portait ses affaires dans la chambre.

— Je reviendrai avec des provisions pour le petit déjeuner, leur promit Andy. Vous trouverez du vin dans le placard, ainsi que du café, du thé, des gâteaux secs… Mais je vous apporterai tout à l'heure du pain frais, des œufs et du bacon.

— Je ne serai pas là, dit Jess. Je retourne chez Catherine et rentrerai tard ce soir.

— C'est vrai ! J'avais oublié. J'ai aussi oublié de te remercier pour ce que tu fais, Jess. Catherine m'a appelé pour me parler de la robe. Tu es vraiment une fille étonnante. N'est-ce pas, Ben ?

— Elle est extraordinaire…

Jess sourit sous cette avalanche de compliments.

Dès qu'ils se retrouvèrent seuls, Ben la dévisagea en fronçant les sourcils.

— Tu ne dormiras pas dans ta chambre, demain soir.

Elle se rembrunit, n'ayant jamais apprécié qu'un homme lui dicte sa conduite.

— Peut-être que si, le contredit-elle, si tu te mets à te comporter comme un imbécile.

— Que veux-tu dire ? s'enquit-il, interloqué.

— Je gère ma propre vie, Ben. Je n'aime pas qu'on me donne des ordres.

— Vraiment ?

Ben se leva, se dirigea vers elle et la saisit fermement par les épaules, avant de l'attirer à lui. Elle ne lutta pas, se contentant de le fixer, les yeux écarquillés. Il pouvait sentir son cœur battre la chamade. Elle croyait ne pas aimer recevoir d'ordres, mais de nombreuses femmes de caractère adoraient au contraire que leurs amants prennent les choses en main. Mais peut-être n'avait-elle jamais eu d'amant dominant auparavant ?

Quelle pensée excitante ! Il avait hâte d'être à demain soir.

— Lorsque le moment sera venu, Jess, dit-il, les yeux rivés sur elle, tu aimeras beaucoup ça, au contraire. Tu peux me faire confiance. Mais, pour l'heure, peut-être devrais-tu y aller. Parce que, si tu restes, je ne réponds plus de rien…

Troublée, Jess quitta la maison, les sens en émoi. Elle devait lui faire confiance, avait-il dit. Oui, mais pour faire quoi ? La transformer en une sorte d'esclave sexuelle ?

Il en était capable, elle le savait. Si elle le laissait faire.

Le voulait-elle ?

C'est son corps qui lui donna la réponse à cette question. Le cœur battant, Jess fut terrassée par un désir si violent qu'elle fit une embardée. Elle ralentit, puis s'engagea dans l'allée qui menait à la maison de Catherine, heureuse d'avoir une occupation qui lui prendrait la plus grande partie de la soirée, et de n'avoir aucune raison de retourner à la jolie petite maison avant que Ben ne soit sorti en ville avec ses amis. Par chance, il ne rentrerait pas avant les petites heures du matin, lorsqu'elle serait endormie… si elle parvenait à trouver le sommeil !

Les choses ne se passèrent pas exactement ainsi. Jess termina la robe vers 21 heures, après quoi elle refusa le verre de vin qu'on lui proposait, prétextant la fatigue, et rentra à la maison. En fait, elle venait de se souvenir qu'elle avait promis d'appeler sa mère. Elle lui donna une version édulcorée de sa journée, n'omettant toutefois pas de lui raconter les drames qui entouraient le mariage et son rôle pour arranger les choses. Naturellement, elle ne mentionna pas le fait qu'on la prenait pour la petite amie de Ben, ni qu'elle résidait seule avec lui dans la maison d'amis. Elle se contenta de dire qu'elle était hébergée sur le domaine.

— Ton périple semble être assez surprenant jusqu'à présent, constata sa mère.

— C'est le moins qu'on puisse dire !

— Tu dois absolument m'appeler demain pour me raconter comment s'est passé le mariage.

Jess grimaça. Elle pouvait difficilement expliquer à sa mère pourquoi cela ne risquait pas d'arriver.

— Maman, le mariage n'a lieu qu'en fin d'après-midi. Le temps que la réception soit terminée, il sera très tard et je serai exténuée. Je t'appellerai dimanche matin. Mais pas trop tôt non plus, se hâta-t-elle d'ajouter. Je pense faire la grasse matinée.

Heureusement, sa mère ne pouvait lire dans ses pensées car les images qui traversaient son esprit n'étaient pas de celles qu'elle aurait aimé voir.

— Bon, d'accord, mais n'oublie pas de prendre des photos,

insista celle-ci. J'ai hâte de voir comment te va cette robe. Ce qui me fait penser : à quoi ressemble Ben ? Tu as dit qu'il était gentil, mais j'ai le sentiment qu'il est bel homme, non ?

— Oui, très beau, admit-elle, s'efforçant de parler d'une voix posée. Et très grand.

— Grand, brun et très séduisant, n'est-ce pas ?

— Non, en fait, il est blond aux yeux bleus.

— Et quel âge a-t-il ?

— Je ne sais pas. La trentaine, à peu près.

— Et il est riche, je suppose ?

— Immensément riche. Son père est milliardaire.

— Et… lui as-tu dit que tu avais perdu ton emploi chez Fab Fashions à cause de lui ?

— Oui. Et il m'a promis de voir ce qu'il pourrait faire.

— C'est gentil de sa part, mais… le pense-t-il vraiment ?

— L'avenir le dira, maman. Bon, il faut que je te laisse. Je suis fatiguée.

Un pieux mensonge, se dit Jess. Elle était si excitée qu'elle avait peu de chances de trouver le sommeil.

— Conduire est très fatigant, renchérit sa mère. Bonne nuit, ma chérie. Dors bien. Je t'aime…

Jess se sentit soudain très émue.

— Je t'aime aussi, maman, dit-elle avant de raccrocher.

Un long bain chaud l'occupa une bonne heure, mais ne l'aida pas vraiment à se détendre. Elle venait d'émerger de la salle de bains, vêtue de sa seule chemise de nuit, quand elle entendit une voiture s'arrêter dans un crissement de freins. Elle courut dans le salon et regarda à travers les rideaux, juste à temps pour voir Ben s'extirper d'un taxi.

Troublée — pourquoi rentrait-il si tôt ? —, elle pivota et se rua dans sa chambre. Mais, dans sa précipitation, elle se coinça le pied gauche sous le tapis et elle tomba de tout son long sur le parquet en poussant un cri.

Au moment où il mettait le pied sous le porche, Ben entendit Jess crier. Il se précipita aussitôt à l'intérieur et alluma la lumière. Il la trouva assise par terre dans la pénombre, vêtue d'une chemise de nuit en satin rouge qui mettait en valeur sa superbe silhouette. Ses magnifiques cheveux étaient étalés en désordre sur ses épaules, ajoutant à l'image délicieusement sexy qu'elle présentait.

— Que s'est-il passé ? s'enquit-il en tendant la main pour l'aider à se relever.

— Je suis tombée, dit-elle, ignorant ostensiblement sa main. Je me suis pris le pied sous le tapis.

— Je vois, murmura-t-il, perplexe.

Que faisait-elle dans cette pièce ? Les lumières étaient éteintes et la télévision aussi.

— Eh bien, as-tu l'intention de prendre ma main ou de passer la nuit ici ? ajouta-t-il d'un ton où perçait l'agacement.

Levant les yeux, elle croisa son regard et eut un hoquet de surprise. Seigneur, il était vraiment séduisant avec son jean délavé, sa chemise blanche et son élégante veste gris anthracite.

Réprimant un soupir, elle plaça sa main dans la sienne et se remit debout.

— Pourquoi rentres-tu si tôt ? demanda-t-elle en faisant semblant d'ignorer qu'il regardait fixement ses seins, qui pointaient sous le satin rouge.

— Tu veux connaître la vérité ?

— Bien sûr.

— J'ai dit à Andy que j'avais une migraine et que, s'il voulait que je sois en forme demain, je devais rentrer me coucher.

— Et c'est vrai ? As-tu mal à la tête ?

— Non, mais je n'arrêtais pas de penser à toi.

Jess s'efforça de ne pas se laisser séduire par ses paroles flatteuses, mais il était un peu tard pour ça.

— Moi aussi, je pensais à toi, avoua-t-elle timidement.

— Alors, dois-je toujours attendre demain soir ?

Elle secoua la tête, s'attendant presque à ce qu'il l'embrasse aussitôt, mais il n'en fit rien.

— J'ai besoin de prendre une douche, dit-il. Veux-tu te joindre à moi ?

Jess déglutit avec peine.

— Je… je viens de prendre un bain, souffla-t-elle.

— Alors, tu peux me regarder, proposa-t-il.

Bouche bée, Jess cligna des yeux.

— D'accord, dit-elle, se demandant si c'était ce qu'il avait en tête tout à l'heure quand il lui avait dit qu'elle serait heureuse d'obéir à ses ordres.

Et il avait raison, aussi étonnant que cela puisse paraître. Si Colin ou un autre de ses petits amis lui avait fait la même proposition, elle aurait refusé. Pour elle, la salle de bains était un lieu privé. Et pourtant elle avait envie de voir Ben prendre sa douche, de le voir nu, de faire avec lui des choses qu'elle n'avait jamais faites auparavant.

Comme elle ne bougeait pas, il fronça les sourcils.

— Tu as déjà changé d'avis ?

Changé d'avis ? Comment pouvait-elle changer d'avis alors qu'elle était subjuguée ?

Sans ajouter un mot, il lui prit la main.

12.

Ben aimait la façon dont Jess se laissait mener docilement dans la salle de bains. Il voyait bien qu'elle était aussi excitée que lui. Le moindre contact l'enflammait, et elle produisait sur ses sens un effet incroyable. Après l'avoir fait asseoir à côté de la baignoire, il commença à se dévêtir lentement.

Jess n'arrivait pas à croire qu'elle était assise là, à regarder Ben se déshabiller devant elle. Mais c'était terriblement excitant, devait-elle admettre.

Après s'être débarrassé de ses chaussures, Ben ôta sa veste, puis sa chemise, révélant un torse musclé et hâlé. Il avait de larges épaules, dont l'une était recouverte d'un méchant hématome, mais cela n'avait pas l'air de le gêner. Son ventre était plat et musclé, et il n'avait presque pas de poils sur le corps, remarqua-t-elle, satisfaite.

Elle retint son souffle lorsqu'il retira sa ceinture, puis dégrafa son jean. Il portait des sous-vêtements noirs, dans un tissu moulant qui ne laissait guère de place à l'imagination.

Elle ne fut pas déçue : lorsqu'il lui fit face, le sexe tendu de désir, on aurait dit un adonis.

— A toi, maintenant, Jess, ordonna-t-il. Lève-toi et retire ta chemise de nuit. Je veux te voir entièrement nue.

Elle se leva, les jambes flageolantes, contrainte de lui obéir. Lentement, elle fit glisser une bretelle sur son épaule, puis l'autre. Elle ne portait pas de petite culotte, n'en portait jamais la nuit. La chemise de nuit tomba sur le sol en un doux bruissement.

Le regard de Ben se posa tout d'abord sur ses pieds, puis remonta lentement, s'arrêtant un instant sur la toison bouclée entre ses cuisses, avant de remonter jusqu'à ses seins.

— Superbe, souffla-t-il d'un ton appréciateur.

Jess savait qu'elle avait du charme, mais ne s'était jamais trouvée jolie. Elle avait des défauts, comme tout le monde. Ben ne voyait-il pas que son nez et sa bouche étaient trop grands et qu'elle avait quelques kilos à perdre ?

Mais pour l'heure il avait le regard rivé sur ses seins. Ils étaient ce qu'elle avait de mieux, devait-elle reconnaître. Pleins et hauts, et leurs pointes durcissaient lorsqu'on les titillait ou qu'elle était excitée. Comme maintenant, sous le regard ardent de Ben.

— Viens, dit-il d'une voix rauque.

Une fois de plus, elle lui obéit aveuglément et se laissa guider sans protester dans la cabine de douche. Et c'est là, sous le jet chaud, qu'il captura son visage entre ses mains et l'embrassa enfin avec passion.

Jess avait souvent été embrassée. Et par des hommes plutôt doués. Mais le baiser que lui prodigua Ben fut en tout point inoubliable, la laissant pantelante de désir. Et, quand il redressa enfin la tête, elle s'appuya contre son torse et enserra sa taille de ses mains.

— Prends-tu la pilule, Jess ?

L'esprit embrumé, elle recula et le dévisagea, perplexe.

— Oui, mais…

— Tu veux quand même que je mette un préservatif.

— Oui, s'il te plaît, souffla-t-elle.

— Dans ce cas, je pense qu'on devrait abréger la douche.

Elle ne protesta pas, se contentant de le fixer tandis qu'il fermait les robinets et saisissait une serviette avec laquelle il frotta ses cheveux trempés, avant de se sécher lui-même vigoureusement. Puis il la souleva dans ses bras et la porta jusqu'à sa chambre où il la déposa avec douceur sur le lit.

Jess frissonna d'excitation.

— Tu as froid ? demanda-t-il en s'allongeant à côté d'elle.

— Un peu, prétendit-elle.

— Tu veux te blottir sous les couvertures ?

Elle secoua la tête.

— J'ai pensé à ça toute la journée, admit-il avant de capturer ses lèvres, une main dans sa chevelure mouillée.

La douceur de son baiser la surprit au début, puis, lorsqu'il se fit plus insistant, elle ne put retenir un gémissement et, entrouvrant les lèvres, elle se laissa envahir par sa langue chaude et hardie. Elle poussa un soupir de plaisir quand il posa la main sur son sein droit et se mit à titiller son téton, alternant caresses sensuelles et légers pincements. Pourvu qu'il ne s'arrête pas…

Il cessa pourtant, juste le temps de s'agenouiller entre ses jambes pour lui prodiguer la plus intime des caresses, l'amenant bientôt au bord du précipice.

Soudain, il s'interrompit pour prendre un préservatif dans le tiroir de la table de nuit.

— Tu veux bien m'aider ?

Le visage en feu, elle ouvrit le paquet et se tourna vers lui, tellement excitée que ses mains tremblaient.

Lorsque Ben gémit, elle lui lança un regard inquiet.

— T'ai-je fait mal ?

Il la dévisagea.

— Oh ! mon cœur, tu es en train de me tuer ! souffla-t-il. Mais pas dans le sens que tu crois. Tu veux te mettre sur moi ?

— Tu veux que je me mette *sur* toi ? s'étonna Jess.

— J'ai cru comprendre que tu aimais cette position.

— C'est vrai…

— Qu'attends-tu, alors ?

En effet, qu'attendait-elle ?

Le cœur battant la chamade, Jess se mit à califourchon sur lui, saisit son sexe tendu et le plaça à l'orée de sa féminité. Un gémissement s'échappa de ses lèvres quand elle introduisit son sexe en elle, lentement…

Ivre de volupté, Ben se prépara mentalement au plaisir qu'il ne manquerait pas de ressentir quand elle se mettrait à onduler sur lui. Il ne voulait pas jouir trop vite…

Elle bougea d'abord lentement, soulevant à peine ses hanches avant de les abaisser à nouveau. Mais il ne fallut pas longtemps pour que son propre désir prenne le dessus, la poussant à accélérer le rythme. Elle s'efforça de ne penser à rien d'autre qu'à son plaisir, refoulant délibérément les pensées qui affluaient à son esprit.

L'orgasme qui la foudroya soudain fut si fort qu'elle en oublia toute pensée logique, tout entière concentrée sur les sensations qui l'envahissaient : des spasmes d'une violence inouïe qui la jetèrent, pantelante, sur le torse de Ben. Lorsqu'il la serra dans ses bras et colla ses lèvres à son oreille, elle poussa un long soupir de contentement.

— C'était merveilleux, souffla-t-il.

Elle lui sourit, puis redressa la tête.

— Non, ne bouge pas. Je veux m'endormir ainsi, en toi. Mon seul regret est d'être trop fatigué pour recommencer. Mais je me rattraperai demain. Je te le promets. Reste où tu es, mon cœur.

Quelques instants plus tard, il sombrait dans le sommeil, et elle ne tarda pas à le rejoindre.

13.

Ben fut réveillé par l'odeur de bacon grillé et l'absence de Jess à ses côtés. Il avait dormi plus de dix heures, s'étonna-t-il en regardant sa montre. Et, même s'il regrettait ne pas s'être levé plus tôt, cette longue nuit de sommeil lui avait fait du bien. Son épaule ne le faisait plus souffrir et il se sentait en pleine forme.

Il sauta du lit, salua Jess de loin et se rua dans la salle de bains. Il prit une douche rapide, se frictionna, et, les hanches ceintes d'une serviette, se précipita dans la cuisine.

Jess lui lança un coup d'œil par-dessus son épaule, ses yeux s'illuminant à sa vue.

— Tu es beau, comme ça, dit-elle avec un sourire.

— Et toi, époustouflante, répondit-il, la détaillant des pieds à la tête.

Elle portait le même pantalon que la veille, mais le haut était différent : un pull à col roulé d'un vert vif qui tranchait avec son teint mat et ses cheveux bruns. Elle n'était pas maquillée et ses cheveux étaient coiffés en chignon. En regardant de plus près, il vit qu'elle les avait en fait enroulés sur eux-mêmes en une sorte de nœud dont quelques mèches folles s'échappaient. Ce manque d'artifice l'enchantait. Amber était toujours tirée à quatre épingles en sortant de la salle de bains. En comparaison, Jess la faisait paraître superficielle et vaniteuse.

— Flatteur, dit-elle en retournant aux fourneaux.

— Ça sent bon, commenta-t-il, avant de s'approcher et de glisser ses bras autour de sa taille.

Déterminée à agir de façon naturelle, Jess s'efforça de ne rien laisser paraître de ses sentiments. Pourtant, elle avait eu du mal à ne pas le dévorer du regard quand il était entré dans la cuisine, mais elle avait réussi, se disant qu'une New-Yorkaise sophistiquée ne se serait jamais comportée ainsi.

Mais, lorsque Ben plaça une main sous son menton et tourna son visage vers lui, elle se laissa embrasser, le plus naturellement du monde.

Son baiser fut bref et léger, ce qui n'empêcha toutefois pas son cœur de bondir dans sa poitrine, et son esprit d'être envahi par une foule d'images érotiques. Elle l'imaginait déjà balayer les objets de la table d'un seul geste de son bras puissant et la prendre là, tout de suite…

Lorsqu'il releva la tête, ses yeux pétillaient.

— Si le bacon n'était pas déjà cuit, c'est toi que je prendrais pour le petit déjeuner.

— Vraiment ? rétorqua-t-elle avec une feinte nonchalance. J'aurais peut-être mon mot à dire là-dessus.

— Allons, Jess, cessons ces petits jeux. Nous savons tous les deux que nous avons vécu cette nuit quelque chose d'exceptionnel. Et qui donne envie de recommencer. Mais tu as raison. Nous devrions manger d'abord.

— Tu as l'air d'aller mieux, on dirait, constata-t-elle en reportant son attention sur le petit déjeuner. Lorsqu'un hématome prend la couleur de l'arc-en-ciel, cela veut dire qu'il est en voie de guérison. Maintenant, assieds-toi, s'il te plaît…

Ben mangea copieusement, tandis qu'elle picorait dans son assiette. Elle perdait toujours l'appétit quand quelque chose la perturbait. Elle eut beau se dire qu'elle était stupide d'espérer autre chose qu'une aventure d'un soir avec Ben, rien n'y fit.

— Tu n'as presque rien avalé, remarqua Ben.

— Je n'ai pas très faim. J'ai bu une tasse de café avant ton réveil.

— Tu ne fais pas partie de ces femmes qui ne se contentent que d'une tasse de café le matin, j'espère ?

— D'habitude, non.

— Tu n'as pas besoin de perdre du poids, Jess. Ton corps est parfait comme ça.

Jess réprima son agacement. Devait-il vraiment ne parler que de son corps ?

— Merci, dit-elle. Au fait, tu m'as dit hier que nous parlerions de Fab Fashions, tu te souviens ?

Il la dévisagea, visiblement déconcerté.

— Oui, je sais mais, ça, c'était avant…

Jess le fusilla du regard.

— Tu veux dire que tu n'as plus besoin de discuter avec moi, maintenant que tu m'as mise dans ton lit ?

Ben dissimula son sentiment de culpabilité. Elle avait raison, devait-il admettre, mais il n'avait pas l'intention de perdre son temps à parler affaires quand il pouvait lui faire l'amour !

— Non, dit-il en pesant ses mots. Ce n'est pas vrai, même si ce que nous avons vécu cette nuit change la donne, Jess. C'était si… exceptionnel. Nous pouvons toujours parler de Fab Fashions demain, sur le chemin du retour. Et tous les jours de la semaine prochaine, si tu veux. En attendant, nous n'avons que quelques heures devant nous avant de nous apprêter pour le mariage, alors autant en profiter. A quelle heure dois-tu te rendre chez Catherine ?

— Je lui ai dit que je serais chez elle à 15 heures. Catherine et Leanne vont chez le coiffeur à Mudgee ce matin, mais je préfère faire ça moi-même.

Il sourit.

— Je vois… Bon, Andy vient me chercher à 14 h 30. Nous allons tous nous changer chez lui, puis nous irons ensuite chez Catherine. Cela ne se fait pas pour le marié d'arriver en retard, paraît-il.

— Tu n'as jamais été témoin de mariage ?

— En fait, non. Et toi ?

— Oui, pour mes trois frères.

— Peut-être que la prochaine fois ce sera toi, la mariée.

— Cela m'étonnerait !

— Tu ne veux pas te marier ?

— Si, bien sûr. Mais pas encore. Je préfère attendre l'homme idéal. Après Colin, je ne suis pas pressée.

Lui non plus n'était pas pressé, songea Ben.

— Et quel serait pour toi l'homme idéal ?

Jess haussa les épaules.

— C'est une question difficile. Pour commencer, il devra réussir sa vie professionnelle. J'aime les hommes sûrs d'eux.

— Devra-t-il être riche ?

— Pas autant que toi, Ben De Silva. Je n'épouserai jamais un homme aussi fortuné que toi.

Ben se sentit offensé par sa remarque.

— Vraiment ? Beaucoup de femmes en seraient ravies, pourtant.

— Oui, les femmes intéressées, comme Leanne. Et celles qui sont déjà riches, comme Amber.

Ben fronça les sourcils.

— Qu'est-ce qui te fait croire qu'Amber est riche ?

Jess se leva et commença à empiler les assiettes.

— Est-ce que je me trompe ?

— Non, elle est riche, en effet. Ou plutôt son père l'est.

— C'est bien ce que je pensais.

Ben se mit à rire.

— Serais-tu jalouse, Jess ? Tu n'as pourtant aucune raison de l'être. Amber et moi, c'est de l'histoire ancienne.

Elle aussi serait de l'histoire ancienne, bientôt. Ce n'était qu'une question de temps…

Sentant soudain les mains de Ben sur ses épaules, elle sursauta. Dire qu'elle ne l'avait même pas entendu se lever !

— Ne sois pas fâchée, Jess. Nous pouvons parler de Fab Fashions au lit, si tu veux. Nous pouvons très bien faire plusieurs choses à la fois.

Elle ne put s'empêcher de rire.

— Les hommes en sont incapables, c'est bien connu.

— Ne crois pas ça, riposta-t-il en l'enlaçant. Je peux te parler et en même temps avoir très envie de toi, souffla-t-il en se lovant contre elle. Tu vois ?

Elle rit de plus belle.

— J'aime t'entendre rire, souffla-t-il à son oreille. Mais j'aime encore plus te faire l'amour. Tes petits cris, la façon dont tu presses ton sexe autour du mien… Bref, tu m'as rendu fou, hier soir. J'aimerais que tu recommences, ma jolie Jess. Avec ta bouche, cette fois. Et avec tes mains si expertes.

C'était elle qui devenait folle. Jamais un homme ne lui avait parlé ainsi auparavant. Il lui donnait envie de se montrer audacieuse avec lui. Oh ! mon Dieu…

Sans un mot, elle pivota et l'embrassa. Il lui rendit son baiser — un long baiser passionné qui lui fit perdre la tête.

— Allez, au lit ! ordonna-t-il en relevant enfin la tête.

— Au lit ? répéta-t-elle, hébétée.

Il sourit d'un air ironique.

— Oui. Mais nous n'allons pas dormir ce matin, ma beauté, ajouta-t-il. Pas une seule seconde…

14.

— Crois-tu que j'ai pris la bonne décision ?

Jess se retint de lever les yeux au ciel. Pourquoi lui demander son avis ? Elle ignorait tout des rapports entre Catherine et Andy. Par ailleurs, il était un peu tard pour se poser des questions. Le cortège nuptial s'apprêtait à se diriger vers la roseraie où le futur marié les attendait avec impatience. Ils avaient déjà vingt minutes de retard. En même temps, Jess éprouvait de la sympathie pour la jeune femme. Sa mère n'était pas exactement des plus rassurantes — elle avait passé les deux dernières heures à pleurer — et le mariage était un événement important dans une vie, surtout de nos jours où les divorces étaient légion. Mais il valait mieux avoir aimé et perdu que de ne pas avoir aimé du tout, comme disait l'adage.

— Est-ce que tu aimes Andy, Catherine ?

— Oui, bien sûr.

— Beaucoup de femmes se marient pour des raisons autres que l'amour, tu sais…

— Pas moi.

— Moi non plus. Et est-ce qu'Andy t'aime ?

— Oui, j'en suis certaine.

Une soudaine pensée traversa l'esprit de Jess.

— Tu n'es pas enceinte ?

— Mon Dieu, non ! Mais nous projetons tout de même d'avoir des enfants.

— A mon avis, tu n'as aucune raison d'avoir des doutes, la

rassura Jess. Allez, viens, maintenant. Nous sommes déjà en retard. Mais, avant cela, laisse-moi te dire que tu es splendide !

La robe de Catherine était certes un peu trop kitsch à son goût, mais elle seyait bien à son teint de blonde.

La mariée lui adressa un sourire éclatant.

— Toi aussi, tu es superbe, dit-elle. Et toi aussi, Leanne.

Leanne se rengorgea, mais Jess se contenta de sourire. Elles formaient vraiment un beau trio.

— Ne me dites pas que vous n'êtes pas encore prêtes ! bougonna le père de Catherine.

Jess soupira intérieurement. Elle avait détesté dès le premier regard cet homme arrogant et sûr de lui.

— Ne trouvez-vous pas votre fille superbe ? lui lança-t-elle.

— Quoi ? Oh ! oui. Très jolie. Bon, allons-y, maintenant.

Leanne et elle échangèrent un regard qui en disait long. Si jamais son père lui disait qu'elle était simplement « jolie » le jour de son mariage, elle l'étranglerait, se dit Jess.

Plongée dans ses pensées, elle remarqua à peine ce qui se passait autour d'elle, tandis qu'ils s'avançaient vers la roseraie. Elle avait fait de son mieux pour refréner les sentiments qu'elle éprouvait pour Ben durant les heures qu'ils venaient de passer ensemble. En vain. Son cœur bondissait dans sa poitrine à chaque fois qu'elle le touchait. Elle avait adoré la façon dont il avait perdu tout contrôle de lui-même sous l'assaut de ses caresses intimes. Il ne l'avait pas souhaité, elle en était certaine, mais il avait été aussi impuissant qu'elle à empêcher ce raz-de-marée.

Après avoir utilisé le dernier préservatif, Jess avait proposé d'aller chercher celui qu'elle avait dans sa chambre. Ben l'avait suivie, l'avait fait basculer sur le tapis et l'avait prise en levrette, lui pinçant les seins quand il avait senti qu'elle était proche de l'orgasme. C'était la première fois de sa vie qu'elle faisait l'amour de cette façon, et elle avait adoré.

Ben s'était trompé en croyant qu'ils ne dormiraient pas. Après leurs ébats torrides sur le sol, elle s'était endormie et ne s'était réveillée que lorsque Ben lui avait secoué l'épaule.

— Mon Dieu ! s'était-elle exclamée en se redressant d'un bond. Quelle heure est-il ?

Ben était déjà habillé, avait-elle aussitôt remarqué. Pas en tenue de mariage, mais en jean et T-shirt.

— Presque 14 h 30. Andy ne va pas tarder et tu dois mettre la dernière main à ta coiffure, il me semble.

Jess avait fait la grimace.

— Je dois même me faire un shampooing.

A cet instant, on avait frappé et, avant que Ben ait eu le temps de réagir, Andy était entré. En proie à la panique, Jess avait aussitôt saisi le drap pour se couvrir.

— Oh ! désolé, s'était écrié Andy en l'apercevant dans le lit. Je… je t'attends dehors, Ben.

— J'arrive ! avait lancé Ben avant de se tourner vers Jess. Désolé pour ce qui vient de se passer, ma chérie. Je te retrouve au mariage ?

Son cœur avait bondi dans sa poitrine quand il l'avait appelée « ma chérie », se souvint-elle, et il recommença quand elle l'aperçut, debout à côté d'Andy. Nul doute que le marié et les autres garçons d'honneur étaient aussi beaux que Ben dans leur élégant smoking, mais Jess n'avait d'yeux que pour l'élu de son cœur.

La musique retentit au moment où elle s'avança dans l'allée, mais, inconsciente des regards admiratifs qu'elle suscitait sur son passage, elle ne voyait que le regard de Ben posé sur elle.

Bon sang ! se dit Ben en voyant Jess s'approcher lentement de lui. Comme cette femme était désirable !

— Tu es un sacré veinard, lui souffla Andy à l'oreille.

— Comme tu dis ! riposta Ben au moment où la mariée faisait enfin son apparition.

Mais il remarqua à peine Catherine, pas plus qu'il ne fit attention à la cérémonie. Il n'aspirait qu'à une chose : se retrouver enfin seul avec Jess. Il dut toutefois attendre la signature du registre pour pouvoir lui parler.

— Tu es ravissante en rose, murmura-t-il en lui tendant le stylo. Mais je te préfère nue.

Sa main tremblait, remarqua-t-il, fier de l'effet qu'il avait sur elle. Elle n'était comme aucune autre femme qu'il connaissait. Elle semblait moins expérimentée et plus à même de s'étonner — ce qui l'excitait profondément. La tentation de repousser les limites de la bienséance était puissante, et sa sensualité, torride. Elle avait adoré le chevaucher. Tout comme lui, d'ailleurs, même si la tendance qu'il avait de perdre ses moyens avec elle l'inquiétait.

La prochaine fois, il ne se laisserait pas faire. Ben avait un penchant pour les jeux érotiques qui avait débuté durant ses études universitaires, lorsqu'il avait eu une liaison avec une femme plus âgée que lui. Etudiante elle aussi, elle adorait se faire dominer au lit et lui avait appris tout ce qu'il y avait à savoir dans ce jeu de rôles. Ben avait adoré jouer les seigneurs et maîtres, et aimait toujours ça. Il avait déjà une idée en tête pour leurs ébats de ce soir et espérait que Jess accepterait de jouer le jeu.

Mais, bon sang, que la soirée risquait d'être longue !

La soirée était décidément interminable ! songea Jess. La séance photos avait été assommante, tout comme le repas qui avait suivi. Il fallut attendre le café pour que Ben se lève enfin et prononce son discours.

— Mesdames, messieurs, commença-t-il, tout d'abord, laissez-moi vous remercier d'être venus ici aujourd'hui célébrer le mariage d'Andy et de Catherine, qui est, je dois dire, la plus charmante mariée qu'il m'ait été donné de voir.

Il n'était pas seulement sûr de lui, songea Jess, c'était aussi un charmeur professionnel.

— Pour ceux qui ne me connaissent pas personnellement, vous vous demandez sans doute pourquoi un Américain est le témoin de mariage d'Andy. Mais, faites-moi confiance, j'ai beau avoir un accent yankee, je suis un Australien pur sucre.

Des applaudissements retentirent.

— Andy et moi nous connaissons depuis longtemps, enchaîna-t-il. Il était mon meilleur ami durant nos années d'internat, puis nos études de droit. Il était toujours là pour moi. Toujours. Et je l'aime beaucoup. Désolé, Andy, je sais que tu n'aimes pas la guimauve. Bon, il est de tradition d'embarrasser le marié en racontant ses frasques de célibataire, mais j'ai eu beau chercher, je n'ai rien trouvé. Bien sûr, cela fait plus de dix ans que j'habite aux Etats-Unis, donc quelques erreurs de jeunesse ont pu m'échapper, et d'après la rumeur il aurait brûlé la chandelle par les deux bouts lors de son séjour en France…

Il y eut quelques rires dans l'assemblée.

Ben sourit avant d'ajouter :

— Mais je n'en crois rien. D'après ce que j'ai vu hier soir, sa chandelle est en excellent état de marche.

Les rires redoublèrent et la mariée lui lança un regard horrifié.

— Je plaisante, Catherine… Plus sérieusement, Andy est l'homme le plus raisonnable et le plus intelligent que j'aie jamais connu. Et d'ailleurs n'est-ce pas une preuve de son intelligence d'avoir choisi une femme aussi charmante que Catherine pour la vie ? C'est un couple parfaitement assorti qui s'aime tendrement. Un tel amour est un véritable don du ciel et doit être préservé. Et protégé. Alors, si vous le voulez bien, ajouta-t-il après une pause, levons-nous et trinquons…

Tout le monde s'empressa d'obéir, surtout Jess, qui avait été touchée par la deuxième partie du discours de Ben. L'amour était précieux, en effet, surtout l'amour vrai. Colin ne l'avait pas vraiment aimée. Quant à Ben… Inutile de s'appesantir sur le sujet !

— A Andy et Catherine, dit Ben en levant son verre.

Les invités répétèrent ses paroles et entrechoquèrent leurs verres. Jess fit de même, puis se rassit, se sentant soudain épuisée. D'autres discours suivirent et finalement Andy se leva pour parler à son tour. Il n'avait certes pas la même éloquence que Ben, mais ce qu'il dit fut beau et touchant. Les larmes montèrent même aux yeux de Jess et elle dut battre des paupières pour les chasser lorsqu'il proposa un toast en l'honneur des demoiselles d'honneur, expliquant comment Jess avait accepté de tenir ce rôle et à quel point il lui était reconnaissant.

Emue, Jess l'écouta, tout en triturant le magnifique pendentif d'or et de diamants que Ben avait offert aux demoiselles d'honneur. Lorsque Jess avait insisté pour que Catherine donne son pendentif à Krissie, celle-ci avait refusé. Elle et Andy lui offriraient quelque chose à la naissance de son bébé.

Ils formaient vraiment un joli couple. Ils étaient très amoureux et Jess ne pouvait s'empêcher de leur envier leur bonheur. La perspective que Ben prolonge son séjour en Australie ne la rendait plus vraiment heureuse. Tôt ou tard, il repartirait à New York et l'oublierait aussitôt, lui brisant le cœur. Le simple bon sens lui dictait de ne plus continuer à voir Ben après ce week-end. Mais comment combattre le désir qui la terrassait depuis qu'ils avaient signé ensemble le registre de mariage ? Quelques mots murmurés à son oreille avaient suffi à embraser ses sens, comme en témoignaient ses tétons durcis qui pointaient sournoisement sous le satin de sa robe. Elle était impatiente de voir la soirée se terminer enfin pour se retrouver de nouveau avec Ben. Elle n'en pouvait plus d'attendre !

Le moment de couper le gâteau arriva enfin. Ensuite, la mariée et son père ouvriraient le bal, puis la soirée battrait vraiment son plein. Malgré son envie, Jess décida de ne pas boire car elle voulait être en mesure de conduire, dès qu'ils pourraient enfin quitter la soirée.

Ce qui n'était pas près d'arriver, réalisa-t-elle, consternée. Jamais le témoin ne pourrait partir avant les mariés — seulement quelques heures à tenir, même si cela lui paraissait une éternité.

— Une petite danse, madame ? lui demanda une voix avec un fort accent du Sud.

Jess tourna la tête et vit Ben qui la dévisageait, un sourire niais sur le visage.

— Ils disent que la meilleure chance pour un gars de se trouver une femme lors d'un mariage est de danser avec une des demoiselles d'honneur, ajouta-t-il, se comportant comme l'idiot du village.

Jess ne put s'empêcher de sourire. Ben ne se posait apparemment pas tant de questions. Pour lui, tout n'était que jeu.

— Eh bien, je ne voudrais pas décevoir un gars aussi beau que vous, riposta-t-elle crânement, ne voulant pas paraître rabat-joie — même si danser avec lui serait une vraie torture.

— Oh ! non, répondit Ben en se tordant les mains d'un air faussement embarrassé. Vous ne devriez pas dire des choses pareilles à un gars timide de l'Alabama.

Jess rit de bon cœur et se leva.

— Maintenant, tu ressembles à un personnage d'un des vieux films de Rock Hudson et Doris Day.

— Oui, je sais, dit-il de sa voix redevenue normale, tout en la guidant sur la piste de danse. Ces vieux films ont tendance à vous coller à la peau. J'ai cru comprendre que tu les aimais aussi.

Jess se serra contre lui et ferma les yeux, savourant le contact de son corps contre le sien, tout en faisant de son mieux pour contenir son excitation croissante.

— Maman les aime, répondit-elle. Cela m'arrive d'en regarder un avec elle. Elle aime les fins heureuses.

— Et toi ? Quel genre de film préfères-tu ?

— Ceux qui me permettent de m'évader. Je ne raffole pas des histoires de trafiquants de drogue, de guerre ou de gens cruels.

— Tu aimes lire ?

— Pas autant que maman. En fait, je passe une bonne partie de mon temps libre à coudre. Mais j'apprécie un bon polar de temps en temps.

— Des romans d'amour ?

— Ça m'arrive d'en lire. Une fois, j'ai même lu un roman érotique qui avait été un succès mondial.

— Cela t'a-t-il donné des idées ? souffla-t-il à son oreille.

Elle frissonna lorsque, du bout de la langue, il lécha l'intérieur de son oreille. Mais cela ne dura qu'une fraction de seconde et elle gémit légèrement quand il releva la tête. Et recommença lorsque l'autre témoin de mariage, Jay, tapa sur l'épaule de Ben et suggéra de changer de partenaire.

Ben n'avait aucune envie de danser avec Leanne, mais que pouvait-il faire ? La mort dans l'âme, il accepta.

— Depuis combien de temps connaissez-vous Jess ? fut la première chose que lui demanda Leanne.

— Pas très longtemps, répondit-il, le regard rivé sur Jay, qui tenait Jess bien trop serrée à son goût.

— Elle est très attirante, n'est-ce pas ?

Ben acquiesça.

— Les femmes comme elles peuvent avoir tous les hommes qu'elles veulent, dit Leanne d'un ton envieux.

Ben songea à Colin qui avait quitté Jess, mais ne pipa mot.

— Cela doit être difficile pour un homme riche comme vous de savoir si une femme l'aime pour lui ou pour sa fortune, insista Leanne.

— Je ne suis pas si riche que ça, vous savez, rétorqua Ben, stupéfait par tant de méchanceté.

Leanne sourit d'un air entendu.

— Peut-être pas maintenant, mais vous le serez un jour. Votre père est milliardaire, d'après Catherine. Non que Jess semble intéressée par votre fortune. C'est une femme charmante.

— Effectivement, renchérit Ben, exaspéré.

Leanne était décidément très désagréable. De toutes les femmes avec lesquelles il était sorti, Jess était la moins encline à être avec lui pour l'argent. En fait, sa fortune le desservait. Ne lui avait-elle pas dit qu'elle n'épouserait jamais un homme aussi riche que lui ?

Ben fut soulagé quand Andy lui tapa sur l'épaule. A lui maintenant de supporter les ragots de Leanne ! Lui avait eu sa dose pour la soirée. Il ne put s'empêcher de sourire néanmoins quand, moins d'une minute plus tard, il vit Andy rendre Leanne à Jay et virevolter ensuite avec Jess — même s'il n'aimait pas trop voir les hommes la tenir dans leurs bras.

Ben fronça les sourcils. Il devenait de plus en plus possessif avec elle, réalisa-t-il. Ce n'était pas son genre, d'être jaloux, pourtant. Il avait toujours méprisé ce sentiment autodestructeur, mais avec Jess il semblait perdre tous ses moyens. Jamais il n'avait désiré une femme autant qu'elle, comme en témoignait l'embarrassante érection dont il était affligé depuis le début de la soirée. Heureusement, sa veste cachait fort bien l'objet du délit, mais cela ne l'empêchait nullement de le *sentir.* Seigneur, il avait décidément cette femme dans la peau et n'aspirait qu'à une chose : lui retirer sa robe et faire toutes les choses qu'il rêvait de faire avec elle.

15.

— Ouf ! Ils sont enfin partis, marmonna Ben en voyant Andy et Catherine quitter la fête dans leur voiture décorée.

Les jeunes mariés passaient leur nuit de noces dans une chambre d'hôtes luxueuse toute proche, ce qui était une bonne chose car Andy avait bu un peu trop de champagne. Ben n'avait pas pris une goutte d'alcool ; il voulait garder l'esprit clair pour ses jeux érotiques de ce soir. Ce serait sans doute la dernière opportunité qu'il avait de laisser libre cours à sa passion avec Jess.

Jess repéra Ben qui se tenait en retrait de la foule des invités venus assister au départ des mariés. Il s'était montré distrait au cours de la dernière heure.

S'approchant de lui, elle le vit se rembrunir.

— Que se passe-t-il ? Ton épaule te fait-elle souffrir ?

Cela ne l'aurait pas surprise qu'il lui ait menti sur l'état de son épaule. Les hommes détestaient reconnaître leurs faiblesses, surtout quand elles étaient physiques.

— Non, rétorqua-t-il en lui lançant un regard étrange. Je vais très bien et suis en parfaite mesure de te donner une bonne fessée le moment venu.

Jess eut un hoquet de surprise.

— Une fessée ? répéta-t-elle, choquée, tandis qu'elle s'imaginait, les fesses à l'air, sur les genoux de Ben.

— Tu apprécieras l'expérience, je pense, décréta-t-il de

sa voix douce et caressante. Mais seulement si tu le veux. Je ne te forcerai jamais à faire quelque chose contre ta volonté.

Mais n'était-ce pas là le problème ? Dès qu'il la touchait, elle perdait tous ses moyens. Déjà, elle se demandait ce que ce serait de recevoir une fessée de sa main.

— Je… j'y penserai, dit-elle d'un ton faussement détaché.

— Allons, dit-il soudain. Partons d'ici.

Jess hésita.

— Ne devrions-nous pas dire au revoir avant ?

— A qui ? Nous verrons Glen et Heather demain matin avant notre départ, éluda Ben. Nous prendrons congé à ce moment-là.

— Mais nous ne verrons pas les parents de la mariée demain. Nous devrions les remercier pour leur accueil.

Ben grimaça.

— Vas-y, si tu veux. Je ne peux pas les supporter. Je t'attends ici, mais ne sois pas trop longue.

Tournant les talons, Jess se hâta vers la tente où elle salua les parents de la mariée et récupéra son bouquet. Moins de cinq minutes plus tard, elle était de retour. Ben l'attendait avec impatience.

— Pourquoi as-tu mis si longtemps ? maugréa-t-il en l'entraînant vers la voiture.

Exaspérée, elle se libéra de son étreinte et s'arrêta net.

— Pour l'amour du ciel, Ben, cesse de te comporter ainsi ! Qu'est-ce qui t'arrive ?

Il soupira.

— Désolé. Je suis juste impatient de me retrouver seul avec toi. C'est tout.

Elle soupira. On pouvait lui faire confiance pour dire la seule chose capable de désamorcer sa colère.

— As-tu les clés sur toi ? demanda-t-il comme ils approchaient du véhicule.

— Oui.

— Bien. Alors monte et rentrons !

Elle s'exécuta, jeta son bouquet sur la banquette arrière et démarra. Personne ne pipa mot durant le court trajet mais, quand elle s'arrêta devant le porche de la maisonnette, elle avait l'estomac noué et son cœur battait la chamade.

Allait-elle vraiment le laisser lui donner la fessée ? songea-t-elle en expirant profondément.

Ben l'entendit soupirer et en devina la raison.

— Ne sois pas nerveuse…

— Je le suis, pourtant. Je n'ai jamais reçu de fessée.

— Je m'en doutais, figure-toi. As-tu déjà été attachée ?

Elle écarquilla les yeux.

— Non. Je… croyais qu'on faisait ce genre de choses dans les livres et les maisons closes.

— Beaucoup de gens aiment jouer à des jeux érotiques. Je ne propose rien de méchant. Je ne souhaite pas t'infliger une humiliation ou de la souffrance. Je veux juste te donner du plaisir, Jess. Tu peux dire non à tout ce que tu n'aimes pas.

— Mais… mais je ne saurai peut-être pas si je n'aime pas quelque chose avant qu'il ne soit trop tard.

Elle était vraiment délicieuse, songea Ben. Et il la désirait plus que tout.

— Je promets d'aller doucement, de te donner le temps de changer d'avis avant que les choses n'aillent trop loin.

— D'accord…

Il l'emmena d'abord dans la salle de bains où il la dévêtit… lentement.

— Je pense qu'il est préférable de retirer ton pendentif. Ce serait dommage de le casser.

Jess fut saisie d'un léger vertige quand il défit l'attache et plaça le bijou dans la trousse de toilette avec sa montre.

— Nous allons tout d'abord prendre une douche, annonça-t-il. Mais interdiction de me toucher, ma jolie. Tu es bien trop douée avec tes mains…

Debout derrière elle, Ben se mit à la laver, la faisant gémir de plaisir quand il la savonna à l'intérieur des cuisses, puis soupirer quand il fit de même avec son postérieur rebondi. Lorsqu'il coupa l'eau et la tourna vers lui, il sut qu'elle était prête à satisfaire le moindre de ses désirs. Le souffle court, elle avait le regard alangui et les lèvres entrouvertes. Jamais elle n'avait été aussi belle et désirable. Pourvu qu'il réussisse à se maîtriser durant les préliminaires !

Il sortit de la douche et saisit les deux peignoirs accrochés derrière la porte. Après en avoir mis un, il tendit l'autre à Jess.

— Enfile ça, ordonna-t-il. Mais ne l'attache pas.

Elle obéit sans sourciller, et il sentit son désir grandir encore. Prenant sa main, il l'entraîna vers la chambre. Lorsqu'ils s'arrêtèrent près du lit, elle frissonnait. Mais ce n'était plus de la nervosité, il en était certain.

— Retire ton peignoir, maintenant…

— Mais…

La voyant hésiter, il lui murmura à l'oreille :

— Ne pose pas de questions, Jess. Contente-toi de t'allonger sur le lit et de me laisser te donner du plaisir. Non, pas dans ce sens…

Elle eut un hoquet de surprise quand il la retourna sur le ventre.

— Dis-moi si tu veux que j'arrête.

Elle ne répondit pas, mais enfouit son visage dans l'oreiller. Avec une infinie douceur, il prit ses mains et les plaça dans le creux de son dos, puis lui attacha les poignets avec la ceinture du peignoir. Pas trop serré, mais suffisamment pour qu'elle se sente impuissante, ce qui l'exciterait au plus haut point. Finalement, il retira l'oreiller placé sous son visage et le glissa sous son ventre pour soulever légèrement ses fesses…

Dieu, que cette femme était sexy. Et totalement à sa merci, désormais ! Malgré sa puissante érection, il était soudain plus préoccupé par les sentiments de Jess que par sa propre libido. Il détestait l'idée qu'elle puisse avoir peur de dire non.

— Tout va bien, Jess ? Veux-tu que je continue ?

16.

Avait-il perdu la tête ? Elle mourrait s'il ne continuait pas. Jamais elle ne s'était sentie aussi excitée de toute sa vie !

— Je vais bien, répondit-elle d'une voix rauque. S'il te plaît, ne t'arrête pas…

— Tes désirs sont des ordres. Mais ce n'est qu'un jeu, Jess. Tu m'arrêtes quand tu veux. D'accord ?

— D'accord…

La première claque qu'il assena sur ses fesses lui fit pousser un cri — de surprise plutôt que de douleur. Elle enfouit la tête dans la couette, déterminée à ne plus crier. Une deuxième claque suivit. Puis une autre, sa main frappant une fesse puis l'autre en un rythme lent mais implacable, jusqu'à ce que son postérieur soit brûlant. Pourtant, malgré son inconfort, elle ne voulait pas qu'il s'arrête. Il y avait quelque chose de particulièrement jouissif dans cette expérience. Elle retenait son souffle entre chaque claque, anticipant la douleur à venir, et se mordait la lèvre inférieure chaque fois que sa main entrait en contact avec sa peau. Il finit par ralentir la cadence, jusqu'à ce qu'elle l'implore presque de continuer. Et, lorsqu'il s'arrêta complètement, elle en gémit de frustration.

— Ça suffit.

Il ne la détacha pas pour autant, mais s'allongea près d'elle. En tournant la tête, elle vit qu'il était nu.

— Alors, qu'en penses-tu ? lui demanda-t-il.

— Je pense que si tu ne me fais pas l'amour dans les dix secondes tu es un homme mort.

Il sourit.

— Tu n'es pas vraiment en position de me donner des ordres, n'est-ce pas, chérie ?

— Ben, je t'en prie, supplia-t-elle.

— Si tu insistes…

Il ne la détacha pas, se contentant de lui écarter les jambes et de se placer à l'orée de sa féminité. Elle gémit quand il la frôla de l'extrémité de son sexe et dut se mordre la lèvre pour rester silencieuse…

Jess cria quand il la pénétra, ses fesses ondulant contre lui avec une urgence qui trahissait son degré de frustration. Au comble de l'excitation, il la saisit fermement par les hanches et se mit à aller et venir en elle à un rythme effréné, oubliant tout sauf l'ardeur de sa passion et son désir brûlant. Ils atteignirent l'extase dans un même cri.

Jess demeura sans bouger, comblée, saisie d'une langueur qui envahit peu à peu tout son corps. Ben était toujours allongé sur elle, la respiration désormais lente et lourde. Elle voulait désespérément rester éveillée, mais le sommeil la rattrapa et elle s'endormit, les poignets toujours liés.

Ben s'éveilla le premier, se demandant l'espace d'un instant où il se trouvait. Puis il se souvint. De tout.

Il grogna, soudain submergé par la culpabilité. Comment avait-il pu laisser Jess ainsi ? Elle ne se réveilla pas lorsqu'il s'écarta doucement d'elle et défit ses liens. Il la recouvrit d'un drap, puis se dirigea vers la salle de bains.

Après une douche rapide, il revint dans la chambre et se plaça à côté du lit pour fixer son corps immobile. Il n'avait pas de raison de se sentir coupable, se rassura-t-il. Jess avait pris du plaisir, elle aussi. Bon sang, pourquoi ne vivait-elle pas aux Etats-Unis ?

Peut-être lui demanderait-il de revenir avec lui. Il lui trouverait un travail et un appartement. Elle pourrait peut-être même emménager chez lui ?

A cette pensée, Ben fronça les sourcils. Son père lui avait conseillé de ne jamais laisser une femme vivre sous son toit, sauf s'ils étaient mariés. Et, quand bien même Jess prétendait qu'elle n'épouserait jamais un homme riche, elle n'avait pas encore vu son style de vie. Son immense appartement new-yorkais donnait sur Central Park et possédait une piscine à débordement sur le toit, une salle de gym entièrement équipée et un spa. Il avait un dressing rempli de costumes de marque et de chaussures italiennes, une Ferrari dans le parking souterrain de l'immeuble et dînait très souvent dans les meilleurs restaurants de New York. Il avait aussi le droit d'utiliser le jet privé de la compagnie, lequel l'emmenait à Acapulco durant les week-ends d'été et à Aspen en hiver.

Ce genre de vie aurait corrompu même la femme la moins vénale, surtout si celle-ci n'avait jamais connu un tel luxe. Ce qui était à n'en pas douter le cas de Jess.

Non, il était préférable de s'en tenir à son plan initial : avoir une liaison avec elle le temps de son séjour en Australie. Ce n'était pas comme s'il était amoureux d'elle. Il l'appréciait et l'admirait beaucoup, c'était tout. Et la désirait comme un fou. Déjà, une nouvelle érection le saisissait, l'invitant à regagner le lit et à la réveiller…

Enfilant prestement un préservatif, il se pelotonna contre elle. Elle remua aussitôt et se raidit lorsqu'il se mit à lui caresser les seins. Manifestement, ils étaient encore sensibles après toute l'attention qu'il leur avait prodiguée cette nuit, aussi poursuivit-il son exploration et se mit-il à caresser son ventre et ses cuisses.

— Oh oui…, gémit-elle quand il se pressa contre son sexe encore humide.

Une bouffée de tendresse envahit Ben tandis qu'il entrait en elle. Jamais il n'avait jamais éprouvé un sentiment si fort pour une femme. Elle était adorable et en même temps terriblement sexy…

Il prit son temps, cette fois, instaurant un rythme lent. Il adorait ses soupirs, la façon dont elle remuait contre lui à mesure que son excitation croissait.

Quand ils atteignirent l'extase, Ben fut stupéfait de ressentir une nouvelle vague d'émotion. Pas juste de la tendresse, mais quelque chose de plus profond. Tandis que, comblé, il tenait Jess serrée dans ses bras, il se demanda s'il était sur le point de tomber amoureux…

17.

Jess fut réveillée par la sonnerie stridente du téléphone.

— Je faisais du café dans la cuisine quand ton portable a sonné, expliqua Ben en lui tendant l'appareil.

— C'est ma mère, dit-elle d'un ton qu'elle espérait calme et posé. Tu veux bien me laisser, s'il te plaît ?

Il sourit, pivota et quitta la pièce. Dieu merci ! Cet homme était entièrement nu, et ne semblait pas le moins du monde gêné de s'exhiber ainsi.

— Bonjour, maman, dit-elle dans le combiné. Ce n'est pas un peu tôt pour m'appeler ? Je viens juste de me réveiller. Ne pourrais-je pas tout te raconter à mon retour ?

— Je suppose que oui. En fait, je voulais te rappeler que ce soir avait lieu notre barbecue familial, au cas où tu aurais oublié.

Ce qui était le cas, réalisa Jess, effondrée.

— J'ai pensé que tu pourrais inviter Ben, ajouta sa mère. Ton père et moi serions ravis de faire sa connaissance.

En d'autres termes, *elle* voulait voir à quoi il ressemblait, songea Jess, dépitée.

— Je lui demanderai, maman, dit-elle, sceptique. Mais je ne garantis pas qu'il accepte. Il voudra peut-être rentrer chez lui se reposer après un si long voyage.

— Je vois. Eh bien, appelle-moi dès que tu peux pour me donner sa réponse. C'est d'accord ?

— D'accord. Bon, je dois y aller, maintenant.

— Avant que tu ne raccroches, le mariage s'est-il bien passé, hier ? Pas d'autre catastrophe ?

— Tout était parfait, maman. Je te rappelle plus tard…

Se levant d'un bond, Jess se rua dans la salle de bains où la vue de sa robe de demoiselle d'honneur lui rappela le scénario de soumission que Ben lui avait imposé la veille. C'était là que tout avait commencé. Dans cette douche. Lorsqu'il avait enfin coupé l'eau, elle avait été dans un tel état d'excitation qu'il aurait pu faire ce qu'il voulait d'elle…

La vitesse à laquelle il l'avait transformée en esclave sexuelle consentante était presque choquante. Alors pourquoi n'était-elle pas plus horrifiée que ça, ce matin ? Sans doute parce qu'en dépit de ce jeu de rôles un peu pervers Ben était un homme foncièrement bon. Il ne la ferait jamais souffrir intentionnellement, elle en était certaine. Elle en avait pour preuve la façon douce et tendre dont il lui avait fait l'amour un peu plus tard. Elle avait encore plus apprécié cette étreinte que les autres. Ben ne semblait jamais rassasié.

Après une douche rapide, Jess se brossa les dents, se noua les cheveux en queue-de-cheval et retourna dans la chambre où elle sortit de son sac des vêtements propres : un pantalon blanc et un petit haut rayé bleu et blanc. Enfilant une paire de sandales, elle se dirigea vers la cuisine et vit, soulagée, que Ben avait enfilé un peignoir. Il était attablé devant des tartines de pain grillé et une tasse de café.

— Je crois que ta mère surveille tes faits et gestes, dit-il.

— C'est possible. Il est difficile de lui cacher des choses.

— Pourtant, ce n'est pas faute d'avoir essayé, rétorqua-t-il en lui souriant malicieusement.

Seigneur, il était séduisant en diable quand il souriait ainsi ! Même avec ses yeux à demi clos et sa barbe naissante.

— Elle voulait savoir comment s'était passé le mariage. Et t'inviter à notre barbecue familial, ce soir.

Il haussa un sourcil interrogateur.

— Et toi, veux-tu que je vienne, Jess ?

— Cela m'étonnerait que tu t'amuses beaucoup. Maman

va t'examiner de la tête aux pieds et papa va te questionner sans fin, s'il pense que tu t'intéresses à moi.

— Ce qui est le cas.

Cet aveu agaça Jess. Il n'était pas vraiment intéressé par elle, il voulait juste vivre une aventure avec elle pendant son séjour en Australie. Certes, Ben était un homme bon, mais il était aussi gâté et égoïste. Ce n'était pas sa faute, bien sûr. Il était né beau et riche, deux facteurs qui pouvaient corrompre un homme. Et si c'était par « lassitude » qu'il avait développé son goût pour les jeux érotiques ?

— En toute honnêteté, je ne pense pas que tu devrais venir, dit-elle dans un soupir.

— Pourquoi ?

— Pour les raisons que je viens d'évoquer.

— Mais je veux rencontrer tes parents, insista-t-il.

Exaspérée, Jess leva les yeux au ciel.

— Mais pourquoi, bon sang ?

— Parce que je veux leur demander de t'accorder une semaine de vacances pour que nous puissions aller à Sydney travailler ensemble sur le projet de restructuration de Fab Fashions. J'ai pensé que nous pourrions y passer la semaine plutôt que de faire l'aller et retour tous les jours. Ma mère a un appartement à Bondi que nous pourrions utiliser.

Jess ne savait que dire. C'était tentant, bien sûr. C'était l'occasion de faire quelque chose pour Fab Fashions, de passer plus de temps seule avec Ben et de prolonger leur parenthèse amoureuse. Mais au plus profond d'elle-même elle savait que, si elle acceptait sa proposition, elle s'impliquerait davantage, émotionnellement, et cela était dangereux.

— Je… je ne sais pas, Ben, dit-elle d'une voix hésitante, tout en se détournant pour se verser une tasse de café. Comme tu l'as dit, il n'y a sans doute pas grand-chose à faire pour Fab Fashions. J'ai peur que nous perdions notre temps.

— Je ne suis pas d'accord. Discutons-en en voiture, si tu veux. Nous trouverons certainement un nouveau nom pour l'entreprise, un nom qui se prêtera volontiers à une stratégie de marketing efficace. Tu as raison, Jess. Les entreprises comme les nôtres ne devraient pas quitter le navire quand les choses deviennent difficiles. Nous pouvons supporter quelques pertes, surtout si cela permet de sauver des emplois.

Jess voulait le croire, mais n'y arriva pas. Les entreprises comme De Silva & Associés ne pensaient qu'à réaliser des bénéfices et se souciaient comme d'une guigne des petits employés. Saisissant sa tasse de café, elle se dirigea vers la table.

— Je suis désolée, Ben, dit-elle en s'asseyant. Je suis mécanicienne, pas spécialiste en marketing.

— Tu laisses donc tomber Fab Fashions ?

— Je t'ai dit ce qui n'allait pas. A toi maintenant de voir ce que tu peux faire pour sauver l'enseigne.

Il lui lança un regard perçant, puis haussa les épaules.

— D'accord, si c'est ce que tu veux. Pour ma part, j'aimerais quand même venir à ce barbecue, Jess.

— Non, Ben, ce n'est pas souhaitable.

Il fronça les sourcils.

— Pourquoi donc ?

— Je ne veux pas que mes parents sachent ce que nous avons fait ce week-end. Un seul regard et maman saura.

— Nous sommes deux adultes consentants, Jess. Faire l'amour n'est pas un crime.

— Non, mais cela ne me ressemble pas, Ben. Je suis sûre que ma mère en tirera les mauvaises conclusions.

— Qui sont ?

— Que je suis tombée follement amoureuse de toi.

— Et ce n'est pas le cas ?

— Tu le sais très bien. Nous venons de vivre ensemble un week-end de sexe, c'est tout.

Elle devait se faire violence pour parler de leur liaison en des termes aussi crus, mais c'était la vérité, après tout.

— Je ne vois pas les choses ainsi, Jess. Je t'apprécie. Beaucoup. Et je veux te revoir.

— Dis plutôt que tu veux assouvir tes fantasmes sexuels avec moi !

Il serra les mâchoires, visiblement agacé.

— Tu fais paraître les choses si… vulgaires. Bien sûr, que j'ai encore envie de faire l'amour, et pas seulement de jouer à des jeux érotiques avec toi. J'aimerais aussi passer du temps avec toi en dehors du lit.

Jess rit d'un air entendu.

— Oui, j'ai remarqué que tu aimais faire l'amour ailleurs que dans un lit.

Ses yeux bleus étincelèrent.

— J'imagine que, si je te demandais de m'accompagner à New York, tu refuserais aussi ?

Stupéfaite, Jess en resta sans voix.

— Alors ? insista-t-il comme elle ne répondait pas. Qu'en dis-tu ?

Jess inspira profondément, puis relâcha l'air qu'elle avait gardé dans ses poumons.

— Merci, mais… non, merci. Ma vie est ici, en Australie, Ben. Je ne serais pas heureuse à New York.

— Comment le sais-tu ?

— Je le sais, c'est tout.

— La plupart des femmes sauteraient sur l'occasion, riposta-t-il, l'air excédé. Bon sang, Jess, tu n'aurais rien à payer ! Tu passerais des vacances formidables, crois-moi.

Le mot « vacances » lui confirma ce qu'elle savait déjà. Ben ne s'intéressait pas sérieusement à elle. Pas comme elle l'aurait voulu, en tout cas. Mais de toute façon cela n'était pas près d'arriver. Il lui avait déjà dit qu'il ne souhaitait pas s'engager. Elle n'était qu'un passe-temps pour lui.

— Ne pouvons-nous pas laisser les choses telles qu'elles sont ? Je t'apprécie beaucoup, Ben, mais je ne veux pas aller aux Etats-Unis avec toi.

Ben soupira intérieurement. Il aurait dû être soulagé qu'elle refuse sa proposition, mais ce n'était pas le cas. Au contraire, il était amèrement déçu. Il aurait voulu lui faire découvrir New York, lui apprendre à aimer cette ville…

— Parfait, riposta-t-il sèchement.

— Ne crois pas que je sois ingrate, Ben, poursuivit-elle d'une voix douce. C'est une offre très généreuse, mais il est préférable que je reste dans mon pays.

Il soupira, puis lui sourit.

— Nous dînons toujours ensemble demain soir ?

Jess lui rendit son sourire.

— Evidemment. Où comptes-tu m'amener ?

— Aucune idée. Je demanderai à ma mère quand elle rentrera demain. Elle connaît tous les bons restaurants du coin. Mais tu devras venir me chercher ; je ne peux pas conduire avant d'avoir obtenu une décharge médicale.

— Ta mère sera là quand je viendrai te chercher ? s'enquit Jess d'un ton inquiet.

— Oui, mais tu n'as pas à t'inquiéter. Elle est gentille, malgré tout.

— Qu'entends-tu par là ?

— Je t'expliquerai sur le trajet du retour, dit-il, tout en regrettant d'avoir abordé le sujet.

Mais il était trop tard, désormais. Et puis cela leur fournirait un sujet de conversation. Raconter à Jess les exploits de sa mère au fil des ans prendrait du temps.

— Je vais me doucher et me raser pendant que tu prends ton petit déjeuner. Nous devrions y aller, ensuite.

18.

Au moment où ils s'arrêtèrent à Sandy Hollow pour déjeuner, Jess comprenait mieux pourquoi Ben ne voulait pas se marier. Apprendre que sa mère avait épousé son père par intérêt avait dû être un sacré choc pour lui. Et c'était tout à l'honneur de son père de ne lui avoir rien révélé avant sa majorité. Ainsi, Ben avait grandi en aimant sa mère qui, en dépit de son côté matérialiste, avait été une bonne mère.

Malgré tout, Jess imaginait aisément ce que Ben avait dû ressentir en apprenant que sa mère avait piégé son père en tombant enceinte. Certes, elle avait eu des circonstances atténuantes, mais cela n'excusait pas tout. De plus, son comportement vénal n'encourageait pas son fils à avoir confiance dans le sexe opposé. Sachant qu'il hériterait un jour de la fortune de son père, Ben serait toujours à l'affût de signes indiquant que ses conquêtes étaient intéressées, ce qui était une façon épouvantable de vivre.

Cela expliquait pourquoi il limitait ses relations à de simples échanges sexuels. De tels agissements lui permettaient de tenir ses conquêtes à distance, tant au plan physique qu'au plan émotionnel. D'ailleurs, la seule fois qu'ils avaient fait l'amour face à face, c'était quand elle l'avait chevauché, réalisa Jess. Ce qui n'avait pas empêché Ben d'adopter le rôle de voyeur plutôt que celui de partenaire aimant.

— Aucun de tes parents ne s'est remarié, remarqua-t-elle, lorsqu'ils furent attablés devant un steak et une salade. A ton avis, pourquoi ?

Ben haussa les épaules.

— Maman m'a toujours dit qu'elle se remarierait si elle tombait amoureuse. Mais cela ne risque pas d'arriver, vu le genre d'hommes avec lesquels elle sort — jeunes, beaux et pas très malins. Or maman aime discuter quand elle n'est pas au lit.

Jess s'efforça ne pas montrer qu'elle était choquée de la façon dont Ben parlait de la vie sexuelle de sa mère.

— Mais qui sait ? Ce type avec lequel elle est partie en croisière semble différent. Il n'est pas si jeune et il a un emploi. Mais en ce qui concerne papa… Même si cela peut paraître stupide, je crois que maman était son seul amour. Ce n'est pas pour autant qu'il s'est montré fidèle durant son mariage. Il a eu de nombreuses maîtresses et il a toujours du succès, malgré son âge et son physique ingrat. L'argent est un puissant aphrodisiaque, conclut-il d'un ton amer.

— Je comprends pourquoi tu ne veux pas te marier.

— Quoi ? s'exclama Ben, si surpris qu'il faillit renverser son verre. Je n'ai jamais dit que je ne voulais pas me marier.

Jess fronça les sourcils.

— Mais si ! Quand je t'ai demandé pourquoi tu avais rompu avec Amber, tu m'as dit qu'elle voulait se marier, contrairement à toi.

— Je ne veux pas me marier avec *elle*, parce que je ne suis pas amoureux. Cela ne veut pas dire que je ne compte jamais me marier.

— Oh !

Cela ne changeait pas grand-chose, songea Jess. Lorsque Ben déciderait de franchir le pas, il choisirait une femme de son milieu, pas une femme ordinaire comme elle.

Ben fixa longuement Jess. Etait-ce pour cela qu'elle refusait de l'accompagner à New York ? Parce qu'elle voulait se marier et croyait que lui ne le voulait pas ? Non qu'il veuille la demander en mariage, même si elle lui tenait plus à cœur que ses autres conquêtes, mais…

Il décida alors de lui poser de nouveau la question un peu plus tard. Et en attendant il lui ferait vivre une semaine inoubliable.

— Es-tu vraiment certaine de ne pas vouloir que je vienne à ton barbecue familial ?

Elle était tentée, il le voyait bien.

— Je promets de bien me tenir, ajouta-t-il.

Elle rit de bon cœur.

— Ce n'est pas toi qui me préoccupes. C'est ma mère.

Ben se souciait comme d'une guigne de ce que pensait la mère de Jess. Les mères n'avaient jamais été un souci pour lui. D'habitude, elles l'aimaient beaucoup.

— Je m'occuperai d'elle, ne t'inquiète pas. Je viens à votre soirée familiale, c'est décidé ! dit-il d'un ton ferme. Maintenant que le sujet est clos, que penses-tu de « Vraies Femmes » comme nouveau nom pour la boutique ? Il se prête bien à une campagne de publicité, je trouve.

Et voilà qu'il recommençait ! songea Jess en souriant malgré elle. D'abord, il lui annonçait sa présence au barbecue familial, puis il s'empressait de changer de sujet.

— Excellent, approuva-t-elle. J'aime beaucoup.

Le visage de Ben s'éclaira.

— Enfin, tu es d'accord avec une de mes propositions !

— Pourquoi ne le serais-je pas si ta proposition me semble raisonnable ?

— M'accompagner à New York l'est tout autant.

— Ben, dit-elle d'une voix menaçante. Laisse tomber.

— D'accord, se hâta-t-il de dire. Enfin, pour l'instant…

Ils se remirent à manger et Jess s'efforça de ne plus penser aux sentiments qu'elle éprouvait pour lui. Encore une fois, elle regretta de ne pas ressembler aux autres jeunes femmes de son âge. La plupart auraient sauté sur l'occasion d'accompagner Ben à New York, même si cet intermède ne débouchait pas sur quelque chose de permanent.

Mais peut-être se trompait-elle, se prit-elle à espérer en avalant une bouchée de son steak. Comment savoir, à moins d'accepter son offre ? Elle se souvint qu'elle avait cédé à ses avances, certaine de s'en mordre les doigts si elle y renonçait. Peut-être regretterait-elle de ne pas donner une chance à leur relation naissante ?

Mais ce qu'elle vivait n'était pas une relation amoureuse ! lui souffla une petite voix. Ce n'était qu'une liaison passagère, une aventure de quelques jours. Ben ne lui avait jamais dit qu'il l'aimait. Elle ne s'y attendait pas, du reste ; c'était bien trop tôt pour un homme aussi suspicieux que lui pour faire une déclaration d'amour. Elle ne se sentait pas prête non plus à lui avouer ses sentiments ; cela ne ferait que renforcer l'emprise qu'il avait sur elle. Non, elle n'était pas aussi insensée que cela. Toutefois, elle allait réfléchir à l'idée de l'accompagner à New York.

— Ce steak était fameux, dit Ben en s'essuyant la bouche avec une serviette en papier.

— Papa grille le steak au barbecue bien mieux que ça, dit Jess avec une pointe de fierté. Et les salades de maman sont meilleures.

— Dans ce cas, je vais me régaler.

— Ne laisse pas mes frères te verser trop de bière.

— Pourquoi ? As-tu peur que mes prouesses sexuelles s'en ressentent ?

— Quoi ? Bien sûr que non ! N'as-tu pas eu assez de sexe pour un week-end, Ben De Silva ?

— On n'en a jamais assez.

— Ça dépend si cela implique de nouvelles fessées, murmura-t-elle plus bas.

Il se rembrunit.

— Désolé. Je me suis un peu laissé emporter, hier soir. Je ne recommencerai pas, ce soir.

Malgré sa contrariété, elle ne put s'empêcher de sourire.

— Un jour, une femme t'enverra balader, Ben De Silva !

Il acquiesça.

— Tu as peut-être raison. Et j'ai l'impression que cette femme se trouve là, assise en face de moi.

19.

La maison de Jess était plus grande que Ben ne l'aurait cru. C'était une belle bâtisse de deux étages en brique claire, nichée dans un grand écrin de verdure. Dans un enclos attenant se dressait un immense atelier, ainsi qu'un garage pour les voitures de location. Deux des gigantesques portes à enroulement étaient ouvertes, laissant apercevoir plusieurs voitures. La propriété était magnifique et entretenue avec soin, comme en témoignaient les superbes parterres de fleurs, les pelouses ondoyantes et les nombreux arbres qui offraient ombre et protection.

Il était à peine 16 heures quand Jess se gara sur le côté de la maison. En chemin, elle lui avait expliqué que le barbecue ne commencerait pas avant 17 heures, ce qui leur laissait un peu de temps avant l'arrivée de ses frères et de leur famille.

— Quel endroit magnifique ! s'exclama Ben.

Jess sourit.

— Nous l'aimons beaucoup. Maman est sans doute dans la cuisine en train de préparer les salades. Je vais te la présenter en premier. Par ici…

— Voici les bureaux, j'imagine, dit Ben en passant devant un garage aménagé avec des portes coulissantes vitrées, sur lesquelles était gravé « MURPHY'S CAR RENTING » en grosses lettres noires.

— Oui. C'est surtout le domaine de maman, mais je la remplace à l'occasion…

Une femme apparut à l'autre bout du couloir, beaucoup plus petite que Jess, et surtout plus enrobée.

— Eh bien, vous avez bien roulé ! Je ne vous attendais pas avant une bonne demi-heure.

Lorsqu'elle s'approcha, Ben put enfin la détailler. Petite, les cheveux blonds cendrés et les yeux bleus, elle ne ressemblait en rien à sa fille. Attirante toutefois pour son âge.

— Bonjour, lança-t-elle avec un grand sourire en le détaillant de la tête aux pieds. Vous devez être Ben.

— Et vous, madame Murphy, répondit-il, s'avançant pour l'embrasser sur la joue. Je suis ravi de faire votre connaissance.

Jess n'en croyait pas ses yeux. L'expression inscrite sur le visage de sa mère était celle d'une groupie de rock star !

— Oh ! appelez-moi Ruth, minauda-t-elle.

Jess tira une certaine satisfaction à la pensée que son père serait plus difficile à charmer. Joe Murphy était autrement plus coriace et ne serait certainement pas impressionné par un New-Yorkais qui n'avait jamais travaillé de ses mains.

— Très bien, Ruth, rétorqua Ben en lui adressant un sourire lumineux, voudriez-vous m'indiquer où se trouve la salle de bains ?

Sa mère ne se contenta pas de le lui indiquer. Elle l'escorta jusqu'au cabinet de toilette, laissant Jess seule dans le couloir.

Soupirant, Jess monta à l'étage et se rendit dans la salle de bains familiale. Lorsqu'elle redescendit, Ben était assis sur un des tabourets de la cuisine et discutait à bâtons rompus avec sa mère pendant que celle-ci s'affairait aux fourneaux.

— C'est un excellent nom que Ben a trouvé pour la boutique, n'est-ce pas ? dit-elle à Jess en l'apercevant.

— Fantastique, approuva Jess, tandis que Ben lui adressait un regard narquois.

Avait-il remarqué le sarcasme dans sa voix ?

— Avec un peu de chance, tu retrouveras ton emploi.

Jess haussa les épaules.

— Qui sait ? Je suppose que papa travaille dans l'atelier sur la Cadillac bleue ?

— Oui, les sièges sont enfin arrivés hier. Il a travaillé dessus toute la journée.

— Je pense que je devrais présenter Ben à papa avant que les autres n'arrivent, tu ne crois pas ?

— Oh ! mais je viens d'allumer la bouilloire pour faire du thé. Ben préfère le thé au café. Comme moi.

— Nous ne serons pas longs, maman, dit-elle, avant de lancer à Ben un regard impérieux.

Il se leva et la suivit hors de la maison.

— Tu es bien autoritaire, lui reprocha-t-il, tandis qu'elle se dirigeait d'un pas vif vers l'atelier.

— Et toi, trop charmeur ! riposta-t-elle.

Il rit de bon cœur.

— Je te conseille de surveiller tes paroles avec mes belles-sœurs. Les hommes du clan Murphy sont réputés pour leur jalousie.

— Et qu'en est-il des femmes du clan Murphy ?

— Elles aussi. Alors, fais attention à toi.

— J'aime te voir jalouse.

— Evidemment. Cela flatte ton ego démesuré.

— En plus, les femmes impétueuses m'ont toujours excité…

Elle capitula, levant les bras en un geste d'impuissance. A son grand soulagement, c'est ce moment que choisit son père pour sortir de l'atelier en s'essuyant les mains.

— Il me semblait bien avoir entendu des voix. Vous devez être Ben, ajouta-t-il, l'air affable.

Ben lui serra la main. Voilà de qui Jess tenait son physique de rêve. Avec ses épais cheveux noirs parsemés de fils argentés et ses grands yeux marron qui pour l'heure l'examinaient avec circonspection, Joe Murphy était un homme très séduisant.

— Alors, comment s'est passé votre week-end ? Le mariage s'est-il bien déroulé ?

— A la perfection, répondit Ben. Jess a été merveilleuse. Vous êtes au courant de ce qui s'est passé, j'imagine ?

— Oui, Ruth m'a tout raconté. Ecoutez, je dois finir un

travail ici, puis je rentrerai prendre une douche et allumer le barbecue. Vous avez déjà cuisiné sur un barbecue, Ben ?

— Souvent. J'ai grandi ici, en Australie.

— Vraiment ? Je l'ignorais. Voilà pourquoi votre meilleur ami est australien ?

— Oui. Nous sommes allés à l'école ensemble à Sydney.

— Voyez-vous ça !

— Puis-je vous aider à bricoler ?

— J'en doute. J'installe des sièges neufs dans une vieille Cadillac décapotable que je viens d'acheter. Les jeunes aiment louer ce genre de voitures pour leur soirée de remise de diplôme.

— Mon père collectionnait les voitures anciennes à une époque. Quel modèle de Cadillac est-ce ?

Jess n'en crut pas ses oreilles quand elle les entendit se lancer dans une conversation sur les voitures. Tournant les talons, elle regagna la maison, ne parvenant à se calmer que quand elle atteignit la cuisine.

— Où est Ben ? s'enquit tout de suite sa mère.

— Il aide papa sur la Cadillac, répondit-elle, furieuse. Je veux bien du thé, si tu en fais.

— Peux-tu te servir toi-même, ma chérie ? Je dois vraiment aller me changer. Je ne peux pas porter ces vieux habits devant un invité de marque comme Ben.

— Il n'est qu'un homme, maman. Pas une star de cinéma.

— Il ressemble à une star de cinéma, en tout cas. Tu m'as certes prévenu qu'il était beau, Jess, mais il est plus que cela ! Je n'ai jamais rencontré un homme comme lui. Et toi non plus, j'en suis sûre. Il fait paraître Colin très banal, et pourtant je l'ai toujours trouvé séduisant.

Entendant Jess soupirer, Ruth lui jeta un regard pénétrant.

— S'est-il passé quelque chose ce week-end que je devrais savoir ?

— Comme quoi ?

— Tu sais très bien de quoi je parle, ma fille.

— Je crois que ma vie sexuelle ne concerne que moi, maman. Tu ne crois pas ?

Sa mère la dévisagea longuement avant de sourire.

— Bien sûr, ma chérie. Mais laisse-moi juste te dire que je ne te blâme pas. Si j'avais trente ans de moins, j'aurais agi exactement comme toi.

Stupéfaite, Jess regarda sa mère quitter la pièce. Elle s'était attendue à des reproches ou des mises en garde. Pas à une bénédiction ! Ne voyait-elle donc pas qu'entretenir une relation avec Ben était voué à l'échec et la ferait souffrir ? Elle aurait dû l'alerter au lieu de lui dire qu'elle aurait fait la même chose à sa place !

Jess soupira. Ben avait décidément trop de charme et de sex-appeal. Même son père l'aimait. Nul doute que sa famille tomberait également sous son charme. Mais qu'y pouvait-elle ? Elle ferait mieux de se détendre et de profiter du barbecue familial. Le week-end qu'elle venait de passer n'avait en effet pas été de tout repos !

20.

Ben aidait Joe à allumer le barbecue quand Jess vint les rejoindre, un énorme chat noir et blanc dans les bras.

— Tu n'as pas servi trop de bière à Ben, j'espère ? dit Jess à son père d'un ton à la fois tendre et taquin.

Jamais il n'aurait parlé à son père de cette façon, se dit Ben. Ni à sa mère, d'ailleurs. Il avait toujours cru avoir de bonnes relations avec ses parents mais voir Jess avec les siens était une révélation pour lui.

Tout comme sa relation avec le reste de sa famille. Elle était si chaleureuse avec eux, bienveillante et attentionnée, s'assurant de leur bien-être avant le sien. Tout le monde l'adorait, et tous les enfants essayaient de capter son attention. Même Lazare, le chat, l'aimait, bien que Joe lui ait conseillé de ne pas le toucher car il pouvait griffer. Lorsqu'il s'était étonné du nom du félin, on lui avait appris que Lazare était mort-né mais que Jess l'avait ressuscité d'un baiser. Ben n'en doutait pas une seconde. Jess était une femme aux multiples talents et surtout très entêtée. Il n'arrivait toujours pas à croire qu'elle ait refusé de l'accompagner à New York. Mais il n'avait aucune intention de renoncer.

— Les garçons veulent que Ben aille jouer au cricket avec eux. Je vais prendre la relève, ajouta-t-elle avant de déposer avec douceur le chat sur le sol.

— Savez-vous jouer au cricket ? s'enquit Joe. Ce n'est pas un sport très populaire aux Etats-Unis.

Ben sourit. S'il savait jouer au cricket ? Il avait été capitaine de l'équipe de cricket de son école ! Mais mieux valait ne pas en parler. Il aurait l'air de se vanter.

— N'oubliez pas que je suis allé à l'école en Australie. Un internat de *garçons* où le sport était obligatoire. Nous jouions au football en hiver et au cricket en été.

— C'est parti, alors. Faites attention de ne pas envoyer la balle dans le gros buisson, là-bas…

Jess regarda Ben s'en aller, un sourire entendu aux lèvres. Connaissant Ben, elle se doutait qu'il n'était pas un joueur ordinaire. Rien de ce qu'il faisait n'était ordinaire.

Elle n'en revenait toujours pas de la manière dont il avait su instinctivement quel sujet aborder avec les membres de sa famille. Il parlait voitures avec son père, sport avec ses frères et progrès techniques avec ses astucieuses belles-sœurs. Il n'avait pas parlé de sa fortune lorsqu'il avait été présenté, pas plus qu'il n'avait joué le rôle de l'invité d'honneur. Il avait été heureux d'aider à la préparation du repas et de boire de la bière avec son père. Sa vie sociale new-yorkaise devait pourtant être bien différente. Il devait fréquenter les restaurants chics et les soirées mondaines.

Jess fronça les sourcils à cette dernière pensée. Elle ne se sentirait pas à l'aise avec ce style de vie. C'était superficiel et snob, de son point de vue. Et ne lui ressemblait pas du tout. Dans le fond, elle était une fille simple, et avait des désirs simples, comme se marier et fonder une famille. Elle n'était pas faite pour mener la grande vie.

De telles pensées renforcèrent sa détermination à ne pas se rendre à New York. Hormis la compagnie de Ben, et peut-être quelques visites touristiques — New York était tout de même une ville fabuleuse —, elle n'apprécierait pas son séjour, elle en était certaine. De fait, elle répugnait à rencontrer les amis de Ben et surtout ses anciennes conquêtes, craignant d'être regardée de haut.

La soirée se termina tôt car les enfants étaient fatigués et devaient aller à l'école le lendemain. Ben semblait toutefois réticent à partir et aida la famille à ranger avant de prendre une dernière bière avec son père. Il était 22 heures passées quand Jess réussit enfin à le convaincre de s'en aller.

— Tu as une famille extraordinaire, Jess, dit-il lorsqu'ils furent en voiture. Tu as beaucoup de chance.

— C'est vrai, concéda-t-elle. Au fait, ma mère est au courant à propos de nous deux.

— Tu lui as raconté ? s'enquit-il, stupéfait.

— Non, elle a deviné. Comme je l'ai déjà dit, maman est très intuitive. Et, en toute franchise, j'ai été étonnée par son calme.

— C'est parce qu'elle sait que je suis quelqu'un de gentil.

— Je doute que ce soit la raison, mais bon… Je ne reste pas avec toi ce soir, Ben, ajouta-t-elle fermement, déterminée à ne pas se laisser séduire une fois de plus.

D'accord.

Jess cligna des yeux, étonnée de le voir accepter si facilement. Peut-être était-il fatigué, se dit-elle.

Quelques instants plus tard, elle se gara sur le bord de la route, puis sortit pour ouvrir le coffre et se laissa même embrasser — baiser qui fut interrompu par la sonnerie du téléphone de Ben. Les sourcils froncés, il extirpa son portable de sa poche et regarda le nom affiché sur l'écran.

— Zut ! grommela-t-il, c'est Amber. Je ferais mieux de répondre. Tôt ou tard, elle devra savoir que tout est fini entre nous.

Il décrocha.

— Bonjour, Amber. Je croyais qu'on ne devait pas s'appeler avant mon retour ?

L'estomac noué, Jess se contenta de le fixer.

— *Quoi* ? Peux-tu répéter ?

Jess le vit blêmir. Ce qu'Amber lui annonçait devait être terrible, à en juger par son expression.

— Non, non, assura-t-il. Je rentre immédiatement. Dis à l'entreprise funéraire de patienter jusqu'à mon retour.

Le cœur de Jess se serra quand elle comprit que le père de Ben venait de mourir. Oh, Seigneur, pauvre Ben…

— Non, je ne veux pas de ton aide, dit-il d'une voix plus calme. Non, Amber, je… J'ai rencontré quelqu'un… Oui, une Australienne… Je la ramène avec moi.

Médusée, Jess le dévisagea, bouche bée, et resta ainsi jusqu'à ce qu'il finisse par raccrocher.

— S'il te plaît, ne dis pas non, Jess. Mon père est mort d'un infarctus hier. Je ne peux pas l'enterrer seul.

Elle hocha la tête, le cœur chaviré devant sa douleur. Comment refuser de l'accompagner à New York dans ces circonstances ? Comment tourner le dos à l'homme qu'elle aimait quand il avait le plus besoin d'elle ? Parce qu'elle l'aimait, c'était certain. Inutile de se leurrer.

— Oui, bien sûr, que je t'accompagnerai, murmura-t-elle.

— Merci. Je ne sais pas ce que j'aurais fait si tu avais refusé. J'ai besoin de toi à mes côtés pour traverser cette épreuve…

L'appartement de la mère de Ben était tel qu'elle l'avait imaginé. Spacieux et moderne, avec de grandes fenêtres, des parquets cirés et des meubles italiens en cuir.

— Je contacte la compagnie aérienne, dit Ben. Profites-en pour appeler tes parents. Tu as bien un passeport en cours de validité, n'est-ce pas ?

— Oui, répondit-elle simplement.

— Bien. Je vais passer mes coups de fil dans la cuisine. Reste ici, si tu veux…

La mère de Jess décrocha dès la deuxième sonnerie.

— Que se passe-t-il, Jess ? As-tu eu un accident ?

— Non, maman, répondit Jess, avant de lui raconter ce qui venait de se passer.

— Et tu vas à New York avec lui ?

— Oui, maman.

— Quand ?

— Dès que possible. Ben est au téléphone avec la compagnie aérienne.

— Mais tu le connais à peine, Jess !

— Je le connais mieux que Colin.

— Tu l'aimes, n'est-ce pas ?

— Oui, maman.

— Et lui t'aime en retour ?

— Je n'en suis pas certaine.

— Réalises-tu qu'il est désormais un homme très riche ?

— Oui, maman. Je ne suis pas stupide.

— Mais…

— Nous parlerons quand je rentrerai à la maison, maman, dit Jess en voyant Ben sortir de la cuisine. Je dois y aller, maintenant…

Elle se tourna aussitôt vers lui.

— Alors ?

— Notre vol part très tôt demain matin. Mais nous pourrons dormir dans l'avion. Nous voyageons en première classe.

— De quels vêtements aurai-je besoin ?

— Quelque chose de noir pour les funérailles, j'imagine. Il fait frais à New York en cette saison, donc pense à prendre une veste. A part ça, des tenues simples et une robe pour sortir le soir. Si tu as besoin d'autre chose, je te l'achèterai.

Il pouvait certes lui acheter tout ce dont elle avait besoin, maintenant qu'il était devenu milliardaire, songea Jess. Mais elle ne voulait pas lui être redevable.

Quel rôle lui avait-il assigné ? se demanda-t-elle, toutefois. Petite amie ou maîtresse attitrée ? Pas fiancée, en tout cas.

— Combien de temps veux-tu que je reste ? s'enquit-elle d'une voix aussi neutre que possible.

Pour toujours, songea Ben. Mais il était trop tôt pour le lui annoncer. Trop tôt pour lui dire qu'il l'aimait. Il regrettait d'en avoir trop dit à Amber. Elle serait sur ses gardes, maintenant, et risquait de dévoiler son secret.

Eh bien, tant pis. C'était la vérité, après tout.

— Aussi longtemps que tu le souhaites, répondit-il.

21.

Ils réussirent tous les deux à dormir durant le vol long-courrier pour New York, ce qui était parfait car, à peine l'avion posé, ils n'eurent plus un instant à eux. Ben ne cessa de passer des coups de fil pendant le trajet interminable entre l'aéroport et son appartement. Jess envoya un texto à sa mère pour la rassurer, tout en découvrant le paysage environnant. Elle n'avait jamais vu d'immeubles si élevés, une population et une circulation si denses. Sydney était une petite ville comparée à New York. Elle se retint de pousser un cri en voyant l'Empire State Building. Elle n'était pas venue ici en touriste mais pour soutenir Ben durant cette terrible épreuve.

Elle garda donc un silence discret et, lorsque le taxi s'arrêta enfin devant un élégant immeuble, elle fit de son mieux pour ne pas faire ou dire quoi que ce soit qui pourrait embarrasser Ben. Elle était toutefois très impressionnée, tant par le portier en uniforme qui s'occupa de leurs bagages que par le concierge qui salua Ben de façon très respectueuse. L'entrée de l'immeuble était tout aussi impressionnante avec son sol en marbre et l'immense composition florale qui trônait sur une table, sous un imposant lustre. L'agent de sécurité, assis derrière un bureau dans un coin de la pièce, les salua d'un signe de tête tandis que Ben l'entraînait vers les ascenseurs.

— Tout est arrangé, dit ce dernier lorsque les portes de la cabine se refermèrent sur eux. Les funérailles auront lieu demain à 14 heures et la réception se tiendra ensuite dans l'appartement de mon père. Le mien n'est pas assez grand pour accueillir autant de monde.

Pas assez grand ? songea Jess, médusée, en entrant dans l'appartement. Le salon était immense, avec ses hauts plafonds et ses grandes baies vitrées qui ouvraient sur une superbe terrasse. Les murs étaient peints en blanc, ce qui ajoutait encore à l'impression d'espace. Des tableaux y étaient accrochés, tous plus beaux les uns que les autres. Quant au mobilier, il était visiblement très onéreux — mélange éclectique de moderne et d'ancien qui se fondait à la perfection dans le décor.

— Bon sang, Ben ! s'exclama-t-elle, combien attends-tu d'invités si tu crois que cet appartement n'est pas assez grand pour tous les accueillir ?

— Deux cents, au moins, répliqua-t-il. Papa avait beaucoup de relations de travail.

— Et qu'en est-il des amis et de la famille ?

— Pas beaucoup, hélas. Papa était enfant unique et ses parents sont décédés depuis longtemps. Tout comme ses oncles et tantes. Il avait peut-être des cousins quelque part, mais il n'est jamais resté en contact avec eux. Il est possible qu'une ou deux de ses maîtresses viennent, se demandant s'il les a couchées sur son testament, ajouta-t-il avec un léger sourire. Mais je crains qu'elles ne soient déçues. Papa m'a dit récemment qu'il m'avait tout légué.

Tout en parlant, Ben observait Jess, guettant sa réaction. Mais, franchement, cela lui était un peu égal. Il l'aimait et voulait l'épouser. L'amour rendait aveugle, et il comprenait maintenant ce qu'avait ressenti son père quand il avait demandé sa mère en mariage. En tout cas, Jess ne ressemblait en rien à cette dernière, il en était certain.

— Amber sera sans doute là, dit-il, préférant l'avertir. Son père était un proche collaborateur.

— Ça ira, prétendit-elle.

La sonnette de la porte d'entrée retentit. C'était le portier, qui venait déposer leurs bagages.

— Laissez-les dans l'entrée, lui indiqua Ben, avant de lui donner un pourboire.

— J'avais oublié qu'on donnait des pourboires ici, dit Jess après son départ.

Encore une différence avec l'Australie, songea-t-elle.

— Tu as intérêt à ne pas oublier. Pas de pourboire, pas de service ! résuma-t-il.

Elle fit la moue, mais ne dit rien.

— Veux-tu t'installer avec moi dans la chambre principale ou préfères-tu la chambre d'amis ?

— Et toi, que veux-tu ? rétorqua-t-elle, soudain nerveuse.

Se rendre compte qu'elle l'aimait avait tué en elle tout désir de sexe torride. Désormais, elle voulait juste qu'il la tienne dans ses bras et lui fasse l'amour tendrement.

— Je veux que tu restes avec moi, bien sûr.

— D'accord. Pourvu que… tu sais…

Il se rembrunit.

— Ne t'inquiète pas. Je ne suis pas d'humeur à m'amuser à des petits jeux en ce moment, Jess.

— Non, non, bien sûr. C'est juste que…

Elle marqua une pause, avant de poursuivre.

— Je suis désolée. J'ai été indélicate. Bien sûr, que tu ne veux pas t'amuser à ce genre de choses maintenant. Lorsque ma grand-mère est décédée, l'année dernière, j'en ai eu le cœur brisé, donc j'imagine très bien ce que tu ressens. Et c'est sans doute pire pour toi, car il s'agit de ton père.

Il la dévisagea d'un air triste.

— Il devait savoir qu'il n'allait pas bien. Certaines personnes ont le pressentiment qu'elles vont mourir d'une crise cardiaque alors même qu'elles ne présentent aucun symptôme.

— Oui, j'en ai aussi entendu parler, renchérit Jess.

— Il m'a téléphoné, tu sais. La veille de notre départ à Mudgee. Ce n'était pourtant pas son genre de m'appeler, sauf pour parler affaires. Mais il a commencé à bavarder de tout et de rien et, juste avant de raccrocher, il m'a demandé de saluer maman de sa part. J'ai trouvé ça un peu bizarre, mais avec le recul je me rends compte qu'il devait savoir qu'il allait mourir et voulait oublier ses griefs.

Il poussa un long soupir, avant d'enchaîner.

— J'ai envoyé un texto à maman pour lui annoncer le décès de papa et elle m'a répondu qu'elle était triste pour lui mais qu'elle n'assisterait pas à l'enterrement. Je savais qu'elle ne viendrait pas et c'est pourquoi je me suis occupé de tout. Elle croyait que papa la détestait, mais elle se trompait. Je crois au contraire qu'il l'aimait.

— Je le crois aussi, approuva-t-elle.

Alors qu'il semblait sur le point d'éclater en sanglots, Ben prit une profonde inspiration, puis se redressa.

— Papa aurait souhaité que je me montre fort.

Jess faillit lui dire que les larmes n'avaient jamais affaibli un homme, mais se ravisa. Il ne l'aurait pas écoutée, de toute façon. Son père n'avait jamais pleuré devant elle, pas plus que ses frères, d'ailleurs. Les hommes étaient comme ça.

— Je vais déposer les valises dans la chambre, dit-il, avant de joindre le geste à la parole.

Le cœur lourd, Jess le suivit.

La suite était bien entendu somptueuse, meublée d'un vaste lit et équipée de toutes les commodités — y compris un immense écran plat encastré dans le mur. Ben ouvrit la porte d'un dressing qui se révéla plus grand que sa propre chambre. Tout en suspendant la tenue qu'elle avait apportée pour les funérailles, Jess fit de son mieux pour ne pas avoir l'air étonné devant l'étendue de la garde-robe de Ben. Comment un homme pouvait-il posséder autant de costumes ?

Elle déballa le reste de ses affaires en silence, heureuse d'avoir songé à prendre sa plus jolie chemise de nuit. Porter des vêtements bon marché dans ce cadre idyllique ne lui semblait pas approprié. En satin blanc et ornée de dentelle blanche, celle-ci était en parfaite harmonie avec les tons de la pièce.

— J'imagine que tu veux te rafraîchir après ce long vol… Ne t'inquiète pas, je n'ai pas l'intention de te rejoindre dans la douche, ajouta-t-il précipitamment. Je n'ai pas non plus très envie de sortir ; je vais nous commander à dîner. Aimes-tu la nourriture chinoise ou préfères-tu autre chose ?

— Non, cela me va très bien, assura-t-elle.

— Bien. Prends ton temps.

Jess hocha la tête. Son air triste lui fendait le cœur. Mue par une impulsion, elle l'enlaça.

— Tout ira bien, Ben, murmura-t-elle, ne sachant quoi dire d'autre.

Il la serra tout contre lui, puis se dégagea de son étreinte.

— Ma chère et douce Jess, soupira-t-il en effleurant de la main sa joue. Peut-être que tout ira bien mais en attendant, demain, ce sera l'enfer.

22.

C'était pire que l'enfer, décida Jess le lendemain en fin d'après-midi. Pour commencer, il avait plu toute la nuit et elle avait été frigorifiée, tant à l'église qu'au cimetière. Certes, elle portait une veste, assortie à la jupe en crêpe noire du tailleur qu'elle avait fait à l'occasion de l'enterrement de sa grand-mère. Mais, même doublée, elle était loin d'être chaude. Tous les autres portaient un manteau, avait-elle remarqué, désabusée. Certains arboraient même un chapeau. Dire qu'elle ne possédait même pas de chapeau !

Elle s'était un peu réchauffée pendant le trajet du retour, pendant lequel Ben était resté silencieux. Prononcer l'éloge funèbre, puis voir le cercueil de son père porté en terre l'avait fortement ébranlé. D'ailleurs, il avait serré si fort sa main durant ce moment émouvant qu'elle avait failli crier de douleur. Ne trouvant pas les mots pour le réconforter, elle avait préféré se taire.

Mais tout cela n'était rien comparé à la réception. Jess s'était sentie intimidée dès l'instant où elle avait posé le pied dans l'espèce de mausolée qu'était l'appartement du père de Ben. Si elle avait pu rester aux côtés de Ben, peut-être se serait-elle sentie mieux, mais les invités — pour la plupart, des hommes d'affaires en costume noir aux manières et à la voix doucereuses — n'arrêtaient pas de le lui enlever. Tout le monde voulait lui parler, maintenant qu'il n'était plus l'héritier mais l'homme lui-même. C'était écœurant.

Le temps passa avec une lenteur exaspérante, tandis que

des personnes qu'elle ne connaissait pas discutaient avec elle de sujets dont elle ignorait tout. Lorsqu'une femme particulièrement snob lui demanda ce qu'elle faisait dans la vie, Jess éprouva un malin plaisir à lui dire qu'elle était mécanicienne. L'expression horrifiée sur son visage hautain fut une maigre consolation.

Finalement, lorsque l'horloge comtoise de l'entrée sonna 17 heures, Jess, à bout de nerfs, saisit un verre de vin blanc sur le plateau du serveur et se rendit sur l'un des nombreux balcons dans l'espoir de trouver un peu de calme et de solitude.

Mais elle n'eut pas cette chance. Une jeune femme blonde et svelte qui l'avait fusillée du regard au cimetière la suivit.

— Bonjour, dit-elle. Vous devez être la nouvelle petite amie de Ben, celle dont il m'a parlé au téléphone…

Amber n'était pas à proprement parler jolie, décida Jess, mais elle était attirante et ne manquait pas de moyens, comme en témoignait sa coiffure sophistiquée, son teint lumineux et sa tenue coûteuse.

— Bonjour, rétorqua-t-elle, sans se laisser intimider. Vous devez être Amber, je suppose. Ben m'a également parlé de vous.

— Vraiment ? rétorqua-t-elle avec un sourire glacial. Je parie pourtant qu'il ne vous a pas raconté nos frasques !

Jess refusait d'imaginer les prouesses sexuelles de Ben avec cette créature. Toutefois, inutile de prétendre qu'il ne s'était rien passé entre eux.

— Il ne me viendrait jamais à l'idée de questionner Ben sur ce qu'il faisait avec ses ex, répondit-elle d'un ton sec. Le passé est le passé.

Amber rit.

— Dans ce cas, vous risquez d'avoir quelques petites surprises, susurra-t-elle. Mais laissez-moi vous mettre en garde… Si vous êtes résolue à l'épouser, je vous conseille de vous montrer prudente. J'ai essayé de satisfaire ses désirs un peu pervers et cela ne m'a menée nulle part. Non que j'aie apprécié de jouer ce rôle, mais une femme est prête à tout quand des milliards sont en jeu, n'est-ce pas ?

— Il semblerait, en effet…

Jess et Amber pivotèrent au son de la voix de Ben.

Amber s'empourpra tandis que Jess le fixait en silence.

— C'est étonnant, ce qu'on peut apprendre après une rupture, dit-il en fusillant Amber du regard. Si j'avais su que ton père était au bord de la faillite, j'aurais mieux compris ton soudain désir de mariage.

— Ben, je… je…

— Economise ta salive, Amber.

— *Elle* ne t'aime pas ! riposta-t-elle méchamment. Elle ne s'intéresse qu'à ta fortune, comme ta mère avant elle. Pour l'amour du ciel, regarde-la ! Elle n'est qu'une moins-que-rien.

Jess s'avança et, sans réfléchir, gifla Amber à la volée.

— Si, je l'aime, lâcha-t-elle, furieuse. Et je ne suis pas une moins que rien !

Le visage d'Amber vira au rouge brique.

— Je vais vous intenter un procès pour agression, sale garce, siffla-t-elle entre ses dents. Et toi aussi, espèce de salaud, pour rupture de contrat ! Je te ferai payer pour m'avoir fait perdre mon temps.

Ben la dévisagea d'un air glacial.

— Fais de ton mieux, chérie, railla-t-il. J'ai des milliards à ma disposition, et toi, qu'as-tu ? Un père fauché et un emploi sans avenir et payé des cacahuètes dans une galerie d'art !

Amber ouvrit la bouche pour répondre, puis se ravisa et s'enfuit dans un tourbillon.

Ben reporta alors son attention sur Jess, encore sous le choc.

— Le pensais-tu ? demanda-t-il. M'aimes-tu vraiment ?

Elle le dévisagea, les larmes aux yeux.

— Bien sûr ! Pourquoi crois-tu que je suis ici ?

— Amber disait que c'était pour l'argent.

— Amber est une idiote. Et toi aussi, tu es un idiot, si tu la crois.

— Je ne la crois pas. Et c'est pour cela que je t'aime.

Jess écarquilla les yeux de surprise, puis fondit en larmes.

Aussitôt, Ben la prit dans ses bras et pressa ses lèvres contre ses cheveux.

— Je t'aime, murmura-t-il, et je veux t'épouser.

Effondrée, Jess pleura de plus belle. Comment pouvait-elle se marier avec cet homme et vivre ainsi ? Elle détesterait ce style de vie — et finirait par le détester lui aussi.

Lorsque ses larmes se tarirent enfin, elle s'écarta et, prenant une profonde inspiration pour se donner du courage, leva les yeux vers lui.

— Je t'aime aussi, Ben, murmura-t-elle d'une voix tremblante. A la folie. Mais je ne peux pas t'épouser, je suis désolée.

23.

— Je ne comprends pas pourquoi tu refuses de m'épouser, s'emporta Ben, lorsqu'ils furent enfin de retour dans son appartement. Si tu m'aimes, comme tu le prétends, où est le problème ? Bon sang, je peux t'offrir tout ce que tu désires !

— C'est bien là le problème, Ben, expliqua-t-elle. Je ne veux pas de ce genre de vie superficielle. Nous n'aurions pas de vrais amis, et nos enfants non plus.

— C'est ridicule. J'ai de très bons amis.

— C'est faux. Aucun des invités présents aujourd'hui n'était un véritable ami. Ton seul ami, c'est Andy, parce que tu l'as rencontré à une époque où tu n'étais pas si riche. Ta fortune t'empêche de mener une vie ordinaire. , si je t'épousais, je ne pourrais pas moi non plus vivre une vie ordinaire. Je devrais assister à des dîners pompeux avec des gens que je méprise. Je ne pourrais plus faire mes propres vêtements mais devrais porter des tenues de styliste. Nos enfants auraient des nurses anglaises et des gardes du corps, puis iraient dans des pensionnats huppés pendant que nous *recevrions* des invités. Je suis désolée, Ben, mais ce n'est pas la vie que je souhaite pour nos enfants. Ni pour moi, d'ailleurs.

Il la dévisagea d'un air incrédule.

— Tu penses vraiment ce que tu dis ?

— Oui, confirma-t-elle, le cœur serré.

Il poussa un juron et l'attira dans ses bras.

— Je pourrais te faire changer d'avis, gronda-t-il.

— Non, Ben, répondit-elle fermement. Tu ne pourras pas.

— Même si je t'offre le monde sur un plateau ?

— *Surtout* si tu m'offres le monde sur un plateau.

— Alors tu ne m'aimes pas, lâcha-t-il en la repoussant. Va-t'en !

Et, avant qu'elle ait pu dire un mot, il la planta là et quitta la pièce en claquant la porte derrière lui.

Elle l'attendit des heures, en vain. Elle l'appela, mais tomba sur sa messagerie. Manifestement, il ne voulait pas lui parler. Bouleversée, elle déambula sans fin dans l'appartement, le cœur en miettes. Cela avait été cruel de sa part de refuser sa proposition de mariage le jour même de l'enterrement de son père. Pas étonnant qu'il ait perdu son sang-froid. Elle l'avait blessé. En même temps, elle avait dit la vérité. Ce genre de vie ne la rendrait pas heureuse. Pas plus qu'elle ne pourrait le rendre heureux. Ils vivaient dans des mondes différents. Elle avait toujours mené une existence simple alors que Ben évoluait dans un luxe inouï, songea-t-elle en balayant l'appartement du regard.

Finalement, elle fit sa valise et demanda au concierge de lui appeler un taxi.

— Aéroport JFK, dit-elle au chauffeur d'une voix brisée.

Elle pleura pendant tout le trajet jusqu'à l'aéroport où elle dut attendre longtemps avant de trouver un avion en partance pour Sydney. Juste avant l'embarquement, elle envoya un long message d'excuses à Ben, lui expliquant les raisons de son départ. Elle ne voulait pas qu'il s'inquiète à son sujet, mais ne souhaitait pas non plus qu'il la suive. Son vol fit une escale à San Francisco où elle changea d'avion pour le long trajet jusqu'à Sydney. Lorsqu'elle vérifia ses messages, elle n'en vit aucun de Ben.

Jess dormit peu dans l'avion. Aussi, quand elle atterrit enfin à l'aéroport de Mascot, était-elle exténuée et très déprimée. Elle prit une navette jusqu'au parking où elle avait laissé sa voiture, puis rentra chez elle.

Sa mère dut entendre la voiture car elle ouvrit au moment même où Jess atteignait la porte.

— Jess ! s'écria-t-elle. Je ne m'attendais pas à te voir de sitôt. Je buvais une tasse de thé quand j'ai entendu une voiture s'arrêter devant la maison. Que se passe-t-il ?

— Pas maintenant, maman. Je suis exténuée.

— Ne peux-tu pas me donner un indice ? insista sa mère en suivant sa fille dans l'escalier.

Jess s'arrêta en haut des marches et soupira.

— Ben m'a demandée en mariage et j'ai refusé.

— Tu as refusé ? répéta sa mère, stupéfaite.

— Il est trop riche, maman. J'aurais été malheureuse, avec lui.

— Cela n'aurait pas été une vie facile, en effet…

— Je vais aller dormir, dit Jess, les larmes aux yeux.

— Bien sûr, ma chérie. Je vais prévenir ton père que tu es rentrée…

— *Quoi* ? lâcha Joe quand sa femme lui apprit la nouvelle. Elle a refusé sa demande en mariage ?

— Oui, confirma Ruth dans un soupir.

— Ben ne l'acceptera jamais. Cet homme est fou d'elle. Tu verras, prédit Joe, il sera là dans moins d'une semaine.

Mais il se trompait.

Une semaine passa. Puis une autre. Et une troisième.

Et toujours aucun signe de Ben.

Joe n'en croyait pas ses yeux, mais Ruth ne fut pas étonnée. L'inconstance des hommes…

Le dimanche suivant, elle suggéra à Jess de l'appeler mais sa proposition fut rejetée avec véhémence.

— Non, maman. Cela ne sert à rien. Il ne va pas renoncer à son style de vie pour moi, pas plus que moi, d'ailleurs. Le problème est là. Il fait preuve de bon sens en ne m'appelant pas ; cela ne ferait que rendre les choses plus difficiles.

— Mais tu ne fais plus rien, insista sa mère d'une voix frustrée. Tu ne couds même plus !

— Laisse-moi du temps, maman. Cela ne fait même pas un mois que nous avons rompu.

Cela faisait exactement trois semaines, quatre jours et cinq heures qu'elle n'avait pas vu Ben, se dit Jess. Et encore plus longtemps qu'elle n'avait pas senti son corps contre le sien — comme la veille de l'enterrement. Comme elle avait aimé faire l'amour avec lui, puis s'endormir dans ses bras ! Elle se souviendrait toujours de cet instant magique.

Cette nuit-là, elle fit un rêve étrange dans lequel Ben et elle se mariaient au bord d'une plage. Une plage australienne. C'était un rêve bouleversant, un rêve stupide, aussi, songea-t-elle à son réveil. Seigneur, n'arriverait-elle jamais à surmonter son chagrin et à oublier cet homme ? Peut-être aurait-elle dû accepter sa demande en mariage, même si cela impliquait de vivre à New York ? Parce que vivre ici sans lui était bien pire !

Elle dut travailler au bureau, ce jour-là. Hélas, la journée fut très calme et elle eut amplement le temps de méditer sur son triste sort. A midi, elle en eut assez. Il lui fallait se distraire ou elle allait devenir folle. Elle irait au cinéma voir une comédie ou un film d'action, décida-t-elle. Après avoir branché le répondeur, elle se dirigea vers la maison où elle trouva sa mère dans la cuisine en train de ranger les courses.

— Je crois que je vais aller au cinéma cet après-midi, maman. Cela t'ennuie-t-il ?

— Pas du tout. Je te remplacerai au bureau.

— Merci, maman.

Ruth Murphy regarda sa fille s'éloigner lentement. Il lui faudrait beaucoup de temps pour oublier Ben, songea-t-elle. Une petite part d'elle-même était soulagée que leur relation n'ait pas abouti. Elle n'aurait pas supporté que sa fille unique aille vivre aux Etats-Unis. En même temps, elle ne supportait pas de la voir si malheureuse.

Poussant un soupir, elle finit de ranger les courses, se fit un sandwich et une tasse de café, puis partit au bureau. Après avoir vérifié le répondeur — il n'y avait eu aucun appel —, elle déjeuna, puis saisit le livre qu'elle réservait aux journées calmes. Cependant, elle eut à peine le temps de lire quelques pages que le téléphone sonna.

— Murphy's Car Renting, dit-elle d'un ton enjoué.

— Bonjour, Ruth. Jess est-elle là ?

Ruth se redressa en reconnaissant son interlocuteur.

— Non, dit-elle, sur la défensive. Appelez-vous de New York ?

— Non, Ruth. Je suis garé au bout de la rue.

Oh, Seigneur ! Il était revenu, comme Joe l'avait prédit.

— J'ai essayé plusieurs fois d'appeler Jess mais son portable est coupé.

— Elle est au cinéma.

— Au cinéma ?

Il semblait perplexe, comme s'il ne pouvait imaginer ce qu'elle faisait au cinéma à cette heure de la journée.

— Elle avait besoin de se changer les idées, Ben. Elle a été très déprimée depuis son retour des Etats-Unis.

— Vous a-t-elle dit ce qui s'est passé ?

— Oui, admit Ruth. Nous sommes une famille unie, Ben. Il n'y a pas de secrets entre nous.

— J'aime votre fille, Ruth. Et j'ai l'intention de l'épouser.

— Dans ce cas, pourquoi avez-vous mis si longtemps à venir la chercher ? riposta-t-elle sèchement.

— J'avais besoin de temps pour changer ma vie, avant de réitérer ma proposition.

— Qu'entendez-vous par là ? Comment avez-vous pu changer votre vie ?

— Je préférerais en discuter avec Jess, si cela ne vous ennuie pas. Toutefois, il y a quelque chose que je voudrais demander à son père avant, s'il est là.

— Oui, il est là. Il travaille dans le garage.

— J'arrive.

Après avoir raccroché, Ruth demeura sans bouger, en proie à la panique. Manifestement, Ben avait l'intention de demander à Joe la main de sa fille. De quoi d'autre pouvait-il s'agir ? Elle aurait dû prévenir Ben qu'il risquait fort d'être mal reçu. Joe était en effet furieux contre lui. Devait-elle prévenir son mari de la visite impromptue de Ben ? Mais elle hésita trop longtemps, comme elle s'en rendit compte en voyant une berline blanche filer vers l'atelier.

Joe entendit une voiture s'arrêter, mais il était sous une limousine quand le conducteur entra dans l'atelier et il ne vit qu'une paire de baskets et des jambes nues dans un short beige.

— Vous êtes là, Joe ? le héla Ben.

L'esprit échauffé, Joe sortit de sous la voiture.

— Eh bien, vous en avez mis, du temps ! siffla-t-il entre ses dents. Ma fille est dans un sale état à cause de vous.

— Vous m'en voyez désolé, Joe. Pour être honnête, moi aussi, j'ai été dans un sale état quand elle m'a éconduit. Il m'a fallu quelques jours pour y voir un peu plus clair et me rendre compte qu'elle avait raison. Nous n'aurions pas été heureux à New York. Cependant, il m'a fallu un peu de temps pour organiser les choses et pouvoir la rendre heureuse.

— Quel genre de choses ?

— J'aimerais en discuter d'abord avec Jess. Mais je pense qu'elle devrait accepter ma proposition, cette fois. En tout cas, je peux d'ores et déjà vous dire que j'ai l'intention de venir vivre en Australie. Pour toujours.

Joe fut à la fois surpris et soulagé.

— En voilà, une bonne nouvelle ! Ruth sera ravie. Vous voulez donc réitérer votre demande ?

— Oui, déclara-t-il. Mais je veux bien faire les choses, Joe, donc je vous demande en premier la main de votre fille. Je sais que votre approbation est très importante à ses yeux.

Joe n'aurait pas pu être plus heureux. Ni plus fier.

— Vous avez ma bénédiction, Ben. Mais j'espère que vous n'avez pas déjà acheté sa bague de fiançailles.

Le cœur de Ben bondit dans sa poitrine.

— Vous pensez qu'elle pourrait encore refuser ?

— Non ! Mais, connaissant ma fille, je suis sûr qu'elle voudra choisir sa bague elle-même. Elle a une forte personnalité, vous savez.

— A qui le dites-vous ! Bon, je ferais mieux d'y aller.

— Bonne chance ! cria Joe en regardant Ben se diriger vers sa voiture.

Et il en aurait besoin, c'était certain !

24.

L'estomac au bord des lèvres, Ben roulait à vive allure vers Westfield et son cinéma. L'incertitude était pourtant un sentiment qui ne lui était pas familier. Certes, son ego en avait pris un coup quand Jess avait quitté New York. Il avait d'ailleurs passé les jours suivants à noyer son chagrin dans l'alcool — une attitude qui ne lui ressemblait pas du tout. Mais, après avoir repris ses esprits et réalisé qu'il ne pouvait vivre sans Jess, il avait rapidement mis de l'ordre dans ses affaires. Pas une seule fois il n'avait douté de sa capacité à gagner Jess à sa cause.

Mais il n'était plus aussi sûr de lui, maintenant.

Peut-être qu'au cours de ces dernières semaines Jess avait réalisé qu'elle ne l'aimait pas du tout ? Loin des yeux, loin du cœur, comme disait l'adage. Peut-être regrettait-elle même leurs petits jeux sexuels ? Même si elle les avait appréciés, il en était certain. Elle n'était pas comme Amber, qui avait feint le plaisir tout en guignant sa fortune…

Lorsque Ben pénétra dans l'immense parking, il s'était ressaisi et avait repris un peu confiance en lui. Une fois garé, il appela Jess ; son portable était toujours éteint. Il sortit de la voiture, la ferma, puis se hâta vers le cinéma.

Jess se leva dès que le générique apparut sur l'écran. Contre toute attente, le film s'était révélé assez amusant et elle avait même ri plusieurs fois. Mais, dès qu'elle sortit du cinéma, son sentiment de mal-être reprit de plus belle. Que diable allait-elle faire ? S'asseoir et prendre un café, se dit-elle avec lassitude. Pas question de rentrer tout de suite à la maison. Il n'était que 15 heures.

Plongée dans ses pensées, elle avança dans le long couloir recouvert de moquette qui desservait les salles de cinéma, ignorant les rares personnes présentes autour d'elle. Un après-midi de printemps ensoleillé n'incitait pas à aller au cinéma. Elle ne prit même pas la peine de regarder les affiches des films à venir comme elle le faisait d'habitude. Elle atteignait tout juste l'aire de restauration quand on l'appela.

Levant la tête, elle l'aperçut devant elle.

— Oh, mon Dieu ! Ben !

Lorsqu'il lui sourit, elle faillit éclater en sanglots.

— Que fais-tu ici ?

Elle espérait de tout son cœur qu'il était venu la chercher, mais cela semblait trop beau pour être vrai. Et pourtant il était bel et bien là, plus séduisant que jamais.

— Ta mère m'a dit que tu étais au cinéma.

— Tu as appelé ma *mère* ?

— J'ai d'abord essayé ton portable, mais il était éteint. J'ai alors appelé chez tes parents et ta mère a décroché.

— Oh…

— C'est tout ce que tu trouves à me dire ?

— Oui. Non. Que veux-tu, je suis sous le choc. Tu ne m'as pas appelé une seule fois, ni envoyé de texto. Je croyais que tu ne voulais plus de moi.

— C'est toi qui ne voulais plus de moi, je te rappelle.

Elle fit la moue.

— J'ai fait ce que je pensais devoir faire. Alors pourquoi es-tu venu, Ben ? Ne me demande pas de rentrer avec toi à New York pour t'épouser, je t'en supplie… Je t'ai donné les raisons de mon refus et celles-ci n'ont pas changé.

— Tu te trompes, Jess. Beaucoup de choses ont changé. Allons prendre un café et je te raconterai tout…

Perplexe, Jess le suivit sans un mot.

Le café dont Ben parlait était presque vide. Il la guida vers le coin le plus reculé de la salle.

— Que désires-tu ? Un cappuccino ? Un espresso ? Avec ou sans lait ? Tu veux manger quelque chose ?

— Avec du lait et sans sucre. Et non merci, je n'ai pas faim.

Jess essaya de ne pas le détailler tandis qu'il se levait pour passer commande, mais il était si séduisant avec son short crème et son polo noir qu'elle ne put s'en empêcher. Ses cheveux avaient poussé, nota-t-elle. Cela lui allait bien. En même temps, tout lui allait bien. Pourquoi était-elle tombée amoureuse d'un homme aussi sexy ?

Poussant un soupir, elle se demanda quelle était la raison de son retour. Il pensait manifestement pouvoir la faire changer d'avis. Et peut-être avait-il raison. Elle avait été si malheureuse et il lui avait tant manqué ! Leurs étreintes lui avaient manqué aussi, et le voir à nouveau lui rappela à quel point il était excitant. Dangereux aussi, et surtout irrésistible !

Elle baissa les yeux sur ses mains, qu'elle tordait nerveusement, et ne les releva que lorsqu'il déposa sa tasse sur la table et prit place en face d'elle.

— Merci.

Elle ne voulait pas vraiment de café, mais but néanmoins une gorgée avant de reposer sa tasse.

— Veux-tu maintenant me dire ce qui se passe ?

Il riva son regard au sien.

— Je t'aime toujours, Jess. Et je veux toujours t'épouser.

— Je n'en doute pas, Ben, dit-elle, le cœur serré, mais l'amour ne suffit pas toujours.

Se penchant vers elle, il lui prit la main.

— Tu changeras peut-être d'avis quand tu sauras ce que j'ai accompli pour toi.

— De quoi parles-tu ?

— Tout d'abord, j'ai décidé de revenir vivre en Australie.

Son cœur bondit dans sa poitrine.

— C'est vrai ?

— Oui. Je savais que tu ne vivrais jamais avec moi à New

York, donc j'ai démissionné, puis j'ai vendu ma part majoritaire dans la société de mon père à ses partenaires.

Elle le regarda, bouche bée.

— Ensuite, j'ai utilisé l'argent de la vente pour créer une fiducie caritative permettant de fournir une aide financière aux gens affectés par les catastrophes naturelles. Papa faisait toujours des dons pour les opérations de secours d'urgence mais n'était jamais certain que l'argent soit alloué aux nécessiteux. J'ai résolu le problème en devenant le PDG du fonds fiduciaire. Le capital a été prudemment investi et devrait durer longtemps. Je ne me verse pas de salaire mais j'ai dû embaucher deux personnes pour superviser les opérations quotidiennes. A part ça, tout l'argent gagné par le fonds ira où il doit aller.

Jess hocha la tête, subjuguée.

— Tu as donné *toute* ta fortune aux œuvres caritatives ?

— Non, juste le produit de la vente de l'entreprise de mon père — ce qui représentait, il est vrai, la majorité de ses biens. Il me reste son compte courant et l'argent que me rapportera la vente de ses biens immobiliers : son appartement de New York et celui de Paris. Sans oublier bien sûr sa collection d'œuvres d'art, même si je pense en faire don à divers musées à travers le monde. Néanmoins, je demeure riche, Jess…

Le choc initial de Jess se muait en émerveillement.

— Tu as fait tout ça pour moi ?

— La chose la plus étonnante est que, même si j'ai distribué ma fortune pour te reconquérir, je me sens mieux, maintenant. Beaucoup mieux. On dit bien qu'il y a plus de joie à donner qu'à recevoir. Enfin, comme tu l'imagines, tout ceci a été très long à mettre en place — c'est pourquoi il m'a fallu tout ce temps pour venir ici. Je devrai sans doute retourner à New York occasionnellement pour gérer le fonds, mais désormais j'habite en Australie. Je ne peux pas faire autrement puisque je vais épouser une Australienne. Une femme dont je ne peux plus me passer…

— Oh, Ben ! dit-elle, les larmes aux yeux. J'ai l'impression de rêver.

— Alors, ta réponse est oui, cette fois ?

— Oui, souffla-t-elle en essuyant ses larmes.

— Dieu merci ! lâcha-t-il dans un soupir. J'avais peur que tu dises encore non. Et ma mère aussi.

Surprise, Jess cligna des yeux.

— Tu as parlé de nous deux à ta mère ?

— Bien sûr ! Cela fait longtemps qu'elle me pousse à me marier et à fonder une famille. Elle sera enchantée quand je lui annoncerai la bonne nouvelle.

— Tu désire aussi avoir des enfants ?

— Mais oui ! Autant que tu veux. Et, si je ne me trompe pas, tu en veux un certain nombre !

— Oui, j'aimerais avoir une famille nombreuse, admit-elle. Alors, quand as-tu parlé de nous à ta mère ?

— Hier soir. Comme je suis arrivé trop tard pour venir te voir, j'ai passé la nuit chez elle et je lui ai tout raconté. Et ce matin j'ai dormi plus que de coutume et n'ai pas eu le temps de me rendre sur la côte avant midi. Ensuite, comme je te l'ai dit, j'ai appelé Murphy's Car Renting, et ta mère a décroché.

Abasourdie, Jess hocha la tête.

— J'espère que maman a été gentille avec toi.

— Adorable. Et ton père aussi, dès que je lui ai demandé ta main.

— Tu as vraiment demandé ma main à mon père ?

— Je voulais faire les choses bien, cette fois, Jess.

— Oh, Ben, tu me fais me sentir si coupable…

— Pourquoi ?

— Parce que tu as fait tout ça pour moi. Et moi, qu'ai-je fait pour toi ?

Interloqué, Ben dévisagea Jess en songeant à toutes les choses merveilleuses qu'elle avait faites pour lui. Tout d'abord, elle l'avait aimé — pour lui et non pas pour son argent. Elle lui avait montré ce qui était important dans la vie. Pas la gloire et la fortune, mais la famille. Pas une vie mondaine, mais une existence simple et joyeuse, emplie d'amis et d'enfants. Quelle chance il avait eue le jour où il l'avait rencontrée ! Mais il se garda de lui dire toutes ces choses car elle serait gênée, il le savait. Il se contenta donc de sourire.

— Tu me rends heureux, Jess, et ce n'est pas rien.

— Oh ! dit-elle, au bord des larmes.

— Sèche tes larmes, Jess. Tu pourras pleurer le jour de notre mariage, si tu veux, mais pas aujourd'hui. Allez, finis ton café et allons t'acheter une bague de fiançailles.

Une demi-heure plus tard, Jess arborait à son annulaire gauche une bague de fiançailles en or blanc sertie d'un diamant, pas aussi gros ni aussi onéreux que celui qu'aurait choisi Ben.

— Ce n'est pas le prix qui compte mais l'intention, avait-elle dit fermement après avoir fait son choix. Et puis je n'aurais pas voulu rendre mes belles-sœurs jalouses.

Ben avait levé les yeux au ciel.

— Parfait. Mais ne crois pas que tu vas m'imposer des restrictions sur notre future maison. J'ai l'intention d'y apporter tout le confort possible.

— D'accord, avait-elle concédé gracieusement.

— Bien, maintenant, amène-moi à la boutique où tu travaillais.

— Mais pourquoi, puisque tu n'en es plus propriétaire ?

— Tu te trompes. Lorsque j'ai vendu l'entreprise de mon père, c'est le seul actif que j'ai gardé. Mes partenaires étaient ravis de s'en débarrasser, pensant que la chaîne n'engendrerait jamais aucun profit. Mais, grâce à tes conseils avisés, nous pourrions tenter de faire quelque chose. Qu'en penses-tu ?

Le cœur de Jess se gonfla de bonheur. Quel homme attentionné ! Il savait exactement comment toucher son cœur, et elle le lui avoua avec gratitude.

— Andy disait toujours qu'il ne fallait pas se mettre entre moi et le but à atteindre, répondit-il avec un large sourire.

Elle rit franchement, amusée.

— Andy est-il au courant de la mort de ton père ? s'enquit-elle d'un ton redevenu sérieux.

— Non. Ils sont encore en lune de miel, mais ils seront de retour la semaine prochaine. Peut-être pourrions-nous aller leur rendre visite bientôt, maintenant que nous sommes fiancés. Nous pourrions rester quelques jours dans la petite maison avant qu'ils ne la détruisent. Andy veut construire une grande demeure pour sa famille sur le site. En attendant, ils vivront chez ses parents.

— Quelle bonne idée ! répondit-elle d'une voix calme et posée — alors qu'elle rougissait intérieurement au souvenir de leurs ébats.

Il lui lança un regard oblique avant d'éclater de rire.

— Tu ne peux pas me mentir, Jess Murphy. Tu appréciais ces petits jeux érotiques autant que moi.

— C'est vrai, admit-elle. Mais je pense qu'on devrait les réserver pour des occasions spéciales. J'ai bien aimé la façon tendre dont tu m'as fait l'amour à New York. Pas toi ?

— Si, beaucoup. D'accord, nous garderons les petits jeux pour les occasions spéciales, comme les week-ends en amoureux… Amène-moi à la boutique, maintenant.

Helen fut surprise quand Jess entra dans la boutique au bras du plus bel homme qu'elle eût jamais vu. Il lui faisait penser à Brad Pitt, en plus jeune.

— Bonjour, Helen, dit Jess d'un ton un peu gêné. Je te présente Benjamin De Silva, l'homme d'affaires américain qui a racheté Fab Fashions.

— Je vous en prie, appelez-moi Ben, dit celui-ci en tendant la main. Jess m'a parlé des difficultés que vous avez rencontrées depuis que vous avez reçu l'ordre de réaliser des bénéfices avant Noël sous peine de fermeture.

Perplexe, Helen lui serra la main.

— Je suis venu personnellement vous dire que la boutique ne fermera pas. Dès l'an prochain, nous procéderons à d'importants changements : un nouveau nom, un nouveau stock, et une vaste campagne de publicité pour accompagner tout ça. D'ici là, j'aimerais que vous mettiez le stock actuel en vente à moitié prix. Débarrassez-vous de tout. Oh ! et une dernière chose… Jess vient d'accepter de m'épouser.

Jess souriait encore quand, dix minutes plus tard, Ben la guida vers la sortie de la galerie marchande.

— As-tu remarqué l'expression du visage de Helen quand tu lui as dit que nous étions fiancés ?

— Elle semblait effectivement sous le choc.

— Tu veux rire ? Elle n'a pas pu dire un mot pendant au moins une minute, ce qui ne lui ressemble pas du tout.

— Elle s'est rattrapée ensuite. Que penses-tu de son idée d'avoir plus d'accessoires pour les vêtements ?

— Je la trouve excellente. Les femmes adorent les accessoires. Nous avons déjà des bijoux mais on peut aussi ajouter des écharpes, des sacs à main, et même des chaussures.

— Nous devons l'inviter au mariage. Elle est charmante.

— Oui, et son mari aussi.

— Alors, nous les inviterons tous les deux.

Le cœur de Jess se gonfla de fierté. Ben avait changé à bien des égards. Certes, son côté autoritaire était toujours bien présent, mais elle aimait cela chez lui…

— Où es-tu garé ? s'enquit-elle, une fois dehors. Tu as bien une voiture, cette fois, non ?

— Oui, j'en ai loué une en attendant de savoir si je devais en acheter une ou plutôt acheter une concession dans le cimetière de Wamberal en prévision de mon suicide, si tu m'éconduisais une fois de plus.

Jess prit une profonde inspiration.

— Tu n'aurais pas fait ça, tout de même…

— Non, je serais rentré à New York, serais devenu producteur de cinéma et aurais gagné des millions.

— Tu ne vas pas devenir producteur de cinéma ici, j'espère ? s'écria-t-elle, horrifiée.

— Tu plaisantes ? Je vais m'acheter une maison sur la plage, avoir une ribambelle de gamins et me mettre au golf.

— Tu n'as pas l'intention de travailler ?

— Eh bien, je dois remettre de l'ordre dans Fab Fashions. Je vais peut-être aussi m'associer avec ton père. J'ai été très impressionné par ce qu'il a fait sur la Cadillac. Je pourrais être celui qui apporte les fonds et lui ferait le travail.

— Pourquoi pas ? S'il te reste suffisamment d'argent pour subvenir à mes besoins et à ceux de nos nombreux enfants.

— J'ai largement ce qu'il faut. Et, puisque nous abordons des sujets importants, quand pouvons-nous nous marier ? J'aimerais que cela soit le plus vite possible.

— J'ai l'intention d'avoir un vrai mariage, Ben De Silva. Et je compte l'organiser moi-même. Cela prend du temps.

— Combien de temps ?

— Noël est dans un peu plus d'un mois et c'est toujours une grande fête familiale chez nous. En aucun cas nous ne pouvons l'organiser avant cela.

— Que penses-tu de janvier ou février ?

— Il fait beaucoup trop chaud à cette époque de l'année. Pourquoi pas mars ?

— Je pense pouvoir attendre jusque-là ! soupira Ben.

— Alors ce sera mars ! répondit Jess joyeusement. Allons maintenant annoncer la bonne nouvelle à mes parents.

Épilogue

Quatre mois plus tard, en mars

L'orage commença vers 10 heures. Jess et ses parents se précipitèrent sur la véranda et fixèrent, atterrés, le ciel de plomb, zébré d'éclairs.

— La loi de Murphy a encore frappé ! maugréa Joe. On aurait pu croire qu'elle me laisserait tranquille le jour du mariage de ma fille.

— Ce n'est qu'un orage, papa, le contredit Jess malgré sa vive déception.

Ils avaient en effet prévu de célébrer le mariage en plein air, dans un lieu charmant et pittoresque donnant sur la baie de Toowoon.

— Je n'ai pas l'intention de laisser un peu de pluie gâcher cette journée, papa, reprit Jess. Nous avons un plan B, n'est-ce pas, maman ? Lorsque nous avions réservé le club de golf pour la réception, on s'était dit que s'il pleuvait on pourrait toujours organiser la cérémonie là-bas. Ils ont de magnifiques salles avec vue sur l'océan et le terrain de golf. En cas de besoin, je les appellerai tout à l'heure. Tout se passera bien, papa.

C'est alors que la grêle se mit à tomber.

— Le mariage n'est pas avant 15 heures, fit remarquer Ruth. L'orage sera sans doute passé à ce moment-là.

La grêle s'arrêta rapidement mais la pluie persévéra toute la matinée, entraînant des appels angoissés de la part des demoiselles d'honneur, qui étaient chez le coiffeur. Jess les rassura comme elle le put, puis monta dans sa chambre pour s'apprêter. Peu après midi, la pluie s'arrêta. Les demoiselles d'honneur arrivèrent alors et le soleil fit enfin son apparition.

Radieuse, Jess sourit à Catherine, à qui elle avait demandé d'être son témoin. Les deux jeunes femmes étaient devenues amies au fil des mois. Andy était bien sûr le témoin de Ben. Catherine était enceinte, mais seulement de deux mois et, avec un peu de chance, il n'y aurait pas de drame de dernière minute. Les trois belles-sœurs de Jess complétaient le cortège nuptial. Jess avait elle-même confectionné les robes des demoiselles d'honneur ; de somptueuses robes-bustiers en soie shantung jaune pâle qui tranchaient avec l'ivoire de la sienne.

Le bouquet de la mariée, un mélange de roses jaunes et blanches, était gigantesque. Les autres bouquets étaient plus petits et composés uniquement de roses blanches.

Ruth ne l'avait toutefois pas laissée faire sa robe, préférant choisir une magnifique tenue de la boutique Vraies Femmes, qui avait désormais une excellente gamme de vêtements. Après une campagne de publicité à travers tout le pays, la chaîne allait très bien. Certes, elle n'engendrait pas encore de gros profits, mais c'était un bon début.

— Tu vois, Joe ? dit Ruth avec un sourire. Je savais que le soleil brillerait le jour du mariage de notre fille. C'est signe de chance. Bon, maintenant, il faut y aller.

Jess regarda sa mère partir dans la berline familiale, tandis que son père l'escortait vers la première des voitures rutilantes qui composaient le cortège nuptial.

— Ta mère a raison, dit-il, lorsqu'ils furent installés sur la spacieuse banquette arrière. Quelle chance tu as, d'avoir trouvé un mari comme Ben ! Cela dit, lui aussi a de la chance, d'avoir trouvé une femme aussi belle et extraordinaire que toi.

— Ne me dis pas des choses pareilles, papa, fit Jess, les larmes aux yeux. Je risque de pleurer et d'abîmer mon maquillage.

— Tu ne pleureras pas, ma chérie, lui assura son père. Tu es beaucoup trop raisonnable pour ça.

Mais il se trompait. Jess faillit pleurer quand elle aperçut Ben au pied de l'autel, la fixant d'un regard empreint d'amour. Ce fut pire quand il promit de la chérir jusqu'à son dernier souffle et, s'il ne l'avait pas embrassée avec passion quand le prêtre les déclara enfin mari et femme, elle se serait effondrée.

Par la suite, emportée par le tourbillon des événements, elle ne songea plus du tout à pleurer. Tout d'abord, il y eut la séance photos, suivie par les félicitations, puis vint le cocktail sur les balcons et enfin le repas. Elle sourit durant les discours, sourit en coupant le gâteau et lorsqu'elle ouvrit le bal. Et elle rit avec Catherine quand elle revêtit sa tenue de départ, une élégante robe en lin blanc, agrémentée d'accessoires rouges. Ben et elle avaient prévu de passer leur nuit de noces dans le prestigieux hôtel Plaza de Terrigal et de partir dès le lendemain matin faire le tour de l'Australie en voiture. Le fidèle 4x4 de Jess était déjà garé devant l'hôtel.

Ce ne fut que lorsqu'elle prit congé de ses parents qu'elle fondit en larmes.

— Allons, ma chérie, dit Joe d'une voix rendue rauque par l'émotion. Tu ne veux pas abîmer ton maquillage, si ?

Jess rit et sécha ses larmes.

— Sûrement pas, assura-t-elle. Mais ce n'étaient pas des larmes de tristesse. Je pensais juste à la chance que j'avais d'avoir des parents comme vous.

— Oh ! c'est bon, maugréa son père, bien qu'il semblât heureux.

— Jess a raison, renchérit Ben. Vous êtes tous les deux formidables et c'est la raison pour laquelle nous avons pensé vous offrir quelque chose. Voici…

Là dessus, il tendit à Joe une enveloppe arborant le logo d'une agence de voyages bien connue.

— Qu'avez-vous donc fait ? s'enquit Joe en tirant de l'enveloppe l'itinéraire imprimé d'un long périple en Europe.

— Nous n'accepterons aucune objection, ajouta Ben, tandis que Ruth regardait par-dessus l'épaule de son mari.

Sachant qu'ils n'étaient pas des voyageurs expérimentés,

Ben et sa mère avaient réservé de nombreuses visites guidées, ainsi qu'une croisière sur le Rhin. Il leur faudrait près de quatre mois pour effectuer ce long périple qui les mènerait à travers presque toute l'Europe.

— La date de votre départ est prévue pour fin avril. Il est préférable d'attendre la fin de l'hiver pour voyager en Europe, précisa Ben. Et ne vous inquiétez pas pour la société, les frères de Jess s'en occuperont jusqu'à votre retour. Ils m'ont assuré que ce n'était pas une période chargée.

— Mais il est indiqué que nous voyagerons en première classe ! s'écria Ruth.

La mère de Ben, Ava, qui assistait non loin de là à la conversation, s'approcha, serrant le bras de son fiancé.

— Ne vous inquiétez pas pour cela. J'ai plus d'argent qu'il ne m'en faut. En outre, ajouta-t-elle en serrant le bras de son compagnon, Lionel et moi allons nous marier et Lionel est un homme fortuné, n'est-ce pas, chéri ?

Lionel se contenta de sourire.

— Bien, poursuivit Ava. Je suis allée dans tous ces endroits et ce serait dommage que vous n'en profitiez pas pendant que vous êtes encore jeunes. Ruth, vous et moi allons acheter des vêtements à Sydney avant votre départ. Je sais exactement ce dont vous allez avoir besoin…

— J'aimerais beaucoup, assura Ruth avec un large sourire.

— Et Lionel peut accompagner Joe, suggéra Ben.

— J'en serais ravi, renchérit Lionel. Si Joe le souhaite.

— Cela me semble une excellente idée ! dit ce dernier.

— Tout est réglé, alors, conclut Ben, l'air content de lui. Et dès notre retour de vacances nous travaillerons sur le projet dont je vous ai parlé à propos des voitures de collection.

— Avec plaisir, dit Joe en lui tapant dans le dos.

— Eh ! protesta Jess d'un ton faussement vexé. Et moi, dans tout cela ?

— Tu resteras chez nous pour nettoyer la grande maison que je t'ai achetée, répliqua Ben.

— Mais je ne voulais pas d'une aussi grande maison ! Ça, c'était ton idée.

— Ce n'est pourtant pas ce que tu m'as dit.

Leurs parents respectifs levèrent les yeux au ciel.

— Ces deux-là ont-ils leur première dispute conjugale ? s'enquit Andy, qui venait de les rejoindre.

— J'espère bien que non, dit Joe.

Jess et Ben se regardèrent, puis éclatèrent de rire.

— On rigole. On adore tous les deux notre maison.

Celle-ci n'était pas sur la plage, Ben ayant décidé qu'ils avaient besoin d'une vaste demeure pour héberger leurs nombreux enfants à venir. Leur nouvelle acquisition était nichée dans un immense écrin de verdure à Matcham, non loin de l'océan. La maison était composée de six chambres, trois salles de bains, un garage pouvant contenir quatre voitures, un court de tennis, sans oublier une piscine chauffée à l'énergie solaire. Ils avaient déjà prévu d'y célébrer Noël l'année suivante, Jess ayant l'intention de rendre ces instants inoubliables…

— Est-ce qu'une nuit de noces est une occasion spéciale ? chuchota-t-elle à Ben, lorsqu'ils furent seuls dans la voiture.

Il écarquilla les yeux, l'air faussement horrifié.

— Es-tu en train de suggérer ce que je crois que tu suggères ?

Dix minutes plus tard, ils étaient enfin seuls dans la suite nuptiale. Une merveille de séduction avec son immense lit à baldaquin et ses piles d'oreillers moelleux.

— Sache, dit Ben en ouvrant la bouteille de champagne, que j'ai emporté une boîte à surprises qui pourrait nous être utile durant notre lune de miel.

Le cœur de Jess bondit dans sa poitrine.

— Quel genre de surprises ?

— Quelques petits objets coquins que j'ai trouvés sur Internet. Tu les découvriras bientôt. Mais nous n'en aurons pas besoin ce soir. Ce soir, le romantisme est de bon aloi.

Pourquoi ne te mettrais-tu pas nue, ma belle épouse, pendant que je verse ce délicieux breuvage ?

— Ne comptes-tu pas te mettre nu aussi ? s'enquit-elle après avoir obtempéré à sa requête.

Il s'approcha du lit et lui tendit une flûte.

— Attends, ma chérie, murmura-t-il, une lueur malicieuse dans le regard. Chaque chose en son temps…

Retrouvez prochainement, dans votre collection

AZUR

Pacte avec un milliardaire grec, de Julia James - N°4345
Toute sa vie, Rosalie a connu la pauvreté. Aussi est-elle troublée quand se présente à elle un milliardaire. Plus surprenant encore, Alexandros Lakaris lui propose un mariage de convenance ! L'occasion pour elle d'apprendre qu'elle est l'héritière secrète d'un magnat avec lequel Alexandros est en affaires. Si Rosalie est d'abord choquée d'être ainsi l'objet d'une transaction commerciale, elle accepte toutefois le marché d'Alexandros, pour les sortir de la misère, sa mère et elle. Et bientôt, c'est auprès de son nouvel époux qu'elle découvre un monde inconnu, luxueux et redoutable…

L'enfant de Santa Cruz, de Natalie Anderson - N°4346
Face à Javier Torres, Emerald voit les souvenirs affluer. Il a suffi que cet homme lui sourie pour qu'elle s'approche de lui. Qu'il la touche pour qu'elle s'enflamme. Hélas, il lui a menti sur son identité et la raison de son séjour à Santa Cruz. Il l'a trompée, manipulée, alors qu'elle lui offrait son cœur et son corps. Le revoir aujourd'hui, dix-huit mois après sa disparition, est un choc d'autant plus grand qu'il ignore tout de son précieux secret : Emerald a donné naissance à un petit garçon… Leur enfant.

Mon précieux scandale, de Maisey Yates - N°4347
Je n'oublierai jamais la première fois que j'ai vu Hercules Xenakis… Un dieu vivant. Un prince qui, à ma grande surprise, a voulu me connaître. Un homme dont je suis tombée amoureuse. Hélas, notre relation a volé en éclats quand je me suis découverte enceinte de lui, car le palais m'a imposé de garder le secret pour éviter tout scandale. Or voilà que, cinq ans après un exil silencieux, je me retrouve face à Hercules, qui exige de rencontrer son héritière…

Une secrétaire sous le charme, d'Ally Blake - N°4348
Avec Angus Wolfe, son patron, Lucinda entretient une relation professionnelle harmonieuse, teintée d'impertinence et de badinage, mais fondée sur l'honnêteté et le respect. En ce qui concerne le travail, tous deux sont faits l'un pour l'autre ! Hélas, quand leurs chemins se séparent à la sortie du bureau, Lucinda ne parvient pas à oublier Angus. Maman célibataire d'un petit garçon, elle n'a pourtant pas le loisir de fantasmer sur un homme qui lui est interdit… Même si, depuis quelque temps, il la couve d'un regard bien trop ardent.

Un traître pour amant, de Jennie Lucas - N°4349

Leo est apparu dans la vie de Daisy tel un miracle, un rêve, avec son regard ténébreux et son sourire dévastateur. Dès le premier instant, elle a été séduite par son charme viril, et tous deux savourent depuis lors des nuits exquises. Hélas, le monde de Daisy vacille quand elle apprend que son amant n'est autre que Leonidas Niarxos, l'homme qu'elle tient pour responsable de la mort de son père ! Anéantie, elle décide de le fuir sans lui révéler qu'elle attend son enfant. Jusqu'à ce que Leonidas découvre son secret...

La fiancée d'un Sicilien, de Maya Blake - N°4350

Mia est stupéfaite. Sur le pas de sa porte se tient Rocco, l'homme qui l'a brutalement abandonnée trois ans plus tôt, l'accusant des pires maux. Mais sa surprise se transforme en peur quand il lui révèle l'objet de sa visite : il vient de découvrir que Mia a eu un enfant de lui et compte bien faire de Gianni l'héritier des Vitelli ! Désemparée et craignant d'être séparée de son fils chéri, Mia accepte le mariage de convenance que lui propose Rocco...

Vengeance et lune de miel, de Jessica Gilmore - N°4351

Pour conclure une affaire et surtout assouvir une vengeance personnelle, Deangelo Santos a besoin... d'une épouse ! Or il sait déjà à qui demander de tenir ce rôle au cours d'un séjour à Rio de Janeiro. Harriet, sa très efficace assistante, est la candidate idéale, elle qui n'a jamais manifesté le moindre intérêt sentimental pour lui. Si son plan semble d'abord fonctionner à merveille, leur lune de miel improvisée paraît soudain bien trop réelle à Deangelo. En effet, à mesure qu'il côtoie Harriet, il se rend compte à quel point la jeune femme l'attire...

L'héritière du Kansas, de Susan Meier - N°4352

SÉRIE : *LES MILLIARDAIRES DE MANHATTAN* - 1/3

Leni a grandi à Mannington, dans le Kansas – un petit village tranquille où il ne se passe pas grand-chose. Aussi est-elle sidérée de voir débarquer dans le petit restaurant où elle travaille comme serveuse un homme d'affaires de la ville. D'autant que Nick Kourakis lui fait une révélation inattendue : elle est l'héritière d'un milliardaire ! Bientôt, la jeune femme accepte de l'accompagner à New York, où elle découvre un monde de luxe bien différent du sien. Au risque de perdre ses repères et la raison auprès de Nick...

Zakaria, un cheikh maudit, d'Elisa Marshall - N°4353

SÉRIE : *L'HÉRITAGE DES SABLES* - 3/3

La solitude est sa malédiction. Parce qu'il a été banni du royaume de Zmelâa à la naissance, Zakaria Miralez s'est construit à la dure, dans un sinistre bidonville du Venezuela. Aussi, le jour où une ambassadrice de son pays d'origine se présente chez lui pour lui révéler qu'il est prince, la rejette-t-il avec colère. Pourtant, à force de détermination, l'audacieuse Feriel le convainc de la suivre au palais, où l'attend la famille royale dont il n'a que faire. Mais, avant de partir, Zakaria s'en fait la promesse : jamais il ne cédera au lustre d'une existence qui n'est pas la sienne – même pour la plus belle femme du désert...

La fureur d'un play-boy, de Chantelle Shaw - N°4354

Pour la presse à scandale, il est le célibataire le plus sexy d'Espagne. Un play-boy, une légende sportive. Mais, pour Betsy, Carlos Segarra est l'homme qui l'a séduite deux ans plus tôt, avant de l'abandonner sans un mot. Surtout, il est le père de son fils ! Alors qu'elle pensait ne jamais le revoir après leur unique nuit d'amour, le voici chez elle, plus arrogant que jamais. Carlos vient en effet de découvrir le secret de Betsy, et c'est avec fureur qu'il lui demande des comptes !

Fascinée par un séducteur, de Sharon Kendrick - N°4355

Depuis que le célèbre Alek Sarantos est arrivé dans l'hôtel de luxe où Ellie travaille, toutes les équipes sont en ébullition, et chacun s'efforce de satisfaire au mieux les caprices du milliardaire. Mais Ellie, elle, tâche surtout d'ignorer sa beauté foudroyante et ses regards brûlants de désir. Pourtant, lorsque Alex lui donne un fougueux – et merveilleux – baiser, elle ne peut résister et se laisse aller entre ses bras. C'est alors que sa vie bascule : elle perd son emploi, les paparazzis se lancent à ses trousses, et le beau Grec, persuadé qu'elle a averti les médias, est fou de rage...